KB111240

입술이 너무해 2

초판 1쇄 인쇄일 2019년 01월 04일
초판 1쇄 발행일 2019년 01월 21일

지은이 | 갓녀
펴낸이 | 김기선

편집부 | 김아름, 박신혜, 김에너벨리, 유기웅, 배영주, 신현정, 전유정
디자인 | 뮤렐

펴낸곳 | 와이엠북스(YMBOOKS)
출판등록 | 2012년 7월 17일 (제2014-17호)
주소 | 서울시 도봉구 노해로 379, 1005호(창동, 대성빌딩)
전화 | 02)906-7768 / 팩스 | 02)906-7769
E-mail | ymbooks@nate.com

ISBN 979-11-322-4807-1 (04810)
ISBN 979-11-322-4805-7 (set)

값 11,000원

입술이 너무해 2

갓녀 장편소설

YM
BOOKS

차 례

9. 미풍

당황한 서연의 동공이 거칠게 흔들렸다.

"……."

그에 비해 도훈의 표정은 너무나도 평온하고 당당해서 더욱 신경이 바짝 곤두섰다.

"최, 최여진이 보좌하는 상사가……."

하도 기가 막혀 말도 잘 나오지 않았다.

"당신…… 이라고요?"

입만 벙긋벙긋하고 있자니 도훈이 뜬금없이 손을 들어 서연의 볼을 또 쭉 꼬집었다.

"아! 왜 그래요!"

"귀여워서."

도훈이 갑자기 맥 풀린 사람처럼 실실 웃으며 찹쌀떡처럼 쫀득하게 늘어나는 서연의 볼을 한 번 더 늘렸다. 서연의 입술이 툭 튀어나오자 그의 눈이 반달처럼 곱게 길어졌다.

"볼 깨물어봐도 돼? 너무 귀여워 죽겠어."

"자연스럽게 변태 같은 소리 하지 마요! 말 돌리지도 말고요!"

"피부가 아기 같아. 뭘 믿고 이렇게 예뻐."

도훈이 입가에 부드러운 미소를 걸친 채 서연과 시선을 마주쳤다.

저, 저 고단수……. 눈치 없이 또 터질 것처럼 뛰는 심장은 잦아들 기미가 없었다. 곧 튀어나올 것 같아 한 손으로 가슴을 꾹 움켜쥐었다.

"말 돌리지 말라니까? 정체가 뭐예요! 당신!"

"백도훈."

"누가 그걸 몰라서 물어요? 그러면 지금 내가 당사자 앞에서 죽어라고 뒷담화 까고 일러바친 거야?"

"응."

숨이 뚝 끊겼다. 어쩌면 저렇게 태연하고 능청스러울 수 있는지, 서연이 커다란 눈만 껌뻑껌뻑하고 있는데 도훈이 픽 웃음을 터뜨렸다.

"아니, 뭐. 난 신경 안 써."

"네?"

"백싸가지……. 그래, 보람도 없고 돈 타러 바득바득 기어 다니는 회사인데 그런 유치한 별명이라도 만들어서 상사 욕하는 재미로 다녀야겠지."

"화났어요?"

"아니."

"아닌데. 화난 것 같은데……."

"안 났어."

도훈이 각진 어깨를 으쓱하고 올렸다. 공기의 흐름이 일순 바뀌었다. 도훈을 만난 이후로 그가 가장 낯설게 느껴지는 순간이었다.

"우와……. 나 지금 완전 당황스러운 거 알죠? 어쩌면 그렇게 얼굴색 하나도 안 바뀌고 연기를 해? 배우 해도 되겠어! 왜 이렇게 음흉해, 사람이?"

"백싸가지라 음흉한가 봐."

"……."

"그런데 백싸가지가 무슨 뜻?"

서연이 입술을 만두피처럼 오므렸다. 그녀의 손에 들린 또띠의 목줄마저도 파르르 외줄 타기 하듯 진동했다.

"싸가지 더럽게 없다?"

"……뭘 그렇게까지!"

"아니야?"

"몰라요! 그만해요!"

괜히 민망해진 서연이 소리를 빽 지르고 고개를 숙였다. 숙인 고개 뒤로 도훈의 낮은 웃음소리가 얇게 덮였다. 밤공기를 가르는 그 웃음소리로 인해 혼란은 점점 더 증폭되기 시작했다.

대체 이게 무슨 상황이야……! 최여진이 침 튀기게 욕하던 성격파탄자 백 이사가 이 백도훈이었다고? 동일인물? 말도 안 돼, 어떻게 그런 일이!

"설마 이중인격자예요?"

"그래 보여?"

"그쪽이 화내는 거 도저히 상상이 안 가는데? 나한테는 한 번도 화낸 적 없잖아! 대체 회사에서 뭔 짓을 하길래 그래?"

"글쎄."

"아니, 본인이 모르면 누가 아나? 그럼 뭔데요!"

계속 재밌다는 듯 실실 웃던 도훈이 살짝 웃음을 갈무리했다. 곧 커다란 손을 들어 서연의 볼을 천천히 쓰다듬었다. 사랑스럽다는 듯 그 위를 쓸다가 서연의 턱 끝을 살짝 잡아 올렸다. 자신을 온전히 바라보게 하려는 목적이 뚜렷한 손짓에 서연이 마른침을 꼴깍 삼켰다. 그의 진득한 시선이 이마에서부터 코, 입술을 차례로 훑으며 부드럽게 흘러내리는 것이 느껴졌다.

"……."

이 눈빛을 본 여자가 또 누가 있을까. 뜨겁다 못해 타오를 것 같았다. 그의 정체를 알고 흔하게 적용되는 온기가 아니라는 것을 깨닫자, 어쩐지 그의 새까만 눈동자를 제대로 쳐다보기가 힘들다. 그래서 눈을 피하고 싶은데, 턱을 잡고 있는 그의 힘에 고개를 옴짝달싹할 수도 없었다.

"네 앞에서만 이래."

도훈의 뜨거운 숨결이 열띤 피부에 닿아 움찔거렸다.

"강서연이 날 이렇게 만드는데……. 그래서 나도 내가 낯설고 그래."

가슴에서 해일 같은 파도가 쳤다.

"왜 그럴까, 내가."

장난스러운 웃음이 서려 있었지만, 나지막하게 내려치는 목소리는 도저히 농담이 아니었다. 작은 시선부터 몸짓 하나까지 단 한 개도 빠짐없이 예사롭지 않았다.

"내가 널 많이 좋아하나?"

서연의 눈 속으로 도훈의 얼굴이 오롯하게 담겼다.

"넌 어때. 내가 널 얼마만큼 좋아하는 것 같아?"

……그걸 왜 나한테 물어. 그러나 반문하지 못했다. 까만 눈동자에 비친 제 얼굴이 조금의 흔들림도 없이 그 안에서 점점 더 어둑하게 물들어가고 있었기 때문이다.

"너무 당황스러워……."

서연의 연약한 음성이 가늘게 떨렸다. 단순히 귀에 딱지가 앉도록 욕을 들었던 그 백싸가지가 이 남자였다는 것에 놀란 것만이 아니었다. 바짝 다가선 그의 얼굴, 그 사이로 내비치는 전과 다른 무언가. 침묵의 끝에 서연의 입 안에 마른침이 고였다.

"실은 우리 제대로 만나기 전부터 최 비서한테 이것저것 물었어. 너에 대해 알고 싶어서."

서연의 동공이 떨렸다.

"그때 얘기 듣고 더 관심이 간 것 같기도 하고."

도훈이 잡은 손을 놓아주자 숨 막히게 좁혀졌던 거리가 제자리를 찾았다.

다만 서연은 여전히 혼란 그 자체였다.

"물어봤다고? 여진이한테?"

"응."

"어, 어떤 걸 물어봤는데요?"

설마 무당이니 뭐니, 몸과 마음을 줘버려야지 여자가 된다느니 그런 걸 전부 들은 건……? 아니면 그동안 내가 백도훈을 열쇠남이라며 덮치겠다고 혈안이 돼서 쫓아다녔다는 것을 들은 건? 이 남자, 대체 어디까지 알고 있는 거지?

그러나 도훈은 대답 대신 뚫어져라 서연을 바라볼 뿐이었다. 곧 단정한 입꼬리가 슬쩍 올라갔다. 사실 도훈이 여진에게 들은 것은 서연의 기본적인 신상밖에 없었다. 부모님에 관한 이야기나, 그동안 얼마나 외롭고 힘들게 인생을 살아왔는지 등등.

다만 도훈은 평생을 지겹게 해온 일이 사람의 표정을 면밀하게 읽고 관계의 주도권을 잡는 일이었고, 때문에 눈을 읽는 데에 그 누구보다도 탁월한 능력을 자랑했다. 그는 방금 서연의 떨리는 눈동자를 읽고 확신할 수 있었다.

역시 최 비서는 모든 것을 알고 있다고. 서연이 자신에게 숨기고 있는 그 무언가를. 그리고 아마 온전히 원래 모습으로 되돌아올 방법까지도.

등잔 위에서 따갑게 타고 있는 불빛을 받은 적갈색의 머리카락이 그 어느 때보다도 붉은빛을 띠고 있었다. 그보다 배는 붉은 도톰한 입술이 길게 늘어지며 웃는다. 흐릿한 시야는 이내 밝아지고, 도훈은 그 여자가 누구인지 제대로 인지할 수 있었다. 시야는 여전히 몽롱하였고 불빛은 턱없이 어두웠으나, 이 작고 예쁜 얼굴을 어떻게 헷갈릴까.

"강서연?"

도훈이 한쪽 눈가를 찡그렸다.

"너……."

아니, 그런데 차림새가 조금 이상하다. 정수리부터 발끝까지 훑어 내린 도훈의 눈동자 위로 물음표가 돋아났다. 화려한 자수가 촘촘하게 장식된 붉은 저고리와 풍성한 청색 치마, 크게 올린 머리 위로 박힌 금빛 장식이 반짝이며 빛을 내고 있었다. 그 복장에 의문을 품고 뭐라고 말을 하기도 전에 말간 얼굴이 불쑥 다가와 도훈의 입술을 함빡 머금었다.

"……."

도훈은 상황파악이 되지 않아 멈춘 채 가만히 있었다. 그런 그의 위로 애정을 듬뿍 담은 듯 부드럽게 조여 들어오는 서연의 키스. 달콤한 입맞춤에 움직이지 않던 도훈도 곧 숙련된 움직임으로 능숙하게 받아치기 시작했다. 입술이 어우러져 선사하는 황홀한 감각마저도 서연이 분명했다. 그 환상 같은 입맞춤은 서연이 먼저 조심스럽게 떨어질 때까지 자연스럽게 이어졌다. 수줍게 입술을 떼어낸 서연이 햇살처럼 웃는다. 도훈은 그제야 지금 이 상황이 현실이 아니라는 것을 눈치챘다.

이건 꿈…….

꿈?

순간적으로 꺼림칙한 기운이 스멀스멀 스며들었다. 서연을 만나고, 그녀가 본모습을 찾은 이후로 그녀의 꿈을 꾼 적이 단 한 번도 없었다. 항상 그 점을 아쉬워했던 도훈이었는데…….

당혹스러웠다. 갑자기 다시 그녀의 꿈을 꾸게 된 것에 대한 놀람이 아니다. 서연의 차림새가 현대의 것도 아니고, 지금까지 10년간 꿔왔던 그녀의 모습과도 완전히 달랐기 때문이었다. 생각이 꽉 막혀 백지가 되어버린 도훈이 숨을 멈추었다. 더욱 놀라운 것은 바로 지금부터 일어났다.

"나리……."

말을 한다.

10년간 굳게 닫혀 있던 그녀의 입술이 열린 것은 오늘이 처음이었다. 무슨 말이라도 좀 해달라고 그렇게 애원하고 빌어 봐도 한 마디도 하지 않던 서연이 놀라울 정도로 자연스럽게 목소리를 내었다. 쇳덩이로 얻어맞은 듯 심장이 욱신욱신 아파 왔다.

"어찌하여 이리도 늦게 오셨단 말입니까."

난생처음으로 들어본 꿈속 그녀의 목소리는 서연의 목소리와 거의 흡사했다. 그녀가 말을 이을수록 도훈은 느슨하던 신경이 팽팽하게 당겨 오는 것을 느꼈다.

"이년, 감히 나리께서 다시 찾아주시기를 염원하며 매일 밤 기도를 드렸습니다."

"……."

"비록 비천한 계집이오나 이리 그리며 찾아와주셨으니……."

이 여자, 강서연이 맞나?

그도 그럴 것이 영문 모를 차림으로, 영문 모를 말을 계속해서 한다. 흐릿했던 시야는 점점 더 밝아지고 선명해졌으며, 불길한 직감 역시 점점 더 짙어만 갔다. 도훈의 머리에서 켜진 붉은 경보등이 번뜩이며 지금 이 꿈은 명백히 이상하다고 말하고 있었다.

"부디 오늘 밤은 이년의 정을 받아주시기를 청합니다."

"그게 무슨……."

쿵! 그 순간 도훈은 온몸이 위압적으로 짓눌리며 저만치 아래로 쑥 떨어지는 감각을 경험했다. 절벽에서 떨어지는 듯한 아찔한 감각에 놀란 심장이 쾅, 바닥으로 처박혔다.

"……아."

도훈이 눈을 번쩍 뜨고 허리를 스프링처럼 벌떡 일으켰다. 머리에 송골송골 맺혀 있는 식은땀을 닦으며 주위를 경황없이 둘러보았다. 손바닥에 꾸욱 힘을 주자 침대 매트리스가 손가락 모양대로 깊게 짓눌렸다. 주위에는 아무도 없었고, 이미 아침이 밝았는지 꿈속보다 배는 환한 빛살이 그의 눈가를 뜨끈하게 데우고 있었다.

"뭐야……."

영문을 모를 상황에 그가 헛숨을 토했다.

"뭔데 이게……."

도훈이 입 안을 짧게 씹었다. 조금씩 일어난 불안은 곧 태산처럼 몸집을 부풀렸고, 도훈을 집어삼킬 듯이 옥죄어 왔다. 도훈이 다급하게 이불 속에서 튀어나와 빠른 속도로 문밖을 나섰다.

"강서연!"

그답지 않게 허둥지둥 서연을 찾았으나, 그런 태도가 무색하게도 서연은 낚시하러 가는 뱃사람처럼 평온한 얼굴을 하고 있었다.

"우웅. 좋은 아치임…… 으함."

막 일어난 듯한 그녀는 도훈의 속도 모르고 나른하게 하품을 하며 쭈욱 팔을 늘인다.

"……."

작게 안도의 한숨을 쉰 도훈이 한쪽 손으로 제 머리를 쓸어 넘겼다. 서연은 비척비척 움직여서 다가오더니 도훈의 엄지손가락을 꼬옥 움켜쥐었다.

"아침 뭐 먹을래요? 귀찮은데 그냥 간단하게 먹을까?"

도훈은 제 엄지를 쥐고 있는 서연의 손을 푸르고 제대로 그물처럼 촘촘하게 손깍지를 꼈다. 그 알콩달콩한 스킨십에 서연이 표정관리에 실패하고 헤벌쭉 웃어버렸다.

"이게 뭐람, 아침부터 남사스럽게……!"

"너, 혹시……."

"예?"

"혹시…… 어젯밤에……."

"어젯밤?"

"어젯밤에 내 침대……."

"거북이 기어가다 내장 터진다. 빨리 말해요!"

"찾아왔어?"

"네?"

"어젯밤에 내 침대에 왔었냐고."

서연이 붉은 입술을 꾸욱 다물었다. 뭐지, 이 복잡 미묘하면서도 이상하고 야한 질문은……?

"아니요. 왜요……?"

설마 찾아갔어야 했던 건가? 기다리고 있었던 건가?

"그래?"

도훈이 한쪽 눈썹을 들어 올렸다.

"아니면 됐어."

그가 나지막한 소리로 중얼거리자 서연이 입술을 구겼다.

막 A사와의 미팅을 끝내고 도훈은 차에 올라탔다.

"물."

그가 저릿한 미간을 짚고서 중얼거렸다. 여진이 서둘러 차 안에 달린 캐비닛에서 생수를 꺼내 도훈에게 건넸다.

"여기 있습니다."

미팅은 여의도에서 이루어졌는데, MS푸드의 새로운 브랜드를 론칭한 이후 최대 규모인 4층짜리 직영점의 탄생 부지도 바로 그 근처에 위치하고 있었다. 미팅 후 아직 오픈 전인 최대 규모 직영점에 점검 차 들른 도훈은 오늘도 어김없이 한 건 터뜨리고야 말았다. 조금 전 매장 관리자에게 불같이 면박을 주던 도훈을 떠올리며 여진은 마른침을 꿀꺽 삼켰다.

역시 연애한다고 사람이 달라지지는 않지. 암. 이 인간이 누군데! 여진은 오늘도 어김없이 싸가지 밥 말아 드신 도훈의 눈치를 보며, 그에게 도로 생수병을 받아 캐비닛 안에 넣었다.

띵동, 재킷 안주머니에 있던 도훈의 휴대전화가 짧게 울렸다. 그 소리에 여진의 눈이 흘끔 다시 백미러로 향했다. 문자 내용을 확인한 백싸가지의 철옹성 같은 입꼬리가 괴기스럽게 올라간다. 온몸에 소름이 오소소 돋은 여진이 속으로 거품을 물며 뒷목을 짚었다. 누구랑 문자 하길래 저렇게 무섭게 웃어?

물론 객관적으로 볼 때 그의 웃음은 잘생긴 남자의 꿀 떨어지는 웃음이었다. 그러나 여진의 눈에는 공포영화의 한 장면에 불과할 뿐이었다.

[여진이한테 뭐라고 하지 마요!]

"……큭."

도훈은 서연에게 온 문자를 물끄러미 보았다. 어젯밤부터 입이 마르고 닳도록 최 비서를 혼내지 말라며 노래를 부르던 그녀였다. 살풋 웃음이 터진 도훈이 왼손으로 살짝 입을 가리며 편하게 턱을 괬다.

[글쎄. 어떻게 할까.]

[아, 하지 마요! 하지 말라면 하지 마요! 응? 내가 여진이한테 너무 미안하잖아!]

[안 하면 뭐 해줄 건데?]

[네? 뭐를 해줘요? 뭘 해줘요!]

뭐가 좋을까, 도훈이 씩 웃으며 잠깐 고민했다.

[키스해줘.]

깜찍하게도 답장이 없다.

이거 제대로 중증인가, 뭔 짓을 해도 좋고 귀여워서 견딜 수가 없다. 어쩌다 이렇게 빠져버렸는지, 저 자신이 낯설어도 너무 낯설어서 헛웃음이 터질 정도였다.

"……."

서연의 생각에 잠기니 간밤의 묘한 꿈이 불현듯 떠올랐다. 왜 또 그녀의 꿈을 꾼 걸까?

세상 모든 일에는 그 일이 발생한 원인과 이유가 있다. 도훈의 꿈에 서연이 10년간 꿈에 나왔던 것에는 그가 모르는 이유가 있을 것이고, 서연의 모습이 시시각각 변하는 비이상적인 성질에도 분명 그렇게 된 원인이 있을 것이다.

물론, 오늘 꾼 기묘한 꿈에도 이유가 있을 것이다. 왜 그런 꿈을 꾼 건지, 그 꿈이 어떤 의미인 건지는 몰라도…….

한 가지. 더 이상 묵묵히 굴러가는 운명을 받아들이고 안일하게 지켜만 봐서는 안 된다는 생각이 도훈을 파고들었다.

강서연이 자신에게 숨기고 있는 것은 무언인가. 이쪽도 비밀이 많았기 때문에 먼저 말할 때까지 기다려줄 생각이었으나, 이제는 그럴 수 없게 되었다.

불안해서, 그녀가 허상이었다는 듯 사라져버릴까 봐 두려워서. 도훈은 그녀를 평생 곁에 잡아두기 위해 무슨 짓을 해서라도 서연의 비밀을 알아내야겠다고 결심했다.

"이사님, 회사로 갈까요? 아니면 바로 퇴근하시겠습니까?"

감추면 이쪽에서 들춰내야지.

"아니, 가기 전에 여기서 식사나 하고 가지."

"네?"

여진이 흠칫 놀라 되물었다. 백싸가지, 웬일로 밥을 먹고 간다고 하지?

한편 서연은 키스해줘, 라는 도훈의 문자를 보고 그대로 석고상이 되었다. 심장이 쿵 하고 떨어져 배 속에서 떼굴떼굴 굴러다니는 중이었다.

"왜? 무슨 일 있어?"

재경이 부드럽게 웃으며 건너편에 앉은 서연에게 묻자, 구르던 심장이 우뚝 멈췄다. 서연이 퍼뜩 정신을 차렸다.

"왜 놀라? 무슨 문자인데?"

"아…… 으응, 별거 아냐. 남자친구."

고개를 좌우로 저으며 어색하게 웃어 보였다. 실은 훅 들어온 도훈 때문에 엄청 놀란 서연이었지만, 평정을 다스리며 다소곳이 휴대전화를 테이블 위에 올려놓았다.

"애인 있었구나?"

"응. 좋은 사람 운 좋게 만났어."

"하긴 이렇게 예쁜데 없는 게 더 이상하지."

나긋하게 웃는 재경의 시선은 그 휴대전화의 경로를 은밀하게 따라갔다.

"참, 오빠 재킷 지금 먼저 줄게. 잠깐만?"

"하하, 이따 줘도 되는데."

"이따 까먹으면 큰일이니까. 내가 요즘 일도 안 하고 있어서 그런지 좀 많이 깜빡깜빡하거든. 이러다 조기 치매 올 것 같다니까?"

서연이 웃으며 쇼핑백을 테이블 위로 올려 재경의 쪽으로 살짝 밀었다. 제 입술을 가볍게 쓸고 있던 재경의 오른손이 유연하게 쇼핑백으로 향했다.

"세탁할까 했는데, 보니까 명품이라 괜히 건드렸다가 섬유 손상될까 싶어서 못 했어. 그래도 깨끗하게 입고 걸어놓았으니까 오염은 없을 거야. 한번 볼……."

래? 라고 말하려다가 멈칫했다. 쇼핑백 위로 뻗어진 재경의 손이 서연의 손등에 살짝 닿았기 때문이었다.

"고마워?"

재경이 눈웃음을 지었다. 예고 없는 접촉에 조금 놀란 서연도 웃으며 얼른 손을 떼어내 아래로 내렸다.

여진과 도훈은 조금 이동하여 사람이 많지 않은 근처의 커다란 횟집에 들어섰다. 도훈이 앞장서서 들어가자 뒤에서 따라가던 여진이 정중하게 허리를 90도로 숙였다.

"이사님, 그러면 식사 맛있게 하십시오. 저는 차에서 대기하고 있겠습니다. 식사 마치시고 미리 연락 주시면 바로 출발할 수 있게……."

"최 비서도 같이 식사해."

"……네에?"

지금 저 인간이 뭐라고? 여진은 도저히 제 귀를 믿을 수가 없어 눈을 끔뻑였다. 약 3년간 그의 옆에서 비서로 일했지만 단 한 번도 그와 겸상을 한 적이 없었다. 출장이라도 따라간 날에는 같은 식당에 들어가도 도훈은 프라이빗한 룸에 들어가 혼자 식사를 했고, 여진은 밖의 홀에서 혼자 밥을 먹었다. 남에게는 다소 이상하게 보일지라도 그들에게는 자연스러운 현상 같은 것이었고, 여진도 그게 편했다. 그런데…….

"들지."

"네, 네!"

어느새 휘황찬란한 장식을 곁들인 때깔 좋은 회 한 접시가 눈앞에 등장했고, 여진은 덜덜 떨리는 손가락으로 바보같이 젓가락을 어리숙하게 집었다.

뭐지 이게? 이 인간 왜 이러는 거지? 왜 이런 상황이 된 거지! 당황해서 눈앞이 흐릿해지는 와중, 정작 이런 숨 막히는 상황을 만들어낸 주동자 백 싸가지는 역시나, 역시나, 말 한마디 없이 먹기만 한다.

여진이 그런 그의 얼굴을 흘끔 쳐다봤다. 저 인간은 처음 봤을 때부터 과묵한 것인지, 로봇 같은 건지 일 얘기나 꾸지람 외에 사담은 한 마디도 없었다. 무엇을 씹는지도 느끼지 못할 정도로 회 세 점을 연달아 우걱우걱 먹는데 토할 것만 같아 물을 꿀꺽꿀꺽 마셨다.

"최 비서는 어디까지 알고 있나?"

푸웁! 한참 만에 뜬금없이 들리는 백싸가지의 목소리에 여진은 저도 모르게 물을 뿜었다. 도훈이 더럽다는 듯 눈을 매섭게 뜨자 오금이 저렸다.

"죄, 죄송합니다. 뭐, 어떤 거 말씀이십니까?"

"서연이랑 가장 친한 친구라며. 아주…… 막역한 사이라고 하던데."

서연이? 저 인간이 성씨 안 붙이고 사람 이름을 부를 수 있는 사람이었던 가?

"속사정까지 자연스럽게 아는 사이라고."

여진이 눈을 바싹 내리깔았다. 기어들어가는 소리로 '네'라고 대답했다. 도훈의 한쪽 입꼬리가 슬쩍 사악하게 올라갔다.

"뭐…… 이를테면 상사 욕도 자연스럽게 하고?"

여진의 심장이 철렁 내려앉았다.

"……네에?"

동공 지진이라는 말은 이런 상황을 표현하기 위해 만들어진 말일까! 여진의 동공은 어제에 이어 이틀 연속으로 지진에 몸살을 앓았다.

"그, 그게 무슨 말씀이신지…… 끄억!"

여진이 기겁하며 몸을 바르작거리다가 식탁 앞에 동그란 무릎을 툭 부딪쳤다. 엄청난 고통이 수반되었으나 그보다 무서운 것은 제 앞에서 무슨 일 있었냐는 듯 여유롭게 회를 집어 먹는 백싸가지의 존재였다.

"뭐, 이건 농담이고."

여진이 긴장된 침을 꿀꺽 삼켰다. 무슨 농담을 저렇게 살인마 같은 얼굴을 하고 할 수 있지?

도훈이 젓가락을 내려놓고 물수건으로 느릿느릿하게 손을 닦았다. 느릿한 움직임을 따라 정갈하게 걸려 있는 손목시계가 오싹하게 번쩍인다. 새까만 두 눈동자가 가만히 여진을 꿰뚫을 듯 내려다보고 있었다.

"최 비서는 서연이의 모습이 계속 변하는 것도 알겠지. 직접 눈앞에서 보지는 못했겠지만 말이야."

바로 눈앞에서 머리카락이 길어지고, 가슴이 커지며 팔다리가 가늘어지는 것을 보면 아무리 친구라 해도 조금은 공포심을 느꼈을 것이다. 즉, 여진이 서연의 변화를 자연스럽게 받아들이는 것은 그녀의 몸의 변화를 이야기로만 듣고 눈앞에서 직접 목격하지 못했기 때문일 것이라고 도훈은 추측했다. 여진이 덜덜 떨리는 고개를 작게 끄덕였다.

"그럼 그 이유도 알겠군. 하필이면 그 여자한테만 그런 비현실적인 일이 일어나는 이유."

백 싸가지, 지금 추궁하는 건가? 이러려고 답지 않게 밥 먹자고 한 거야? 눈에 띄게 당황한 여진이 입술을 꼭 감쳐물었다. 도훈은 그런 그녀의 표정 변화를 빠짐없이 머릿속에 기록하며 말을 이었다.

"그리고……."

뱉어지는 음성이 그 어느 때보다도 낮고 차분했다.

"온전히 제 모습으로 돌아올 방법 또한 말이야."

꼴깍, 그 말에 침을 눌러 삼킨 여진이 식은땀을 비죽 흘리며 눈동자를 굴렸다. 어떻게 해야 하지? 긴장된 눈으로 흘끔 도훈의 얼굴을 바라보았는데, 냉정한 얼굴에서 뿜어져 나오는 위압감에 숨이 턱턱 막혔다. 파르르 떨던 여진이 입술을 느릿하게 벌렸다.

"그, 그건……."

아직 식사가 나오기 전, 재경과 서연 두 사람이 공유하고 있는 과거는 길었고 그 이야기가 공백을 채웠다. 화기애애한 분위기로 이런저런 이야기를 나누다가 문득 재경이 물었다.

"이런 음식, 네 입맛에 안 맞지 않아?"

사실 재경은 오늘 전망 좋은 레스토랑을 예약해두었으나, 자신이 아는 곳으로 가자는 서연의 의견을 따라 이곳으로 온 것이었다.

"좋은 데 가서 맛있는 거 사주고 싶었는데,"

"왜? 나 스시 완전 좋아하는데."

때마침 주문한 초밥이 테이블 위로 탁, 시끄럽게 소음을 내며 내려앉았다.

"맛있게 드세요."

그 교양 없는 소음이 재경의 고막을 찌르는가 싶더니, 곧이어 직원이 퉁명스런 말투로 한마디 툭 내뱉고는 쌩 뒤돌아 가버렸다. 음식을 한번 보고, 직원의 뒷모습을 연달아 본 재경이 다시 서연을 보며 따뜻하게 미소 지었다.

"그래?"

"응. 여기가 가성비 좋다고 SNS에서 유명한 곳이거든. 그래서 몇 번 와서 먹었었어. 맛있고, 싸고. 괜찮더라고."

"하하, 너 좋아하니까 나도 좋다."

재경이 옆 통에 꽂힌 젓가락을 뽑아 그녀의 위에 가지런히 놓아주었다. 소란스럽고 정신없는 식당 안에서도 재경은 조금도 흔들리지 않고 예의를 지켰다. 그런 그가 저렴한 나무젓가락으로 만들어낸 각도는 단정했고, 서연은 그 각을 흐트러뜨리며 젓가락을 집어 들었다.

"와, 옛날 생각난다. 옛날에도 밥 먹을 때면 오빠가 항상 젓가락 놔주고 물 놔주고 그랬잖아. 뭐 흘리면 닦아주고, 하하."

어렸을 때부터 함께했던 그는 언제나 이렇게 뒤에서 묵묵히 서연을 챙겨주었다. 겨우 두 살 차이였으나, 바빴던 서연의 부모님을 대신해 조숙했던 재경은 언제나 서연의 보호자 같은 역할을 했다. 그런 재경은 외동이었던 서연에게 진짜 자신의 친오빠라고 착각할 만큼 가까운 존재일 수밖에 없었다.

"오빠, 다른 사람 챙기는 버릇은 여전하네?"

그 다정함에 익숙해진 서연은 그저 재경이 남을 보살펴주는 것을 좋아하는 성향이구나 하고 생각하며 평생을 지내왔다.

"나 사람 챙기는 버릇 같은 거 없는데."

아주 자연스럽게도.

"어?"

"우리 서연이니까 잘해주는 건데……."

재경이 새까만 간장 소스가 한가득 담긴 통을 느릿하게 들어 올렸다.

"너 그거 몰랐구나?"

그 까만 수면이 찰랑거렸다. 재경이 서연의 앞에 놓인 종지 위로 짜디짠 액체를 능숙하게 따랐다. 뚝, 멈춘 손목이 부드럽게 꺾여 올라갔다. 한 방울도 흘리지 않고, 무서울 정도로 깔끔하게 접시 위로 간장이 담겼다. 재경이 섬세한 손으로 초밥 접시를 그녀 쪽으로 부드럽게 밀어 넣었다.

"많이 먹어."

나는 너 먹는 것만 봐도 좋아, 그렇게 말하는 듯 자상한 다갈색 눈이 반달같이 휜다. 곧 눈을 동그랗게 뜬 서연이 사랑스럽다는 듯이 소리 내 웃는다.

"아……."

서연은 뭔가 미묘함을 느꼈다.

"응. 오빠도 많이 먹어."

"오늘 다들 수고 많았어요. 푹 쉬고 내일 봐요?"

"네, 팀장님. 내일 뵙겠습니다!"

유라는 같이 나온 팀원들과 회사 정문에서 웃는 얼굴로 인사를 하고 주차장으로 향했다. 어둑한 주차장으로 들어가 차에 몸을 욱여넣자마자 밝게 웃던 안색이 창백하게 식었다. 깊게 한숨을 한 번 쉬고 권태로운 동작으로 시동을 걸었다. 기계적으로 액셀을 밟는 내내 유라는 몇 번이고 시큰거리는 눈가를 꾹 눌러 참았다. 어둠을 밝히는 조명들이 눈앞에서 폭죽처럼 번질 때마다 위태로운 심장이 깨질 듯이 욱신거렸다.

"……프랑스, 돌아갈까."

이제는 행동할 기력도 사라진 유라는 하루도 빼지 않고 도훈의 휴대전화에 불이 나도록 전화를 걸던 행위마저도 그만두었다.

10번을 해도, 100번을 해도, 어차피 받지도 않는 전화, 밀려오는 괘씸함에 여러 가지 독한 생각도 해보았다. 서연에게 7년 전 그날 밤 일을 전부 불어버릴까, 아니면 백도훈이 오랜 시간 짝사랑하던 여자는 죽었고 당신은 그래 봤자 대용품일 뿐이라고 표독스럽게 떠들어 볼까, 하고. 그러나 내키지 않아 전부 그만두었다.

"난…… 나라면……."

대용품이라도 좋을 것 같아……. 유라가 입술을 꼭 깨물었다. 왜 자신이 아니라 강서연이 백도훈이 사랑했던 그 여자를 닮은 건지, 한 번도 자신의 얼굴에 불만족했던 적이 없었는데 이제는 이 얼굴이 원망스러울 지경이었다.

"예쁜 거로 따지면 내가 훨씬 예쁘잖아……. 아무리 자기가 사랑했던 여자를 닮았다고 해도, 어떻게, 어떻게 그렇게 남자 같은……."

유라가 흐르는 눈물 때문에 앞이 보이지 않아 두 눈을 꾹 감았다가 떴다.

"하, 나 뭐라는 거니……."

후우, 그녀는 심호흡했다. 지금 자신의 이 생각들이 얼마나 흉측하게 일그러진 것인지, 그 누구보다도 잘 알고 있었다.

"정말 못됐다……."

그러나 방금 뱉은 말들이 진짜 본심이었다. 악역은 적성이 아니었으나, 착한 척하며 뒤에서 청승 떠는 것은 더욱더 괴로웠다. 유라가 핸들을 꽉 움켜쥐며 정면을 노려보았다.

"이대로 정말 포기해야 해……?"

찢어놓고 싶어.

"오빠와 강서연 씨, 하나도 안 어울려."

아무리 오빠가 좋아했던 여자와 닮았다고 해도, 적어도 내가 납득할 만한 여자여야지, 오빠. 유라는 서연이 그 그림 속 여자보다 모자라도 한참 모자란다고 생각했다. 해봐야 이목구비가 조금 닮은 것뿐, 그 외에 모든 것이 한참 떨어진다고 생각했다.

"어……?"

유라의 흔들리던 동공은 까맣게 물들었다.

저기 버스 정류장에 앉아 있는 여자……. 유라는 인상을 팍 찌푸리자 머리가 어지러웠다. 허공에 휘젓던 손을 툭 힘없이 내리자 갑자기 와이퍼가 움직이며 시야를 막기 시작했다. 정신 사나운 와이퍼를 더듬더듬 멈추고 눈을 똑바로 떴다.

"……."

유라의 동공이 커다래졌다.

저 버스 정류장에 서 있는 여자. 웬 남자와 함께 웃으며 나란히 서 있는 저 여자.

"뭐야……."

틀림없이 백도훈의 방을 온통 뒤덮은 그림 속의 여자였다.

"뭐야?"

유라가 다급하게 조금 떨어진 뒤쪽에 차를 세웠다. 그러고선 숨을 죽여 여자와 남자를 지켜보았다. 허리까지 덮인 붉고 긴 머리카락, 또렷하고 청아한 이목구비. 그녀를 보면 볼수록 더욱 확신이 들었다. 김형원 교수님의 딸, 백도훈이 병적으로 사랑했던 여자.

"죽은 사람이 아니었어……?"

여자는 마침 온 버스에 올라타고 있었다. 그 모습을 망연하게 바라보는 유라의 시야에 혼란이 한가득 담겼다.

"내 차로 집까지 데려다주고 싶었는데, 아쉽네."

버스에 반쯤 올라탄 서연에게 재경이 말했다.

"어휴, 오빠도 참. 옛날처럼 꼬맹이도 아니고 내 집 혼자 못 찾아가겠어? 됐으니까 얼른 가보세요. 얼른! 고고!"

"하하, 알았어. 조심히 들어가고, 이따 연락할게?"

"응. 가!"

탁, 버스의 문이 닫히고 서연의 실루엣이 안으로 완전히 사라졌다. 재경이 한 발짝 물러서서 멀어지는 버스를 한참 동안 바라보았다. 이내 주머니에 손을 꽂고 부드럽게 뒤를 돌았다.

"……."

그 순간, 정차된 차 안에 넋 나간 사람처럼 있는 유라와 일순 눈이 마주쳤다. 자동차 앞 유리를 두고 우뚝 눈이 마주친 두 사람. 재경이 한쪽 눈썹을 들어 올렸다. 눈물바다가 된 채 핸들을 꽉 붙잡고 있는 여자는 지금까지 서연과 자신을 관망하던 중인 듯 보였다. 재경은 자리를 뜨지 않고 계속해서 유라를 쳐다보았다.

"……아."

곧 자신에게 쏟아지는 남자의 따가운 시선에 퍼뜩 정신을 차린 유라가 얼른 시선을 거두고 액셀을 밟아 자리를 떴다.

여진과 식사를 마치고 집으로 향하는 내내 도훈은 사색에 빠진 얼굴로 차를 몰았다. 창밖 날씨는 마치 폭우라도 올 것처럼 우중충하고 흐렸으나 막상 비가 내리지는 않았다.

"……."

말 그대로 찜찜하기만 한 날씨였다. 회사에 두고 온 서류를 가지러 들렀다가 다시 집으로 돌아가는 길이었기 때문에 예정보다 귀가가 늦어지고 말았다. 블루투스 이어폰을 귀에 낀 도훈이 서연에게 전화를 걸었다.

-여보세요?

"응, 어디야?"

-나 지금 집. 언제 와요?

"나도 지금 집으로 가는 중. 오늘 하루 뭐 했어?"

-그냥 집에 있다가요. 아는 사람 좀 만나서 저녁 먹고 막 왔어요. 도훈 씨

26

식사하고 온다길래 나도 그냥 먹고 왔지. 같이 먹고 싶었는데…….

소심하게 웅얼거리자 도훈이 작게 웃음을 터뜨렸다.

"잘했어."

이렇게 귀엽게 굴어도 비밀 많은 건 못 참지. 도훈이 액셀을 꾹 누르며 전진했다.

"우리 데이트할까?"

-앗! 빨리 말하지! 나 막 씻으려고 옷 벗었는데!

"……그래?"

도훈이 마른침을 삼키자 목울대가 파도처럼 일렁였다. 그의 가슴이 벅찬 듯 커다랗게 부풀었다가 내려앉았다.

"딱 좋네."

-…….

수화기 건너편이 죽은 듯 조용했다. 도훈의 입술이 보기 좋게 길어졌다. 굳이 보지 않아도 토끼처럼 눈이 똥그랗게 커져서 빨개져 있을 서연이 머릿속에서 그려지자 바싹 마른 입 안에 군침이 고였다.

"덥다……."

미치겠네.

"벌써 여름인가."

가슴이 터질 것처럼 열이 오른다. 보고 싶어 미치겠는데, 와중에 차는 왜 이렇게 막혀…….

-…….

답답해 죽겠는데 여전히 굳어 있는 서연 때문에 웃음은 나오고.

"일일이 굳지 마. 반응이 그러니까 놀리기 딱 좋다고."

-……아우, 진짜 못 살아!

도훈이 빨간 불을 응시하며 몸이 단 사람처럼 떨리는 입술을 달싹였다.

"그러면…… 집에서 놀까?"

-아니에요. 나 다시 입으면 돼요.

"……그래?"

-밥은 둘 다 먹었으니까 나가서 간단하게 맥주 한잔할래요?

"……좋아."

-저기, 근데 혹시 피곤해요? 어디 아픈 건 아니죠?

"응, 왜?"

-아니 그냥 뭔가 좀 그래 보여서. 뭐랄까…….

도훈의 눈썹이 조용히 구겨졌다.

-되게 초조한 사람 같아. 답답해 보이고.

……귀신이네.

-뭔 일 있었어요?

도훈이 입을 다물었다가 다시 벌렸다.

"없었어. 그보다 나 근처야. 이제 가는데 몇 분이면 준비 다 해?"

-한 20분이면 가능해요.

"그럼 집으로 갈 테니 일단 집에서 보자고."

-네! 얼른 와요!

깔끔하게 전화를 끝낸 도훈은 이어폰을 무신경하게 잡아 뽑았다. 끝나지 않을 것 같던 도로도 어느덧 골목으로 바뀌고 드디어 집에 도착했다.

"…….."

그녀가 나올 때까지 기다릴 수 없었던 도훈은 차가 아닌 집 안으로 들어가서 기다릴 생각이었다. 그런데 집 바로 앞에 도착하자 더더욱 차 안에서 기다릴 수가 없게 되었다. 웬 처음 보는 남자가 차를 옆에 대고 서 있었기 때문이었다. 남자는 뚫어져라 집 대문을 바라보더니 그 앞에서 한참을 서성이고 있었다. 가까이 다가간 그가 대문 틈을 살짝 들여다보니, 또띠가 왈왈 짖는다. 차 안에서 그의 행동을 묵묵히 지켜보던 도훈이 이내 못 참겠다는 듯 차 문을 벌컥 열었다.

"당신 뭐야."

도훈이 씹듯이 뱉었다. 이미 차 안에서 남자에 대한 모든 스캔을 마친 도훈은 그에 맞춰 모드를 변경한 것이다. 남자가 두르고 있는 모든 것이 도훈도 자주 구매하는 고가의 명품 브랜드 상품이었고, 옆에 아무렇게나 멈춰 있는 스포츠카 또한 만만치 않은 가격을 자랑하는 차종이었다. 그건 이 남자가 단순한 좀도둑이나 집 좋다면서 기웃거리는 하릴없는 놈은 아니라는 뜻이었다.

"그러는 그쪽은 누구시길래 이렇게 무례하십니까?"

재경이 픽 웃으며 도훈에게 물었다.

"이쪽이 먼저 물었습니다. 질문을 질문으로 답하는 게 당신의 예의입니까?"

"예의 차릴 이유가 없죠. 누군지도 모르는 그쪽한테는 볼일이 없는데."

"그래?"

도훈의 입꼬리가 일그러지며 올라갔다.

"내 집을 엿보고 있길래 내게 볼일 있는 줄 알았지."

동시에 재경의 미간에 짙은 주름이 잡혔다. 웃음기 가득하던 눈가가 일순 내려앉았다.

"……이 집에 사십니까?"

도훈은 대답하지 않고 다시 운전석으로 들어갔다. 부웅, 거친 소음을 내며 출발한 차는 차고 안에 들어가 제대로 주차를 마쳤다. 그 거친 주차 과정을 보며 재경이 헛숨을 토해냈다.

"같이 살아?"

운전석 문을 열고 나온 도훈은 차 키를 주머니에 꽂아 넣고, 재경 쪽에는 시선도 주지 않은 채 자연스럽게 대문을 열었다.

"그 재킷……."

열린 대문 안으로 비스듬히 들어간 도훈이 느릿하게 고개를 들어 재경을 응시했다.

"잘 어울리네요."

도훈이 날이 선 음성으로 중얼거렸다. 차가운 눈동자가 재경의 갈색 동공을 찢어버릴 듯이 응시하자 재경의 눈썹도 날카롭게 솟았다. 곧 인상을 편 재경은 도훈의 기분이 나쁠 정도로 아무렇지 않게 너그러이 웃었다.

"감사합니다."

"됐고……. 이제 만날 일 없는 겁니다."

쾅, 세게 닫자 대문에서 부서질 것 같은 꿍음이 일었다. 뒤에서 비웃는 듯한 재경의 실소가 들려오자 도훈은 불쾌했다. 지금껏 살면서 제 눈을 똑바로 보고 저토록 태연하게 웃는 놈은 저놈이 처음이었다.

"스토커야, 뭐야."

왜 애인 있는 여자 집까지 찾아와? 불만스럽게 발음을 씹으며 집 안으로 들어서 넥타이를 거칠게 끌러 내렸다.

주말에 서연이 집에 가지고 왔었던 밝은 베이지 컬러의 재킷. 그 옷을 저놈이 입고 있었다는 것은…….

"……."

오늘 아는 사람과 저녁을 먹었다고 했지. 둘이서 밥 먹는 장면을 상상하니 답답했던 가슴이 더 꽉 틀어 막힌 것 같다.

"친오빠 같은 남자라……."

도훈은 10년간 매일같이 서연을 그리워하며 찾아 헤매다가 이제야 겨우 그녀를 만났다. 지난 10년, 아니 그 이상의 공백을 그녀와 함께 보내지 못했다는 것만으로도 화가 솟구치는데, 저놈은 그보다 긴 세월을 그녀와 같이 보냈을 테지.

"맘에 안 들어……."

도훈이 잇새를 꽉 깨물었다. 후, 답답한 속을 풀기 위해 정수기에서 냉수를 한가득 따라 입 안에 마구잡이로 털어 넣었다. 꿀꺽 삼키니 옆의 식탁에 올라와 있는 서연의 휴대전화가 작게 진동했다. 그가 무심하게 그녀의 휴대전화를 응시하니, 이내 하. 한숨이 튀어나왔다.

눈치 없으면 바닥으로 처박히는 환경에서 자란 탓인지, 도훈의 눈치는 남들보다 배는 빨랐다.

놈은 속이 음흉하다 못해 시커먼 놈이다. 서연의 옆에 두어서는 절대 안 될 위험인물.

도훈은 삐삐삐 하고 그의 머리에서 울리는 경고음을 들으며 탁자에 있는 휴대전화를 낚아채 들고 위층을 올려다보았다. 희미하게 물소리가 들리는 것을 보아 서연은 아직 화장실에 있는 모양이었다. 남의 휴대전화를 제멋대로 받는 것은 물론 예의가 아닐 것이다. 연인 관계에서도 마찬가지이다. 그러나 도훈은 직감으로 이 전화는 자신이 받아야 한다고 확신했다. 화면에 떠 있는 저장되어 있지 않은 번호를 잠깐 응시하다가 꾹 누르니 아니나 다를까 들려오는 목소리가 남자다.

-서연아.

아까 그 남자.

-오늘 오랜만에 둘이 같이 밥 먹을 수 있어서 좋았어. 다음에는 우리 더 좋은 데로 가자.

하, 놀고 자빠졌네. 다음은 무슨…….

-너 고기 좋아하잖아. 스테이크 사줄게. 와인 한잔하면서, 어때?

원래 화려한 꽃에는 벌레가 꼬이기 마련이었다. 도훈이 미간을 험악하게 좁혔다.

"앞에선 찔리니 뒤에서 수작질입니까?"

-…….

찬물을 끼얹은 듯 고요해졌다. 수화기를 타고 짧은 숨이 아주 작게 들렸다. 보이지 않아도 놈의 호흡이 날카로워진 것을 어렴풋이 짐작할 수 있었다.

-누구?

"알면서 쓸데없이 묻는 이유는 뭐야."

-동거한다고 전화도 같이 공유해야 하는 겁니까? 남의 전화 맘대로 받는

건 예의가 아닙니다.

"아까부터 예의, 예의 거슬리게."

-…….

"경고한 지 5분도 채 지나지 않아서 전화하길래 나 받으라고 건 줄 알았는데. 착각인가?"

-글쎄요. 다른 건 몰라도 그쪽과 대화하려고 바쁜 시간 들여 전화한 건 아닙니다.

도훈이 헛웃음을 터뜨렸다.

-서연이 옆에 있습니까? 바꿔주시겠습니까?

"없어. 나와 얘기해. 무슨 얘기가 하고 싶어?"

-서연이 전화입니다. 서연이와 얘기하겠습니다.

"말 안 통하네. 무슨 얘기가 하고 싶냐고 묻잖아."

-하하, 그런데 아까부터 말이 짧으시네요. 그렇게 저와 대화가 하고 싶으시다면…… 그래.

이게 또 웃네…….

-어디, 날씨 얘기라도 하시겠습니까?

도훈이 끓는 속을 가까스로 누르고 따라 웃었다.

"듣자 하니 어렸을 때부터 같이 지내왔던 친오빠 같은 사람이라고 하던데."

-…….

"당신은 여동생과 단둘이 레스토랑에서 스테이크에 와인 한잔하는 게 보편적인 일인가 보지?"

-……그동안 잘 못 먹었는지 한참 말랐기에 좋아하는 음식 좀 사주려고 했습니다. 불쾌하셨다면 죄송합니다.

"그리고 뭘 알고 떠들지. 서연이는 스테이크에 와인보다 삼겹살에 소주를 좋아해."

내가 더 그 여자를 잘 알아, 그렇게 말하는 듯한 도훈의 어조에는 가시가 돋쳐 있었다. 재경이 나직하게 웃었다.

-그쪽이야말로 뭘 알고 얘기하시죠.

차분하고 부드럽지만 어쩐지 귓가를 찌르는 따가운 음성이었다.

-서연이가 어떤 아이인데 그런 저급한 음식을 입에 댄다는 겁니까.

열 받게 하는 것도 이쯤 되면 재주였다. 도훈이 치밀어 오르는 욕지거리를 가까스로 억누르고 입술을 잘근 깨물었다.

"옛날에는 그랬을지 몰라도 지금은 그래. 사람은 원래 변해."

-변하고 싶어서 변한 것인지, 변할 수밖에 없어서 변한 것인지…….

나긋나긋하게 흘러가는 재경의 목소리를 들으며 도훈의 머리는 점점 더 차가워졌다.

-모르지 않을 텐데요.

"하…… 참."

도훈이 식탁 위에 놓여 있는 제 휴대전화를 켜서 재경의 번호를 한 자 한 자 꾹꾹 눌러 담았다.

"남의 여자한테 당당하게 수작 거는 주제에 말이 많네."

도훈의 말에 재경이 재밌다는 듯 웃었다.

"네가 아무리 발악해도 결국 서연이는 나를 선택해. 이쪽이 연상 같은데 괜히 애먼 데 힘 빼지 말라고 충고하는 거니까 새겨들어요."

-……자신이 넘치시네요.

"당연하지."

이번엔 도훈이 픽 웃음을 터뜨렸다.

"어차피 그 여자는 내 곁에 있을 수밖에 없어."

-…….

"그러니까 친오빠인지 뭔지 소꿉놀이라도 계속하고 싶으면……."

도훈이 말꼬리를 길게 늘이자 수화기 건너편이 싸늘하게 굳었다.

"그 흑심 좀 숨겨."

한동안 대답이 없었다. 도훈은 대답을 들으려고 한 말은 아니었기에, 굳이 침묵을 오래 지키지 않고 통화 종료 버튼을 눌렀다. 거북한 목소리가 더는 들리지 않게 된 휴대전화를 한참 내려다보던 도훈의 앞니가 앙칼지게 갈렸다.

"이거 대체 뭐 하는 놈이야?"

고개를 쭉 뻗어 서연이 있을 위층을 빤히 올려다보았다. 물소리가 막 끊긴 걸로 보아 이제 곧 그녀가 이곳으로 내려올 것이다.

"어떻게 한다⋯⋯."

도훈은 은밀하게 중얼거리며 제 휴대전화를 공허한 주머니 안으로 꾹 눌러 넣었다.

도훈에게 추궁당해 탈탈 털린 후 피곤한 몸을 이끌고 집에 막 도착한 여진이 푹신한 침대에 몸을 던졌다.

"후, 오늘 진짜 너무 힘든 하루였⋯⋯."

침대와 혼연일체가 되어 대자로 누운 채 중얼거렸다. 그러나 그 평화는 오래가지 못했다.

"이년아! 씻어! 씻어! 씻어!"

"아! 아!"

반찬을 주겠다며 시골에서 연락도 없이 불쑥 올라온 여진의 어머니가 그녀의 등을 마구잡이로 두들겼기 때문이다.

"빨리 씻고 나와. 밥 먹고 왔어, 안 먹고 왔어?"

"⋯⋯."

"안 먹었으면 주둥이 달렸으니까 밥 처먹어."

"짜장면⋯⋯ 시켜⋯⋯."

"시끄러워! 다 된 저녁에 무슨 짜장면 같은 소리 하고 자빠졌어!"

여진의 엄마가 그녀의 다리를 발로 툭툭 건드렸다. 여진은 완전히 넋이 나간 상태였다.

"허구한 날 그렇게 꿀돼지처럼 누워 있으니까 살이 찌지! 빨리 씻어!"

"짜장면도…… 없는데……. 어떻게 움직여……."

곧 숨넘어갈 사람처럼 헐떡이며 여진이 나직하게 중얼거렸다.

"나 오늘 소시오패스 상사랑 둘이 밥 먹어서…… 토 나와……. 그래서 짜장……."

"근데 왜 부대끼게 또 짜장면이야!"

"아…… 몰라……. 몰라, 몰라, 몰라, 몰라, 몰라, 몰라!"

여진이 사지를 버둥거리자 흠칫 놀란 여진의 엄마가 뒷걸음질 쳤다.

"이……. 빨리 씻고 나오라고!"

"싫어……. 싫다고! 싫어, 싫어, 싫어, 싫어!"

"아휴, 미친……. 그래, 봐줬다. 배고프면 일단 밥부터 먹어! 밖에 오징어볶음 해놨으니까."

여진의 숨이 뚝 끊겼다. 오. 징. 어……?

"싫어어어어!"

"아우, 깜짝이야!"

충격을 덮는 더 큰 충격이라고, 토네이도 같은 백싸가지 때문에 잠깐 잊고 있었던 진영과의 일이 또다시 머릿속을 휘젓기 시작했다.

"싫긴 또 뭐가 싫어?"

"싫어, 싫어, 싫어!"

오진영, 오진영, 오진영, 오진영!

"엄마, 나 그냥 침대의 요정이 될래. 인생이 쪽팔리고, 거지같고, 정말 쪽팔리고, 쪽팔리고, 쪽팔리고……."

"너 뭔 일 있었구나?"

"……."

"허이구, 근데 말은 또 안 하지. 못 살아, 진짜."

어떻게 말해? 22살이라고 속였다가 역으로 당했다고, 쪽팔려서 어떻게 말해! 대자로 뻗어 있던 여진이 이리저리 구르며 난동을 피우기 시작했다.

"내가 진짜, 오징어 진짜! 세상에서 제일 싫어 진짜!"

여진의 엄마가 기겁하며 뒷걸음질 쳤다. 애가 이렇게 오징어를 싫어했던가? 대체 언제부터?

"엄마, 오징어가 얼마나 구렁이 같은지 알아?"

상체를 발딱 일으킨 여진이 저의 어머니를 똑바로 응시했다.

"무슨 말을 하려고, 또."

"오징어가 얼마나 비호감인지 아느냐고. 겉으로는 곰인 척, 순수한 척 원맨쇼를 하더니 속은 아주 숯보다 시커매. 시커멓다고."

"뭐라는 거야! 지금 엄마 오징어 볶음이 시커멓다고 하는 거야, 이년이?"

"아주 비호감이야, 비호감! 나는 정말이지 오징어가 세상에서 제일 싫어. 극도로 혐…… 윽!"

퍽! 베개에 정통으로 얻어맞은 여진이 그대로 개구리처럼 엎어졌다.

"닥치고 아귀에 쑤셔 넣기 전에 당장 나와서 처먹어!"

잠시 후, 나갈 준비를 마친 서연은 허둥지둥 계단을 내려왔다.

"미안, 미안. 오래 기다렸죠? 진짜 쏘리!"

"……."

"갑자기 막 머리가 좀 어지럽고 그래서 조금 걸렸어요. 기가 허한지……."

도훈은 서연의 말에 묵묵부답이었다. 그는 거실 소파에 길게 누워 책으로 얼굴을 가린 채 가만히 있었다. 쫄래쫄래 그 옆으로 다가간 서연이 장난스럽게 도훈의 목덜미를 콕콕 찔렀다.

"이거 안 되겠네. 보약 대신 백도훈이라도 먹어야지. 크고 싱싱한 백도후운……."

장난치던 서연이 그녀를 쳐다도 보지 않는 도훈 때문에 뻘쭘해져 뒷말을 흐렸다. 화났나? 왜 이러지? 너무 늦게 나와서 화난 건가……? 서연이 눈치를 살피며 눈동자를 굴리고 있는데, 돌연 책 아래에 눌린 도훈의 입술이 열렸다.

"너…… 스테이크가 좋아, 삼겹살이 좋아?"

"응?"

세상 뜬금없는 질문이었다. 속내를 말하는 남자가 아니었기에 가끔 무슨 생각을 하고 있는지 알 수 없을 때가 많았지만, 이렇게 대놓고 영문을 모를 질문은 처음이었다.

"어, 난……. 음…….."

이미 둘 다 식사한 마당에 저녁 메뉴 정하는 질문도 아닐 텐데, 대체 질문의 이유가 뭔지 궁금했으나 일단 답하기로 했다.

"둘 다 좋아요!"

그 순간 도훈의 얼굴 위에 드리워진 책이 지진이 난 듯 흔들렸다. 그 미세한 변화를 보지 못한 서연이 활기찬 음성으로 말을 이었다.

"때에 따라 다르지. 근데 그건 왜?"

"……."

"응? 왜?"

서연이 길쭉한 검지로 책의 딱딱한 표지를 가볍게 두드렸다. 그 재촉에도 도훈은 입술에 자물쇠라도 잠긴 사람처럼 꾹 다물고 대답하지 않았다.

"뭐야, 혹시 화났어요?"

"……."

"왜, 설마 둘 다 좋아한다고 해서?"

그래도 대답이 없다. 서연이 울상을 지었다.

"아니, 말을 해야 알죠! 왜 그러는데! 나 독심술 못 한단 말이야."

그렇게 말하며 도훈의 팔을 살짝 흔들었으나 도훈의 얼굴을 가린 책은 내려갈 기미가 안 보였다. 아무리 생각해도 딱히 잘못한 것도 없는 것 같은데, 더 풀어주기를 포기한 서연이 한숨을 쉬며 일어나 부엌으로 향했다. 물을 마시려고 정수기에 다가가자 식탁에 덩그러니 놓여 있는 자신의 휴대전화가 눈에 들어왔다. 서연이 식탁 앞에 서서 새하얀 휴대전화를 의아한 듯 살폈다.

"이거, 내가 원래 여기에 뒀었나……?"

고개를 갸웃한 순간,

"앗!"

입술 사이로 짧은 신음이 터져 나왔다. 갑자기 커다란 몸이 서연을 뒤에서 바싹 끌어안았기 때문이었다. 단단하고 뜨거운 팔이 잘록한 허리를 억세게 옭아맸다. 밧줄처럼 허리를 낚아챈 팔이 점점 더 강하게 그의 가슴 쪽으로 그녀를 끌어당겼다.

"자, 잠깐만…… 아!"

남자다운 근육이 가느다란 몸을 강하게 죄어오자 뜨거운 체온이 등을 타고 고스란히 느껴졌다.

"저기……!"

뭐라고 말을 하려는데 도훈이 새하얀 목덜미에 입술을 묻었다. 그 이상한 감촉에 너무 놀라 동공이 흔들렸다. 등줄기를 따라 화르륵 불길이 돋아났다. 도훈이 서연의 목덜미를 부드럽게 어루만지다가 한 손으로 끌어당겨 뒤로 훅 젖혔다.

아, 타의로 천장을 보게 된 서연의 눈동자가 커다래졌다. 그의 붉은 입술은 하얀 목덜미 위에서 비틀리며 슬며시 벌어졌다가 닫혔다가를 반복했다. 곧 도훈의 입술 사이로 나온 뜨겁고 말캉한 혀가 여린 피부를 핥자, 예쁜 입술이 크게 벌어지고 억눌린 신음이 다시금 툭 터져 나왔다.

"앗……!"

도훈이 흡혈귀처럼 앞니를 세워 서연의 목덜미를 살짝 베어 물었다. 윽, 서연의 입술이 충격으로 한껏 벌어졌다. 거칠게 빨아들이는 강력한 흡입력에 서연의 온몸이 격렬하게 전율했다. 아찔한 감각에 눈앞이 팽팽 도는 기분이었다.

"서연아."

쿵.

나직하게 이름을 부르는 소리에 얼굴이 불덩이처럼 새빨갛게 달아올랐다. 그가 자신의 이름을 이런 식으로, 그것도 이렇게 진지하게 불러준 것은 처음이다. 단순히 이름을 부른 것인데 그 어떤 야한 말보다도 더욱 자극적이었다. 이 이름이 저렇게 야했나?

"서연아……."

귓가에 은밀하게 입술이 쪽 닿았다. 그 사이로 흘러나온 뜨겁고 거친 숨결이 좁은 고막을 마구 긁어 내렸다. 온몸이 흐물흐물 녹아내릴 것 같다. 서연의 등 뒤로 더욱 농밀하게 바싹 겹쳐져 오는 도훈, 그 힘에 밀려 서연의 아랫배가 탁자에 꾸욱 일자로 눌렸다.

덜컹.

"왜 그래…… 왜, 왜 그러는데요?"

도훈은 대답 없이 작은 귀를 살짝 물었다. 귓바퀴를 잘근잘근 입술로 깨물다가 곧 야릇하게 혀로 귀 안쪽을 슬쩍슬쩍 건드렸다. 예상치 못한 농도 짙은 어둑한 행위에 놀란 서연이 한쪽 손으로 제 입을 틀어막았다. 그가 몰아붙이는 대로 온 감각이 롤러코스터를 탄 듯 이리저리 수축과 팽창을 거듭했다. 미칠 듯한 쾌감이 정신을 지배하기 시작했다.

"깜찍하게도 솔직하지가 못해……."

도훈이 물고 있던 서연의 귀를 살짝 놓고서 중얼거렸다.

"그 남자와 단둘이 먹은 밥은 맛이 어때?"

"네…… 네? 남자……?"

잔뜩 긴장한 서연이 굳은 입술을 힘겹게 움직였다.

"혹시 재…… 재경 오빠 말하는 거예요?"

"그래."

"아, 그냥 그때 빌린 재킷도 돌려줘야 해서…… 꼭 만나야 할 이유가 있었잖아요. 어쩔 수가 없었던……."

"택배로 부쳐줘도 되잖아."

"예? 그건 좀……. 뭘 걱정하는지는 알겠는데 재경 오빠는 진짜 가족 같은 사람이고요. 오빠도 절 여자로 보지는 않고, 또……."

"그래? 너 남자로 본대?"

"……아니, 그런 뜻이 아니잖아요!"

서연이 황당하다는 듯 투덜거리자 도훈이 그녀의 볼을 한 손으로 쥐고 제 쪽으로 약하게 돌렸다.

"우웅, 흐지므……!"

까맣게 퇴폐한 눈과 마주치자 서연은 콩닥거리던 심장이 쿵, 멈춰버리는 경험을 했다.

"남자를 몰라도 너무 모르네……."

도훈은 서연을 모조리 태워버릴 듯이 뜨겁게 내려다보고 있었다.

"왜 둘이 밥 먹는다고 미리 얘기 안 했어."

어디 한번 말해보라는 듯 도훈이 잡았던 볼을 풀었다. 큰 손이 느릿하게 움직여 보드라운 뺨을 어르듯 매만지자 서연의 숨소리가 더욱 불안정해졌다.

"그, 그건 그냥 아는 사람과 먹는다고 말해도 될 거라고 생각했는데……."

"했는데?"

쪽, 뜨거운 도훈의 입술이 서연의 뺨에 닿자 홍조가 피어올랐다.

"미안해요. 속이려는 의도는 죽어도 없었어요! 내가 생각이 짧았어요. 그것 때문에 화났어요? 근데 그보다 일단 좀 떨어져서 얘기하면 안 될까요? 저 죽을 것 같아요오……."

속사포처럼 내뱉던 서연은 여전히 제 몸에 딱 달라붙어 있는 도훈 때문에 기절할 것만 같았다.

"싫은데."

"제발, 제발, 제바알……."

"싫어."

"제발, 제발! 살려줘!"

"미안할 행동 했으니까 그에 합당한 벌을 받아야지."

"벌? 무슨 벌? 으아악, 강서연 죽는다아……!"

꾸우욱, 거대한 몸이 더욱더 뒤를 덮쳐온다. 서연이 석류보다 더 붉어진 얼굴로 열심히 버둥거렸다.

"이러지 마! 백도훈은 강서연을 용서하라…… 앗!"

긴장으로 뻣뻣하게 굳은 서연은 도훈과 식탁 사이에 빈틈없이 꽉 끼어 숨조차 잘 쉬어지지 않았다. 몸이 끈적하게 닿는 느낌에 쿵, 쿵 터질 것처럼 심장이 박동했다. 머리가 다시 어질어질했다.

"……어?"

그러고 보니, 잠깐…….

"생각해보니 도훈 씨가 내가 재경 오빠랑 밥 먹은 걸 어떻게 아는……."

움찔, 화들짝 놀란 서연이 뒷말을 흐렸다. 그의 커다란 오른손이 얇은 서연의 티셔츠 속으로 부드럽게 스르륵 치고 들어왔기 때문이었다. 너무 놀란 서연은 어떠한 액션도 취하지 못하고 가만히 있었다. 도훈의 서늘한 손이 뜨거운 아랫배를 천천히 쓰다듬었다.

"어떻게 벌을 줄까?"

이번에는 날씬한 옆구리를 야릇한 손길로 꾹꾹 주물럭거렸다.

"스톱! 타임! 타이…… 임!"

엉큼하게 골반을 더듬던 왼손은 부드럽게 아래로 내려가 치마 끝자락을 비집고 들어왔다. 맨살에 진하게 와 닿는 그의 손이 그녀의 몸 이곳저곳을 아무렇게나 거침없이 헤집기 시작했다.

"자자자잠깐만…… 어딜 만지는…… 아!"

"미치겠네."

"거, 거거거긴 좀……!"

"넌 매력이 철철 흘러 넘쳐서 주변에 벌레가 너무 꼬여."

거대한 손이 점점 더 깊숙이 은밀한 곳까지 불쑥 침범해 들어왔다. 정신이 끊기는 와중에도 서연은 저도 모르게 이상한 소리가 터질 것 같아서 입술을 꼭 깨물었다.

"서연아."

뽀얀 살결 위를 돌아다니는 커다란 손에 온 신경이 팔려 있는데, 도훈의 숨결이 다시 귓가를 치고 들어왔다.

"난 너만 보인댔지."

그의 목소리가 들끓는 심장에 또렷하게 꽂혔다.

"그러니까 너도 나만 봐."

귓가에 바짝 다가온 도훈의 입술이 낮게 속삭였다. 그 아찔한 음성에 온 신경이 상승하여 정점을 찍었다.

"자, 벌 끝."

짧은 한마디와 함께 그녀의 몸을 휘젓던 손도 동시에 싹 사라졌다. 서연은 다리에 힘이 완전히 풀려 크게 몸을 휘청였다.

"하아……."

풀썩 쓰러지는 서연을 안은 도훈이 그녀를 데리고 소파에 천천히 눕혔다. 가볍게 그녀의 이마에 쪽 소리 나게 키스했다. 이리저리 헤집어져 흐트러진 치맛자락과 야릇하게 말려 올라간 티셔츠를 도훈이 언제 그랬냐는 듯 다정하게 정리해주었다. 아직도 긴장이 풀리지 않은 서연이 침을 꿀꺽 삼키고 그를 물끄러미 올려다보았다. 씩 웃는 잘생긴 눈웃음에 가슴이 시렸다.

"얼음물 줄까?"

그가 열이 잔뜩 올라 토마토처럼 상기된 서연의 얼굴을 보며 묻자 그녀가 고개를 끄덕였다. 도훈이 그녀의 붉은 입술에 한 번 더 쪽 도장을 찍더니 주방으로 걸어갔다.

아……. 어쩌면 손이 그렇게……! 살결을 쓰다듬는 도훈의 손길이 또다시 뭉게뭉게 떠올라 서연은 도리질을 쳤다. 단순히 만지는 것만으로도 미칠 것 같은데, 제대로 사랑을 나누게 되는 날엔 저 단단한 품속에서 흐물흐물 녹아서 액체 괴물이 될지도 모른다는 생각을 했다. 하지만 본모습을 완전히 되찾기 위해 꼭 겪어야 하는 관문, 가능한 한 빠르면 더 좋았다.

푸, 숨을 내쉰 서연이 여전히 간질거리는 배 위에 그가 올려놓은 제 휴대전화를 주워 들었다. 아무래도 재경과 저녁을 먹었다는 것을 휴대전화를 보고 안 것 같아 문제의 발단인 재경의 통화기록이나 문자를 찾기 위함이었다.

그런데 이럴 수가? 서연은 재경의 번호를 저장한 적이 없는데 그의 번호가 이미 휴대전화에 저장되어 있는 것이다. 도훈이 재경의 번호를 차단한 것이 아니라 오히려 저장을 해둔 것이다.

다소 괴상한 이름으로.

[받으면 백도훈 사망]

"……."

그는 질투마저도 범상치 않았다.

여진은 내내 제정신이 아니었다. 거친 파도 틈에 딸랑 놓인 돛단배처럼 이리저리 휩쓸려 다니는 상황 때문에, 그리고 그날 이후 오진영에게 연락이 없다는 사실 때문에.

연락을 안 하면 오히려 이쪽에서는 땡큐인 건데, 마음 한구석에 계속 찜찜한 기분이 남아 있었다. 저도 모르게 휴대전화가 진동하면 심장이 덜컥거리기 일쑤였고, 휴대전화에 '오징어'가 걸려 있지 않으면 저도 모르게 안도의 한숨을 내쉬었다. 그러나 그런 상황과는 상관없이 시간은 태연하게 흘렀고, 오늘도 예외 없이 지긋지긋한 회사로 눈썹 휘날리게 출근하는 중이었다.

"악! 잠깐만요, 잠깐만요!"

여진은 저 멀리 닫히는 엘리베이터 문을 보며 와다다다 달려갔다. 닫히는 문 사이로 하이힐 앞굽을 거칠게 밀어 넣어 가까스로 올라타니, 휴.

'……가 아니라 으아아아악!'

하필이면 백싸가지가 혼자 도도하게 주머니에 손을 꽂고선 귀신처럼 서 있는 것이다. 여진이 속으로 절규하며 더듬더듬 안으로 들어갔다. 한창 출근 시간에 왜 끔찍하게 단둘이 엘리베이터를 타게 된 걸까! 하필이면 가장 껄끄러운 때에!

'오늘 일진 정말…… 최악!'

"안녕하세요, 이사님."

도훈은 조금의 표정 변화도 없이 나노미터 수준으로 미세하게 고개를 끄덕였다.

"죄송합니다……. 제가 먼저 왔어야 하……."

"오늘 커피 아이스."

"넵. 아이스. 아이스……."

여진은 그저 흐름에 따라 입을 꾹 다물고 있기로 했다. 오늘따라 묘하게 백싸가지의 심기가 평소보다 배는 불편하신 듯 보였기 때문이었다. 그녀는 얼른 엘리베이터 문이 열리기를 두 손 모아 기도하며 숨 막히는 공기를 꾸역꾸역 견뎠다.

이러고 있으니 이미 소화 다 되고 혹 배출되었을지도 모르는, 바로 전날 둘이 먹은 회가 올라오는 기분이었다. 그리고 다시금 어제 있었던 일을 되짚기 시작했다. 사실 제대로 멘붕에 빠졌던 여진은 어제 도훈과의 대화에서 자신이 무슨 말을 했는지 기억 못 할 만큼 횡설수설했고, 서연의 비밀을 전부 발설하지는 않았지만 실수로 몇 가지 흘리고 말았다.

'내가 정확히 뭐라고 했더라……? 오 마이 갓, 기억이 안 나!'

여진은 조기 치매를 진지하게 걱정하며 입술을 꼭 오므렸다. 띵, 엘리베이터가 도착하고 문이 열리는 소리가 고요한 공기를 가르고 울려 퍼졌다.

"바로 들고 와서 일정 브리핑해."

도훈은 한마디 차갑게 남기고 뒤도 돌아보지 않은 채 엘리베이터 밖으로 뚜벅뚜벅 걸어 나갔다.

모라비 본사, 디자인 팀 사무실.

평소라면 상냥한 웃음을 띠고 똑 부러지게 업무를 보았을 유라는 온종일 멍한 얼굴이었다. 넋 나간 사람처럼 허공을 보는가 하면, 한숨을 푹푹 내쉬기도 했다. 그러나 워낙 미세한 변화였기 때문에 그런 그녀의 좋지 못한 상태를 눈치채는 사람은 거의 없었다.

"팀장님, 마케팅 팀에서 컬렉션 홍보 영상 제작 때문에 연락 왔는데요."

보영이 유라의 근처로 다가오며 말했다.

"저번 컬렉션 때 포토그래퍼가 촬영해준 백스테이지 영상, 그중 일부를 홍보 영상으로 사용할 생각이시라고 하네요. 다음 전체 회의 때 편집본을 전 직원들에게 공개할 계획이라고, 그전에 팀장님께서 보시고 원본에 문제 없는지 사전 검토 부탁드린다고 합니다."

"……."

"팀장님?"

"아……."

보영의 재촉에 유라가 퍼뜩 정신을 차리고 입꼬리를 억지로 들어 올렸다.

"네. 바로 확인할게요. 그런데 임 대리님은 아직도 자리에 안 계시네요?"

"오전에 외근 나가시고 아직 복귀 안 하신 것 같아요."

유라가 내밀하게 입 안을 씹으며 부드럽게 웃었다.

"퇴근 시간도 가까워졌는데 그냥 현장에서 곧바로 퇴근하시라고 전해주세요."

팀장으로서 모든 팀원을 함께 이끌고 가는 것이 도의적으로는 의무일지 모르겠으나, 유라는 썩은 물을 억지로 정화할 마음이 조금도 없었다. 유라가 파악한 임나희 대리는 입사 3년 차라는 것이 믿기지 않을 만큼 나태하고 무능력했다. 다만 보영이나 소미 같은 일반 사원들보다 연차가 쌓였다는 점을 내세워 그들에게 제 업무를 미뤄버리거나 필터링 없는 무례한 발언을 일삼아 분위기를 흐리기 일쑤였다. 유라는 차분하게 호흡을 다듬으며 막 전달받은 영상을 USB에 옮겨 담았다. 그리고 USB를 핸드백에 깊숙이 넣고서 평소보다 일찍 회사를 나섰다.

다만 목적지는 집이 아닌 MS푸드 본사였다. 그녀는 주소를 내비게이션에 입력하고 무표정한 얼굴로 기계가 시키는 길을 따라 졸졸 쫓아갔다. 목적지에 도착하였습니다, 라는 문구가 뜨자 유라는 고개를 크게 꺾어 높다란 건물을 물끄러미 바라보았다. 그리고 망설임 없이 안으로 들어서서 안내데스크 앞으로 다가가 섰다.

"저, 경영지원본부 백도훈 이사님 만나 뵈러 왔는데요."

"약속하고 오셨나요?"

"아니요. 그건 아니지만……. 일단 지금 회사에 있는지 그 부분만 확인 좀 할 수 있을까요?"

"아, 네. 혹시 누구라고 말씀드리면 될까요?"

"그…… 오유라라고 하면 아마 알 거예요."

"네, 잠시만요."

안내데스크 직원이 수화기를 들었다.

"네. 백도훈 이사님 손님 오셨습니다. 사전 약속 없이 오셨다고 하시는데, 잠시 확인 부탁드리겠습니다."

유라가 긴장된 얼굴로 고개를 끄덕이며 대화를 나누는 그녀를 빤히 응시했다.

"아, 네, 네. 알겠습니다."

마른 입술을 침으로 한 번 축이자, 그녀가 수화기를 내려놓았다.

"백도훈 이사님께서는 지금 막……."

여자는 말을 잇지 않고 뒷말을 흐렸다. 저 옆에서 빠른 걸음으로 나타난 도훈이 성큼성큼 로비를 가로질러 걸어가고 있었기 때문이었다. 신속하게 직원의 시선을 좇은 유라가 도훈을 발견했다.

"저, 저기!"

갑작스러운 만남이었으나 보폭이 큰 그의 걸음걸이를 놓치지 않으려면 어리바리할 여유가 없었다. 모든 걸 제쳐놓고 황급하게 도훈의 옆에 따라붙은 유라가 도훈의 앞을 가로막고 섰다.

"……."

도훈은 그런 유라를 변화 없는 얼굴로 내려다보다가 이내 흥미가 떨어진 듯 그녀를 스쳐 지나갔다.

"잠깐만!"

유라가 절박한 사람처럼 무작정 도훈의 손을 붙잡아 끌었다. 도훈이 미간을 팍 구기고 유라를 노려보자, 그녀가 마른 입술에 다시 한번 침을 바르며 애원하기 시작했다.

"잠깐만, 우리 잠깐만 얘기 좀 하자……."

웅성웅성, 점점 커지는 주변의 웅성거림에 도훈의 미간 주름이 더욱 깊어졌다. 하필이면 한창 통행량이 많은 퇴근 시간이었다. 가벼운 걸음으로 쏜살같이 회사 정문을 나서던 직원들이 일순 발목에 쇳덩이를 단 듯 느리게 걷기 시작했다.

뭐야, 저 그림. 그 백 이사가 여자와 나란히? 믿기지 않는 진귀한 광경에 평소에는 도훈이 무서워 제대로 쳐다보지도 못하는 사원들이 지금 이 순간 그의 얼굴을 뚫어버릴 기세로 쳐다보기 시작했다. 지금까지 일 빼고는 시체인 도훈이었기에 서른둘의 젊은 나이에도 가십거리나 스캔들 한 번 없었고, 그 때문에 사내에서는 백 이사 게이설까지 양산되고 있던 참이었다. 그런데 회사까지 여자가 찾아오다니. 그것도 저렇게 빼어난 미모를 가진. 흘끔흘끔 호기심 어린 시선이 유라와 도훈, 둘에게 점점 더 몰리고 있었다.

회사 로비 한복판에서 도훈을 붙잡고 애원하며 이목을 끄는 유라 때문에, 도훈은 할 수 없이 그녀를 데리고 카페에 들어왔다.

"잘 지냈어? 우리 꽤 오랜만에 보는 것 같은데."

유라는 바로 전날 도훈이 오랫동안 사랑했다던 여자를 우연히 목격한 이

후, 계속해서 머릿속이 혼란으로 어지러웠다.

백도훈이 좋아했던 여자가 죽은 사람이 아니었다고? 그렇다면 왜 그 여자가 아니라 서연을 옆에 두는 건지. 그 문제로 밤새 고민하고 오늘 또한 온종일 생각해보았으나, 조금도 풀리지 않는 미스터리였다.

"그…… 서연 씨와는 잘 지내고?"

도훈이 무심하게 고개를 끄덕였다. 할 말 있으면 빨리 하고 사라지라는 도훈의 말에 유라가 뜸을 들이며 시선을 바닥으로 내리깔았다.

"오빠……."

그러나 쉽사리 입이 떨어지지 않는다. 작게 숨을 고르고 다시 또박또박 말을 이었다.

"오빠는 내가 왜 싫어?"

발음은 명확했으나 목소리는 여전히 떨리고 있었다.

"원래 나 이렇게까지 싫어하지 않았잖아. 그날 일 이후 이렇게 변해버렸지만."

커피 잔을 둥글게 감싸 쥔 손끝 또한 바들바들 떨리고 있었다.

"솔직히 지금 오빠가 나에게 이렇게 차갑게 구는 거, 내 눈에는 오빠도 찔리는 게 있으니까 일부러 과장해서 나 밀어내는 거로 보여."

도훈은 팔짱을 강고하게 끼고 꿈쩍도 하지 않았다. 유라는 그런 도훈의 눈치를 흘끔흘끔 보며 입술만 잘근잘근 씹었다.

"생각해봤는데, 이제 와서 잘잘못 따지는 거 의미 없는 것 같아. 나 그냥 그날 일 잊어버리고 싶어. 너무 지쳐서…… 이제 오빠에 대한 감정도 정리하고 싶고. 다 버리고 아무것도 남지 않으면, 미련 없이 내 원래 자리로 돌아갈 수 있을 것 같아. 더는 오빠 원망도 안 할 것 같고."

"서론이 길다."

"하하…… 그래, 본론."

허탈하게 웃는 유라의 손가락 틈에서 굵은 커피 잔 손잡이가 느슨하게 빠져나갔다.

"나 전처럼 도훈 오빠를 그냥 오빠 친구로 대하려고 해. 오빠도 전처럼 날 친구 여동생으로 대해줬으면 해. 괜히 지레 벽치지 말란 얘기야."

도훈과 눈이 마주치면 또 덜컥 겁을 집어먹을 게 뻔했기에, 유라는 시선을 들지 않고서 말을 이었다.

"내가 스토커도 아니고…… 솔직히 기분 좀 그래. 나 사실 오빠가 계속 내 전화 안 받고, 더 냉정하게 구니까 자꾸 오기 생겨서 더 그래."

"……."

"이제 오빠와 잘될 생각 없어. 진짜야."

힘겹게 내뱉고서 잠깐 숨을 돌리고 나니 짧은 공백이 찾아왔다. 테이블 아래에서 초조하게 꼼지락거리던 얇은 손가락이 이내 부채꼴 모양으로 무릎 위에 펼쳐졌다. 순간 용기를 낸 유라가 도전적으로 고개를 들었다.

"다만 나에게도 감정 정리, 상황 정리할 시간은 달라는 얘기야."

유라는 도훈의 눈을 똑바로 바라보았다.

"내가 왜."

"내 마음이 이렇게 된 거, 상황 이렇게 엉킨 거, 오빠에게도 책임이 있다고 생각하니까."

"……."

"다른 거 안 바라. 앞으로 한 달간. 딱 한 달간만 우리 그냥 예전처럼 평범하게 지내자. 일부러 전화 안 받고 서로 얼굴 붉히는 일 없이. 서로 예민하게 날 새우는 거 없이."

"머리 많이 굴렸네."

"비꼬지 마. 예뻐해 달라고 안 해, 데이트해 달라고도 안 해. 그냥 친구 동생으로도 좋아. 그냥 평범하게 아는 오빠 동생 사이로 전처럼……. 그냥, 우리 그냥 그렇게 지내자."

유라가 크게 심호흡을 했다. 말하자, 주눅 들지 말고 꿋꿋이 말하자, 오유라.

"딱 한 달만."

굳게 마음을 다진 유라가 부드럽게 웃었다.

"돌아가자. 7년 전 그날 일 일어나기 전 우리로."

카페를 나선 도훈은 공허한 얼굴로 거리를 걸었다. 조금 멀리에 주차해둔 제 차로 향하는 길이 거슬리게도 배는 길게 느껴졌다. 태어나서 처음으로 사랑이란 감정을 느껴봤던 여자는 꿈속의 그녀, 강서연이 전부였다. 절실함, 애틋함, 그리움 같은 지극히 인간적인 감정들은 전부 그녀에게서 배운 감정들이다. 그렇기에 마치 본능에 내재된 일종의 체계처럼 제 모든 감정은 서연 위에 굳게 박혀서 다른 사람으로는 절대 돌아갈 수 없었다. 지금까지 그래왔고 앞으로도 그럴 것인데…….

그래서일까. 도돌이표처럼 7년 전 일을 입에 올리며 호소하는 유라가 더없이 피로했다. 그날 일은 도훈의 관점에서 그저 쌍방과실의 사고에 불과했다. 굳이 기억하고 싶지 않아 지워두고 살았던 날, 그날도 오늘처럼 사방에 먹구름이 낀 꿉꿉한 하늘을 하고 있었다.

당시 25살이었던 도훈은 생사를 오갈 만큼 심각한 몸살을 앓았었다. 한창 사업 확장으로 바빴던 미라는 괜찮다고만 되풀이하는 도훈을 무시하고 진영에게 도훈을 들여다보라는 부탁을 했다. 도훈을 살피러 온 진영은 사태의 심각성을 알고 입원 치료를 권했지만, 도훈은 들은 체도 하지 않고 거절했다. 그리고 미라만큼이나 눈코 뜰 새 없이 바빴던 진영은 바로 나가봐야 했고, 도훈이 혼자 방치된 것이 마음에 걸려 그의 간호인으로 유라를 불렀다.

'약 챙겨 먹고! 유라 곧 올 테니까 그때까지만 참아. 알았지?'

'됐다고. 걔가 여길 왜 와.'

유라를 부르지 말라고 몇 번이고 말했으나 진영은 대꾸도 하지 않고 그대로 집 밖을 나가버렸다.

'아…… 씨.'

거슬리게 여기저기 아프다고 소문내는 이유가 뭐야. 도훈은 유라가 와봤자 문도 안 열어줄 생각이었다. 단 펄펄 끓는 열 때문에 아득해진 정신은 더 이상 붙잡고 있기가 힘들었고, 도훈은 깊은 잠에 빠져들었었다.

"위험해요!"

도훈의 짧은 회상은 웬 어린아이의 찢어질 듯한 고함으로 인해 중단됐다.

"피해요! 공! 아저씨, 공!"

호들갑스럽게 소리치는 탓에 신경이 날카로워진 도훈이 뒤를 돌아봤다. 허공을 가르며 무지막지한 기세로 돌진해 오는 축구공이 시야에 들어찼다. 놀라기도 전에 도훈이 반사적으로 몸을 옆으로 비켜섰다. 아슬아슬하게 부딪히지 않고 바로 옆을 스쳐 지나간 공은 바닥 위로 통 하고 부딪혔다가 활어처럼 튀어 오른다.

"아저씨!"

도훈이 헛숨을 토했다. 주머니에 찔렀던 손을 꺼내 머리를 무신경하게 쓸어 올렸다.

"아저씨! 괜찮으세요?"

"안 맞았죠? 죄송해요, 아저씨!"

초등학생으로 보이는 남자아이 두세 명이 우르르 달려와 도훈의 앞에 진을 치고 섰다. 보통 사람이라면 위험하니 이런 곳에서 축구를 하면 안 된다고 타이르거나 맞을 뻔하지 않았냐며 역정을 낼 테지만 도훈은 딱 한마디만 뱉었다.

"나."

이어서 싸늘하게 또 한마디 툭 던졌다.

"아저씨 아니야."

서연은 오랜만에 여진과 저녁 식사를 함께했다. 기름진 고기를 열심히 구워 배를 채웠다. 옆에 올려두었던 휴대전화가 진동하자 서연이 집게를 잡고 있지 않은 손으로 꾹 눌러 확인했다. 이내 서연이 봄을 맞이한 꽃처럼 화사하게 웃으며 얼른 집게를 내려놓고 열정적으로 답장을 보냈다.

"누구랑 문자 하길래 표정이 그따위야?"

"누구겠냐."

"그거 잠깐 답장 안 하면 내일모레 지구 종말이래니?"

"바로 답장 안 하면 전화 와서 그래."

"허얼……. 천하의 백 이사님이 여자한테 집착하는 광경을 다 보네, 내가. 으윽."

여진은 질색했으나 서연은 설렘 가득한 얼굴을 했다.

"난 집착 좋은데. 지금껏 애정을 별로 못 받아봐서 그런지 그런 점마저도 좋아서 숨질 것 같아. 더, 더해주면 좋겠어. 흐……. 하……."

"변태냐?"

여진이 소름 돋는다는 듯 고개를 절레절레 내저었다. 반면 서연은 삶이 즐거워 죽겠다는 얼굴로 말을 이었다.

"그런 거 있잖아. 운명이라 잡았는데 알고 보니 그 운명이 나를 좋아한대."

"로또지. 잘 살아라."

"거기다 숨 막히게 잘생기고 섹시해."

"그게 더 로또네. 잘 살아."

"착해."

"미친……."

"그 삼박자가 맞아서 탄생한 게 백도훈. 생각해봐, 운명이라 잡았는데 백도훈이야. 오 마이 갓. 겨우 로또 수준이니, 이게?"

제정신이 아니군. 여진이 진심으로 끓어오르듯이 탄식했다.

"하기야, 밖에선 닭 모가지를 잡고 돌아다닌다고 해도 너한테만 착하면 됐지. 그래도 백싸…… 아니 이사님이 잘해주는 것 같아서 마음이 좀 낫다. 안심된다."

"치, 됐어. 넌 백도훈이 네 상사인 거 알면서도 감쪽같이 모르는 사이인 척 둘이 짜고 속였잖아. 진짜 음흉하게 말이야! 사람이 그렇게 야비하게 살지 마라, 어?”

“야야. 그럼 이사님이 말하지 말라는데 무시하고 방정맞게 떠드니? 나도 진짜 시치미 떼느라 너무 힘들었다고.”

여진이 억울하다는 듯이 입술을 부루퉁하게 비죽거렸다. 그간 도훈과 서연 사이에 끼어서 보통 힘들었던 것이 아니다. 뚱쟁이도 아니고, 계속 틈만 나면 서연이에 대해 캐묻는 바람에 정신이 너덜너덜 피폐해졌기 때문이었다.

“저기, 근데…….”

여진이 말꼬리를 길게 늘이며 서연의 눈치를 살폈다.

“최근에 이사님 뭔가 달라진 거 없니? 너한테 뭔가……. 음……. 그런……. 막…….”

“달라진 거? 글쎄. 근데 그건 왜?”

“아…… 아냐. 아무것도. 호호호.”

여진이 세상 어색하게 웃으며 고개를 정면으로 돌렸다. 사실 여진은 서연의 비밀을 도훈에게 실수로 좀 흘렸을지도 모른다고 그녀에게 말할까 말까 갈등하던 차였다. 다만 가장 걸리는 점은 그날 자신이 정확히 백싸가지에게 어디서부터 어디까지 불었는지 기억이 나질 않는다는 점이다.

그래, 확실치도 않은 거로 괜히 뚜껑 열리게 하지 말자. 그녀는 일단 입 다물기로 하며 찢어진 눈을 끔뻑였다.

“근데 나 진짜 궁금해서 묻는 건데, 이사님 너랑 있으면 말은 해? 왠지 한 마디도 안 하고 팔짱 끼고 있을 것 같은데.”

“해. 좀 짧게 말하는 경향이 있지만 그게 또 심쿵. 그래도 물어보면 대답도 다 해준다?”

“하긴, 말 못 하는 게 아니라 안 하는 거니까. 평소에는 어, 아니, 이 두 개로 커버 치다가 뭐 삔또 나가는 일 있으면 그때부터 갑자기 입 터져서 막 잔소리 토네이도를 막, 막……! 아.”

여진이 흥분해서 콧김을 뿜으며 말을 잇다가 일순 꾹 다물었다.

"윽. 나도 모르게 습관적으로 이사님 욕을……. 쏘리, 쏘리! 완전 쏘리."

서연은 별로 신경 안 쓴다는 듯 웃음으로 회답했다. 이미 2년이 넘는 시간 동안 귀가 터지도록 들어온 뒷담화라 솔직히 말하면 별 감흥이 없었다.

"너 근데 생각해보니 오늘 웬일로 나를 다 만나주냐? 요즘 이사님이랑 짝짜꿍하느라 눈코 뜰 새 없이 바쁘신 귀한 몸이."

"짜, 짝짜꿍은 무슨……. 근데 오늘 도훈 씨 늦는다고 했는데?"

"응? 아닌데. 이상하네……."

"뭐가?"

"오늘 일찍 퇴근했어. 나보다 일찍. 오늘 저녁 다른 일정도 없었고."

"어?"

"아! 그러고 보니 사무실 나가자마자 손님 왔다고 나한테 전화 오기는 했다. 이름이 뭐더라."

서연이 묘한 얼굴로 여진의 입술을 바라보았다.

"오……."

오?

"오…… 오…… 오로라?"

그 말에 물 빠진 염전처럼 웃음기가 가셨다. 급속도로 냉각되는 얼굴에 여진은 자신이 본능적으로 무언가 트러블의 원인을 투척하고 말았다고 직감했다. 흘끔거리며 눈치를 보는데, 서연은 이내 씨익 웃으며 아무렇지 않다는 듯 행동했다. 쉴 새 없이 계속되던 수다도 어김없이 활기차게 이어졌다. 여진은 서연이 모른 척해주기를 바라는 듯해, 그 오로라란 여자에 대해 자세히 묻지 않기로 했다.

조금의 시간이 흐르고, 서연과 여진은 식사를 마치고 함께 식당을 나섰다. 밖으로 나가 하늘을 올려다보니 비가 올 것처럼 구름이 빼곡하게 껴 있다.

"잘 들어가. 연락해!"

"오냐, 강써!"

서연은 도롯가에 서서 지하철역으로 내려가는 여진의 뒷모습을 멍하니 쳐다보았다. 곧 한 발짝 나가 고개를 삐죽 내밀고 도훈의 차가 보이는지 미어캣처럼 두리번두리번했다. 데리러 오겠다는 도훈의 문자를 받았기 때문이었다.

얼마 가지 않아 명료하게 켜진 헤드라이트로 어둠을 몰아내며 등장한 도훈의 차는 빠르게 서연에게로 다가와 그녀의 바로 앞에 부드럽게 정차했다. 서연은 입꼬리를 더욱 부드럽게 말아 올렸다. 조수석 문을 열자 도훈은 더욱 선명한 시야 위로 고인다.

"오래 기다렸어?"

"아니요. 안 기다렸어요."

씩 웃으며 조수석 시트 위에 몸을 자리하기 위해 아래를 내려다보았다.

"……"

서연이 일순 멈칫했다.

립스틱?

까만 조수석 시트 구석에, 마찬가지로 까만 패키지를 가진 여자 립스틱이 보호색을 띤 채 얌전하게 올라와 있었다. 그대로 굳어버린 서연이 차에 타지 않고 가만히 있자 그를 이상하게 생각한 도훈의 시선도 아래로 떨어졌다.

"……"

말없이 립스틱을 주워 든 도훈은 조금의 망설임도 없이 창문을 열고 던지려는 듯 손을 뻗었으나,

"잠깐!"

실패했다. 빠르게 차 안으로 들어온 서연이 그의 팔을 잡아 막았기 때문이었다.

"이거……"

고개를 비스듬히 돌린 서연이 도훈을 똑바로 바라보았다.

"이거 내 거 같은데."

도훈의 눈썹 끝이 미세하게 내려앉았다.

"내 거네. 나 얼마 전에 이 브랜드 립스틱 샀어요."

립스틱을 제대로 살피지도 않고 중얼거렸으니, 거짓인 것은 집 지키는 또띠도 알 수준이었다. 그러나 도훈은 별다른 반응 없이 그녀의 행동을 묵묵히 지켜보았다. 서연은 서둘러 그의 손 틈에서 립스틱을 뺏어 들고 제 가방 안으로 던지듯이 넣었다. 그리고 까딱, 이내 얼른 집으로 가자는 듯 고갯짓했다. 살짝 미간을 좁힌 도훈은 곧 정면으로 시선을 돌리고 차를 출발시켰다. 플래시가 터진 듯 화려하게 빛나는 밤거리의 조명들이 오늘따라 유난히 번져 보였다. 바퀴가 몇 번 굴러가기도 전에 침묵을 지키고 있던 서연은 살짝 입을 열었다.

"도훈 씨."

도훈이 눈동자만 돌려 서연을 보자 그 어느 때보다 사랑스럽게 웃고 있는 그녀의 뽀얀 얼굴이 들어왔다.

"혹시 향수 바꿨어?"

서연은 제 코를 찌를 듯이 느껴지는 역한 여자 향수 냄새를 느끼며 헤실헤실 웃었다.

"별로야. 버려."

속은 이미 짜증으로 타버렸는데.

10. 소중한 시간

"……."

그 말에 잠시 침묵을 지키던 도훈은 이내 입술을 조그맣게 벌렸다.

"그래."

딱딱하게 뱉는 한마디에 서연은 속이 바싹바싹 탔다.

"말 되게 잘 듣는다. 이 차도 버리라면 버릴 건가?"

"네가 버리라면 뭐든 다 버려."

"그럼 나도 버리라면 버릴 건가?"

"넌 물건이 아니야."

서연은 뭐라고 또 쏘아붙이기 위해 입술을 꼼지락거렸으나 꾹 참았다. 그러고선 오로지 침묵이었다. 지금 자신이 차지한 자리에 불과 몇 시간 전까지 오유라가 앉았을지도 모른다고 생각하니 짜증이 솟구쳤다.

다른 사람도 아니라 왜 또 그 여자야. 왜.

이제 그 여자와 그만 얽히고 싶었는데. 단순히 도훈을 짝사랑하는 여자와 거리를 두라는 무당의 충고 때문이 아니었다. 유라가 도훈을 좋아한다는 사실 자체가 짜증 났고, 그 질투심 때문에 진실을 묵인하고 서연을 벼랑 끝으로 몰았던 것도 화가 났고, 친절한 듯하지만, 은연중에 내비치는 서연에 대한 무시도 불쾌했다. 서연에게 오유라는 그런 여자였다. 정말 싫은 여자. 게다가 예전에 모라비에 다닐 때, 패션쇼 전날 복도로 불러 서연을 위한답시고 이간질도 했던 것을 똑똑히 기억한다.

'제가 어쩌다가 오빠 집에서 그 여자분 그림을 봤는데…… 서연 씨와 굉장히 닮아 있었어요. 머리는 아주 길었고요.'

걱정하는 얼굴로 말을 했지.

'그런 거 서연 씨한테 너무한 거잖아요. 어떻게 닮았다고……'

진짜 걱정한 걸지, 어떤 걸지 유라의 마음은 정확히 알 수 없지만, 만약 서연이 그때 지레 상처받고 도훈을 떠났다면 두 사람에게 지금의 행복은 없었을 것이다.

물론 서연도 사람이기에 아직도 가끔 신경 쓰일 때가 있었다. 하지만 10년 동안 짝사랑했던 그 여자가 대체 누구인지는 몰라도 어차피 결국 고백받은 쪽은 서연이었고, 서연도 그를 만나기 전까지 성찬과 연인 관계에 있었으니 지나간 짝사랑쯤이야 충분히 이해해줄 수 있었다. 괜히 어색해지기 싫었기 때문에 도훈에게 그 여자를 정리했느냐고 굳이 묻지 않은 것이었다. 알아서 정리했겠지, 하고.

다른 여자를 10년이든 100년이든 얼마를 좋아했든, 지금 그가 좋아하는 여자는 자신뿐이라고 믿고 지금 연애에 최선을 다해 집중할 생각이었다.

그런데 이건 뭘까. 서연의 다짐을 우습게 만드는 행동이었다. 말도 없이 오유라를 만났다는 건 명백히 서연을 무시하는 행동이었다.

"하."

서연이 저도 모르게 헛웃음을 흘렸다. 정면을 보고 있던 도훈의 컴컴한 눈이 스르르 부드럽게 서연의 얼굴로 올라선다. 서연은 도훈 쪽으로 눈길조차 주지 않고 정면만 응시했다. 그 시선의 엇갈림이 만들어낸 불협화음처럼 눈앞의 신호등은 한참 동안 붉은색으로 머물러 있었다.

탁, 초록 불이 켜졌다. 도훈은 여전히 서연을 보고 있었다. 그 대신 정면을 보고 있는 사람은 서연이었다.

"뭘 하는 거야, 저 차."

초록 불이 켜졌지만 출발하지 않는 앞차를 보며 서연이 퉁명스럽게 내뱉었다.

"술 처먹고 운전하는 것도 아니고 저따위로 운전하는 게 말이 돼?"

도훈 앞에서는 쓰지 않던 험한 말도 사용하며 눈을 더욱 부리부리하게 떴다.

빠아아앙!

순식간이었다. 서연이 상체를 기울이고 팔을 쭉 뻗더니 클랙슨을 꾸욱 강하게 눌렀다. 귓전을 치는 소음에 놀란 도훈이 왼손으로 서연의 팔을 붙잡았으나, 그녀는 도훈을 뿌리치고 계속해서 경적을 눌러댔다. 연약한 손이 빨개질 정도로 정신없이 콱콱 눌러대다가 이내 멎었다. 도훈이 서연의 손을 한 손으로 잡고 클랙슨 위를 감쌌기 때문이다.

"안 돼. 손 다쳐."

그 말에 서연의 관자놀이가 지끈지끈 아파왔다. 신호 앞에 멈춰 서 있던 앞차는 잠깐 졸았던 건지, 서연의 정신 사나운 경적을 듣고 다시 서둘러 움직이기 시작했다. 그에 따라 도훈의 차도 다시 움직였으나 얼마 가지 않아 우측으로 핸들을 꺾어 길 한편에 멈춰 섰다. 길쭉한 손으로 비상등 버튼을 꾹 누른 도훈은 서연을 향해 고개를 틀었다. 서연은 무표정한 도훈의 시선을 받자 짧은 어지럼증을 느꼈다.

이렇게 망나니처럼 굴어도 그는 화내는 법도 없다. 어른스러운 그의 태도는 마치 자신을 사사건건 질투하는 유치한 여자로 만들어버린다. 서연이 깊게 한숨을 쉬며 정면으로 시선을 돌리니, 도훈의 손이 눈앞으로 뻗어졌다. 밖은 추운 밤이었으나 열기로 가득한 손은 뜨거웠다. 그는 뜨거운 손을 가졌으면서 열 좀 식히라는 듯이 서연의 이마를 꾸욱 누른다. 열 오른 남녀의 피부는 맞닿아 더욱 뜨거워진다. 커다란 손이 서서히 내려가 서연의 볼을 살살 어루만진다. 도훈은 말없이 조용하게 서연을 쓰다듬었고, 더욱 내려가 턱 언저리를 조심스레 건드리자 서연의 입술이 크게 벌어졌다.

"아."

서연이 그의 검지를 깨물었다. 고통이 수반되었을 테지만 도훈이 표출한 것은 짧은 신음이 전부였다.

"하지 마."

그의 길어진 눈도 제 검지가 아니라 가해를 입힌 서연의 턱을 보고 있었다.

"턱 아파."

나른하게 속삭이며 보드라운 턱 위를 살살 달래듯 쓸어내린다. 서연의 후각을 장악하고 있던 유라의 향수 냄새를 가르고, 도훈의 손목에서 그의 향기가 진득하게 번졌다. 서연은 그의 향기를 흠뻑 들이마시고서는 작게 한숨을 내쉬었다. 마주한 시선 사이로 불꽃 같은 감정이 파도처럼 밀려들더니 정신없이 일렁였다.

"너란 남자는 짜증을 낼 수가 없게 만들어."

"그래서."

"그래서 완전 짜증 난다고요."

도훈이 서연의 촉촉한 갈색 눈동자를 바라보았다. 서연은 그 서늘한 눈빛을 한 몸에 받으며 최대한 차분하게 목소리를 내었다.

"만나지 마. 그 여자."

"……서연아."

"당신은 마음 없다고 해도 내가 싫어. 다신 만나지 마."

서연이 입술을 오므렸다가 다시 후, 하고 숨을 토해냈다.

"당신만 질투하는 거 아니에요. 나도 질투해. 내 입에서 이런 말 나올 줄 나도 몰랐어. 도훈 씨를 못 믿는 게 아니라, 그냥 그 여자가 도훈 씨 좋아한다는 것 자체가 끔찍하게 싫어. 혼자 짝사랑한다는 것도 싫어."

"……."

"그 여자가 나는 몰랐던 도훈 씨를 알고 있다는 것도 죽을 만큼 싫어. 예전에 그 여자가 나한테 당신 고등학생 때부터 알고 지냈다고 웃으며 말할 때…… 나 진짜 속이 뒤집히는 줄 알았어요. 알아요?"

도훈의 눈이 살짝 커졌다.

"억울해서. 백도훈이란 사람 모르고 살았던 지난 세월도 너무 억울한데……. 그 여자는 그 세월을 전부 당신 옆에서 보냈다는 게 눈물 날 만큼 화나."

서연이 저와 똑같은 생각을 하고 있을 거라고는 상상도 못 했기 때문이었다. 서로를 모르고 살았던 세월의 공백에, 아쉬움을 넘어 화까지 나는 것은 도훈뿐만이 아니었다. 지금에서라도 만났으니 됐지, 하고 생각하기에는 자꾸만 아쉬움이 고개를 들이밀었다. 그건 서연도 도훈도 마찬가지였다. 우리가 조금 더 일찍 만났더라면, 하는 아쉬움이…….

"그래서 나는 지금 우리가 함께 있는 이 시간이 더 소중하다고 생각해요. 지난 세월 함께하지 못했던 공백을 채워나가는 소중한 시간이잖아요."

서로의 얼굴을 볼 수 있는 시간, 서로의 체향을 들이마실 수 있는 시간, 서로의 목소리에 녹아내릴 수 있는 시간, 서로를 만질 수 있는 시간……. 그런 소중한 시간이었다.

"과거에 누구를 좋아했고, 누가 좋아했고, 뭐 그런 복잡한 거 제쳐놓고요. 지금 당장 이 순간 서로에게 충실하게 사랑하고 싶어요."

세상에 영원한 것은 없었다. 애정은 익숙해지고, 결국 당연한 것으로 변질될 것이었다. 그러는 도중 그 애정이 사라진 후 뒤늦게 밀려오는 후회와 그 시간에 충실하지 못했다는 자책감에 대해 그 누구보다도 잘 아는 서연이었다. 그러니까 더욱더 주어진 시간에 헌신하자고. 도훈이 내민 손을 잡은 순간 다짐했다.

서연이 입술을 꼬옥 옹송그려 물었다. 울 일도 없는데 뜬금없이 눈물이 날 것 같아 목을 뒤를 젖혔다가 세웠다.

"……미안해."

도훈의 음성에 서연의 동공이 흔들렸다. 그녀가 고개를 돌려 도훈을 바라보았다. 도훈이 손을 뻗어 서연의 뺨을 쓰다듬었다.

"속상하게 해서 미안해."

다정한 손길에 서연의 눈꺼풀이 잘게 떨렸다. 그는 서연의 어깨를 부드럽게 감싸 꼬옥 끌어안았다. 도훈의 넓은 가슴에 얼굴을 묻은 서연이 천천히 눈을 감았다가 떴다. 이내 여린 손은 도훈의 셔츠를 움켜쥐고 살짝 당겼다. 도훈이 서연의 머리를 녹녹하게 쓸어내렸다. 섬세한 도훈의 손가락 사이로 서연의 매끄러운 머리카락이 빠져나와 부드럽게 손등을 타고 흘렀다.

"네가 불안해하는 게 뭔지 알아……."

도훈이 서연의 눈가에 천천히 입술을 맞추었다. 서연은 반사적으로 눈을 감았다. 쪽, 자상한 촉감에 서연의 심장에 서렸던 빙하가 빠르게 녹아내렸다.

"지금까지 오유라도, 다른 여자들도 전부 다 내 관심 밖에 있었어. 현실에서 다른 사람에게 정을 주지 않고 무의미하게 산 세월이 수년이야."

도훈이 입술을 내려 서연의 둥그런 콧잔등에 입맞춤하며 말했다.

"그런 와중 노크 없이 내게 들어온 사람이……."

길쭉한 손가락이 서연의 움푹 팬 쇄골 위를 지그시 눌렀다.

"너, 강서연."

도훈의 메마른 가슴에 다시금 불씨를 일으켜준 한 사람이었다.

"절대 너 불안하게 할 일 없어. 믿어."

깊은 신뢰가 느껴지는 진중한 음성이었다. 서연은 눈을 감았다가 떴다. 도훈이 서연의 뒷머리를 따뜻하게 쓰다듬으며 그녀의 정수리에 쪽 짧게 키스했다.

"난…… 강서연 하나만 보여."

쿵, 쿵, 서연의 심장이 빠른 속도로 박동하기 시작했다. 양 뺨으로 느껴지는 그의 손바닥 감촉이 아릿할 만큼 따스했다.

도훈은 서연의 볼을 부드럽게 잡아 올려 시선을 마주했다. 서연이 촉촉한 눈망울로 도훈을 응시했다. 한참 동안 바라만 보다가 서연도 손을 뻗어 도훈의 얼굴을 뜨겁게 감쌌다.

"……잘못했죠?"

저를 감싸 안는 작은 체구의 여자에게 도훈은 넘치는 사랑스러움을 느끼며 고개를 끄덕였다.

"그럼 나도 벌줄래요."

"벌?"

"재경 오빠 말이야."

그녀의 입에서 나온 재경의 이름에 도훈의 눈썹이 고요히 내려앉았다.

"나한테는 벌줬잖아. 당신만 벌주란 법 없어, 나도 줄 거야."

서연이 굳센 의지를 보이며 말을 이었다. 가느다란 손가락으로 도훈의 넥타이를 지분거리다가 한 손으로 잡고 쭉 끌어당겼다. 그 힘에 상체를 더욱 가까이 내린 도훈이 픽 웃음을 터뜨렸다.

"그래, 줘."

"무르기 없기."

"어떤 벌을 주게."

"음……."

서연이 미미하게 웃었다. 오른손으로 도훈의 매끈한 귓바퀴를 살살 문지르며 뜸을 들였다.

"응? 어떤 거."

온몸에 퍼지는 달콤한 촉감에 도훈이 입맛을 다시며 재차 묻자 서연이 웃으며 깔끔하게 손을 뗐다.

"나중에 줄래."

키핑해둬요. 장난스럽게 속삭이고서 얄밉게 제자리를 찾아 앉는다. 여전히 서연 쪽으로 기울어진 도훈의 거대한 몸과 달리, 서연은 안전벨트를 태연하게 끌어당겨 탁 하고 착용했다. 출발! 하고 활기차게 외치자 도훈이 헛숨을 터뜨렸다.

"아주 나를 갖고 노네."

탁, 안전벨트를 매며 한껏 정염에 달아오른 건장한 몸을 잠재웠다.

여진은 서연과 헤어지고 역사로 내려가는 계단에서 진영의 문자를 받았다. 그동안 연속으로 당직을 서는 바람에 연락 못 했다며, 보고 싶다고 너스레를 떠는 문자였다. 물론 답장하지 않았다. 휴대전화는 단거리 직행열차를 탄 것처럼 주머니 안으로 빠르게 사라졌다. 스크린 도어 앞에 선 여진은 지하철을 기다리며 진영의 문자를 곱씹었다.

"당직? 바빠서 연락 못 했다는 건가."

그렇게 생각하니 묘하게 찜찜하던 기분이 조금 풀리는가 싶었다.

"하긴, 내가 얼마나 퍼펙트한 여자인데. 얼굴 예쁘지, 몸매 좋지, 성격 착…… 대기업 다니지. 응."

혼자 주억거리다가 퍼뜩 놀라 고개를 좌우로 세차게 내저었다.

'아니야! 내가 무슨 생각을! 이런 시장통 오징어는 그냥 생각하지도 말자!'

하지만 인간의 본능이란 신경 쓰지 말자고 되뇔수록 더욱더 신경 쓰게 되는 법이었다. 흑역사 1순위를 찍었던 충격적인 그날 밤, 진영의 목소리가 되살아나 여진의 귓가를 간지럽혔다.

'언젠가 꼭 내 곁에 올 거예요.'

"미친놈. 자기가 잘난 줄 알아!"

저도 모르게 빽 소리를 지르자 시선이 우르르 모여 붙는다. 여진이 뭘 보냐는 듯 매서운 눈빛을 쏘아주자 뜨끔한 눈들이 황급히 달아난다. 덜컹거리는 지하철 내부는 오늘도 복작복작한 인파로 인해 번잡스러웠다. 그 안에 핫도그 안의 햄처럼 낀 여진은 어느새 꺼낸 휴대전화 액정을 죽어라 노려보았다.

[우리 예쁜 여진 씨, 매일 보고 싶은데 그러지 못해서 너무 아쉬워요.]

답장하지 않자 또 이어서 온 문자였다. 10분 내내 그렇게 진영의 문자를 쏘아보니 곧 전화가 왔다. 지이이잉, 지이이잉, 계속되는 진동과 함께 액정 위에서 반갑다고 인사하는 '오징어' 세 글자. 갑작스러운 전화에 흠칫 놀랐으나 에라 모르겠다, 라는 심정으로 휴대전화를 핸드백에 던져 넣고 절대 꺼내지 않기로 했다.

집에 도착한 여진은 말끔하게 씻고서 마스크 팩을 뜯어 얼굴에 꼼꼼히 붙였다. 그러고선 음식 배달 앱을 열심히 뒤지며 오늘의 야식 메뉴를 신중하게 골랐다.

"치킨? 아니, 족발? 곱창? 아니, 그냥 치킨?"

침샘을 자극하는 메뉴들 앞에서 골똘히 고민하는데, 갑자기 띵동.

[여진 씨!]

진영에게서 어김없이 문자가 왔다. 아까부터 불같이 쏟아지는 연락에 칼같이 무시로 일관하던 여진이었다.

[오늘 계속 전화도 안 받고 답장도 안 하는 걸 보니……]

내용을 읽은 여진이 콧방귀를 뀌며 휴대전화를 침대 위로 휙 던졌다.

띵동.

"……흥, 안 읽을 거야."

쌍심지를 켜고 정면만 노려보고 있자니 고요하게 침대 위를 차지하고 있는 휴대전화가 몹시도 거슬린다. 잠깐 망설이다가 침을 꼴깍 삼키고 느릿느릿 손을 뻗어 가져온 휴대전화를 곁눈질로 흘끔 봤다.

[휴대전화 잃어버렸나 봐요?]

"아, 아닌데……."

띵동.

[라고 말해야 예쁜 양심이 좀 찔리겠죠?]

……이게 자꾸 날 가지고 놀아? 대체 무슨 꿍꿍이인 거야!

[내일 맛있는 거 사줄게요. 저녁 8시에 한성공원 중앙광장 분수대 앞에서 만나요. 꼭!]

"허, 미친 거 아니야? 답장도 안 하고 전화도 안 받는 사람한테 뭘 믿고 만나자고 해? 내가 번호를 차단한 거였으면 어쩌려고?"

[문자 몰래 본 거 다 알고 있으니 꼭 나와요! 알았죠?]

"······."

뭐래? 안 나가!

도훈과 함께 집에 돌아온 서연은 샤워하고 나와 제 방으로 향했다. 빠르게 머리를 말리고 도훈을 보러 가고 싶은 마음에 잽싸게 드라이어를 집어 드는데, 그 순간 움직임이 느려졌다. 테이블 위에 올려둔 휴대전화가 열심히 소음공해를 일으키며 진동하고 있었기 때문이었다.

발신인을 확인한 서연의 입술이 꾹 다물렸다. 잠깐 고민하는 듯하더니 곧 무거운 숨을 뱉었다. 서연은 액정 위를 엄지로 눌러 꾸욱 밀었다.

"여보세요?"

-하하, 바쁜데 내가 전화한 거 아니지?

재경의 웃음소리가 휴대전화를 타고 흘렀다.

"아니야. 통화 괜찮아."

서연이 타월로 머리를 가다듬으며 말했다.

-뭐 하고 있었어?

"그냥, 이것저것. 전에 얘기해서 알잖아. 나 지금 좀 쉬고 있는 거, 하하."

서연이 살짝 휴대전화를 떼어내니 액정에 쓰여 있는 '백도훈 사망'이라는 문구가 눈에 들어왔다. 고운 눈썹이 소리 없이 구겨졌다. 귀엽긴 하지만 괜히 불길하니 전화를 끊자마자 바로 통화내역을 지워버려야겠다고 생각했다.

-저녁은 먹었어?

"응, 먹었어."

-그래? 뭐 먹었어?

"그냥 적당히. 잘 먹었어."

서연이 손에서 빠질 것 같은 휴대전화를 다시 고쳐 들었다.

"저, 오빠."

살짝 망설이다가 말을 이었다.

"그…… 왜 전화했어?"

―아. 다른 게 아니라, 시간 괜찮으면 내일 맛있는 거 먹으러 같이 갈래?

턱을 아래로 당긴 서연은 쉽사리 대답하지 못했다. 아무 말이 없자 재경이 곧바로 말을 덧붙였다.

―뭐……. 삼겹살, 그런 것도 좋고. 하하.

"……아."

―왜? 내일 안 돼?

"응. 미안해. 좀 안 될 것 같네."

서연이 시선을 아래로 내리깔았다. 화사한 전등의 불빛이 그녀의 축축한 머리카락을 타고 흘러 뽀얀 발끝으로 한가득 고였다.

―왜? 바빠?

"아니, 안 바쁜데. 그런 건 아니고."

서연이 머뭇거리며 말을 이었다.

"둘이 보는 건 좀 그래, 오빠."

―……어?

"우리 워낙 안 지도 오래되었고, 어렸을 때 오빠가 나 많이 챙겨줬던 거 아는데……."

―…….

"나나 오빠나 이제 곧 서른이고, 옛날처럼 어린애도 아니니까 둘이서 보고 그러는 건 안 하려고 해. 나 만나는 사람한테도 예의가 아닌 것 같고."

―그 말은…… 이제 만나지 말자고?

"미안해, 오빠."

서연이 짐짓 담담하게 답하자 수화기 건너편이 소리 없이 잠잠해졌다. 잠깐의 침묵이 흘렀다.

입을 열지 않고 가만히 있던 재경이 미약하게 웃음을 터뜨렸다.

"하하."

이내 약하게 다문 입술을 느릿하게 달싹거렸다.

"……되게 직구네."

재경이 나직하게 중얼거리며 차분하게 안쪽 재킷에서 카드를 꺼냈다. 그러고선 결제를 기다리고 있는 편의점 아르바이트생에게 카드를 건넸다.

"4500원 결제해드릴게요."

얼마 전부터 새빛동의 편의점에서 몰래 아르바이트를 시작한 도빈은 재경에게 카드를 받아 들며 말했다. 계산하다가 흘끔 고개를 들어 재경을 본 도빈이 도로 고개를 내려 계산을 마치고 카드를 돌려주었다.

"괜찮아, 충분히 이해해."

앞에서 흘러나오는 믿지 못할 만큼 다정한 음성.

"마음 쓰지 않아도 돼. 걱정하지 마."

넘어진 어린아이를 달래는 듯, 지극히 달콤한 목소리에 도빈은 재경을 다시 한번 흘끔 보았다.

"감기 조심하고, 봄이라고는 하지만 아직 꽤 추운 거 알지? 꼭 옷 따뜻하게 입고."

재경은 한 손으로는 계속 전화를 받으며 도빈이 준 카드를 받아 들었다.

"나중에 기회 되면 우리 다시 보자."

재경이 너그럽게 웃으며 속삭였다. 전화를 끝낸 그는 느릿하게 휴대전화를 들고 있던 손을 아래로 내렸다.

"……."

휴대전화와 카드를 재킷 주머니에 반듯하게 꽂아 넣었다. 탁, 재킷 앞깃을 팽팽하게 펼친 재경은 그대로 어깨를 틀어 문으로 걸어갔다. 딸랑, 편의점 문이 크게 열리자 경쾌한 종소리가 뒤를 이었다. 재경이 문밖을 나서자 커다란 유리문은 몇 번의 왕복운동 후에 온전히 제자리를 찾았다.

"……와."

그제야 정신을 차린 도빈은 입을 떡 벌렸다.

"표정 대박."

제 눈을 못 믿겠다는 듯 두어 번 감았다가 떴다.

"진짜 무섭다. 살인나는 줄."

깊은 밤, 침대에 누운 도훈은 눈을 감은 채 미간을 일그러뜨리고 있었다. 고통스러운 신음이 입술을 타고 나와 연이어 들리는가 싶더니 이내 조금 수그러들었다. 머릿속에 선명하게 비치는 것은 다름 아닌 서연이었다. 주위를 살펴보자니 저번과 같은 장소로 느껴진다. 주홍 불이 아롱아롱하는 서연의 말간 얼굴은 어김없이 아름다웠으나 복장은 저번과 또 달랐다. 다만 지금 그녀는…… 옷을 벗는 중인가?

"……."

아니, 입는 중이었다. 또 꿈에 나온 서연을 도훈은 당혹스러운 눈으로 지켜볼 수밖에 없었다. 살짝 몸을 비튼 채 있던 그녀가 도훈의 눈치를 흘끔 보더니 이내 부끄러운 듯 빨개진 얼굴로 등을 돌려 앉았다. 가느다란 팔로 옥색 저고리를 천천히 두르자 그 아래 뽀얀 어깨와 등이 자취를 감추었다. 저고리를 입은 그녀는 한참 동안 말없이 등을 보인 채 앞섶을 다듬었다. 곧 길게 풀어헤친 머리카락을 정갈하게 모아 햇살처럼 웃으며 뒤를 돌았다. 도훈의 심장이 아릴 정도로 고결한 미소였다. 10년간 도훈을 상사병에 몸살 앓게 한, 그 자멸적인 미소가.

바로 저 아름다운 입술이…….

"꿈만 같습니다."

느릿하게 벌어지자 쿵, 도훈의 심장이 내려앉았다. 도훈은 꿈속 서연의 입술이 어김없이 열리는 것을 똑똑히 목격했다.

"이리도 다정하게 안아주시니…… 천지의 복을 받은 것만 같습니다."

그녀가 입을 열 때마다 도훈의 시야가 어그러지며 흐트러졌다.

"하오나, 전장에서는 적수가 없기로 그 명성이 자자하고, 무인으로서 그 누구보다 용맹하신 명장 중의 명장께서 한낱 기생 년인 제게 이리 살갑게 구시니……."

명백히 귓가를 찌르는 것은 꿈이라고 하기엔 너무도 생생한 음성이었다.

"혹여 범인들이 이를 알고 곡해할까 두렵습니다."

더없이 아름다운 여인은 더없이 무딘 도훈에게 행복이나 즐거움 같은 긍정적인 감정만 선사하는 것이 아니었다. 저 붉은 입술은 10년간 곱게 다물어져 있던 입이었기 때문에, 저렇게 거침없이 입을 놀리는 것은 무감정한 도훈에게조차 오싹한 감정을 만들었다.

"호사가들의 입방아에 올라 나리의 명성에 누가 된다면, 그는 이년이 죽음으로써 갚더라도 모자랄 크나큰 죄악이옵니다."

부드럽게 웃은 그녀가 도훈의 손을 꼭 부여잡았다. 이 꿈을 꾸는 이유가 아직 밝혀지지 않은 상황에서, 사고가 틀어 막힌 도훈은 그저 멀뚱히 그녀를 바라보았다.

"먼발치여도 좋으니…… 언제까지나 나리의 곁에서 힘이 되어드리고자 합니다."

그녀는 도훈을 촉촉한 눈으로 올려다보았다. 금방이라도 울 것처럼 물기에 젖은 눈이었으나 붉은 입술은 여전히 유려하게 위를 향해 올라가 있었다.

그러나 그녀의 애틋한 미소 뒤에 비친 것은 명백한…….

"제 말의 뜻을, 아시겠습니까, 나리?"

공포?

"……아."

숨겨진 감정을 깨닫는 동시에 또 무언가가 툭, 뎅강 하고 끊겼다. 눈앞이 흐릿하게 번지는가 싶더니 또다시 쾅! 절벽 아래로 처박히는 감각이 울컥

70

도훈을 치받았다.

차오르는 숨의 반동으로 황급히 눈을 뜨자 이내 제 방의 어둑한 천장이 도훈의 눈동자를 차지했다. 그는 서둘러 상체를 일으키고 식은땀으로 가득한 제 이마를 쓸었다. 등골이 얼어붙은 듯 싸늘해졌다.

또 이상한 꿈이다. 또, 또……. 거친 숨을 토해내는 입술이 미세하게 떨렸다.

"하아……."

도훈의 미간이 좁아졌다. 이내 그가 떨리는 주먹으로 매트리스 위를 거세게 퍽 내리쳤다. 거칠게 반동하는 침대를 버려두고 스프링처럼 튀어나가 곧장 서연의 침실로 향했다.

천천히 문을 열고 안을 살펴보니 침대에 누워 있는 서연이 보였다. 잠깐 묵묵히 서서 불편한 자세로 잠든 서연을 물끄러미 바라보았다. 그의 시야에 오롯하게 들어온 서연은 언제 도로 변했는지 보이시한 모습으로 바뀌어 있다. 한참 바라보던 그는 이내 뚜벅뚜벅 걸어 서연의 침대에 천천히 걸터앉아 몸을 웅크리고 있는 서연의 어깨를 살짝 쓸었다.

"……서연아."

도훈은 작게 그녀의 이름을 불러 보았다. 무엇이 그를 두렵게 만드는지, 도훈은 잘 알고 있었다.

사람이 사람을 너무 많이 사랑하면 불안해진다.

도훈이 서연에게 그랬다. 불안하게 할 일 없다고, 맘 편히 가지라고 말했으나 사실 정말 불안한 사람은 도훈 본인이었다. 서연이 상처 입을까 불안했고, 서연이 떠날까봐 불안했다. 낯설디낯선 감정이었다. 도훈은 크게 심호흡했다.

"으응……."

서연은 어딘가 몸 상태가 좋지 않은 듯 끙끙 앓는 듯한 신음을 내었다. 그러고 보니 뽀얀 이마에 땀이 송골송골 맺혀 있었다. 미간을 좁힌 도훈이 그녀의 이마에 맺힌 땀을 커다란 손바닥으로 쓸어 닦아주었다. 감기 기운이 조금 있는 것 같았다.

밖으로 나가 물수건을 들고 온 도훈은 조그마한 머리를 들어 제 무릎에 올려놓았다. 물수건을 서연의 이마에 올려놓아 주고, 머리를 부드럽게 쓰다듬었다. 짧은 적갈색 머리카락들이 손가락 틈으로 삐죽 빠져나왔다.

그렇게 한참을 어루만졌다. 시간이 얼마나 지났는지는 모른다. 어둑한 창밖으로 막 둥그런 해가 어스름하게 차오를 때까지 도훈의 손은 멈추지 않고 서연을 조용하게 쓰다듬었다.

"음……."

서연은 오한에 몸을 뒤척였다. 으슬으슬 몸이 추운 게 아무래도 몸살 기운이 오는 듯하다. 힘겹게 침대에서 눈을 뜬 서연은 반쯤 풀린 눈을 끔뻑거렸다.

"몇 시지……?"

밝은 것을 보아 아침이었다. 목소리가 잔뜩 쉬어서 흘러나왔다. 흔한 잔병치레 없이 살아와 나름 굳건한 육체라고 자부했는데, 기분 탓인지 날이 갈수록 몸이 쇠약해지는 것 같았다. 밤새 흘린 땀 때문에 입고 있던 민소매 티셔츠가 축축하게 젖어들어 있었다.

"머리 아파……."

이 감기 기운은 아마도 어제 씻을 때 타월을 가지고 들어가지 않아 물기가 마를 때까지 욕실에서 가만히 있었던 탓일 것이다. 차마 도훈에게 타월을 가져다 달라고 하기에는 너무 부끄러웠고, 그냥 알몸으로 후다닥 방으로 다이빙하기에는 복도를 지나야 했기 때문 그것도 오 마이 갓이었다.

"일어났어?"

불현듯 들려오는 굵은 남자 목소리. 서연은 너무 놀라 숨을 멈추었다. 질겁해서 가느다란 손을 휙 내젓자, 무언가에 탁 부딪혔다. 느껴지는 딱딱한 감촉에 깜짝 놀라 얼른 고개를 왼쪽으로 꺾었다. 아, 그녀의 손이 닿은 곳은 도훈의 맨가슴이었다.

"으헉!"

서연은 잔잔하게 웃으며 자신을 내려다보는 도훈을 발견하고 화들짝 놀라 벌떡 상체를 일으켰다. 밤새 무릎베개를 해준 모양이었다.

"까, 깜짝이야! 왜 내 방에 있어요?"

"밤에 왔더니 끙끙 앓길래, 걱정돼서 있었지."

도훈은 부드럽게 미소 지으며 한쪽 어깨 아래로 흘러내린 민소매 끈을 올려주었다. 그 야릇한 행동에 움찔한 서연이 자연스레 아래를 보았다가 눈이 휘둥그레졌다.

"헉, 잠깐만! 나 언제 도로 남자된 거야?"

서연이 삐죽삐죽 짧아진 머리를 아무렇게나 헝클었다. 허리가 아주 가뿐한 게 가슴이 또다시 낭떠러지 절벽으로 변했다. 당황해서 어찌할 줄 모르는 그녀의 모습을 흥미진진하게 보던 도훈이 픽 웃음을 터뜨렸다. 이내 그녀의 잘록한 허리를 양손으로 번쩍 들어 제 허벅지 위에 서연을 부드럽게 앉혔다.

"……어, 음."

강도 높은 스킨십에 서연이 침을 꿀꺽 삼켰다. 엉덩이 아래로 눌린 도훈의 탄탄한 허벅지가 뚜렷하게 느껴졌다.

"잘 잤어?"

"응, 잘 잤어요. 도훈 씨는요?"

"나도. 잘 잤어."

서늘한 눈이 곡선을 그리며 가늘어지더니 반달 같은 눈웃음을 뚝뚝 흘렸다. 서연은 가슴이 콩닥거려서 숨이 잘 쉬어지지 않았다. 지금 제 모습은 애정이나 욕정을 불러일으키기에는 한참 부족한 모습일 텐데도 눈앞 남자의 눈에는 변함없이 사랑이 듬뿍 묻어난다. 남성화라는 끔찍한 전생의 업보는 그의 애정 앞에서 무용지물이 되었다.

"왜 그렇게 봐요?"

"나 안 보고 싶었어?"

"지금 보고 있잖아요. 어젯밤에 자기 전에도 봤고. 눈 감기 전에도 보고, 눈 뜨자마자도 보고. 계속 보는걸?"

"자는 동안은."

"네?"

"우리 잠자는 동안 서로 못 봤잖아."

"그건 도훈 씨도 마찬가지잖아. 자는 동안 자기도 나 못 봤으면서."

"뭐…… 그런가?"

도훈이 씩 웃었다.

"그래. 자는 동안 우리 서연이 못 봐서 좀 슬펐지, 내가."

도훈이 양손으로 서연의 허리를 부드럽게 꾸욱 눌렀다.

"보고 싶어서 숨넘어가는 줄 알았지."

서연의 얼굴이 토마토처럼 빨갛게 물들었다.

"그래서 자다 말고 찾아왔잖아, 너 보고 싶어서."

서연은 부끄러워 죽겠단 얼굴로 고개를 푹 숙였다.

"으…… 그런 말은 옷 좀 입고 해요."

아무것도 입지 않은 도훈의 단단한 상체에 서연의 눈이 내리꽂혔다. 다부진 가슴근육을 따라 흐른 시선이 굴곡진 복근을 지나 떨어졌다. 고개 숙인 서연의 시선에 맞춰, 도훈도 고개를 내려 그녀의 얼굴을 촉촉하게 내려다봤다. 서연이 커다란 눈알을 도로록 굴렸다. 왜 저렇게 애틋하게 쳐다보는 건지 알 수 없다. 남성화 된 모습으로, 심지어 이런 야릇한 자세로 저런 시선을 받으니 심장이 더욱 간질간질 폭발할 것만 같다.

"후으……. 뭘 좀 모르나 본데, 나 되게 이성적인 여자예요. 나니까 참았어."

"뭘 참아?"

"다른 여자였으면 이미 덮치고도 남았어. 몰라요?"

도훈이 픽 웃음을 터뜨렸다.

"네가 날?"

움찔, 거친 숨이 서연의 얼굴 위로 톡 터졌다. 도훈의 단단한 목덜미를 감싸고 있는 서연의 손이 긴장으로 가늘게 떨렸다.

"되게 섹시하네……."

도훈이 나직한 음성으로 중얼거렸다.

"지금 나 유혹해?"

"치, 유혹하면 넘어와? 안 넘어올 거잖아요."

"함부로 손댈 수야 없지."

아득한 정신을 다잡으니 어느새 도훈의 손이 서연의 가슴께에 올라와 있었다.

"아침부터 말이야."

그가 커다란 손바닥으로 서연의 가슴을 살며시 누르자 터질 것 같은 서연의 심장 박동이 적나라하게 느껴졌다. 도훈의 손은 신사답게 가만히 여린 심장 위에 멈춰 있었지만, 그 자체만으로도 서연의 상체는 파드득 움츠러들었다.

"말은 되게 섹시한데, 심장은 사춘기 소녀야."

"나 놀리는 거 재밌죠?"

"응. 꽤 할 만해."

낮게 웃은 도훈이 가슴께에 올라와 있던 손을 천천히 올려 서연의 볼을 쓸었다. 그의 미소에 설레는 가슴을 도저히 주체할 수가 없다. 도훈과 서연은 가만히 시선을 마주했다. 한껏 고조된 분위기 속에 서연이 뜨거운 침을 꿀꺽 삼켰다.

한 치의 틈도 없이 맞닿은 하체로부터 그가 참고 있을 욕정이 물씬 느껴졌다. 한 남자로서 서연을 원한다는 말을 도훈의 몸이 대신하고 있었다. 그 느낌이 너무도 강렬해서 엉덩이가 불에 덴 듯했다.

"……."

서연은 어떻게 반응해야 할지 알 수가 없어 그저 어리숙하게 도훈의 목덜미에 팔을 감아 나른하게 안겼다. 도훈은 말없이 서연의 잘록한 허리를 바싹 끌어안았다. 그렇게 안고만 있어도 자연스레 서로의 숨이 가빠져왔다. 커다란 손이 천천히 서연의 티셔츠 안으로 들어왔다. 사르륵, 맨살이 쓸렸다.

"아……."

아찔했다. 어지러운 머리와 함께 서연은 코피가 날 것만 같았다. 서연이 또 한 번 마른침을 꿀꺽 삼키자 퉁퉁 부은 목구멍이 따끔거렸다. 머리가 팽 팽 돌았다.

쿵쾅, 쿵쾅, 쿵쾅.

어?

잠깐만 이거 뭔가 이상한…….

"……."

놀란 도훈이 멈칫했다. 서연의 고개가 뒤로 힘없이 추욱 젖혀졌기 때문이 었다.

점심시간이 되기 한 시간 전, 여느 때와 다름없이 모라비 본사는 그럭저 럭 굴러가고 있었다. 그런 권태로운 회사를 산사태가 난 것처럼 한바탕 뒤 흔든 사건은 단 한 번의 통화에서 발발했다.

"CD님! 지금 와이시에서 연락이……!"

기업 와이시의 홍보실장에게 직접 전화를 받은 MD팀장이 곧바로 눈썹 을 휘날리며 크리에이티브 디렉터의 사무실로 돌진하면서 폭풍은 시작되 었다. MD팀장에게 이야기를 듣고 흥분한 그녀는 곧바로 디자인 팀으로 뛰 듯이 달려 내려갔다. 갑작스러운 그녀의 등장에 앉아 있던 사원들은 파티션 이 흔들리도록 동시에 벌떡 일어났다.

"CD님! 여긴 갑자기 어쩐 일로……."

아직 상황을 모르는 디자인 실장이 헐레벌떡 달려와 크리에이티브 디렉 터의 앞에 꼿꼿하게 섰다.

"자, 모여보세요! 우리 회사에 경사가 생겼어요!"

그녀는 흥분에 가득 찬 음성을 냈다.

"세계적으로 유명한 와이시 다들 알지? 와이시에서 우리와 함께 콜라보 를 하고 싶다는 제안이 왔어요! 예전에 우리가 보냈던 그 기획안이 너무 참신했고, 그대로 진행했으면 좋겠다고 하던데!"

일대가 술렁이기 시작했다. 와이시는 전 지구를 통틀어 모르는 사람이 없을 만큼 최고의 인지도를 자랑하는 유명한 스포츠 패션 브랜드였다. 몇 달 전, 와이시에서는 여러 디자인 브랜드에 컬래버레이션 기획안을 요청했고, 워낙 쟁쟁한 경쟁 브랜드 틈에 있었기 때문에 모라비는 사실상 자신들의 기획안이 채택될 거라 생각조차 하지 않았다. 다만 권위적인 기업의 요청을 무시할 수는 없었기에 대충 구색만 맞춰 기획안을 올렸고, 보낸 후 한참 동안 연락이 없어서 모두 잊고 있던 차였다.

"게다가 콜라보를 진행하면서 발생하는 비용은 전액 투자를 받기로 했어요. 모라비는 디자인에만 관여하고, 홍보부터 제작, 판매까지 와이시측에서 전적으로 맡아주기로 했습니다!"

현재 저조한 실적으로 심각한 경영 위기 상황에 놓인 모라비에게 더없이 좋은 조건이었다.

"이 기회를 통해 우리 모라비는 세계적인 인지도가 생길 거예요. 우리 디자인 팀, 이번 콜라보를 통해서 최고의 디자인을 해봅시다!"

그녀는 감격한 듯 웃음을 감추지 못하며 큰 소리로 호탕하게 웃었으나, 그 웃음소리에 동조하는 사람은 없었다. 모두 신경 레이더를 바싹 세우고 눈치만 살살 살필 뿐이었다.

"참!"

그 미묘하게 어색한 분위기를 읽지 못한 크리에이티브 디렉터는 행복한 웃음을 갈무리하며 손뼉을 짝 마주쳤다.

"그나저나 그 기획안은 누가 작성했지? 박 실장, 자네가 직접 썼나?"

"아, 아니요. 제가 직접 작성하지는 않았습니다."

"그래?"

그녀가 어깨를 으쓱하며 사무실 내를 찬찬히 둘러보았다.

"그러면 그 기획안을 작성한 사람은 누구지?"

원형 감옥의 중앙 감시탑처럼 돌아가는 그녀의 시선을 모두가 죄수처럼 피하는 와중, 사무실 내는 경사가 아닌 초상을 치른 듯이 더욱 잠잠해졌다. 크리에이티브 디렉터는 그 이상한 기류를 감지하자 기쁨에만 퐁당 젖어 있던 목소리가 조금 가라앉았다.

"뭐야, 기획안 작성한 사람이 없어?"

"……."

"몇 달 전 와이시와 함께할 콜라보 기획안에 참여한 사람이 아무도 없단 얘기인가?"

순식간에 얼음장처럼 차가워진 음성으로 또박또박 한 자 한 자 뱉자 사무실이 더욱 고요해졌다. 하, 그녀가 헛숨을 뱉었다.

"왜 아무도 대답이 없는 거야?"

시한폭탄처럼 점점 더 싸늘해지는 목소리. 정말로 자초지종을 모르는 디자인 실장은 발등에 불이 떨어져 얼른 답하지 못하겠냐며 직원들을 보며 무책임하게 종용했다.

"저……."

소미가 더듬더듬 걸어 나와 손을 반쯤 소심하게 들었다.

"그…… 그 기획서는 사실 예전에 있던 직원이 맡았던 것 같은데……."

개미 기어가는 소리로 중얼거리니 그게 더 그녀의 신경을 긁었다.

"뭐라고? 다시 크게 말해봐! 누가 했다고?"

소미는 저에게 쏠린 시선에 당황해서 땀을 삐질삐질 흘렸다. 더욱이 조금 떨어진 곳에서는 임나희 대리의 잡아 죽일 듯한 눈초리가 있었다. 그러나 이미 포문을 연 이상 이대로 함구하기에는 그게 더 볼품없었으므로 눈을 꼭 감고서 냅다 기획안을 작성한 사람의 이름을 큰 소리로 털어놓았다.

"그 직원이?"

크리에이티브 디렉터가 한쪽 눈썹을 들어올렸다. 실장이 간신처럼 쪼르르 다가가 작은 소리로 소곤소곤 종알대자 그녀가 고개를 잘게 끄덕이더니 이내 실장 쪽으로 고개를 살짝 틀고 입술을 움직였다.

"지금 현재 회사에 없잖아?"

"네, 당시 책임지고 퇴사하였습니다."

"하……."

크리에이티브 디렉터가 골 때린다는 듯 손바닥으로 이마를 꾸욱 짚었다.

"그쪽에서 초기 기안자를 프로젝트에 참여시키라고 요구 조건을 내걸었어. 이거 어떻게 할 거야?"

"그건 크게 문제가 되지 않을 것 같습니다. 제가 직접 관여해서 디벨럽……."

"기획안을 누가 썼는지도 모를 만큼 파악이 안 된 박 실장인데 어떻게 뭔지도 모르는 아이디어를 살려? 아무리 디자인 팀 컬렉션 준비로 바빴다지만 신입한테 작성하라고 방치하고 검토도 없이 보내버려? 이게 맞는 거야?"

"죄송합니다……."

장례식처럼 분위기가 숙연해진 사이, 초조해진 그녀가 입술을 잘근잘근 씹었다. 깊게 한숨을 내쉬고서 목소리를 내었다.

"강서연 씨가 있던 팀, 팀장이 누구지?"

"접니다, CD님."

유라가 한 발짝 앞으로 나섰다.

"얘기 좀 하게 내 방으로 올라와요."

"……네, 알겠습니다."

상황이 왜 이렇게……. 유라의 안색이 파리해졌다.

꽃피는 봄이었으나 서연의 복장은 에베레스트 등정 복장과 다를 바가 없었다. 몇 겹을 겹쳐 따뜻하게 입었지만, 속에서부터 으슬으슬 추운 것은 어쩔 도리가 없었다. 몸이 아프니 외로워져서 힘겨운 몸을 끌고 굳이 마당에 있던 또띠를 데려와 씻기고서 품에 끌어안았다.

"또띠야아……. 너희 오빠 언제 오니……."

얼른 왔으면, 하고 속으로 수도 없이 되뇌며 하릴없이 침대 위에 시체처럼 누워 있었다. 단순히 숨만 쉬더라도 몸에서 힘이 쭉쭉 빠지는 게, 컨디션이 도통 말이 아니었다.

"나 왜 점점 허약해지는 것 같지……."

아무래도 숨 돌릴 틈도 없이 일하던 몸이라 이렇게 인형처럼 쉬기만 하니 오히려 병이 나는 모양이었다. 서연은 역시 온실 속 화초처럼 일 없이 노는 것은 자신과 안 맞는다고 생각하며, 감기가 낫는 대로 다시 구직활동에 몰입해야겠다고 다짐했다.

"물론 받아줄 회사가 있어야겠지만……."

굴착기를 스탠바이하고 음울하게 뇌까리는데, 동시에 배 위에 신줏단지처럼 올려둔 휴대전화가 부르르 진동했다. 발신인을 확인하자 언제 우울했냐는 듯 화색이 번진다.

"여보세요?"

ー응, 몸은 좀 어때?

"나야 완전 쌩쌩하지. 벽돌 900개도 들 것 같아. 이제 하나도 안 아파요!"

서연이 괜히 활기찬 척 과장해서 떠들어댔으나 도훈은 피식 웃을 뿐이었다.

ー누굴 속여.

치, 서연은 입술을 비죽거렸다. 백날 머리를 굴리고 노력해봐야 이 남자는 이미 자신의 모든 생각을 꿰뚫는 것은 물론 그 앞까지 전지전능하게 내다보고 있는 것 같았다. 어쩌면 그에게 말하지 않은 자신의 비밀도 전부 알고 있을지도 모른다고 생각하니 조금 등골이 오싹했다.

'어휴, 그럴 리가. 내가 무슨 생각을…….'

말도 안 되는 상상이다. 저도 모르게 고개를 절레절레 내젓자 골이 지잉 흔들렸다.

ー아침에 갑자기 기절해서 내가 얼마나 놀란 줄 알아?

"하하, 쏘리. 나도 갑자기 정신이 픽 나가서 당황스러웠어요."

하필이면 분위기 한창 좋을 때……. 서연이 뒷말을 꿀꺽 삼켰다.

-회사고 뭐고 안 가려고 했어. 지금도 일이 손에 안 잡혀…….

"쳇, 괜히 내 핑계 대지 마시지."

-우리 이쁜이가 날 못 믿네.

"으…… 소름. 그거 하지 마요. 이쁜이 그런 거 하지 마!"

못 견디게 낯간지러워진 서연이 이불을 머리끝까지 당겨 올리고서 다리를 미친 듯이 버둥거렸다. 그 탓에 매트리스는 정신없이 요동치고, 그 위로 달라붙은 가녀린 몸에는 짜릿한 전기가 흘렀다.

-이쁜아…….

윽, 서연이 눈을 질끈 감았다. 귓가를 뜨겁게 자극하는 그의 달달한 목소리에 심장이 그만 멈춰버린 듯했다.

-아프지 마…… 응?

꺅……! 서연이 반쯤 비명을 지르며 허리를 이리저리 비틀었다.

-나랑 오래오래 같이 살아야지.

후끈하게 열 오른 귀까지 박동으로 먹먹해졌다.

"……아파."

가슴이 너무 빨리 뛰어서 아플 지경이었다. 뒤를 잇는 나직한 웃음소리마저 숨 막히게 달콤하고 부드러웠다.

"오, 오늘 언제 와요……?"

-너 아픈데 바로 퇴근해서 보살펴야지. 최대한 빨리 마치고 갈게.

"무리하지 않아도 돼요. 어차피 나 계속 집에만 있을 거고, 천천히 와도 돼요. 진짜로."

-안 돼. 내 몸이 근질거려.

그에게 짐이 되고 싶지 않았기 때문에 보고 싶다는 진심도 꾹 숨기고 종알거렸으나 역시나 관통당했다.

-키스 말고…… 뽀뽀는 되나?

수화기 건너편에서 거친 숨결이 전해져왔다. 감기가 더 심해지는 기분이었다. 서연이 침만 꼴깍꼴깍 삼키며 애꿎은 또띠의 배에 손바닥만 부비부비했다.

-감기 좀 옮는 게 무슨 큰일이라고 키스도 못 하게 하고.

"나 아픈 걸 왜 도훈 씨한테 옮겨요? 누굴 전염병 환자 취급해."

오늘 아침, 기절했다가 정신을 차린 서연은 혹 자신의 감기가 도훈에게 옮을까 염려되어 절대 키스하지 못하게 입술을 꾹 막고 버텼었다. 때문에 도훈은 키스를 못 한 채 출근했고 서연은 여전히 남성화된 모습이었다.

"아이고, 이러다 내가 일 방해하겠다. 칼퇴하려면 집중해야 하는데요. 이따 봐요!"

-그래. 이따 봐.

이쁜아. 도훈은 또 장난스럽게 속삭이고 끊어버렸다.

서연은 한참 동안 넋이 나가 휴대전화를 든 채 굳어버렸다. 설렘 게이지가 최고치를 찍은 서연이 이불을 팍 뒤집어쓰고 비명을 질렀다.

"꺄아아아악! 너무 좋아! 완전 사랑해, 백도훈! 진짜 설렌…… 컥."

감기에 걸렸다는 것도 잊고 고래고래 소리치다가 연신 기침을 했다. 찢어질 듯 아픈 목에도 불구하고 서연은 헤헤 웃었다.

"그나저나, 언제쯤 미션을 클리어 할 수 있으려나."

서연은 도훈과 하룻밤을 보내고 자신을 찾아오라는 무당의 말을 늘 기억하고 있었다.

"아침에 분위기 되게 좋았는데……. 갑자기 거기서 기절은 왜 해서는."

여전히 그와의 키스 유효기간은 턱도 없이 짧았다. 더욱이 그 기간은 점점 짧아졌기 때문에 매일 아침, 그리고 저녁, 최소한 하루 두 번은 그와 키스해야 몸이 바뀔 걱정 없이 안심하고 생활할 수 있었다. 이렇게 유지 시간에 전전긍긍하지 않기 위해 얼른 그와 뜨거운 밤을 보내야만 했다. 완전히 여자의 몸으로 돌아올 수 있는 유일한 방법이었기 때문이다.

"기생이라니……. 기생, 기생, 기생."

제 전생을 알게 된 후부터 품었던 한 가지 의문. 자신은 당시 기생의 신분으로 전생의 백도훈에게 대체 무슨 엄청난 죄를 저지른 걸까?

무당은 무슨 이유에선지 항상 전부를 알려주지 않고 고장 난 테이프처럼 업보라는 말만 반복했기 때문에 자세한 내력은 전혀 알 수가 없었다.

'죽을힘을 다해서 홀려봐. 전생에 네 특기였잖아.'

"이제 슬슬…… 들이대 볼 타이밍인가."

서연이 비장하게 고개를 끄덕였다. 언제까지나 이렇게 야금야금 키스를 받아 모습을 연명할 수는 없는 법이니까…….

띵동.

그때, 밖에서 들리는 초인종 소리에 서연은 흠칫 놀라 일어났다.

"누구지?"

침대에서 무거운 몸을 억지로 일으켜 1층으로 비실비실 내려갔다. 인터폰 앞으로 다가섰으나 까맣게 죽은 화면은 아무것도 나타내지 않고 있었다.

"고장 난 건가……?"

띵동, 띵동.

또다시 반복적으로 울려대는 초인종. 꺼림칙한 기분이 들어 그냥 없는 척할까 싶었으나, 계속해서 울리는 바람에 그냥 직접 나가보기로 마음을 먹었다. 곧 문을 조금 밀어 연 서연의 눈이 휘둥그레졌다.

"……."

서연은 할 말을 잃었다. 열로 뚝배기처럼 달아올랐던 머리가 순식간에 차가워지는 감각을 경험했다. 그건 유라도 마찬가지였다. 도훈을 보러 그의 집에 찾았으나 정작 맞이한 것은 부인이라도 되는 양 문을 열어준 서연이었다.

일순 고요한 가운데 당혹스러운 시선들이 오갔다. 문을 움켜쥔 서연의 손에 힘이 팽팽하게 들어갔다. 대문 틈새로 똑똑히 보이는 유라의 얼굴에 어질어질한 머리가 그대로 백지화되었다.

"……아."

예상치 못한 서연의 등장에 유라의 입가는 조용히 구겨졌다. 그보다 더욱 구겨지는 것은 파리해진 서연의 얼굴이다.

마가…… 마가 낀 것이다.

그렇지 않고서야 저 여자와 대면할 때마다 족족 남성화가 일어나는 것은 말이 되지 않는다. 심지어 지금은 남성화의 절정이 달했을 때. 더불어 감기까지 앓고 있으니 시체처럼 수척하고, 삐쩍 말라 핼쑥했다. 왜 저 여자를 맞닥뜨릴 때는 항상 이렇게 더없이 초라하고 허름한 행색인 건지, 아무리 생각해도 마가 낀 게 틀림없었다. 서연은 여러모로 이 상황에 기가 막혔다.

"……둘이 같이 살아요?"

물론 유라 또한 기가 막혔다. 머리는 바쁘게 굴러갔으나 유라의 입에서 튀어나온 것은 간결한 물음이 전부였다.

"언제 둘이 그렇게 깊은 사이가……."

유라의 동공이 거칠게 흔들렸다. 동요하는 유라의 목소리에 서연은 퍼뜩 정신을 차렸다. 쪼그라드는 자존감은 제쳐놓고 지금 상황을 따지자면 유라는 엄연히 애인 있는 남자 집에 양심도 없이 찾아온 여자일 뿐이었다.

"네. 같이 살기로 했어요."

"……조금 당황스럽네요."

"저도 놀랐어요. 이렇게 경우 없이 행동하시는 분인 줄은 몰랐거든요."

서연의 날 선 목소리를 들으며 유라는 천천히 대문에 손을 얹었다. 덜컹, 하는 파찰음이 허공을 갈랐다.

"그…… 미안해요. 제가 본의 아니게 실례를 했네요. 오빠는 지금 안에 있나요?"

"없어요."

"……저는 오빠와 할 말이 있어서 찾아온 거예요. 저희 둘끼리 복잡하게 얽힌 일이 있어서요. 꼭 풀어야 하는."

뭐래…….

"또, 서연 씨에 관해 오빠와 얘기 나눌 것도 생겨서 제가⋯⋯."

"저에 관한 얘기는 당사자인 저와 하시는 게 맞는 것 같네요."

유라가 작게 한숨을 내쉬고 고개를 느슨하게 들었다.

"그럼 직접 들으시겠어요?"

뭐가 저렇게 당당할까. 서연은 속으로 코웃음 쳤다.

"그러죠."

서연은 손을 들어 앞머리를 정갈하게 갈무리한 후 유라에게 다가가 대문을 열어주었다. 안으로 들어간 유라는 찜찜한 기분을 벗지 못하고 권해진 의자에 껄끄럽게 자리를 잡았다.

"말씀하세요."

다리를 꼬고 앉은 서연은 채무자를 대하는 집주인처럼 굴었고, 유라는 그 앞에서 불청객으로 전락했다. 불쾌해진 유라는 당장 일어나 집 밖을 뛰쳐나가고 싶었으나 목적을 상기시키며 힘겹게 입술을 열었다.

"다시 일을 같이하면 좋겠습니다."

"⋯⋯네?"

서연이 놀라 반문했다.

"제가 아닌 윗선에서 온 제안입니다."

서연의 눈이 휘둥그레졌다. 윗선이라니? 곰곰이 생각했으나 오리무중이었다. 고졸에 일개 사원이었을 뿐이었던 자신을 윗선에서 다시 부를 이유는 아무리 생각해도 없었기 때문이었다.

"몇 달 전, 와이시와의 컬래버레이션 기획안 작성을 맡으셨다고 들었습니다."

"네, 뭣 모를 때 그게 버리는 카드라는 것도 모르고 며칠 밤새워서 코피 터지라고 작성했었죠."

"그 기획, 와이시에서 채택됐습니다."

"⋯⋯예?"

서연은 제 귀를 믿을 수 없어 커다란 눈을 끔뻑거렸다.

"와이시에서 서연 씨 기획을 마음에 들어하셔서, 저희 모라비가 디자인에만 힘쓸 수 있도록 발생하는 비용 일체를 투자하기로 했습니다."

말도 안 돼……. 서연은 홀린 듯 흐릿하게 중얼거렸다.

"그쪽에서는 초기 아이디어를 낸 서연 씨가 있어야 콜라보를 성공적으로 해낼 수 있을 거로 생각합니다. CD님께서도 직접 서연 씨가 오셨으면 좋겠다고 저를 통해서 의사를 전달해주셨고요."

"CD님께서……."

"네. 기간은 짧았지만 어쨌거나 서연 씨가 제 팀원이었으니 책임지고 복귀시키라고 지시하셨어요."

유라가 잠깐 쉬었다가 말을 이었다.

"우리 회사에 다시 돌아오기 껄끄럽다는 상황인 거 잘 알지만 지금 회사는 서연 씨가 필요해요. 모라비가 그런 세계적인 기업과 함께 일할 기회는 흔하지 않으니까요."

서연은 너무 갑작스러워 저도 모르게 얼빠진 얼굴을 했다. 달면 삼키고 쓰면 뱉는 게 사회의 생리인 줄은 알았지만, 누명을 씌우고 쫓아낼 때는 언제고 이렇게 손바닥 뒤집듯 바뀌는 태도가 가히 충격적이었다.

"프로젝트에 실무 담당으로서 서연 씨가 큰 역할을 했으면 좋겠어요."

"실무 담당이요? 전 아직 연차도 안 쌓였는데 어떻게 그런……."

"그만큼 CD님께서 서연 씨 능력을 높게 보신 거겠죠. 입사 때도 CD님 특채로 들어오셨다고 들었어요."

서연이 입술을 옹송그려 물었다.

"지금 실적 저조로 회사 사정이 아주 좋지 않아요. 그래서 더더욱 와이시의 금전적 투자가 간절한 상황이고요. 투입되는 자본의 스케일이 다르니까요."

"……말씀은 알겠습니다. 그런데……."

서연이 길게 한숨을 쉬었다가 유라를 똑바로 바라보았다.

"저 회사 그만둔 날, 팀장님이 귀걸이 사건 묵과하신 거. 저 안 잊었어요. 너무 태연하셔서 팀장님은 잊으신 것 같아서요."

갑자기 떠오른 화제에 유라가 조금 당황했다.

"……그때 일은 제가 죄송했어요. 서연 씨도 알다시피 그때 전 이 회사에 들어온 지 얼마 되지 않았고 섣불리 내부의 일에 입을 열기는 난감한 점이 있었어요."

"그게 이유의 전부인가요?"

서연의 물음에 유라가 입술을 초조하게 깨물었다.

"다른 사적인 감정은 조금도 섞이지 않으셨고요."

유라가 대답하지 못하고 마른침을 삼켰다.

"그게 이유라면 당시 팀장님 입장 충분히 이해합니다. 하지만 저는 저를 괄시하는 사람들과 얼굴 맞대며 일하기 불편해요. 도마뱀의 꼬리로 보잖아요, 사람을."

그 회사는 거슬리면 가차 없이 잘라버리는 생태계의 매서운 일면을 담고 있었다.

"제가 봐도 전 만만한 먹잇감인데, 다시 불러놓고 또 단물만 빨아 먹고선 추락시킬지 어떻게 알고요."

침묵하자 두 사람 사이에 서늘한 기류가 파고들었다. 곧 유라는 부드럽게 웃으며 모았던 손을 풀어헤쳤다. 마치 숨겨두었던 카드를 건네는 사람 같은 몸짓이었다.

"이번 프로젝트가 우리 회사의 운명을 쥔 만큼 이례적인 승진도 제안하셨습니다."

그 말에 서연의 눈썹이 움찔했다.

"우리 회사의 간판격으로 실무에 투입되는데 직함이 없으면 쓰나요."

예쁘게 네일아트 된 손은 핸드백에서 작은 USB를 꺼내 들었다.

"거기에 귀걸이 사건, 이대로 넘어가기는 좀 억울하지 않나요?"

유라가 나직하게 웃었다.

여진은 퇴근 후 회사 동료들과 간단하게 맥주 한잔을 마시고 집에 도착했다. 아직 9시도 되지 않았으나 괜스레 기분이 껄끄럽고 찜찜해서 일찍 자리를 털고 일어난 것이었다.

[내일 맛있는 거 사줄게요. 저녁 8시에 한성공원 중앙광장 분수대 앞에서 만나요. 꼭!]

그녀는 진영의 문자를 꺼내 보며 미간을 좁혔다.

"8시 58분······."

지금 시각을 확인하니 진영이 나오라고 했던 시간에서 약 1시간 정도 지나 있었다. 물론 애초에 그 자리에 나갈 생각은 전혀 없다.

그냥 한번······. 그냥 한번 열어본 것뿐이다.

"근데 왜 연락이 없어? 웃긴다, 진짜."

전화는커녕 문자가 온 흔적조차도 없다. 보통 약속 장소에 오래도록 안 나오면 상대방에게 연락을 취하는 것이 정상일 텐데, 그야말로 조용, 고요.

"연락 없는 거 보면 오징어도 안 나왔나 보네."

여진이 휴대전화를 방구석으로 몰아낸 후 지친 몸을 이끌고 화장을 말끔히 지웠다. 뜨거운 물에 샤워까지 완벽히 마친 후 스킨과 보디로션을 꼼꼼하게 발랐다. 마지막으로 냉장고에서 얼굴 팩 하나를 꺼내는데······.

띵동.

울리는 전화 소리에 저도 모르게 용수철처럼 튀어 나가 휴대전화를 집어 들었다.

오징어인가! 왜 안 왔냐고 따지는 문자라든가?

[(광고) 에니메라 빅 세일! 전 품목 최대 50% 할인.]

두 눈을 장악하는 스팸 메시지를 마주한 순간 병 걸린 듯 빨리 뛰던 심장이 물을 끼얹은 듯 가라앉았다.

"아, 그만 신경 쓰자 최여진! 그 인간이 기다리든 말든! 연락하든 말든!"

여진은 목이 터져라 빽 소리를 지르고는 이내 포근한 침대에 쏙 들어갔다. 오늘도 역시나 온종일 백싸가지한테 시달리다 보니 온몸이 천근만근이었다. 내일 또 출근하려면 일찍이 자는 게 상책일 것이다. 여진이 이불을 머리끝까지 덮고서 두 눈을 꼭 감았다.

똑딱똑딱. 조급하게 흘러가는 시계의 초침 소리가 오늘따라 이상하게 거슬렸다. 여진의 고운 미간이 조금 일그러졌다.

"……."

똑딱똑딱. 저 초침을 그냥 뽑아버릴까.

"……으으."

입술 사이로 억눌린 소리가 툭 터져 나왔다. 한숨인지 신음인지 알 수 없는 소음이 방 안을 가득 메웠다.

"……으아아아악! 신경 쓰이게 진짜!"

여진이 이불을 저 멀리 휙 던지더니 상체를 빛의 속도로 빠르게 일으켜 협탁에서 저를 멀뚱히 노려보는 휴대전화를 거칠게 낚아챘다. 그러나 휴대전화는 여전히 고요하다.

"……."

왜 연락이 없지? 약속장소에 나타나긴 한 건가? 혹시 아예 안 나온 거 아니야? 아니면 뭐 지금까지 기다린다거나? 아니, 기다린다면 왜 연락을 안 해? 그럼 안 나온 건가? 그럼 왜 안 나갔다고 말을 안 해? 혹시 무슨 사고라도 났나?

"아니, 그니까 왜! 왜 연락이 없냐고?"

최여진 인생 27년 중 혼란이 최고조에 달한 시점이었다.

회사를 나선 도훈은 습관처럼 또다시 전화를 걸었다. 당연히 목적지는 서연의 휴대전화였다.

"안 받네."

아픈 사람이기에 평소보다 배는 더 신경 쓰이는 것은 어찌 보면 당연했다.

"자나……."

갑자기 감기라니. 고기를 하도 좋아해서 너무 고기만 먹인 탓일까. 하긴 균형이 잘 맞아야 하는데. 도훈은 어미 새라도 되는 양 식습관마저 고쳐줄 생각을 품고서 액셀을 세게 밟았다.

"감기…… 에는 꿀이 좋지."

달달하니까 틀림없이 먹겠지. 붉은 신호 앞에서 덜거덕거리며 차가 정차했다. 창문에 팔을 기대 무심하게 창밖으로 시선을 두는데, 문득 시야에 대형 버스의 큼지막한 광고 포스터가 눈에 들어온다.

〈어린이 뮤지컬 - 선녀와 나무꾼〉

가족이 다 함께 즐기는 행복한 시간이라는 홍보 문구를 물끄러미 보던 도훈은 이내 시선을 거두었다. 라디오라도 틀까. 길쭉한 손가락은 적막을 뚫기 위해 버튼 위를 짓눌렀다. 그와 동시에 차체에서는 중년 여성 아나운서의 푸근한 음성이 흘러나왔다.

-예, 요즘 가족 뮤지컬 선녀와 나무꾼이 관람객들에게 큰 호평을 얻고 있다고 해요.

왜 또 이게……. 도훈이 미간을 찌푸렸다. 그러나 채널을 돌리기도 귀찮아 그대로 두고 핸들이나 그러쥐었다. 이런저런 이야기를 나누던 진행자와 패널은 뮤지컬이 아닌 고전 동화 '선녀와 나무꾼'의 스토리에 관한 원론적인 이야기로 넘어갔다.

-글쎄요, 선녀도 참 매정하다 싶죠. 원하던 선녀 옷을 되찾자마자 나무꾼을 버리고 떠나버렸으니까요.

"……."

-하지만 나무꾼도 바보예요. 선녀가 원한다고 들어주면 안 되죠. 칼자루를 쥐었으면 끝까지…….

뚝, 여자의 목소리가 끊겼다. 도훈이 손을 뻗어 라디오를 꺼버렸기 때문이었다. 조금 열어놓은 창틈에서 이미 쌀쌀한 밤공기가 뿜어져 나오고 있었지만 도훈은 더욱더 그 틈새를 벌렸다. 가슴이 답답한 탓이었다.

집에 도착한 도훈은 빠르게 차고지에 차를 박아 넣고 대문을 열었다. 꼬리를 정신없이 흔드는 또띠를 지나 빠르게 도어록에 손을 뻗는데…….

"아……."

그 순간 문이 열렸다. 그리고 안에서 나오는 유라와 눈이 마주쳤다. 흠칫한 유라의 입술이 파르르 떨렸다. 도훈이 눈썹을 포악하게 구겼다. 그가 크게 숨을 토하며 지끈거리는 눈을 감았다가 떴다.

"네가 왜 여기 있어."

"……그…… 그게…….."

"똑바로 대답 안 해?"

"그…… 오빠 보러 왔다가 서연 씨 만나서 대화 좀 했어."

도훈이 신경질적으로 유라를 노려보았다.

"뭔데 그렇게 멋대로야."

유라가 주먹을 꼬옥 움켜쥐었다. 도훈은 그녀를 차갑게 밀치고서 현관에 서 있는 서연의 옆에 섰다. 잘록한 허리를 한 손으로 훅 끌어당겨 안았다. 키스하듯 찰싹 달라붙은 도훈과 서연의 몸을 보며 유라의 심장이 덜거덕 내려앉았다.

"당장 사라져. 두 번 다시 우리 집 찾아오지 마."

도훈이 퉁명스럽게 말하자 유라가 부들부들 떨었다.

"……우리 전에 얘기한 거 오빠도 동의한 거 아니었나?"

전처럼 평범하게 지내자는 제안에 당시 도훈은 싫다 좋다 같은 대답 없이 침묵을 지키며 자리를 털고 일어났다. 유라는 그것을 긍정의 신호라고 받아들였었다.

"그딴 꼴갖잖은 거 대답할 가치도 없어서 말 안 했다, 왜."

애초부터 고려 대상조차 아니었다고 매정한 입술이 토로한다.

"서연이 외에 다른 여자와 살갑게 지낼 일 없어."

하, 유라가 발끈했다. 더 있어 봐야 난봉꾼 취급이나 받을 것이 불 보듯 뻔했다. 눈물이 날 것 같아 입술을 꼭 깨물었다. 곧바로 하이힐 뒷굽이 반원을 그리며 돌았다. 문밖으로 빠르게 걸어 나간 유라는 문이 닫히기 전에 그 틈으로 손을 불쑥 집어넣었다. 그리고 그 틈새로 보이는 서연을 응시하며 붉은 입술을 움직였다.

"아, 참. 서연 씨."

서연은 유라를 멍하게 쳐다보았다. 뭐가 그렇게 슬픈지 유라의 눈가가 촉촉하게 젖어 있다. 맘에 안 드는 여자기는 하지만 솔직히 보기 좋은 풍경은 아니었다.

"2층 복도 맨 끝, 도어록으로 잠긴 방 말이에요."

복도 맨 끝……? 서연이 예전에 가족과 함께 이 집에 살 때, 자신의 방이었던 그 방이었다. 그리고 서연이 다시 이 집에 들어왔을 때부터 줄곧 굳건하게 잠겨 있던 방. 첫날 도훈이 절대 들어가지 말라고 신신당부했던 것을 서연은 기억한다.

"들어가시지 않는 게 좋을 거예요."

도훈이 흠칫 동요했다. 그 방에 대해 유라가 뭔가 알고 있다는 사실에 까만 동공이 흔들렸다.

쾅.

문이 닫히고서 도훈이 유라를 쫓아가려고 했으나 서연이 그의 팔을 확 잡아끌었다.

"나 두고 가지 마."

"택시!"

집에서 헐레벌떡 뛰어나온 여진은 정신없이 지나가는 택시를 잡아탔다. 스르륵 멈춰 선 주홍색 택시에 다급하게 몸을 던졌다.

"한성공원 쪽으로 가주세요."

"네."

여진이 찝찝한 기분에 몸을 가만히 두지 못하며 휴대전화를 만지작거렸다. 10시 30분. 결국 신경 쓰여서 공원으로 찾아가기로 결심했다.

"그냥 확인만. 가서 기다리고 있는지 그거 확인만……."

막 자려고 누웠다가 바로 왔기 때문에 머리부터 발끝까지 인조적인 색 하나 없이 깨끗한 피부 그대로였다. 하지만 그 와중에도 입술에 붉은 립스틱은 대충 색칠하고 나왔다. 여진은 차가 소음을 내며 공원 근처에 도착하자 적당히 숨을 고르고 내렸다.

"중앙광장, 분수대 앞……."

불현듯 짜증이 밀려 올라왔다. 왜 이렇게까지 해야 하는 건지 알 수가 없었다. 연락하든 말든 기다리든 말든, 대체 왜!

"……없잖아."

지금까지 신경 쓰며 속앓이했던 것이 무색하게 분수대 앞에는 진영의 실루엣조차 없었다.

"하…… 그러면 그렇지. 괜히 왔잖아."

두리번두리번 주위를 둘러봤지만, 벤치에 누워 잠을 자는 노숙자 한 명만이 느껴지는 인기척에 고개를 흘끔 쳐들 뿐이었다. 묘한 허탈함이 짜증을 넘어 여진을 장악했다.

"내가 드라마를 너무 많이 봤나. 그 인간이 있을 리가 없는데……."

"아, 왔어요?"

"으악. 깜짝이야!"

여진이 귀신이라도 만나듯 기겁하며 빽 소리를 질렀다. 다급하게 뒤를 돌다가 스텝이 엉켜 넘어질 뻔했으나 진영이 그녀의 팔을 살짝 붙잡았다. 여진의 눈이 동그랗게 뜨여졌다.

"설마 지금까지 기다렸어요? 미쳤어! 왜 말도 없이 무작정 기다려요! 내가 간다고 답장도 안 했잖아요!"

"네?"

"그리고, 내가 안 나오면 왜 안 오냐고 문자나 전화를 해야 할 거 아니야! 바보예요?"

여진이 헛숨을 토했다.

"대체 당신 나한테 왜 그래요? 사람 신경 쓰이게!"

"앗, 신경 쓰이셨어요?"

"그래, 쓰였다!"

여진은 진영이 붙잡은 팔을 거칠게 뿌리쳤다. 그러나 그런 반응은 대수롭지 않다는 듯 진영의 얼굴에는 함박웃음이 폈다.

"이 상황에 웃음이 나와? 당신 나사 빠졌죠?"

남자가 이런 상황에 저렇게까지 해맑게 웃는 것은 난생처음이다. 자존심이라고는 쥐의 똥만큼도 없는 듯, 세상 순수한 미소이다.

"나사 빠졌을지도 몰라요. 태희 씨 보고 싶어서."

"그딴 이름으로 부르지 마요. 놀리는 것 같아서 기분 나쁘니까."

여진이 미간을 좁히며 속없이 실실대는 진영의 얼굴을 노려보았다.

"오진영 씨가 내 남자친구도 아니고 왜 여태 기다리냐는 말이에요!"

"네?"

진영의 눈이 동그랗게 뜨여졌다.

"에이, 설마요. 저 방금 왔어요."

"바, 방금?"

"갑자기 병원에 일이 생겨서 엄청 늦었거든요. 여진 씨 어차피 안 오실 것 같아서 저도 안 오려고 하다가 그냥 집 가는 길에 겸사겸사 한 번 들러봤습니다, 하하!"

"……허."

겸사겸사? 겸사겸사야, 내가? 자기가 일방적으로 만나자고 문자 보내놓고 뭐? 겨엄사겨엄사? 세상에서 가장 어이없는 순간이었다. 여진이 입을 떡 벌리고 그를 노려보니 재수 없게 실실 웃던 입꼬리가 포물선을 그리며 상승한다.

"밥은 먹었죠? 맥주 한잔 가볍게 할까요?"

유라는 편의점 앞 의자에 앉아 숨을 몰아쉬었다.

[어디 계속 그따위로 싸움 걸어 봐. 네 맘대로 세상이 돌아가나.]

도훈에게 막 온 문자를 멍하니 응시하던 유라가 조소를 내비쳤다.

[말이 이상하다. 난 아무것도 말 안 했는데.]

[시도 때도 없이 머리 쑤셔 넣지 말라고.]

끼익, 살짝 뒤로 몸을 빼자 플라스틱 의자가 덜걱거렸다.

[왜 서연 씨에게 숨기고 말 안 해? 나한테는 험한 소리 잘만 하면서 서연 씨 상처받는 건 가슴이 미어지나 봐.]

읽고서 답장이 없었다. 유라가 손가락을 곧바로 움직였다.

[아니지. 떠날까 봐 숨기는 거 맞지?]

그녀와 닮은 오랜 짝사랑 상대의 그림 수백 장으로 온 방 안을 채웠다는 잔인한 사실을.

[진짜 서연 씨를 위한다면 그 징그러운 방부터 정리하는 게 예의야, 오빠.]

유라는 전송 버튼을 망설임 없이 꾹 눌렀다.

"누나!"

이내 편의점 안에서 따뜻한 캔 커피를 들고 나온 도빈이 유라의 옆에 앉았다.

"여기 커피. 알바생 특별 서비스!"

"고마워, 잘 마실게. 도빈아."

유라가 웃으며 도빈에게서 커피를 받아 들었다. 아까 도훈의 집을 나선 후, 체한 듯 속이 답답해 소화제를 사러 근처 편의점을 들렀다가 도빈을 만난 참이었다.

"일 언제 끝나니? 오랜만에 봤는데 누나가 맛있는 거 사줄까?"

"아, 완전 미친 듯이 좋지! 만 이따 여친 온다 했는데. 다음으로 패스."

"여자친구가 그새 또 생겼어?"

"노노. 정정. 여친이 될 사람. 으하하하."

"웃는 거 보니 그 친구 예쁘구나?"

"여신이지, 여신. 이번에 한국 와서 본 여성분들 중에 두 번째로 뷰티풀, 고저스!"

"하하, 첫 번째는 누구야?"

유라의 질문에 도빈이 별 고민 없이 큰 소리로 웃으며 답했다.

"우리 형 여친! 청순큐티과!"

유라가 미간을 조용히 구겼다.

"하여간 성격 지랄 맞은 인간이 능력은 좋아? 어쩌면 그렇게 살아 있는 천사를."

"아⋯⋯."

유라가 떨떠름한 표정을 지었다.

"진짜 실제로 본 거 맞아?"

"어! 이름이 뭐라고 했더라⋯⋯. 서영? 서연?"

도빈의 입에서 서연의 이름이 나오자 의심은 확정이 되었다. 예쁘다고⋯⋯? 서연 씨가? 유라는 더욱더 혼란에 빠져들었다.

그때, 지이잉, 도훈에게서 문자가 왔다.

[넌 네 눈에 보이는 거, 네가 생각하는 것들이 세상의 전부인 것 같지.]

"⋯⋯."

[넌 아무것도 몰라.]

"누구야?"

도빈이 궁금하다는 듯 기웃거리며 유라에게 물었다.

[그러니까 건방지게 방해하지 말라고.]

유라는 동요를 감추고 차분히 전원 버튼을 눌러 액정을 껐다.

"⋯⋯네 형."

매번 억지로 올리는 입꼬리가 이제는 욱신거린다.

여진과 진영은 근처에 가볍게 술 한잔할 수 있는 가게를 찾아 들어갔다. 엉덩이를 붙이고 앉자마자 여진은 입술을 비죽 내밀고 메뉴판만 뚫어져라 노려봤다.

"뭐 드시고 싶어요? 제가 다 사드릴게요."

"됐거든요. 나도 여대생 아니고 돈 버는 입장이고, 내 건 내가 사요. 우리 각자 더치페이하도록 하죠?"

여진이 날카롭게 눈치를 준 후 이렇게 된 거 제대로 포식하자는 생각으로 배를 채울 수 있는 거한 안주를 눈여겨보았다. 진영 때문에 찝찝해서 저녁도 제대로 먹지 못해 배가 등가죽에 붙기 직전이었다.

근데 왜 이렇게 비싸? 메뉴판을 보던 여진의 눈이 뒤집혔다. 제일 싼 안주가 26,000원. 월급날까지는 3일이나 남은 데다가 얼마 전에 핸드백을 일시불로 긁은 탓에 재정 상태가 심각했다.

"저는 이거 먹을게요. 이…… 플레인 비스킷요. 그리고 생맥 500."

"플레인 비스킷은 사이드 디시인데요?"

"어쩌라고요. 제가 원래 사이드 디시 중독자인데 뭐 불만 있어요?"

배고파 죽을 지경이었으나 어쩔 수 없었다. 여진이 속으로 한숨을 내쉬며 진영이 주문하는 것을 턱을 괴고 멍하니 바라봤다. 정말 얄밉게도 여진이 말한 것과 자기 메뉴만 딱 주문한다. 그녀가 미리 올라온 기본 안주를 먹는 둥 마는 둥 하며 그의 이야기를 듣는데, 진영이 살짝 의자를 뒤로 뺐다.

"여진 씨, 저 잠깐 화장실 갔다가 올게요? 조금만 기다려주세요!"

"그러든가 말든가요."

여진이 손을 휘휘 내저으니 진영이 손가락으로 하트를 날리더니 저 멀리 사라진다. 어찌 된 게 오늘따라 평소보다 더 재수가 없다.

'에이, 설마요. 저 방금 왔어요.'

아까 진영의 말을 되짚던 여진의 눈이 불편하게 꿈틀거렸다.

'갑자기 병원에 일이 생겨서 엄청 늦었거든요. 여진 씨 어차피 안 오실 것 같아서 저도 안 가려고 하다가 그냥 집 가는 길에 겸사겸사 한 번 들러봤습니다. 하하!'

"아…… 진짜."

왜 이렇게 짜증이 나지? 역시 저 인간은 생긴 건 순박하게 생겨서 실실 웃기나 하고, 속에는 구렁이 수천 마리를 키우는 그런 무서운 놈이다. 세상에 수많은 남자를 만나보고 별의별 케이스를 다 겪어봤지만, 명색이 작업 건다는 여자한테 겸사겸사라고 씨부렁대는 남자는 난생처음이었다.

누군 위염이 걸릴 정도로 온종일 신경 쓰여 죽을 뻔했는데 겸사겸사지, 내가. 부글부글 끓는 속을 누르기 위해 와그작 하고 과자를 이로 씹어버렸다.

"과자가 입맛에 맞으시나 봅니다, 허허."

화들짝. 갑자기 웬 남자가 여진을 보고 말을 걸었다. 여진이 놀라 고개를 돌리니 아까 공원의 분수대 앞에서 자던 노숙자가 여진의 갈색 눈동자에 박혔다.

"뭐, 뭐예요? 여긴 왜 계세요?"

"제가 이 술집 사장이거든요. 하하하."

"……."

세상에 미친 사람 정말 많다. 서울 한복판의 술집 사장이 노숙자 코스프레라니!

"애인분이랑 아주 잘 어울리는 한 쌍의 원앙이시던데요."

저 인간이 찬바람 맞고 미쳤나? 누구 보고 원앙이래, 원앙은!

"그 남자 제 애인도 아니고요. 비꼬는 거로 들려서 기분 나쁘거든요."

"에이, 그럴 리가요. 남자분이 완전 브라운관에서 갓 튀어나온 순정남이시던데. 요즘 세상에 여자를 서너 시간씩 기다리는 남자가 어디 있어요?"

"……네?"

물티슈로 손을 닦던 여진이 멈칫했다. 서너 시간? 지금 저 사람이 뭐라고…….

"술장사는 밤 장사라 보통 제가 10시까지는 벤치에서 자다가 들어오거든요. 근데 오늘은 아까 그 남자분이 7시 반쯤부터 몇 시간째 누굴 하염없이 기다리길래 결말이 궁금해서 늦게 들어왔죠."

"네? 7시요?"

"네. 움직이지도 않고 멀뚱히 한참을 서 있던데요, 분수대에서? 그러다가 아가씨 오니까 황급하게 뛰어가 숨던데."

"……그게 무슨!"

뭐야, 그렇게 오래 기다려놓고 안 기다렸다고 거짓말을 했다는 건가? 아니, 왜?

"아, 이거 말하면 안 되는 거였나? 실수했네. 못 들은 척해주세요, 아가씨."

지금 이 노숙자가 장난하자는 거야 뭐야……!

"여기 주문하신 플레인 비스킷입니다."

여진이 잠깐 넋을 놓고 사장과 아이 컨택을 하는데 주문한 안주가 탁자에 조심스레 올랐다. 사장과 탁자를 번갈아 보는데 뒤에서 접시를 잔뜩 든 점원이 쭈르륵 줄지어 기괴하게 등장했다.

"주문하신 와사비 버거와, 리코타치즈 샐러드, 치킨 퀘사디야 나왔습니다."

"레몬 갈릭 파스타와, 티 본 스테이크, 카르보나라입니다."

여진의 입이 떡 벌어졌다. 대체 이게 다 몇 접시야!

"이, 이게 다 무슨…… 저 이런 거 안 시켰는데요?"

여진이 말을 더듬으며 탁자에 비좁게 올라온 접시들을 두려운 눈으로 응시했다. 그러자 막 접시를 올려놓은 점원이 이마에 흐른 땀을 닦으며 씩 웃었다.

"아까 같이 계시던 남자분이 시키셨어요. 베스트 메뉴 종류별로 하나씩

이요. 그리고 드래프트 비어 무제한 서비스 2인 주문하셔서 원하시는 종류 말씀하시면 전부 가져다 드립니다."

"……."

넋이 나간 여진을 흥미롭게 보던 사장이 재밌다는 듯 쿡쿡 웃었다.

"이거 보세요. 매상도 엄청 올려주셨어."

……미쳤어. 여진이 혼이 나간 사람처럼 멍하니 있자 이어 충격에 쐐기를 박는 말들이 그녀의 귓가를 찔렀다.

"아, 그분께서 말씀하시길."

한 입 먹고 다 버려도 된대요.

II. 검은 욕망

도훈은 서연을 제 방으로 데려가 침대 위에 누우라고 손짓했다. 서연은 순순히 그의 침대에 몸을 뉘었다.

"근데 왜 도훈 씨 침대야?"

"밤새 구경하게."

"치, 내가 뭐 동물원 원숭이도 아니고."

도훈이 흐릿하게 웃으며 천천히 무릎을 굽혀 서연의 옆에 걸터앉았다. 그러고선 아래에 구겨져 있는 이불을 들어 서연의 가슴께까지 덮어주었다.

"더운데……"

도훈은 서연의 꼬마 아이 같은 칭얼거림에 픽 웃음을 터뜨렸다. 하여간 귀엽기도 하지. 다시 이불 끝을 살짝 들어 그녀의 배꼽 아래까지 내려주었다.

"아까 오유라와 무슨 얘기했어."

"음, 회사 다시 왔으면 좋겠다고 하더라구요."

도훈이 미간을 좁혔다.

"윗선에서 얘기 나온 사안인가 봐요. 제가 전에 기획한 아이템이 하나 있는데 와이시에서 함께 추진해보자고 연락이 왔대요. 와이시 알죠?"

"알지."

"내 처지에 찬밥 더운밥 가릴 때 아닌 거 아는데, 그 회사는 절대 다시 가기 싫었거든요. 그런데 제가 진짜 존경하는 모채흔 CD님께서 저를 직접 불러주셨다고도 하고요. 제시한 조건이 너무 좋아서 솔직히 가는 방향으로 생각하고 있었어요."

서연의 말에 도훈이 잠시 침묵했다. 잔잔한 고요를 뚫고 그가 진중히 입을 열었다.

"선택은 네 마음이지만…… 난 안 갔으면 좋겠어."

"왜요?"

"널 상처 입힌 곳이잖아."

"……."

"그거 말고 이유가 필요해?"

서연은 대답 대신 끙끙 앓는 소리를 냈다. 아까 유라와 만난 이후 열이 더 오르는 중이었다. 도훈은 잠깐 기다리라는 말과 함께 밖으로 나갔다. 곧 물이 담긴 대야와 수건을 가지고 방 안으로 들어왔다. 촤악, 찬물 속으로 들어간 타월이 빠른 속도로 흠뻑 젖어 들었다. 쪼로록……. 타월을 두 손으로 잡은 도훈은 억센 악력으로 단번에 물수건에서 물기를 덜어내 서연의 이마에 올렸다.

"앗, 차가워!"

서연이 흠칫했다. 이마에 올라온 수건은 서연의 후끈한 열을 강도처럼 마구잡이로 빼앗았다.

"으악. 잘생긴 남자한테 간호 받으니까 좀 묘하네요. 좋은가? 나쁜가? 아리송한데."

"나쁘면 혼나."

"으하핫, 실은 엄청 좋은 것 같아."

도훈이 픽 웃고는 큰 손을 움직여 침대에 늘어져 있는 뜨겁고 작은 손을 부드럽게 그러쥐었다. 서연은 서늘한 엄지가 제 손등 위를 나긋하게 문지르는 것을 느끼며 두 눈을 감았다. 곧 천천히 뜨면서 차분하게 말을 이었다.

"뭐랄까……. 나를 상처 입힌 곳이라 가고 싶어요. 처음엔 나를 상처 입힌 곳이라 가기 싫었는데, 맘이 바뀌었어요. 나를 상처 입히고 가치를 깎아내린 곳에 가서 정면으로 마주 보고 두 다리로 제대로 일어나 보고 싶어요."

서연이 갈색 눈동자를 또르르 굴려 도훈을 올려다보았다.

"덕분에 많이 회복했어요. 고마워요."

서연의 입꼬리가 부드럽게 올라선다.

"상처에 새살 돋게 해주고, 이제 일어나야겠다고 마음먹게 해준 사람, 당신이에요."

"……진짜 괜찮겠어?"

"당연하지. 옆에 백도훈이 있는데 무슨 걱정이에요?"

서연이 장난스럽게 웃자 도훈의 눈이 달콤하게 가늘어진다.

"씩씩하니까 예쁘네."

서연은 강인한 사람이었다. 도훈이 사랑한 여자는 그 누구보다도 강하고, 멋있는 미소를 지을 수 있는 여자였다. 지금 도훈에게 든 감정은 견딜 수 없는 사랑스러움이었다. 그는 그녀를 양팔로 터질 듯이 끌어안고 싶은 것을 가까스로 참는 중이었다. 서연의 하나부터 열까지 전부 자신으로 물드는 상상을 하며 도훈이 미미하게 웃었다. 그가 천천히 손을 뻗어 서연의 손등 위를 손끝으로 스치듯 쓸어내렸다. 그녀의 하루가 백도훈 세 글자로 시작해서, 백도훈 세 글자로 끝났으면 좋겠다는 야욕이 서린 손길이었다. 작은 손등 위에서 한참 머물다가 시트 위로 꾹 눌린 서연의 손톱을 파고들어 그 아래 연한 살을 섬세하게 간질렸다.

네가 나를 너무 사랑해서, 내 생각으로 네 일상이 전부 어지럽혀졌으면 좋겠어. 나는 그런 검은 욕망이 들끓어 죽겠는데, 얼른 네 전부를 받아가고 싶은데…….

도망 안 갈 거지, 속으로 물으며 도훈이 끈적해진 입을 벌렸다.

"수건 갈아줄게."

도훈이 작게 속삭이면서 서연의 열을 얻고 미지근하게 식은 수건을 집어 들었다. 다시 찬물에 수건을 넣고 함빡 적셨다. 쪼로록, 물기를 짜는 순간 도훈의 팔뚝에 도드라지는 힘줄을 서연이 몽롱하게 바라보며 침을 꿀꺽 삼켰다.

"있잖아요."

"응."

도훈이 서연의 이마에 천천히 수건을 올려놓았다. 그의 손에 남은 물기가 서연의 발그레한 볼에 한 방울 떨어지자 도훈이 커다란 손으로 그 위를 뜨겁게 쓸었다. 두근두근. 서연은 병적으로 뛰는 심장 때문에 가슴이 뻥 터질 것만 같았다.

"나한테 숨기는 거 있지."

"너도 있잖아."

의외의 대답에 살풋 웃음이 터졌다.

"참 비밀스러운 남자네. 말할 생각은 없고?"

"때가 되면 다 말해."

"그때가 언제인데요?"

서연의 질문에 도훈은 입술을 길게 늘였다.

"네가 날 너무 사랑해서…….."

부드럽게 떨어진 상체는 서연의 앞으로 가깝게 내려갔다.

"절대 죽더라도 날 떠나지 못할 때."

그의 단단한 팔이 푹신한 매트리스 위를 깊게 짓눌렀다.

"그렇게 거창해?"

"……그러는 넌 언제 말할 생각인데."

"난 지금도 말하려면 할 수 있어요."

도훈의 입꼬리가 미세하게 움직였다.

"들을래요?"

"들으면 원하는 대로 해줘야 하나?"

"……."

서연이 미간을 좁혔다. 역시 뭔가 알고 있는 건가? 흘러가는 기류가 기묘했다.

한참 동안 서연과 도훈은 말없이 시선을 마주했다. 매트리스와 달라붙은 피부에서는 식은땀이 비죽비죽 새어 나왔다. 도훈의 암흑 같은 눈동자는 그 어느 때보다도 끈기 있게 서연의 얼굴을 쓰다듬고 있었다. 침묵과 함께 팽팽한 긴장감이 두 사람 틈으로 내려앉았다. 서연이 가냘픈 목을 뒤로 젖히며 붉은 입술을 움직였다.

"가슴이 답답해……."

마치 취한 것처럼 빨갛게 상기된 볼은 도훈이라는 존재에 힘입어 더욱 붉게 만개했다. 혼미한 듯 나른하게 풀린 눈을 파르르 떨며 끔뻑이는 행위는 자극적이었다. 도훈이 내면에 겨우 누르고 있는 어두운 욕망을 긁어 훅 끌어내기에 충분할 만큼…….

"도와줄까?"

서연은 줄곧 밝은 빛을 뿜어내고 있는 천장의 샹들리에가 천천히 커다란 몸집에 가려지는 광경을 목격했다.

"그 답답한 거."

도훈의 몸 아래서 완전하게 그늘진 서연은 열띤 숨을 몰아쉬었다.

"내가 풀어주면 어때……."

여린 몸 위로 올라탄 짐승은 단단한 근육을 크게 부풀리며 점잖게 제안한다.

"도훈 씨……."

서연이 도훈의 이름을 입 안에서 오물거리자 그녀를 옴짝달싹 못 하게 가둔 그의 팔뚝에 힘줄이 불뚝 불거졌다. 도훈이 한 손으로 제 넥타이를 풀어 바닥 아래로 던졌다. 그가 제 셔츠 단추를 위에서부터 하나씩 풀어 내려가기 시작하자 서연의 입이 긴장감으로 벌어졌다.

이 분위기…… 설마. 다른 생각을 할 새도 없이 도훈의 손이 서연의 옷 안으로 스르륵 파고 들어왔다.

"으흑……."

예민한 살갗에 도훈의 손이 닿자 서연은 저도 모르게 이상한 소리를 내뱉었다. 허리를 다정하게 쓰다듬는 손길이 거칠면서도 뜨겁다.

"자, 잠깐만요…… 사람 긴장되게 갑자기."

가빠진 호흡 아래 얼굴이 터질 듯이 새빨갛게 물들었다. 도훈의 길게 찢어진 눈은 마치 맹수처럼 퇴폐적인 욕구를 가득 머금고 있었다. 저를 강렬하게 하지만 다정하게 품어내는 그의 손길에 기묘한 상승감이 서연의 목구멍 아래까지 치달아 숨을 턱 막았다. 배 위를 쓰다듬던 도훈은 한가운데 움푹 파인 배꼽 위를 따라 엄지로 원을 그렸다.

쪽. 이내 배꼽 바로 위에 그의 입술이 눌리자 움찔한 서연이 퍼드득 몸을 움츠렸다. 그는 서연의 티셔츠를 가슴 아래까지 말아 올리고 뽀얀 배를 소중하게 핥았다.

"아……!"

쪽, 쪽, 뜨겁게 키스해 내려가는 입술이 서연의 바지 버클에 닿아 멈추었다. 입을 벌린 그가 바지 버클을 이로 물어 살짝 잡아당겼다가 놓았다. 서연의 갈색 눈동자가 거칠게 흔들렸다. 입술을 뗀 도훈이 서연의 하체를 덮고 있는 이불을 좀 더 아래로 내렸다. 허벅지 바깥쪽을 만지작거리던 손은 천천히 골반을 타고, 허리를 타고, 어깨를 타고 흘러 서연의 말랑한 입술 위를 뜨겁게 덮었다.

"으응……!"

도훈의 손바닥 아래에서 움찔거리는 말캉한 입술 틈새로 신음이 새어 나왔다. 서연의 입술을 손으로 가린 도훈은 쪽 가볍게 제 손등 위에 키스했다.

"몸과 마음 다 바쳐 간호할 테니까……."

잘게 삐걱거리는 침대 위를 지지한 손에 힘이 들어가 라텍스 재질의 매트리스가 꾹 모양대로 짓눌렸다.

"너도 날 그만큼 사랑해."

나무꾼은 선녀가 도망갈까 봐 언제나 불안해하지.

"얼른 낫고 마저 놀아주기다?"

옷을 되찾고도 떠나지 말라고.

여진이 사는 아파트 공동 현관의 주홍빛 센서등이 탁 켜져 환하게 주변을 밝혔다.

"뭐…… 잘 먹었어요. 가세요."

여진은 숨이 막힐 정도로 꾹꾹 눌러 담아 포식한 탓에 빵빵하게 부른 배를 살짝 눌렀다. 하도 많이 먹어 신경 세포의 감각이 둔해진 느낌이었다. 진영은 여전히 신이 난 얼굴로 싱글벙글 웃었다.

"네! 여진 씨도 조심히 들어가세요! 오늘 나와주셔서 감사했습니다!"

"저, 저야말로 데려다줘서 조금…… 아주 조금 고마워요. 안주도……."

식욕이란 본능 앞에 눈에 띄게 누그러진 어조는 감출 길이 없었다. 진영이 사람 좋게 웃으며 다음엔 더욱 좋은 곳으로 모시겠다고 너스레를 떨었다. 그 여유로운 미소를 얄밉다는 듯 흘겨본 여진이 가기나 하라는 듯 손짓하고 뒤를 돌아 또각또각 안으로 걸어 들어갔다.

"어? 강써네?"

때마침 여진은 서연에게 온 전화를 확인하고 수신 버튼을 꾹 눌렀다.

-야!

"아오, 깜짝이야! 왜 대뜸 소리를 질러?"

-너 솔직히 말해. 그 사람한테 무슨 말 했지? 어?

"뭔 말?"

-백도훈한테 내 비밀 얘기했잖아! 나 어떻게 하면 완전히 여자 되는지!

"어……?"

당황한 여진이 눈동자를 이리저리 굴렸다.

"어…… 나 진짜 별말 안 했는데……. 그……."

-뜸 들이지 말고 빨리 불어!

"그, 그냥 솔직히 말하면 나도 기억이 잘……."

-뭐? 너 죽을래, 진짜?

서연이 목소리를 높이자 뜨끔한 여진이 엘리베이터 상위 버튼을 게임기 버튼 누르듯 다다닥 연타했다.

"야아, 뭐가 지지직거린다, 야."

-뭐?

"지지직. 지지지지지직지지지지직!"

여진이 앞니가 진동할 정도로 연신 입으로 지직 소리를 냈다.

"지지지지지직. 뚝!"

그리고 전화를 툭 끊어버렸다.

"뭐야, 백싸가지가 뭔 짓 했나? 갑자기 왜 이래?"

그렇게 중얼거리며 엘리베이터에 올라탔다. 계기판 숫자가 빠르게 올라가는 것을 무심하게 보다가 무의식적으로 반 바퀴 돌아 거울을 향해 섰다. 아, 여진의 동공이 세차게 흔들렸다.

"……미친."

그러고 보니 민낯이라는 사실을 완전히 잊고 있었다.

"미친, 미친! 미친! 미친!"

나가기 전 급하게 바른 립스틱은 이미 게걸스럽게 먹어 치운 안주와 함께 여진의 뱃가죽을 두둑이 채워주고 있었다.

"죽자⋯⋯!"

이 몰골로 도도한 척은 개뿔! 극심한 쪽팔림에 얼굴이 화끈 달아올랐다.

"3초 뒤 할복자살이다, 이건⋯⋯!"

거울을 양손으로 퍽퍽 내려치며 중얼거리자 더욱더 창피함이 치솟았다. 입 안까지 험한 욕이 오글오글 고였으나 띵, 엘리베이터의 도착을 알리는 전자음에 꿀꺽 삼켜졌다.

"하⋯⋯."

차가운 표면 위를 양손으로 잡고선 여진이 한숨을 쉬며 숙인 고개를 들어 올렸다. 거울에서는 엘리베이터 문이 천천히 열리고 있었다.

"⋯⋯."

이내 심장이 송곳으로 꿰뚫린 듯이 철렁 내려앉았다. 열린 엘리베이터 문 사이에 서 있는 거구의 남자가 눈에 또렷하게 박혔다. 딱, 딱, 검은 신발이 기다렸다는 듯이 바닥을 내려치고 있었다. 남자는 닫히려는 엘리베이터 문을 발로 쾅! 걷어차 도로 열었다. 그 자리에서 창백해진 여진은 너무 놀라 비명도 나오지 않았다. 딱딱하게 굳어버린 여진의 몸은 우악스러운 힘에 잡혀 엘리베이터 안에서 강제로 질질 끌어내려졌다.

거대한 규모의 저택에는 몇 명의 직원들과 거주인들을 포함하여 총 열명 가까이 되는 인원이 상주하고 있었다. 웅장한 정원의 컨디션을 깐깐하게 체크하는 남자, 구겨진 이불을 반듯하게 개는 여자, 모든 근무자들은 톱니바퀴처럼 저마다 주어진 일을 말없이 착착 수행하고 있었다. 이 더없이 고요한 내부 중에서도 범접할 수 없을 만큼 무거운 공기가 흐르고 있는 곳은 다름 아닌 한창 식사가 이루어지고 있는 다이닝 룸이었다. 달각, 달각, 식기가 부딪치는 소리만 클래식처럼 조용하게 흘러나올 뿐이었다. 대리석으로 견고하게 디자인된 식탁은 대가족을 이루어 식사해도 문제가 없을 만큼 드넓었으나, 그 위에서 수저를 드는 사람은 노년의 남성과 젊은 여자, 그리고 한재경. 셋뿐이었다.

탁, 재경이 젓가락을 놓은 시점은 그에게 권해진 식사의 절반도 먹지 않았을 때였다.

"잘 먹었습니다."

재경이 노년의 남성에게 나직하게 인사했다. 남자는 재경 쪽에 시선을 주지 않고 가볍게 고개를 까딱여 답했다. 재경이 자리에서 차분하게 일어나자 젊은 여자의 눈꺼풀이 바싹 치켜져 올라갔다.

"당신, 또 우리 아빠 이름 팔아먹었다면서."

여자는 재경의 고개가 비스듬히 제 쪽으로 내려오는 것을 보며 콧방귀를 뀌었다.

"무슨 짓을 하고 돌아다니든 상관 안 하는데, 허튼짓하고 돌아다녀서 우리 아빠 명예에 먹칠하지 말란 말이야."

"상지야, 그만해."

"내 돈 십 원 한 장이라도 날리면 그날부로 당신 이 바닥에서 아웃이야."

"박상지!"

남자가 상지를 보며 언성을 높이자 그제야 붉은 입술이 꾹 다물렸다. 상지는 분한 듯 씩씩거리다가 의자에서 벌떡 일어나 뒤도 돌아보지 않고 밖으로 뛰쳐나갔다. 그런 뒷모습을 바라보는 남자의 자글자글한 미간에 깊은 그림자가 드리웠다.

"상지가 어디서 뭘 또 주워듣고 와서 저러나 본데, 신경 쓰지 말고 가서 일 봐라, 재경아."

그의 말에도 재경은 가만히 서서 상지가 나간 복도 쪽을 고요히 응시했다.

"상지 씨는……."

쨍그랑!

"사모님을 많이 닮았네요."

복도에서 도자기 깨지는 소리가 폭죽처럼 터졌으나 재경의 표정은 변화가 없었다.

"십 원 같은 푼돈 날리는 데에 연연하면 다 잡은 금광도 놓치고 말죠."

재경이 미미하게 웃었다.

"안 그렇습니까, 회장님?"

확실히 이 남자, 뭔가 꿍꿍이가 있는 게 틀림없다.

"으어어. 엄마야, 깜짝이야!"

휴대전화를 못 찾아서 도훈에게 전화해달라고 할 참으로 그의 방에 들렀던 서연은 깜짝 놀랐다. 욕실에서 젖은 머리를 털면서 나오는 그를 발견한 서연이 깜짝 놀라 고개를 옆으로 홱 돌렸다. 도훈은 팬티 한 장 외에는 아무것도 걸치지 않은 모습이었다. 아침부터 또 제멋대로 달아오르는 얼굴을 주체할 수가 없었다. 심장이 예고도 없이 쿵쾅쿵쾅 방망이질하기 시작했다.

"뭐 하는 거예요! 나 여기 있다고 말했잖아요! 얼른 옷 입어요!"

"지금 입고 있잖아."

도훈이 아무렇지도 않은 표정으로 서연에게 터벅터벅 다가오자 서연은 숨이 턱 막혔다.

"패, 팬티밖에 안 입었잖아요! 얼른 입어요, 얼른! 바지라도 입어요!"

"네 오른쪽에 있는데 좀 갖다 줘."

"시, 싫어요. 나 지금 못 보겠으니까 못 갖다 줘!"

"그럼 던져."

픽 웃음이 터진 도훈이 더 이상 가까이 가지 않고 멈춰 섰다. 여전히 새빨개진 얼굴을 옆으로 돌린 채 불규칙하게 호흡하던 서연이 느릿느릿 그의 바지를 집어 들었다.

"못 볼 걸 본 표정이야. 너무하게."

그가 장난스럽게 중얼거리면서 바지를 입었다. 바로 앞에서 옷을 입는 소리가 바스락바스락 들리자 서연은 심장이 터질 것만 같았다.

'저건 대체 뭐야! 뭐 하자는 건데! 유혹하는 건가? 아니면 뭐지? 놀리는 건가!'

저번 주 감기를 앓았을 때 이상한 예고를 남긴 사건이 있고 난 뒤, 그의 태도에 큰 변화는 없었다. 변함없이 다정하고, 멋있고, 섹시했다. 그러나 미묘하게 달라진 점이 있다면 이상하게 어딘가 더 야해졌다는 점이었다. 미묘하게, 아주 미묘하게. 그리고 그런 점이 마치 자신을 놀리는 것 같았다. 도훈이 바지만 입고 여전히 벗은 상체를 드러내며 서연의 옆에 털썩 앉았다. 그가 가까이 앉자 출렁이는 침대의 파동과 함께 아찔한 체향이 코끝에 진동을 했다.

"폰, 폰 좀 빌려줘요, 빨리……."

"어딜 봐."

"폰 좀!"

"딴 데 보지 말고 날 봐."

반쯤 벗은 그가 부끄러워 괜히 고개를 돌리고 딴청을 피웠으나 결국 그의 손에 잡혔다. 도훈이 끌어당기자 서연의 여린 몸이 막 샤워한 후끈한 몸으로 폭 안겼다. 그의 젖은 머리카락에서 살짝 떨어지는 물방울이 굵직한 목덜미를 타고 흐르더니, 이내 벗은 상체의 자취를 더듬으며 떨어진다. 곁눈질로 도훈의 몸을 훔쳐보던 서연이 침을 꿀꺽 삼켰다.

"아……."

미치겠다. 오늘은 모라비에 다시 출근하는 첫날이었다. 이렇게 중요한 날 아침부터 미쳐버릴 수는 없었다. 서연이 벌겋게 달아오른 얼굴로 벌떡 일어나 도훈의 휴대전화를 뺏어 제 휴대전화에 전화를 걸었다. 이내 휴대전화를 찾은 서연은 도망치듯이 허둥지둥 제 방으로 뛰어 들어갔다. 그러나 곧 끼이익 문을 열고 들어오는 도훈이 있었다.

"백도훈 출입금지……!"

"그 금지를 금지."

서연이 은은한 빛이 도는 입술을 꼭 깨물었다가 놓았다. 그 도드라진 행동에 도훈의 나른한 시선이 그녀의 입술로 내리꽂혔다.

"립스틱 바를 건가?"

"이제 발라야죠."

"내가 발라줄게."

"네?"

"해보고 싶었어."

도훈이 서연의 늘씬한 허리를 잡고 제 쪽으로 돌려 앉혔다. 그러고선 손을 뻗어 화장대에 있는 다양한 색깔의 립스틱 중 서연이 즐겨 쓰는 제품을 꺼내 뚜껑을 열었다.

"자, 가만히 있어."

도훈의 손이 서연의 턱 끝을 단단하게 붙잡았다.

"아니, 이걸 왜 도훈 씨가 발라줘요!"

서연이 불평을 늘어놓았으나 도훈은 꿈쩍하지 않고 점점 다가왔다. 잘생긴 입꼬리에 장난스러운 웃음이 걸려 있었다. 그가 반질반질한 서연의 턱을 쓱 한번 매만지더니 촉촉한 립스틱을 입술에 가져다 댔다. 코앞에 다가온 도훈의 숨소리에 서연의 몸이 긴장으로 딱딱하게 굳었다. 날카로운 눈이 올곧게 서연의 입술에만 향해 있자 저도 모르게 입술 끝이 파르르 떨렸다.

"엄청 떤다, 너."

그가 픽 웃자 서연이 입술을 삐죽 내밀었다. 도훈이 웃으며 살짝 쪽 뽀뽀하니 두더지처럼 도로 들어갔다. 쿵쾅쿵쾅, 심장이 콩 뛰는 것처럼 박동하기 시작했다.

"눈은 왜 감아."

"아……."

저도 모르게 눈을 감았나 보다. 서연이 커다란 눈을 번쩍 뜨고 도훈의 눈을 똑바로 응시했다. 두근두근. 아주 가까이에서 그와 숨결이 뜨겁게 엉키는 이 순간이 심장이 아릴 만큼 자극적이었다. 불에 덴 듯 뜨거운 입술 위로 도훈의 꼼꼼한 손길이 느릿느릿하게 자취를 남겼다. 서연의 도톰한 입술이 점점 핑크빛으로 예쁘게 물들었다. 쪽. 만족스러운 미소를 지은 도훈이 서연의 입술에 불쑥 입을 맞추었다.

"다 발랐다."

서늘한 웃음을 흘리며 떨어진 도훈의 입에 서연의 립스틱이 미세하게 남아 있었다. 그 미미한 자국에 서연의 얼굴이 더욱 붉어졌다.

"에휴, 아침부터 별걸 다 진짜……."

"아침부터 하나 더."

그가 비스듬히 고개를 틀어 서연에게 서서히 다가갔다.

"해야지."

"응?"

"변하지 않게 확실히, 키스."

잘록한 허리를 부드럽게 매만지는 도훈의 손길이 뜨겁고 야릇했다. 끄응, 서연이 대답 없이 눈을 꼬옥 감았다. 도훈의 목덜미에 수줍게 팔이 감겨들어오고 초옥, 부드럽게 두 입술이 맞부딪혔다. 도훈은 서연의 입술을 끝부터 소중하게 빨아 당겼다. 집요하게 입술을 훑어 내리면서 자연스럽게 그 안으로 저를 밀어 넣었다. 이내 질척하게 감기는 혀끝에 립스틱 특유의 아릿한 화학적인 맛이 미뢰를 촉촉하게 감싸 안았다.

"읍……."

도훈이 화장대에 손을 지탱하고 점점 더 강하게 서연의 입술에 키스를 퍼부었다. 그녀의 몸이 점점 뒤로 넘어가더니 화장대 거울에 등이 살짝 닿았다. 덜컹 흔들리는 화장대 위에서 무언가 하나가 떼구루루 굴러 떨어졌다.

"……으음."

서연의 입천장을 끈적하게 훑어 내리는 도훈의 행위에 그녀가 야릇한 신음을 내뱉었다.

"……하아."

농염하고 다정한 키스였다. 살짝 떨어진 도훈이 씩 웃었다.

"입술 다시 발라야겠네."

서연이 양 볼에 수줍은 홍조를 살짝 꽃피우자 한 번 더 불쑥 다가간 그가 뜨거운 혀끝으로 서연의 입술을 할짝 핥았다. 그녀의 입술이 막 립글로스를 바른 듯 촉촉하게 젖어 반짝거렸다.

"바르고 한 번 더 할까?"

"그럴 거면 군이 왜 발라요? 창피하니까 비켜요, 노출증 환자!"

"애인보고 노출증이래."

"몸 좋다고 자랑하는 것도 아니고. 요즘 툭하면 벗어젖혀……!"

서연이 사랑스럽게 꽃물이 들은 뺨을 한 채 투덜거리며 양손으로 그의 맨가슴을 밀쳤다. 헉! 느껴지는 감촉에 화들짝 놀라 눈을 동그랗게 뜨고 제 손바닥을 내려다보았다.

"왜 놀라. 일부러 만진 게 아니었나?"

도훈은 당황한 서연의 얼굴이 활화산처럼 타오르는 것을 보자 크게 소리 내어 웃었다.

"아, 미워. 진짜!"

서연이 심통 난 사람처럼 볼을 부풀렸다. 도훈은 서연이 사랑스러워 죽겠다는 얼굴로 그녀의 입술에 쪽 입을 맞췄다. 반응이 귀여워서 자꾸만 놀리고 싶었다.

"오늘부터 다시 출근인데, 컨디션은?"

"좋아요. 백도훈이 자꾸 괴롭히지만 않으면요."

"회사까지 차로 데려다줄게. 같이 나가자."

"음, 버스 타고 갈래요."

"재고해. 데려다주고 입술 받을 계획이라."

"……너무 많이 한다는 생각은 안 해봤어요?"

그동안 감기 때문에 키스를 못 했던 게 그리도 억울했는지, 그는 서연이 낫자마자 그녀의 입술이 퉁퉁 붓도록 시도 때도 없이 키스해왔다. 덕분에 서연은 정신이 녹아내리다 못해 혼미해지고 있던 참이었다.

"으으…… 버스 타고 혼자 갈래요!"

도훈의 눈매가 가느다랗게 늘어지며 웃었다.

"잘하고 와. 기죽지 말라고."

"응, 알겠어요."

서연이 배시시 웃으며 도훈의 귓가에 입술을 바짝 가까이 대었다.

"이따 밤에 봐요. 오빠……."

그리고 입술을 동그랗게 말고 후, 살짝 바람을 불어넣었다. 그 애교 섞인 행동이 신호탄이라도 되는 듯 도훈이 맥 풀린 사람처럼 실실 웃으며 서연을 내려다보았다.

"오빠?"

도훈의 한쪽 눈썹이 올라갔다.

"또 해줘, 그거."

"……하여간 사람 부끄럽게 만드는 재주가 있다고."

서연이 고개를 살짝 숙이자 도훈이 큰 소리로 웃으며 척추를 쭉 곧게 폈다.

"고개 들어봐."

도훈이 그녀의 말랑말랑한 팔뚝을 부드럽게 주무르며 중얼거렸다.

"오늘 밤 내 상대는 어때."

장난스러운 목소리와 표정 아래 비밀스럽게 줄줄 흐르는 관능이 서연을 그대로 앓아눕게 만들었다.

"오빠가 서연이 즐겁게 해주지, 또."

꿀꺽, 서연은 도훈의 청량한 미소를 보며 생각했다.

전생에 기생은 내가 아니라…… 이 남자가 아니었을까, 하고.

모라비 본사는 서연의 복귀 소식에 한창 떠들썩했다. 인력 부족으로 허덕이던 디자인 팀 대부분은 그녀의 복귀에 반색을 표했다. 회사에 있을 때도 혼자서 세 명의 몫을 거뜬히 해내던 서연이었기 때문에, 모두가 이제 겨우 숨 좀 돌릴 수 있겠다며 가슴을 쓸어내렸다. 물론 그녀가 돌아온다는 소식을 반기지 않는 사람 또한 있었으니……

"실장님!"

"그래, 임 대리. 왜, 또."

가장 호들갑스럽게 난리에 난리를 거듭하는 사람은 다름 아닌 임나희 대리였다.

"아무리 그래도 우리 회사에 중대한 해를 끼친 직원을 다시 부르는 게 맞는 걸까요? 같은 실수를 반복하지 않을 거란 보장도 없지 않나요?"

디자인 실장이 어이없다는 듯 임 대리를 쏘아봤다.

"CD님께서 직접 정한 사안인데 왜 임 대리가 자꾸 거론하는 거지?"

그녀는 곧 있을 전체 회의 때문에 정신없어 죽겠는데 자꾸만 귀찮게 구는 임 대리 때문에 슬슬 짜증까지 나려고 했다. 임 대리는 얼마 전부터 사색이 되어 계속 서연이 오면 안 된다고 흥분까지 하며 떠들어댔고, 몇몇 사원들은 그 행동에 의구심을 품고 술렁이기 시작했다.

"임 대리 왜 저렇게 오버야?"

"둘이 사이 안 좋긴 했잖아요."

"아무리 그래도 저렇게 과민반응 보이는 거 좀 이상하지 않아?"

엘리베이터에 탄 보영과 소미가 쑥덕거렸다. 그 앞에 선 유라는 소곤거리는 잡담을 배경음처럼 들으며 휴대전화를 꺼내 들었다. 마침 서연에게 문자가 도착해 있었다.

[저희 사전에 얘기 나눈 사안, 공과 사 구분해서 제대로 실행해주실 거라 믿습니다.]

[당연하죠. 계획대로 진행할 겁니다.]

유라는 짐짓 덤덤하게 답장을 보냈다.

사무실에 앉은 도훈은 아침부터 휴대전화와 눈씨름 하느라 바빴다.

[지금 타이밍 재는 중. 긴장되네요.]

서연에게 온 문자를 보며 커피를 한 모금 넘겼다.

[그래도 잘하고 올게요! 이따 봐요!]

물끄러미 액정을 내려다보던 도훈이 답장을 하기 위해 드디어 손가락을 움직였다. '응' 하나를 써놓고서 억겁의 시간 동안 심각하게 고민했다. 살짝 미간을 좁힌 그가 마른침을 삼키고서 손끝으로 입술을 쓸었다.

"······."

도훈의 손이 다시 움직였다. 'ㅅ' 하나를 누르고 또 한참을 비장한 얼굴로 뜸을 들인다. 톡톡, 책상을 초조하게 두드리다가 다시 'ㅏ'를 이어 눌렀다. 뒤이어 쓰려는 순간 똑똑, 밖에서 최 비서의 노크 소리가 들려왔다. 괜히 흠 칫한 도훈은 실수로 전송 버튼을 눌러버리고 뒤늦게 땅이 꺼져라 탄식했다.

"······들어와."

비통한 목소리로 중얼거리니 여진이 일정표와 서류를 들고 안으로 들어 왔다. 도훈은 휴대전화를 한쪽 편으로 밀어놓았다. 언제나처럼 일정 브리핑 이 진행됐으나 평소와 다른 점은 들려오는 목소리가 형편없이 쉬어 있다는 점이다. 등받이에 널찍한 등을 기댄 도훈의 시선이 날카롭게 올라가 여진의 얼굴에 무심히 박혔다. 홀쭉한 그녀의 볼에 두꺼운 화장으로도 가려지지 않 은 생채기가 빨갛게 일자로 그어져 있었다.

"오전에는 10시에 대회의실에서 부서장 회의 참석 예정이십니다. 12시에

는 외부에 재영물산 김춘식 전무님과 일전 계약 건으로 A 한정식에서 미팅

있으십니다."

여진의 갈라진 목소리는 큰 어조 변화 없이 피 터진 입술 사이로 뱉어졌다. 오후 일정까지 전부 들은 도훈이 고개를 가볍게 끄덕였다.

"그래. 신 팀장한테 PT 차질 없이 똑바로 준비하라고 전해."

"네. 여기 세부사항 확인해주시면 됩니다."

여진이 서류를 힘없이 내려놓았다. 아래로 떨어진 도훈의 시야에 또 평소와 다른 것이 보였다. 어디서 맞고 다니나……. 도훈이 고요히 미간을 좁혔다. 누군가에게 얻어맞은 듯 여진의 얇은 손목에는 파랗게 피멍이 들어 있었다.

[응. 사]

버스 안에서 서연은 심각한 얼굴로 도훈에게서 온 문자를 뚫어져라 노려보았다. 아무리 봐도…….

"……사라고? 뭘 사?"

해독 불가능. 뭔 소리인지 모르겠다. 서연이 고개를 갸우뚱하고 있는데 곧 유라에게서 문자가 도착했다.

[이제 회의 시작해요.]

가볍던 서연의 얼굴이 순식간에 정적으로 잦아들었다. 머리에 다소곳이 꽂혀 있는 도훈에게 선물 받았던 머리핀. 그녀는 그 머리핀을 천천히 빼서 손에 꼭 쥐었다.

"당당하게……."

이제 죄진 것도 없으면서 고개 숙이고 살지 말자. 속으로 굳게 다짐한 서연은 씩씩하게 답장을 보냈다.

모라비 본사 건물에 있는 넓은 회의실. 모든 부서의 사람들이 전체 회의

를 위해 착석했다. 그 중심에는 대표를 더불어 크리에이티브 디렉터가 엄숙한 분위기 속에 자리하고 있었고, 각 팀을 이끄는 팀장들이 그 옆을 나란히 차지했다. 오늘 전체 회의에서는 이번 컬렉션을 홍보하기 위해 제작한 영상을 최초로 전 직원들에게 공개할 예정이었다. 평소처럼 회의가 시작되고 유라는 제 손목시계의 초침을 흘끔 확인했다. 곧 홍보 영상의 프레젠테이션을 맡은 마케팅 팀 직원이 회의실 앞으로 나아가자 책상 아래 유라의 손이 바삐 움직였다.

"안녕하세요, 마케팅 팀의 박하선 대리입니다."

발표자의 인사와 함께 장내의 불이 꺼졌다.

"이번 컬렉션 홍보 영상은 차별화를 위해 특별히 패션쇼 당시 백스테이지 영상을 일부 삽입하였습니다."

차분하게 이어지는 발표자의 목소리를 들으며 유라가 긴장으로 떨리는 손끝을 오므렸다. 저 영상을 틀면 곧 이 회의장에서는 한바탕 파란이 일어날 것이다.

'이번 컬래버레이션은 최초 기획자 없이는 진행될 수가 없어요. 그러니 오 팀장이 책임지고 강서연 씨를 설득해주세요.'

유라는 얼마 전 모채흔 크리에이티브 디렉터의 사무실로 불려갔을 때의 기억을 되짚었다. 처음에 그녀에게 서연을 데려오라는 이야기를 듣고 황당하다고만 생각했다. 서연과 유라의 사이는 사적으로 썩 좋지 않았고, 같이 일한 기간 또한 일주일 남짓으로 지극히 짧았기 때문이었다. 그러나 이어지는 말을 듣고 마음이 바뀌었다.

'강서연 씨를 다시 데려오는 데에 성공한다면, 우리 박 실장과 강서연 씨 그리고 오 팀장까지를 메인으로 세워서 실무진을 꾸릴 생각이에요.'

와이시와의 컬래버레이션의 실무진 메인에 이름을 올릴 수 있다면 유라로서도 더없이 좋은 커리어였다. 글로벌 기업이었기 때문에 나중에 다시 해외로 이직할 때도 굵직한 이력이 될 것이었으므로 놓치기 싫은 기회였다.

서연과 대면하기 껄끄러웠지만 그래도 설득해보기로 하고 그날 도훈의 집에 찾아간 것이었다. 도훈의 말이라면 서연이 들을 것 같았고, 떳떳한 명목으로 도훈의 얼굴도 볼 수 있었기 때문이었다. 물론 서연이 그곳에서 함께 살고 있는 것은 유라로서 예상치 못한 일이었지만…….

"그럼 일단 홍보 영상 먼저 보시겠습니다."

마케팅 팀의 박 대리가 플레이 버튼을 눌렀다. 정면의 커다란 스크린에서는 잔잔한 배경음악과 함께 홍보 영상이 재생되었다. 긴장한 유라가 마른침을 눌러 삼켰다.

[영상 플레이했어요.]

서둘러 서연에게 문자를 보냈다. 서연에게서 네, 라고 답장이 오자 얼마 전 도훈의 집에서 그녀와 이야기했던 기억이 유라의 머릿속에 다시금 되살아났다.

'팀장님께서 저를 좀 도와주시죠.'

그날 유라가 꺼낸 USB의 영상, 즉 귀걸이 사건의 진범을 가릴 수 있는 백스테이지 촬영본을 확인하고 한참 동안 침묵하던 서연이 처음으로 한 말이었다.

'제가요?'

방심했다. 윗선에서 서연에게 제시한 파격적인 승진과 대우 조건에 바로 오케이를 외칠 거라는 유라의 예상은 부서졌다. 윗선에 영상을 보여주고 당시 사건의 진의를 다시 짚어보자고 했으나 서연은 비웃었다.

'누구에게 이 영상을 보여주고 결백하다고 호소할까요. 박현정 실장님? 모채흔 CD님? 아니면 문 대표님한테?'

'그건…….'

좋은 게 좋다고 넘어가는 순한 타입이길 바랐는데, 전혀 아니었다.

'어차피 제가 책임지고 종결된 사건. 진의고 뭐고 소란 일으키지 않으려고 쉬쉬할 게 뻔한데. 누구 좋으라고.'

냉소적인 서연의 태도에 유라는 머리가 지끈거렸다. 일이 까다롭게 되었다.

'……제가 어떻게 도와드리면 될까요?'

'팀장님께서 영상 제작하는 하청 업체에 일러서 홍보 영상을 두 가지 버전으로 제작하도록 말씀해주세요.'

'어떤…….'

'문제없는 정상 편집본과 잘못 편집된 영상, 두 개. 물론 전체 회의 때 재생할 영상은 잘못 편집된 영상입니다.'

어찌 보면 엄청난 발언이었으나 서연의 어조는 무덤덤했다.

'배경 음악이 원래대로 베이스에 깔리다가 중간에 삽입되는 백스테이지 영상에서 갑자기 노래가 끊기는 겁니다. 마치 편집 실수처럼요. 갑자기 흐르던 배경 음악이 끊기면 다들 편집에 문제가 있다는 것을 눈치채고 자연스레 영상과 소리에 집중하겠죠.'

서연이 시선을 아래로 조용히 내리깔았다.

'그리고 해당 장면에서 원본 영상의 음성, 그러니까 임나희 대리와 제 대화가 잡음으로 섞여 들어가게 손을 보는 겁니다.'

이어지는 서연의 말에 유라는 당혹스러웠다. 그런 짓을 한다면 업체 측이 곤란해질 것이 틀림없었고, 따라서 그쪽에서는 굳이 이런 부탁을 수락할 이유가 없었기 때문이었다.

'물론 업체에는 피해가 안 가도록 앞으로 독점 거래할 수 있도록 유리하게 손을 봐주세요. 그 정도 해주실 능력되시잖아요.'

'……만에 하나 일이 틀어지면, 제 입장이 난처해질 수도 있을 것 같은데요.'

유라는 새로운 시도보다는 안전을 추구하는 사람이었다.

'그럼 전 돌아가지 않는 걸로 하겠습니다.'

언제나 그래왔다.

'저는 앞으로도 이 정도 리스크는 끌어안고 갈 수 있는…… 그런 배포 있는 분

과 일하고 싶습니다.'

서연의 어조는 단호했고, 이미 대화의 주도권은 그녀에게로 넘어가 있었다.

'그렇다고 당시 유일한 목격자셨던 팀장님께서 직접 회의 때 진의를 밝히시면…… 진상을 알고도 묵인했다고 시인하는 것이나 마찬가지이니 팀장님께서도 면이 안 서지 않습니까?'

예전에 자신이 묵과했던 일을 꺼내니 더 이상 뭐라 할 말이 없어졌다.

'제가 제안하는 이 방법이 팀장님 체면을 살림과 동시에 사건의 진의도 밝힐 최적의 방법입니다.'

서연의 말에 유라가 눈을 내리깔고 입술을 달싹였다. 앞으로 서연과 함께 일하게 되는 것이 순탄할까 걱정되기는 하지만…….

'……좋습니다.'

한참 동안 골똘히 고민하다가 어렵게 답을 내놓았다.

'그렇게 하죠.'

유라의 응답에 서연이 먼저 악수를 제안함으로써 거래는 성립되었다. 유라는 그 손을 잡았다.

"저게 뭐야?"

불 꺼진 장내, 크리에이티브 디렉터가 날카로운 음성을 뱉어냈다. 산만하던 시선들이 뚝 끊긴 배경 음악으로 인해 스크린으로 빠르게 모여 붙었다. 이내 잡음까지 섞여 들리자 사람들은 청각마저도 영상에 빼앗겼다.

"영상 일단 멈춰보세요. 왜 음악이 끊기고 저런 소리가 삽입된 거죠?"

"편집 실수인 것 같습니다. 아무래도 백스테이지 영상에 노래 대신 원본 음성이 잘못 들어간 모양입니다."

유라가 태연한 음성을 냈다. 장내가 술렁였다. 뒤쪽에 앉아 있던 임나희 대리의 안색이 시체처럼 창백해졌다.

"돌려보세요. 다시 한번 들어보죠."

크리에이티브 디렉터의 지시에 직원이 되감기를 눌렀다가 다시 영상을 재생했다. 거듭 재생된 영상에서는 노래가 끊기고 조금 후에, 서연이 여성 모델에게 사파이어 블루 귀걸이를 달아주는 장면이 나오고 있었다. 장내가 소란으로 시끄럽게 물들며 잡담이 들끓는 것은 순식간이었다. 뒤에 선 직원들은 각기 샘솟는 의문스러운 점들을 쑤군거리기 바빴다.

"뭐야? 저 때 강서연 씨가 잘못 만들어서 사고 친 귀걸이, 레드 아니었어?"

"레드였지. 근데 왜 서연 씨가 블루를 들고 있는 거야?"

곧 시끌벅적한 대화 소리는 화면 내에 불쑥 등장한 임 대리로 인해 더욱 달궈졌다. 뭐야, 저게? 모두가 의문스러운 얼굴을 하고 입을 가리며 쑥덕댔다.

-애, 이것도 좀 해봐.

임 대리의 손에 들린 귀걸이가 명확히 레드 컬러를 띄고 있었기 때문이었다. 그녀는 문제가 되었던 트루 레드 귀걸이를 서연에게 내밀며 이것도 달아달라고 말하고 있었다.

-대리님, 이거 니퍼 제대로 조였어요? 좀 헐거운데?

문제가 된 레드 귀걸이를 살핀 서연이 걱정스럽게 임 대리에게 묻는 소리가 넓은 공간을 울렸다. 뭐야? 어수선해진 주변은 지진이 난 것처럼 더욱 술렁이기 시작했다.

"잠깐만요!"

기겁한 임 대리가 의자까지 뒤로 넘어뜨리며 자리에서 벌떡 일어났다.

-너보단 잘했거든? 뜸 들이지 말고 빨리해!

"여, 영상 멈춰주세요! 전 아니에요!"

임 대리가 필사적으로 또각거리며 걸어가려고 하자 유라가 그녀를 멈춰 세웠다.

"임 대리. 지금 회의 중입니다."

"팀장님······!"

"팀장으로서 소란 일으키는 것 지켜볼 수 없습니다. 다시 착석하세요."

항상 상냥하던 유라가 냉정한 목소리를 내자 임 대리는 그대로 사색이 되었다. 수많은 사람들의 시선이 일제히 임 대리에게로 꽂혔다. 웅성거리며 저들끼리 수군대는 소리에 그녀의 얼굴은 더욱더 하얗게 질려갔다.

"뭐야? 그럼 임 대리가 강서연 씨한테 자기 잘못 뒤집어씌운 거야?"

"와, 대박. 애꿎은 신입만 골로 보냈네."

"눈 하나 깜짝 안 하고 연기하더니. 뭐야, 사이코야?"

점점 더 커지는 날 선 소리에 임 대리의 손끝이 파르르 떨렸다. 그러나 지금 가장 치를 떨며 부들부들 떠는 사람은 디자인 실장이었다. 그녀는 임 대리의 말을 믿고 그녀의 손을 들어주고, 서연에게 책임지고 퇴사할 것을 직접적으로 종용했었다.

"임 대리! 당장 이 자리에서 무슨 일인지 해명해야 할 거야!"

디자인 실장이 임 대리를 죽일 듯이 노려보며 소리쳤다. 혼이 나간 임 대리는 바들바들 떨더니 그대로 뒤를 돌아 문으로 달려 나갔다.

"임나희 대리!"

디자인 실장이 불러 세웠으나 무시하고 그대로 문을 벌컥 열고 뛰쳐나갔다.

"아."

그러다 문밖에 서 있는 여자와 어깨를 세게 부딪쳤다. 너무 놀라 다리에 힘이 풀린 나머지 임 대리는 뒤로 꽈당 우스꽝스럽게 넘어졌다.

"괜찮으세요?"

반면 여자는 넘어지기는커녕 흔들리지도 않은 채 넘어진 임 대리를 내려다보고 있었다. 임 대리의 눈이 휘둥그레졌다. 저와 어깨를 부딪친 여자가 마치 저를 잘 아는 사람처럼 친근하게 물어온 탓이었다. 하지만 그보다 그녀를 동요하게 만드는 것은 누군가를 연상시키는 얼굴과 똑같은 위치에 찍혀 있는······.

눈 밑 점.

"오랜만에 뵙네요."

비틀리듯 올라간 붉은 입술이 조소를 남기며 흩어졌다.

"……."

넋이 나간 임 대리는 동상처럼 딱딱하게 굳어버렸다. 너무 놀라 숨이 턱막힌 듯 주춤거리다가 황급히 몸을 일으켰다. 또 삐끗, 하고 뒤로 또 넘어지자 우당탕 소리가 깨지듯이 났다. 서연이 머리를 부드럽게 귀에 꼽으며 임 대리에게 손을 내밀자 밀려오는 수치심에 얼굴이 붉어졌다. 임 대리는 서연의 옆을 지나 도망치듯이 허둥지둥 뛰어나갔다.

한편 회의실 안에서는 한창 크리에이티브 디렉터와 문 대표가 작은 소리로 대화 중이었다.

"우리 회사에 이렇게 불미스러운 일이……. 소란스러우니 오늘 회의는 여기서 일단 중단하는 거로 하죠. 모채흔 디렉터, 내 이 일을 맡길 테니 진상을 제대로 다시 규명해야 할 것입니다."

"예, 대표님. 이번 일은 제게 맡겨주십시오."

고개를 끄덕인 그녀가 디자인 실장에게로 비스듬히 턱을 틀고 작은 소리로 속삭였다.

"이따 임 대리 내 방으로 불러."

"네."

"그리고 강서연 씨는 지금 어디에 있지? 당장 연락해 봐요."

"예, 지금 바로……."

끼이익. 그때 어두운 회의실의 문이 소음과 함께 천천히 열렸다. 열린 틈 사이로 쏟아진 빛 가운데, 한 여자가 서 있었다. 이내 유라의 동공이 세차게 흔들렸다.

"저 여자……."

제 눈을 도무지 믿을 수가 없었다. 귀신을 본 사람처럼 파리해진 유라가 제 입을 틀어막았다. 이때쯤 들어오기로 서연과 미리 얘기를 마친 상태였고, 유라는 당연히 서연이 들어올 것이라고 생각했다.

그러나 모습을 드러낸 사람은…….

'저 여자가 왜 여기에……!'

혼비백산한 유라 외에도 모든 사람들은 저들끼리 쑥덕거리며 막 들어온 여성을 응시했다. 커다란 눈에 오뚝한 콧날과 작고 도톰한 입술. 광고의 한 장면처럼 허리까지 떨어지는 붉은 머리가 찰랑거리며 나부꼈다.

자고로 과도하게 예쁜 사람을 보면 남녀노소 숨이 턱 막힌다고 하던가. 모두가 넋을 놓고 홀렸다 싶을 정도로 서연을 뚫어져라 응시했다. 생기 넘치는 뽀얀 피부와 깔끔한 인상을 가진 여자였다. 170센티에 달하는 큰 키에 하이힐까지 신어, 모델이라고 해도 믿을 만큼 완벽한 비율이었다.

"누구시죠?"

처음 보는 얼굴에 크리에이티브 디렉터는 서연을 보고 의심스럽게 신원을 물었다. 그러자 서연이 허리를 다소곳이 굽히고 인사했다.

"안녕하세요, 덕분에 다시 인사드리게 되어 영광입니다. 디자인 2팀으로 복귀하게 된 강서연입니다."

그 말에 유라가 우뚝 굳은 채 숨을 멈췄다. 자리를 지키고 있던 직원들 또한 쉽사리 말을 하지 못하고 입만 벙긋벙긋했다.

"강서연 씨?"

"서연 씨라고? 저 사람이?"

"키 큰 거 보니까 맞는 것 같기도 한데……. 아니 동일인 맞아? 말도 안 돼!"

사람들은 이내 '어머어머'를 연신 중얼거리며 저들끼리 호들갑스럽게 떠들어댔다. 전과 달라져도 너무 달라진 모습에 모두 경악했다. 술렁거리다 못해 곧 대박이라며 손뼉을 쳐대기 시작했다.

"어머, 강서연 씨!"

크리에이티브 디렉터는 여자의 정체를 알고 퍼뜩 상황 파악을 완료했다. 자리에서 용수철처럼 벌떡 일어나 서연에게로 손수 행차했다.

"왔어요? 내가 역시 사람 보는 눈 하나는 기가 막힌단 말이야!"

안면에 그 어느 때보다도 상냥한 웃음을 펼치며 양손을 비볐다.

"너무 예뻐져서 못 알아봤어! 우리 강서연 디자이너, 아니 이제 강서연 대리!"

와이시와의 콜라보레이션을 따내기 위해 크리에이티브 디렉터가 서연에게 제시한 카드는 이례적인 승진과 연봉 인상이었다. 모든 직원들의 눈이 부러움과 놀라움을 담아 휘어졌다. 사람 인생 한 치 앞을 모른다더니, 저렇게 갑자기 상승 곡선을 그리다가 아예 그래프를 벗어나 하늘을 찌르는 경우도 있구나, 하고.

"자, 이렇게 모였으니 정식으로 다시 소개해야죠!"

그녀가 서연을 앞으로 세우고 어깨를 토닥거렸다.

"우리 와이시와의 컬래버레이션을 따낸 참신한 모라비의 아이디어 뱅크! 디자인 2팀 강서연 대리, 앞으로 프로젝트의 실무적인 부분을 맡아서 진행해줄 거예요!"

크리에이티브 디렉터는 우리 복덩이 예뻐 죽겠다는 듯 서연을 보며 깔깔 웃었다. 서연은 부드럽게 미소 지으며 다시 한번 인사했다.

"감사합니다. 잘 부탁드립니다."

모라비를 떠들썩하게 만든 사건은 온종일 지치지도 않고 사원들의 입에 오르락내리락했다.

"아까 화장실에서 문 잠가놓고 대성통곡하던 소리 임 대리 맞지?"

"겨우 뛰쳐나가서 갈 데 없어서 화장실이냐? 진짜 찌질하다."

어제는 그녀와 함께 모여 떠들던 사원들은 하루 아침에 낯을 싹 바꾸었다. 전부터 그녀를 눈엣가시로 여겼지만 차마 말 못 하던 사원들은 입 터진 사람처럼 열심히 씹어대기 바빴다.

"와, 진짜 신기하다! 너무 예뻐졌어요!"

점심시간이 지나고 휴게실에 앉자마자 호기심 어린 직원들이 쪼르르 서연에게 달라붙었다.

"아까 못 알아봤잖아요! 대박."

"너무 예뻐요! 모델인 줄 알았어요!"

"감사합니다, 하하."

서연이 작게 웃었다.

"그런데 임 대리 그 여자, 그럼 혼자 그렇게 쇼를 한 거야? 와…… 생각하면 할수록 사이코네. 서연 씨 억울해서 어떻게 버텼어!"

"하하, 뭐. 지난 일인데요, 뭘."

"너무 쿨하다! 나 같으면 머리채 잡고 싸웠어."

"심지어 아까 화장실로 무단이탈하고 아직도 안 들어왔잖아. 막 나가겠다는 거지!"

'알겠으니까 제발…… 좀…… 가라! 조용히 좀 해! 귀 터지겠으니까!'

서연이 혼미한 정신을 붙잡으며 하하, 웃었다. 밥 먹을 때부터 쉬지도 않고 재잘재잘 열심히도 떠들어대니 서연은 기가 다 빨릴 지경이었다.

"근데 머리는 어떻게 한 거예요? 원래 숏컷이었잖아요?"

"어…… 미용실 가서 붙였어요!"

남의 머리카락에 왜 그렇게 관심들이 많은지. 이 질문, 정확히 오늘만 7번째 대답한다.

"립스틱은 뭐 썼어요? 색깔 너무 예뻐요!"

"강 대리님, 저 언니라고 불러도 돼요?"

"혹시 경락, 뭐 그런 것도 받았어요? 뭐랄까, 선이 너무 고와졌어요! 비결이 뭐예요?"

"그건……."

아…… 제발 그만! 서연은 이제 관심은 됐으니 그만 돌아가서 일이나 하자고 말하고 싶었다.

"강서연 씨 계신가요?"

그때, 갑자기 뜬금없이 울리는 제 이름에 서연이 뒤를 돌아봤다. 택배기사 같은 차림을 한 젊은 남성이 화려한 꽃바구니 하나를 들고 있었다.

"여기요! 이분이 강서연이에요."

보영이 서연을 가리키자 남자가 그녀에게로 다가왔다.

"본인이시죠? 꽃 배달입니다."

"네?"

갑자기 웬 꽃? 뭐라 대답하기도 전에 남자는 얼른 서연에게 꽃을 안겨주고 뒤를 돌아 사라졌다. 자욱하게 품에서 퍼지는 향기에 퍼뜩 정신을 차리자 호기심 증폭한 시선들이 느껴졌다. 보영이 호들갑스럽게 꺅꺅거렸다.

"우와, 꽃이다! 너무 예쁘다! 누가 준 거예요?"

"글쎄요. 으음. 하핫. 흐흐."

"이상하게 웃는 거 보니까 남자네! 남자친구우?"

소미의 말대로 이상하게 올라가려는 입꼬리를 겨우 갈무리한 서연이 손에 든 꽃을 제대로 확인했다. 향긋한 내음이 선율처럼 퍼져 흐르니 저절로 기분이 좋아졌다. 올망졸망한 튤립에, 성숙한 하노이와 카네이션, 가냘픈 매력이 있는 델피늄까지, 세상에 아름답기로 명성이 있는 것들은 전부 이곳에 모인 듯했다.

"안에 카드가 있는 것 같은데요?"

"앗, 그렇네요."

보영의 말에 서연이 꽃다발 속에서 손바닥만 한 카드를 꺼냈다. 새하얀 봉투를 열자마자 보이는 먹물처럼 까만 글씨. 한 남자를 연상시키는 세련되고 절도 있는 고딕 서체로 딱 한마디가 간결하게 적혀 있었다.

〈출근. 축하.〉

서연이 입꼬리를 찢어지게 말아 올렸다. 특유의 짧은 말투를 마주한 순간 본능적으로 보낸 사람을 직감할 수 있었다. 카드 맨 아래 적힌 오빠가, 라는 단어는 심증에 쐐기를 박았다. 하여간 선수야, 선수.

서연은 유라의 호출에 비상계단으로 향했다. 이미 기다리고 있었던 유라는 서연을 뚫어져라 응시할 뿐 말이 없었다. 유라의 시선에 서연의 눈썹이 살짝 휘어졌다. 문틈으로 새어 들어온 찬바람은 유라와 서연 사이를 더욱 견고하게 가로막고 섰다.

"서연 씨."

유라의 호명에 서연이 비스듬히 고개를 내렸다. 그 행동으로 발발해 아주 가까이에서 두 시선이 맞부딪혔다. 서연의 얼굴을 자세히 확인한 유라의 동공이 거칠게 흔들렸다. 경직된 입술이 이내 천천히 벌어졌다.

"……놀랐어요. 어떻게 된 거죠?"

"한배 탄 사이에 무슨 말씀이신지."

"서연 씨가……!"

유라가 차마 말을 잇지 못하고 입술을 꽉 깨물었다. 아무리 생각하고 또 생각해도 이게 대체 무슨 일인지 상황파악이 되지 않았다.

"진짜 강서연 씨 맞아요?"

"이상한 질문을 하시네요, 팀장님."

"사람 외모가 어떻게 하루아침에 이렇게 바뀔 수가 있죠? 어떻게 한 거예요?"

백도훈이 병적으로 사랑했던 여자. 수백 장의 그림으로 방 하나를 다 채울 만큼 집착적으로 사랑했던 여자. 그 여자와 강서연이 동일 인물이었다고?

"무슨 수를 쓴 건지……."

"수 같은 거 쓴 적 없어요. 원래 이랬으니까요."

"……하."

혼란에 빠진 유라가 짧은 숨을 토해냈다. 그런 그녀에게 서연은 허리를 숙여 인사했다. 여기서 그만 종결하자는 신호였다. 이만 사무실로 들어가려 하는데, 유라의 목소리가 또 서연의 발목을 붙잡았다.

"예전에, 제게 오빠와 안 지 얼마 되지 않았다고 했잖아요. 그건 거짓말이었던 건가요?"

서연은 유라가 저러는 이유를 알 수 없어 미간을 찌푸렸다.

"올해 초에 만났으니 안 지 얼마 되지 않은 거 맞습니다. 그런 거짓말 한 적도 없고, 할 이유도 없는 것 같은데요."

"올해 초요……?"

유라는 서연이 무슨 말을 하는지 이해할 수가 없었다. 그녀는 저가 대학생이 됐을 때부터 지금까지, 진영이 제게 지속적으로 말해왔던 그 말을 똑똑히 기억한다.

'도훈이 좋아하는 여자 따로 있어. 그러니까 너도 그만 포기해.'

10년간 진영에게 그 소리를 귀에 딱지가 앉도록 듣고 자라왔다. 더욱이 전에 목격한 도훈의 방을 가득 메운 서연의 초상화. 비정상적으로 많은 개수와 그림 아래에 적힌 날짜를 미루어 보아 적어도 10년에 가까운 세월 동안 그려온 것들로 보였다.

그런데 이 여자는 올해 초에 그를 처음 만났다고 말을 한다.

"오빠도 그렇대요?"

"……네?"

"오빠도…… 오빠도 서연 씨 올해 초에 처음 알았다고 말하던가요?"

서연이 깊게 한숨을 내쉬었다.

"팀장님, 자꾸 혼란스럽게 말씀하시는데……. 팀장님께서 걸리시는 게 있는지 어떤지 전 잘 모르겠지만요. 뭘 들어도 그 사람한테 듣지 남한테 듣기는 싫어요."

유라의 눈꺼풀이 파르르 떨렸다.

"사적인 연애사에 간섭받을 이유는 없는 것 같습니다. 저는 이만 들어가 보겠습니다."

그런 유라를 뒤로하고 서연은 사무실 안으로 빠르게 자취를 감추었다.

죽상 보기 싫으니 빨리 눈앞에서 사라지라는 도훈의 배려에 여진은 평소보다 한참 일찍 해도 떨어지기 전에 집으로 향할 수 있었다. 온종일 머리가 복잡하고 숨이 잘 쉬어지지 않았다. 뭘 먹어도 답답하고 소화가 되지 않아서 아침 점심 전부 제대로 명치에 얹혔다. 놈에게 붙잡혔던 손목과 팔뚝, 시퍼렇게 멍이 든 신체 구석구석이 전부 욱신욱신 아렸다. 그 환부의 고통이 끔찍했던 어젯밤의 기억을 불러일으켰다.

진영과 헤어진 후 엘리베이터를 타고 집으로 올라갔던 여진은 문 앞에서 기다리고 있던 남자로 인해 지옥으로 빨려 들어갔었다. 남자는 광분한 듯 씩씩거리며 여진을 질질 끌어내렸다. 그의 얼굴을 확인한 여진은 너무 놀라 귀신이라도 본 듯 딱딱하게 굳었다.

'이 미친! 최여진 너 죽고 싶어?'

금방이라도 모든 것을 부숴버릴 듯한 기세로 분노한 형철이 여진을 벽으로 쾅 밀치고 물었다. 여진이 고통에 신음을 흘리자 이내 팔을 거칠게 잡아 제 쪽으로 끌어당겼다.

'이 또라이 같은……! 너 우리 태희 학교로 내 노트북 부숴서 택배 보냈더라?'

그 말에 싸늘하게 굳은 여진의 입가가 비틀렸다.

'네가 나한테 선물 준 노트북 돌려달라며. 네 이사 간 주소 난 모르고. 병원으로 보낼 수도 없고! 그래서 네 부인될 여자 학교로 보냈다, 왜!'

'이……! 감히 네가 날 이렇게 엿 먹여?'

이성이 끊긴 형철이 여진의 멱살을 잡으려고 손을 뻗은 순간, 퍽! 여진이 핸드백으로 그의 머리를 세차게 가격했다. 윽! 형철의 머리가 축구공처럼 나동그라져 구석으로 물러났다.

'이 개새끼가…… 진짜 엿 먹인 게 누군데!'

퍽퍽, 수차례 그를 핸드백으로 가격하던 여진이 악에 받쳐 소리를 질렀다.

'당장 꺼져! 안 꺼져? 꺼져!'

3년이나 사귄 전 남자친구의 등장에 놀라서 굳었었던 것은 사실이나, 긴장이 풀리니 그대로 꼭지가 돌았다. 이게 어디서 적반하장인지! 사정없이 내려치는 핸드백 세례에 형철의 뺨이 새빨갛게 부어올랐다. 그걸로도 모자란다는 듯 곧바로 저에게 뻗어지는 그녀의 다리에 그의 눈이 휘둥그레졌다. 퍽! 세차게 뻗어진 발이 형철의 옷에 진하고 선명한 발자국을 남겼다.

'하, 너 그 성질머리 때문에 내가 너한테 질린 거야! 알아? 여자가 조신한 맛이 없고…….'

'조신은 개뿔! 너야말로 사내새끼가 조신하지 못하게 돈 많은 여자한테 팔려 가냐?'

'뭐? 너 미쳤어? 말 다했어?'

결국 똑같이 꼭지가 돈 남자도 여진과 격렬하게 몸싸움을 벌이다가 야밤에 나란히 경찰서까지 갔다 오고 말았다.

"하아……."

집에 도착한 여진은 옷도 벗지 않고 침대에 누웠다.

"짜증 나……."

침울하게 뇌까리고 있는데 띵동, 문자가 왔다.

[야. 됐고, 내 결혼식 때 네가 직접 와서 태희한테 해명해.]

"……지랄 났다. 미친 새끼……."

형철은 여진에게 평생의 상처이자 고통이었다. 열렬하게 사랑하고 자신에게 천국과 지옥의 끝을 선사했던 남자였다. 그런데도 미련이 남아 버리지 못하고 수년을 기억 속에 남겨두었던 애증이었다.

'나와 결혼해줘.'

3년 차 연인인 여진의 눈앞에서 다른 여자를 보며 프러포즈하던 남자였다.

'사랑해. 평생 손에 물 안 묻히게 해줄게.'

제 것이 아닌 그 지옥 같은 두 마디가 머릿속에 맴돌아 바이러스처럼 사라지지 않았다.

"아……."

여진이 양손으로 제 얼굴을 푹 가렸다. 가린 손바닥 사이로 짜디짠 눈물이 새어 나왔다. 줄줄 흐르는 눈물 때문에 더욱 자신이 처량하게 느껴져서 그저 꾹꾹 눈가를 눌러 막을 뿐이었다.

22살 세성여대 최태희. 여진이 계속 장난스레 떠들어대고 다녔던 이름과 나이는, 3년 사귄 남자친구와 바람난 여자의 것이었다.

"쪽팔려서 죽고 싶어……."

다 잊은 척 살았지만 단 한 순간도 그때의 비참함을 잊어본 적이 없었다. 밤만 되면 애인과 바람난 여자의 이름과 나이, 대학을 사칭하며 쿨한 척 방탕하게 놀았지만, 그 행동이 더 유치하고 구질구질하다는 것도 알고 있었다.

그 이후 목이 쉴 정도로 목을 놓아 엉엉 울었다. 한참을 울다가, 머리가 아플 때까지 울다가 휴대전화를 주워 들었다. 퉁퉁 부은 눈으로 잠깐 고민하다가 이내 서연에게 문자를 보냈다.

[클럽 갈래?]

답장은 1분도 지나지 않아 도착했다.

[뭐? 안 돼. 그 사람 알면 너랑 나 죽어.]

역시나. 이럴 줄 알았지.

[이사님 몰래 가자. 놀고 싶어.]

[안 돼!]

[가자. 너 클럽 한 번도 안 가봤잖아. 내가 데려가 줄게!]

[생전 안 그러더니 나한테 왜 이러셔? 너 클럽 갈 때 같이 가는 무리들 있

지 않아?]

[오늘 걔네 보기 싫단 말이야. 너랑만 놀래. 나랑 놀자.]

[너 무슨 일 있었니?]

"……귀신. 어떻게 알고."

여진이 멍하니 휴대전화를 내려다보았다.

[무슨 일은. 그냥 심심해서! 그래, 나중에 밥이나 먹자.]

서연은 도훈과의 오붓하고 화끈한 밤을 기대하며 온종일 두근두근한 기분에 사로잡혀 있었다. 그러나 그 기대감과 별개로 일은 일. 오랜만에 손에 잡은 업무에도 착착 수행하는 것은 물론이고, 무단이탈 후 들어오지 않은 임 대리의 업무까지 대신 맡아서 처리했다. 저녁 7시가 가까워지자 서연의 가슴은 행복과 기대로 터질 듯이 부풀어 올랐다.

하지만 마음 한편에 샘솟는 생각 하나. 설마, 설마 CD님께서 갑자기 저녁을 함께하자고 제안하는 미친 또라이 같은 상황이 올까?

하하, 말도 안 돼, 그럴 리가.

"네, 들어가세요! 내일 뵙겠습니다!"

그런데 그것이 실제로 일어났습니다. 디자인 실장까지 택시에 태워 보내고 혼자 남은 서연은 뿌리 깊게 좌절했다. 얼른 휴대전화를 들어 확인하니 이미 11시 30분이었다. 힘없이 도훈에게 전화를 걸어 이제 겨우 끝났다고 말했다. 도훈은 사람 좋게 웃으며 피곤할 텐데 얼른 오라고 대답했다. 집에 오면 마사지해주겠다는 야릇한 말까지 덧붙인 탓에 서연은 평생 안 타던 택시까지 타며 사치를 부렸다. 벌써 12시에 가까워진 시간, 서연이 택시에서부터 안달복달하며 전전긍긍했다.

"백도훈. 백도훈. 백도훈. 백도훈. 백도훈……!"

미친 사람처럼 중얼중얼하니 택시기사가 백미러를 흘끔 보며 너털웃음을 지었다.

"아가씨 윷놀이 좋아하나 봐요. 빽도, 빽도 하는 거 보니. 허허허."

"예? 아니 그게…… 윽!"

끼이이이익, 고막이 찢어질 듯한 거친 소음과 함께 차가 멈춰 섰다. 서연의 몸이 앞으로 스프링처럼 튀어나갔다가 도로 시트에 퍽 부딪혔다. 택시기사가 다급하게 브레이크를 밟았기 때문이었다.

"아…… 뒷골……."

"저 젊은 놈의 자식이 죽으려고!"

택시 기사가 골목 사이에서 갑자기 튀어나온 남자를 보며 목이 터져라 소리쳤다. 서연이 감은 눈을 힘겹게 밀어 뜨니 허리를 굽신대며 사죄하는 남자가 보였다. 그는 몇 번 꾸벅이더니 이내 가려는 듯 뒤를 돌았다.

"뭐야? 저거. 그냥 저러고 가는 거야?"

화가 난 서연이 택시 기사에게 요금을 결제하고 차에서 내렸다. 어차피 이제 걸어서 5분도 걸리지 않는 거리였기 때문이었다.

"저기요! 제대로 얼굴 보고 똑바로 사과하시죠. 골목에서 죽으려고 막 원숭이처럼 뛰어다니고……!"

서연은 움찔 뒷말을 흐렸다. 남자의 낯이 어딘가 익숙한 탓이었다. 그는 서연의 얼굴을 보자마자 눈을 동그랗게 떴다.

"어? 우리 형 여친 맞죠?"

"아…… 아! 도훈 씨 동생?"

"네, 네! 맞아요! 오랜만에 보네요! 더 예뻐지셨어요!"

"고마…… 가 아니고, 아……."

서연이 큼큼, 목을 가다듬고서 다시 제대로 다소곳이 섰다.

"그…… 골목에서 그렇게 위험하게 다니시면, 우리 동생님 다치실까 봐, 제가 걱정이 정말 됩니다. 그래서 제가 말씀드린 거니, 오해하지 마시길 바라며……."

"뭔가 말투가 좀 달라진 것 같은데……."

"전혀요. 그조차 오해이십니다."

서연이 양손을 앞에 펼쳐 보이며 결백하다는 듯 도리질했다. 도빈은 휴대전화를 한번 내려다보더니 이내 다급한 얼굴로 서연을 봤다.

"어쨌든 죄송해요, 누나! 제가 지금 좀 급해서요! 찾아야 하는 사람이 있거든요!"

"찾아야 하는 사람이요?"

"네, 이 사람!"

도빈이 휴대전화를 내밀어 사진을 보여주자 서연의 눈이 휘둥그레졌다. 조금의 연관성도 없이 뜬금없는 얼굴이 액정에 비쳤다.

"애를…… 동생님이 왜 찾아요?"

아까 택시였다고 했으니 올 때가 된 것 같은데. 톡톡, 도훈은 테이블을 검지로 가볍게 두드렸다.

"늦네……."

물론 기다리는 기분은 나쁘지 않다. 좋은지 싫은지를 따지자면 오히려 좋은 편에 속한다. 하지만 시간이 지날수록 초조해지는 것은 어쩔 수가 없다.

"긴장되게……."

도훈이 픽 웃었다. 묘한 떨림으로 인해 입술이 바짝바짝 말라가고 있었다. 도훈은 작은 리모컨을 손에 쥐고 하릴없이 무드 등을 켰다 끄기를 반복했다. 깜빡거리는 전구를 물끄러미 응시하다가 눈앞의 케이크 상자로 시선을 옮겼다. 서연이 좋아하는 MS푸드 브랜드 중 하나인 디베이커리의 크레이프 케이크. MS푸드 건물에 몸담은 사람 중 도훈의 얼굴을 모르는 사람은 없었기에 지하의 직영점에 손수 케이크를 사 온 도훈은 디베이커리의 직원들에게 경악 그 자체였을 것이다. 때문에 디베이커리는 한바탕 난리가 났었다. 불시 감사라고 오인하며 일렬로 서서 벌벌 떠는데, 정작 도훈의 입에서 뱉어진 말은 케이크를 사겠다는 깜찍한 발언이었다.

"날씨도 더워졌고…… 넣어놓는 게 낫겠지."

도훈은 자리에서 일어나 케이크를 냉장고에 넣어두고 도로 앉았다. 12시가 조금 넘은 시간. 똑딱, 똑딱, 시계 소리만 고요히 울리는 가운데 식탁 의자에 앉은 남자는 너무도 정적이다. 도훈이 보고 있는 것은 서연의 입맛에 맞추어 사 온 쌉쌀한 맛 없이 달짝지근한 스파클링 샴페인이었다. 도훈의 손이 그 유리 표면을 스치듯 쓸어내렸다.

그때, 띠리리리, 전화가 울렸다.

"너 어디……."

-도훈 씨!

도훈의 미간 사이에 작은 실금이 그려졌다. 수화기 건너편에서 엄청난 음악 소리와 함께 웬 남자들의 음성이 시끄럽게 섞여 들렸기 때문이었다. 광란의 밤을 연상시키는 불협화음에 도훈의 눈썹이 더욱 찌푸려졌다.

"……어디야? 왜 그렇게 시끄러워?"

-그, 여기가…… 그 아이틴인지 뭔지 하여간 거기인데요!

"……아이틴?"

도훈의 심장이 뚝 떨어졌다. 아이틴. 떠들어대는 잡음 속에 섞여 몇 번 들어본 적이 있는 단어이다. 손끝이 차가워지고 사고가 마비되는 것은 한순간이었다.

그것이 진영이 자주 가는 클럽의 이름이었기 때문에.

"너…… 왜 거기 가 있어."

도훈이 애써 침착하게 목소리를 냈다. 이유가 있겠지, 이유가. 속으로 되뇌며 관대한 척, 아무렇지 않은 척 흩어지는 정신을 다잡았다.

-그게요, 지금…….

-누나! 여기에요! 여기!

일순 훅 파고드는 남자의 목소리에 머리가 쿵, 한 대 맞은 듯 어지러웠다.

"옆에…… 옆에 누구야."

도훈이 눈을 꾹 감았다가 떴다.

-도빈 씨요!

"도빈 씨가 뭐 하는 놈이야."

-예? 도훈 씨 동생이요! 왜 동생 이름을 몰…….

-형! 나 지금 형수님이랑 같이 있윽…….

-이게 어디서 누나 말씀하시는데……!

도훈이 당혹스러운 얼굴을 했다. 시끄러운 음악 위를 코팅하는 것처럼 번갈아서 들려오는 서연과 남자의 목소리. 확실히 차분하게 마음을 가다듬고 목소리를 들어보니 옆의 남자는 도빈이 맞았다. 물론 그렇다고 해서 사람을 몇 시간이나 애타게 해놓고 결국 클럽에 갔다는 행동에 면죄부를 주지는 않는다.

"일단 강서연만 말해."

-그러니까. 다시 제대로 말하면요.

"설명해, 납득 가게."

-네! 그…… 도훈 씨 친구 오진영 씨인가 그분이 여진이를 수배 내려서 동생분이랑 같이 지금 데리러 가는 중인데요.

도훈의 눈썹이 구겨졌다.

"그게 뭔……."

서연과 도빈이 한자리에 있다는 것도 이상한데, 갑자기 머리채 잡힌 두 이름들은 그보다 더 연관성이 없어 보였다.

-여진이가 걱정돼서 저도 할 수 없이……. 진짜 여진이만 데리고 나올게요. 1시간, 아니 30분 안에 갔다 올게요!

"뭐?"

-알겠죠? 집에서 기다려요! 꼭!

"강서……."

뚝. 전화가 끊겼다. 도훈이 황당한 얼굴로 천천히 휴대전화를 귀에서 떼어냈다. 추가 설명을 기다렸으나 휴대전화는 무자비하게도 묵묵부답이었다. 벌어진 입술을 다물 생각도 못 하고 넋이 나간 게 약 1초. 이내 불에 덴 사람처럼 벌떡 일어나 정신없이 벗어둔 겉옷을 걸쳐 입었다. 여유라고는 눈곱만치도 찾을 수 없는 초조한 얼굴로 뛰쳐나가 택시를 잡았다.

"하……."

서연의 새 시작을 축하해주기 위해 일찍 퇴근했고, 그녀가 먹고 싶다던 케이크와 샴페인에 연한 식감의 안심 스테이크까지 준비해서 집에 도착한 게 약 7시 30분이었다. 그런데 지금 시계가 가리키고 있는 시간은 어째서인지 12시 30분.

5시간의 기다림에 바싹바싹 애가 타서 전에 사두었던 보드카를 스트레이트로 들이부었다. 정신은 멀쩡하나 음주측정에는 면허정지 수준이었기 때문에 택시는 불가피한 선택이었지만…….

"이럴 줄 알았으면 안 마시는 건데……."

느려도 너무 느리다. 답답한 마음에 또다시 서연에게 전화를 걸었다. 곧 전원이 꺼져 있다는 안내 메시지가 보란 듯이 들려온다. 도훈의 눈이 더욱 초조하게 가늘어졌다.

"우리 서연이……."

목을 옥죄는 넥타이를 다소 거칠게 풀어 내렸다.

"날 미치게 하는 데 도가 텄지."

자정이 되어서야 진영은 겨우 숨을 돌렸다. 후배 레지던트가 처음 주치의를 맡은 환자에게 발생한 위기는 결국 CPR(심폐소생술) 상황을 면치 못했고, 그 상황이 오래도록 진영의 발목을 잡은 것이었다. 진영은 다급하게 병실을 나가면서 휴대전화를 꺼내 들었다. 경황없이 여진에게 전화를 걸었으나 들려오는 것은 길고 긴 신호음뿐이었다. 곧바로 도빈에게 전화를 걸었으나 마찬가지로 받지 않는다.

"이놈은 또 왜 안 받아? 여진 씨 잡은 거야, 안 잡은 거야!"

진영이 답답해 죽겠다는 듯 얼굴을 구겼다.

"안 되겠다. 지금이라도 가봐야지."

가운을 벗어던지고 정신없이 주차장으로 뛰어 들어갔다. 지금 두 남자에게 닥친 혼돈 그 자체의 대공황 사건은, 아까 진영에게 걸려온 전화 한 통에서 발발했다.

진영은 여느 때와 다름없이 근무를 마치고 가뿐한 마음으로 여진에게 전화를 걸었다. 그런데 정작 수화기에서 들리는 것은 시끄러운 음악 소리와 만취한 듯한 여진의 고함이었다.

'어, 여진 씨? 취하셨어요?'

'내가 취하든 말든 네가 무슨 상관이야아! 오징어, 네놈도 똑같은 거 내가 모를 줄 알아아? 사내놈들이 말이야, 바람만 피울 줄 알…… 웁!'

'여진 씨! 지금 어디예요?'

'우욱……. 하…… 너 처음 만났던 곳이다, 왜…….'

그 말에 진영의 표정이 급속도로 서늘해졌다. 여진과 처음 만난 곳은 강남에서 가장 큰 규모와 인파를 자랑하는 클럽 아이틴이었으므로.

'지금…… 아이틴이시라고요?'

'됐고! 나 너한테 관심 1도 없으니까 앞으로 즈얼대 연락하지 마! 나는 지금부터 마시고 꽥 죽을 거니까, 끊어!'

전화가 뚝 끊겼다.

'여진 씨! 여진 씨!'

애처롭게 불러봤으나 소용없었다. 그래서 백 마디 말보다 직접 행동하기로 했다. 서둘러 아이틴으로 출동하기 위해 다리를 움직이는데, 멀리서 허겁지겁 뛰어나온 후배가 진영을 다급하게 잡았다.

'선생님! 선생님!'

'어, 권 선생. 왜!'

'그게…… 하아. 제 환자가 이상…… 하아. 증세를 보여서 한 번만 봐주시면……!'

물론 생명이 가장 중했으나 여진을 늑대가 득실거리는 클럽에 만취한 채로 그냥 둘 수는 없었다. 결국 병원에 발목이 잡힌 진영은 저 대신 여진을 아이틴에서 납치해 안전히 집까지 모셔다드릴 심부름꾼이 필요했고, 도빈이 바로 그 적임자였다. 전에 찍어둔 여진의 사진이 이렇게 쓰일 줄이야. 진영은 도빈에게 여진의 이름과 사진을 보내고 잡으면 제 차를 보름간 빌려주겠다며 수배를 걸었다.

"톡톡 튄다……."

진영은 엄청난 속도로 액셀을 밟아댔다.

"아주 간 떨릴 정도로."

뱉어지는 숨에 탄산 같은 웃음이 섞여 있다.

"최여진 때문에 이게 무슨 생고생이야."

서연이 이마를 짚으며 한탄했다. 난생처음 클럽이라는 장소에 온 서연은 정신이 하나도 없었다. 조금 전, 도로에서 도빈이 서연에게 여진의 사진을 보여주며 이 여자의 생포에 차 대여권이 걸렸다고 떠들어댔을 때 서연은 너무 놀라 뒷목을 잡았다. 어쩐지 아까 갑자기 클럽에 가자고 문자 올 때부터 이상하다 했더라니, 어디서 무슨 사고를 치고 다니는 건지!

서연이 도빈에게 여진의 생포에 보상을 건 사람이 누구냐고 묻자 전혀 예상치 못한 사람이 튀어나왔다.

'도훈 씨 친구요? 아……! 그 의사분!'

둘이 도대체 무슨 관계인지는 모르겠으나, 확실한 건 잘 모르는 두 남자에게 소중한 친구를 맡겨버릴 수 없다는 점이었다. 결국 여진이 걱정된 서연은 도훈과의 달달한 시간을 뒤로하고 도빈과 함께 그녀를 잡으러 클럽에 간 것이다.

"미쳤어."

그리고 지금.

"폰 전원…… 나갔어."

고물 휴대전화는 49%에서 0%가 되는 마법을 보여주며 수명을 달리했다.

"아…… 어떡하지."

클럽의 규모가 어마어마한 데다가 앞도 보이지 않아 이미 길은 잃은 것 같다. 와중에 알코올에 젖은 남자들은 여기저기서 만지려고 손을 뻗어대고, 머리가 깨질 듯이 울리는 사운드에 귀는 멍멍하고. 서연은 차마 스테이지로 내려가지는 못하고 계단에 서서 어찌할 줄 몰라 하며 서성였다.

"아, 이제 1시간 정도밖에 안 남았는데……!"

아침에 키스하고 끝이었으니 본모습을 유지할 수 있는 리미트까지 1시간 정도밖에 남지 않았다. 더욱이 지속 시간은 꽤 들쭉날쭉에 조금씩 짧아지고 있었으니, 사실상 지금은 서연의 최대 위기나 마찬가지였다.

"하……."

"누나!"

누군가 귀에다 대고 소리를 질러 화들짝 놀란 서연이 홱 옆으로 돌았다.

"아…… 동생님이구나."

"누나 이 현상수배범 누나랑 친구랬죠?"

"어? 어. 왜? 찾았어요?"

"혹시 앞에 저 사람이에요?"

도빈이 가리킨 방향으로 고개를 돌린 서연이 딱딱하게 굳었다.

"미친……."

마치 물미역이 살아 움직이는 것 같은 모습이었다. 스테이지 옆의 단상 위 봉에 대롱대롱 매달려 약이라도 한 사람처럼 흐느적거리는 여자…….

"미친, 최여진!"

만취했는지 머리는 폭탄처럼 산발이었고, 비틀거리면서도 연신 몸을 흔들어댄다. 도빈과 눈빛 교환을 마친 서연은 얼른 인파를 밀치고 튀어나가 여진의 한쪽 팔을 각각 결박하고 강제로 끌어내렸다.

"놔! 놔! 놓으라구!"

"가만히 좀 있어! 나 강서연이야!"

"뭐? 백싸가지 부인?"

"그래, 정신 좀 차려!"

"아니, 싸모님께서 누추한 곳에 어인 일로……."

"사모님 너 때문에 다 버리고 여기 왔거든?"

"형수님! 일단 이 누나 우리 테이블로 데려가요!"

"네!"

정신이 하나도 없는 가운데, 두 사람은 여진을 질질 끌어 위층까지 올라간 후 소파에 앉혔다. 서연은 여진을 반쯤 끌어안듯이 붙잡고 '정신 차려!'를 주문처럼 계속 외쳤다. 여진은 묶어놔야 하나 심각하게 고민될 만큼 난동을 피우다가 겨우 잠잠해졌다. 여진이 온순해지자 도빈은 진영을 마중 나간다며 자리를 뜨고, 여진과 서연은 단둘이 되었다. 다시 물미역으로 돌아가 소파에 늘어진 여진을 보며 서연이 폭 한숨을 쉬었다.

"하……. 야! 최여진. 대체 무슨 일이야? 여긴 혼자 온 거야?"

여진은 침묵으로 일관했다. 서연이 짧게 헛숨을 토했다. 일단 도훈에게 연락하기 위해 꺼진 제 휴대전화 대신 여진의 휴대전화를 찾아 켰다. 어두운 장내에 터진 화면의 불빛이 환하게 주변을 밝혔다.

"……하!"

그 빛이 여진에게도 닿자 서연의 얼굴이 창백해졌다.

"너 이 상처 뭐야……!"

"……."

"누구야! 누가 때렸어!"

"……으."

서연이 소파에 파묻혀 있는 여진의 어깨를 잡아 올렸다.

"일단 주스라도 마시고 술 좀 깨."

잔에 주스만 따라 입가에 가져다 대자 립스틱이 한껏 번진 입술이 주스에 푹 담가졌다. 곧 촉촉하게 젖은 채로 하릴없이 떨어져 느릿하게 움직였다.

"……계형철……을 만났어……."

"……그 자식을?"

"응……. 열 받아서 확 들이받았는데…… 결국 경찰서까지 갔다 왔어……."

여진은 코맹맹이 소리로 더듬더듬 말을 이었다.

"나한테 청첩장 보내면서…… 지 결혼식 오라구……. 막, 막, 와서 태희인지 뭔지 하는 바람난 년한테 해명하라고……."

횡설수설이었으나 찰떡같이 알아들은 서연의 눈매가 급속도로 싸늘해졌다. 쾅, 테이블을 한 번 내려친 서연이 자리에서 반쯤 일어났다.

"미친 새끼. 지금 당장 죽이러 가자. 야, 일어나."

"안 돼!"

여진이 홱 끌어당기자 서연의 엉덩이가 도로 소파에 눌렸다.

"그게 더 쪽팔려. 그게 더 쪽팔린다고……. 내 성격 몰라? 깔 작정이면 이미 깠어……."

"……하."

서연이 땅이 꺼져라 한숨을 게워냈다. 계형철, 그 이름만 들어도 서연은 피가 거꾸로 솟았다. 여진과 한창 사귈 당시에도 계형철이 아닌 개형철로 개명을 해야 한다고 입 아프게 떠들어댈 만큼 그를 아니꼽게 보던 서연이었다. 속이 답답해져 손도 대지 않고 있던 보드카를 여진이 마시던 주스에 섞어 꿀꺽꿀꺽 단번에 마셨다. 그러자 밀려오는 알싸한 알코올의 향내와 함께 문득 드는 의문에 서연이 여진에게로 휙 고개를 돌렸다.

"너 근데 그 오진영 씨, 그분이랑은 무슨 관계야?"

"오진영? 그냥 클럽에서 만난……."

"클럽에서? 뭐, 둘이 썸 타?"

"썸은 무슨 개뿔……. 어? 잠깐, 네가 오진영을 어떻게 알아?"

몽롱하던 여진이 퍼뜩 정신을 차렸다.

"오진영 씨가 너 잡으라고 수배 내렸대."

"……뭐? 뭔 배……? 수, 수배……?"

이건 또 뭔 헛소리야! 여진의 찢어진 눈이 튀어나올 만큼 커졌다.

"내가 무슨 범죄자야? 아니, 누구한테?"

"아까 나랑 같이 너 여기 데려온 남자애한테."

여진은 비몽사몽한 취중에도 이 상황이 이상해도 단단히 이상하다는 것을 직감했다. 순식간에 온몸의 피가 빠르게 역류하듯 돌기 시작했다.

"잠깐…… 아까 그 남자 누구야……? 아니, 생각해보니까 네가 왜 여기 있지?"

"아까 그 남자는 도훈 씨 동생이고, 난 그분이 너 찾는다고 해서 걱정돼서 온 거고."

그 순간 술기운이 와다다 달아났다. 맨 정신으로 고무줄처럼 돌아오는 것은 물론, 일순 가슴에 빙하기가 찾아왔다. 서늘해진 얼굴로 제 귀가 잘못됐기를 바라며 다시 한번 되물었다.

"누…… 누구 동생……?"

"여진 씨!"

그리고 클럽 사운드를 다 뚫을 정도로 쩌렁쩌렁한 목소리에 여진과 서연의 고개가 동시에 돌아갔다. 달려왔는지 거친 숨을 헉헉 몰아쉬고 있는 사람은 다름 아닌 진영이었다. 놀란 여진의 동공이 흔들렸다. 진영은 여진의 안위를 확인하려는 듯 득달같이 달라붙어 그녀를 이리저리 살폈다. 무사한 것을 확인하고 나서야 겨우 숨을 돌렸다.

"어? 제수씨……?"

아까부터 있었으나 이제야 서연을 발견한 듯 묻는다. 왜 여기에 있냐는 듯 물음표가 한가득 담긴 진영의 눈을 보며 서연이 뭐라고 말하려는 찰나, 고통에 쩌든 도빈의 비명이 울렸다. 그 발원지로 모두의 시선이 몰려 붙었다. 도빈의 멱살을 잡고 질질 끌며 테이블로 다가오는 남자는 다름 아닌…….

"아, 형!"

"도훈 씨!"

"이사님?"

"도훈아!"

각기 다른 호칭이 한 남자를 과녁 삼아 일제히 쏘아졌다. 서로의 호명에 화들짝 놀란 모두가 휘둥그레진 눈으로 서로를 멀뚱히 쳐다보았다.

"……."

"……."

정적.

조금의 시간이 흘렀다. 다섯 남녀는 테이블에 모여 앉아 차례로 입을 놀렸다. 혈기 왕성한 남녀들의 환호성과 요란한 사운드 속에 섞여 각자의 입장 표명이 두서없이 이어졌다. 기묘하게 흘러가는 분위기 속에 서연은 혼이 반쯤 나가버렸다.

"……와 진짜. 어쩌면 얽혀도 이렇게……."

더럽게 복잡하게 얽히냐. 서연이 뒷말을 삼켰다.

가장 충격 받은 사람은 다름 아닌 여진이었다. 오징어가 백싸가지의 친구? 친구? 치인구우? 믿기 싫은 현실에 언제 취했냐는 듯 정신이 말똥말똥해졌다.

"우리 여진 씨가 도훈이 비서셨구나, 하하하. 진짜 신기하네요! 전 이 친구랑은 고등학교 때부터 친하게 지냈습니다. 하하."

진영이 어색하게 웃으며 넋이 나간 여진을 흘끔 바라보았으나, 여진은 더욱 사색이 되어갔다.

"그리고 제수씨께서 여진 씨랑 친구셨구나. 하하."

"예. 뭐."

"아하하, 세상 참 좁네요. 어떻게 관계가 이렇게 얽히고설키고, 무슨 이런 우연이. 하하."

이상한 분위기를 타파해보려고 너털웃음을 지었으나 분위기는 점점 더 기묘하게 돌아가고 있었다. 보다 못한 도훈이 테이블 아래에서 몰래 더듬던 서연의 손을 놓아주고서 교통정리에 나섰다.

"됐고, 정리하면."

도훈이 눈동자만 굴려 진영을 쳐다보았다.

"네가 계속 노래 부르던 데스티니인지 뭔지가 최 비서였고."

"야, 그걸 어떻게 그렇게 노골적으……."

도훈이 진영의 입을 손으로 꾹 틀어막았다.

"클럽 온 최 비서 잡으라고 내 동생한테 시켰고."

"형! 나 약속대로 차 꼭 빌려줘야 한듭……."

도훈이 앞에 있던 과일 안주 중 커다란 포도 알을 집어던져 도빈의 입에 명중시켰다.

"잡으러 가다 저 자식이랑 서연이가 만났는데, 서연이는 수배당한 최 비서가 걱정돼서 왔고."

"그렇죠! 범죄자도 아니고 갑자기 수배는 무승……."

도훈이 귤을 집어 서연의 입술 사이로 쏙 넣어주었다.

"난 내 여자 잡으러 왔다, 이거네."

그는 냠냠 귤을 오물거리는 서연의 볼을 톡톡 치며 덤덤하게 말했다. 유일하게 한마디도 안 한 여진은 두려움에 파들파들 떨며 흘끔흘끔 눈치만 살살 살폈다. 어찌 됐든 이 뜬금없는 다섯 명 집결 사건의 원흉은 저 자신인 듯 보였기 때문이었다. 게다가 당장 몇 시간 후 회사도 가야 하는 새벽에 클럽에 있었으니, 또 저 인간이 얼마나 자신을 잡아 죽이려고 들까 걱정되어 눈앞이 깜깜했다. 그러든지 말든지, 도훈은 대수롭지도 않다는 듯 교통정리를 이어갔다.

"그럼 답 나왔네. 나와 서연이는 집에 갈 거니까 너희들은 알아서 지지고 볶고 쇼하든 맘대로 해."

"안 돼요! 제가 저 두 남자를 어떻게 믿고 여진이를 맡겨요!"

서연이 귤을 꿀꺽 삼키고 소리치자 진영이 억울하다는 듯 그녀에게 물었다.

"아, 제수씨! 제가 그렇게 나쁜 놈으로 보이십니까?"

"네. 완전!"

"……."

한 치의 고민도 없이 내놓은 솔직한 답에 진영이 할 말을 잃었다. 저 말 많은 입을 단번에 꿰맨 서연을 한 번 내려다본 도훈은 이내 피로감이 몰려왔다. 마음 같아서는 교통정리고 뭐고 이대로 강서연만 둘둘 보쌈해서 집으로 업어 가고 싶었다.

"그래…… 알겠어, 그럼 이렇게 하자."

서연과 얼른 단둘이 되고 싶었던 도훈은 빠르게 머리를 굴려 해결책을 내놓았다.

"야, 너."

"나?"

"최 비서 털끝이라도 건들면 내가 너 죽여."

살벌한 경고에 움찔한 진영이 얼떨떨하게 고개를 끄덕였다.

"그리고 최 비서."

겁먹은 여진이 퍼드득 어깨를 움츠렸다.

"이따 지각하면 재미없을 줄 알아."

싸아, 달걀귀신처럼 얼굴이 퍼렇게 뜬 여진은 목이 떨어져라 연신 고개를 끄덕였다. 도훈이 서연의 어깨를 두어 번 토닥였다.

"됐지. 가자, 이제."

서연은 말 몇 마디로 상황을 종료시킨 도훈의 입이 떡 벌어졌다. 도훈은 뭐가 그렇게 급한지 바로 자리를 털고 일어났다. 성큼성큼 앞장서는 그를 따라 서연도 얼른 일어나 허겁지겁 다리를 움직였다. 걸어가는 도훈의 등을 필사적으로 쫓아가다가 밀려오는 인파에 순간 삐끗해서 넘어질 뻔했다.

"아!"

비틀거리는데 갑자기 웬 퉁퉁한 팔이 서연의 허리를 감싸 끌어당겼다.

"안녕? 너 진짜 예쁘다. 몇 살?"

"뭔데 허리를……! 미쳤어요? 이거 놔요!"

서연이 빠져나가려고 발버둥 쳤으나 벽돌처럼 두툼한 팔은 보란 듯이 그녀의 허리를 탐욕적으로 문질렀다.

"너 촉감 좋다? 오빠가 재미있게 해줄 테니까 오빠한테 넘어올래?"

남자의 말에 온몸에 소름이 오소소 돋아난 서연이 차갑게 정색했다.

"이 변태 자식 놓으라…… 꺅!"

서연은 뒷말을 이을 수 없었다. 눈앞의 시야가 확 뒤집혀 흔들리더니 이내 두 발이 공중에 대롱대롱 매달려 있었다. 그녀에게로 다가온 도훈이 서연을 번쩍 들어 그대로 확 어깨에 들쳐 맸기 때문이었다. 그 광경을 지켜보며 여진과 진영, 도빈이 경악했다. 너무 놀라 다들 어버버 하는 사이, 가장 당황한 사람은 다름 아닌 서연이었다.

"내려놔요! 빨리……!"

"쉿."

도훈이 서연 쪽으로 입술을 돌리고 소곤거렸다. 얼굴색 하나 변하지 않고 서연을 한 손으로 번쩍 안아 올린 도훈을 보며 남자의 표정이 파리해졌다. 이건 미친놈이다.

"야."

도훈이 발로 남자의 신발을 툭 쳤다.

"신경 긁지 말고 꺼져."

썹듯이 발음하는 입 위에 오싹할 정도로 시커먼 눈이 유달리 하얀 피부와 대조되어 마치 이 세상 사람이 아닌 것 같은 착각이 일었다. 남자는 온몸에 있는 수분이 빠져나가는 기분이었다. 겁먹은 남자가 비굴하게 눈을 내리깔고 슬슬 백스텝을 밟다가 허둥지둥 도망갔다.

"강서연."

"어어……?"

"앞으로 누가 널 만지면 팔을 부러뜨려버려."

책임은 내가 질 테니까, 도훈이 흉흉한 기세로 덧붙였다. 정작 그렇게 말하는 도훈의 커다란 손은 서연의 허벅지 위를 꾸욱 누르고 있었다. 그 색정적인 손길에 얼굴이 화끈 달아올랐다.

"당신이야말로 밖에서 어딜 만져요! 부러뜨리겠다!"

"너 치마잖아."

"아, 그랬지……가 아니라 그럼 내려놓으면 되잖아요!"

하마터면 속을 뻔했다. 서연은 빨개진 얼굴로 열심히 버둥거리며 내려달라고 시위했다. 그런 몸을 잠재울 작정인 듯 허벅지를 누르던 손이 살짝 떼어졌다.

"거참 말 많네."

도훈이 서연의 작은 엉덩이를 톡 쳤다.

"원래 예쁘면 말이 많나."

그 손이 도로 내려가 치맛단을 꾹 눌러 덮기까지 1초도 걸리지 않았다. 그러나 그 섬광 같은 시간은 목격자로 하여금 엄청난 파장을 몰고 왔다. 경악한 진영과 여진, 도빈은 입을 떡 벌리고 제 눈을 믿을 수 없다는 듯 꿈쩍꿈쩍했다.

"아악! 이게 뭐야! 쪽팔려! 아악!"

뒤늦게 비명을 꽥꽥 지르는 서연을 업은 채 유유히 멀어지는 도훈을 여진과 진영은 넋을 놓고 응시했다. 태연하게 벌어진 낯부끄러운 스킨십에, 진영과 여진은 저들이 더 민망해져 얼굴이 화끈거릴 지경이었다. 열심히 손부채질을 하던 두 사람은 이내 물 흐르듯 고개를 돌려 서로 눈을 마주했다.

"……."

"……."

서로의 눈에 담긴 생각은 두 사람 다 같았다.

아, 백도훈이 돌았구나.

흐릿한 가로등이 어렴풋이 켜진 한적한 공원 벤치. 여진은 진영이 둘러준 윗옷을 걸치고 앉아 바닥의 자갈을 발로 굴렸다. 윤기 흐르던 여진의 단발머리는 엉망진창으로 헝클어졌고, 붉은 립스틱은 심하게 번져 있었다. 여진은 찬 공기를 마시자 뒤늦게 밀려오는 부끄러움에 도저히 눈을 뜰 수조차 없어 그저 숨만 꼴딱꼴딱 쉬었다.

"이거 마셔요."

여진이 느릿하게 고개를 밀어 올렸다. 한 손에 숙취해소 음료를 든 채 활짝 웃고 있는 진영의 얼굴을 마주하는 게 어쩐지 힘들었다. 그의 손에서 캔을 휙 낚아채 손안에서 만지작거렸다. 흘끔 진영을 곁눈질하니 처음 만났을 때 그가 꼈던 동그란 무테안경이 반짝 투명하게 빛난다. 턱을 보니 수염 자국이 거뭇하게 남아 있다. 근 며칠 병원에서 고생했는지 얼굴빛이 까칠하다. 그 시선이 나무라는 것처럼 느껴졌는지 진영이 뒷머리를 긁었다.

"아, 미안해요. 원래 오늘 여진 씨 만날 예정이 아니어서 제가 이런 옷차림을……."

"됐어요. 괜찮으니까 앉아요."

우물쭈물하던 그가 한 뼘 정도 떨어져 앉는 것을 느끼며 서연은 한숨을 내쉬었다. 처음 만났을 때 아무 생각 없이 안경과 수염 자국이 싫다고 한마디 했을 뿐인데, 그다음 만남에 감쪽같이 고치고 나타난 것을 떠올렸다. 그 이후로도 그는 계속 고친 상태를 유지했기 때문에, 지금 저 모습은 굉장히 오랜만이었다. 보통 가볍게 여기는 여자에게 저렇게까지 공을 들여 행동하지는 않을 것이다.

"오늘 그쪽…… 괜한 일 했어요."

"하하, 저도 설마 이렇게 큰일이 될 줄은, 면목 없습니다. 그래도 걱정이 돼서 참을 수가 있어야죠."

여진의 눈가가 움찔 동요했다.

"여진 씨한테는 죄송하지만 사실 후회는 안 합니다."

머릿속이 멍해지는 것은 한순간이었다. 사라지는 취기와 함께 피의 흐름이 느려지는 기분이 찾아왔다.

"뭔가 일이 있었던 거죠? 제가 힘닿는 한 도와드리고 싶어요, 여진 씨."

차분하게 흘러가는 그의 음성에 여진도 덩달아 차분해지고 있었다. 후우, 그녀가 말없이 헝클어진 머리를 한 손으로 쓸어 올렸다.

"말해주세요. 누가 여진 씨를 이렇게 만든 건지. 무슨 일이 있었던 건지."

진영의 말에 여진의 가슴이 멀미라도 하는 양 울렁였다. 저도 모르게 끔찍한 과거를 되새긴 탓이었다. 형철에게 맞아 피멍이 든 부위가 이전보다 더욱 따끔거렸다.

"……만약에요."

아직 취기가 완전히 가시지 않은 탓일까. 여진은 자신이 느낀 비참함을 다 털어놓고 싶은 마음에 입술을 오물거렸다.

"오진영 씨라면……."

왜 그에게 이런 말을 하고 있는지는 잘 모르겠지만.

"본인을 비참하게 만들었던 전 애인이…… 자기 결혼식에 오라고 하면……."

자꾸만 움직이는 입술을 멈출 수가 없다.

"갈 거예요?"

"……."

"안 가면 도망치는 것 같아서 쪽팔리고, 가면 쿨한 척하는 것 같아서 쪽팔리고……."

취한 탓이다. 취한 탓.

진영은 말없이 여진에게 시선을 내렸다. 여진이 살짝 고개를 들어 진영과 눈을 마주쳤다. 진영의 고동색 눈동자에 박힌 제 한심한 몰골을 보자 느슨해졌던 이성이 빠른 속도로 제자리를 되찾았다.

"미쳤나 봐, 별소리를 다 하네. 취소, 못 들은 거로 해요."

여진이 냉랭한 목소리로 말했다. 이내 도로 도도하게 머리를 귓가에 꽂고 고개를 바짝 쳐들었다. 진영이 아무 말도 하지 않자 잠깐의 침묵이 두 사람 사이의 공백을 메꾸었다. 이윽고 진영은 주머니에서 무언가를 꺼냈다. 그의 커다란 손이 여진의 매끈한 볼에 소리 없이 내려앉았다.

"……뭐, 뭐예요?"

갑작스럽게 불쑥 덮쳐온 그의 체온에 여진의 목덜미가 빳빳하게 굳었다.

"여기 보세요."

여진의 눈꺼풀이 미세하게 떨렸다. 저도 모르게 움찔 숨을 멈췄다. 진영의 얼굴이 코앞으로 다가오자 희미한 담배 냄새와 함께 화한 숨결이 여진을 은밀하게 옭아맸다. 언제나 헤헤거리는 진영의 웃지 않는 얼굴은 어딘가 이상했다.

저도 모르게 긴장할 만큼, 이상한…… 얼굴. 넋을 놓고 그의 눈동자를 바라보고 있는데, 진영이 여진의 뽀얀 볼 위의 붉은 생채기에 반창고를 매끄럽게 붙였다. 심장이 예고 없이 쿵 울려 여진의 머리가 휘청였다.

"예쁜 얼굴에 흉 지면 큰일 나요."

처음으로 진영의 목소리에 가슴이 떨렸다. 더욱 불어난 긴장으로 온몸이 딱딱하게 굳는 현상은 예사 것이 아니었다.

"물론 그래도 예쁘지만? 하하하."

계속 진지하게 다물어져 있던 진영의 입꼬리가 언제나처럼 말려 올라갔다. 그 웃음에 여진의 가슴은 도로 안정을 되찾았다. 이래서 노상 웃는 사람이 정색하면 무섭다니까. 여진은 삐딱한 시선으로 그를 올려다보았다.

그리고 또다시 웃음기가 잦아드는 진영의 얼굴. 작게 벌어지는 그의 웃지 않는 입술.

"그 결혼식⋯⋯."

웃지 않는 진영의 눈빛은 여진 안의 삐딱한 각도를 바로 세운다.

"제가 같이 가드리면 어때요?"

올곧은 눈이 정면으로 맞부딪혀 온다.

12. 사랑의 열락

한편 클럽을 나선 서연과 도훈은 택시를 타고 집으로 향했다. 일단 리미트가 코앞이었으니 키스 한번 가볍게 한 후 서연은 불평불만을 쏟아내었다. 가는 내내 투덜거렸으나 집으로 들어가자마자 쫑알대던 서연의 입술은 꾹 다물어질 수밖에 없었다. 식탁 위에 올라와 있는 샴페인이 서연의 시선을 끌었기 때문이었다. 제 첫 출근을 축하해주기 위해 몰래 준비한 것들일까? 서연은 뼛속 깊이 미안함을 느꼈다.

"나를 위해서 이런 것들도 준비해줬는데……."

어쩔 수 없었다고는 해도 그를 몇 시간이나 기다리게 했다는 점과 지금이 새벽 2시라는 사실은 달라지지 않는다.

"……미안해요."

둘만의 달콤한 밤은 사실상 서연이 홀라당 날려버린 것이나 마찬가지였다. 서연이 울상을 지으며 도훈의 옷자락을 꼬옥 움켜쥐었다.

"내가 너무 제멋대로였다……. 그렇죠?"

도훈이 픽 웃음을 터뜨렸다.

"저녁 먹고 온 건 업무의 연장, 방금은 최 비서가 걱정돼서 달려간 거잖아."

도훈이 겉옷을 벗어 소파에 걸쳐두었다.

"내 애인은 능력도 있고, 의리도 있고. 되게 멋진 여자거든."

아까의 조급함은 어느새 사라지고, 그는 천천히 느긋하게 움직여 소파에 앉았다.

"그런 네가 좋아."

웃느라 길어진 입술 사이로, 붉은 혀를 나긋하게 굴려 그가 흘려보내는…….

"하지만 별개로 혼은 나야겠지."

불순한 발음.

숨이 턱턱 막히게, 관능적인. 서연이 마른침을 꼴깍 삼켰다.

"……오케이."

"오케이?"

"그럼 내가 일일 백도훈 시중해줄게요. 뭐든 다, 부탁만 해요."

"뭐든?"

"하라는 거 다 할게요. 막 종처럼 부려 먹어도 상관없구요. 대신 해 뜨기 전까지만."

서연이 도훈을 비스듬히 응시하며 입술을 일기죽거렸다.

"내가 시키는 거 척척 잘해요. 시중해주는 사람 들였다고 생각하고 편하게 부탁해 봐요. 빼는 거 없이 해달라는 거 다 해줄게요."

도훈은 서연의 먹음직스러운 입술을 뚫어져라 주시하며 낮게 웃었다.

"그럼 우리 얘기할까."

도훈이 굵직한 다리를 느슨하게 벌렸다.

"앉아."

톡톡, 제 다리 사이 소파를 두 번 치며 속삭였다. 정확히 서연의 골반 크기만큼 벌리고 손으로 가리키기까지 하자 서연은 얼굴이 붉어졌다.

"거길 어떻게 앉아요?"

"다 한다며."

움찔.

"이리 와, 서연아."

도훈이 서늘하게 눈웃음 지었다.

"또 무슨 꿍꿍이인지. 하여간 속을 모르겠다니까."

이럴 줄 알았으면 그런 말은 하지 않는 건데. 서연이 투덜거리다가 쭈뼛쭈뼛 다가갔다. 사정거리 안으로 목표물이 진입하자 굶주린 포식자는 그 틈새를 놓치지 않았다. 도훈이 순식간에 서연의 팔을 빠르게 낚아채 훅 품으로 끌어당겼다.

"앗!"

잘록한 허리를 잡은 커다란 손은 늘씬한 몸을 손쉽게 뒤집었다. 서연의 작은 엉덩이가 도훈의 허벅지 사이 푹신한 쿠션 위로 꾹 눌렸다. 놀란 서연이 몸을 일으키려고 하자, 뒤에서 뻗어진 단단한 팔이 서연을 끌어안았다. 양팔로 서연을 꽁꽁 가둔 도훈은 무릎을 굽혀 길쭉한 다리로도 서연을 꼭 옭아매었다. 가느다란 체구는 도훈의 거대한 몸에 딱 알맞게 안겨 들어왔다. 서연은 제 등 뒤에 딱 달라붙은 도훈의 가슴이 크게 부풀어 오르는 것을 느꼈다. 그 뜨거운 온기에 심장이 터질 것처럼 두근거렸다.

"어때. 안락하지?"

도훈이 나직하게 웃으며 물었다.

"침대 대용으로는 어때."

"으…… 일단 침대 하기에는 너무 딱딱하고요. 너무 근육이 막, 계속 살아 움직이고요. 숨소리도 너무 가까이서 들려서 신경 쓰이고요."

솔직한 대답에 도훈이 크게 웃음 터뜨렸다.

"무엇보다 너무 긴장돼서 속이 울렁거릴 지경이에요. 침대로는 절대 못 쓰겠다."

그 대답에 만족한다는 듯 도훈의 입술이 서연의 뒷머리 위를 쪽, 부드럽게 눌렀다.

"내가 널 기다리는 동안, 계속 그런 기분이었어."

서연의 윗배를 감싸 제 쪽으로 잡아당기던 도훈이 이내 살짝 팔을 풀었다. 납작한 배 위를 어루만지던 커다란 손은 조금 올라가 서연의 갈비뼈 위를 천천히 쓰다듬었다. 쿵쿵, 서연은 제 심장 소리 때문에 머리가 어지러웠다.

"오늘 술 많이 마셨어?"

더욱 뜨겁게 제 몸과 밀착해오며, 후우, 귓가에 바람을 불어넣는다.

"으, 술 냄새. 술 마신 건 도훈 씨 같은데."

"너 기다릴 때 긴장돼서 좀 마시긴 했지."

"왜 긴장을 해요?"

"나라고 긴장을 안 해⋯⋯?"

"맨날 잘난 척하기에 안 하는 줄 알았지."

서연이 입술을 쌜룩거리다가 아! 하고 정정했다.

"아니다, 잘난 척하는 게 아니라 진짜 잘난 거지."

배시시 웃으며 고개를 틀었는데, 생각보다 도훈의 얼굴이 너무 가까워서 여린 심장이 딱딱하게 굳었다. 경고 없이 마주 얽히는 시선. 짙은 눈으로 서연의 얼굴을 끈적하게 훑어 내리는 탐욕과 욕망이 어린 불꽃같은 행위. 계속 저런 눈으로 저를 보고 있었다고 생각하자 서연은 정신이 끊어질 것만 같았다.

"⋯⋯강서연."

쿵, 쿵. 도훈은 내려치는 제 심장 소리에 귀가 먹어버릴 것만 같았다. 저를 올려다보는 커다랗고 촉촉한 눈, 도톰하고 작은 입술. 그리고 핏줄이 비칠 만큼 새하얀 목덜미와 그 아래 살짝 벌어진 블라우스 앞섶 사이로 비치는 먹음직스러워 보이는 속살이 도훈의 이성을 뚝뚝 잠식해버리고 있었다.

"넌⋯⋯."

억눌러왔던 야성을 꺼내는.

"사랑이 뭐라고 생각해."

"……마음이 가는 거?"

"마음이 간다?"

"응. 존재만으로도 의지가 되고요. 안 먹어도 먹은 것처럼 배부르고, 봐도 또 보고 싶고, 만지고 있어도 또 만지고 싶고. 조금이라도 더 닿고 싶고. 막 어질어질 미칠 것 같은 거요."

"추상적이네."

"그럼 사랑이 추상적이지, 구체적인가? 실체가 있지도 않잖아요. 만져지지도 않고."

아, 서연이 불현듯 느껴지는 서늘한 감촉에 움찔 떨었다. 고개를 내리니 제 블라우스 단추 틈으로 길쭉한 손가락 하나가 침입해 맨살을 더듬고 있었다. 너무 놀라 입술을 벙긋거리고 있는데, 이내 침입한 손가락이 두 개로 늘어났다. 서연이 침을 꿀꺽 삼켰다.

"내 사랑은, 만져지는 것 같아."

도훈이 장난스럽게 웃으며 서연의 볼에 제 입술을 뜨겁게 비볐다.

"갖고 싶어……."

불길을 만들어 내는 마찰에 서연의 볼이 화끈한 열감으로 화르륵 달아올랐다. 서연의 블라우스 틈으로 치고 들어간 손가락 두 개가 자연스레 움직이며 단추 하나를 풀었다. 툭. 도훈의 손이 벌어진 블라우스 틈으로 흘러 들어가 서연의 봉긋한 가슴을 부드럽게 그러쥐었다.

"……으응."

아찔한 자극에 서연이 신음을 흘렸다. 얇은 브래지어 위에 올라와 있는 그의 손에 허리가 절로 움직였다. 그녀의 예민한 반응에 도훈의 입꼬리가 더욱 상승했다.

"마사지해줄까."

서연이 흠칫했다.

"오랜만에 첫 출근하느라 피곤했을 텐데."

"……네. 되게 피곤했어요. 그러니까 이렇게 이상한 방식으로 애태우는 거, 으, 하지 말라구요."

도훈이 소리 내서 웃었다.

"그보다, 지금 몇 시인 줄 알아?"

서연이 벽면에 붙은 시계를 흐릿한 눈으로 응시했다.

"2시, 12분……."

도훈의 서늘한 손이 천천히 서연의 다리를 타고 스치듯 미끄러졌다.

"그래."

말랑말랑한 서연의 허벅지가 부드럽게 주무르는 손길 아래 바르르 경련을 일으켰다.

"오늘 협업하는 기업과 첫 미팅이 있다고 했지."

"……네, 맞아요."

"PT 성공적으로 마치려면 목이 쉬어서는 안 될 거고, 첫인상부터 잠을 못 자서 축 늘어진 얼굴을 해서도 안 될 거고."

"그, 그렇죠."

도훈의 열띤 입술이 서연의 가느다란 목덜미를 푹 눌렀다.

"나는 있잖아, 서연아."

그대로 서연의 목덜미를 핥으며 부드럽게 미끄러져 내려갔다.

"한 번으로 못 끝내."

그의 퇴폐적인 음성이 서연의 이성을 새하얗게 지워버렸다. 심장이 쿵쾅쿵쾅 역병이라도 걸린 듯 날뛰기 시작했다. 무슨 뜻인지는 충분히 해독 가능했다. 서연을 처음 안는 날엔 잠 한숨 재울 생각 없다는 뜻이었다. 여린 몸이 노곤해지고 나달거릴 때까지 안고 또 안을 것이라는 뜻이었다. 한번 시작하면 욕망을 제어하지 않겠다는 뜻이었다.

"지금은 마사지도 해줄 수 있고, 씻겨줄 수 있고, 재워줄 수도 있고……

예뻐해줄 수도 있지."

"무, 무슨 말을……."

"내가 다 잘해. 능력이 쓸 만해서 이용하기 딱 좋지."

"아, 알겠어요. 그럼 일단 이것 좀 풀고 얘기해요. 간지러워요!"

"옷도 잘 벗기고."

"……네?"

말릴 틈도 없이 도훈은 서연의 블라우스 윗 단추를 한 개 더 풀어버리고 서 네크라인을 잡아 쭉 당겼다.

"으악!"

새하얗고 둥근 어깨가 완전히 드러났다. 서늘한 손이 목덜미부터 어깨까지 부드럽게 한번 쓸어내리자 서연의 눈이 휘둥그레졌다. 도훈은 이글이글 타는 듯한 눈빛으로 그 아름다운 살결 위를 뚫어져라 응시했다. 입 속의 혀가 가만히 있지 못할 만큼 극심한 갈증을 느꼈다. 도훈은 조금의 망설임도 없이 그 눈밭 같은 곳에 바로 입술을 갖다 댔다.

"아……!"

뽀얀 어깨가 살짝 물렸다. 살갗을 꾹 누르며 파고드는 그의 앞니에 서연의 입술에서 야한 소리가 터져 나왔다. 곧 강렬한 흡입이 뒤를 이었다. 간질간질한 쾌락에 술에 취한 듯 정신이 몽롱해졌다.

"뭐, 뭐예요? 뭐 했어요?"

"애인 있다고, 영역표시."

서연이 마른침을 꿀꺽 삼켰다.

"첫 미팅 부담 갖지 말고 잘하고 와. 기다리고 있을게."

"으응…… 꺄악!"

도훈이 또다시 서연을 번쩍 안아 들었다. 놀란 서연이 도훈의 굵직한 목덜미를 확 끌어안았다. 도훈이 서연을 고쳐 안자 늘씬한 두 다리가 그의 허리에 찰싹 감겼다. 그의 목에 감긴 가느다란 두 팔이 넝쿨처럼 목덜미를 조여오자 도훈은 넘실거리는 흥분으로 머리가 어지러웠다. 그가 그녀를 한 손으로 받쳐 들고 작은 입술에 제 입술을 뜨겁게 포갰다. 정신없이 비벼지는 입술과 마찰되는 살결에 온 신경이 춤추듯 너울거렸다. 이내 서로를 탐하는 입술 사이로 뜨거운 숨결과 타액이 밀물과 썰물처럼 오고 갔다. 격렬하게 키스를 나누며 침실로 향하는 동안 몇 번이고 가구와 벽에 부딪혔지만, 그 소리와 아픔은 품 안의 사랑스러운 여자 앞에 새하얗게 지워졌다. 도훈은 그대로 서연을 그녀의 침대에 부드럽게 눕히고 눈을 내리깔았다.

"오빠……."

서연이 입술을 동그랗게 말고 속삭였다. 윤기 나는 머리카락이 아름답게 솟은 서연의 가슴 위로 흘러내렸다. 침대에 나른하게 누워 반쯤 풀린 그녀의 눈을 마주한 순간, 도훈의 입에서 짧은 탄식이 흘렀다.

"……서연아."

쪽, 도훈이 입술이 서연의 입술 위에 첫눈처럼 내려앉았다.

"널 사랑해……."

서연의 동공이 뒤흔들렸다. 그의 입술을 타고 흐른 처음 듣는 사랑 고백. 단순히 가볍게 입으로 남발하는 감정이 아닌 진심으로 한껏 젖은 진지하고 솔직한 토로. 도훈의 불길처럼 타오르는 눈동자에 서연의 심장이 뜨겁게 달구어졌다. 가슴에서 아지랑이가 피어올랐다.

"나도……."

마음이 온전히 서로를 향하며 통하는 순간.

"사랑해요……."

다시 깊게 맞물린 두 입술 사이로 촉촉하고 뜨거운 감정이 격렬하게 섞였다.

도훈의 입술에서 보드라운 촉감이 떨어졌다. 꽃향기가 나는 달콤한 입술은 점점 멀어지더니 이내 멈추어 섰다. 다만 어쩐지 혀끝에 남아 느껴지는 끝 맛이 쇠처럼 비릿했다. 두 눈에 힘을 주니 어김없이 기생으로 추정되는 복색을 한 서연의 모습이 도훈의 눈에 한가득 담겼다.

"……나리."

이제 이 알 수 없는 꿈을 꾼 횟수도 벌써 다섯 손가락을 다 채우고도 남는다. 이 꿈의 정체는 여전히 밝혀지지 않았지만, 반복되는 꿈에 어느 정도 적응해버린 도훈은 이제 꽤 자연스럽게 이 영상과 소리를 받아들일 수 있게 되었다.

"……과하셨습니다."

서연이 조그마한 입술을 잘게 움직였다. 도톰한 입술이 유달리 평소보다 붉은가 싶었는데, 자세히 보니 연약한 피부가 터져 피가 고여 있었다. 도훈이 미간을 구겼다. 저도 모르게 홀린 듯 손을 들어 서연의 입술에 가져다 댔다. 그러나 서연은 닿지 않으려는 듯, 한 보 뒤로 물러났다.

"천한 계집이 감히 하늘 높은 줄을 모르고 나리의 배필이 되고자 하였는데, 뺨따귀 한쪽이면 오히려 감지덕지가 아닙니까."

"……."

도훈은 서연의 모습을 샅샅이 살펴보고, 그녀의 말을 낱낱이 기억하려고 노력했다.

"나리."

이렇게 적응과 함께 도훈이 학습한 것은,

"저를 놓아주십시오."

몇 가지의 단서.

"태생이 고와 때 묻지 않은 귀한 여인을 배필로 삼으시고, 이년은 첩실로 거두어 간간이 살펴주시겠다 약조하여 주시옵소서."

서연이 커다란 눈을 일그러뜨렸다. 그 아래 투명한 물방울이 서서히 고이더니 뽀얀 볼 위로 처량하게 흘러내렸다.

"그리하여 주시면 기적에서 이름을 빼고 나리의 여인으로서 평생을 살아갈 것이고."

곧 눈물 맺힌 서연의 말간 얼굴이 표독스럽게 어그러졌다.

"그리하지 않으시면 이년, 나리의 눈이 닿지 않는 곳으로 천하에서 영영 숨어버릴 것이옵니다."

세상 그 무엇보다 재앙 같은 경고였다. 현실이 아님을 알면서도 도훈은 심장이 부서져 내리는 듯한 착각에 머리가 깨질 듯 아파 왔다. 저도 모르게 눈에 힘을 풀자 시야가 우글우글 어그러지기 시작했다.

"윽……."

가까스로 붙잡던 정신을 놓아버린 것은 아주 찰나의 순간이었다. 순간 무자비한 중압감이 도훈의 몸을 으깨버릴 듯이 콱 짓눌러왔다. 쾅! 심장이 바닥으로 부서질 듯이 처박혔다.

"하……!"

도훈이 거친 숨을 토해내며 두 눈꺼풀을 부릅떴다. 가장 먼저 보이는 것은 아직 해가 뜨지 않아 어둑한 천장이었다. 그는 자신이 지금 막 꿈에서 깼다는 것을 알 수 있었다. 여전히 온몸이 두들겨 맞은 듯 쑤시고 저릿저릿했다. 힘겹게 몸을 일으키자 이불마저도 홍수 난 땀으로 축축하게 젖어 있다. 도훈이 한 손으로 꿉꿉해진 제 머리를 쓸어 올렸다. 후우, 심호흡한 그가 거친 입 안을 까득 씹었다. 자꾸만 서연의 마지막 한마디가 머릿속에서 어른거린 탓이었다.

'나리의 눈이 닿지 않는 곳으로.'

"……."

'천하에서 영영 숨어버릴 것이옵니다.'

"……하."

세계적인 일류 패션 기업답게 와이시 한국 지사의 건물은 으리으리한 외

166

관을 자랑하고 있었다. 드높은 빌딩의 창문은 통유리로 되어 청렴하면서도 세련된 이미지를, 내부는 올 화이트로 디자인되어 클래식하면서도 깨끗한 이미지를 표방하고 있었다. 서연은 넋을 놓고 구경하다가 디자인 실장이 말을 걸자 퍼뜩 정신을 차렸다.

"서연 씨, 아니, 우리 강 대리 오늘 컨디션은 좀 어때?"

"네. 아주 좋습니다, 실장님."

"그래, 좋아 보이네. 사실상 콜라보 진행은 확정된 사안이나 마찬가지이지만, 그래도 강 대리가 이번 PT를 완벽하게 해내면 그쪽도 투자의 규모가 달라지지 않겠어요?"

"예, 열심히 하겠습니다."

"그래요, 지금까지 우리 회사에 서운했던 거, 어제 저녁 식사자리에 다 두고 오기로 했으니까. 이제 새롭게 잘해봅시다, 우리."

"네."

서연이 웃어 보였다. 그러나 어제 푹 잠을 잤던 덕에 컨디션 최고조인 서연과 달리 바닥을 기는 사람이 있었으니, 다름 아닌 창백한 낯을 하고 있는 유라였다. 유라는 아침부터 서연과 눈도 잘 마주치지 않고 슬슬 피하기만 했다.

"그런데 오 팀장은 오늘 컨디션이 영 아닌가 보네?"

"하하, 아니요. 괜찮습니다."

오유라 팀장과 박현정 실장, 그리고 강서연 대리. 이 세 명은 최소 인원으로 꾸려진 이번 프로젝트의 주요 실무진이었다.

첫 미팅의 장소는 와이시 한국지사 건물의 세미나 룸이었다. 서연은 세미나 룸으로 발을 옮기는 내내 긴장으로 몸에 피가 바싹바싹 마르는 듯했다. 들고 있는 방문 출입증을 연신 만지작거리며 미어캣처럼 두리번두리번 주위를 살폈다. 벽면에 장식된 제품과 화려한 브로슈어 영상들은 산만한 시선을 사로잡기에 충분했다.

'아, 진정하자, 진정. 차분하게.'

전날 도훈이 배려해준 덕에 푹 자고, 오늘 아침 새벽같이 일어나 수도 없이 발표를 시뮬레이션했다. 프레젠테이션이라면 원 없이 듣고서 자비 없이 평가해 왔을 도훈 앞에서 앵무새처럼 연습하고 객관적인 피드백을 받았다. 다만 그가 한 번 피드백을 줄 때마다 뽀뽀 한 번이라는 망측한 조건을 다는 바람에, 아침부터 입술이 얼얼해질 정도로 시달렸지만 말이다.

세미나 룸으로 들어서자마자 서연이 속으로 탄성을 내질렀다. 역시 와이시라는 생각이 들 만큼 산뜻하고 분위기 있는 인테리어였다. 덩달아 차분해진 기분으로 천천히 자리에 앉았다. 얼마 가지 않아 똑똑, 문밖에서 직원의 목소리가 들려왔다.

"와이시 한국지사 대표님 오셨습니다."

그 말에 서연과 유라, 박 실장 모두가 자리에서 일어나 인사할 채비를 했다. 곧 팔자걸음을 하며 안으로 들어선 한국지사 대표는 껄껄 사람 좋게 웃었다.

"안녕하세요, 와이시 한국지사 대표 김병식입니다."

"예, 안녕하세요. 모라비 디자인 실장 박현정입니다."

"만나서 반갑습니다, 하하. 이쪽 두 분은?"

"네, 이쪽은 저희 모라비 디자인실의 오유라 팀장입니다. 여기는 저희 이번 기획서의 초기 아이디어를 제안한 강서연 대리입니다."

긴장한 서연이 허리를 구십 도로 깍듯하게 숙였다.

"안녕하세요. 잘 부탁드립니다."

떨림을 억누르고 정갈하게 인사를 건넸다. 곧 서연의 시야로 반질반질하고 깔끔한 구두 앞코가 들어왔다. 빠릿하게 허리를 다시 세우자 김병식 대표의 뒤에 서 있던 남자가 뚜벅, 뚜벅, 걸어 서연의 앞으로 다가섰다.

"안녕하세요."

서연의 갈색 눈동자가 거침없이 흔들렸다. 그 동요를 예상했다는 듯 그의 입술이 부드러운 곡선을 그리며 길어졌다. 온화한 베이지 컬러를 베이스로 군더더기 없는 클래식한 실루엣의 싱글 버튼 슈트는 착용자의 깔끔한 성격을 대변하는 듯 재킷 표면에 주름 한 점조차 없었다.

"이번 프로젝트의 홍보 및 마케팅을 전반적으로 총괄하게 될……."

상냥한 목소리에서 여전히 따스한 온기가 함빡 묻어났다.

"한재경 홍보실장입니다."

재경이 먼저 서연에게 악수를 제의했다. 얼떨떨하게 맞잡은 손에서 당혹감이 퍼져 흘렀다.

왜 여기에 있는 거지? 서연은 예상치 못한 재경과의 만남에 당황스러웠으나 자리가 자리인 만큼 침착하려고 노력했다. 곧 재경의 부하 직원인 민준 대리까지 소개를 마친 후 회의는 시작되었다. 서연은 정신을 다잡고 프레젠테이션을 하기 위해 앞으로 나섰다. 준비한 ppt를 화면에 띄우고서 간단한 인사로 예의를 차리며 포문을 열었다.

"매일 아침 출근하는 여성들은 불편한 구두에 발을 넣으며 한숨을 쉬곤 합니다. 평소 구두를 선호하는 여성이 아니라면, 그때마다 발이 편안한 운동화를 신고 문밖을 나서고 싶다는 생각을 하기 때문입니다."

서연은 차분하지만 힘 있는 목소리로 프레젠테이션을 진행했다.

"하지만 대다수 여성들은 결국 운동화가 아닌 구두를 선택하게 됩니다. 그 이유는 무엇일까요?"

잠깐 숨을 고르고 말을 이었다.

"이는 운동화가 오피스 룩과 함께 매칭하기에는 너무 인포멀(informal)하다는 인식이 기저에 깔려 있기 때문입니다."

재경은 웃음기 젖은 얼굴로 서연과 화면을 응시했다.

"오피스 룩에 어울리는 운동화가 있으면 어떨까 하는 작은 일상의 고민에서 이 기획은 시작되었습니다."

서연은 재경의 웃는 눈과 시선을 마주하며 자신 있게 발표를 이어갔다.

"저희 모라비가 제안하는 디자인은 편리함과 에너지를 강조하는 기존 컬렉션들과 바로 여기에서 차별을 둡니다. 기존 운동화가 갖는 캐주얼한 이미지에서 탈피하여, 포멀(formal)한 오피스 룩과도 자연스럽게 어울릴 수 있다는 점이 가장 큰 특징입니다."

'오피스 여성들을 위한 운동화'를 타이틀로 내세운 이 기획은 서연이 당시 잠도 자지 않고 끼니도 거르며 고민에 또 고민을 거듭하여 완성된 것이었기 때문에 이 기획안에 대해 그녀가 가지는 열정은 대단했다. 서연이 모라비로 돌아갈 결심을 하게 된 요인 중 하나도 바로 이 기획에 대한 애정 때문이었다.

꼭 실현하고 싶었던 프로젝트. 오피스 여성들에게 발을 구속하는 불편한 구두만이 답이 아님을 역설하고 싶었다. 구두만큼이나 심미성을 갖추었지만, 더 편안하고 친숙한 것이 바로 여기에 있다고. 서연은 남자의 몸으로도 여자의 몸으로도 생을 살아본 사람이었고, 양성의 중심에서 서로의 심정을 대변하고 벽을 허무는 디자인을 하고 싶었다. 그 진심이 회의실을 가득 메웠고, 처음에는 잔잔하게 웃던 재경도 어느새 저도 모르게 서연의 발표에 온 신경을 다해 집중하고 있었다. 회의가 시작되기만 하면 무표정으로 펜을 돌리며 깐깐하게 트집거리를 모으기로 유명한 김병식 대표마저도 굉장히 흥미로운 얼굴로 고개를 끄덕이며 화면을 응시했다. 프레젠테이션이 끝난 후, 와이시 측의 커다란 박수 소리가 이어졌다.

"야, 이것 참. 젊은 사람의 참신한 생각에는 이제 못 당하겠어요. 하하."

김병식 대표가 큰 소리로 웃으며 너스레를 떨었다. 그러고선 기획에 대한 호평을 열거하더니 서연에게도 재능이 많은 직원이라며 칭찬을 아낌없이 퍼부었다. 서연이 웃으며 감사 인사를 전했다.

"그런데 강서연 대리. 한 가지 물어보고 싶은 게 있는데……."

"네."

"혹시 나와 구면이 아닌가?"

일순 서연의 심장이 쿵 내려앉았다.

"······아······."

뭐라고 답을 해야 할지 몰라 마른침을 꿀꺽 삼켰다.

"맞는 거 같은데. 혹시 SS어패럴 강 회장님의 따님이 아니신가?"

그 말에 모두의 이목이 김병식 대표에게로 집중되었다가 물 흐르듯 서연에게로 옮겨졌다. 저에게로 쏠린 시선을 받으며 서연은 등골이 서늘해지는 기분이었다.

"김 교수님 젊을 적과 똑같이 생겼구먼, 허허. 프레젠테이션하는 모습을 보니까 나는 그만 김 교수님이 계신 줄 알았어요. 하하."

장내가 물을 끼얹은 듯 조용해졌다. 점점 핏기가 사라지는 서연의 얼굴을 보는 재경의 눈이 가늘어졌다. 그 건너편에 앉은 유라가 몰래 한숨지었다. 이미 알고 있는 사실이었지만 정체에 완전히 못이 박히니 더없이 복잡한 심경으로 빠져들었다.

아직 상황파악이 되지 않은 디자인 실장은 눈을 의문스럽게 뜨고 서연과 김 대표를 정신없이 번갈아 바라보았다. 이내 의미를 깨달은 듯, 너무 놀라 떡 벌린 입을 틀어막고 곧 튀어나올 듯한 눈으로 서연을 쳐다보았다.

"······."

창백해진 서연은 눈앞이 캄캄해지는 것을 느꼈다. 하루아침에 부도한 기업의 비운의 외동딸이라는 기구한 여자로서의 낙인. 죽어도 숨기고 싶었던 과거가 악의 없는 몇 마디로 낱낱이 드러났다. 물론 이 모습으로 세상을 살아가기로 한 순간부터 과거를 계속 숨길 수 있을 것이라고 생각하지는 않았다. 그렇다고 해서 이렇게 공식적인 자리에서 간단하게 폭로될 줄은 상상도 못 했다.

"아, 혹시 내가 실수를 한 건가?"

사색이 된 서연의 표정을 읽은 김 대표가 뒤늦게 수습하려는 듯 입을 열었다.

"내가 무신경했던 모양이군요. 하긴 그렇지. 미안합니다."

"······."

서연이 떨리는 입술을 조심스럽게 달싹였다.

"······아닙니다. 괜찮습니다."

파리해진 서연의 얼굴을 빤히 바라보던 재경의 입가가 굳어졌다. 곧 느릿하게 고개를 돌려 김 대표를 향해 작은 소리로 말했다.

"대표님, 해당 안건 외의 사적인 이야기는 사석에서 하시는 게 좋을 듯싶습니다."

"예? 아, 예. 그래야지요. 하하."

김 대표가 제 실수를 인정하며 재경의 말에 동의를 표했다. 머지않아 김 대표의 비서가 조심스럽게 안으로 들어와 그에게 무언가를 속삭이자, 그는 자리를 털고 일어났다.

"나는 다음 일정이 있어서 이만 자리를 비켜야 할 것 같고, 이제 실무적인 내용은 우리 한 실장과 논의하시면 됩니다."

그 말을 끝으로 김 대표는 모라비 측에 인사를 건네고 세미나 룸을 나갔다. 이후부터는 프로젝트에 관한 논의가 막상막하의 탁구 경기처럼 쉴 틈 없이 이어졌고, 서연도 어느 정도 안정을 되찾았다. 어차피 이 모습을 하고 있으면 언젠가는 까발려질 과거였으니 내려놓고 받아들일 수밖에 없었다.

그러나 재경이 와이시의 홍보실장이라는 것에 대한 충격과 의문은 아직 풀리지 않은 상태였다. 스물아홉의 젊은 나이에 영세한 기업도 아닌 대기업 와이시의 홍보실장이라니. 서연의 기억 속 재경은 금 탯줄을 잡고 태어난 사람도 아니었기 때문에 더더욱 의문스러웠다. 재경은 어머니만 계신 한부모 가정의 외동아들이었고, 그의 어머니는 SS어패럴의 전 간부로서 기업의 폐망과 함께 실직하셨었다. 그런데 재경이 어떻게 이렇게 높은 자리로 단숨에 도약하였는지는 아무리 생각해도 미지수였다.

게다가…… 지금 이 만남, 정말 우연일까? 서연은 찜찜한 기분을 떨칠 수가 없었다.

"네?"

그리고 곧 찜찜함은 경악으로 번졌다.

"독…… 일이요?"

앞에 놓여 있던 아메리카노를 서둘러 한 모금 빨아 마신 서연은 빨대를 앞니로 튕기듯이 내려놓았다.

"네. 이미 국내에서 추진하기로 결정된 프로젝트이지만, 본격적으로 투입이 되기 전에 독일 본사에 가서 세부적인 사항과 앞으로의 진행 방향에 대해 프레젠테이션을 해야 합니다."

그렇게 말하는 재경이 서연의 눈에는 저승사자나 마찬가지였다.

"본사 측에서도 이번 일에 관심이 아주 크거든요. 귀사의 브랜드 가치 또한 높게 평가하고 있습니다. 모라비 측에서도 최소 인원으로 차주 중 스케줄을 조정해주시면 감사드리겠습니다."

"예, 걱정하지 마십시오! 저는 디자인실 업무로 자리를 비우기가 조금 어려운 상황이라 오 팀장과 강 대리가 동행하도록 하겠습니다."

……미쳤어.

서연은 제발 이 상황이 꿈이기를 바라며 커다란 눈만 꿈쩍꿈쩍했다.

독일이라니. 독일이라니이이……! 진짜 미쳤어!

키스의 유지 시간은 18시간 남짓인데 독일은 왕복 비행시간만 따져도 이미 24시간이었다. 그만큼 몸이 불완전한 상황에서 독일로의 출장은 애초에 말도 안 되는 일이었다. 그야말로 절체절명의 위기였다. 오 마이 갓, 서연은 서늘해진 목덜미를 따라 땀 한 줄기가 또르르 흐르는 것을 느꼈다.

이윽고 세미나 룸에서 나온 서연과 재경은 마주 보고 섰다. 문 앞에서 재경은 재킷 안으로 부드럽게 손을 집어넣어 가죽으로 된 고급스러운 명함케이스를 꺼냈다. 군더더기 없이 빠져나온 빳빳한 명함 한 장이 서연의 손으로 유연하게 옮겨졌다.

"강서연 대리님, 오늘 만나서 정말 반가웠습니다."

서연도 복잡한 심경을 숨기고 오늘 막 회사에서 받은 제 명함을 재경에게 건넸다.

"예. 감사합니다……. 앞으로도 잘 부탁드립니다."

재경이 서연의 명함을 받는 순간, 그의 곱상한 손가락이 서연의 손끝을 부드럽게 스쳤다.

"다음 주에 봐요?"

재경은 옅은 웃음을 남기며 뒤를 돌아 시야에서 사라졌다.

도훈은 아침부터 저를 보면 경기를 일으키는 최 비서 때문에 짜증이 났다. 그는 여진이 클럽을 가든 말든, 진영과 진한 사이이든 아니든, 별로 관심조차 없었는데 괜히 지레 뜨끔해서 벌벌 떠는 게 꼴불견이었다. 그런데 지금 그런 것과 비교도 할 수 없이 더, 더, 짜증이 나게 되었다.

"뭐……?"

서연과 전화하는 도훈의 미간에 깊은 주름이 잡혔다.

-네……. 재경 오빠가 와이시 홍보실장이더라구요. 그래서 프로젝트 하는 동안 계속 만나야 할 것 같아요.

"……."

도훈의 감은 틀린 적이 없었다. 예리한 직감으로 미리 한 보 앞을 내다보고, 앞으로 일어날 일을 예상하는 것은 도훈의 특기 중 하나였다. 그러나 이건 예상 가능한 범위를 벗어난 사건이었다. 그의 눈빛이 점점 더 어둑해졌다.

-도훈 씨?

"아……."

저를 부르는 서연의 목소리에 퍼뜩 정신을 차렸다.

"그래."

당장 대책이 없을 때는 마음이라도 편하게 해주자. 그는 그렇게 생각하며 느릿하게 입을 벌렸다.

"일인데 뭘. 신경 안 쓰여."

신경이 쓰이다 못해 박박 긁혔지만 함구했다.

-그…… 리고요. 음……. 한 가지 충격적인 소식이 하나 있는데요!

"뭐?"

-으음……. 그냥 이건 얼굴 보고 얘기할게요. 몇 시에 와요? 난 오늘 정시 퇴근인데.

"일이 밀려서 좀 늦을 것 같지만 식사는 같이할 수 있어. 기다릴 수 있나?"

-당연하죠! 흐흐, 완전 좋아. 아싸아!

언제 음울했냐는 듯 헤실헤실 웃는 목소리가 들려오자 도훈의 가슴이 두근거렸다.

-그럼 오늘은 내가 우리 오빠 위해서 저녁 준비하고 있을게용! 이따 봐요오! 쪽!

애교도 살살 치니 도저히 입꼬리가 통제되지 않았다. 도훈이 웃음 터진 입가를 살짝 누르며 기대한다고 나직하게 속삭였다.

집으로 가는 버스 안, 서연은 여진과 전화통화 중이었다.

-강써, 일은 할 만해?

"응. 뭐, 아직까지는. 그보다 넌 몸 좀 괜찮니? 어제 별일 없었지?"

-별일은 무슨. 없었어. 이사님이 너 보쌈해간 이후로 나도 그냥 집에 갔어.

덤덤하게 말하는 듯하더니 곧 음흉한 웃음소리가 들려왔다.

-무슨 일은 내가 아니라 네가 있었겠지. 큭큭. 맞지? 아, 근데 별로 상상하고 싶지 않으니 여기까지 하자.

"뭐래. 아무 일도 없었거든!"

-녜녜, 그으러셨겠죠오.

"아, 진짜야! 나 오늘 미팅 때문에 그냥 잤어. 완전 푸욱 잤어."

-맞다, 너 오늘 무슨 미팅 있다고 했지? 그건 잘 마쳤어?

"으응……. 그건 잘했는데……."

서연이 심각하게 얼굴을 굳히고 시선을 내리깔았다.

"나 독일로 출장 가게 됐다."

-뭐어? 독일?

여진이 충격받은 듯 쩌렁쩌렁하게 되물었다.

"응. 망했어. 대애박 망했어. 아직 모습이 완전히 돌아오지도 못했는데……."

서연은 수심이 가득한 얼굴로 짧은 한숨을 툭 터뜨렸다.

"그래서 생각했지. 이거는 내 생존의 문제가 달렸다. 이것저것 재고 따지다가는 끝도 없다!"

-뭔 소리야?

"조선 시대 여자처럼 옷고름 풀어줄 때까지 기다리다가는 백발노인 되겠다!"

서연이 저도 모르게 주먹에 힘을 꽉 주었다.

"그러니까 그냥 내가 백도훈을 확 덮쳐야겠다!"

바로 오늘 밤! 서연의 외침에 여진은 조금 당황한 듯했지만 이내 흥분한 듯 콧김까지 내뱉으며 맞장구쳤다.

-그래, 못 할 게 뭐 있냐! 덮쳐! 유혹해! 꼬셔!

"그런데 어떻게 꼬시지? 나 그런 거 못하는데……."

-어허, 잘 들어. 다른 남자도 아니고 백 이사님이야. 작전은 아주 치밀한 계획을 바탕으로 차근차근 은밀하게 진행되어야 해.

여진이 비밀스럽게 속닥거렸다.

-내가 어제 너한테 신세 진 것도 있고 하니까 특별히 알려주지. 대대로 내려오는 비기, 남자 꼬시는 비법을 전수해주겠다.

"그게 뭔데……?"

서연의 귀가 조금씩 트이기 시작했다.

"뭐, 야한 속옷…… 그런 거……?"

-자, 내가 그 인간을 햇수로 3년을 모셨어요. 평소에 선호하는 문서 양식, 주로 입는 옷차림, 사무실 책상 상태. 이것들만 봐도 딱 취향이 답이 나온다고."

"무슨 답?"

-백싸가지는 심플!

수화기를 타고 여진의 손가락이 만들어낸 딱 소리가 들려왔다. 서연이 흠칫했다.

-키워드는 줄, 끈, 선. 블랙 앤 화이트!

여진의 목소리가 자신만만했다. 서연은 그 키워드만으로도 제 머릿속에 응큼한 상상이 이루어지자 더 이상 맨 정신으로 이야기를 듣고 있기가 버거웠다. 그러나 여진은 멈추지 않고 계속 악마처럼 킥킥대며 즐겁다는 듯 떠들어댔다.

-장담한다. 막 샤워를 끝내서 보송보송하고 후끈한 몸으로 속옷만 입어. 그리고 그 인간 와이셔츠를 몰래 갖다 입는 거야. 셔츠는 화이트, 속옷은 블랙. 그래. 마치 심플한 흑백의 문서 양식 같은 느낌.

서연이 저도 모르게 홀린 듯 경청했다. 말도 안 되는 이야기 같은데 묘하게 빠져드는 자신이 한심하다.

-근데 속옷이 시스루.

미친…….

-넌 피부도 하야니까 예술일 거야. 거기다가 미끌거리는 보디 오일을 잔뜩 바르고 향기 폴폴 풍기며 혀를 야하게 날름거리면서 현관에 서 있는 거지.

"……."

-엉덩이를 살살 흔들면서 접근해. 허리에 손 올리고 모델 포즈로, 오빠앙, 왔어용? 식사할래요? 목욕할래요? 아니면 나부터 냠냠……?

미쳤구나……. 서연이 침을 꿀꺽 삼켰다.

-게임 끝.

어떻게 해야 할까……. 도훈은 손가락 사이에 끼운 볼펜을 하릴없이 돌리며 생각에 잠겼다. 그 남자와 서연이 업무상으로 만나 일을 하는 것까지 관여할 권리는 없었다. 다만 그 만남이 정말 우연인지에 대한 문제로 넘어가면 할 말이 많아진다.

만약 의도된 것이라면……. 속이 음흉한 놈이라는 것은 이전부터 느껴왔지만, 뒤가 구려도 한참 구린 놈이다. 흑심을 채울 목적으로 몇십 억을 오가게 하는 것은 불가능해도, 적어도 기획의 채택 단계에서 입김을 불어 넣었을 확률은 꽤 높다.

"……거슬리게."

경고했으면 알아서 찌그러질 것이지 끝까지 눈앞에서 알짱대겠다는 그 집념이 가상하다. 우연이고 아니고를 떠나 놈이 서연의 옆에 자리한다는 것만으로도 신경이 밟히는 것은 어쩔 수 없었다.

"그래도……."

놈이 간과한 게 하나. 도훈이 펜으로 책상을 가볍게 두드렸다.

"이제 더 이상 망설일 것도, 잴 것도 없고……."

뒤에서 무슨 수작을 부리든 그녀만 흔들리지 않으면 결국 수익 없는 삽질에 불과한걸.

"강서연이 내 여자라고 제대로 도장을 찍어놔야지."

도훈은 곧바로 누군가에게 전화를 걸었다. 간결한 통화가 끝난 후, 도훈은 재킷을 걸치고 사무실 밖으로 나섰다. 그가 문을 열고 들어간 곳은 MS푸드 본사 건물 지하의 카페였다. 가장 구석진 곳의 세미나 룸에 자리한 도훈은 무릎을 꼬고 앉았다. 무표정을 한 도훈이 새까만 구둣발을 까딱이며 시간을 확인했다. 머지않아 중년의 남성이 허겁지겁 문을 열고 들어왔다.

"이사님. 차가 조금 막혀서 늦었습니다. 죄송합니다."

허리를 납작 숙인 남자는 도훈이 꼰 다리를 천천히 풀자 허리를 일으켰다.

"아닙니다. 저야말로 갑자기 불러 죄송합니다."

도훈이 건너편 자리를 손짓하며 시니컬한 음성으로 말했다.

"앉으시죠."

그 말에 남자가 경황없이 의자를 끌어 경직된 자세로 앉았다. 남자는 품에서 손수건을 꺼내 이마에 송골송골 맺힌 땀을 덤벙거리며 닦아냈다.

"하하, 사무실로 부르셔도 바로 올라갔을 텐데요."

"대표님 귀에 들어가면 괜히 일이 복잡해집니다."

"굉장히 중요한 말씀을 하시려나 봅니다. 하하."

"공적인 이야기는 아닙니다. 개인적으로 박 실장님께 부탁드릴 것이 있어 이곳으로 오시라 했습니다."

"하하, 백 이사님께서 제게 부탁을 다 하시고, 이거 가문의 영광입니다. 얼마든지 시켜주십시오."

MS푸드 최고의 정보통으로 통하는 박 실장은 특유의 넓은 인맥과 빠르게 굴러가는 두뇌를 이용하여 지금의 자리까지 올라선 유능한 인물이었다. 정보력과 처세술의 귀재인 그도 사내에서 대하기 힘든 사람이 있었으니, 다름 아닌 도훈과 김미라 대표, 두 모자였다.

"그럼 사양 않고 본론으로 들어가겠습니다."

냉기가 가득한 눈과 정면으로 맞닥뜨리자 박 실장이 부르르 몸을 떨었다.

"가능한 빠른 시일 내에 박 실장님께서 조사해주실 것이 두 가지 있습니다."

도훈은 눈앞의 커피 잔을 느릿하게 들어 한 모금 넘겼다. 그 모습을 보며 박 실장이 마른침을 꿀꺽 삼켰다. 달각. 도로 내려놓은 잔이 테이블과 부딪치는 소리가 고요하게 울렸다. 도훈은 천천히 양손을 맞붙잡고서 비스듬히 시선을 틀었다.

　도훈이 모르고 있는 사실 또한 두 가지가 있었다. 하나는 어머니 김미라가 도훈의 생각보다 훨씬 더 아들인 그에게 관심이 많다는 것. 또 하나는 가족과 다름없이 지내온 진영이 꽤 오래전부터 간첩처럼 그녀와 밀회를 이어 왔다는 것. 일명 도훈 없는 도훈회로 통하는 괴상한 모임은 오늘도 어김없이 개최되었다.

　"요즘 도훈이는 좀 어떻니?"

　"뭐, 평소랑 똑같죠. 우리 어머님은 회사에서 도훈이 매일 보시면서 또 그러신다, 하하."

　프라이빗한 룸으로 이루어진 일식집에서 미라는 진영에게 저녁 식사를 대접했다.

　"아휴, 회사에서 매일 보지만 업무 얘기 외에는 통 말을 안 해. 애가 좀 무뚝뚝해야지. 엄마인데도 점점 대하기가 어려워."

　미라가 수심 가득한 얼굴로 중얼거렸다.

　"하여간 걱정이야. 진영이 넌 뭐 아는 거 없니?"

　"도훈이야 저한테도 말을 잘 안 해요. 백 번 물으면 한 번 대답하는 수준이니까요. 게다가 서로 눈코 뜰 새 없이 바빠서 정신도 없고 말이에요."

　"왜? 요즘은 도훈이 집에 잘 안 가니?"

　"이사한 이후로는 옆집이 아니다 보니까 그냥 간간이요."

　진영이 가볍게 답하자 미라의 입꼬리가 추욱 늘어졌다. 질의응답이 이어지면 이어질수록 미라의 표정은 점점 더 침울해졌다. 진영이 사람 좋게 웃으며 미라의 잔에 차를 따라주었다.

　"어머님 지금 섭섭하시다, 그렇죠? 새 소식이 없어서."

　하여간 넉살은. 미라가 차를 받아 마시며 한쪽 눈썹을 살짝 들어 올렸다.

　"하지만요, 어머님. 오늘은 특별 선물이 있습니다."

"선물?"

"기대하셔도 좋습니다! 잠시만요."

진영이 양해를 구한 후 휴대전화를 들어 누군가에게로 전화를 걸었다.

"어, 여기 내 이름 말하면 안쪽 방으로 안내해줄 거야. 들어오면 돼."

안쪽 방? 미라가 통화하는 진영의 모습을 보며 고개를 갸웃했다. 머지않아 문밖에서 시작된 발걸음 소리가 점점 크게 들려왔다. 미라가 의심스럽게 문 쪽으로 고개를 틀자 미닫이문이 경박스럽게 탁 소리를 내며 벌컥 열렸다.

"형! 웬일로 이렇게 비싼 걸 사준다고……."

깜짝 놀란 미라의 눈이 커졌다. 그런 그녀와 정면으로 맞닥뜨린 도빈은 그대로 문을 잡은 채 동상처럼 딱딱하게 굳어갔다. 서로 놀라 말도 못 하고 입만 벙긋벙긋하기가 약 3초. 이내 상황파악을 마친 도빈이 치타 같은 속도로 뒤를 돌아 도망갔다.

"자, 잡아! 잡아 와!"

미라가 품위고 뭐고 빽 소리를 지르며 자리에서 벌떡 일어났다. 그러고는 빛의 속도로 밖에서 기다리고 있던 김 기사에게 전화를 걸었다. 곧 그에게 잡혀 질질 끌려온 도빈은 강제로 진영의 옆자리에 앉혀졌다. 도빈이 진영을 죽일 듯이 노려보았으나 진영은 어깨를 으쓱할 뿐이었다.

"너, 너! 한국에 들어왔다더니 엄마한테 인사도 없고, 전화도 안 받고, 어디서 뭘 하고 돌아다니는지!"

"엄마, 내가 오늘 전화하려고 했어!"

"시끄러워! 나는 어디서 내 아들이 죽었나, 사람 구실도 못하다가 이렇게 허망하게 객사를 했나, 매일 잠도 못 자고!"

도빈의 귀가 폭발하기 직전까지 미라의 잔소리는 쉴 틈 없이 이어졌다. 약 20분을 너덜너덜해질 정도로 내리 혼이 난 도빈은 그제야 눈앞에 놓인 회를 한 점 떠먹을 수 있었다. 속 안의 말을 다 뱉고서 겨우 진정한 미라는 크게 심호흡했다.

"후……."

찻물로 열 오른 목을 달랜 후에 다시 차분하게 진영을 돌아보며 물었다.

"참, 그런데 진영이 너는 결혼 생각 없니?"

"계획은 없지만 하고 싶은 여자는 있어요."

"애인이니? 뭐 하는 여자인데?"

"아직 그런 관계도 못 갔어요, 하하."

"그래도 진영이 너는 여자도 꾸준히 만나고, 결혼 생각도 있으니 걱정 없지. 문제는 우리 첫째지."

"엄마, 나는?"

"넌 스물셋이잖아. 헛소리 그만하고 사람 구실이나 먼저 해."

"하여간 엄마는 형만 좋아해."

도빈이 입술을 삐죽거리며 젓가락으로 접시를 벅벅 긁었다. 그러거나 말거나, 미라의 머릿속은 이미 도훈에 대한 걱정이 한가득 번진 후였다.

"도훈이 걔는 여자에 관심이 없어서 정말 걱정이야. 진영이 네가 좀 구슬려서 자연스럽게 여자 좀 소개해주고 그래 봐."

진영이 가볍게 웃으며 적당히 알겠다고 말하고 넘어가려고 하는데…….

"형 만나는 여자 있는데."

회를 집어 먹은 도빈이 툭 한마디를 던졌다.

"되게 예쁜 누나."

그 순간 갑자기 룸 안이 물을 끼얹은 듯 싸해졌다.

여진의 지휘 아래 그녀가 추천해준 속옷 매장에 들른 서연은 지레 위축돼서 눈치를 살살 살피며 열심히 옷걸이를 뒤적거리기 시작했다. 그러나 점점 갈수록 얼굴이 토마토처럼 붉어졌다.

'이…… 이런 걸 입는 거야? 입으라고 만든 거야?'

속옷인지 천 쪼가리인지 구분되지 않는 것들은 이미 본래 기능을 상실한 듯 보였다. 서연은 지진 난 동공을 가까스로 잠재우며 침을 꿀꺽 삼켰다. 달달 떨리는 손끝이 까만색 레이스로 이루어진 과감한 디자인의 속옷 위를 스쳤다.

'잘 들어! 작전은 스텝 쓰리로 이루어져 있지.'

결제하기 위해 카드를 건네는데, 여진이 제게 했던 말들이 구름처럼 머리에 둥실둥실 떠다닌다.

'첫째, 가자마자 깨끗이 목욕재계한다! 둘째, 새로 산 섹시 속옷을 입고 이사님 옷장을 뒤져서 흰색 와이셔츠를 꺼내 입는다!'

덜컹거리는 지하철 안에서도 그 당부를 계속해서 곱씹는 서연이었다.

'마지막! 현관에서 딱 기다리고 있다가, 19금 비디오에서나 보던 온갖 음탕한 짓을 다 시도하며 꼬신다.'

"정말…… 이렇게까지 해야 할까?"

집에 도착해서 깨끗하게 씻고 나온 서연이 중얼거렸다. 그러나 '독일 출장' 이 네 음절이 머릿속을 파고드는 순간 흔들렸던 마음이 도로 굳게 세워졌다.

"그래, 이왕 이렇게 된 거 제대로 미친 척 한번 해보자!"

반드시 오늘 밤 거사를 이루리라. 서연이 파이팅 넘치게 고개를 끄덕인 후 곧장 아까 산 속옷을 입고 도훈의 박시한 와이셔츠를 입었다. 거실로 가서 식사 준비까지 완벽하게 마치고 어제 마시지 못한 샴페인까지 꺼내왔다. 머릿속으로 수도 없이 시뮬레이션하고, 비 맞은 중처럼 야한 대사를 중얼중얼했다.

"아…… 너무 긴장되는데."

서연은 제 입술이 바싹바싹 말라가는 것을 느꼈다.

"술을 좀…… 마실까."

하긴, 맨 정신으로 할 짓은 못 되지. 암. 서연이 비장한 얼굴로 냉장고를 열어 술을 꺼내 식탁에 올렸다. 그런데 한 잔 마셔도 떨리고, 두 잔 마셔도 떨리고. 계속해서 떨리는 바람에 저도 모르게 세 잔, 네 잔, 끝도 없이 입 안에 털어 넣었다.

"크하……."

곧 머리가 어질어질해지더니 얼큰하게 취기가 올랐다. 세상이 왱왱 돌기 시작하더니 입가에서는 미소가 실없이 터져 나왔다.

"으흐흐……."

주량을 한참 넘어설 정도로 마신 후 소파에 가서 찹쌀떡처럼 퍼질러 누웠다. 확실히 술이 무섭긴 무서운 게, 뭐든 할 수 있을 것만 같은 밑도 끝도 없는 용기가 서연의 가슴 한구석부터 치솟기 시작했다. 근데 왜 졸리지……?

"안 돼! 정신 차려, 강서연! 오늘은 백도훈의 제삿날인 걸로……."

서연은 입맛을 다시며 소파에 나른하게 퍼져 있던 몸을 발딱 일으켰다. 그 순간 머리가 띵하고 울리더니 눈앞이 핑핑 돌았다. 취기로 후끈하게 달아오른 몸은 점점 더 열기가 올랐다.

"백도훈 언제 와아……."

입고 있는 그의 셔츠를 쭈욱 잡아당겨 냄새를 킁킁 맡았다.

"냄새 좋다. 흐흐흐. 백도훈 냄새에에……."

또 저도 모르게 웃음이 툭툭 폭죽처럼 터져 나온다.

한편 도훈은 안절부절못하며 핸들 위를 두드렸다. 연결되지 않는다는 안내음이 들리자 정갈한 미간 사이로 실금 하나가 그려졌다.

"왜 계속 안 받지."

집에 와 있겠다고 했던 것 같은데 아까부터 전화를 통 받지 않는다. 걱정되어 계속해서 울리는 어머니의 전화도 받지 않고 운전에만 집중했다. 머지 않아 집에 도착한 도훈은 또띠의 열렬한 환대도 외면하고 현관문으로 달려갔다. 조금이라도 빨리 서연을 보고 싶은 마음에 비밀번호를 꾹꾹 누르는데, 초조한 탓인지 자꾸만 틀렸다고 에러가 난다.

"후……."

잠깐 숨을 토한 도훈이 다시 차분히 숫자를 눌렀다. 띠리리, 하는 소음과 함께 문을 벌컥 열었다.

"오빠아앙!"

그 순간 서연이 엄청난 속도로 와다다 튀어나오더니 도훈의 허리를 와락 끌어안았다. 그의 동공이 거칠게 흔들렸다.

"아……."

곧 저도 모르게 살짝 벌린 입에서 감탄사 한 줄기가 흘렀다.

"왔어용? 왔어용?"

서연이 고개를 들어 빼꼼히 도훈을 올려다보자 도훈의 가슴이 쿵쿵 요동치기 시작했다. 핑크빛으로 상기된 두 볼 위로 적갈색 머리카락이 흐트러지며 드리워 있었다. 붉은 입술로 헤헤 웃으며 말랑한 몸을 찰싹 붙여오자 얼굴까지 달아오르려고 했다.

"……이거 내 셔츠 아니야?"

"우웅. 맞아요옹."

도훈의 셔츠를 입은 서연은 그의 넓은 가슴에 제 얼굴을 마구 비비며 연신 쪽쪽거렸다.

"잠깐……."

살짝 빨개진 도훈이 당황해서 서연의 어깨를 잡아 떼어내는데, 그녀가 껌딱지처럼 달라붙어 절대로 떨어지지 않는다.

"잠깐만! 가만히 있어 봐요! 여기서 이상한 소리가 들려!"

"무슨 소리?"

"이상한 소리가 들려!"

같은 말을 반복하더니 도훈의 단단한 가슴에 귀를 대고 꾸욱 눌렀다. 그 힘에 도훈이 한 발짝 물러나자 한 발짝 성큼 다가서며 배시시 웃는다.

"아휴, 귀여워라. 우리 도훈이 심장이 왜 이렇게 팔딱팔딱 뛰어."

"심장 안 뛰면 죽는 거야."

"심장만 귀엽고 주인은 안 귀엽다."

"일단 들어가자……."

정신이 혼미해진 도훈이 서연을 안은 채로 안으로 살짝 밀고 들어갔다. 서연은 발랄하게 뚝 떨어지더니 엉덩이를 쭉 내밀고 몸을 배배 꼬았다.

"되게 되게 보고 싶었어요. 엄청 엄청 기다렸어요."

"나도 보고 싶었어."

도훈이 짧게 대답하자 말랑한 몸이 도로 와락 달라붙었다. 단단한 근육 위를 가느다란 팔이 뜨겁게 옥죄었다.

"이렇게 반나절만 못 봐도 죽을 것 같은데, 어떻게 며칠씩 안 보고 살지……?"

"왜 안 보고 살아, 계속 봐."

"그게, 오면 말하려고 했는데. 이번에 와이시 본사로 출장 잡혔어요. 독일로오……."

"뭐? 독일……?"

"오래 가는 건 아니지만……. 비행기만 해도 24시간이고, 우리는 며칠씩이나 못 볼 거고……. 또……."

"알겠어. 일단 좀 들어가서 얘기하자."

도훈은 고목에 붙은 매미처럼 딱 달라붙은 서연 때문에 정신을 차릴 수가 없었다. 그녀의 둥근 어깨를 살짝 안고서 안으로 걸음을 옮겼다. 그러나 몇 발자국도 가지 못하고 일이 벌어지고 말았다. 갑자기 밑도 끝도 없이 시야가 휙 뒤집히기 시작한 것이다.

쿵.

"윽……."

도훈의 입술이 툭 벌어지고 짧은 신음이 터져 나왔다. 갑자기 공격적으로 저를 바닥으로 넘어뜨리는 서연으로 인해 그의 등이 차가운 바닥과 닿았다. 감은 눈을 뜨고 나니 서연의 가녀린 몸 아래에 도훈이 깔려 있었다. 놀란 그가 상체를 일으키기도 전에 그녀의 매끈한 다리가 도훈의 탄탄한 허리를 바싹 조였다. 조그맣고 예쁜 엉덩이가 도훈의 육체를 꾹 눌러왔다.

"아⋯⋯."

도훈은 그제야 제대로 서연의 차림을 마주했다. 짙은 동공이 정신없이 뒤흔들렸다. 저도 모르게 꿀꺽 침을 삼키자 굵은 목울대가 일렁였다. 그는 서연의 부러질 듯 가느다랗고 하얀 목덜미를 긴장된 시선으로 바라보았다. 본능적으로 탐하며 내려간 눈은 부드럽게 솟은 가슴과 홀쭉한 배로 흐르는 아름다운 곡선을 차례로 훑었다. 입술을 대면 푹 생크림처럼 눌릴 말랑말랑하고 매끈한 살결이었다. 코에서 진동을 하는 달달한 향내는 또 어디서 나는가 했더니 저 보디로션으로 미끌미끌해진 탐스러운 피부가 그 발원지였다.

"우리 서연이가 날 죽이려고⋯⋯."

흘러내릴 듯 커다란 흰 셔츠 안으로 슬쩍슬쩍 은근하게 비치는 검은 브래지어가 도훈의 심장을 쿵쿵 내려쳤다.

"작정을 했구나⋯⋯."

온몸의 피가 온통 머리로 쏠리는 기분이었다.

"누가 혼자 술 마시래."

애써 침착한 척 물었으나 서연은 여전히 헤롱헤롱이었다.

"⋯⋯취했어?"

"아니. 기다리다가 조오금 마셨는데요."

"일단 술 좀 깨게 물이라도 마실래?"

이대로라면 배려 없이 거칠게 막 다룰 것 같아 내놓은 대책이었다. 그런 맘을 아는지 모르는지, 서연은 성난 듯 씩씩 숨을 내뱉었다. 물론 이미 음란

필터가 씌인 도훈의 눈에는 그 숨결마저도 미치게 야해 보였다.

"밉다. 알면서 모르는 척."

"내가……?"

"알잖아요. 내가 영구적으로 여자가 되는 방법."

"……."

도훈의 입술이 다물어졌다. 서연이 가느다란 손으로 그의 볼을 쓰다듬었다.

"난 애초부터 도훈 씨 없으면 안 되는 몸인데, 마음이 가면 몸도 가는 게 당연한데. 내가 도훈 씨를 너무 사랑해서, 온몸으로 사랑받고, 온몸으로 사랑해주고 싶은데……."

서연이 말끝을 흐리자 도훈이 픽 웃었다.

"하여간 설레는 말만 골라 하지……."

도훈은 제 손목 위를 꾸욱 누르는 서연의 손이 잘게 떨리고 있다는 것을 눈치챘다. 비록 술기운일지라도 얼마나 용기를 내 말하고 있는 건지 그 누구보다도 잘 알고 있었다.

"도훈 씨."

그는 그런 서연이 사랑스러워서 미칠 것 같았다.

"날 정말 사랑하면……."

그를 보는 커다란 눈망울이,

"지금 안아줘요……."

서연의 속삭임이 도훈의 심장을 끼익 긁어 내렸다.

"내 평생에 모든 걸 주고 싶다고, 내 몸도 마음도 전부 바쳐 미친 척 흠뻑 사랑하고 싶다고 생각한 남자는 도훈 씨가 처음이에요."

도훈이 또 한 번 침을 꿀꺽 삼켰다.

"난 준비됐어요. 몸도 마음도 백도훈이라는 남자를 완전히 받아들일 준비."

거칠게 박동하던 도훈의 심장이 더욱 빨라지더니 결국 귀까지 먹먹해졌다.

"태평양처럼 활짝 열어놨으니까 이제 달려오기만 하면 돼요."

정말 오라는 듯 슬쩍 입구를 연 입술 사이로 새빨간 혀가 낼름 나와 도톰한 입술을 핥고 들어간다. 도훈이 말라가는 입술을 축이며 촉촉하게 젖은 서연의 입가를 집요하게 응시했다. 붉은 입술이 조개처럼 발칙하게 벌어지더니 도로 꾹 다물어진다. 도훈이 넋 나간 사람처럼 가만히 쳐다만 보고 있자 서연이 용기를 냈다.

"내가…… 먼저 벗을까요?"

서연이 헐렁한 셔츠의 깃을 야릇하게 쭉 잡아당기며 속삭였다. 도훈의 눈이 커졌다. 서연은 양손을 가슴께로 내려 셔츠의 단추를 톡, 톡 하나하나 푸르기 시작했다. 그러는 와중에도 도훈의 눈동자를 똑바로 내려다보았다. 그의 새까만 동공이 점점 더 크게 흔들렸다. 점점 벗겨지는 셔츠 속으로 은밀한 속살이 수줍게 모습을 드러냈다. 볼록한 가슴의 곡선과 사랑스러운 골짜기가 언뜻 보이자 그의 입에서 한 줄기 감탄사가 흘렀다. 빠르게 몸을 일으킨 도훈이 다급하게 서연의 손을 붙잡았다.

"그만해."

그가 단호한 음성으로 내뱉었다. 서연은 말리는 도훈의 손짓이 원망스러웠다.

"아, 또 왜요!"

서연이 입술을 툭 내밀고 짜증스럽게 발버둥 쳤다. 그러나 도훈의 엄청난 힘에 꼼짝없이 붙들려 조금도 움직일 수가 없었다.

"내가 벗기고 싶어……."

쿵.

심장이 아래로 떨어졌다. 놀란 서연의 동공이 커졌다.

"……꺅!"

갑자기 불쑥 덮쳐온 무자비한 힘이 서연의 몸 위를 타고 올랐다. 깜짝 놀란 서연이 몸을 바르작거리자 그의 커다란 손이 서연의 몸통 위를 꾸욱 눌렀다. 그대로 그의 단단한 몸이 보드라운 서연의 몸 위로 끈적하게 무너져 내렸다.

"읍!"

뭐라고 말을 잇기도 전에 도훈의 입술이 서연의 입술을 감쳐물었다. 그는 말캉한 입술을 단번에 삼키고서 강하게 빨아들였다. 놀라 움찔거리는 서연의 턱을 휘어잡고 거칠게 혀를 밀어 넣었다.

"으응……."

치열을 꼼꼼히 쓸고 끈적끈적한 점막을 혀로 남김없이 찌르다가, 젤리처럼 말캉한 서연의 혀를 찾아 거칠게 감아 당겼다. 소용돌이처럼 비벼지는 혀와 함께 무더운 타액이 어지러이 섞였다. 서연의 혀가 자지러지며 물러섰으나 도훈은 도망가지 못하도록 집요하게 좇았다. 그는 서연의 축축한 혀를 입 안으로 빨아들여 강렬하게 흡입했다.

"하아, 자, 잠깐……."

폭주하는 듯한 키스에 서연의 연약한 입술은 금세 빨갛게 부어올랐다. 서연이 거칠어진 호흡을 고르며 입술을 뻐끔거렸다. 도훈은 굵은 엄지로 그녀의 입술 위에서 기름칠한 듯 번들거리는 제 타액을 훔쳤다.

"서연아."

도훈의 우악스러운 한쪽 다리가 서연의 야리야리한 허벅지 사이로 불쑥 파고들어 깊숙이 맞물렸다.

"내가 너를……."

쪽. 입 맞추고 떨어진 도훈의 입술이 그 앞에서 속삭였다.

"머릿속으로 몇 번이나 벗겼을 거 같아……?"

이상한 질문에 너무 놀란 서연은 심장이 병 걸린 듯이 쿵쿵쿵 뛰었다.

"내가 얼마나 기다린 기회인데 네가 선수를 쳐."

굵직한 다리가 안쪽 살결에 뜨겁게 비벼졌다. 이내 꾹꾹 압박하자 아찔한 감각이 서연을 덮쳤다. 자연히 숨결이 거칠어졌다.

"으응……!"

서연은 바둥바둥 앙탈을 부렸다. 도훈이 잠깐 상체를 떼고서 그녀를 똑바로 내려다보았다. 어두운 욕망으로 가득 찬, 날 것 그대로의 짐승 같은 눈빛이었다.

"쉿."

그의 길쭉한 검지가 서연의 붉은 입술 위를 지그시 눌렀다.

"벌써부터 소리 내면 곤란하지……."

이제 시작인데.

13. 그대 품에 녹아내리고

식사를 마치고 식당을 나선 진영과 도빈은 차에 올라탔다. 여진을 잡아준 보상으로 진영의 차를 도빈에게 보름간 빌려주기로 한 탓에 운전대의 주인은 도빈이었다.

"넌 거기서 그걸 말하면 어떻게 하냐? 눈치도 없어?"

진영이 도빈을 보고 쏘아붙였다.

"미안합니다……."

"아휴, 미안하면 다냐? 이 띨띨이, 빡빡이. 너 같은 놈이 한국대 수석 입학은 어떻게 했나 몰라."

"언제 적 얘기를 하는 거야? 그리고 내가 그 얘기 하지 말랬지?"

"이게 어디서 형한테 큰소리를 빽빽! 뭘 잘했다고!"

"아니, 그러는 형도 간첩인지 뭔지 했으면서! 막 백도훈 없는 백도훈회 같은 이상한 거나 하면서 겸사겸사 나까지 팔아먹고, 진짜 사람이 못됐어!"

"야, 난 양쪽에서 스파이를 하는 거지! 양쪽에서 다 예쁨 받아야 하니까 최소한의 의리는 지킨다, 이 말씀이야! 하다못해 박쥐에게도 양심이 있을 건데, 최소한 도훈이 아킬레스건은 지켜줘야 하지 않겠냐?"

소리친 진영이 목소리를 줄이고 작게 중얼거렸다.

"지금 제수씨가 걔 아킬레스건인데."

진영이 흐릿하게 한숨지었다. 도훈의 여자 소식이 머지않아 한바탕 파란을 불러일으킬 것은 불 보듯 뻔했기 때문이었다.

두근, 두근. 서연은 제 심장의 울림에 온몸이 들썩였다. 거대한 몸에 서연의 몸이 눌려 마치 찌부러질 것만 같은 느낌이었다.

"으⋯⋯!"

도훈이 격렬하게 서연의 도톰한 입술을 듬뿍 베어 물자, 그 날카로운 교성은 그대로 도훈의 입 속으로 빨려 들어갔다. 도훈의 물컹한 혀가 쑥 치고 들어와 좁은 입 안을 헤엄쳤다. 달콤한 감촉과 동시에 뜨거운 체온이 불시에 하나로 겹쳤다. 욕정으로 가득한 오른손은 실크처럼 부드러운 서연의 살결을 정신없이 쓰다듬었다. 서연은 얇은 섬유를 뚫고 느껴지는 큰 손의 감촉이 너무도 낯설어서, 닿을 때마다 화르르 불이 붙는 것 같은 기분이었다.

"앗!"

그의 단단한 가슴이 서연의 연약한 가슴을 꾹 찍어 누르는가 싶더니 도로 슥 멀어진다. 그의 행동 하나하나에 그대로 기절할 것만 같아 눈을 질끈 감았다.

"눈 떠⋯⋯."

흐릿한 음성이 귓가를 자극한다.

"눈 뜨고 나를 봐."

소심하게 실눈을 뜨니 제 몸을 장악한 남자가 흐릿하게 시야를 차지한다. 서늘하게 굳은 표정이 조금 무서워 서연은 움찔했다.

"그래, 착하다."

그러나 금방 달래듯 나른한 입꼬리가 섹시하게 말려 올라간다. 살풋 잡힌 도훈의 솜사탕 같은 보조개에 서연의 몸도 나른하게 풀어졌다. 또다시 입술이 겹쳐졌다. 윗입술과 아랫입술을 번갈아 빨던 도훈의 입이 이내 헐떡이는 서연의 입술을 한입에 집어삼켰다. 마셔도 마셔도 갈증이 나는 사람처럼 도훈은 그녀의 사랑스러운 입술을 소중하게 들이마셨다. 태풍 같은 입맞춤에 서연의 호흡이 곤란해지자 살짝 입술을 뗀 도훈은 그녀를 격정적으로 내려다보았다. 항상 여유롭던 그가 제게 보내는 조급한 시선에 서연의 심장이 거칠게 흔들렸다.

"아⋯⋯!"

한참을 응시하던 도훈이 서연의 가느다란 목덜미를 옆으로 부드럽게 젖혔다. 새하얀 목덜미 위에 팔딱팔딱 자극적으로 뛰는 푸른 정맥을 따라 도훈의 입술이 미끄러졌다.

"하아⋯⋯."

긴 혀로 살살 핥자 짜릿한 감각이 찾아왔다. 서연은 저도 모르게 야릇한 소리를 냈다. 도훈의 입술이 뽀얀 살결 위를 누비자 날씬한 몸이 그대로 자지러진다. 얼굴을 살짝 뗀 그가 그녀의 목덜미에 산발적으로 피어오른 붉은 꽃을 부드럽게 문질렀다.

"최고로 예뻐⋯⋯."

짐승같이 욕정에 휩싸인 눈은 온데간데없이 사라지고 갑자기 신사답게 웃는다. 그 미소에 가슴이 주책없이 설레 그녀도 같이 따라 웃는데⋯⋯ 꺅!

갑자기 말랑한 엉덩이를 도훈이 움켜쥐었다.

"엄마야!"

그 단 한 번의 손짓에 서연이 용수철처럼 튀어 올랐다. 여린 양팔로 도훈의 목덜미를 꼭 감싸 안았다. 그가 귀엽다는 듯 픽 웃으며 그대로 서연의 가느다란 다리를 매끈하게 쓸어 올렸다. 종아리, 무릎, 허벅지⋯⋯. 심장이 쿵쾅쿵쾅 뛰었다. 이미 싹 날아간 알코올의 기운 아래, 그의 손길이 또렷하게 살결에 각인되어 저릿한 감각을 만들어냈다.

이건 장난이 아니야. 그렇게 말하는 듯 그의 눈동자가 퇴폐한 정염에 타올랐다. 묘한 두려움, 그리고 도덕을 벗어난 행위를 하는 듯한 어설픈 일탈의 쾌감.

"긴장하지 마……."

부드럽게 키스하며 달래는 목소리가 상냥하다.

"내가 강서연을 얼마나 사랑하는지, 네 몸 구석구석에 자세히 알려줄 테니까."

"으응……."

"잘 기억해."

서연이 떨리는 고개를 끄덕이며 도훈의 품을 더욱 파고들었다. 그 작은 몸짓이 도화선이 되어 도훈의 서늘한 심장을 전부 태워 녹여버렸다. 도훈이 파르르 떠는 서연의 등을 천천히 쓸어내렸다. 꿈에서 처음 봤을 때부터 안아도 안아도 모자랄 만큼 못 견디게 사랑스러운 여자였다. 수도 없이 욕망했지만 안고 나면 떠나버릴까 하는 막연한 불안감에 손대기조차도 두려웠다.

"넌 나에게 제일 귀한 여자야……."

열렬하게 사랑하고 소중하게 아끼며 평생을 함께하고 싶은 여자는 오로지 강서연 한 사람이었다. 도훈은 서연의 입술에 부드럽게 키스하며 그녀의 허벅지를 쓸어내렸다. 점점 허벅지 안쪽로 부드럽게 흘러들어오자 서연이 본능적으로 다리를 오므렸다.

"이, 이상해……."

생경한 감각에 도훈의 목덜미에 감긴 서연의 손에 더욱 힘이 들어갔다.

"긴장한 것도 귀여워."

"이, 이런 때까지 놀리지 마요……."

나직하게 웃은 도훈이 반쯤 풀린 서연의 셔츠 단추 위를 더듬었다. 그 동작을 본 서연이 일순 동요했다.

똑.

헐렁한 셔츠의 단추가 하나 풀어졌다. 놀란 서연이 입술을 베어 물었다.

똑.

똑.

단순한 손동작에 따라 셔츠가 점점 더 활짝 벌어졌다. 꽃잎처럼 연약하게 갈라진 셔츠 사이로 속절없이 드러난 새하얗고 말랑말랑한 가슴. 그 위를 도훈이 뜨거운 시선으로 꿰뚫을 듯이 응시했다.

"자자자잠깐만⋯⋯."

부끄러워진 서연이 얼굴을 붉혔다.

"여기 아직, 현관인데⋯⋯ 앗."

서연이 움찔했다. 그녀의 셔츠 단추를 마지막까지 전부 풀어 내린 도훈이 그대로 입술을 아래로 내렸기 때문이었다. 후우, 도훈이 톡 불거진 그녀의 쇄골에 입술을 비벼 달짝지근한 살 내음을 한껏 음미했다. 훑듯이 흘러내리는 입술은 그녀의 가슴팍을 타고 내려가더니 아름다운 언덕 위에서 웃음을 흘렸다. 꼬실 마음 가득한 야한 속옷이 귀여웠다. 새삼 창피해진 서연은 얼굴이 화끈거렸다.

"깜찍한데 섹시하기까지 해⋯⋯."

쪽. 나직하게 웃은 도훈이 오목한 가슴골에 입을 맞추었다. 도훈은 커다란 손으로 말캉거리는 젖가슴을 가볍게 쓸다가 한 손 가득 쥐었다. 차고 넘치는 살덩이의 먹음직스러운 자태에 도훈은 입맛을 다셨다.

"으응⋯⋯!"

한입에 통째로 삼킬 듯이 앙 물었다. 브래지어 컵에 붙어 하느작거리던 레이스가 도훈의 입 안에 들어가 축축하게 젖어 들었다. 검은 천이 푸스스 오그라들고 도훈의 혀는 속옷 위로도 느껴질 만큼 꼿꼿하게 곤두선 유두를 찔렀다.

"웃⋯⋯!"

믿기지 않는 쾌감에 깜짝 놀란 서연이 이를 악물었다. 한참을 우물거리던 그가 입술을 떼고 풋풋한 가슴의 향기를 흠뻑 들이마셨다.

"미치겠네⋯⋯."

치명적인 체향에 취한 도훈은 저도 모르게 나직하게 중얼거렸다. 거친 숨을 내쉬던 도훈이 이내 자신의 셔츠를 툭툭 갈급하게 풀었다. 한시가 급한 손동작에 구멍이 자꾸만 엇나갔다. 결국 중간에 조그만 단추가 툭 뜯겨 바닥으로 떨어져 내렸다.

"천, 천천히…… 해요."

"안 돼."

더듬더듬 말하는 서연의 입술을 다시 덥석 집어삼켰다. 오른손으로 자신의 셔츠를 거칠게 뜯자 후두둑 떨어져 나간 단추 두 개가 팅 튕겨 계단으로 때굴때굴 굴러갔다.

아, 혼미한 정신을 차려보니 이미 서연도 단추의 경로를 따라 계단을 올라가고 있었다. 그의 품에 안긴 채로 소중하게 옮겨지고 있었다. 자신을 안고 있는 커다란 손에서 가는 떨림이 느껴지자, 서연은 그가 자신을 최고로 아껴주고 있다는 것을 눈치챘다.

"도훈 씨……."

묘한 설렘과 두려움이 공존한 음성. 도훈이 서연의 몸을 침대에 부드럽게 눕혔다. 그 위로 거대한 육체가 올라가자 매트리스가 파도처럼 일렁였다. 어느새 전부 벗겨지고 속옷만 남은 서연이 열에 들뜬 표정으로 허리를 비틀며 거친 숨을 내쉬었다. 도훈의 이글이글 타오르는 듯한 시선이 그 위를 탐하듯이 뜨겁게 내려갔다. 곧 늘어진 입술이 섹시하게 벌어졌다.

"이게 사람이야 작품이야……."

그가 서연의 적갈색 머리카락을 손에 감아 키스를 퍼부었다.

"명품이 따로 없네."

제 신체 구석구석을 관찰하듯 훑는 시선이 노골적이었다. 나체나 다름없는 상태가 부끄러워 몸을 움츠리려다가 그의 손에 제지당했다.

"너, 너무 뚫어져라 보지 마요."

"이렇게 예쁜데 어떻게 눈을 떼."

"부끄럽게……."

서연이 칭얼대자 도훈의 엄지손가락이 서연의 입술을 꾸욱 눌렀다. 그러는가 싶더니 부드럽게 축축한 입 안으로 살짝 들어왔다가 나갔다가를 반복했다. 곧 입 안에 느껴지는 단단하고 거대한 이물감에 화들짝 놀란 서연이 몸을 바르르 떨었다.

"으아……."

입을 다물자니 그가 아플 것 같고, 열자니 턱이 뻐근하다. 그저 딱딱하게 굳어 있으니 그가 팔뚝 안쪽 연약한 살을 부드럽게 주무른다.

"이…… 손가락……."

빼요……. 입 안에 들어찬 그의 엄지의 방해로 어눌한 발음이 새어 나왔다. 발음할수록 율동하는 서연의 말캉한 혀가 도훈의 엄지에 끈적하게 비벼졌다. 찌걱, 찌걱, 야한 소리와 함께 그의 엄지손가락이 서연의 타액에 잔뜩 적셔졌다. 곧 그녀의 입 속에서 끈적하게 씨름하던 그의 엄지가 물러났다.

"느낌이 너무 이상해……."

도훈이 서연의 타액으로 흠뻑 젖어 든 엄지손가락을 천천히 혀로 핥았다. 서연의 눈을 똑바로 내려다보며 손에 묻은 서연의 흔적을 전부 빨아먹었다. 그 광경이 너무도 야해서 머리부터 발끝까지 순식간에 뜨거워졌다.

"서연아."

오롯하게 느껴지는 도훈의 까만 눈빛에 서연의 가슴은 방망이질했다.

"그런 말 하면 더 흥분되는 거 몰라?"

"변태……!"

서연이 꽃물이 든 뺨을 양손으로 가리고 고개를 휙 젖혔다.

"네가 먼저 도발했어."

그가 다소 거칠게 서연의 턱을 돌려 그를 바라보게 했다.

"이제 안 돼. 오늘은 못 자."

"근데 저 술 냄새 나서 다시 씻어야……."

"하고 씻어."

슬금슬금 허벅지부터 기어 올라온 손이 뽀얀 배를 천천히 쓸었다. 점점 더 올라가 브래지어 속을 파고들었다. 그의 기다란 손끝에 돌기가 스치자 서연은 숨이 턱턱 막혔다.

"그리고 한 번 더 해."

"……윽!"

"그리고 또 씻어."

도훈의 손이 브래지어 컵을 쥐고 거칠게 끌러내리자 뽀얗고 탐스러운 가슴이 드러났다. 도훈의 뜨거운 시선에 쫑긋 곤두선 선홍빛 유두는 이내 부드럽게 문질러졌다. 살살 둥글리니 서연의 허리가 바르르 튕겨 올랐다. 도훈이 한 손으로 그녀의 배를 눌러 내리고 작은 입술에 다시 격렬하게 키스했다.

"하아…… 아예 같이 씻으면서 할까?"

정신없이 빨아들이는 그의 흡입에 연약한 입술이 빨갛게 부어올랐다. 아찔한 감각이 온 입 안을 성내듯 찌르며 폭죽을 터뜨렸다. 엉겨 붙은 말캉한 혀와 숨결이 마약보다도 자극적이다.

"밤새 할 거야."

서연의 아랫배가 움찔움찔 꿈틀거렸다. 흥분으로 단단해진 도훈의 하체가 서연의 살결을 진하게 눌러왔다. 꾸욱. 정확히 남자의 존재감이 살갗으로 느껴졌다. 제 안을 관통하는 듯한 강렬한 감각에 서연이 침을 꼴깍 삼켰다.

마지막 남은 천 조각이 벗겨지는 소리가 사라락, 수줍게 울려 퍼졌다. 서연은 완전히 나체가 되어버렸다. 눈앞에 펼쳐진 절경에 도훈이 감탄하듯 탄성을 흘렸다. 하얗고 아름다운 알몸을 구석구석 살펴보는 시선엔 꿀 떨어지듯이 애정이 담뿍 흘러넘쳤다.

"예뻐……."

그의 몸이 밀물처럼 밀려옴과 동시에 간드러진 교성이 어둑한 방 안을 후끈하게 가득 채웠다. 서연의 가느다란 목덜미는 그에게 물리고서 격하게 빨렸다. 그는 서연의 신음을 배경음으로 느긋하게 미끄러져 쇄골과 가슴팍을 지분거렸다. 이내 야들야들한 젖가슴을 담뿍 쥐자 길쭉한 손가락 사이 탱글탱글한 유두가 붉게 곤두섰다. 도훈은 그 앙증맞은 꽃을 사랑스러워 죽겠다는 듯한 눈으로 보더니 그대로 갈급하게 머금었다.

"아앗……!"

도훈은 입 안에 들어온 작은 돌기가 너무도 달콤해 거칠게 빨아댔다. 서연은 숨넘어갈 듯한 쾌감을 느꼈다. 혀를 굴리는 게 보통이 아니었다. 서연이 이를 악물었다. 울컥울컥, 터지는 쾌감 아래 점점 정점을 찍는 전율은 멈출 기미가 없었다. 윗배, 배꼽, 아랫배, 그의 입술은 지치지도 않고 서연의 몸 구석구석을 정성스레 탐했다.

"하아……."

입술을 뗀 도훈이 나른한 숨을 흘려보내며 서연의 새하얀 허벅지를 움켜쥐었다. 천천히 다독이듯 쓸어내리던 도훈의 손이 은밀한 곳으로 부드럽게 흘러 들어갔다. 그의 손가락 관절이 딱, 딱 굽혀지고 정확히 목적을 찾아 연주하듯 어루만지기 시작했다.

"꺄악……! 잠, 깐만……."

놀란 서연이 다리를 퍼드득 움츠리자 도훈은 양 무릎을 잡아 쫙 벌렸다. 서연이 숨을 삼켰다.

"예뻐 죽겠네……."

도훈이 사랑스러워 못 견디겠다는 눈으로 보며, 흥건해진 그녀를 손가락으로 살살 탐했다.

"어떻게 여기까지 귀여워……."

몸 속 깊은 곳까지 뚫어져라 보는 시선에 서연은 얼굴이 화끈거렸다.

"너무 뚫어져라 보지마……. 부, 부끄러워……."

"그럼 안 보고."

도훈의 입꼬리가 솟아올랐다.

"먹을까."

도훈은 서연의 다리 사이에 입술을 묻었다. 서연의 고개가 색정적으로 훅 뒤로 넘어갔다.

할짝.

"왜 이렇게 달콤해……."

"흐윽! 잠깐만……."

발가락이 오그라드는 찌릿찌릿한 감각이 서연의 몸을 지배했다.

'기절할 것 같아……!'

서연이 저도 모르게 야한 신음을 연신 내뱉으며 그의 머리를 짚었다. 성수라도 되는 양 그의 입술은 지치지도 않고 격렬하게 서연을 들이켰다. 도훈이 그대로 눈만 치켜뜨고 몽롱하게 풀린 서연의 눈을 마주했다. 아름다운 눈동자가 불씨가 되어 도훈의 욕정을 더욱 불러일으켰다.

"넌 항상 날 미치게 만들고……."

하아, 도훈이 입을 벌리고 뜨거운 한숨을 내뱉자, 서연의 다리 사이가 온통 그의 입김에 축축이 젖어 들었다.

"이제 내가 널 미치게 만들어줄 차례야."

비식 솟는 그의 웃음에 그만 호흡하는 법을 잊어버렸다. 도훈의 행위는 철저하게 서연을 함락시키려는 듯 멈출 기미가 없었다. 가슴을 헐떡이자 도훈이 그녀의 몸을 달래듯이 부드럽게 쓸었다. 그 행동이 너무도 상냥해서, 비벼지는 살결의 감촉이 너무도 황홀해서, 서연은 그만 눈물이 날 것만 같았다. 가빠오는 울음을 참기 위해 눈을 꼬옥 감았다.

민감한 육체를 정성스레 애무한 도훈은 이내 서연의 허리를 확 끌어당겨 거칠게 키스했다. 한 손을 내려 제 바지 버클을 풀었다. 서연이 꼴깍 침을 삼키자 그의 타액이 목울대 아래로 넘어갔다.

"아……."

저도 모르게 아래를 물끄러미 보다가 놀란 서연이 얼굴을 새빨갛게 물들였다. 상상 이상이었다. 덜컥 겁을 집어먹었다. 도훈이 나직한 웃음을 터뜨렸다.

"긴장 풀어……."

도훈이 서연의 콧잔등에 쪽 키스했다.

"아프게 하지 않아."

자상한 음성에 서연의 심장은 사르르 녹아버렸다. 깊은 사랑을 느낀 서연이 확 하고 팔을 뻗어 그의 목덜미를 끌어안고 키스했다. 달콤한 서연의 입술은 봄비처럼 스며드는 도훈의 숨결로 인해 서서히 젖어 들었다. 함빡 적시고도 모자란다는 듯 점점 거칠어지는 키스는 폭우가 되어 서연의 가슴에 홍수를 일으켰다. 도훈은 폭풍같이 입을 맞추며 왼손으로 서랍장을 열어 안에서 콘돔을 집었다. 서연이 감은 눈을 파르르 떨며 뜨자, 흐릿한 시야로 포장지를 이로 단번에 뜯는 도훈이 들어왔다.

"어, 언제 꺼낸……. 아니, 갑자기 어디서……. 아니, 언제 준비를……."

퇴폐한 자태에 심쿵당한 서연이 횡설수설하자 도훈이 청량하게 웃으며 서연의 이마에 달래듯 키스했다.

"말했잖아."

도훈이 서연의 야드르르한 뺨을 보듬었다.

"늘, 너와 이러고 싶었어……."

사랑하는 만큼 만지고 싶었고, 그렇기 때문에 충만하게 그녀를 안고 싶었다. 그 사랑이 너무도 커, 혹여나 도망갈까 오래도록 욕망을 제어했었다.

"도훈 씨……."

서연이 도훈의 이름을 부른 순간, 그의 심장은 폭발할 것처럼 쿵쾅거렸다. 그는 벅찬 얼굴로 서연의 골반을 어루만지며 미소 지었다. 그 앞에서 얄밉게 뜸을 들이자 서연은 팔을 뻗어 도훈의 굵은 허리를 끌어당겼다.

"애태우지 마요……."

서연의 흐물흐물해진 가슴이 함빡 풍선처럼 부풀어 올랐다.

"얼른……."

이제 그의 품에서 온전한 몸으로 다시 태어날 것이다. 완전한 나, 강서연으로 완성된다는 산사태 같은 감동이 서연의 머리를 햇살처럼 따뜻하게 비추었다. 기대감과 사랑으로 둘러싸인 서연은 그 어느 때보다도 아름다웠고, 도훈은 참을 수 없을 만큼 찬란한 절경을 마주했다.

"아앗……!"

도훈이 서연이 안으로 단번에 들어왔다. 전기가 통하는 듯 짜릿한 느낌이 오감을 지배하자 놀란 서연이 눈을 꼭 감았다. 몸에 화르륵 불이 올랐다. 감당하기 버거울 정도로 커다란 이물이었다. 이를 악물었다. 도훈은 참을성 있게 기다리며 서연의 상태를 살폈다.

"괜찮으면 고개 끄덕여."

"으응……."

서연이 가빠진 숨을 토하며 고개를 끄덕였다. 그가 오랜 시간 공들여 내부를 넓혀놓은 탓에 고통은 희미했고, 그와 하나로 이어졌다는 사실이 서연을 벅차게 만들었다. 닿아 있는 그의 피부에서 맥박이 거칠게 쿵쿵 뛰는 것이 적나라하게 느껴졌다. 느리게 허리가 움직이기 시작하자 아랫배가 차오르다 못해 터질 것만 같았다. 불쑥불쑥 치고 들어오는 감각에 정신이 혼미해졌다. 서연의 심장이 터질 것처럼 쿵쾅쿵쾅 내려쳤다. 모든 이성을 앗아가는 쾌감이었다.

"흐읏……!"

이내 그의 움직임은 점점 거칠어졌다. 빨라지는 마찰 소리와 함께 반복되는 그의 행위에 느리게 흔들리던 가슴이 무자비하게 출렁였다. 도훈이 격렬하게 요동치는 가슴을 부드럽게 움켜쥐자 서연의 허리가 격하게 들렸다. 서연이 도훈의 어깨를 필사적으로 붙잡았다. 단단한 등 근육에 그녀의 손톱이 콱 박혀 야릇한 자국을 만들었다. 그 치명적인 자극에 도훈의 움직임은 점점 더 빨라지고 서연은 점점 더 거칠게 요동쳤다. 크고 작은 절정에 서연이 온몸을 정신없이 뒤틀었다. 전진과 후퇴, 그 단순한 움직임이 점점 빨라지고 강해질수록 온 근육과 신경들이 경련을 일으켰다. 전율하고 전율했다.

"아, 아앗……!"

도훈은 서연의 벌어진 입술에 진하게 키스를 퍼부었다. 머리부터 발끝까지 강렬하게 오르는 행복한 전율에 벅차서 터져버릴 것만 같았다. 폭주하는 듯이 내달리는 도훈 때문에 온몸에 지진이 온 서연이 애원하듯이 입술을 벌렸다.

"하아…… 나, 나 손 잡아줘요."

서연이 조그마한 손을 쥐었다 폈다 하며 속삭였다. 그런 서연이 사랑스러워 도훈은 자연히 웃음을 흘렸다. 도훈의 커다란 손과 서연의 작은 손이 하나로 겹쳐져 서로를 꼭 붙잡았다. 이 세상에 오로지 도훈과 서연, 단둘만이 남은 듯한 착각이 들었다.

"서연아……."

후우, 도훈의 거친 숨결이 서연의 귓가를 간질였다.

"도훈 씨, 나…… 심장이 터질 것 같아……."

서연은 알 수 없는 이상한 감각이 발끝에서부터 목 아래까지 불쑥 치고 올라오는 것을 느꼈다.

"괜찮아……."

쿵쿵, 바르르 떠는 여린 몸을 도훈이 온몸으로 끌어안았다.

"내가 여기 있어."

도훈이 서연의 입술에 입을 맞추며 속삭였다. 사랑하는 남자의 품에 안겨 있다는 것이 이토록 안정감을 주는 일이었던가. 몸도 마음도 전부 그와 하나가 되었다는, 믿을 수 없는 기쁨.

"하아, 사랑, 사랑해, 도훈 씨……."

서연은 아득해지는 정신 속에도 도톰한 입술을 사랑스럽게 조물조물 움직였다. 밀려오는 충만감에 도훈의 목덜미를 더욱 꽉 움켜쥐었다. 몇 번의 절정이 서연의 목구멍까지 치달았는지 알 수 없었다. 그는 격렬하고 또 격렬하게 서연을 안았다. 그녀의 연약한 팔다리가 나달거릴 정도로 거센 폭풍처럼 몰아쳤다. 쾌감은 쉴 틈을 주지 않고 무자비하게 몰려왔다. 움찔거리는 여린 몸이 이내 힘없이 축 늘어질 때까지 도훈의 행위는 계속되었다. 거칠면서도 섬세했다. 도훈은 그녀의 입술에 가볍게 입을 맞추고 가녀린 육체를 가득 맨가슴에 끌어안았다. 새하얀 매트리스 위, 수도 없이 폭발한 불꽃은 밤새 멈출 줄을 몰랐다.

춤을 추듯 일렁이는 시야. 귓가를 간지럽히는 뜨거운 남자의 숨결. 마지막으로 봤던 것은 관능적으로 길게 찢어진 그의 눈매였다. 그 안에 자리한 새까만 눈동자. 그 어두운 심연은 그의 품에 안기는 동안 서연의 심장의 속도감을 온통 앗아갔다.

"아……."

눈을 번쩍 뜨니 기분 좋게 웃고 있는 도훈의 얼굴이 얼핏 보였다. 날렵한 턱선에 서연의 시선이 또르르 굴러떨어지더니 굵직한 목에서 멈췄다. 화들짝 놀라 밖을 바라보니 아직 해가 뜨기 전이었다.

"괜찮아?"

목소리가 어찌나 상냥한지 아까 전 제 몸 위를 타던 그 남자와 같은 사람이라는 게 믿기지 않을 지경이었다. 낮에는 항상 점잖고 깔끔하게 선을 지키던 그였기 때문에 당연히 밤에도 배려가 넘칠 것으로 생각했다. 물론 그건 전부 서연의 착각이었다. 뼈가 부서질 듯 욱신거리는 아랫배와 여전히 뜨겁게 열 오른 육체가 그 증거였다.

"사랑스러워서 죽겠네……."

녹초로 만든 그가 얄밉다가도 그의 부드러운 숨소리가 귓가를 자극하니 그대로 사르르 녹는다. 또 끊길 것 같은 정신을 붙잡으니 그의 오르락내리락하는 단단한 가슴 근육이 제대로 시야에 박힌다. 꿀꺽. 조물주가 손수 조각한 듯 하나하나 살아 있는 근육들이 꿈틀거리며 저마다 자리를 차지하고 있었다. 저 품에 으스러질 듯 안겨 음란한 신음을 수없이 내질렀던 기억이 너무도 선명해 절로 얼굴이 붉어졌다. 괜히 심장이 떨려 스르륵 시선을 돌리자 얼굴은 더 뜨겁게 불타올랐다. 실오라기 하나 걸치지 않고 완전히 맨몸으로 누워 있는 자신을 발견했기 때문이었다. 그리고 그 위를 태연하게 차지해서 느리게 움직이는 엉큼한 손.

"뭘 먹으면 이렇게 말랑말랑해……?"

솟은 가슴을 천천히 어루만지는 손길에 서연이 딱딱하게 굳었다. 마사지 잘한다는 말이 거짓이 아니었는지 주무르는 손이 아주 능수능란하다. 제 눈으로 제 몸이 그의 손안에서 살살 유린당하는 광경을 보니 부끄러워서 미칠 것만 같았다. 서연이 상체를 벌떡 일으켜 이불을 가슴께로 바짝 끌어당겼다.

"아, 치사하게 예고도 없이 뺏어가."

"윽, 그런 말 아무렇지 않게 웃으면서 하지 마요……!"

도훈이 상체를 일으켜 침대 헤드에 몸을 기댔다.

"힘들었나 봐. 그냥 쓰러지던데."

"안 힘들게 생겼어요……?"

방금까지 거칠게 놀리던 그의 몸과 대비되는 부드러운 언사가 미묘하게 얄밉다. 물론 난생처음 느껴보는 짜릿한 쾌감에 저도 모르게 몸이 계속 이상하게 반응한 것은 사실이다. 나중엔 너무 좋아서 어쩔 줄 몰랐고, 심지어 눈물까지 날 뻔했다. 그 여운에 좀처럼 열이 식지 않아 정말 미칠 것 같았다.

"거칠게 해서 미안해. 내가 진짜……."

"네?"

"너무 참아서."

"……."

숨이 뚝 끊겼다. 그가 생글생글 웃으며 서연의 허리를 부드럽게 끌어당겼다.

"지금은 어때."

"네? 아니 그게……."

여린 상체를 가리고 있는 서연의 이불을 그의 왼손이 쭉 끌어내렸다.

"헉!"

이불이 사라지자 공기 중에 발갛게 드러난 살갗에 화들짝 놀란 서연이 허리를 굽히고 양손으로 가슴을 가렸다.

"뭐 하는 거예요! 빨리 이불! 이불⋯⋯!"

당황해서 소리치고 있으니 그대로 도훈의 입술이 서연의 입술에 뜨겁게 부딪쳐온다. 입술이 쪽 떨어졌다 붙었다를 반복했다. 달래듯이 키스하는 그의 입술이 꿀이라도 바른 듯 달콤했다. 더운 숨결이 이리저리 엉키고, 서로의 타액이 서로의 입 속으로 정신없이 넘어갔다. 입천장을 간질간질 훑고 떨어지는, 활어처럼 팔팔한 도훈의 입술이 또다시 서연의 이성을 전부 앗아간다.

"음⋯⋯."

바르작거리는 서연의 몸을 도훈이 꼭 껴안자 그녀의 허리가 급격하게 휘었다. 예민한 가슴을 부드럽게 누르는 그의 단단한 근육은 서연의 말랑말랑한 성질과는 정반대였다.

"한 번 더 놀아줄 수 있나?"

도훈이 씩 웃었다.

"⋯⋯진심이야?"

서연이 믿기지 않는다는 듯 묻자 그가 서연의 뺨에 쪽 입맞춤하더니 유들유들하게 웃었다.

"그럼 농담이게."

체력이⋯⋯ 사람 맞아?

"그, 그렇지만 도훈 씨, 어제 저녁도 못 먹었잖아요?"

"훨씬 좋은 게 기다리고 있길래."

"⋯⋯너무 대놓고 낯부끄러운 소리를 막 해요⋯⋯!"

"저녁은 이따 아침으로 미뤄서 먹어. 난 지금 밥보다⋯⋯."

도훈의 입 안이 축축하게 젖어 들었다.

"네가 고파."

꿀꺽, 서연의 침 넘어가는 소리가 고요한 방 안에 울렸다.

"부드럽게 할게."

계획은 철저하게 지키는 남자였다.

도훈은 제 품에서 잠든 서연의 얼굴을 한참 동안 응시했다.

"정말……."

벅찬 가슴과 함께 찾아온 낯선 상승감에 도저히 잠이 들 수가 없었다. 한 손으로 서연을 끌어안고 부드러운 머릿결을 천천히 쓸었다.

"좋다, 네가……."

죽을 만큼, 네가 좋아……. 냉정을 유지하며 평생을 살아왔는데, 강서연이라는 불씨 앞에서는 그 모든 얼음이 단번에 녹아내렸다. 10년을 짝사랑했던 여자였기 때문일까? 아니면…….

"난 널 만나기 위해 태어난 것 같아……."

단순히 운명 타령을 하는 것이 아니었다. 도훈은 그녀를 위해서는 못 할 일이 없었다. 꿈속에서만 보았던 서연이 현실에 끝까지 나타나지 않았다면, 그녀와 만나기 위해 기꺼이 목숨을 바쳤을지도 모른다. 어떻게 보면 지독한 굴레였다. 서연이 나타나지 않았다면 그저 원인 모를 병으로 남아 평생의 고통이 되었을 것이다. 그만큼 서연과 도훈의 관계는 단순한 말로 설명 자체가 불가했다.

"우리는…… 어떻게 될까."

나와 함께 있으면 원래 모습으로 돌아오는 너. 10년 동안 꾸준히 내 꿈에 나왔던 너.

"이제 내가 솔직해질게……."

다 털어놓자고. 10년간 네가 내 꿈에 나왔다는 사실, 그런 네게 한눈에 반해 온 동네를 다 뒤져 수소문해왔다는 사실, 비정상적일 정도의 집착을 끝끝내 버리지 못하고 초상화 수백 장으로 방 안을 채우며 병적으로 쫓아왔다는 사실.

"놀랄 테지만, 내게서 도망치지 말아줘……."

나는 널 10년 전부터 알고 있었다고, 널 10년 전부터 끔찍하게 사랑해왔다고.

나는 처음부터 마지막까지 너로 가득 찬 사람이었다고.

다 말하고 솔직해지는 일. 완전히 진실하게 다가가 온전히 서로가 서로에게 진리가 되는 일.

"내 목숨보다도."

도훈이 천천히 서연의 이마에 입술을 맞추었다.

"사랑해…… 강서연."

벌써 아침이 되었는지 커튼 틈으로 한껏 밀려들어 오는 햇살 때문에 서연은 도로 눈을 떴다. 눈을 뜨자마자 보이는 시야를 벽처럼 가로막고 있는 육체. 도훈의 단단한 맨가슴에 얼굴을 박고 있다는 것을 깨닫고는 흠칫해서 눈꺼풀을 파르르 떨며 깜빡거렸다. 맨몸으로 끌어안고 자다니, 이보다 더 외설적인 그림이 있을까. 말도 못하게 창피해진 서연이 도훈의 눈치를 보며 몰래 일어나려고 몸을 일으켰다.

"엄마야!"

그 순간 도훈이 한쪽 팔로 잘록한 허리를 단숨에 끌어당겨 도로 침대에 서연을 눕혔다.

"좀만 더 이러고 있자……."

섬세하고 길쭉한 도훈의 손가락이 서연의 허리 위로 지그시 눌렀다. 등 뒤에서 저를 끌어안은 도훈의 완고한 몸. 그의 매끈한 살결이 온몸으로 뚜렷하게 느껴지자 가슴이 울렁거렸다.

"후, 하, 후, 하……."

"뭐 해?"

"심정지 예방 심호흡이요. 200살까지 살아야 하거든요."

엉뚱한 대답에 도훈이 웃음을 터뜨렸다.

"나도 어제 심정지 오는 줄 알았지."

"꺄……. 부끄럽다. 이런 대화."

"미치게 좋은데."

"거참, 취향이."

"나는 네가 가끔 반말할 때가 좋아."

"존댓말은 별로예요?"

"우리 서연이는 존댓말 하면 귀엽고 반말하면 섹시하지."

"그래? 나는 가끔 도훈 씨가 존댓말 할 때가 그립던데."

서연이 소리 내 웃었다.

"반말은 섹시하고 존댓말은 멋있지."

도훈이 나직하게 웃었다. 그러더니 돌연 입술을 벌려 서연의 귓바퀴를 살짝 깨물었다.

"아……!"

귀의 둥근 곡선을 덧그리듯이 핥아 내려가는 촉촉한 입술에 서연이 몸을 움찔거렸다.

"어젯밤 미치게 좋았어요, 강서연 씨……."

심장이 쿵 떨어졌다.

"온종일 생각날 것 같아요."

"……으!"

도훈이 서연의 귓불을 입술로 잘근 물었다가 놓고 숨결같이 소곤거렸다.

"씻겨줄까요."

그 말에 서연이 벌떡 일어나 베개로 도훈의 얼굴을 꾹 눌러 시야를 차단하고 쏜살같이 욕실로 뛰어들었다. 도훈이 곧바로 바지만 입고 욕실로 따라 들어갔으나 서연이 문을 콱 밀어 제지됐다.

"싫어요!"

"뭐가?"

"······."

서연은 제 입으로 말하기도 낯부끄러웠다.

"됐, 됐고요. 문 좀 닫게 손잡이 좀 놓지? 응?"

문을 죽어도 닫으려는 서연과 죽어도 열려는 도훈. 뜬금없이 시작된 한판 승부 때문에 문이 정신없이 왔다 갔다 했다. 5센티 정도 열린 욕실 문을 양쪽에서 붙잡고 씨름했다.

"씻겨줄게."

"싫어! 싫다니까요?"

"왜?"

"부, 부끄럽다고요!"

"알겠으니까 나와 봐."

"싫어요! 도훈 씨야말로 문 닫게 문에서 손 좀 떼요!"

작게 열린 문틈으로 서연의 뽀얀 살결이 감질나게 살짝 보이자 도훈이 입맛을 다셨다.

"씻겨주고 싶어."

"으으······."

도훈이 문틈으로 손을 불쑥 집어넣자 서연이 깜짝 놀라 휙 몸을 피했다.

"이미 다 봤어. 인제 와서 내외해?"

"밤에 정신없을 때 본 거랑 이렇게 밝은 화장실 전등불 아래서 보는 거랑 같아요? 부끄럽다니까요!"

"왜 부끄러워."

"옛말에 공자께서도 부끄러움을 알아야 군자라고 했다고요. 그런데 왜 그쪽은 부끄러움이라는 감정이 없어요?"

"군자가 아닌가 봐."

"아우, 정말. 포인트가 군자가 아니잖아요! 어쨌든 안 돼요!"

"고집은."

"얼씨구, 내가 할 말이거든요?"

여전히 문 하나를 두고 씨름하는 서연과 도훈. 그녀가 새빨갛게 달아오른 얼굴로 발만 동동 굴렀다.

"우리 이러다 출근 못 해요!"

"그럼 하지 말지, 뭐."

"뭐요?"

"이참에 둘이서 해외로 도피 여행 어때."

"누구한테서 도피를 해요? 하여간 툭하면 이상한 말만."

"그럼 신혼여행으로 하자."

도훈이 픽 웃으며 말하자 서연의 얼굴이 더욱 불타올랐다.

"미리 연습한다 치면 좋아."

역시 이런 말이 통할 상대가 아니었다.

'부끄럽다고! 부! 끄! 럽! 다! 고!'

어제 서연이 제 블라우스 단추를 하나하나 풀며 유혹하던 용기는 술기운과 밤의 콜라보에 불과했다. 이미 해는 중천에 올랐고 정신은 개운했기 때문에 지금은 알몸으로 그를 마주하는 것 자체가 부끄럽고 민망했다. 무엇보다 씻겨준다니? 씻겨준다니! 그런 간질거리고 창피한 행각을 어떻게 맨정신에? 제정신이 아니야!

"어머머머머! 열지 말래도오!"

도훈이 문을 살짝 밀자 서연이 저도 모르게 소리를 빽 질렀다.

"알겠어. 그럼 키스 한 번만 하고 씻어."

"네? 이야기가 왜 그렇게 돼요!"

"나와 봐."

"알겠어. 알겠으니까! 나 씻고 나와서 옷 입고 해요!"

"아니면 내가 들어갈까?"

"으악! 으어, 엄마야 잠깐만! 문 밀지 마요! 진정해, 진정!"

도훈이 또 문을 슬쩍 밀자 서연이 몹시 당황하며 허둥댔다. 그 모습이 깨물어주고 싶게 귀여워 도훈은 저도 모르게 웃음을 터뜨렸다. 서연은 문틈으로 들어온 그의 손을 툭 쳐서 빼내려고 했는데, 글쎄 손이 닿자마자 갑자기 손깍지를 낀다. 그대로 끈끈이라도 묻은 듯, 마주 얽힌 손을 절대 놓아주지 않는다. 맙소사, 지금까지 잠자코 참길래 그저 선비인 줄 알았는데 이렇게 욕망이 철철 흐르는 남자일 줄이야. 그럼 지금까지 왜 참은 거지? 어떻게 참은 거지?

"그, 그럼 눈 감아 봐요. 지금 아침인 데다가 불도 켜고 커튼도 안 쳤는데 너무 잘 보여서 내가 지금 그⋯⋯."

흥분한 혓바닥은 잔뜩 횡설수설하기 시작했다. 밝은 불 아래에서 껍질 벗겨진 자두처럼 발가벗은 모습을 보일 자신이 없었다. 깜깜한 암흑 속에서 본 것과 밝은 곳에서 미술품 감상하듯 쪼개 보는 것은 그 시선이 다를 수도 있었기 때문이다.

"내가 근육이 없어서⋯⋯ 은근히 살이 많아."

"알겠어. 그럼 나 눈 감고 있을게."

도훈은 바지만 입고 상체는 여전히 아무것도 입지 않은 상태였다. 그가 눈을 감은 채 물러섰다.

"진짜죠? 나 진짜 부끄러워서 죽어버릴지도 모르니까 눈 뜨면 안 돼요. 그럼 뽀뽀 정도는 해줄게요."

"안 떠. 네가 싫어하는 거 안 해."

여전히 눈을 감고 있는 도훈은 부드럽게 미소 지었다. 서연이 잠깐 고민하더니 문을 벌컥 밀어 열고 벼락같이 튀어나와 도훈의 입술에 쪽 소리 나게 뽀뽀했다. 찰나에 떨어지는 입술, 서연이 냉큼 다시 들어가려고 하는데⋯⋯.

도훈이 그녀의 등을 덥석 으스러질 듯 끌어안고 도로 제 입술을 겹쳤다.

"읍!"

그에게 사로잡혀 덫에 걸린 초식동물처럼 바둥바둥하던 서연이 이내 그의 품에 축 늘어졌다. 도훈의 입술이 서연의 작은 입술을 끈적하게 물었다가 놓기를 반복했다. 입술이 수줍게 비벼지는 감촉과 맨살을 쓸어내리는 손길이 다정했다. 한참을 열정적으로 키스하자 서연의 몸에서 힘이 쭉쭉 빠지더니 다리가 후들후들 떨렸다.

'이러다 진짜…… 출근 못 하겠어……'

서연이 조심스레 도훈의 허리에 손을 올렸다.

'진짜 키스 너무 잘해……'

무자비했던 어젯밤으로 인해 온몸에 열이 오르고 허리가 끊어질 것 같은데, 그래도 살아 있는 감각이 꿈틀거려 아찔하다.

'근데 출근……. 설마 혹시 이대로 또……?'

그런 생각을 하며 저도 모르게 그의 품을 점점 파고드는데, 커다란 손이 슬금슬금 음흉하게 엉덩이로 향한다. 서연이 잔뜩 상기된 얼굴로 그에게서 떨어져 욕실로 쏙 들어가 문을 찰칵 잠갔다.

"아……."

도훈이 아쉽다는 듯 입술에 촉촉하게 남은 서연의 흔적을 핥았다. 허공에 외롭게 멈춘 손을 한번 무의미하게 쥐었다가 폈다.

"약속대로 눈 안 떴는데 왜 도망가?"

도훈이 태연한 음성으로 물었다.

"윽, 하여간 진짜 변태……."

"너무하네. 안 만진다고는 안 했어."

웃음기 젖은 도훈의 목소리가 닫힌 문 뒤에서 들려왔다. 아슬아슬 휘청거리던 다리에 완전히 힘이 풀렸다. 서연이 그대로 문 앞에서 주르륵 녹아내렸다. 개미가 기어들어 가는 듯 작은 목소리로 중얼거렸다.

"이 남자랑 살다가 심장 터지겠네. 진짜……."

"와, 진짜 늦을 뻔했어. 겨우 출근하네. 아니, 막 맘대로 지각하고 그래도 돼요?"

출근하는 차 안, 조수석에 앉은 서연이 꾸중 섞인 목소리로 중얼거렸다.

"하긴 무서워서 누가 입이나 뻥긋하겠어."

이어지는 뒷말에 도훈이 픽 웃음을 터뜨렸다.

"그럼 지금이라도 공항으로 차 꺾어?"

"윽, 제발. 도훈 씨가 말하면 농담 같지가 않아서 무섭다구요."

"농담 아닌데."

서연은 머리가 어지러워지는 기분이었다.

"너와 있으면 마음이 다른 데로 가."

도훈이 덤덤한 목소리로 덧붙였다.

"콩밭."

그리고 그 목소리에 떨리는 것은 오로지 서연의 몫이었다. 도훈의 눈매가 가느다랗게 늘어졌다. 잘생긴 입술 사이로 기분 좋은 한숨이 터져 나왔다.

"지금 나……."

"응?"

"머리 굴러가는 게 정상이 아니야. 제대로 미쳤어."

도훈의 입꼬리가 비틀리듯 올라갔다.

"그러니까 강서연이 책임져야 해."

끼익, 마침 바뀐 빨간 신호 아래 까만 세단이 부드럽게 멈춰 섰다.

"책임이면 뭐……. 먹여 살리나?"

서연이 넌지시 묻자 도훈이 고개를 뒤로 쭉 꺾더니 오른쪽으로 천천히 시선을 돌렸다.

"오늘 저녁에 밖에서 데이트하자."

"헉!"

"왜?"

"오늘 퇴근하고 어디 들를 데가 있어서요."

사실 서연은 무당의 마지막 당부를 떠올리며 아침에 도훈 몰래 해원신당에 전화로 방문 예약을 한 참이었다.

'첫 합방 후, 이틀 안에 반드시 나를 다시 찾아오도록 하여라.'

그렇게 말하며 무당은 최대한 이른 시일 내에 합일을 이루라고 강조했었다. 미적대다 보니 첫날밤이 조금 늦어지기는 했지만 그래도 드디어 무당의 과제를 완벽히 수행했고, 이제 그녀에게 찾아가서 전생의 굴레를 벗어나 자유의 몸이 되었다고 선언을 듣는 일만이 남았다.

"엄청 늦지는 않을 것 같은데, 집에 가면 아홉 시에서 아홉 시 반쯤?"

"그럼 그때 보자. 마침 내일 토요일이니까……."

도훈은 제 입술을 손끝으로 쓸었다.

"호텔 라운지 바에서."

"집 말고?"

"할 말이 있어."

할 말……? 서연이 뻐근하게 땅기는 아랫배를 오른손으로 살살 문질렀다. 도훈이 비스듬히 내려다보자 서연의 심장이 움찔 찔렸다.

"왜, 왜 그렇게 봐요. 무섭게 쓸데없이 무게 잡고 그래요."

"중요한 얘기야."

"으, 그렇게 강조하니까 괜히 긴장되고 그런다."

새까만 도훈의 눈동자를 마주하고 있자니 피의 흐름이 빨라지는 기분이었다.

"오케이. 이따 밖에서 만나요."

도훈의 눈동자가 도르르 굴러 단정하게 정리된 서연의 정수리로 향했다. 그가 희미하게 웃으며 서연의 머리를 자상하게 쓰다듬었다.

"그래서, 완전한 몸이 된 소감은?"

어느새 신호가 초록 불로 변했다. 도훈이 브레이크에서 느슨하게 구둣발을 뗐다. 액셀로 옮겨가는 짧은 과정 동안 들려온 것은 서연의 살풋 터진 웃음소리였다. 서연이 비스듬히 뜬 눈을 굴려 도훈을 끈적하게 바라보며 속삭였다.

"난 네 거 되고."

붉은 입술이 길어지며 웃음을 흘린다.

"넌 내 거 된 느낌."

차는 직선으로 올곧게 나아갔다.

회사에 도착한 서연은 엘리베이터 거울에 제 모습을 비춰 보며 웃었다. 몸을 완전히 되찾은 탓일까? 항상 천근만근이던 몸은 곧 날아갈 듯이 가뿐했고, 얼굴은 그 어느 때보다도 반질반질 생기가 돌았다. 그야말로 컨디션 최고조, 쿡 찌르면 승천할 것만 같이 행복했다. 거기에 새로 산 블라우스의 화사한 플로럴 프린팅 때문인지, 마치 화려한 꽃밭에 둘러싸여 있는 듯한 즐거운 기분이었다.

"안녕하세요."

서연은 환하게 웃으며 사무실로 걸어 들어갔다. 그녀가 들어서자마자 모든 시선이 일제히 서연에게로 다닥다닥 모여 붙었다.

"와, 강 대리, 어떻게 점점 예뻐지네."

"언니, 오늘은 더 예뻐졌어요!"

오늘도 날아들어 오는 칭찬들에 살짝 웃으며 자리에 앉았다. 그러나 자리에 앉고서도 뜨거운 시선들은 떠나지 않고 올망졸망 모여 붙어 있었다. 모두가 서연에게 무언가 묻고 싶은 듯 눈치를 살피며 입술을 벙긋거렸다.

'뭐지……?'

서연은 묘한 위화감을 느끼며 미간을 좁혔다. 왜들 쳐다보지? 뭐 잘못했던가? 곰곰이 생각해보았으나 딱히 짚이는 구석이 없었다.

서연이 찝찝한 얼굴로 노트북을 켰다.

"하으암……."

업무를 보다 휴게실에 잠시 들른 서연이 입이 찢어져라 하품을 했다.

"와, 오늘 하품 되게 많이 한다. 어제 잠 제대로 못 잤어?"

그 모습을 보며 소미가 물었다.

"네, 뭐…… 흐흐."

"그래도 기분은 되게 좋아 보인다. 무슨 좋은 일 있었구나?"

"네! 기분 완전 좋아요. 날아가다 못해 성층권을 뻥 뚫을 만큼 행복 만땅! 언니, 기 받아 갈래요?"

서연이 손바닥을 자신만만하게 내밀자 게슴츠레하던 소미의 눈이 점점 초롱초롱해지더니 그녀의 손을 덥석 붙잡았다.

"서연 씨!"

"아 깜짝이야!"

"아니 강 대리님. 커피 타드릴까요? 제가 또 다방 커피 기가 막히게 타는데. 한 번 마시면 절대 헤어 나올 수가 없거든요!"

"아, 언니! 그런 거 하지 마요. 안 그래도 오늘 자꾸 다들 부담스럽게 굴어서 미치겠는데……."

소미가 씨익 웃으며 서연의 손을 놔주었다.

"다들 살길 찾겠다고 그러는 거지. 서연 씨 이번에 박 실장님 라인 탔다고 소문이 자자해. 어떻게든 서연 씨한테 잘 보여서 콩고물이라도 좀 얻자는 심산들이지."

"예? 무슨 말이에요……? 무슨 라인이요?"

"서연 씨 몰라? 어제 박 실장님이 서연 씨……."

"서연 씨."

소미는 말을 채 잇지 못했다. 휴게실로 들어온 유라가 서연을 불렀기 때문이었다. 근 며칠 시체처럼 창백하던 유라는 한결 짙어진 메이크업과 미소를 하고 있었다.

"콜라보 관련해서 상의할 게 있어서요. 지금 바로 소회의실로 오세요."

"네. 팀장님."

"거, 빨리도 찾아왔구나. 박복한 년."

무당의 거무죽죽한 눈두덩이가 더욱 짙어졌다. 서연이 소리 없이 웃으며 방석 위에 다소곳이 앉았다. 무당이 끌끌 혀를 차며 그런 그녀를 아래위로 훑어보았다.

"하고 다니는 꼬락서니를 보니 살 만한가 보구나. 여시같이 치장할 돈 있으면 복채나 똑바로 내."

"하하, 지금까지 매번 죄송했어요. 그래도 오늘은 많이 많이 내고 갈게요."

서연이 즐겁다는 듯 웃었다.

"오늘이 여기 마지막으로 오는 날일 테니까요."

무당의 매서운 눈이 길게 가늘어졌다.

"저 성공했어요. 내주신 과제. 정갈하게 준비해서 합일을 이루어라!"

"그러게 얼른 해치우지, 뭐 한다고 뜸을 들여? 이틀 안에 오라는 당부는 지켰겠지?"

"네."

"퍼뜩 합일한 시간을 대략적으로 읊어봐."

"네에?"

깜짝 놀란 서연의 얼굴이 붉어졌다.

"그…… 기, 기준이 뭔지…… 음…….'

"대략적으로 불라고, 대략적으로!"

무당이 역정을 내자 기겁한 서연이 얼른 대충 시간을 불었다. 검은 볼펜으로 무언가를 적더니 쌀알을 이리저리 흩뿌리던 무당이 일순 콧방귀를 뀌었다. 매섭게 감겨 있던 눈꺼풀이 바싹 들려 서연의 얼굴에 꽂혔다.

"더 늦었으면 사달이 날 뻔했어."

"사달이요……?"

"내 좌우지간 이른 시일 내에 처리하라고 했거늘 그깟 사내놈 하나 못 넘겨서는."

무당이 한심하다는 듯 혀를 차더니 부채를 탁, 접어 들었다.

"지금부터 중대한 수를 말할 터이니 귓구멍을 똑바로 열고 들어라."

"네."

약간 긴장한 서연이 고개를 끄덕였다.

"네년은 이제 온전히 여인의 몸을 되찾았다. 다시 사내의 몸으로 돌아가지 않을 것이야."

무당의 선언에 서연의 입꼬리가 함박웃음을 머금고 길어졌다.

"감사합니다, 정말 감사합니다!"

"단."

"네?"

"지금부터 내 지시에 한 치의 틀림도 없이 따른다면 말이다."

무당의 오싹한 어투에 서연의 입술이 꾹 다물어졌다.

끝난 게…… 아닌 건가? 행복으로 더없이 벅차오르던 가슴이 순식간에 가라앉았다. 무당은 눈도 깜빡이지 않고 서연의 얼굴을 꿰뚫을 듯이 노려보며 정확히 입술만 움직였다.

"하나 묻도록 하겠다."

"……."

"놈을 만나기 전, 점점 사내로 변모하던 네년의 몸뚱어리. 무언가 이상한 점을 느끼지 못했느냐."

이상한 점? 서연의 얼굴에서 웃음기가 완전히 사라졌다.

"짧은 채로 멈춰 길어지지 않는 네년의 머리칼."

"……."

"점점 창백하게 질려가는 네년의 안색과 핏기가 사라지고 푸르뎅뎅해졌던 네년의 입술 말이다."

무당이 부채로 서연의 머리와 볼, 입술을 차례로 톡톡 건들자 서연이 움찔했다.

"그거야…… 남자로 변하는 중이니까……."

더듬더듬 말을 잇던 서연이 멈칫했다.

"……어?"

공기의 흐름이 어둑하게 바뀌는 것은 찰나의 순간이었다. 크게 뜨여진 갈색 동공이 잘게 흔들렸다. 그 동요를 보며 무당은 말을 이었다.

"업보의 원흉인 조선 시대의 사내들은 지금 계집들보다도 머리칼이 길었으니. 왜 사내로 변한다고 머리가 자라지 않는단 말이냐."

"……."

"더불어 같은 인간이거늘 사내라고 안색이 시퍼렇게 어두워지고, 계집이라고 입술이 시뻘겋게 붉어지는 것이 말이나 되는 소리더냐."

서연은 제 심장의 속도가 빨라지는 것을 느꼈다. 지금껏 한 치의 의심도 없이 자연스럽게, 제 증상을 남자로 변하는 운명의 산물이라고 받아들여 왔었다. 무당 또한 3년 전 저를 처음 본 순간부터 지금까지, 전생의 업보로 사내가 되는 중이라고 되풀이했을 뿐이었다.

"업보는 단순히 사내가 되는 것만이 아니다."

따라서 전생에 죄를 지은 남자를 찾아 몸과 마음을 다 줘버려서 속죄하라며.

"네년은 사실……."

14. 여자는 단서를 흘렸고 남자는 열쇠를 주웠다

회의가 끝나고 사무실로 돌아와 앉은 도훈은 잠깐 멍하니 창밖을 바라보
았다. 곧 가방 안에서 작은 열쇠를 꺼내 들었다. 그의 서랍 제일 마지막 칸,
유일하게 도훈이 잠가두는 서랍과 아귀가 맞는 열쇠였다. 서랍을 열자 예전
에 사무실에서 틈틈이 메모지에 그렸던 서연의 그림 수십 장이 어지럽게 놓
여 있다. 그림 한 장을 꺼낸 도훈은 한참 동안 그것을 묵묵히 응시했다.

"……."

전부 듣고 나면 넌 어떻게 반응할까.

"……너무 놀라진 않았으면 좋겠네."

모든 사실을 밝혀도 변함없이 햇살처럼 웃어주기를 바란다. 도훈이 픽 웃
으며 메모지 위를 천천히 쓰다듬었다. 쪽, 그림 위에 가볍게 입 맞추었다.

신당을 나선 서연은 무언가에 홀린 사람처럼 터덜터덜 걸어 버스정류장으
로 향했다. 낮에만 해도 맑던 하늘에 어느덧 뿌연 구름이 모여 촘촘하게 그물
처럼 온 시야를 메꾸고 있었다. 서연은 멍하니 버스정류장에 앉아 그 하늘을
가만히 바라보았다. 가늘게 떨리던 눈꺼풀이 지그시 감겼다가 올라갔다. 무릎

위에 꼭 쥔 두 손이 엄청난 무게에 치이고 난 뒤처럼 파들파들 떨리고 있었다.

그렇게 한참을 혼이 나간 사람처럼 앉아 있는 서연의 앞으로 버스가 시끄러운 소리와 함께 도착했다. 서연이 타야 하는 버스였으나 그녀는 올라탈 생각도 하지 못하고 가만히 그 자리에 고여 있었다. 이내 버스는 지체 없이 떠나갔지만, 서연은 여전히 아까와 같은 자세로 앉아 있을 뿐이었다.

"……."

누구를 탓해야 할지 몰라서, 이제 어떻게 나아가야 하는지 몰라서, 이 지옥 같은 세상을 계속 꾸역꾸역 살아내야 한다는 것이 너무도 끔찍해서.

지겨워서. 구차해서.

손가락 하나도 까딱할 수 없을 만큼 모든 게 두려웠다.

'업보는 단순히 사내가 되는 것만이 아니다.'

무당이 3년간 감쪽같이 속여온.

'네년은 사실……'

더없이 잔인한 진실.

'죽어가고 있던 것이다.'

쿵.

심장에서 무자비한 굉음이 터졌다.

'……그게 무슨.'

제 귀가 잘못됐나 순간 의심할 정도였다. 서연이 미간을 구겼다. 얻어맞은 듯한 충격에 벌어지지 않는 턱을 억지로 열고 더듬더듬 설명을 요구했다. 그러나 정작 시한부 선고를 하는 의사나 마찬가지인 무당의 음성은 너무도 덤덤했다.

'자라지 않는 머리카락, 나날이 시체처럼 수척해지는 안색 같은 것들은. 네 명이 나날이 끊어지고 있다는 것을 단편적으로 보여주는 것들이지.'

서연의 동공이 거칠게 흔들렸다. 행복한 꿈속에서 부유하다가 돌연 무거운 추에 얻어맞아 급속도로 추락하는 기분이었다. 바닥에 쾅 처박혀 산산이 부서지고 보니 꿈이 아니었다는 것을 깨달았다. 달콤한 꿈은 진실 앞에 어이없을 정도로 간단하게 깨졌다.

'사내로 변하기 시작하면서 점점 몸이 무거워져 움직이기가 힘들었을 게야. 금세 피로해지고 기운은 점점 더 빠지고.'

무당의 말이 맞았다. 남자로 변한 이후, 서연은 자신도 느낄 만큼 이상할 정도로 나날이 쇠약해지고 있었다.

'……하.'

지긋지긋한 전생의 업보는 단순히 서연의 육체를 남성으로 바꾸는 것이 아니라, 그녀의 목숨까지도 야금야금 쥐 파먹듯 갉아먹고 있었던 것이다. 무려 7년에 걸쳐 조금씩.

'만일 그놈을 만나지 못했다면……'

무당이 말꼬리를 엿가락처럼 늘였다.

'넌 필시 올해를 넘기지 못하고 숨을 거두었을 것이다.'

그 말과 함께 온몸에 소름이 오소소 돋아났다. 그를 조금만 더 늦게 만났다면 지금쯤 이 세상에 발붙이고 살 수조차 없었다고 생각하니 눈앞이 캄캄해졌다.

'왜……'

서연은 미칠 듯한 억울함과 3년간 철석같이 믿어온 무당에 대한 배신감으로 눈가가 파르르 떨렸다.

'왜 그걸 지금까지 말씀하지 않으신 거예요!'

'……네게 일러준다 한들, 달라질 것이 없기 때문이다.'

'그래도 말씀하셨어야죠! 적어도 더러운 운명 때문에 죽어간다는 건 알고 죽게 해주셨어야죠! 만약 제가 그 남자를 만나지 못했다면 아무것도 모른 채 죽게 내버려 두실 작정이셨나요?'

화가 난 서연이 따지듯 물었으나 무당은 픽 웃음을 터뜨렸다.

'결국 만나지 않았느냐, 그 녀석을.'

'……'

'벌써 펄쩍 뛰는 꼴을 보니, 내 말을 끝까지 듣거든 제대로 염병을 떨겠구나.'

아직도 무언가가 남았다는 사실에 귀에서 삐, 하고 시끄러운 이명이 들려왔다. 빠르게 뛰기 시작한 심장은 이내 막연한 두려움 앞에서 이성을 잃고 발작하기 시작했다. 가슴 한구석의 불안이 역병이 되어 온몸을 짓누르자 뭉개진 손끝이 덜덜 떨렸다. 서연은 유독 불행, 액운 같은 류를 감지하는 촉이 그 어떤 누구보다도 빠르게 서는 사람이었다. 한 번도 번지수를 잘못 찾은 적이 없는 두려움과 불안. 한참의 정적 끝에 무당의 굳게 다물린 입술이 비스듬히 열렸다.

'앞으로 그 되찾은 몸뚱어리로 사지 멀쩡하게 연명하고 살고 싶으면…… 놈의 곁을 떠나. 보이지 않는 곳으로 도망가 영영 숨어 살아.'

'……'

'그리하면 네년은 고 모습으로 주어진 명대로 멀쩡히 잘 살다 갈 것이니. 자유의 몸이 되는 것이다. 네 녀석이 그토록 원하던 것이 아니더냐?'

'……말이, 말이 되는 소리를 하세요.'

서연은 가까스로 갈라진 목소리를 씹듯이 뱉어냈다.

'그게 어떻게 제가 원하는 게 될 수가 있어요. 절대 싫어요, 전.'

무당의 눈이 길게 가늘어졌다.

'그리 말할 줄 내 알았지. 나는 마땅한 수를 찾아 일러줄 뿐이고, 선택하는 것은 오로지 네 몫이다.'

선택. 서연은 무당의 입에서 나온 선택이라는 단어에 가슴이 우지끈 부서지는 기분이었다.

'어디 보자……. 합방 후 하루가 거의 지났구나.'

'……네.'

'이제 놈과 단 한 번이라도 접문하게 되면, 네년은 놈에게 영영 묶여버리는 것이다. 족쇄를 차게 되는 것이야.'

'……족쇄요?'

'도로 불완전한 몸으로 돌아갈 것이란 뜻이다. 접문의 효과가 사라지면 사내로 돌아가는 반쪽짜리 여인으로.'

서연의 입가가 서늘하게 구겨졌다.

'……왜 그게 그렇게 되는 거죠?'

서연이 따지듯이 설명을 요구했다.

'너는 지금껏 놈의 정기를 몸에 담고 그것을 소모해가며 본래의 모습을 유지했다. 다 쓰면 사내로 돌아가는 것이고. 지금은 초야를 지내 단번에 엄청난 양의 정기를 빨아들인 거야. 평생을 써도 사라지지 않을 만큼.'

'…….'

'더는 담을 공간 없이 정기로 꽉 찼는데, 또 접문하면 무슨 일이 벌어지겠느냐? 담을 수가 없으니 당연히 놈에게 도로 뺏길 길만 남았지. 이제 한번이라도 접문하면 네 몸에 담긴 정기가 몽땅 고놈에게 빨려 들어가 버려.'

서연의 눈꺼풀이 파르르 떨렸다.

'그때가 되면 이제 온전히 여인의 몸이 될 방법이 없어. 그냥 그놈 곁에 평생 종처럼 붙어살아야 해.'

'……그럼 그렇게 하면 되잖아요. 뭐가 문제예요.'

'멍청한 년! 그새 한 말을 죄 잊었느냐?'

'…….'

'놈이 있어야만 여인의 모습으로 살 수 있는 것만이 아니라, 네 목숨도 연명할 수 있다고 하질 않았느냐!'

서연의 눈가가 형편없이 일그러졌다.

'남녀 간의 정이란 게 무엇이더냐. 하물며 지금은 죽고 못 살지언정, 결국 틀어지고 식어버릴 얄팍한 감정이 아니더냐.'

점점 숨이 멎을 것 같이 조여와서 거칠게 숨을 토해냈다. 여전히 버스정류장에 앉아 있는 서연은 호흡곤란 증세를 보이며 여린 가슴을 헐떡거렸다.

"으……."

남들은 흔히 하는 사랑이, 서연에게는 목숨을 건 선택이 되어버렸다.

"흐으……."

띠리리리, 띠리리리.

공포와 좌절에 파들파들 떨며 어쩔 줄 몰라 헤매는 서연의 귓가에 작은 벨 소리가 점점 크게 울려 퍼졌다. 덜덜 떨리는 손으로 겨우겨우 액정을 확인하니,

[도훈 오빠]

서연의 눈가에 촉촉한 물기가 고이더니 볼 위로 주르륵 흘러내렸다.

"아⋯⋯."

'설사 놈에게 버림받더라도 네년은 살기 위해 필사적으로 붙어 비렁뱅이처럼 접문을 구걸하는 처지를 면치 못할 것이다.'

"싫어⋯⋯. 그런 거⋯⋯. 내가 왜⋯⋯."

'지금 벗어난다면 완전한 여인으로 평생을 살아갈 것이고.'

"내가 왜 이런 걸⋯⋯."

'붙어 있겠다 하면 후에 놈과 관계가 소원해지거든 너는 필시 죽을 운명이니.'

"대체 내가 왜⋯⋯."

이런 선택을 해야 해.

한참 동안 넋을 놓고 액정을 바라보고 있자니 어느새 부재중 전화가 7개나 쌓여버렸다. 그 숫자에 가까스로 정신을 부여잡은 서연은 후들거리는 다리로 겨우겨우 버스에 올라탔다. 쓰러지듯 좌석에 앉은 그녀는 창밖을 바라보며 무당의 지옥 같은 말을 마저 되새겼다.

'왜 말을 안 하셨어요! 미리 말했으면⋯⋯!'

차갑게 내려앉던 무당의 눈매를 서연은 똑똑히 기억한다.

'말했으면. 뭐?'

창틀에 기댄 서연이 입술을 꼭 깨물었다.

'혼자 속앓이하며 끙끙 앓다가 결국 뒈져버렸겠지.'

"⋯⋯하."

북받쳐 오는 설움에 눈앞이 뿌옇게 흐려졌다. 사랑을 만나러 가는 길이 더없이 미어지는 지금, 서연은 버스에서 하차해 비틀거리며 약속 장소인 호

텔로 바득바득 걸어갔다. 정신없이 기계적으로 걷다가 갑자기 가방 안에서 느껴지는 떨림에 우뚝 멈춰 섰다.

"……."

[서연 씨, 우리 독일 출장 스케줄 확정됐어요. 다음 주 수요일 출국, 월요일 귀국으로 통과됐습니다.]

유라에게서 온 문자를 본 서연이 그대로 주저앉아 버렸다. 왈칵 터진 눈물이 하염없이 얼굴을 적시며 흐르기 시작했다. 눈물을 닦을 생각도 하지 못하고, 남들의 시선조차 신경 쓰지 못하고, 한참을 엉엉 목을 놓아 소리 내 울었다.

T호텔 최상층의 라운지 바. 도훈은 벌써 1시간 가까이 서연을 기다리는 중이었다. 전화도 받지 않고, 문자도 답장하지 않았다. 답답해진 도훈은 벌써 냉수만 몇 번째 들이켜고 있었다.

"……."

통유리로 되어 야경이 아름답기로 유명한 라운지 바, 그중에서도 가장 전망 좋은 자리를 선점한 것까지는 좋았는데…….

"비……?"

어디서 희미하게 빗소리가 들리는 것 같기도 하고. 육안으로는 구별하기 어려웠지만 자작하게 들려오는 빗소리로 밖의 날씨를 추측할 수 있었다.

"강서연, 우산도 없을 텐데……."

나직하게 중얼거렸다. 그리고 뒤에서 그런 도훈을 지켜보는 서연은 여린 주먹을 꼭 쥐었다.

이 와중에 내 걱정을……. 1시간이나 연락도 없이 늦었는데도 말이다. 숨이 턱턱 막히더니 이내 목구멍이 뜨겁게 타올랐다. 여린 입술을 뜯어버릴 듯 억세게 베어 물자 입 안에서 비릿한 피 맛이 번지기 시작했다.

"……왔네?"

가슴이 철렁 내려앉았다.

"앉아."

그가 웃는다. 잘 왔다는 듯.

"……"

그 나지막한 음성에 수갑이 채워진 양 조금도 움직일 수가 없었다. 그는 바라만 보더라도 시린 가슴이 따뜻해지는 남자였다. 몹쓸 가뭄이 일은 가슴 위에 뜨거운 단비를 내려주는 단 하나의 사랑이었다. 서연이 또각또각 걸어 도훈의 건너편 자리에 앉았다. 그녀가 앉자 도훈의 미간이 슬며시 구겨졌다. 빨갛게 물들어 소복하게 부은 눈은 누가 보아도 한참 울다 온 모습으로 보였기 때문이었다. 그 뜨거운 눈빛에 서연은 묵묵히 식탁 위로 시선을 내리깔았다.

"미안해요. 늦어서."

"그건 됐고. 무슨 일이야. 누가 울렸어."

"아무 일 아니에요. 그냥…… 가끔 감성적이 될 때가 있거든요. 아까까지만 해도 괜찮았는데 갑자기 이러네."

"……"

"내 상태가 좀 그렇죠? 바로 나아지니까, 오늘은 우리 아무 말도 하지 말고 그냥 술만 마셔요."

서연이 픽 힘없이 웃었다.

"……비는."

"안 맞았어요."

서연이 와인 잔을 가볍게 흔들며 대꾸했다.

"그럼 됐어."

도훈이 덤덤하게 덧붙였다. 와인을 한 모금 마신 서연은 잔을 입술에서 떼어놓고 흘끔 도훈의 눈치를 봤다. 평소와 똑같은 모습이었다. 왜 서연이 늦었는지, 왜 울었는지 그 이유를 캐묻지 않는다. 따라서 굳이 해명하지 않았다. 무거운 침묵이 내려앉은 미묘한 분위기 속에서 도훈과 서연은 서로 술만 주거니 받거니 했다. 도훈은 서연에게 무슨 일이 있었을 거라 확신했지만, 그녀가 말할 때까지 묵묵히 기다려주기로 했다.

"……."

서연의 얇은 팔이 느슨하게 올라갔다. 그녀가 입술을 촉촉하게 적시면서 레드와인을 넘기자, 붉은 액체가 작은 입 속으로 잔잔하게 타고 흘러간다. 마시는 동안 서연의 두 눈은 도훈에게서 단 1초도 떨어지지 않았다. 도훈이 눈가를 좁히고 서연을 응시하자, 두 눈이 허공에서 맞부딪쳐 뜨겁게 얽혔다.

"도훈 씨."

수십 분 만에 정적이 끊기고, 대화는 서연이 도훈을 부름으로써 시작되었다.

"나 이제 도훈 씨랑 같이 살 필요 없으려나."

살짝 취기가 오른 서연이 몽롱한 얼굴을 하고 물었다.

"전에는 언제 모습이 바뀔지 모르니까 일부러 붙어 있었던 거잖아. 그렇지?"

도훈은 대답하지 않았다.

"이제 완전히 내 몸으로 돌아왔으니까, 나 집 구해서 나갈게요. 그게 맞는 거 같으니까."

"……이유가 뭔데."

"이유……."

서연이 입술을 꾹 다물었다가 열었다.

"지금까지는 키스 지속시간 때문에 어쩔 수 없었다고 하지만, 계속 얹혀 살기에는 너무 신세 지는 것 같아서 싫어요."

"그런 사소한 거 일일이 따질 사이인가, 우리가?"

"연인 관계일수록 이런 금전 관련 문제는 확실히 하는 게 맞잖아요."

서연이 잘게 웃으며 와인 병에 손을 뻗었다. 그때, 유리병을 움켜쥔 작은 손 위로 커다란 도훈의 손이 부드럽게 내려앉았다. 흠칫 놀란 서연의 입술이 툭 벌어졌다. 닿은 그의 체온에 서연의 손이 녹은 듯 유리병 위를 끈끈하게 미끄러지더니 이내 빠르게 떨어졌다.

"아……."

서연의 속눈썹이 파르르 떨렸다. 예견했던 일이 실제로 벌어지니 동요를 감출 수가 없었다.

'이제 놈에게 닿으면 전과 정반대의 감각을 느끼게 될 것이야.'

손끝을 타고 올라온 찌릿한 고통에 심장이 바늘에 찔린 듯 따끔따끔했다.

'이는 직접 만져보면 저절로 알 터이니.'

가슴이 욱신거리더니 몸에서 기운이 서서히 빠지는 듯한 착각이 일었다.

"아…….'

이 감각, 틀림없다. 제가 남자로 돌아갈 때 느꼈던 그 찝찝하고 기분 나쁜 감각이다. 기겁한 서연이 자리에서 벌떡 일어났다. 도훈이 고개를 들어 그녀를 쳐다보자, 서연이 주춤거리며 입술을 달싹였다.

"몸이…… 몸이 너무 안 좋아요. 미안."

서연은 또 눈물이 날 것만 같아서 입술을 꼭 깨물어 참았다.

"……나중에 다시 얘기해요."

그녀가 눈을 지그시 감고 끊어질 듯한 음성을 입 밖으로 던졌다.

다음 날 아침. 도훈은 식탁 위에 서연이 차린 것으로 보이는 아침 식사를 물끄러미 보며 한참 동안 사색에 잠겼다. 그리고 그 옆에 놓인 메모지 한 장을 보았다.

〈잠깐 바람 쐬고 돌아올게요.〉

아침에 도훈이 일어났을 때부터 그녀는 이미 밖으로 나가고 없었다. 도훈이 짧게 한숨을 내쉬었다. 곧바로 서연에게 전화를 걸었으나 받지 않는다.

"뭘 숨기는 거야, 또."

미간을 구긴 도훈이 입 안을 까득 씹었다. 그러고선 빠른 속도로 계단을 올라가 서연의 방문을 벌컥 열었다. 입구에 서서 주변을 한번 훑어보던 도훈이 조심스레 안으로 걸어 들어갔다. 시선을 매끄럽게 돌리니 책상에 다소곳이 올라와 있는 서연의 지갑이 보였다.

"……안 들고 나갔나?"

명품 브랜드 제품이나 디자인이 최소 5년은 더 된 구식이었다. 그마저도 완전히 낡고 형편없이 헤져 있었다. 도훈이 서연의 지갑을 천천히 열었다.

"이건……."

명함? 도훈이 지갑 틈새에 끼워져 있는 검은색 종이를 뽑아 들었다. 유난히 튀는 명함이었다. 휘황찬란하게 빛나는 황금색 명조체로 '해원신당'이라고 쓰여 있다. 번호와 위치가 간략하게 적혀 있는 것까지 빠짐없이 꼼꼼히 살핀 도훈의 눈이 가늘어졌다.

"무당……?"

여자는 단서를 흘렸고 남자는 열쇠를 주웠다.

한편 서연에게 문자를 보낼지 말지 갈등하던 재경은 결국 휴대전화를 탁자에 내려놓았다. 재경이 생각하는 얼굴로 커피를 한 모금 마셨다. 이내 단정한 입가가 구겨졌다. 계속 우호적이던 서연이 선을 긋기 시작한 것은 정확히 예전에 그녀의 집 앞에서 애인이라는 남자와 대치한 날 이후로부터였다.

'어차피 그 여자는 내 곁에 있을 수밖에 없어.'

재경의 신경을 긁어내릴 정도로 자신만만하던 그 남자의 음성이 머릿속을 울렸다.

'그러니까 친오빠인지 뭔지 소꿉놀이라도 계속하고 싶으면……'

그딴 건 애초에 관심도 없고.

'그 흑심 좀 숨겨.'

아직 제대로 보이지도 않았는데 그는 숨기라고 말을 한다.

"……그쪽부터 해결해야겠네."

도훈은 거실로 내려온 후에도 한동안 명함을 눈여겨보았다. 머지않아 예전의 기억이 불현듯 뇌리에 스쳤다. 최 비서와의 식사 자리에서 그녀에게 추궁하듯 물어 단편적으로나마 서연이 감추는 진실을 알아냈던 날. 도훈이 차분히 그때의 기억을 되짚었다.

'죄송합니다. 전 잘 모릅니다……'

당시 추궁하자 최 비서는 모른다며 잡아뗐었다. 도훈은 별다른 말없이 한참 동안 여진을 내려다보았다. 이내 땀을 삐질삐질 흘리더니 알아서 자진 실토하기 시작했다.

'그, 그게, 이사님. 저도 진짜 잘 모르는데요……. 서, 서연이가 20살인가 21살인가 그때부터 몸이 막 그렇게 변했다고는 했던 것 같은데……'

첫 번째로 최 비서가 흘린 단서는 그녀의 몸이 다르게 변한 시기였다. 성인이 된 후이니 선천적인 질병이 아니라는 것을 확신할 수 있었다.

'그게, 무당이 뭐라고 한마디를 해서…… 서연이가 이사님을 몇 년 동안 찾고…… 그랬거든요……'

두 번째로 흘린 단서는 멘탈이 깨졌는지 최 비서가 얼간이처럼 횡설수설하는 바람에 무슨 말인지 이해할 수조차 없었다.

'똑바로 말해. 알아듣게.'

'그, 그, 그……'

'최여진 비서.'

'아니요! 그게 그, 그 남자처럼 몸이 막 변하는데 무당이 말한 남자가 나타나지 않아서……'

재차 추궁한 게 오히려 역효과였다. 공황 상태에 빠진 최 비서는 고장 난 기계처럼 덜덜거리며 알아들을 수 없는 소리만 이러쿵저러쿵 지껄였다.

'전, 전생이……'

'뭐?'

'전생이, 전생이……. 전생에 남자가……'

곧 게거품 물고 죽을 것처럼 새파래진 안색은 그다지 보기 좋은 풍경이 아니었다. 결국, 최 비서의 횡설수설 끝에 얻은 것은 생각보다 많은 진실이 수면 아래 가려져 있다는 것이 전부였다. 최 비서의 입장도 있을 테니 도훈은 더 추궁하기를 포기하고 가장 중요한 본론을 꺼냈다.

'관두고. 완전히 본모습으로 돌아올 방법. 그거부터 말해.'

'아…… 그건 저도 모, 모르는……'

또 모른다고 잡아떼는 최 비서를 한번 노려보자 다시 자백 모드로 돌아갔다.

'주, 주……'

새하얗게 질린 최 비서가 나직하게 한마디를 남겼다.

'주무세요……'

모르는 사람이 들었다면 무슨 말인가 당혹스러웠겠지만, 도훈은 그 뜻을 바로 직감했었다. 결국 그날의 짧은 대화는 사실 온전히 제 모습을 찾는 해결책을 알게 된 것 외에는 소득이 없었다. 무당, 전생, 이상하고 허황된 단어들의 무질서한 나열만 있었을 뿐이다.

"오호라, 이거 아주 귀하신 몸이 납셨군."

그러나 지금 도훈을 이곳으로 걸음하게 만든 것이 바로 그 알 수 없는 단어들이었다. 화려한 신당 앞에 앉은 여자가 눈을 매섭게 치떴다. 도훈은 가볍게 목례하고 곧바로 방석 위에 자리했다. 사주를 봐줄 테니 태어난 시를 읊으라는 무당의 말에 순순히 따랐다. 무당은 도훈이 불러준 그의 시간대로 점을 치며 쌀알을 흩뿌리고 신중하게 뒤적였다. 곧 허허, 하고 웃음을 터뜨렸다.

"네놈이었구나."

그녀의 눈이 가늘게 길어졌다.

"알고 싶은 게 뭔가? 어찌하면 부와 명예를 더욱 거머쥐게 될지? 아니면 무병장수의 비결이라도 알고 싶은 것인가."

무당이 시뻘건 입꼬리를 오싹하게 말아 올렸다. 도훈은 대답하지 않고 그저 무당의 거무튀튀한 눈동자만 뚫어져라 응시했다.

"어디서 건방지게 눈깔을 그따위로 뜨지? 네놈이 아무리 전생에 귀하신 몸이었다 해도, 지금의 위치가 남부럽지 않게 높다 해도, 나는 신령님을 모시는 사람이다. 그런 교활한 눈은 안 통해."

무당이 버럭 역정을 내었으나 도훈은 눈 한 번 깜빡이지 않았다. 굳게 닫은 입술조차 열지 않았다. 오히려 더욱 흔들림 없이 그녀의 눈을 똑바로 주시했다. 허, 무당이 헛숨을 토해냈다. 부채를 거칠게 펼치더니 제 얼굴을 가리고 도훈을 노려보았다.

"음흉하기로서니 네놈을 따라올 자가 없구나."

"칭찬 감사합니다."

도훈이 무덤덤하게 말하자 무당의 눈이 더욱 실처럼 가늘어졌다. 그는 바로 제 목적부터 털어놓았다.

"제 여자가 이곳에 자주 온다고 해서 찾아왔습니다. 강서연이란 사람을 아십니까?"

무당이 흩뿌려진 쌀알을 주먹으로 한 번 꽉 쥐었다가 도로 스르르 놓았다.

"알다마다. 보나 마나 고 박복한 년 하나 잡겠다고 여기까지 득달같이 쫓아왔군."

"하나부터 열까지 전부 말해주세요. 복채는 섭섭지 않게 드리겠습니다."

"흐응, 역시 음흉한 놈, 고년에게는 몰래 하고 찾아왔구나. 여기는 어찌 알고 왔누?"

도훈이 지끈거리는 눈을 꾹 감았다가 떴다.

"우연히 서연이 지갑에서 명함을 주웠습니다."

"흥, 운도 좋지."

무당이 콧방귀를 뀌었다.

"나도 네놈을 한 번쯤은 보고 싶었으니 잘 되었다. 내 너에게만큼은 모두 얘기해주도록 하지. 고년을 잡을지 말지에 대한 선택에도 도움이 될 터이니."

그 말에 도훈의 눈매가 더욱 짙어졌다.

"서연이가 여기를 언제부터 다녔습니까?"

"흠, 어디 보자……. 3년 정도 되었구먼. 그 3년간 내가 꾸준히 원래 모습을 되찾을 묘책을 일러주었지."

"3년이요······."

도훈이 말끝을 흐렸다. 무당의 눈이 날카롭게 빛났다.

"너, 꿈에서 고년이랑 똑 닮은 년이 꾸준히 나타나 괴롭혔었지?"

도훈의 미간에 주름이 잡혔다.

"그걸 어떻게······."

"그 꿈속의 계집과 네 옆의 박복한 년은 같은 사람이면서도 다른 사람이다. 꿈속의 계집은 지금 고년의 몇백 년 전 전생의 자취이고. 한마디로 조선을 살던 전생의 모습이라는 게야."

"꿈속 그 여자가······ 지금 서연이의 전생이라고요?"

"그래. 그러나 그건 살아 있는 형체가 아니야. 그저 네놈 머릿속이 만든 허상에 불과하지."

도훈의 미간에 드리워진 수심이 깊어졌다. 허상······. 허상이라고?

"네놈은 무인으로서 임금의 총애를 받고 조선을 호령하던 귀하신 장군님이었다. 수많은 전투에서 승기를 밀어 올리던 나라에 없어서는 안 되는 중요한 인물이었지. 그런데 고작 기생 하나에 홀딱 홀려버렸어."

도훈은 기생이라는 단어에 최근 지속해서 꾸어왔던 서연의 꿈을 쉽게 떠올릴 수 있었다. 그녀의 복색이 오래전 기생들의 것과 유사했기 때문이었다. 무당의 말이 진실이라면 그 꿈은 그녀의 전생 중 일부를 본 것으로 추측할 수 있었다. 더불어 몇백 년 전에도 그녀를 사랑했던 저 자신의 전생까지도 함께.

"넌 약도 없다는 상사병에 걸려 시름시름 앓다가 뒈졌어. 용맹한 무인의 최후가 그렇게 같잖을 수가 없지."

"그 기생이······."

"그래. 그 계집이지."

무당이 시선을 비스듬히 내렸다.

"네놈은 국법을 어기고 그년을 정실로 올리려다가 견제 세력들에 의해 좌절당했어. 그 일로 온갖 모함을 다 당하며 너는 파멸의 길로 들어섰지. 제

236

가 연모하는 사내가 저를 위해 나락으로 떨어졌으니 고년 속이 어땠겠어?"

도훈의 눈가가 살짝 구겨졌다.

"고 박복한 계집은 네놈을 위해 멀리 떠나 자결하였고, 네놈도 얼마 가지 않아 따라 죽었다."

"……상상력이 풍부하시네요."

"멋대로 떠들어. 나는 신령님께서 일러주시는 대로 네놈에게 말했을 뿐이다."

"계속 말씀하시지요."

도훈이 느릿느릿하게 팔짱을 꼈다.

그 모습을 보는 무당의 시뻘건 입술이 천천히 벌어졌다.

"나라의 인재를 홀려놓고 제멋대로 자결해 죽었으니 그만한 죄도 없지."

무당이 쯧쯧 혀를 찼다.

"그 당시 네놈을 몰래 연모하던 무녀가 그 계집을 영원히 사내로 태어나게 하라고 저주를 퍼부었다. 그 탓에 실제로 지금까지 환생을 전부 사내로 했을 것이고. 그마저도 성년이 되기 전에 전부 죽었을 것이지만."

지금 이 허무맹랑한 이야기들을 다 믿으라는 건가, 도훈이 입 안을 씹었다.

"그런데 이번 생은 하늘의 뜻으로 계집으로 태어난 것이야. 그 저주로 인해 사내로 변하는 업보를 겪고 있기는 하지만 말이야."

"전생의 업보……. 그렇다면 저와 접촉했을 때 원래 모습으로 돌아왔던 이유가 뭡니까?"

"자신이 죄를 지은 남자를 만나 저주가 풀린 게지."

"……."

"이 내용, 그 계집에게도 전부 똑같이 일러주었지. 그래서 3년간 혈안이 되어 지금까지 네 녀석을 찾아다닌 것이야."

도훈의 입술이 깨달음으로 살짝 벌어졌다. 지금까지 이해되지 않던 모든 상황이 완전히 들어맞았다. 서연이 예전에 키스 한 번만 하자고 했던 이유도, 최 비서가 전에 흘렸던 무질서한 단서들 또한.

"그럼……."

도훈이 크게 숨을 들이마시었다가 내쉬었다.

"이제 전부 끝난 겁니까?"

도훈의 질문에 무당은 바로 답하지 않고 그를 노려보았다.

"문제가 있지."

그녀가 화려한 부채를 빠르게 하나로 접어 들었다. 곧이어 부채를 든 팔을 도훈 쪽으로 쭉 뻗더니 그의 날카로운 콧대 바로 앞에서 우뚝 멈춰 세웠다.

"너."

"……."

"네 녀석이 문제야."

"……무슨 말씀이십니까."

"네놈이 고년을 순순히 놔줘야 해."

무당이 팔을 도로 접으며 말을 이었다.

"이제 완전히 여인의 모습을 찾았으니 각자 생을 잘 살면 될 터. 뭐, 너는 졸지에 이용당한 꼴이 되었으니 심기가 좀 뒤틀리겠지마는 가여운 계집이니 봐주도록 해라."

"돌려서 말씀하지 마시고, 제대로 설명 부탁드립니다."

무당이 나직하게 웃었다.

"초야를 지내고 꼬박 하루의 유예 후에 다시 접문하게 되면, 고년은 도로 저주에 걸려 사내와 여인을 오가는 기괴한 몸이 된다."

"……."

정갈하던 도훈의 눈썹이 세차게 위를 향했다. 도훈이 팔짱을 천천히 풀었다.

"……달리 방법이 없는 겁니까?"

"없어. 그 계집이 네놈과 함께하면서 원래 모습으로 완전히 돌아올 방법, 적어도 내 선에서는 수가 없어."

"……."

"한 가지 더 일러주랴?"

도훈이 입술을 잘근 깨물었다.

"일개 인간의 저주로 성별이 뒤바뀌었는데 탈이 안 날 리가 있나. 전생에 사내로 환생한 족족 단명한 것처럼 이번 생도 마찬가지야. 사내 모습을 더 지속하면 고년은 결국 뒈져."

"……,"

"영민한 놈이니 무슨 말인지 가장 잘 알겠지. 네가 고집부려서 고년을 놔주지 않으면, 그 계집은 네놈과 일정 시간마다 접문해 정기를 받아먹지 않으면 뒈지는 족쇄 같은 삶을 살게 될 거야, 평생."

"……서연이에게도 그렇게 말씀하셨습니까?"

"그래. 그러니 퍼뜩 너를 떠나라고 일러주었다."

그 말을 끝으로 무거운 침묵이 무당과 도훈의 사이에 자리했다. 도훈은 말 없이 무당을 한참 동안 똑바로 주시했다. 곧 느릿하게 그의 입술이 열렸다.

"그 말……."

도훈의 입꼬리가 살짝 비틀리며 올라섰다.

"평생 그 여자를 받들어 모시고 살면 된다는 뜻으로 받아들이면 됩니까?"

"……뭐야?"

황당해진 무당이 벌건 입술을 꾹 다물었다가 천천히 열었다.

"네 녀석들이 헤어지면 그 애는 죽는다니까?"

"계속 같이 있으면 된다는 뜻 아닙니까."

그의 대답에 무당이 코웃음 쳤다.

"고집부릴 때가 아니잖나. 잘 살라고 놔주는 게 고년도 너도 사람답게 살 방도라니까?"

"헤어졌는데."

"……."

"어떻게 사람답게 삽니까?"

"······허."

그렇게 끔찍이도 좋을까. 무당이 헛웃음을 터뜨렸다.

"네놈이 그년과 깊어지면 깊어질수록 하늘은 점점 더 네 녀석들을 옥죌 것이다. 운명을 감당할 수 있겠느냐?"

무당의 의미심장한 질문에 도훈이 대답 없이 자리에서 일어났다. 그리고 재킷 안주머니에서 지갑을 꺼냈다. 복채를 계산하려는 요량이었다. 도훈은 무당의 거무스름하게 번진 눈매를 똑바로 내려다보며 또렷한 음성으로 말했다.

"뭐, 일단 붙잡고 나서 오겠습니다."

도훈이 없는 서연의 주말은 눈물이 날 만큼 쓸쓸했다. 우울함이 온 가슴에 그득해서, 심장이 멎을 것만 같아서, 도저히 두 다리로 밖에 서 있을 수가 없었다.

그래, 불쌍한 인생이니 몸뚱어리라도 편하자. 스스로 연민하며 전날 도훈과 갔던 라운지 바가 위치한 호텔에 체크인했다. 무료하게 시체처럼 침대 위에 누워 있던 서연이 의미 없이 티브이를 껐다 켰다 반복했다. 그리고 자리에서 일어나 호텔 룸 이곳저곳을 돌아다니기 시작했다.

"하······. 나 너무 제멋대로지, 지금."

아침부터 지금까지 도훈에게 걸려온 전화만 14통이었다.

"어떡하지."

이렇게 이기적으로 도훈의 연락을 무시하는 와중에도, 서연은 그가 보고 싶어서 미쳐버릴 것만 같았다. 전전긍긍하며 입술을 잘근잘근 씹었다. 아무것도 할 수가 없었다. 아침에 그의 자는 얼굴이라도 보고 나올걸, 후회하며 또 시큰거리는 눈가를 꾹 눌러 참았다.

"그래. 뭘 고민해."

서연이 바로 휴대전화와 카드만 들고서 호텔 방을 나섰다.

"보면 되지, 몰래."

쫓기는 사람처럼 뛰어나가 정신없이 택시를 타고 집에서 조금 떨어진 곳에서 내렸다. 중간에 마주치진 않을까 걱정하며 조심스럽게 골목을 따라 걸어 들어갔다. 멀찍이 떨어진 곳에서 숨어 슬쩍 집 쪽을 응시했다.

그런데 어떻게 보지? 밖으로 나와야 볼 수가 있는데……. 거기까지는 생각하지 못한 서연이 휴대전화를 쥐고 쭈뼛거리며 대문을 노려보았다.

"……아."

간절히 바라면 이루어진다더니. 때마침 도훈이 또띠의 밥을 주려는 듯 그릇을 들고 밖으로 나왔다. 놀란 서연이 제 입을 콱 틀어막았다. 그의 얼굴을 보자마자 폭발하는 감정 때문에 목이 터져라 그의 이름을 부를 것만 같았기 때문이었다. 어디를 갔다 온 것인지, 그는 외출복을 입고 있었다. 무표정한 얼굴로 또띠 앞에 밥그릇을 놓아주고 머리를 쓱쓱 두 번 쓰다듬어준다. 서연은 도저히 계속 보고 있을 수가 없어 서둘러 뒤를 돌았다. 골목을 뛰쳐나와 큰길로 향했다. 택시를 타고 호텔로 돌아오는 내내 서연은 더 심란해진 얼굴을 했다.

"괜히 봤어……."

제가 옆에 없는 도훈을 보니 기분이 너무도 이상해지고 말았다.

"하……."

언제까지나 이렇게 시간을 끌 수는 없었다. 결정해야 한다. 목숨을 걸고 그의 곁에 남을 것인지, 아니면 그를 배신하고 떠날 것인지. 만약 떠나게 된다면…… 그는 결국에 다른 여자를 만나 새로운 사랑을 하게 될 것이다. 여느 사람들이 그러는 것처럼 평범하게 제가 아닌 다른 여자와 손잡고, 포옹하고, 키스하고, 행복하다는 듯 웃을 것이다. 어쩌면 10년간 짝사랑했었던 그 여자를 다시 찾아가 사랑한다고 속삭일지도 모른다. 생각만으로도 죽고 싶을 만큼 가슴이 아리다. 그가 자신이 아닌 다른 여자를 사랑하게 되는 것은 그냥 콱 죽어버리고 싶게 싫다. 그보다 지옥이 어디에 있을까.

"으……."

또 호흡곤란이 와서 호텔 회전문 앞에서 주저앉아 가슴을 헐떡였다.

"하…… 아……."

거칠게 숨을 고르며 고개를 푹 숙였다. 운명이라는 끔찍한 칼로 연약한 가슴을 수도 없이 난도질당했다. 선택을 강요당하는 와중 숨구멍이 다 틀어막히는 기분이었다. 세상 한가운데 홀로 남은 듯한 고독함과 쓸쓸함. 서연이 욱신거리는 가슴을 움켜쥐었다.

띠리리리, 띠리리리.

놀랍게도 또 지금 이 순간, 그에게 전화가 걸려왔다. 액정에 뜬 그의 이름을 본 순간 불규칙했던 호흡에 안정이 찾아왔다. 서연이 두 손으로 휴대전화를 꼭 쥐고 후들거리는 다리를 지탱해 일어났다.

"여보세요."

-드디어 받네.

한결 가라앉은 그의 목소리가 들려왔다. 어김없이 목이 시려서 손톱으로 팔뚝을 억세게 쥐어뜯었다. 최대한 아무렇지 않은 척 연기하며 목소리를 냈다.

"미안해요. 전화 많이 했죠."

-그래.

"……."

-하도 안 받길래 오기 부려서 더 했어. 알아?

"……미안해요."

서연이 크게 심호흡하며 정신을 차렸다. 도훈은 대답이 없었다. 서연이 휴대전화를 꼬옥 움켜쥐고 호텔 건물 안으로 들어섰다. 터덜터덜 걸어서 엘리베이터로 향하는 내내 도훈은 말 한마디 없었다. 여태 본 적 없는 그의 차가운 태도에 심장이 베일 것 같아 서연은 눈을 꼭 감았다가 떴다.

"진짜, 진짜 미안해요……."

엘리베이터 버튼을 꾹 누르며 그 앞에 두 다리로 섰다.

"미안해요……."

-……하.

제 연속된 사과가 마음에 안 들었는지 도훈이 헛숨을 터뜨렸다.

-미안하다는 말을 몇 번이나 하는 거야.

서연이 입술을 깨물었다.

-나한테 할 말이 그것밖에 없나.

"……."

-할 말 없냐고.

"……미……."

그가 몰아붙이자 저도 모르게 또 사과하려다가 멈추었다. 뭐라고 말을 해야 할지 몰라 서연이 입술만 망연히 달싹였다.

-마지막으로 물어. 할 말 없어?

질문의 저의를 알 수가 없어 입을 일자로 다물었다.

"……."

혹시 뭔가를 아는 걸까……? 서연이 고요히 미간을 구겼다.

"하……."

눈물이 날 것 같이 신물이 끓어올랐으나 가까스로 참았다.

"없어요."

수화기 너머로 차가운 웃음이 서렸다.

-없다고.

"……네."

-너 지금 어디야.

"……."

-어디야. 말해.

"……집 근처 카페예요."

-혼자 카페에서 뭐 하는데.

"그냥 카페에 앉아서 이것저것 생각 좀 하고 있어요. 커피도 마시고 싶었고요."

마침 도착한 엘리베이터 문이 스르륵 열렸다. 서연이 안으로 걸어 들어갔다. 호텔 키를 찍고서 제 룸의 층수를 검지로 꾹 눌렀다. 곧 활짝 열려 있던 엘리베이터 문이 빠르게 닫혔다.

-내가 갈게. 어디 카페야.

"아, 오지 마요. 이제 다른 곳으로 옮길 거예요."

"그래?"

순간 도훈의 날카로운 목소리가 서연의 고막을 찔렀다. 놀란 서연의 눈이 크게 뜨여졌다.

쾅!

닫히려는 엘리베이터 문 사이로 들어온 길쭉한 팔 하나가 거칠게 문을 도로 열어버렸다. 서연은 너무 놀라 휴대전화를 쥔 손을 바닥으로 툭 떨어뜨렸다. 엘리베이터 안으로 들어온 도훈이 순식간에 서연을 벽으로 덮치듯 쾅, 몰아붙였다.

"윽!"

서연의 붉은 입술에서 한 줄기 신음이 터졌다. 덜컹! 서연의 등이 차가운 쇠 벽과 한 치의 틈도 없이 딱 달라붙었다. 깜짝 놀란 서연이 질끈 감은 눈을 조심스레 뜨니 그녀의 입술 바로 위에서 멈춰 있는 도훈이 보였다. 그 거리에 흠칫 놀라 숨을 멈추었다.

쿵, 쿵.

딱딱하게 굳은 목덜미에 찌릿한 감각이 들끓었다. 그의 날카로운 얼굴 뒤로 엘리베이터 문이 쾅 굳게 닫히는 것이 보였다. 어둠 속에 파묻힌 도훈의 눈동자가 이글이글 타오를 듯 형형했다.

"혀가 아주 발칙하네."

그의 입이 서연의 입술을 씹어버릴 듯이 바로 코앞에서 움직였다.

"주인 말은 안 듣고 거짓말만 살살 쳐."

도훈의 눈에 금방이라도 눈물을 터뜨릴 것 같은 서연의 얼굴이 아롱아롱 비쳤다.

15. 거부할 수 없었던, 거부하고 싶지 않았던

서연의 눈동자가 잘게 흔들렸다. 냉혹한 도훈의 손이 제 피부 위를 눌러 올 때마다 가슴에 찌릿찌릿한 아픔이 찾아왔다. 그와 접촉한 세포부터 모질게 찢긴 듯한 쓰라림이 빠른 속도로 퍼져나갔다. 온몸에서 기운이 빠져 다리가 후들댔으나, 꼼짝없이 저를 밀어붙인 거대한 육체 때문에 맘대로 쓰러질 수조차 없었다.

"이것 좀…… 놔줘."

목소리가 갈라지는 것을 멈출 길이 없다. 그 말에 더 끈끈하게 찰싹 달라붙는 도훈의 견고한 육체에 서연의 말랑한 몸이 하릴없이 꾸욱 짓눌렸다.

"몰래 보고 도망가면 내가 널 못 볼 거 같았어?"

서연이 저도 모르게 입 안을 씹자 아릿한 핏물이 번졌다.

"내 눈이……."

과열된 까만 눈동자가 서연의 얼굴을 무섭게 쓸어내렸다.

"강서연 보려고 안달 난 눈이."

"……."

"널 놓칠 것 같았냐고."

삽시간에 눈앞이 아찔해졌다. 사람의 이성을 마비시키는 성질의 것이 그의 음성에 끈적하게 녹아 있었다. 차마 뭐라 답하지 못하고 입술만 달싹이고 있는 서연을 똑바로 응시하며 도훈이 한쪽 팔을 떼어내었다. 셔츠 포켓에 길쭉한 손가락을 집어넣고 무당의 명함을 뽑아 들었다. 그 새까만 형체를 마주한 순간 서연의 몸은 딱딱하게 굳어갔다.

"아……."

그제야 자신이 카드만 뽑아 들고 나오면서 지갑은 그대로 집에 두고 왔다는 사실이 떠올랐다. 도훈이란 태풍에 정신없이 나부끼는 그녀의 눈동자가 느릿하게 올라섰다. 젖은 눈동자에 도훈의 얼굴이 한가득 담겼다. 그의 표정을 보아, 그는 이미 모든 사실을 알아버린 듯했다.

"……만났어? 무당을?"

"그래."

그 대답에 붉디붉은 입술이 허망하게 벌어졌다. 도훈의 서늘한 손은 그 벌어진 입술로 옮겨졌다. 큰 엄지손가락이 떨리는 서연의 입술 위를 천천히 쓸었다.

"근데 겨우 그거야?"

도훈이 입꼬리가 비식 올라갔다. 그 입술이 너무 가까워 서연은 이대로 질식할 것만 같았다.

"왜."

곧 닿을 것만 같은 도훈의 입술을 피해 고개를 틀었다.

"뭐가 겁나."

그의 질문에 서연의 가느다란 목울대가 일렁였다.

"네가 겁내는 게 뭐야."

"……."

"내 마음이 식을까 봐, 아니면 네 마음이 식을까 봐."

커다란 눈망울에 아슬아슬하게 매달려 있던 투명한 이슬이 새하얗게 질린 뺨을 타고 흘러내렸다.

"오는 길에 계속 생각했지. 왜 너는 나한테 털어놓지 않고 숨는 쪽을 택했을까. 내가 너한테 그렇게 신뢰를 못 줬을까."

서연의 눈꺼풀이 가늘게 떨렸다.

"겨우 그 정도 사실, 알게 되면 널 포기할 남자로 비쳤나, 내가."

서연의 어깨를 움켜쥔 도훈의 손에 힘이 들어갔다. 그녀가 이를 악물었다. 도전적으로 고개를 쳐들고 도훈을 쳐다보았다.

"어떻게 겨우예요, 그게."

일렁이는 서연의 갈색 눈동자가 악에 받쳐 번뜩였다.

"나는 목숨이 달렸어. 근데 그게 어떻게 겨우야."

서연의 목소리가 갈라졌다.

"내 목숨이 그까짓 것밖에 안 돼? 이따위로 청승 떨면서 고민할 만치도 안 돼?"

울음 섞인 음성에 도훈의 미간에 주름이 잡혔다.

"도훈 씨가 나 버리면 확 죽어버린다는데. 내 정해진 운명이 그렇다는데. 그걸 어떻게 겨우라고 말을 하니."

속 안에 담긴 심정이 내장을 가르며 더듬더듬 목구멍 밖으로 튀어나왔다.

"그걸 어떻게……."

서연은 주저앉아 엉엉 울어버릴 것 같아 주먹을 꼭 틀어쥐고 감정을 삭이려고 노력했다. 도훈은 대답 없이 서연을 직선으로 뚫어져라 내려다보았다. 그녀는 그 까맣게 타들어가는 시선을 똑바로 받으며 눈을 부릅떴다. 서로 팽팽하게 양보 없이 겨누어 보는 동안, 급속도로 상승하던 엘리베이터는 어느덧 도착했다는 안내음을 남겼다. 그제야 도훈이 서연에게서 떨어져 섰다. 다만 두 눈은 여전히 서연을 올곧게 내리쬐고 있었다. 문이 열리자 그녀는 그런 그를 지나쳐 엘리베이터에서 내렸다. 도훈이 몸을 비스듬히 틀고 서연의 뒷모습을 응시했다.

"들어와요."

서연이 나직하게 한마디 남기고서 제 룸 쪽으로 걸어갔다. 도훈이 그 뒤를 따라 서연의 룸 안으로 들어섰다. 덜컹, 도훈은 문이 닫히는 시간도 기다리기 싫다는 듯 손으로 문을 밀었다. 문이 완전히 닫히고 난 밀실에서 서연과 도훈의 시선이 다시 따갑게 맞닥뜨렸다.

"도훈 씨."

서연이 떨리는 입술을 벌렸다.

"날 평생 사랑할 자신 있어?"

첨예한 그의 눈빛에 서연의 살갗이 바늘에 찔린 듯이 예민하게 섰다.

"그 마음, 그 감정 그대로 조금도 식지 않고 평생 나 하나만 바라보고 살아갈 자신 있어? 나 짊어지고 가기로 결정한 거 절대 후회 안 할 자신 있어?"

"있어."

도훈이 조금의 망설임도 없이 즉답했다.

"난 없어."

서연의 음성은 단호했다.

"우리 만난 지 얼마 되지도 않았고, 연애한 지는 고작 몇 달밖에 안 됐어."

"하……."

도훈이 헛숨을 터뜨렸다.

"그래서 뭐. 함께한 시간이 짧아서 넌 날 평생 좋아할 자신이 없다. 그건가?"

"아니. 난 평생 도훈 씨만 좋아할 자신 있어."

"……."

"내 답은 오로지 백도훈 하나니까. 미친 척하고 평생 졸졸 쫓아다니면서 사랑할 자신 있어."

"……."

"근데 당신은 그게 아니잖아."

"……나중에 내가 널 떠날 거 같다는 거야?"

"아니."

서연이 고개를 빳빳하게 세웠다.

"내가 질려서. 싫어져서. 확 죽이고 싶게 미워져도 당신은 나 못 버려. 절대 못 떠나."

"……."

"버림받으면 죽는다는 거 뻔히 아는데 네가 날 떠나겠니?"

서연이 억눌린 음성을 터트렸다.

"시간이 지나서 다른 여자가 좋아져도, 나랑 헤어지고 싶다고 생각해도, 사람 목숨 쥐고 있다는 그 책임감 때문에 할 수 없이 내 옆에 고여 있겠지."

"……."

"고인 물은 결국 썩어."

서연은 소나기처럼 속에서부터 흘러내리는 눈물을 막지 못했다.

"내가 왜 그랬을까. 겨우 몇 달 만난 여자한테 왜 내 인생을 통째로 배팅했을까. 그러지 말걸, 그러지 말걸. 도훈 씨 뼈저리게 후회할지도 몰라. 그때 되면 분명 내가 당신에게 무거운 짐으로 느껴지겠지."

서연이 발갛게 달아오른 눈시울을 찡그렸다.

"당신한테 내가 더는 사랑이 아니라 짐이 되는 거, 그거 싫어. 내 존재 자체가 부담스러워지는 거 싫어."

종속이 아닌 대등한 위치에서, 서로에게 짐이 아닌 힘이 되는 관계를 원했다.

"거기다 더 싫은 건 뭔 줄 알아? 나중에는 그걸 다 알면서도 모르는 척, 날 귀찮아한다는 걸 알면서도 바보같이 헤헤 연기하면서, 외면하면서, 거지처럼 키스해달라고 조르겠지."

살기 위해서. 서연이 입술을 찢어버릴 듯이 물어뜯었다.

"혀 깨물고 죽는 한이 있어도 그 꼴, 나 못 봐."

애처롭게 우는 모습에 기세가 누그러진 도훈이 한 손으로 머리를 거칠게 쓸어 올렸다.

"전생이고 업보고 난 그냥 나야. 지금 여기에 서 있는 강서연은 아무 죄가 없어. 그렇게 인간답지 않게 살아야 할 이유가 없어."

북받쳐 오는 감정 끝에 다 털어놓자 서연은 발가벗겨진 기분이 들었다. 어제 무당에게 진실을 들은 이후 내내 고민하며 품어왔던 어둑한 속내들, 그 모든 것들을 도훈에게 다 뱉어버리자 0으로 돌아간 기분이었다.

도훈은 서연을 꼿꼿이 보며 우는 그녀에게 성큼 다가갔다. 차갑게 굳은 그의 얼굴이 서연의 얼굴과 가까워졌다.

"그게 이유의 전부야?"

말랑한 팔뚝을 잡은 도훈의 손에 힘이 들어갔다.

"그 근거 없는 가정이 널 흔들게 하는 이유 전부냐고."

저도 모르게 부러트릴 듯 움켜쥐자 맨살에 빨간 손자국이 남았다.

"아파."

놀란 도훈이 곧바로 놓아주었다. 그가 깊게 한숨을 내쉬었다. 서연은 그런 그에게서 시선을 떨어뜨렸다.

"일단 나, 생각할 시간이 필요해요."

서연은 머리가 지끈지끈 아파오는 것을 느꼈다.

"죽느냐 사느냐 하는 문제인데 그 정도 시간 끌 권리는 있다고 생각해요."

서연이 뻑뻑해진 눈을 꾹 감았다가 떴다. 그러고는 후우, 심호흡하며 고개를 삐딱하게 숙였다. 그의 대답을 기다렸으나 일자로 꾹 다문 도훈의 입술은 열릴 기미가 없었다. 그 탓에 더 이상의 대화는 없었다. 찰나가 억겁 같던 수 분의 공백이 지나고, 도훈은 뒤를 돌았다. 서연을 등지고 문으로 성큼 걸어갔다.

"……."

도훈은 호텔 문고리에 손을 올리고 잠깐 멈칫했다. 그 위를 꽉 움켜쥐고 뜸을 들이다가 이내 문을 열고 말없이 나가버렸다. 떠나는 도훈의 모습을 보는 서연의 눈앞이 걷잡을 수 없이 새까맣게 물들었다. 가슴이 먹먹하다 못해 숨이 멎을 것만 같아 끅끅거리며 헐떡였다. 서연이 휘청이더니 아무렇게나 침대 위로 쓰러졌다.

"하……."

안다. 괜한 투정이라는 거. 괜히 잘못도 없는 그에게 히스테리 부렸다는 거. 그저 바닥을 뚫고 들어가는 자존감에서 발발한 말이라는 거……. 서연이 두 손을 펼쳐 제 얼굴 위를 폭 가렸다. 홍수처럼 터진 눈물이 그 손바닥마저 축축하게 적시고도 이불 위로 뚝뚝 떨어졌다.

"흐으…… 윽."

어떻게 해야 할지 모르겠어. 어떻게. 어떻게…….

[생각 정리해. 기다릴 테니까 마음 정해지면 연락해.]

휴대전화를 움켜쥔 손이 파르르 떨렸다.

[바로 갈게.]

그가 서연에게 남기고 간 것은 강요가 아닌 선택이었다. 서연은 액정을 가득 메운 도훈의 문자를 우두커니 내려다보았다.

[그러니까 울지 말고 날 불러.]

서연이 한 손으로 제 입을 억지로 꽉 막았다.

[내 앞에서 울어.]

이렇게 다정하면 반칙이지…….

재경은 언제나 늘 서연과 함께였다. 학생 때는 지금보다 훨씬 수다가 많았던 서연은 재경에게 이런저런 이야기를 쉴 새 없이 재잘거리며 까르르 웃었다. 그 해맑은 웃음은 보는 사람마저 행복하게 만들었고, 재경은 그때마다 그녀의 웃음을 지켜주고 싶다고 생각했다. 언제까지나 티 없이 맑은 표정으로 환하게 웃을 수 있게. 그리고 지금 재경의 눈앞에 보이는 것은, 스무 살 적 서연의 활짝 웃는 얼굴이다.

"오빠!"

서연은 어둠이라고는 조금도 없이 희맑은 얼굴로 살랑이며 달려온다. 재경의 팔을 와락 양팔로 꼬옥 붙잡고 싱글벙글 웃는다.

"나 오늘 한 끼도 못 먹었다? 너무 배고파. 맛있는 거 사줘!"

"하하, 그래. 뭐 먹고 싶어?"

"고기, 고기!"

서연이 웃으며 재경의 팔을 끌어당겼다.

"참, 오빠. 나 김성찬이랑 또 대판 싸웠어. 진짜 인간이 좀생이 같고. 하여간 이상해."

서연이 통통한 입술을 씰룩이며 중얼거렸다. 재경은 웃으며 서연의 머리를 쓰다듬었다.

"성찬이 혼나야겠네, 우리 서연이 힘들게 하고."

배시시 웃는 미소가 눈이 시리게 예뻐서, 큰 눈과 작은 입술이 견딜 수 없을 만큼 사랑스럽고 소중해서. 그래서 재경은 서연의 옆을 단 한 번도 노려본 적이 없었다. 이 감정이 어떤 감정인지 누구보다도 잘 알고 있었지만, 이 평화로운 관계를 깨뜨릴 생각은 전혀 없었다. 그녀의 옆자리를 스쳐 지나가는 수많은 남자 중 하나가 되는 어쭙잖은 짓은 절대 하지 않는다.

재경이 원하는 것은 단 하나. 그녀에게 자신이 가장 의지가 되는 단 한 사람이 되는 것, 어떤 큰일이 닥쳤을 때 가장 먼저 솔직하게 털어놓을 수 있는 단 한 사람이 되는 것. 평생 그렇게 변하지 않는 소나무처럼 포근한 그늘을 드리워주면서, 그녀의 미소를 지켜보리라고 생각했다.

그래. 네가 그날,

그렇게 내 눈앞에서 완전히 사라지고.

아닐 거라고, 오해일 거라고, 널 마지막까지 믿은 내가,

수십 번을 걸고 또 건 전화를, 너는.

"우니?"

너는 왜.

"……."

갑자기 들려오는 여자의 목소리에 재경이 서서히 눈을 떴다. 재경이 손을 들어 땀에 전 제 이마를 한번 쓸어내렸다.

"뭐야. 무슨 꿈을 꿨길래 그래?"

막 잠에서 깬 재경의 눈가가 촉촉한 것을 본 여자가 퉁명스럽게 물었다. 재경이 눈을 지그시 감았다가 뜨고 침대에서 일어나 앉았다.

"당신도 사람이었구나 싶네. 놀랍다, 놀라워."

그를 신기하다는 듯 쳐다보는 여자를 재경이 비스듬히 올려다보았다.

"상지 씨. 제 방에 노크 없이 들어오시지 않으셨으면 좋겠다고 전에도 말씀드렸었습니다."

"내 집에 내가 맘대로 돌아다니는데 뭐가 문제야? 불만 있으면 한재경 당신이 나가."

여자의 말에 무표정하던 재경의 입술이 움찔했다. 곧 길어진 입술은 부드럽게 곡선을 그리며 올라섰다.

"그래서, 하실 말씀이?"

여느 때와 다름없는 재경의 미소를 보며 상지가 굽은 허리를 쭉 폈다.

"당신 다음 주에 와이시 독일 본사 간다며? 나도 같이 갈래."

"그건 어렵습니다."

"왜!"

"휴가가 아니라 업무차 방문하는 것입니다, 상지 씨. 그런 부탁은 아무리 상지 씨여도 들어드리기 곤란할 것 같습니다."

"하, 변명은."

여자가 코웃음 치며 재경을 흘겨보았다.

"안 데려가려는 거 보니까, 딱 그림 나오는데."

그녀가 알 만하다는 듯 붉은 입술을 비틀었다.

"또 뒤에서 무슨 개수작 꾸미고 있는 거겠지. 안 그래?"

상지의 말에 재경의 눈이 가늘게 길어졌다. 그가 고개를 비스듬히 틀자 햇빛을 받은 밝은 갈색 머리카락이 잘게 흔들렸다. 재경은 상지를 보며 말 없이 온화하게 눈웃음 지었다.

토요일에는 오후까지 늦잠을 퍼질러 자는 게 규칙과도 같았던 여진인데, 오늘은 여느 때와 상반되게 행동했다. 꼭두새벽에 일어난 여진은 해도 뜨기 전부터 쿵쾅거리며 외출 준비에 힘을 썼다. 원래도 강한 인상이었으나, 오늘만큼은 더욱 만만해 보이지 않도록 아주 진하게 화장을 입혔다. 옷도 수십 번을 갈아입기를 반복하고 고민을 거듭하여 가장 몸매가 좋아 보이는 투피스를 골라 입었다.

"후……."

현관으로 가서 여진이 가진 구두 중 가장 높은 13센티 킬 힐을 장착하고 싸움터에 나가는 사람처럼 비장하게 문을 열었다. 오늘 여진이 향하는 전장은 다름 아닌 그 재수 없는 전 남자친구의 결혼식장이었다. 갈까 말까 수도 없이 고민했으나 도도하고 당당하게 가서 아무렇지 않다는 듯 지켜봐주기로 했다. 지하철에 올라탄 여진은 습관적으로 휴대전화를 꺼내 들었다.

"……그 인간은 지금쯤 뭐 하려나."

저도 모르게 진영의 생각을 하며 나직하게 중얼거렸다. 여진은 일전의 클럽 사건 이후 진영을 한 번도 만난 적이 없었다. 그때, 웃지 않는 진영에게 느꼈던 묘한 감정 때문인지 그가 더욱 불편하게 느껴졌다. 그래서 진영의 만나자는 연락에 꾸준히 철벽을 치고 거절해왔다.

"……하아."

그날 새벽, 제게 진지한 얼굴로 묻던 진영의 목소리가 아직도 생생하게 여진의 귓가에 들리는 듯했다.

'그 결혼식…… 제가 같이 가드리면 어때요?'

그 순간 머리가 새하얗게 물들고 온통 멍해지는 기분이었다. 하지만 그뿐이었다. 그런 제안에 수락할 여진이 아니었다. 그녀는 주제넘지 말라고 선을 똑바로 그은 후 자리를 털고 일어났다.

"……짜증나, 오징어."

쿨하게 뒤돌았으니 그날 이후 계속해서 진영의 목소리와 얼굴이 머릿속에 맴돌고 있다는 것은 절대 비밀이었다. 여진이 땅이 꺼져라 한숨지었다.

-이번 역은 선정릉, 선정릉역입니다.

그때 들려오는 안내 방송에 화들짝 놀라 벌떡 일어났다. 문이 닫힌다는 멘트에 허겁지겁 지하철에서 내렸다.

"아…… 최여진! 진짜 정신 얻다 두고 사냐!"

이놈의 지구, 살면 살수록 거지 같은 건 기분 탓일까?

"아, 안 되지! 오늘만큼은 정신 똑바로 차려야 해!"

불끈 주먹을 쥐고 다짐한 여진이 또각또각 걸어 결혼식장 안으로 당당하게 들어섰다. 계형철을 만나면 태연하게, 아무렇지 않게 인사해주리라. 너따위 애초부터 미련 가진 적 없다고, 도도하게 표정으로 말해주리라! 건물 안으로 들어서자 하객들에게 인사하기 위해 밖에 나온 계형철의 웃는 낯이 어렴풋이 시야에 들어왔다. 잠깐 멈춰 섰던 여진이 다시 다리를 움직였다. 그의 앞으로 다가가자 다른 하객과 인사하던 형철의 시선이 여진에게로 돌아갔다. 가식적으로 함박웃음 짓던 형철의 얼굴이 순식간에 싸늘하게 식었다.

"왔냐."

"어."

"오랜만이다."

"그래."

어색하다 못해 냉기가 철철 흐르는 대화는 거기서 끊겼다. 형철이 고개를 숙이고 푹 한숨을 쉬었다. 곧 고개를 들고 여진에 작은 소리로 말했다.

"······이따 식 끝나고 태희한테 가서 사과하고 가."

여진이 픽 웃음을 터뜨렸다.

'사과? 이게 사과 같은 소리를 또 하고 자빠졌네!'

여유롭고 당당하게 인사하고 깔끔하게 퇴장할 생각이었는데 이 미친놈이 또 신경을 벅벅 긁는다.

"너 진짜······!"

"야, 형철아!"

뭐라고 쏘아붙이기 위해 언성을 높였으나 뒤에서 들려오는 남자의 목소리에 멈칫했다.

"오랜만이다. 하하, 결혼 축하한다."

들려오는 익숙한 웃음소리에 여진의 등골이 서늘해졌다.

'이, 이 목소리는······.'

쿵쾅쿵쾅, 딱딱하게 굳은 그녀의 심장이 미친 듯이 발작하기 시작했다.

'뭐지? 저 인간이 왜 여기에 있지? 뭐지? 뭐지? 왜 왔지? 뭐지?'

"오진영 선배님, 오셨습니까! 와주셔서 정말 감사합니다!"

혼란스러운 얼굴로 생각하는데, 갑자기 군기 바짝 든 형철이 허리를 구십 도로 바짝 숙이고 인사하자 여진이 깜짝 놀라 뒷걸음질 쳤다.

선, 선배······? 기겁한 여진이 입을 떡 벌렸다. 계형철이 오진영 후배라고? 이런 미친······! 이게 도대체 무슨 상황인지 몰라 입만 벙긋벙긋하고 있는데, 어느덧 진영의 발걸음 소리가 바로 등 뒤에까지 따라붙은 것을 느꼈다. 침을 꿀꺽 삼킨 여진이 딱딱하게 굳은 고개를 돌려 진영을 응시했다.

"어?"

놀란 진영의 동공이 커졌다.

"여진 씨?"

여진은 동공 지진을 일으키며 진영과 약 1초간 아이컨택 했다. 그러는 찰나, 형철은 여진의 어깨를 툭 치고 지나쳐 진영에게 악수를 제안했다. 여진은 얼른 고개를 홱 원위치시켰다. 깍듯하게 예의를 차리는 소리가 뒤에서 들리자 그 순간 몸이 딱딱하게 굳는 기분이었다.

'아아악! 최여지이이인! 왜 둘이 알 거라는 생각을 못 했지?'

같은 대학 출신에 심지어 진료 과목도 같은 외과 계열! 현재 근무지는 다르다고 해도 서로를 알 확률은 거의 백 퍼센트에 가까웠는데! 왜! 여진이 명청했던 과거의 자신을 뼛속 깊이 자책하며 슬금슬금 다리를 움직였다. 형철과 진영이 대화를 나누는 틈을 타 은근슬쩍 자리를 피할 요량이었다. 그러나 갑자기 웬 투박한 손이 제 손목을 확 잡아끄는 것이다.

"말 안 끝났는데 어디 가?"

형철이 여진의 손목을 붙잡고서 소곤소곤 귓속말했다. 멈칫한 여진이 그를 비스듬히 노려보다가 이내 부글거리는 속을 꽉 누르고 씩 웃었다.

"왜 남의 손목은 잡고 지랄이니? 내 손목이 너 같은 놈 잡으라고 달린 장식품인 줄 아니?"

여진이 미소를 유지한 채 마찬가지로 아주 작은 소리로 소곤거렸다.

"하여간 남자들은 여자 손목 휘어잡으면 그게 멋인 줄 알지. 가서 네 금쪽같은 신부 손목이나 부러지게 잡아라, 야."

여진이 비웃으며 조곤조곤 중얼거리자 형철의 눈썹이 험악하게 치켜져 올라갔다. 하, 헛숨을 토해낸 그가 고개를 절레절레 내저었다.

"하여간 고분고분한 법이 없고. 너 같은 거 딱 노처녀로 늙어 죽을 팔자지."

"뭐, 뭐?"

명백한 비하 발언에 여진의 얼굴이 한 대 맞은 듯이 멍해졌다. 형철이 여진을 위아래로 훑어보며 쯧쯧 혀를 찼다.

"그나마 봐줄 만한 건 얼굴밖에 없었는데 그조차 점점 폭삭 늙어가는 게 눈에 보이니."

이어지는 인신공격에 여진이 부들부들 떨리는 주먹을 꽉 움켜쥐었다. 점점 치솟는 분노에 싸늘하게 굳은 여진의 입가가 비틀렸다. 열이 받아 꽉 악문 이가 빠득빠득 갈렸다. 원래 성질이라면 다 엎어버리고 난동이라도 부렸어야 했지만 어째서인지 분노에 파르르 떨리는 입술은 제 말을 듣지 않았다.

"으…… 야. 가까이서 보니까 너 눈가에 주름이 막……. 관리 좀 해라, 진짜."

형철이 여진의 눈을 손끝으로 가리키며 조롱하자 여진의 눈앞이 새까맣게 물들었다. 이따위 수준의 남자를 3년이나 만나고, 헤어지고 나서도 미련을 버리지 못했다니. 당장 뭐라고 반박을 해야 하는데, 해야 하는데……. 자존심에 깊게 팬 스크래치 때문에 머리가 온통 백지장이 되어버렸다.

"야, 우리 여진 씨가 예쁜 건 알겠는데."

갑자기 느닷없이 어깨를 끌어당기는 강한 힘에 여진의 몸이 휙 쏠렸다. 뒤에서 다가온 진영이 여진의 어깨를 감싸 안은 것이었다. 흠칫한 형철이 잡고 있던 여진의 손목을 놓았다.

"왜 남의 애인 얼굴을 그렇게 빤히 보나."

진영의 말에 얼떨떨하게 있던 여진의 입술이 툭 벌어졌다. 놀라서 휘둥그레진 눈으로 진영을 멀뚱멀뚱 쳐다보았다.

"애, 애인이요?"

여진의 속마음을 대신 외쳐주기라도 한 듯 형철이 기겁한 목소리를 냈다. 형철이 믿을 수 없다는 듯 미간을 살짝 구기고 재차 되물었다.

"최여진 얘가 선배님 여자친구라고요?"

"하하, 야."

진영이 사람 좋게 웃다가 갑자기 거두고 얼굴을 굳혔다.

"내가 네 친구야? 왜 내 애인 이름을 막 부르고 그래, 예의 없이."

"죄, 죄송합니다!"

진영이 정색을 하고 말하자 형철이 허리를 굽히고 깍듯하게 사과를 했다. 그러나 여전히 진영과 여진의 사이를 믿을 수 없다는 듯 도로 슬금슬금 고개를 들었다.

"그런데…… 두 분이…… 어디서 만나셨습니까?"

"넌 다 좋은데 항상 정도를 모르더라."

"네?"

"남의 연애사에 뭐가 그렇게 관심이 많아. 낄 때 안 낄 때 구분해야지."

흘러가는 분위기가 심상치 않았다. 늘 실실 웃는 진영의 평소와 다른 날선 표정과 싸늘한 음성. 놀란 여진은 지금 상황이 대체 어떻게 돌아가고 있는 건지 파악하기조차 어려웠다. 진영은 여진에게서 팔을 떼고 형철에게 한 발짝 다가갔다. 그러고선 천천히 그의 귀에 대고 아주 낮은 소리로 조용하게 뇌까렸다.

"한 번만 더 내 애인 얼굴에 스크래치 내면 어디에도 발 못 붙이게 해줄 테니까."

"……."

"다시는 연락하지도 말고."

"네. 네!"

창백해진 형철이 얼른 고개를 숙였다. 서늘하게 무표정하고 있던 진영이 도로 사람 좋은 웃음을 안면에 띠었다.

"그래. 한 번뿐인 결혼식인데, 웃어. 웃어. 하하. 축하한다?"

툭툭, 형철의 어깨를 두 번 치며 호탕하게 웃었다. 그러나 이미 기가 잔뜩 눌린 형철은 시선을 아래로 내리깐 채 죽은 듯이 있을 뿐이었다.

"여진 씨, 가요."

여진이 움찔했다. 진영이 다시 보란 듯이 여진의 어깨에 팔을 부드럽게 올려 훅 끌어당겼기 때문에. 너무 놀라 몸을 빼려고 하다가 이상해 보일 것 같아서 그저 목석처럼 굳은 채 가만히 있었다. 등 뒤에서는 형철의 따가운 시선이 노골적으로 느껴졌다.

'뭐지, 뭐지, 뭐지! 이게 뭐지!'

닿은 부위에서 전해져오는 진영의 체온이 뜨겁고 이상해서 자꾸 얼굴이 붉어질 것만 같다.

'미쳤나 봐! 정신 차려, 최여진!'

안 돼! 안 돼! 정신 차려! 정신 차려! 정신…….

"아, 머리카락이."

"……."

여진은 제 입가에 살짝 무언가가 닿았다가 떨어지는 것을 느꼈다. 진영이 끈적한 립글로스 때문에 입술에 달라붙은 여진의 머리카락을 떼서 귀에 부드럽게 꽂아준 것이다. 여진이 기계처럼 끼기긱 목을 돌려 진영을 올려다보았다. 그런 여진을 내려다보며 진영은 나직하게 웃었다.

"왜요?"

도훈이 떠나고 수 시간이 지났다. 서연은 침대에 제 몸을 파묻은 채 꼼짝도 하지 않고 시체처럼 누워 잠만 잤다. 눈 감고 자는 동안만큼은 아무 생각도 하지 않을 수 있었으니까. 잠시라도 차가운 현실에 내버려진 감각을 잊을 수 있으니까. 하지만 눈을 뜨는 순간 스위치가 켜진 듯 온 안면 근육이 일그러졌다. 그놈의 전생이 뭐라고, 운명이 뭐라고. 세상이 원망스러워 오열하다가도 모든 걸 잃은 듯한 상실감에 빠져들어 숨이 턱턱 막혔다. 그렇게 온몸의 수분이 다 빠져나갈 때까지 우니 놀랍게도 눈물도 뚝 끊겨 더는 나지 않았다. 서연은 멍한 얼굴로 멀뚱히 화장대 거울에 비친 제 얼굴을 바라보았다.

"……."

그와 키스하지 않은 지 벌써 하루하고도 반나절 가까이 흘렀다. 원래대로라면 이미 몸이 변하고도 남을 만한 시간이었으나, 거울 속에 비친 자신의 모습은 여전히 긴 머리, 붉은 입술, 그리고 부드러운 선을 가진 이목구비 그대로를 유지하고 있었다. 완전히 제 몸을 찾은 것을 제 눈으로 똑똑히 목격하자 심경이 더욱 복잡해졌다.

"하……."

이제 더는 매일 키스 지속 시간을 재가며 잔뜩 긴장한 채로 생활하지 않아도 된다. 계속해서 짧아지는 지속 시간에 언제 갑자기 모습이 변할까 전전긍긍하지 않아도 된다. 당장 수요일에 있을 출장 일정도 걱정 없이 소화할 수 있다. 그토록 바랐던 제 몸을 영원히 되찾은 것이다.

그런데……. 서연이 허벅지 위에 올려둔 두 손을 꼬옥 그러쥐었다.

"하나도 안 기뻐……."

미친 듯이 허무했다. 7년의 남성화가 끝나고 드디어 제 몸을 되찾았지만, 결국 서연에게는 남은 게 하나도 없었다. 심장이 산산이 부서져 가루가 되는 기분이었다.

한편 도훈은 소파에 앉아 휴대전화를 들고 한참을 고민했다. 서연의 번호를 띄우고서 통화 버튼 위에서 주저했다.

'일단 나, 생각할 시간이 필요해요. 죽느냐 사느냐 하는 문제인데 그 정도 시간 끌 권리는 있다고 생각해요.'

서연이 했던 말이 떠오르자 힘없이 팔을 아래로 놓아버렸다.

"하……."

답답한 상황에 한숨밖에 나오지 않았다.

띵동, 심란한 사고를 뚫고 초인종 소리가 들려왔다. 자연스레 문 쪽으로 돌아간 그의 눈동자에 조금의 희망이 언뜻 서렸다. 왜 초인종을 눌렀는지 따위를 생각해볼 여유가 도훈에게는 없었다. 마치 엄마를 기다리는 5살 남자아이라도 된 것처럼 체통 없이 뛰어나가 문을 활짝 열었다.

"……."

물론 진짜 어머니가 있을 줄은 도훈의 예상 밖이었지만. 도훈이 문고리를 잡은 채로 굳어버렸다.

"깜짝이야. 누구 기다리고 있었니?"

그 모습을 보는 세 여인들도 놀라 어리둥절한 표정을 지었다. 도훈은 대답 없이 무표정으로 미라와 두 이모들을 차례로 바라보았다.

"도훈이 너 엄마 전화 왜 안 받았어?"

"이모 전화도 안 받고 말이야."

"맞아, 맞아."

미라와 두 이모들은 여전히 말 한마디 없는 도훈을 보며 익숙하다는 듯 어깨를 으쓱했다. 그러고는 가만히 서 있는 그를 밀치고 말릴 틈도 없이 집 안으로 불쑥 치고 들어갔다. 집 안에 들어서자마자 세 여인은 저들끼리 수상한 눈빛을 교환했다. 마치 감사원에서 불시 검문이라도 나온 양 저마다 눈알을 굴리며 이곳저곳을 살펴보기 시작했다.

첫째 이모는 현관에 놓인 베이지색 여자 구두를 보며 눈을 빛냈다. 거실로 걸어간 막내 이모는 전에 살던 집에는 없던 수상한 무드 등을 보며 호기심을 불태웠다. 미라는 전에는 첫 줄부터 끝줄까지 술뿐이던 냉장고에 반찬과 음식 재료가 빼곡한 것을 보며 회심의 미소를 지었다. 탐색이 끝나고, 세 여인은 한 번 더 서로 눈빛 교환을 하며 고개를 끄덕였다. 도빈의 말대로 도훈에게 여자가 생겼음을 확신하며.

그날 저녁, 오늘만 두 번째로 도훈의 집에 찾아온 서연은 도훈의 집 앞에서 기웃거리며 들어갈지 말지 망설였다. 생각할 시간 좀 달라고 소리쳤지만 당장 생활에 필요한 물건들이 정작 전부 도훈의 집에 있었기 때문이었다. 바로 얼굴 맞대기가 조금 껄끄럽고 어색했지만, 조용히 들어가서 최소한의 짐만 빼 오자고 생각하며 조심스레 현관문 비밀번호를 눌렀다. 그러나 안으로 들어가자마자 서연의 코끝을 자극하는 맛있는 냄새.

"하……."

누구는 온종일 물도 넘어가지 않아 밥 한 숟갈 안 먹고 굶었는데. 집 안에 만연한 음식 냄새에 울컥한 서연은 씩씩거리며 주방으로 따지듯 뛰어갔다.

"너는 밥이 넘어가냐!"

억울함에 확 삿대질하며 고래고래 소리치는데…… 멈칫. 서연이 그대로 딱딱하게 굳었다.

"……."

당연히 도훈뿐이어야 할 식탁에 웬 중년의 여성 셋이 상다리 부러지기 직전인 상차림 앞에 나란히 앉아 있는 게 아닌가. 그것도 저를 휘둥그레 뜬 눈으로 멀뚱멀뚱 바라보며.

"아……."

가운데에 앉은 중년 여성이 도훈과 아주 닮았다는 것을 깨달은 서연의 동공이 거칠게 흔들렸다. 갑작스러운 서연의 난입에 놀란 세 여자들과 도훈도 숟가락을 든 채 굳어버렸다. 아무도 입을 열지 않자 숨 막히게 어색한 정적이 흘렀다.

'미친! 미친! 이 미친……!'

서연이 침을 꿀꺽 삼키고 얼른 삿대질하던 손을 거두어 배꼽 근처에 가지런히 모았다.

"시, 실례했습니다."

꾸벅 허리를 굽히고 황급히 반원을 그리며 뒤를 돌았다. 극심한 부끄러움에 화끈거리는 얼굴을 양손으로 폭 가렸다.

"잠깐만요, 아가씨."

잠깐 놀랐던 미라가 이내 평정을 찾고 서연을 불러 세웠다.

"저녁은 먹었나요? 아직 식사 전이면 같이 먹어요."

"아……."

당황한 서연이 새삼 통통 부은 제 눈을 상기하며 도훈을 흘끔 곁눈질했다. 그는 한마디 말없이 그녀를 뚫어져라 보기만 할 뿐이었다. 레이저라도 쏠 것만 같은 뜨거운 시선에 서연의 등 뒤로 식은땀이 비죽 흘렀다.

"걱정하지 말아요. 보면 알겠지만 우리 아직 숟가락 뜨지도 않았어요. 얼른 도훈이 옆에 앉아요."

"맞아요, 맞아! 앉아요. 미선아, 아가씨한테 밥하고 국 좀 떠줘!"

빼도 박도 못하게 벌떡 일어난 막내 이모가 도훈의 옆자리에 밥하고 국을 딱, 딱 빛의 속도로 올려놓았다. 서연은 속으로 망할 타이밍을 저주하며 살금살금 조심히 도훈의 옆자리에 앉았다. 도훈은 뭐가 그렇게 불만인지 계속해서 옆에 앉은 서연을 눈으로 활활 태워 먹기라도 할 작정인 양 노려보았다.

"우리 아들이랑 만나는 아가씨 맞죠? 나는 도훈이 엄마예요. 편하게 들어요."

더불어 앞에서는 똘망똘망 호기심 가득한 시선이 서연을 흥미롭게 관찰하기 시작하자, 서연은 그만 정신이 혼미해지는 기분이었다.

"나는 도훈이 큰 이모고, 여기는 작은 이모. 오랜만에 조카네 집 들렀는데 이렇게 우연히 만나게 돼서 정말 반갑네요."

"네. 저도……. 처, 처음 뵙겠습니다. 강서연입니다."

"아휴. 이름도 얼굴도 너무 예쁘네. 몇 살이에요?"

"스물일곱입니다."

"우리 아들이랑 딱 다섯 살 차이네요. 다섯 살이면 궁합도 안 보고 데려간다는 말이 있던데……."

그건 네 살 아니냐고 반박하고 싶었으나 참기로 했다. 서연은 사방에서 쏟아지는 눈빛이 부담스러워 밥이 입으로 들어가는지 코로 들어가는지도 모를 지경이었다. 게다가 옆의 이 남자와 울고불고 한바탕 난리를 친 게 불과 몇 시간 전. 그의 입장에서 보면 생각할 시간 달라고 징징대고서 혼자 못 참고 몇 시간 만에 쫄래쫄래 기어들어 온 것으로 보일 게 분명했다. 정작 도훈과도 미치게 어색한 상태인데 하필이면 지금 이 타이밍에 뜬금없이 웰컴 투 시월드라니!

"어휴, 나는 도훈이가 평생 여자 한 번 안 만나고 일만 하니까 걱정이 많았지. 결혼 생각은 없냐고 물어도 대답도 안 하니까."

"그래, 나는 우리 조카가 이대로 장가도 못 가는 줄 알았다니까?"

"맞아, 맞아. 호호."

세 여인들은 저들끼리 신이 나서 깔깔거리며 웃었다. 그러나 정작 당사자인 서연은 어색하다 못해 미칠 것 같은 상황에 두피가 삐죽삐죽 서는 기분이었다. 당장 그를 떠나네 마네 하는 선택의 기로를 앞두고 있는 판국에 이게 웬 해괴망측한 그림이란 말인가! 웃어야 하는지 울어야 하는지 알 수가 없었다.

"내가 관상을 좀 볼 줄 아는데, 서연 씨 인상이 환하고 좋은 게 참 믿을 만한 인물이라는 생각이 드네요."

"감사합니다……."

"그런데 이 반찬은 혹시 서연 씨가 했나요? 도훈이는 집에서 잘 안 챙겨 먹는데 말이에요. 굉장히 맛있네요."

"그러게. 가게 차려도 되겠어. 어쩜 이렇게 솜씨가 훌륭하고 칠성급 호텔 셰프 같을까? 호호."

갑자기 쏟아지는 칭찬에 우물쭈물하던 서연이 은근슬쩍 토로했다.

"그…… 반찬은 사실 도훈 씨가 만들었어요."

"역시 우리 아들. 우리 아들이 이렇게 요리도 잘해요 호호호."

미라는 급 태세 전환하면서 홈쇼핑에서 땡처리 물건을 파는 사람처럼 도훈의 홍보를 이어갔다.

"어려서부터 도훈이가 남이 제 공간 들어오는 걸 별로 안 좋아했지. 그래서 입주 가사 도우미도 도훈이 공간만 쏙 빼놓고 청소를 했어요."

"그랬었군요, 아하하……."

"그래서 그럴 거면 네가 다 해라, 하다 보니 이렇게 가정적인 남자로…… 서연 씨? 우리 도훈이가 결혼하면 부인 고생 절대 안 시키지 또."

"아하하…… 네. 그럴 것 같아요."

서연이 밥을 먹는 둥 마는 둥 하며 슬쩍 도훈 쪽으로 눈을 돌렸다가 깜짝 놀라 움찔했다. 그는 아까부터 밥 한 숟가락 안 뜨고 저만 이글이글 잡아 죽일 듯이 쳐다보고 있었던 것이다. 너무 놀라 젓가락을 떨어뜨릴 뻔했으나 가까스로 정신을 차리고 꾸역꾸역 밥을 먹었다.

"다 드셨으면 가세요."

미라와 두 이모들만 화기애애했던 식사가 끝나고, 계속해서 묵묵부답으로 일관하던 도훈이 한마디 내뱉었다. 물론 시선은 계속해서 서연을 향해 있었다.

"넌 입 다물고 가서 과일이나 깎아 와! 서연 씨 밥 다 먹은 거 안 보여? 남자가 돼서 엉덩이 딱 붙이고 어디 눈을 부라리고!"

미라는 서른둘이 되도록 여자 한 번 안 만나던 도훈이 처음으로 만나는 그녀를 놓치면 제 살아생전 아들이 가정을 꾸리고 사는 꼴을 못 보고 죽을 것이라 확신했다. 따라서 죽어도 서연을 붙잡아 올해 안에 결혼을 쾅 시켜 버리겠다고 속으로 투지를 활활 불태우는 중이었다.

"빨리 과일 깎아서 대령해! 빨리, 빨리!"

미라가 일어나라고 도훈의 등을 툭툭 치며 역정을 냈다. 그러거나 말거나, 여전히 서연만 노려보는 도훈은 아주 느리게, 아주 천천히 마지막까지 서연을 계속 주시하며 주방으로 사라졌다. 아까부터 무슨 생각인지 도훈이 하도 뚫어져라 보는 바람에 서연은 숨이 턱턱 막히는 기분이었다. 도훈이 사라지자 미라는 언제 그랬냐는 듯 안색을 바꾸고 싱긋 웃었다.

"하지만 우리 아들이 남자로서 절대 빠지는 스펙은 아니지, 그렇지?"

"그렇지! 도훈이는 잘생기고, 멋있고, 능력 있고, 호호."

"게다가 우리 조카는 여자에게 관심도 없어서 외도할 일도 절대 없지! 완벽하지, 완벽해."

도훈을 어떻게든 올해 장가보내겠다는 의지 가득한 멘트가 두서없이 이어졌다. 이 판국에 뭐라 반응해야 할지 몰라 서연은 마른침만 꼴깍꼴깍 삼켰다.

"뭐, 솔직히 성격이 조금 무뚝뚝하고 조금 까칠한 게 흠이지만 말이야. 말도 안 해서 재미는 없겠지만서도……."

미라가 작게 한숨지었다. 조용히 손가락을 꼼지락거리던 서연이 곧 흐릿하게 웃었다.

"하하, 성격도 좋아요. 도훈 씨……."

서연이 또 흐를 것 같은 눈물을 꾹 참고서 말을 이었다.

"어른스럽고, 책임감 있고, 배려심도 넘치고, 배울 점이 정말 많아서 항상 존경하고 있어요."

심호흡하며 천천히, 진심을 담아 한 자 한 자 또박또박 발음했다. 미라와 이모들은 조곤조곤 말을 잇는 서연의 얼굴을 흐뭇하게 바라보았다.

"정말 저한테 과분할 정도로 멋지고 좋은 사람이라, 저도 똑같이 도훈 씨에게 의지가 되는 괜찮은 사람이 되고 싶어요."

꾹꾹 북받쳐 오르는 감정을 누르고 차분하게 목소리를 내었다.

"그래서 절대 짐이나 폐가 되고 싶지 않아서…… 아."

서연은 뒷말을 이을 수가 없었다. 열이 올라 뜨거워진 눈두덩이 위로 서늘한 손이 덮여 시야를 차단했기 때문이었다. 도훈은 그대로 서연의 눈을 가리고 제 쪽으로 살짝 끌어당겼다. 서연의 심장에 따끔따끔한 고통이 콕콕 박혔다.

"그만하고 가시죠."

마치 구원투수처럼 등장한 도훈이 한마디 툭 시니컬하게 내뱉었다.

"둘이 있게 해주세요."

"아……."

그 말에 잠깐 넋 나간 미라와 이모들이 이내 퍼뜩 정신을 차리고 얼른 자리에서 일어났다.

"그, 그래. 우리가 눈치가 없었네."

그들이 가방을 챙기느라 여념이 없는 사이, 도훈은 서연의 뺨을 유연하게 감싸 훅 끌어당겼다. 작은 귓가에 입술을 대고 나지막하게 속삭였다.

"내 앞에서 울렸지."

하도 울어 표면이 발갛게 부은 서연의 눈 위로 서늘한 손가락이 스쳐 지나갔다.

"또 혼자 운 거 알았으니까……."

서연의 가슴이 기묘한 감각으로 달뜨기 시작했다.

"오늘은 너 못 보내."

도저히 거부할 수 없을 만큼 달콤한 족쇄이다.

여진은 식장을 빠져나오자마자 제 어깨에서 진영의 팔을 확 떼어내고서 또각또각 잽싸게 걸어갔다. 뒤에서 웃던 진영이 다시 빠르게 걸음 해 그녀의 곁으로 가 나란히 걸었다. 여진이 진영을 째릿 올려다보며 심기가 뒤틀린 듯 입술을 씰룩였다.

"왜 멋대로 남자친구 흉내는 내고 그래요? 어? 맘대로 막, 어? 어깨에 손 막 올리고! 확 성추행으로 신고해버릴까 보다!"

"하하, 죄송합니다. 자연스럽게 사귀는 사이로 보여야 하잖아요?"

"네네. 아주 능청이 하늘을 찌르던데요, 뭘. 하여간 뭐든 구렁이 담 넘어가듯이 하는 게 그쪽 전문이잖아요. 능구렁이 같은 남자."

"오. 그러면 구렁이 담 넘어가듯 설렁설렁 자연스럽게 우리 진짜 사귀는 거로?"

"뭐래."

여진이 툴툴거리며 지하철 역사로 내려갔다.

"됐구요. 미안하면 오늘 본 거 모른 척해요. 여러모로 지금 이 상황 되게 쪽팔리니까."

여진을 비참하게 만들었던 전 애인이 형철이라는 것도 탄로 났고, 무엇보다 신부의 이름이 '태희'라는 것을 그가 알아버렸다. 처음 진영을 만났을 때 여진이 썼던 가짜 이름과 가짜 나이가 전 남자친구인 형철의 예비 신부의 것이라는 걸 그가 눈치채지 못했을 리가 없다. 객관적으로 이보다 더 수치스러운 상황은 없었다. 그런데 어쩌라고? 얼굴에 철판 깔고 도도한 척, 아무렇지 않은 척 굴었다.

"그런데 왜 자꾸 졸졸 따라와요?"

"하하, 저도 지하철 타야해서요."

여진이 속 보인다는 듯 헛숨을 터뜨리며 팔짱을 꼈다.

"그래요? 그럼 지하철 어디 방향이에요? 난 도봉산 쪽인데."

"저도 도봉산 쪽입니다, 하하."

"그럼 저리로 가세요. 난 사실 그 반대 방향이거든요."

"……."

한 방 먹은 진영이 멀뚱히 멈춰 서서 여진을 내려다보았다. 그러거나 말거나, 여진은 뒤를 돌아 카드 단말기에 제 카드를 찍으려고 손을 뻗었다.

"오진영 씨."

카드를 찍기 전 손을 멈춘 여진이 비스듬하게 고개를 돌려 진영을 보았다.

"아까, 아주 조금."

"네?"

"아주 조오오금 통쾌하긴 했어요. 조오오금 고마웠어요."

여진이 어투에 힘을 주며 혹시라도 있을 오해를 차단했다. 그러나 그 한마디에 순간 폭포수 같은 환희가 찾아온 진영이 감격한 듯 웃으며 손을 흔들었다.

"하하, 네! 다음에 봐요, 여진 씨! 꼭 또 봐요!"

여진이 살풋 웃음을 터뜨리며 미세하게 고개를 한번 끄덕였다. 개찰구 안으로 들어선 여진은 계단을 천천히 내려갔다. 지하철이 진입하기까지 시간이 남은 여진은 오늘 하루 유난히 잠잠한 휴대전화를 꺼내 들었다.

"그런데 강서연 얘는 왜 통 연락이 없어?"

첫날밤을 위한 비장의 유혹 기술까지 전수해 줬건만! 성공했는지 실패했는지, 그 흔한 후기도 없다. 어딘가 수상함을 감지한 여진이 고개를 갸웃했다. 그때 지이이잉, 호랑이도 제 말하면 나타난다더니 마침 서연에게서 문자가 도착했다.

[여진아. 나 오늘 T호텔에서 잘 건데 너도 와서 같이 잘래?]

"응? T호텔?"

여진과 서연은 어두운 표정으로 넓은 호텔 침대에 우두커니 앉아 있었다. 한참 동안 이어지는 무거운 침묵을 깬 것은 여진의 한숨이었다.

"하⋯⋯."

서연은 머리가 어지러워 고개를 푹 꺼뜨렸다.

"어떡해⋯⋯. 미안해. 괜히 내가 부추겨서."

자초지종을 들은 여진이 작게 중얼거리자 서연이 고개를 저었다.

"그럼 이사님은 지금 집에 계신 거야?"

서연이 힘없이 고개를 끄덕였다.

"아, 어떡해⋯⋯."

여진은 서연의 손을 꼭 잡으며 말꼬리를 늘였다. 서연의 붉은 눈가에 촉촉하게 물기가 고였다. 그녀는 울지 않으려고 연약한 입술을 꽉 깨물었다.

"이사님이 너 안 잡았어? 그냥 이렇게 나오도록 내버려두지는 않으셨을 거 아냐."

"⋯⋯응."

서연이 눈을 꼭 감았다. 방금 집을 나오기 전, 도훈과의 마지막 순간이 그녀의 머릿속에 서서히 부상했다.

'……오해할까 봐 미리 말하는데 나 여기 온 거 짐 가지러 온 거예요.'

도훈의 어머니와 이모들이 떠나고, 서연은 도훈에게 냉정하게 선을 긋듯이 말했다. 그렇게 말하는 내내 저를 지켜보는 그의 눈빛 때문에 숨이 턱턱 막혀 왔다.

'그리고 도훈 씨도 알겠지만 나 돌아오는 수요일에 출장 가야 해요. 5일이나 갔다 오는데 몸 다시 전처럼 불완전해지면 진짜 큰일 나요.'

서연이 고개를 돌려 도훈과 똑바로 두 눈을 마주했다.

'그러니까 여기 못 있어요. 그렇게 되지 않을 자신이 없으니까.'

서연은 그 어느 때보다도 단호하게 말했다. 그러나 도훈은 순순히 물러나지 않았다. 그는 기댄 몸을 세워 서연에게 슬며시 다가갔다.

'……건드리지 않겠다고 하면.'

키스할 것처럼 입술이 가깝게 내려왔다.

'믿을 건가?'

뜨겁고 거친 숨결이 서연의 도톰한 입술을 달구었다. 심연 같은 남자의 눈에 담긴 것은 소리 없는 비명을 지르며 악몽처럼 괴로워하는 서연이었다. 지그시 서연을 내려다보는 도훈의 눈이 그녀의 심장에 무자비하게 생채기를 입혔다. 말없이 눈을 맞추던 그녀의 동공이 미약하게 뒤흔들렸다.

서연은 대답 대신 도훈의 눈길을 피해 고개를 떨구었다. 뻑뻑한 두 눈을 꾹 감았다가 떴다. 방울진 눈물이 서연의 볼을 타고 뚝뚝 사정없이 흘러내렸다. 서연도 도훈의 곁에 함께하고 싶었다. 그 누구보다도 그의 곁에 있고 싶었다. 그러나 함께하는 것만으로도 위태롭게 쌓아 올린 탑처럼 서연은 무너져 내릴지도 몰랐다.

'놈의 곁에 있는 것만으로도 네 기력은 점점 허해질 터이니.'

그는 지금의 자신에게 독이다. 그걸 알기에 서연의 고개가 더욱 수그러든

다. 거부할 수 없었던, 아니 조금도 거부하고 싶지 않았던 백도훈이라는 견고한 족쇄. 서연은 묶이기를 거부하고 집을 나와 이곳으로 도피했다.

"……참 이상하지. 머리가 짧은 상태에서 자라지 않고, 얼굴 점점 흙빛이 되는 걸 한 번도 의심해보지 않고 남자가 되는 거라고 생각한 게."

사실 죽어가고 있었던 건데. 이미 망가질 대로 망가진 서연의 가슴은 너덜너덜했다.

"게다가 여자가 된다고 머리가 길어지고 생기가 돌아올 리 없는데 말이야……."

그는 단순히 키스로 서연을 여자로 되돌려 준 것이 아닌, 죽어가던 그녀에게 생명을 공급한 것이었다.

"여진아……."

죽음의 문턱에서 자신을 구원해준 그를 배신하고 떠나야만 서연은 온전히 여자로 살 수가 있었다.

"나는, 선택 못 하겠어……. 정말 못 하겠어……."

서연이 괴로움에 발버둥 치듯 울먹이며 양손으로 제 얼굴을 푹 가렸다. 제 앞에서 울라는 도훈의 말도 지키지 못하고, 이미 손바닥을 눈물로 축축하게 적셨다. 소리 없이 흐느끼는 모습에 여진은 덩달아 눈물이 고였다. 안타까움에 목소리도 제대로 나오지 않아 여진은 말없이 서연을 안아주었다.

도훈은 누리끼리한 천장을 보며 시체처럼 누워 있었다. 머지않아 손가락 하나 까딱할 수 없을 만큼 제 몸에 힘이 없다는 것을 깨달았다. 고개를 돌릴 수조차 없어 눈동자만 왼쪽으로 굴렸다. 어스름하게 지고 있는 초저녁 햇살이 창호지 문을 한껏 적시고 있었다. 도훈의 눈가가 조금 일그러졌다.

"……."

꿈이 맞는데, 이상하다. 눈앞에 서연이 없었다. 10년 전부터 도훈은 서연이 나오지 않는 꿈을 꿔본 적이 없었다. 꿈속에서 주연으로 등장한 순간부터 그녀는 단 한 순간도 빼놓지 않고 도훈의 꿈에 나타났었기 때문이었다. 꿈을 아예 안 꾼 적은 있어도 서연이 없는 꿈은…….

10년 만에 처음이었다.

"이게 대체 무슨 난리야."

그때, 밖에서 웅성거리는 소리가 들려왔다. 자연스레 도훈의 주의가 문밖으로 쏠렸다.

"그 용맹한 나리께서 병상에 꼼짝없이 누워 일어나시지를 못하고……."

"이게 다 그 계집 때문이잖아! 양반 알기를 우습게 알고 교태를 부린 그 일패 기생."

잘 들리지 않을 만큼 아주 조용한 대화였다. 도훈은 그 대화에 귀를 기울였다. 쯧쯧, 누군가가 혀를 차는 소리가 들려왔다.

"기녀 신분으로 도총관댁 장남을 홀려놓고 야반도주를 하다니, 간도 큰 계집이지."

도훈은 심장이 추락하는 기분이었다.

"하여튼 그 불여우, 대체 어떻게 홀렸기에 나리가 저리 목을 매시는 거야?"

기생이라고 말하는 것을 보아 아마도 서연을 뜻하는 것임이 틀림없다. 무당의 말에 따르면 근래 지속해서 꾸는 이 꿈은 아마도 전생의 일부를 단편적으로 나타내는 꿈일 것이다. 계산이 선 도훈은 빠르게 무당이 말해줬던 전생의 이야기를 되새겼다. 곧 지금 이 상황은 그녀가 자신을 떠난 직후라고 단정할 수 있었다.

"모르긴 몰라도 대감마님께서 노하셔서 당장 그 계집을 찾아내라 수배를 내리셨잖아. 여자의 몸으로 암만 뛰어봐야 조선 땅인데, 붙잡히는 건 시간문제 아니겠나."

도훈은 움직일 수 없으니 답답해서 미칠 것만 같았다.

"그, 잡으면 어찌 되려나?"

"뭐, 그거야 뻔하지 않겠어?"

움직일 수 있었다면 당장 저 문을 부수고 나가서, 대화하는 인간들의 입을 틀어막아 버렸을 것이다.

"목을 잡아다 베어 버리겠지."

쾅!

몸의 내벽을 뚫는 굉음이 터졌다. 뇌가 뒤흔들리는 불쾌한 감각과 함께 도훈의 숨이 가빠졌다. 무언가에 쾅, 쾅, 쾅! 찌그러들 듯이 종잇장처럼 치이는 느낌이 연속해서 이어졌다. 고깃덩어리가 된 기분에 도훈은 그만 넋을 놓아버렸다. 온몸을 점령한 압박감에 도훈의 육체가 주체할 수 없이 떨리고 있었다.

"야! 도훈아!"

"……."

"도훈아! 너 어디 아프냐?"

"……아."

정신을 차려보니 눈앞에 진영의 얼굴이 보였다. 실제로 진영의 손 아래 자신의 어깨가 흔들리고 있었다. 도훈이 깊게 한숨을 내쉬며 진영을 팔을 툭 밀어냈다. 도훈은 다시 눈을 감고 거칠게 숨을 토하며 소파에 등을 기댔다.

"뭐야? 어? 뭔 일이야?"

진영이 바닥에 어지러이 굴러다니는 수많은 술병을 발로 차며 물었다.

"뭔 대낮부터 술을 이렇게 무식하게 들이부었어? 제수씨는 어디 가고?"

"……."

"싸웠냐?"

"……."

"허허허, 싸웠구만."

진영이 허탈하게 웃으며 도훈의 옆자리에 털썩 주저앉았다.

"클럽에서 봤을 때는 유난에 유난을 떨더니 결국 이렇게 되는구나! 너 네 성깔 못 이기고 제수씨 괴롭힌 거지, 그렇지?"

"……."

"하여간 너는 사람을 피 말리게 하는 재능이 있어요. 자업자득이다, 인 마."

"……하."

도훈이 나직하게 한숨을 쉬며 진영을 발로 퍽 걷어찼다. 진영이 옆의 의자로 밀려나자 몸을 천천히 소파에 뉘었다. 쿠션 위로 눌린 도훈의 머리는 세상만사 귀찮다는 듯 아무렇게나 흐트러져 있었다. 진영은 눈앞에 펼쳐진 광경에 탄식했다. 폐인 같은 몰골의 도훈의 주변에 엉망진창으로 널브러진 빈 술병만 도대체 몇 개인지. 보나 마나 어젯밤부터 이 자세 그대로 쉬지도 않고 해가 중천에 오를 때까지 마셔 재낀 게 틀림없다.

"어떻게 한참 깨 볶을 시기에. 어? 게다가 황금 같은 일요일인데. 왜 혼자 술만 들입다 퍼마시냐, 이 말이야!"

"……."

"뭔 일인데? 어? 어?"

"……."

"그래, 네가 말할 거라고 기대한 내가 미친놈이다."

진영이 고개를 절레절레 내저었다. 그러거나 말거나, 도훈은 그를 내쫓을 기운도 없어 그저 송장처럼 누워만 있을 뿐이었다.

"뭔진 모르겠지만 무조건 네가 잘못한 거야. 왜냐고? 네가 더 좋아하니 까. 원래 더 좋아하면 그게 죄인 거야. 더 좋아한 죄! 그냥 접고 들어가."

도훈은 한쪽 팔을 들어 제 눈 위를 눌렀다.

"남자가 제일 없어 보이는 게 쓸데없이 자존심 부리는 거다, 너? 허구한 날 폼 잡지 말고 좀!"

"내가 뭔 폼을 잡아."

도훈이 미간을 험악하게 구겼다.

"지금 그거! 쓸데없이 인상 팍 쓰고 꼿꼿하게 구는 거!"

"……."

"지금 제수씨 싸우고 집 나간 거 맞지, 그렇지?"

도훈이 대답 없이 땅이 꺼져라 한숨을 뱉었다. 척하면 척인 진영은 그 한숨이 긍정의 표시라는 것을 쉽게 알아차릴 수 있었다. 그가 자리에서 일어나 도훈의 어깨를 툭 쳤다.

"너 빨리 일어나. 빨리."

"왜."

"당장 제수씨한테 가서 매달려. 한 번만 살려달라고, 나 너 없이 절대 못 산다고, 제발 나 버리지 말라고 싹싹 빌면서 애원해."

"그건 너같이 찌질한 놈들이나 하는 거고."

"얼씨구. 사랑 앞에 자존심 세우는 게 더 찌질하거든?"

"……."

"네가 좀 좋아했냐? 꿈속에서부터 10년을 넘게 좋아했는데."

도훈이 또 침묵으로 일관하자 김빠진 진영이 소파에 도로 가서 앉았다.

"하아……."

도훈은 몇 번째인지도 모를 한숨을 게워냈다. 다시 예전처럼 술도훈으로 돌아온 모습에 진영은 안타까움을 감추지 못했다.

"근데 참……. 제수씨도 해도 해도 너무하네. 네가 뭔 짓을 했는지는 몰라도."

"뭐가."

"아니, 꿈에서 10년 동안 짝사랑했다고 하면 좀 소름 돋고 오싹하기는 하겠지만, 나라면 감동하여서라도 이렇게 술이랑 폐인처럼 뒹굴게 내버려 두고 집 나가진 않을 것 같은데."

“……몰라.”

“뭐가?”

“모른다고.”

“그러니까 뭐가!”

“서연이.”

“아우, 진짜 제발 좀……! 제수씨 뭐!”

“서연이가, 모른다고.”

도훈이가 흐릿하게 숨을 토했다.

“내가 옛날부터 좋아한 거.”

“뭐……?”

“말하려다가 타이밍 엇갈려서. 이렇게 됐어.”

“…….”

“서연이는, 우리 몇 달 만난 게 전부라고 생각해.”

진영은 어이가 없다는 듯 입을 떡 벌렸다.

“그럼 가서 당장 말하면 되겠네! 뭐가 문제야!”

“안 돼.”

“왜!”

“지금 이 타이밍에 말하면 부담 주는 거밖에 더 돼?”

도훈이 진영을 노려보며 힘주어 물었다.

“허허허, 하여간 발전 없는 새끼.”

진영은 어이가 없어 헛웃음 쳤다. 미간을 잔뜩 구긴 도훈은 말없이 팔을 뻗어 탁자 위를 더듬었다. 그러나 몇 번 헛손질하다가 잡힌 술병은 이미 빈 병이 된 지 오래였다. 도훈이 힘겹게 일어나 좀비처럼 비척비척 걸어갔다.

“또 술 먹게?”

“닥치고 네 집으로 가.”

어김없이 까칠한 말투였지만 다른 점이 있다면 깊이 묻어나는 우울함이었다. 그제야 상황의 심각성을 파악한 진영이 한 손으로 제 입을 가렸다.

서연은 부쩍 수척해진 얼굴로 버스에 올라탔다. 지난밤을 내내 뜬눈으로 지새웠지만, 놀랍게도 졸음 한 점 찾아오지 않았다. 머릿속이 온통 도훈으로 가득 차 졸릴 여력도 없었기 때문이었다. 몇 번이고 휴대전화를 들었다가 놨다가, 보러 가려고 일어났다가 앉았다가. 밤새 그 행동을 몇 번이고 반복하니 어느덧 주말이 다 지나고 월요일 아침이었다. 아무것도 하기 싫었지만 어쩔 수 없이 출근한 서연은 엘리베이터에 올라탔다. 뒤이어서 유라가 올라탔으나 멍한 서연은 그조차 눈치채지 못했다. 문이 닫히고 엘리베이터 안에 단둘이 되자, 유라가 서연에게 상냥하게 웃으며 인사를 건넸다. 그러나 혼이 나간 서연은 듣지 못해 정면만 쳐다볼 뿐이었다. 졸지에 인사를 무시당한 유라는 조금 떨떠름해진 얼굴로 서연을 흘끔 곁눈질했다. 그녀의 얼굴에 짙게 드리운 그림자를 보며 고개를 갸웃했다.

지이이잉-

그때, 서연의 핸드백 앞주머니에 위태롭게 꽂혀 있던 휴대전화가 진동했다. 유라의 시선이 그곳으로 꽂혔으나, 서연은 휴대전화 진동마저 느끼지 못하는 듯 가만히 있을 뿐이었다.

도훈 오빠? 유라가 액정에 걸린 이름을 보고 머릿속으로 물음표를 띄웠다. 왜 안 받지?

서연의 얼굴을 한 번 보고 다시 시선을 아래로 내리자 곧 전화가 멈추었다. 전화가 끊기자 곧이어 액정에 뜬 부재중 전화 8통. 놀란 유라가 입술을 살짝 벌렸다. 싸웠나……?

서연의 휴대전화를 유심히 쳐다보는데, 곧 그 위로 하얀 손등이 드리웠다.

"아……"

흠칫해서 시선을 위로 올리니 서연이 말없이 유라를 무표정으로 내려다보고 있었다. 너무 놀라 가슴이 철렁했다. 유라는 뭐라도 말을 해야 할 것 같아 황급히 입을 열었다.

"그…… 오늘 와이시 미팅 가야 하는 거 알죠? 독일 본사 가기 전에 마지막으로 의견 맞추고 PT 확인하는……."

"네."

"실장님께서는 오늘 점심에 다른 일정 있으셔서 이따 바로 와이시에서 뵙기로 했어요. 서연 씨랑 저 둘이 가면 될 것 같아요."

"네."

차갑디차가운 서연의 응답과 함께 엘리베이터 문이 스르륵 열렸다. 서연이 먼저 뚜벅뚜벅 걸어갔다. 그 뒤에서 유라가 안도의 한숨을 내쉬었다.

도훈의 사무실 아침은 평소와 다름이 없었다. 똑같은 시간에 출근하고 똑같이 커피를 마시며 한 주의 시작을 열었다. 서연과 함께하지 않는다고 한들 도훈의 일상이 무너지지는 않았다. 그러나 점점 형편없이 망가지고 있는 것은 도훈의 내면이었다.

"이사님, 오늘 일정입니다."

극도로 피곤해 보이는 도훈의 낯빛을 여진이 흘끔 곁눈질하며 눈치를 살폈다. 몇 년을 곁에서 비서로서 자리를 지켰기 때문에 얼굴색을 보면 그의 상태를 대략적으로나마 파악할 수 있었다. 지금은…….

컨디션 최악인가.

"어제 서연이, 최 비서와 같이 있었나."

"아…… 네!"

잠깐 당황했던 여진이 이내 평정을 되찾고 침착하게 답했다. 무언가 더 물어볼 것으로 생각하고 바짝 긴장했으나 그 말을 끝으로 도훈은 그 어떤 질문도 하지 않았다.

"브리핑."

"네, 네!"

저도 모르게 가만히 넋 놓고 있던 여진이 화들짝 놀라 얼른 일정 브리핑을 시작했다. 묵묵히 듣던 도훈은 여진의 말이 끝나고 나서도 오랫동안 말 없이 아래만 내려다보고 있었다. 왜 저러고 잠자코 있는지 알 수 없어 여진은 숨이 턱턱 막혔다. 지금까지는 일과 사생활의 구분이 철저한 도훈이었고, 그가 이 정도로 괴상하게 구는 모습이 여진으로서는 처음이었다. 어떻게 대처해야 할지 몰라 마른침만 꼴깍꼴깍 삼켰다. 그러다 문득 떠오른 어젯밤 서연과의 대화. 자신이 당분간 옆에 없으니 그를 잘 보좌해달라고 울먹이며 부탁하던 서연의 목소리가 무겁게 상기되었다.

그래. 여기서는 친구로서 또 비서로서 내가 나설 차례지! 서연이와 있을 때 백싸가지가 웃는 걸 딱 한 번 목격했으니 태생이 사이코패스는 아닐 것이다. 하나뿐인 베스트 프렌드를 위해 이 암흑의 우울모드 백싸가지를 웃겨 보리라!

여진이 굳게 의지를 다졌다.

"이대로 하지."

도훈이 태블릿 PC에서 눈을 떼지 않고 심드렁하게 중얼거렸다.

"네, 알겠습니다."

여진이 비장한 얼굴로 도훈을 응시하며 대답했다. 그는 지친 사람처럼 의자 등받이에 등을 기댔다. 무거운 눈꺼풀을 잠시 닫았다가 열었는데, 아직도 그대로 자리하고 있는 최 비서를 보며 미간을 구겼다.

"왜."

"저…… 이사님."

긴장한 여진이 침을 꼴깍 삼켰다.

"그……."

"뭐."

"세상에서 제일 긴 음식이 뭔지 아십니까."

여진이 심각한 음성으로 조심스레 물었다. 도훈은 대답 없이 눈을 가늘게 좁혔다.

"참기름."

여진의 말에 도훈이 그녀를 흉흉하게 노려보았다. 그 눈초리에 여진은 땀이 삐질삐질 흘렀다.

"……."

"……."

숨 막히는 정적이 약 3초.

"미친 건가?"

"죄송합니다."

서연은 오전 내내 시체처럼 무거운 몸을 이끌고 업무를 죽을 둥 살 둥 처리했다. 점심도 거르고 자리에서 움직이지도 않고, 일에 미친 사람처럼 굴어봤다. 엄청난 속도로 제 일을 마무리하며 다른 사원들의 몫도 굳이 물어서 건네받았다. 모두가 점심 식사하러 나가고 혼자 남은 사무실, 서연은 기계처럼 키보드를 두드렸다.

"……."

일에만 몰두하면 도훈의 생각이 조금이라도 잊힐까 싶어서.

"……아."

그래서 그랬다. 당황한 서연이 얼른 제 눈을 꾹 짓눌렀다. 갑자기 예고 없이 흐르는 눈물을 누가 볼세라 얼른 닦아냈다. 내일모레 아침이면 새벽같이 독일로 떠나게 된다. 그 무거운 사실이 서연을 너무도 짓누르고 계산을 복잡하게 만들었다. 이렇게 사이가 틀어진 상태로 일주일이나 못 볼 거라는 괴로운 생각에 휴대전화를 집어 들었다가도, 약 5일간의 출장 일정을 생각하면 도로 내려놓을 수밖에 없었다.

그렇게 오후가 됐다. 유라와 함께 간 와이시와의 미팅 장소에서 어김없이 재경의 환하게 웃는 얼굴과 마주했다.

"안녕하세요."

한때 고향처럼 편안했던 남자였다. 연일 그의 연락에 밑도 끝도 없이 차갑게 굴거나 무시했으니 기분이 나쁠 법도 한데, 그는 상냥하게 웃으며 다 이해한다는 듯한 얼굴을 했다. 그 미소에 울컥해서 또 감정이 북받쳐 올랐다. 가까스로 억누르고 미팅에만 집중했다.

이번 만남에서는 앞으로의 일정에 대해 논의하고, 프로젝트의 진행 방향을 완고히 확정 지었다. 미팅이 끝날 분위기가 되자 혼자만 신이 난 디자인 실장은 눈치 없이 깔깔대며 입을 열었다.

"우리 이렇게 만난 것도 인연인데, 오늘 술 한잔 마시면 어때요? 다들 시간 괜찮아요?"

피곤해서 얼른 집에 들어가서 쉬고 싶은 맘이었지만 서연에게는 선택권이 없었다. 결국 미팅이 끝나고 디자인 실장의 주도하에 근처에서 술자리가 벌어졌다. 서먹서먹한 재경에, 못 견디게 껄끄러운 유라에, 진상 짓은 도맡아 하며 술을 강요하는 디자인 실장에 둘러싸인 서연은 도망치고 싶었다. 안 그래도 우울한데 이 지루한 술자리는 그 우울감을 깊어지게 하고 있었다. 디자인 실장은 혼자 신나서 떠들어 대며 더욱 데시벨을 높였다. 그 소음 속에 홀로 방치된 기분에 도저히 견딜 수가 없어서 계속해서 홀짝홀짝 술을 마셨다. 옛날에는 달고 살았지만, 도훈을 만나고 나서는 그의 앞에서만 마시던 술을……

서연이 입술을 깨물었다. 또 도훈의 생각을 했다, 또. 무슨 생각을 하던, 무슨 말을 하던, 무슨 일을 하던, 결국 모든 행위의 끝에는 도훈이 있었다.

이런데 그 남자와 헤어지고 살 수 있을까. 잘 쌓아 올린 탑의 주춧돌을 빼면 하릴없이 붕괴하듯, 도훈이 빠진 서연의 인생은 처참한 흉가로 변모할지도 몰랐다. 술잔을 움켜쥐고 반질반질한 접시의 테두리를 노려보았다. 그리고 그런 서연을 건너편에 앉아 빤히 관찰하듯 지켜보는 재경이 있었다.

"어휴, 우리 한재경 실장님 너무 잘생기셨는데 여자들한테 인기 많겠어요?"

이미 취기가 잔뜩 오른 디자인 실장이 턱받침을 하더니 재경을 초롱초롱한 눈으로 바라봤다.

"강 대리. 강 대리는 젊으니까 잘 알겠다. 젊은 사람들 사이에서 홍보실장님 저런 스타일 인기 많은 스타일 아니니?"

"……."

"강 대리?"

"……아."

멍하니 있던 서연이 퍼뜩 정신을 차렸다.

"네?"

"그러니까, 우리 한 실장님처럼 얼굴도 작고, 서글서글하고, 요즘 젊은 사람들은 저렇게 예쁜 스타일 좋아하지 않니?"

"아…… 그렇죠. 하하."

서연이 어색하게 웃으며 재경을 흘끔 보았다. 저를 주시하는 서연의 눈빛에 그가 부드럽게 웃으며 술잔을 들어 입술을 축였다.

"그러고 보니 우리 강 대리랑 한 실장님 나이대도 비슷하지 않나? 강 대리, 한 실장님 남자로 어때?"

"네?"

당황한 서연이 억지로 웃으며 되물었다.

"두 사람 다 미혼에, 선남선녀에, 너무 잘 어울리는데! 어때요, 좋은 인연 맺어보는 건?"

디자인 실장이 깔깔거리며 너스레를 떨었다.

"그렇지, 오 팀장? 두 사람 너무 잘 어울리지 않아요?"

이미 취할 대로 취한 디자인 실장은 본인이 무슨 말을 하는지조차 인지 못 하는 듯 보였다.

"네, 두 분 정말 잘 어울려요."

유라가 웃으며 대답하자 서연은 어이가 없어 입을 떡 벌렸다. 기가 차서 당장에 뭐든 반박하려고 술잔을 탁 내려놓는데…….

"하하, 아쉽지만 강서연 대리님께선 지금 만나시는 분 계신 거로 알고 있습니다."

재경이 선수를 치자 서연의 입술이 꾹 일자로 다물렸다. 그렇지? 재경은 저를 향해 은근히 입 모양으로 속삭였다.

"……."

서연은 속이 엉망진창이 되어 말이 아니었다. 오늘은 무엇 하나 마음에 드는 게 없이 짜증 났다. 다 슬프고, 다 밉고, 다 싫어서 이 모든 게 그저 꿈이기를 바랐다.

재경은 동요하는 서연의 눈빛을 찬찬히 들여다보았다. 얇은 손가락이 초조하게 떨리는 것을 보며 고개를 비스듬히 내렸다.

"한 실장님 자주 봐요오오! 잘생긴 실장니이이임!"

머지않아 몹쓸 주정뱅이가 된 디자인 실장을 서연과 유라는 택시에 태워 보냈다. 그녀는 창문 밖으로 쭉 뻗은 손을 휘휘 저으며 있는 대로 추태를 떨고서 멀어졌다. 유라는 잠시 화장실에 들른다고 하고 다시 안으로 들어갔다. 와이시의 민준 대리는 이미 집안 사정으로 아까 일찍 자리를 뜬 후였고, 재경과 서연은 단둘이 남겨졌다. 서연이 깊게 한숨을 내쉬었다. 피곤해도 너무 피곤한 하루였다.

"오늘 힘들었지?"

재경이 살풋 웃음을 터뜨리며 서연을 따스하게 내려다보았다. 밤인데도 공기가 더웠다.

"나야 우리 상사니까 그러려니 해. 오빠가 더 힘들었겠지."

"난 괜찮았어. 너랑 오랜만에 얼굴 마주 보고 술잔도 기울이고."

재경의 사근사근한 눈매가 둥그렇게 휘었다.

"좋았어."

"……."

"이제야 둘이 얘기하네."

서연은 취기가 더욱 빠르게 오르는 듯한 착각을 느꼈다.

"……팀장님 돌아오시면 우리 전에 얘기한 것처럼 다시 모르는 사이인 척하는 거 알지? 괜히 쓸데없이 오해 사기 싫으니까."

마치 와이시의 홍보실장인 재경과 아는 사이여서, 서연의 콜라보 기획이 불공정한 방식으로 채택된 것처럼 오해받는 게 싫었다.

"물론 오해인지 진실인지는 오빠만 알겠지만."

서연은 재경이 미리 그녀의 기획임을 알고서 채택 과정에서 손을 썼다고 의심하지 않을 수 없었다. 하지만 굳이 그렇게까지 해야 할 이유가 있었을까? 만에 하나 있었다 해도…….

"이 프로젝트에 들어가는 예산만 몇십억인데. 오빠가 독자적으로 밀어붙였을 리도 없고, 그게 가능할 리도 없고. 내 디자인 기획안이 기본적으로 와이시 이사회의 마음에 들었으니까 프로젝트 진행된 거잖아. 어찌 됐든 난 따질 생각 없어."

"역시 서연이네, 하하. 맞아. 이번 프로젝트에 모두들 관심이 많아. 나도 그렇고."

그 말에 서연이 허탈하게 웃었다. 지금 심정 같아서는 그런 게 다 무슨 소용인가 싶었다. 정작 자신은 이렇게 망가지고 있는데. 착잡했다. 언제부터 자신이 이렇게 나약한 사람이었던가. 마치 내리쬐는 햇볕을 피해 의지할 나무를 찾아 헤매는 어린아이 같다. 부모님을 잃고도 꿋꿋이 살았고, 친구를 잃고도 억척같이 버티며 살았다. 그런데…….

"서연아."

그런데, 백도훈을 잃고 난 후의 자신을 도무지 상상할 수가 없다.

"그 남자는 너에게 해로워 보여."

서연의 심장에서 쿵 소리가 들렸다. 마치 전지전능한 신이라도 되어 모든 상황을 파악하고 있는 것처럼 단정 짓는 음성이었다. 놀랐으나 빠르게 마주한 시선 끝에 묘한 감정이 느껴졌다.

"구속하려고 하고, 소유하려고 하고, 무엇보다……."

서연은 온몸의 피가 전부 날아가는 기분이었다.

"널 울리잖아."

도훈이 재경을 싫어한 것은 아마도 자신을 보는 저 눈빛과 목소리 때문이었을 것이다. 놀란 서연이 저도 모르는 사이 촉촉해져 있던 눈가를 꾹 찍어 눌렀다. 지금까지는 온 신경이 도훈에게만 쏠려 있었던 서연이었다. 옆에 기둥처럼 서 있는 도훈이 없으니 서연은 오히려 객관화된 눈을 가질 수 있게 되었다. 아주 어렸을 때부터 재경은 지금 이 눈빛으로 서연을 한껏 드리워 그늘을 만들어주었다. 그늘에 익숙해지면 그것이 어둠인지를 모르는 것처럼, 서연은 재경이 내내 자신을 어떤 마음으로 보고 있었는지 몰랐다.

"그 사람이 울린 게 아니고 내가 운 거야. 웃는 게 아니고 그 사람이 웃게 해준 거야."

도훈과 멀어질수록 파고들어갈 틈새는 오히려 좁아진다.

"그 사람에 대해 잘 모르면서 그렇게 말하지 말아줘, 오빠."

서연이 무덤덤하게 재경에게 말했다. 멋대로 그늘을 씌우지 말라는 듯 적갈색 눈동자가 까맣게 물들었다.

"팀장님이 화장실에서 너무 안 나오시는데, 내가 한 번 가볼게. 들어가서 앉아 있어."

뒤를 돌아 걸어가는 서연의 뒷모습을 보며 재경의 눈이 가늘어졌다. 재경의 눈에 서연은 위태롭게 흔들리는 버들잎 같았다.

비틀비틀, 알코올에 온통 적셔졌는데도 또박또박 말할 수 있는 것은 그녀가 지금 정신력으로 버티고 있기 때문일 것이다. 그만큼 서연은 정말로 지쳐 있었다. 며칠 내내 뜬눈으로 밤을 지새워 짙게 발린 컨실러 아래에 어둑한 응달이 한가득하였다. 얼른 호텔이든 여진의 집이든 돌아가 쉬고 싶다고 생각하며 찌뿌둥한 어깨를 돌렸다. 긴 복도를 지나 여자 화장실 입구에 다다른 서연은 들어가지 않고 멈칫했다.

"와, 웬일이야? 도훈 오빠가 나한테 먼저 전화를 다 해주고."

유라의 목소리가 안에서 들려온 까닭이었다. 통화 중으로 보였고, 심지어 상대는 도훈이었다. 도훈이 먼저 유라에게 전화했다는 얘기를 듣자 갑자기 짜증이 미친 듯이 솟구쳤다. 어디 무슨 얘기 하나 보자. 들어가지 않고 팔짱을 끼고 벽에 기대섰다.

"하하, 서연 씨 술 많이 마셨어. 나도 술 많이 마셨구. 우리 실장님이 자꾸 마시라고 부추겼거든. 원래 좀 그러셔."

당연히 도훈의 목소리는 들리지 않았으나 유라의 높은 음조의 목소리는 너무도 선명하게 서연의 귓가에 박혔다.

"나 좀 취한 것 같지? 오랜만에 많이 마셨더니 금방 취하네……. 오빠는 혹시 집이야?"

서연이 입술을 세게 감쳐물었다.

"나 어지러운데, 데리러 와주면 안 되겠지……?"

하여간 지긋지긋한 여자. 임자 있는 남자인데도 포기를 모르고 껌딱지처럼 들이댄다. 서연이 이를 바득바득 갈았다. 도훈의 대답을 들을 수가 없으니 답답해 미칠 것 같았다. 대체 그는 그녀에게 뭐라고 말하고 있는 걸까…….

그러나 이후로는 고요뿐이었다. 한동안 유라가 말을 하지 않았다. 무슨 일인가 싶어 흘끔 고개를 내밀어 훔쳐보았다가 깜짝 놀랐다. 서연의 눈에 보인 것은 미간을 형편없이 구기고 주먹을 부르르 떨고 있는 유라였다. 무슨 말을 들었길래? 의아했으나 머지않아 그녀가 화난 이유를 알게 되었다.

“서연 씨 얘기 좀 그만 물어보면 안 돼? 왜, 두 사람 싸우고 서연 씨가 전화 안 받으니까 나한테 물어보는 거니?”

하, 서연이 기가 차 헛웃음을 쳤다. 역시 유라가 아침에 제 휴대전화를 몰래 봤던 게 맞았다.

“나 그런 식으로 써먹지 마. 어떻게 오빠가 나한테 이렇게까지 잔인할 수 있어. 어떻게……!”

흉측하게 일그러진 음성이었다.

“전에 말했잖아. 그냥 옛날처럼 오빠 동생 사이로라도 돌아가자고. 사람 대접만 해달라고.”

서연은 유라가 왜 저렇게까지 도훈에게 질척거리는지 알 수가 없어 화가 났다.

“그렇게만 해주면 우리 그날 밤 있었던 일도 서연 씨한테 말 안 하고, 둘 사이 관여도 방해도 안 할 테니까…….”

……그날 밤 있었던 일? 불길한 촉이 선 서연이 귀를 기울였다. 일순 서연의 주위 공기가 서늘해졌다.

“그날 왜 나한테 키스했어?”

쿵.

서연의 눈동자가 경련했다. 서연의 심장에서 무언가 부서지는 소리가 났다.

“침대에 눕혀서 키스했잖아.”

서연이 제 입을 콱 틀어막았다.

“…….”

들어서는 안 될 이야기를 들어버렸다. 쿵쿵쿵, 미친 듯이 발작하는 심장을 주체할 수 없어 손끝마저 파들파들 떨렸다.

“7년 전 그날, 왜 키스하고, 왜 만지고, 왜 사랑한다고 말했어?”

미친 듯이 흔들리는 서연의 눈동자는 갈피를 잡지 못했다.

"하……."

칼날이 지나가는 듯한 고통이 서연의 심장을 발기발기 찢어버렸다. 아슬아슬하게 지탱해오던 무언가가 무너지는 기분이었다. 만신창이가 되어 그대로 주저앉아버렸다.

"내가 그전부터 계속 오빠 짝사랑하는 거 알았으면서. 갑자기 침대에 눕혀서 키스하고 잘 것처럼 분위기 만들어서 나 착각하게 만들더니! 또 갑자기 사람을 침대 밑으로 확 밀쳐버렸지. 그리고 아주 경멸하는 눈으로 노려보더니 그날 이후 사람대접도 안 했지!"

점점 커지는 유라의 목소리에 서연의 뇌가 깨질 듯이 울렸다.

"별 생각을 다했어. 10년인가 전부터 좋아했던 여자, 그 여자를 갖지 못해서 안달 난 거 나로 대신 푼 건지, 그냥 성욕 풀려고 보니까 이건 아닌 것 같아서 관둔 건지!"

서연의 눈이 터질 것처럼 욱신거렸다. 곧 붉어진 볼을 타고 눈물이 흘러내렸다. 이런 과거는 알고 싶지 않았다. 듣고 싶지 않았다.

"죽고 싶을 만큼 치욕스러워서 도망치듯이 외국으로 떠났어. 그런데 오빠는 나한테 연락 한번 안 했어. 미안하단 말은커녕 그날 나한테 왜 그랬는지 설명조차 안 했어!"

그냥 제 귀를 모조리 뜯어버리고 싶었다.

"설명해. 그날 나한테 왜 그랬는지! 왜 사랑한다고 말했는지!"

그래서 안 들은 게 될 수 있다면 좋을 텐데. 또 숨이 끊길 듯이 벅차오는 호흡 때문에 정신을 차릴 수가 없었다. 안에서 흐느끼는 유라의 소리를 들으며 이를 악물었다. 터진 눈물이 멈추지를 않았다.

"아……."

왜 내 사랑은 이렇게 엇나가고.

"아악……."

왜 나는 대체 이따위로 살아야 하는 건지.

"으…… 흐……."

죽도록 싫어하는 여자 오유라에게, 죽도록 좋아하는 백도훈이 사랑한다고 말을 했다고 한다. 그가 뱉는 사랑이라는 단어의 무게가 의심될 수밖에 없었다. 영원한 사랑? 그가 사랑을 말한 여자는 나뿐이 아니었는데, 그런 게 가능할까?

"흐윽……."

지금도 10년간 사랑했다던 그 여자보다, 몇 달 만난 나를 더 사랑하고 있는 게 정말 맞을까? 사실 그 여자를 잊지 못해 나로 적당히 만족하고 있는 게 아닐까? 유라에게 7년 전 사랑한다고 말했다가 냉정하게 돌아선 것처럼 나에게서도 언젠가 갑자기 돌아서지 않을까? 모든 게 의심되고 두려워지는 순간이었다.

유라는 서둘러 눈물을 닦아냈다. 너무 시간이 오래 지체되었다. 급한 대로 페이퍼타월로 번진 화장을 대충 정리하고 얼른 화장실 밖으로 나섰다.

"……."

움찔. 유라의 동공이 뒤흔들렸다. 밖에서 팔짱을 끼고 가만히 무표정으로 서 있는 서연 때문이었다.

"……아."

설마 다 들은 건가? 소름이 돋아 유라가 부르르 몸을 떨었다. 초조하게 입술을 물어뜯는 유라를 보던 서연이 덤덤하게 목소리를 냈다.

"남의 애인이랑 키스했다고."

"……."

"너무 당당하게 공공장소에서 말을 하시네요."

다 들었구나, 유라가 긴장된 침을 꿀꺽 삼켰다.

"내가 한 거 아니에요. 오빠가 한 거예요."

"그런 건 중요하지 않고요. 7년 전이라고 했나요?"

유라의 눈가가 살짝 구겨졌다.

"그렇게 옛날 기억을 가지고 아직도 들먹이시다니, 미련이 너무 쓸데없이 강하신 거 아닌가요?"

미련. 그 단어에 무언가 위태롭게 유지되던 유라의 퓨즈가 끊겼다. 유라가 얼굴을 표독스럽게 굳히더니 이내 툭 쏘아붙였다.

"……결국 안 잤으니까 된 거 아니에요. 그만하죠."

유라가 다리를 움직여 서연의 옆으로 지나갔다.

"안 잤으니까 됐다고요?"

멈칫, 서연이 큰 소리를 내자 유라가 다시 뒤를 돌아봤다.

"그 말 회사 사람들 앞에 가서 똑같이 해보시죠. 그게 그렇게 당당히 말할 수 있을 만큼 떳떳한 말인지."

"……."

"내가 강서연 대리 애인이랑 7년 전에 키스했다, 근데 안 잤으니 된 거 아니냐. 쟤 왜 저렇게 난리인지 난 전혀 모르겠다."

"……."

"가서 말씀하실 수 있어요?"

유라가 대꾸하지 못하고 입술을 다물었다. 서연은 차분하게 시선을 아래로 내리깔았다. 후우, 깊게 한숨을 내쉰 그녀가 유라에게로 가까이 다가갔다. 고개를 들어 천천히 유라와 시선을 똑바로 마주했다.

"싫다잖아요, 도훈 씨가 오유라 팀장님 아니라잖아요. 7년 전이고 뭐고 지금 아니라잖아요."

"……."

"그런데 왜 자꾸 강요해요. 옆에 애인이 있고 말고를 떠나서 본인이 싫다는데 왜 자꾸 마음 강요하냐고요."

깊게 깔린 서연의 목소리가 날카롭게 유라의 폐부를 푹 찔렀다.

"그거 폭력이에요."

정곡을 찔렸다. 유라의 어깨가 퍼드득 움츠러들었다.

"싫다는데, 그만하라는데, 자꾸 자기감정 억지로 강요하면서 사람 불편하게 하는 거, 그거 폭력이라고요."

유라가 두 손을 꼭 그러쥐었다. 알고 있었다, 지금 제 행동이 옳지 않다는 것쯤. 제게 맘 없는 남자에게 구질구질하게 매달리는 꼴이라는 것쯤. 애인 있는 남자에게 치근덕대며 같잖게 기회나 살피고 있는 주제라는 것쯤. 다만 받아들이고 싶지 않았을 뿐이었다.

유라가 얼빠진 사람처럼 아무 말도 하지 않자 잠깐의 침묵이 흘렀다. 서연은 고개 숙인 유라를 차갑게 내려다보며 입술을 움직였다.

"팀장님, 지금부터 저랑 술 더 하시죠."

유라는 서연이 하는 말을 이해할 수 없어 미간을 구겼다.

"누가 먼저 쓰러지는지 내기해요. 제가 이기면, 다시는 도훈 씨에게 7년 전 얘기 꺼내지 마세요."

"⋯⋯만약 제가 이기면요?"

"팀장님이 이기시면 팀장님 마음대로 하세요. 전부 다."

유라가 대답하지 않자 두 사람은 한참 동안 말없이 서로 바라만 보았다. 팽팽한 긴장감 속에 위압적인 침묵이 이어졌다. 곧 유라가 바람 소리 같은 한숨을 토해냈다.

"좋아요."

승낙을 들은 서연이 차분하게 뒤를 돌아 자리로 걸어갔다. 그녀가 팔짱을 풀고 주머니에서 휴대전화를 꺼냈다. 꾹꾹, 익숙한 번호를 누르는 손가락에 일말의 망설임도 없었다.

-⋯⋯여보세요.

수신인은 도훈이었다.

"나 이제부터 술 먹고 확 뻗을 예정이니까."

-⋯⋯뭐?

"너 걸고 팀장님이랑 한판 뜰 거니까."

도훈의 집과 지금의 회식 장소는 아무리 빨리 달려온다 한들 차로 40분 가까이 걸렸다.

"나 데리러 와."

알코올을 빌려서 그에게 꽁꽁 묶이겠다고.

"지금 당장 키스해."

술이 깨고 나면 후회할지도 몰라.

도훈은 서연이 말한 술집으로 과속까지 해가며 차를 몰았다. 아마도 서연이 오유라가 전화상으로 자신에게 지껄였던 소리를 들은 것 같은데, 지금 이 판국에 오해를 불러일으키기 딱 좋은 이야기라는 것에는 이견이 없다. 유라가 고의로 행동한 건지 아닌지를 떠나 그녀에게 화가 치밀어 이가 바득바득 갈렸다. 서로 피곤하게 하지 말고 제 갈 길 가자고 수도 없이 말해도 유라는 혼자 과거에 말뚝처럼 박혀 있을 뿐이었다. 도훈은 유라에게 그날 일에 관해 설명하라는 얘기로만 벌써 수십 번을 넘게 종용당했다. 그러나 도훈은 그 경위를 아무에게도 설명할 수 없었고, 유라에게도 마찬가지였다.

"하……."

상황이 꼬이고, 또 꼬이고.

"너 하나면 된다는데…… 대체 뭐가 이렇게 복잡해……."

10년 만에 맞이해서 어렵게 이루어진 사랑을. 어떻게 기다려온 사랑인데. 함께한 지 겨우 몇 달 만에 이렇게 벼랑 끝에 내몰리자 도훈은 미쳐버릴 것만 같았다. 하루에도 수백 번 고민하고 또 고민했지만, 이 문제를 어떻게 해야 할지 답이 서지 않았다.

집에 들어온 재경은 입고 있던 재킷을 벗어 소파에 던졌다. 그 옆에 아무렇게나 걸터앉은 그는 피곤한 듯 고개를 뒤로 젖히고 눈을 감았다. 제대로 된 가구도 없는 썰렁한 내부, 그에 걸맞게 재경은 싸늘한 주검이라도 된 양 조금도 움직이지 않았다.

"……."

조금 전 오유라 팀장을 살펴보겠다고 화장실에 갔던 서연은 더욱 창백한 안색으로 돌아와 재경에게 수요일에 공항에서 볼 수 있으면 보자고 말했다. 정확히 무슨 뜻인지는 알 수 없었으나 간단하게 말해서 오늘은 이쯤에서 헤어지자는 의미였을 것이다. 곧 마찬가지로 파리한 낯으로 등장한 오유라 팀장을 보고 재경은 감이 쉽게 섰다. 지금 당장은 자신이 설 자리가 없는 듯 보였고, 서연의 말대로 순순히 떠나 집으로 향했다.

"물론 설 자리는……."

만들면 되는 것이고, 상황은 연출하면 되는 것이다.

"적당히 봐서 데리러 가야겠네……."

재경은 휴대전화를 꺼내 알람을 맞추고 다시 눈꺼풀을 느릿하게 닫았다.

술집 근처에 도착한 도훈은 서연에게 몇 번 전화를 걸었으나 받지 않았다. 통화를 포기하고 술집 앞으로 나 있는 좁은 골목까지 진입했다. 곧 가게 안에서 비틀거리며 걸어 나오는 서연을 보자 서둘러 차를 아무렇게나 정차했다. 도훈이 차 밖을 나가려고 빠르게 안전벨트를 푸는 순간, 서연이 크게 휘청거렸다. 놀란 도훈이 서둘러 차 문고리를 짚었으나 그대로 멈칫했다. 서연은 넘어지지 않았다.

"하……."

뒤에서 따라 나온 재경이 그녀의 허리를 양팔로 훅 끌어 감싸 안았기 때문이었다. 그 순간 도훈의 눈동자가 까맣게 잿더미처럼 타들어갔다. 제대로 꼭지가 돈 도훈이 차를 부술 듯이 열고서 성큼성큼 걸어가 재경의 팔에 손을 뻗었다. 그러나 도훈의 손이 닿기도 전에 두 다리로 똑바로 선 서연이 재경의 팔을 뿌리쳤다.

“하아⋯⋯.”

서연이 낮게 숨을 토해냈다. 허공에서 세 사람의 시선이 치밀하게 얽혔다. 서연은 후들거리는 다리로 서서 도훈을 한참 오묘하게 바라보더니 곧 또각또각 도훈의 반대편으로 걸어갔다. 휘청휘청, 아슬아슬하게 멀어지는 서연의 뒷모습을 두 남자가 동시에 바라보았다. 도훈이 뒤따라가기도 전에 먼저 빠르게 걸음을 옮겨 선수를 친 사람은 재경이었다. 재경이 휘청이는 서연의 허리에 또 손을 갖다 대자 겨우 유지하던 도훈의 이성이 뚝 끊겼다. 도훈이 재경을 한쪽 팔로 팍 밀치고서 나머지 한쪽 팔로는 서연을 끌어안았다.

“당신.”

그가 씹듯이 발음하며 재경을 찢어 죽일 듯이 노려보았다.

“불쾌하게 구는 것도 정도껏 하지.”

서연을 안은 손에 힘이 들어갔다. 재경은 미미하게 웃으며 한 발짝 물러섰다.

“그쪽이 질투할 자격은 있습니까?”

“알지도 못하면서 떠들어대는 너보다는.”

도훈은 더 이상의 사족을 붙이지 않고 서연을 안아 제 차 쪽으로 몸을 돌렸다. 그러나 서연은 다시 도훈의 손도 팍 뿌리치고 뒤를 돌아 또각또각 휘청거리며 걸어갔다. 점점 작아지는 서연의 형체를 보며 도훈은 속이 바싹바싹 타들어갔다. 도훈이 이러지도 저러지도 못한 채 가만히 그녀의 뒷모습을 보고 있는데, 저 멀리에서 오토바이가 비정상적인 속도로 접근해오고 있었다.

빠앙! 서연이 대각선으로 위태롭게 비틀거리자 마치 치일 것처럼 보였다. 일순 놀란 도훈의 가슴이 섬뜩해졌다. 그가 엄청난 속도로 뛰어가 서연을 품에 꼭 안아 옆으로 확 비켜섰다. 곧바로 싸늘한 바람이 고속으로 두 사람 옆을 아슬아슬하게 가르고 지나갔다.

"하……."

도훈이 서연의 얼굴을 양손으로 감싸 올려 안위를 확인했다. 서연은 반쯤 풀린 눈을 끔뻑끔뻑하며 도훈을 멍하게 올려다보았다.

"놔."

그녀가 단호하게 말하며 그의 팔을 또 뿌리쳤으나, 이번에는 도훈이 순순히 놓아주지를 않았다. 오히려 더욱 강하게 옥죄며 억지로 제 차 방향으로 서연을 질질 끌어당겼다. 파르르 떨리는 서연의 눈꺼풀은 하루에도 수십 번 바뀌는 혼란스러운 그녀의 마음 상태를 그대로 대변했다.

"이거 놔! 놓으라고! 내 발로 갈 거야!"

서연이 필사적으로 소리치며 도훈의 품 안에서 버둥거렸다. 하지만 그 고함은 방금 서연의 위태로웠던 모습으로 인해 사고가 마비되어버린 도훈의 귀에는 전혀 들리지 않았다. 서연이 도훈의 가슴을 퍽퍽 내려치자, 도훈은 서연의 양팔을 붙잡아 끼고 반쯤 강제로 데려가기 시작했다. 서연이 커다란 눈을 적시며 일그러뜨리자 재경이 미간을 구겼다.

"그쪽 지금 무슨 짓을……."

"서연아."

도훈이 재경의 말을 무시하고 서연에게 입술을 가까이 댔다.

"제발……."

나직하게 속삭였다. 서연의 동공이 거칠게 뒤흔들렸다. 그 숨결같이 들려온 짧은 단어가 그녀의 심장에 엄청난 파문을 일으켰다.

애원……? 서연의 모든 반항 의지를 앗아가기 충분할 만큼 도훈답지 않은 언어 사용이었다. 그 말에 마법처럼 기력이 전부 빠진 서연은 도훈의 품에서 축 늘어진 채 뒷좌석에 눕혀졌다. 등이 시트에 닿자마자 정신력으로 버티고 있었던 서연의 의식이 술기운에 잠식당해 저 너머로 꺼져버렸다. 도훈은 잠든 서연의 얼굴을 살핀 후 뒷좌석 문을 닫고서 재경 쪽으로 고개를 돌렸다.

"이상한 일이네요."

재경이 흐릿하게 실소를 터뜨렸다.

"어차피 서연이는 본인 곁에 있을 수밖에 없다고 확신하셨던 것 같은데, 뭔가 상황이 변한 게 있나 봅니다."

"……하."

저걸 진짜……. 도훈은 말없이 재경을 노려보기만 했다. 눈을 가늘게 늘인 재경도 추가로 입을 열지 않고 그런 도훈의 시선을 태연하게 받았다. 밤공기를 뚫고 두 남자의 시선이 서로 치열하게 오가는 동안 또다시 술집의 문이 드르륵 열렸다.

"……오빠."

한 손으로 머리를 짚고서 나타난 유라가 비척거리며 섰다. 이기지도 못할 술을 끝도 없이 부어 몸을 혹사한 것은 유라도 마찬가지였다. 술이 깬 후 지금 이 상황이 유치했다고 생각할지언정 당장은 서연에게 조금도 지고 싶지 않았기 때문이었다. 물론 내기는 다시 술자리에 돌아온 재경 때문에 무승부로 중단되어버렸지만 말이다.

"미안해…… 오빠."

동정심을 유발하기 딱 적당한 음성이었다. 서연 못지않게 만취한 유라도 넘어질 듯 휘청거렸으나 도훈은 매정하게 시선을 거두었다. 유라는 그대로 차를 타고 가는 도훈의 뒷모습을 망연히 바라보았다.

도훈은 서연을 데리고 집으로 와 층계를 올랐다. 제 침대 위에 그 어느 때보다도 조심스레 그녀를 눕히고 허리를 폈다. 참을 수 없을 만큼 답답해서 손목시계를 거칠게 풀어 바닥에 퍽 던져버렸다.

"하아……."

도훈이 서연의 옆에 걸터앉아 고개를 푹 꺼트렸다. 지금 그는 정상적인 사고가 가능한 상황이 아니었다. 서연을 제 눈앞에 그저 두고 있는 것만으로도 입 안이 바싹바싹 마르고 조바심이 났다. 욕심 같아서는 원망을 듣는다 할지라도 억지로 눕히고, 키스하고, 수도 없이 관계를 맺어 영영 도망가지 못하게 수갑을 채워버리고 싶었다. 그런 온갖 저열한 생각들이 머리에서 엉망진창으로 들끓는데, 지금 서연을 보게 된다면 실행하지 않을 자신이 없어 그저 바닥만 죽어라 노려보았다.

"……."

그래도 보고 싶어서. 1분 1초라도 더 그녀의 얼굴을 보고 싶어서 용기를 내 고개를 들었다. 술기운으로 발갛게 달아오른 볼, 가늘게 이슬처럼 돋아져 있는 속눈썹, 꽃잎처럼 쫑긋거리며 올라온 탐스러운 입술. 하나부터 열까지 전부 다 소중하고 견딜 수 없게 사랑스러웠다. 뭐 하나 도훈을 미치지 않게 하는 요소가 없었다.

'지금 당장 키스해.'

도훈의 머릿속에 자꾸만 아까 서연의 목소리가 반복적으로 울렸다. 진심이었을까…….

"……하."

술기운이었을까, 홧김이었을까, 진심이었을까. 어찌 됐든 이기심을 부려 몰래 잠든 그녀에게 키스하고, 억지로 관계해서 동의 없이 제 것으로 만들어버릴 마음은 없었다.

"강서연……."

도훈은 애틋한 시선은 서연의 얼굴을 보듬듯이 쓸어내렸다.

"……서연아."

차라리 이 관계에 걸린 게 서연의 목숨이 아니라 제 목숨이었다면 좋았을 텐데. 그랬다면 조금의 고민도 없이 기꺼이 서연에게 종속되기를 택했을 텐데.

"하아……."

제 손안에 넣고 마음껏 만지고 사랑하고 싶은 것을 꾹꾹 참느라 꽉 움켜쥔 도훈의 주먹 위로 핏줄이 터질 것처럼 도드라졌다.

그렇게 한참을 이를 악물고 버텼다. 한참을 그 자세 그대로 서연을 지켜보며 묵묵히 억겁의 시간을 보냈다. 그러나 고요는 곧 깨지고 더욱 큰 고비가 도훈에게 찾아왔다. 조금 더 가까이 보고 싶다는 욕망 때문에 저도 모르게 상체를 가까이 가져간 것이 화근이었다.

그녀가 의식을 잃을 정도로 술을 마신 날이면 자신에게 매달려서 키스하는 술버릇이 나온다는 것도 까맣게 잊고서.

"……."

어김없이 도훈의 굵직한 목덜미를 감은 서연의 팔은 떨어질 줄 모르고 견고하게 그 자리를 지켰다. 바로 코앞까지 가깝게 다가온 서연의 붉은 입술을 보며 계속해서 끊기는 이성을 도훈이 겨우겨우 붙잡았다. 이대로 무너져 내려 그녀와 입술을, 숨결을 얽는다면, 그녀는 제게서 결코 도망갈 수 없는 몸이 된다. 그렇게라도 묶어버리고 싶은 간절한 소유욕과 그녀를 존중하는 마음이 부딪혀 정신없이 혼란을 빚었다. 그때, 도훈을 자꾸만 제 얼굴로 끌어당기는 서연의 팔이 바르르 떨렸다.

"흐으……."

서연이 흐느끼듯이 신음을 흘리며 제 입술을 깨물었다가 놓았다. 가느다란 팔은 더욱 세게 그의 목덜미를 훅 당겼다. 도훈이 목에 힘을 주고 더 당겨지지 않게 팔꿈치로 매트리스를 꾹 짚었다. 인내하고, 또 인내하며. 두 입술이 닿을 듯 말 듯한 위치에서 멈춘 채 또 수 분이 흘렀다. 그는 잠든 서연의 아름다운 얼굴을 뇌리에 하나하나 새기듯이 천천히 탐닉했다. 뽀얀 이마부터 믿을 수 없이 촉촉하게 젖어 있는 입술까지. 그 속에서 흐르는 달콤한 숨결에 잠식되어 도훈은 차라리…….

"……아."

눈앞의 새빨간 입술이 슬며시 벌어졌다. 떨리는 도훈의 동공이 느릿하게 올라서자 두 남녀의 눈이 경고 없이 마주쳤다. 쿵, 쿵, 쿵, 누가 먼저랄 것도 없이 두 심장이 같은 속도로 내려치기 시작했다. 막 잠이 깬 서연은 도훈을 한참 동안 바라만 봤다. 서연이 느릿하게 입을 열었다.

"……우리 잤나?"

서연이 홀린 듯이 몽롱하게 물었다.

"아니면 자는 동안…… 나한테 키스했나?"

도훈은 침묵으로서 대답했다. 그 뜻이 부정이라는 것을 서연은 단번에 알아들었다. 서연의 눈에 축축하게 물기가 고여 들었다. 맥이 탁 풀리며 가슴 속 아픈 응어리가 눈물로 일시에 터져 나와 버렸다. 커다란 눈에서 눈물 한 방울이 볼을 타고 고요히 굴러떨어졌다.

"……왜."

도훈의 목을 감싼 팔이 힘없이 미끄러지며 추락했다.

"하지, 왜 안 했어. 나는, 내가 도저히 선택 못 하겠으니까……."

"……."

"나 자는 새에 도훈 씨한테 몰래 당하면, 그러면, 그땐 어쩔 수 없으니까. 그땐 단념하고 받아들이고 살까……."

서연이 더듬더듬 말을 이었다. 눈물 젖은 눈으로 도훈을 빤히 응시했다. 그런 그녀와 시선을 맞추던 도훈은 느릿하게 상체를 일으켜 앉았다. 멀어진 그의 얼굴을 보며 서연의 가슴에 날카로운 조각 하나가 날아와 박혔다.

"네 미래에 대한 선택을 내가 강제할 수 없어."

도훈이 낮은 음성을 뱉었다.

"머릿속으로는 수도 없이 키스하고 너 기절할 때까지 난폭하게 안았어. 그런데 너 선택권 주려고. 네 얼굴 볼 때마다 감정이 폭발해서 돌아버릴 것 같은데……."

"……."

"그런데 내가 다 참았어. 이 악물고 참았어. 너 상처 주기 싫어서, 네가 먼저 웃으면서 다가와 나를 선택해주기를 바라서."

"하……."

서연이 끊어질 듯 공연히 숨을 토해냈다.

"그렇게 예쁜 말만 하는 거, 너무 얄밉다. 진짜."

"……."

"지금도 나는 도훈 씨 생각에 일상생활이 아예 안 되는데. 강서연이 백도훈이란 남자를 너무너무 사랑해서 미칠 것 같은데."

"……."

"그런데 겁도 없이 더 사랑하게 하네. 어쩌자고."

서연이 힘겹게 몸을 일으켜 침대 헤드에 기대앉았다.

"무당한테 이것도 들었으려나? 난 지금 도훈 씨와 몸만 닿아도 힘이 빠져요. 예전에 불완전한 몸이었을 때, 남자로 변할 때 그 불쾌한 느낌 그대로 느껴요."

도훈의 눈빛이 일렁였다. 만지는 것도 서연에게 해가 될 줄은 몰랐기 때문이었다.

"이게 내 몸에서 도훈 씨 정기가 빠지는 느낌이래요. 죽어가는 느낌이나 마찬가지인 거죠. 느낌 되게 싫은데……."

"……."

"그런데 도훈 씨랑 살 닿는 건 또 좋아서. 나조차도 혼란스러워요. 내가 이게 싫은 건지, 아닌 건지……."

서연이 웅얼거리며 침대에서 일어났다.

"그냥…… 그렇다고요. 말해봤어요."

도훈이 뒤돌아 걸어가는 서연의 뒷모습을 묵묵히 바라보았다. 서연은 욕실 앞에 서서 도훈을 비스듬히 돌아봤다.

"씻고 갈게요."

도훈이 낮게 탄식했다. 저런 말과 행동 하나하나가 얼마나 자신을 미치게 하는지 알고서 저러는 걸까. 그러나 곧 도훈의 낯빛에 당혹감이 일었다. 도훈이 욕실 문으로 다가가 똑똑 노크했다.

"왜요?"

"설마 반신욕 하는 거야?"

"어."

"술 마신 뒤에 반신욕 하면 위험한 거 몰라? 그만하고 나와."

문밖에서 들리는 도훈의 목소리에 서연의 피의 흐름이 빨라졌다.

"서연아."

두근두근, 식었던 서연의 머리가 다시 발화하기 시작한다.

"바보. 지금 이 상황에 나한테 백도훈 당신보다 위험한 거 없어요."

도훈의 이름 석 자에 심장이 빵 터져서 죽어버리거나, 목이 졸려 죽어버릴 것만 같다.

"독인 줄 알면서도 마시고 싶어 안달 난 느낌이야. 잠도 안 오고 밥도 안 넘어가."

담담하게 토로한 서연은 길쭉한 검지로 물 온도를 확인한 후 입욕제를 풀었다.

"갖고 싶어서 미친 거야."

서연이 옷을 전부 벗고 욕조 안으로 들어가 몸을 담갔다. 뜨끈한 물의 온도가 긴장과 혼란을 급속도로 씻어내려 준다. 잠깐 멍하니 허공을 바라보던 서연이 고개를 돌려 굳게 닫혀 있는 욕실 문 쪽을 보았다.

"오유라랑 둘이 예전에 사귄 건가?"

"……아니."

"그럼 사랑했나?"

"끔찍한 소리를…….”

"그럼 됐어요."

서연이 쿨한 듯 넘어가자 도훈도 더는 말이 없었다.

안 사귀었다는 거에 왜 안심하니, 나……. 저가 바보 같았지만 어찌 됐건

한시름 놓은 서연이 깊게 한숨을 내쉬었다. 흐른 눈물 자국을 목욕물로 지우고 코를 훌쩍거렸다. 곧 그 작은 소리에 반응하듯 욕실 문밖에서 똑똑 노크 소리가 또다시 들려왔다.

"왜요?"

"나……."

"응?"

"들어가도 되나."

"……어?"

놀란 서연의 심장이 휘청거렸다.

"들어가게 해줘……."

애원하는 나직한 음성에 심장이 가늘게 떨렸다. 또, 또 애원한다. 눈시울이 울컥 뜨거워지더니 몸이 말을 듣지 않았다.

"내가 갈게."

서연이 뭐라 답해야 할지 몰라 대신 숨을 짧게 토하니 문이 조금 열렸다. 순간 움찔해 할 말을 잃고 문을 쳐다보고 있자니 아주 느린 속도로 끝까지 열렸다. 도훈이 보이자 부끄러움과 당혹스러움에 서연의 얼굴이 빨개졌다.

"잠깐……."

당황한 서연이 욕조 안에서 무릎을 바짝 끌어안아 몸을 움츠렸다.

"내가 널 얼마나 미치도록 사랑하는지 넌 모를 거야."

"도훈 씨……."

"제대로 알게 더 사랑해줬어야 했는데. 내가 서툴러서 그래."

도훈이 한 발짝 내디뎠다. 흠칫, 욕조 안에 쪼그려 앉은 서연이 몸을 더욱 작게 움츠렸다.

"잠깐만, 여기 보지 말아요……!"

"가려."

도훈이 옆에서 타월을 거칠게 끌어내려 서연에게 건넸다. 서연이 어찌할 줄 모르며 황급히 제 몸을 더듬더듬 가렸으나 역부족이었다. 저를 뚫어져라 쳐다보는 도훈의 강렬한 시선 아래 서연이 가릴 수 있는 것은 없었다. 몸도, 마음도, 표정도, 무엇 하나. 도훈의 커다란 손이 넥타이를 거칠게 쭉 끌러 내렸다. 그대로 아무렇게나 날아간 넥타이가 고꾸라져 바닥에 처박혔다. 꿀꺽, 서연이 움츠러든 고개를 들고 그의 눈을 빼꼼히 올려다봤다.

"나는 너를 세상에서 가장 귀한 여자로 대접할 자신이 있는데, 뭐라고 말해야 믿을까, 네가."

도훈이 성큼 한 발짝 또 내딛자 깜짝 놀란 서연이 몸을 바르르 떨었다.

"뭘 해야 믿을까, 네가."

"잠깐! 불…… 불을 꺼요."

서연은 제가 말해놓고도 움찔했다. 나가란 말은 하지 않는 저 자신을 보며 심정이 더 복잡해졌다. 탁, 불이 꺼지고 두 사람 사이에 내려앉은 것은 한 치 앞도 보이지 않는 어둠이다. 도훈은 어둠이 두렵지 않은 사람처럼 욕조로 성큼성큼 걸어갔다. 쪼그려 앉아 있는 서연의 몸을 양손으로 안고서 훅 일으켰다.

"아……!"

진흙 속에서 빠져나온 것처럼 물속에서 갓 건져진 몸을 도훈은 꽁꽁 결박하듯 양팔로 끌어안았다. 서연의 심장이 떨어지는 소리가 귓가를 울렸다.

"우리 조금만……."

도훈은 제 옷이 축축하게 젖어 드는 것도 상관없다는 듯 서연의 몸을 터뜨릴 것처럼 꽈악 끌어안았다.

"조금만 이러고 있자……."

서연의 도자기처럼 부드러운 피부가 그의 손길 아래에서 파르르 질식했다. 맞닿은 살결이 자극적이다 못해 숨을 턱턱 틀어막았다. 기절할 것 같아 휘청 거리자 발밑에 자리하던 목욕물이 물보라를 일으키며 넘실거렸다. 그와 함께 도훈의 몸에 억세게 눌려 서연의 몸이 풀썩 욕조로 눕혀지듯 쓰러졌다.

"꺅!"

촤악! 물이 넘치는 소리가 들려왔다. 앞이 보이지 않으니 뭐가 뭔지 서연은 알 수가 없었다. 찰박, 물소리와 함께 도훈은 천천히 허리를 구부렸다. 첨벙거리는 물소리를 내며 그의 양팔은 서연을 완전히 꽁꽁 가두었다. 호흡이 느껴질 만큼 가까이 얼굴이 다가오자, 그의 흰자위가 흐릿하게 빛나 실루엣이 비치기 시작했다. 마치 화가 난 것처럼 이글이글 타오르는 눈동자. 발갛게 달아오른 맨 살갗이 화상을 입을 것만 같았다. 불을 껐으나 실오라기 하나 없이 싹 벗은 몸은 몹시 부끄러웠다. 그래서 눈을 꼭 감아버렸다.

앞이 보이지 않으니 이곳에는 도덕도 지성도 사유도 사라지고 없었다. 살짝 떨다가 입술을 내밀어 충동적으로 그의 볼에 쪽 하고 눌렀다가 뗐다. 이성적 사고가 마비되어버린 것이다. 그와 닿고 싶다는 본능이 이성을 지배하고.

"도훈 씨도…… 들어올래요?"

그 명령에 복종하여 시키는 대로 입술을 놀렸다. 도훈은 답이 없었다. 그저 묵묵히 서연을 내려다보고 있었다. 서연이 사시나무처럼 떨리는 손을 들어 그의 셔츠 위를 더듬거렸다. 단추가 손끝에 만져지자 양손으로 하나하나 풀어 내리기 시작했다. 툭, 툭, 풀어져 나갈 때마다 서연의 손끝이 도훈의 쇄골, 가슴, 배의 근육을 차례로 은밀하게 스쳐 내렸다. 당장 내일모레, 아니 이제 내일이면 독일로 출장을 떠나야 한다는 것을 알면서. 이 행위는 모든 것을 내려놓고 가시밭길에 뛰어드는 것이나 다름없다는 것을 알면서. 나는 그에게 한 마리 불나방처럼 뛰어들고 운명이라는 불씨에 활활 타서 죽을 것을 알면서,

"하아……."

다 타고 남아 하얀 재가 되어 버려질지도 모른다는 것을 알면서, 행동에 대한 자각도 없이 내일이 없는 사람처럼 굴면서 손동작을 재촉했다. 서연이 침을 꿀꺽 삼켰다.

"이거 왜 안 풀려……."

물에 젖은 탓인가, 미끌미끌거리는 뽀얀 손가락은 마지막 단추 한 개를 풀지 못하고 낑낑댔다. 그 손 위로 도훈의 손이 따스하게 내려앉았다. 서연의 손을 잡은 채 그대로 단추를 풀었다. 아, 그녀가 입술을 조금 벌리자 그대로 무언가가 뜨겁게 입술 위로 맞부딪혀왔다.

"읍……."

탁! 서연의 몸이 욕실 벽에 거칠게 몰려 강하게 부딪혔다. 도훈의 입술인 줄 알았는데 뜨겁게 눌린 건 그의 단단한 손목이었다. 그는 서연의 잘록한 허리를 꼭 움켜쥐고 옴짝달싹 못 하게 만들었다. 그가 세게 손목을 움직이자 말캉한 서연의 입술이 마치 키스하듯 도훈의 손목 아래 비벼졌다. 서연이 바르작거리며 뒤로 빠지자 도훈이 손을 뻗어 서연의 양손을 단번에 붙잡아 위로 올렸다.

"후……."

거친 숨을 토해낸 도훈이 이내 한 손을 내려 버클을 풀었다. 벨트가 욕실 타일 위로 떨어지는 소리가 시끄럽게 울려 퍼졌다. 서연은 가만히 침만 꼴깍꼴깍 삼키며 식은땀을 흘렸다. 앞이 조금도 보이지 않았지만, 물이 흥건하게 넘치자 그의 몸이 욕조 안으로 들어왔음을 직감했다. 좁은 욕조에 두 사람이 들어가자 더 협소해진 공간이 더욱 서연을 긴장시켰다. 그를 피하느라 짓눌린 서연의 몸을 그가 달래듯이 끌어당겼다.

"이리 와."

그의 목소리가 너무도 다정한 탓일까. 이제 그와 닿을 수 있다면 아무래도 좋다는 생각이 들었다. 도훈이 서연의 허리를 끌어안아 그녀를 제 허벅지 위에 부드럽게 앉혔다. 움직일 때마다 찰박, 찰박 들려오는 물소리가 그녀의 고막을 뜨겁게 달구었다. 느껴지는 촉감에 의식을 잃을 것만 같았다.

"도훈 씨……."

이성보다 본능이 앞선 동물처럼, 사랑이란 원초적 감정에 목을 맨 바보처럼. 죽을 만큼 사랑하는 남자의 손에 서연은 제 몸을 맡겨버렸다.

재경은 유라에게 차로 모셔다드리겠다며 예의를 차렸다. 유라는 비즈니스 관계에 있는 사람에게 말도 못할 추태를 더 보이는 셈이었지만 두 다리로 걷기가 힘들어 그의 차에 올라타는 방향을 택했다.

"죄송합니다. 제가 경우 없이 큰 실례를⋯⋯."

"아닙니다. 이미 파한 자리에 제가 자발적으로 다시 왔던 거니까요. 오유라 팀장님께서 죄송하실 일은 없습니다."

재경이 먼저 가고 둘만 남았던 유라와 서연은 서로 마주 보고 앉아 쉴 틈 없이 술을 들이부었었다. 따라서 재경이 다시 술집에 찾았을 때는 이미 두 사람 모두 만취한 상태였다.

"홍보실장님께서 다시 오신 건⋯⋯ 역시 강서연 씨 때문일까요?"

재경이 소리 없이 미소 지었다.

"역시 기억하고 계셨네요. 그때 버스정류장에서 처음 뵀었죠?"

유라는 예전에 서연과 재경이 식사했던 날, 차를 몰고 집으로 가다가 친한 사이인 듯 함께 있는 서연과 재경을 목격했었다. 물론 당시에는 그 여자가 서연이라는 사실도 몰랐고, 그저 그녀가 살아 있다는 사실에 놀라 재경에게는 크게 관심을 두지 않았던 것이 사실이다.

"그때 저와 강 대리님을 유심히 지켜보고 계셨던 것으로 기억합니다."

재경의 눈동자가 느릿하게 굴러 유라의 옆모습으로 꽂혔다. 그는 당시 유라가 서연을 보며 눈물을 흘리고 있었다는 것을 그 누구보다도 또렷하게 기억하고 있었다.

"실례일 것은 알지만 한 가지 여쭈어봐도 되겠습니까?"

재경이 유라에게 묻자 그녀가 떨떠름하게 고개를 끄덕였다.

"오유라 팀장님께서도 그분을 마음에 두고 있으시죠?"

끼이익, 빨간 불 앞에 멈춰선 재경이 비스듬히 고개를 틀었다.

"성함이…… 백도훈 씨였던가요."

너그러이 웃으면서.

넘실거리는 욕조 물속 두 남녀 사이에 팽팽한 긴장감이 타고 흘렀다.

"뜨거워……."

"네가 더 뜨거워."

맞붙은 살갗으로 터질 것처럼 열이 올랐다. 앞이 전혀 보이지 않자 피부로 느껴지는 감각이 더욱 뚜렷하게 선명해졌다. 어둠 속에서는 모든 고통도 모든 아픔도 캄캄하게 녹아내리고, 골치 아픈 선택도 미래도 잊고 오롯이 지금 이 순간에 집중할 수 있었다.

쪽, 도훈이 서연의 정수리에 부드럽게 키스하며 그녀의 허리를 느릿하게 쓸어 올렸다. 불붙은 감각에 서연은 신경이 끊어질 것만 같았다. 이내 쪽, 그가 부러질 듯 연약한 서연의 뒷덜미에 제 입술을 부드럽게 짓눌렀다. 촉촉하고 뜨거운 입술의 감각에 적갈색 눈동자가 물기를 머금고 혼탁해졌다.

"서연아."

"흐윽…… 으응."

서연이 울음인지 대답인지 알 수 없는 소리를 뱉었다.

"서연아……."

어쩌면 이렇게도 자상하게 부를까…….

쪽, 또다시 유려하게 여린 어깨에 새처럼 날아든 도훈의 입술. 서연이 움찔 몸을 떨었다.

"도훈 씨……. 나는 정말, 흐윽……."

왜 이렇게 슬픈지, 왜 이렇게 서러운지. 도훈의 품에 안기자 갑자기 왈칵 터진 눈물이 주체가 되지 않았다. 서연이 눈물을 잔잔하게 흘렸다. 도훈의 입술은 그녀의 이마에 닿고, 콧잔등에 닿고, 턱 끝에 닿고, 서연의 얼굴을 그려 내려가듯이 서서히 움직였다. 서연이 허리를 비틀어 도훈의 목을 꽉 끌어안자 도훈의 딴딴한 근육이 팽팽하게 부풀어 올랐다.

"나는 아무리 생각해도 자신이 없어요……. 잘해낼 자신이 없어. 다시 불완전한 몸으로, 도훈 씨한테 매달려야 하는 몸으로 돌아가서, 우리 관계에 내 목숨을 다 걸어버릴 자신이……."

서연이 도훈의 목에 감은 팔을 더욱 바싹 조였다. 연약한 가슴이 그의 가슴에 닿아 가차 없이 짓눌렸다.

"이제야 좀 행복해지나 했는데, 영원히 그런 식으로 살 자신이, 나는……."

서연은 말을 이을 수가 없었다. 도훈과 서연이 사는 배경은 드라마도 영화도 아닌 차가운 현실이었다. 사랑에 영원이라는 수식어가 붙는다는 게, 부담이라는 단어가 함께 따라붙는다는 사실이 서연은 못 견디게 무섭고 자신이 없었다. 사랑이 식고 난 뒤 남을 더없이 비참한 미래 따위, 상상하고 싶지도 않아서.

"……흐윽……. 그런데요. 지금 당장 도훈 씨 없이 살 자신은 더더욱 없어요……. 지금 내 맘이 까맣게 타서 곧 죽을 것 같아. 살고 싶지가 않아요."

근 며칠 도훈 없이 사는 세상이 얼마나 비참하고 참혹했던지. 도훈이 빨갛게 부은 서연의 눈을 내려다보다가 이내 엄지손가락으로 눈물 묻은 눈가를 세심하게 더듬었다. 서연이 짧은 숨을 토해내자 도훈의 눈꺼풀이 잘게 떨렸다.

"이렇게 죽나 저렇게 죽나 어차피 죽을 것 같으면…… 윽."

아, 서연은 갑자기 현기증이 찾아와 눈가를 바싹 좁혔다. 온몸을 휩싸는 따끔한 감각에 심장이 욱신욱신 바늘에 찔린 듯이 아렸다. 하지만 그럴수록 오히려 거대한 체구에 가녀린 몸이 더욱 매달리듯 꼭 안겼다.

"우리 그냥 이렇게 가끔 만나서 서로 꼭 끌어안고만 있을까요……."

기력이 몸에서 빠져나가는 것쯤, 그와 살을 맞닿을 수 있다면 충분히 참을 수 있었다. 울먹이는 서연을 달래듯이 둥근 골반을 토닥이는 그의 손은 이내 천천히 살결을 부드럽게 어루만졌다.

"그러다 보면 언젠가는 덜 좋아지지 않을까. 좀 나아지지 않을까……. 한

6개월, 아니 한 1년만 이렇게 만나다 보면 언젠가는…….'

아니.

"도훈 씨도 나도 서로 없이 살 수 있지 않을까…….'

더 좋아질 게 뻔한 걸. 만나면 만날수록, 백도훈이라는 남자를 알면 알수록 사랑이라는 감정은 더 깊어질 뿐인데. 도훈이 다정하고 애틋하게 서연의 등을 쓰다듬었다. 함빡 젖어 묵직해진 타월도 스르륵 미끄러져 불꽃처럼 타닥타닥 나부꼈다.

"흑…….'

토해지는 괴로운 숨결과 함께 서연의 눈동자가 더욱 축축하게 젖어 들어갔다. 팔딱팔딱 뛰던 동맥이 속도감을 잃었다.

"너 하고 싶은 대로 다 해."

낮은 목소리가 내려침과 동시에, 서연이 그대로 도훈의 머리를 감싸서 꼭 끌어안았다.

"너와 키스 안 해도 되고, 널 못 만지게 해도 돼. 보고만 있어도 나는 상관 없으니까…….'

차오르는 눈물과 함께 울컥 치달아 올라오는 감정은 더욱 깊어져만 갔다.

"눈앞에서 사라지지 마."

벅차올랐다. 헐떡이는 숨과 함께 서연의 가슴이 오르락내리락했다.

"하…….'

물이 스며든 살결이 가볍게 마찰하며 생긴 뽀드득 소리가 욕실에 울려 퍼졌다. 좁은 욕조가 맞붙은 두 감정으로 인해 곧 터질 것처럼 분화했다. 먹먹했던 서연의 심장은 더욱더 빠르게 뛰었다.

"……나 사랑해?"

서연은 불현듯 질문했다.

"이 세상에 그 누구보다, 나를 가장 사랑해……?"

그가 10년간 좋아했던 여자를 염두에 둔 질문이었다. 계속해서 의심이 들고 불안이 생겨 사랑을 확인 받고 싶었다. 서연은 그의 목덜미를 매만지며 애타게 대답을 기다렸다.

"사랑해."

도훈은 조금의 고민도 없이 즉답했다.

"너를 위해, 내 모든 것을 버릴 수 있을 만큼……."

많이 사랑해. 그 말에 북받쳐 오른 서연의 감정이 폭발했다. 확 하고 완전히 돌아앉은 서연이 도훈의 견고한 허리에 매끈한 다리를 감았다. 두 육체가 한 덩어리처럼 겹쳐지고 마음도 서로를 향해 썰물처럼 흘렀다.

"나도 좋아해요."

지금 이런 말을 하면 아무 쓸모가 없는 것을. 아직 선택하지도 못한 주제에, 평생 그에게 종속되기를 택하지도 않은 입술로 이기적인 고백을 했다.

"많이 좋아해요. 정말 많이……."

그런데도 자연스레 움직이는 입술을 멈출 길이 없다. 서연이 도훈의 가슴을 한 손으로 짚고 울먹이며 속삭였다.

"사랑해요……."

서연의 애절한 고백에 도훈이 그녀의 고개를 감싸 뒤로 천천히 넘겼다. 갓 태어난 신생아처럼 부드러운 턱 아래 피부 위에 쪽쪽 입술로 도장을 찍었다. 입술이 닿을 때마다 움찔움찔 제 품 안에서 꿈틀대는 사랑스러운 몸을 더욱 단단히 끌어안았다. 미지근한 물은 두 사람의 열기와 체온으로 인해 불덩이처럼 달궈졌다. 그의 몸이 서연의 허리를 잡고 조금씩 움직일 때마다 찰박찰박 물소리가 났다.

"흐……윽……."

서연의 입에서 행복인지 괴로움인지 분간되지 않는 절규가 터져 흘렀다. 그에게 사랑받고 싶다. 그의 몸에 한가득 안기고 싶다. 그냥 그렇게 해버릴까, 그만 생각하고 그저 아무 고민 없이 한껏 안겨볼까. 그런데 이래도 되는 걸까, 정말 후회하지는 않을까, 정상적인 사고가 되지 않아 그저 바보처럼 눈물만 흘렸다.

"도훈 씨는 내가 왜 좋아요……? 우리 만난 지 얼마 되지 않았잖아. 몇 달로 인생을 걸 만큼, 평생을 걸 만큼 나라는 여자에게 확신을 가지는 이유가 있어요?"

"……그건."

도훈이 낮게 목소리를 깎아내렸다.

"10년 전에……."

은밀하게 고막으로 타고 들어오는 그의 진실한 음성.

"너를……."

그 음성을 마저 듣기도 전에, 커다랗게 벌어진 서연의 눈이 스르륵 감겨들었다. 그리고 그대로 깊은 잠에 빠져들었다.

'미안해.'

마지막으로 서연의 귓가에 남은 음성은 그 짧지만 강렬한 속삭임이었다. 눈을 뜨고 나니 아침이었다. 섬광 같았던 밤은 신기루처럼 허무하게 사라진, 그런 공허한 아침.

"……."

서연은 얼른 머리를 굴려 상황파악을 시도했다. 지금 제가 누워 있는 곳은 도훈의 침대 위였다. 언제 여기로 옮겨진 거지……? 마지막 기억은 도훈과 함께 욕조에서 알몸으로 부둥켜안고 엉엉 울었던 창피한 모습이다.

"설마 나 욕조에서 기절한 거야……?"

그대로 기억이 끊어졌으니 그럴 확률이 높았다. 가슴까지 다소곳하게 올라와 있는 이불을 조심스레 들춰내니, 알몸에 얇은 실크 재질의 가운 하나만 입고 있는 자신이 보였다.

"미쳤어……."

도훈의 가운이다. 쓰러진 후 그에게 입혀진 모양이다. 그가 직접 자신을 욕조에서 건져 몸을 꼼꼼히 닦아주고 가운까지 입혔다고 생각하니 얼굴이 터질 것처럼 화끈 달아올랐다.

"하아……."

서연이 땅이 꺼져라 한숨을 내쉬었다. 쓰러지긴 갑자기 왜 쓰러져서. 이미 술은 거의 깬 상태였고, 술기운으로 쓰러졌을 확률은 제로에 가까웠다. 아마도 그와 과도하게 접촉해서 기력이 많이 빨려 순간적으로 정신을 잃은 모양이었다.

"후……."

아침이 되니까 차게 식은 머리는 지난밤 자신의 행동이 얼마나 무책임하고 충동적이었는지를 일깨워줬다.

"어쩌자고 그랬니, 어쩌자고……."

지친 목소리로 웅얼거리는 서연의 몸에는 힘이 하나도 들어가 있지 않았다. 힘겹게 손을 뻗어 옆자리를 꾹 눌러봤는데, 손바닥으로 온기가 전혀 느껴지지 않았다.

"……."

그가 옆에 누워 자지 않은 것이다. 서연이 입술을 꽉 깨물었다. 반대로 고개를 비틀어 협탁을 바라보니 노란 메모지 하나가 위태롭게 붙어 있었다. 서연이 떨리는 손으로 그 메모를 들었다.

〈아래에 죽 끓여놨으니까 먹고 약 먹어.〉

그 옆에 무심한 듯 올라와 있는 약봉지를 발견한 서연의 눈가가 뜨거워졌다. 도훈 특유의 휘갈겨 쓴 듯한 거친 글씨체를 말없이 노려보다가 침대에서 몽롱하게 일어났다. 메모지를 움켜쥐고 비척비척 걷는데 툭, 베드벤치 모서리에 무릎을 살짝 부딪쳤다. 미세하게 삐딱한 각도로 틀어져 있다. 서연이 홀린 듯 손을 뻗어 그 위를 지그시 손으로 눌렀다.

"……따뜻해."

온기다……. 그의 달콤한 체온.

여기서 앉아 계속 자신을 지켜보았을 그가 선명하게 그려진다.

한순간의 본능적인 끌림에 넘어간 대가는 가혹했다. 복직한 지 얼마 되지도 않은 상황에 당일 월차만큼은 피하고 싶었지만 서연으로서는 불가피한 선택이었다. 도훈과 끌어안고 있다가 기절까지 했으니 이미 불완전한 몸으로 돌아갔을지도 모를 일이었다. 적어도 오늘 저녁까지는 집 안에 틀어박혀 몸의 변화를 살펴야 하는 처지가 되었다. 서연은 아래층으로 내려가 도훈이 만들어놓은 죽을 데워 남김없이 먹었다. 그러고선 약봉지를 들고 한참 동안 바라보다가 툭 내려놓았다. 약 대신 서연이 찾은 것은 싱글 몰트 위스키. 그것을 유리잔에 한가득 따라 숙취로 엉망진창인 속에 꾸역꾸역 밀어 넣었다.

"……후우."

뱉어진 숨에서 독한 알코올의 향내가 진동을 했다.

머리가 지끈지끈 아파왔다. 그렇게 술을 마시고 시체처럼 침대에 잠자코 누워 있다 보니 저녁이 되었다. 다행히도 몸에는 큰 변화가 없었다.

"……하."

서연이 자조적으로 웃었다.

"……다행 맞나."

이제는 그조차 모르겠다. 곧바로 일어난 서연은 도훈이 집으로 돌아오기 전에 짐을 싸서 집을 나섰다. 하루 신세를 져도 되냐는 서연의 부탁에 여진은 흔쾌히 오케이를 외쳤다.

"너도 좀 먹어라, 야."

퇴근 후 배달 온 치킨을 전투적으로 뜯어 먹던 여진이 멀뚱히 인형처럼 보고만 있는 서연을 툭 쳤다.

"야, 여기 닭다리. 이 언니가 너한테 다리를 양보하는 건 네 평생 처음이자 마지막일 거다."

"아냐, 난 어제 술을 너무 많이 마셔서……. 너 많이 먹어."

서연이 크게 가슴을 부풀리며 호흡했다가 꿀꺽 삼켰다.

"너 독일 갈 짐은 다 챙겨 나온 거고?"

"응······."

"내일 아침 비행기라고 했나? 회사 안 들리고 곧바로 가냐?"

"응······."

"이사님한텐 따로 인사 안 드리고 갈 거지?"

"응······."

"뭐? 네 사망 보험금 수령자 나로 하겠다고?"

"응······ 이 아니라, 죽을래?"

서연이 눈을 희번덕하게 뜨자 여진이 픽 웃었다.

"이제야 정신 좀 차렸네. 너 그렇게 넋 놓고 있지 마! 네가 그러면 나 슬프다, 진짜."

"하아······. 내가 진짜, 요즘 너한테 신세 많이 진다."

"뭘 신세야, 신세는. 나도 혼자 자기 외로웠는데 잘됐지, 뭐."

서연이 고개를 무릎에 푹 묻었다. 우울하다 못해 당장이라도 땅 파고 들어갈 것 같은 모습을 보며 여진이 깊게 한숨을 내쉬었다.

"내가 네 문제, 생각을 좀 해봤는데······."

서연이 느릿하게 고개를 들었다. 여진이 퉁퉁 부은 서연의 눈가를 안타깝게 바라보며 말을 이었다.

"내 생각엔, 그냥 눈 딱 감고 헤어지는 게 나을 것 같아."

"······."

"이별하면 당분간은 죽을 만큼 힘들겠지. 그런데 멀리 봐봐. 이별 후 아픔하고 미래에 네가 받을 아픔. 둘 중에 뭐가 더 클지, 그 기회비용을 냉정하게 따져보면 답이 나오잖아."

서연은 대답하지 않고 묵묵히 듣기만 했다.

"솔직히 내가 이런 말까지는 하고 싶지는 않았는데······ 남자들 다 똑같다?

너도 잘 알겠지만, 나 전 남친이랑 죽고 못 살았다. 서로 1분 1초라도 안 보면 보고 싶어서 미치고, 보면 좋아서 미치고, 아주 지랄 발광을 떨었지……."

여진이 힘겹게 숨을 내쉬었다.

"그 감정이란 게. 영원한 게 될 수가 없어. 유효기간이 있잖아. 그래서 사람들이 시간이 지나면 권태를 느끼고 새로운 자극을 찾아서 바람을 피우거나 새 사랑을 찾거나 하는 거잖아. 근데 넌 그게 안 되니까……. 네 감정이 변해도, 다른 남자가 좋아져도, 너는 살아야 하니까 이사님한테서 절대 벗어날 수가 없잖아. 그러니까 관계에서 주도권을 완전히 뺏기고 을이 되는 거야. 게다가 이사님도 남자인데 다른 여자가 좋아질 수……. 아니야, 미안. 여기까지만 할게."

서연이 손톱 끝을 틱, 틱 괴롭히며 고개를 더욱 깊숙이 수그렸다.

"알아, 나도……."

무슨 2살짜리 아가도 아니고, 근 며칠 그렇게 울어놓고도 창피하게 또 눈물이 난다. 서연이 무릎으로 눈가를 꾹꾹 아프게 짓눌렀다.

"나도 아는데……. 아는데도, 도저히 그 사람 못 놓겠어……."

마음 같아서는 내일 출장이고 뭐고 다 때려치우고 싶었다. 여진이 땅이 꺼져라 한숨을 내쉬었다. 곧 서연의 눈치를 보며 은근슬쩍 휴대전화를 들었다.

[오진영 씨!]

여진이 아까 온 진영의 문자에 와다다다 답장했다.

[얘 울어요, 운다고요!]

열이 뻗쳐서 차마 도훈에게는 못 따지고 지금 같이 있다는 진영을 대신 들들 볶았다.

[아니 도대체가 자기 여자가 우는데 이사님은 대체 뭐 하시고 계세요? 예? 둘이 뭐 해요, 지금?]

아차……. 여진이 얼른 덧붙여 보냈다.

[근데 제 문자 이사님께 보여주시거나 그대로 말하면 안 돼요! 순화해서!

순화해서 말해요!]

[네네, 여진 씨. 걱정 마세요! 도훈이는 지금 술 마시고 있어요. 여진 씨도 잘 아시겠지만, 쟤가 울지만 않았지, 지금 거의 초상집입니다!]

[윽. 이사님 우는 건 상상도 안 가는데요.]

[저도 고등학교 때부터 봐왔지만, 우는 건 한 번도 못 봤습니다! 하하.]

뭐야, 오징어 이 인간은 문자에서도 웃네? 초성도 아니라 너무 정직하게 '하하.' 라고 웃는 문자에 일순 진영의 나이가 심히 의심스러웠으나 다시 본론으로 돌아왔다.

[이사님 내일 서연이 독일 가면 한참 못 보는데 전화 안 하시겠대요? 은근슬쩍 물어봐요. 아니면 하라고 좀 해보든가. 설득을 해봐요!!! 설득을!!!]

[그런데요, 여진 씨! 저는 이 상황이 무슨 상황인지조차 잘 몰라요! 도훈이가 저한테 한마디도 안 했거든요!]

[그런 건 중요하지 않고요! 어쨌든 둘이 지금 위기니까 뭐든 입을 털어보라고요!!!]

"털…… 털어보……."

진영의 동공에서는 지진이 났다. 거친 말투에 일순 움찔했으나 이내 입꼬리가 슬쩍 올라갔다. 시도 때도 없이 톡톡 터지는 여진의 거칠고 털털한 매력에 점점 헤어 나올 수 없이 빠져들고 있는 진영이었다. 그가 입을 털어보겠다며 답장을 보내고 고개를 힘차게 들었다.

"어우……. 야."

그러나 어느새 바닥을 드러낸 양주병을 보며 기겁해 입을 떡 벌렸다.

"너 미쳤냐? 내일 출근 안 해?"

도훈은 대답하지 않고 새 술을 가지러 소파에서 일어났다.

"제발 혼자 청승 떨지 말고 제수씨한테 가서 좀 빌어보라고!"

"시끄럽다고……."

도훈이 혼잣말처럼 중얼거리며 새 병을 탁자에 던지듯 내려놓았다. 엄청난 소음에 진영이 눈을 감았다 떴는데, 그 찰나 동안 희석도 없이 넘치게 따라진 술이 보였다.

"네가 잘못한 거잖아. 아니야?"

"몰라."

"남녀 관계라는 거는 시간 지나면 더 틀어져서 회복도 안 돼! 당장 내일 제수씨 출장 가신다며? 공항이라도 쫓아가서 붙잡아! 드라마 한 편 찍어!"

"시끄럽다고 했다."

도훈이 신경 긁지 말라는 듯 진영을 흉흉하게 노려보았다. 하지만 진영은 할 말은 해야겠다는 듯 입을 멈추지 않았다.

"나 너 몇 달 사랑한 거 아니다, 사실 꿈속에서부터 10년 넘게 사랑했다! 일단 그거부터 솔직히 말하라고!"

"야."

"야는 무슨. 너 제수씨한테 부담 주는 거 같아서 싫다고 했지? 말 안 하는 건 선택할 권리 자체를 뺏는 거야. 그게 부담 주는 거보다 더 나빠."

뭘 알아야 선택을 하지, 진영이 덧붙이자 도훈이 깊게 한숨을 내쉬었다. 도훈이 홀린 듯 고개를 들었다. 때마침 벽에 걸린 시계의 분침이 움직이자, 도훈이 입술을 초조하게 깨물었다.

"하아……."

그때, 테이블에 방치되어 있던 도훈의 휴대전화가 진동했다. 시계를 찢어 죽일 듯이 쳐다보는 도훈은 제 휴대전화에 문자가 도착한 사실을 눈치채지 못했다. 진영은 혼이 나간 도훈 대신 슬쩍 문자를 열어 확인했다.

"박창준 실장이 누구야?"

"뭐?"

"아니, 문자 왔는데. 네가 전에 조사 부탁한 거 알아봤다고, 지금 통화할 수 있냐는데?"

일순 정신을 차린 도훈의 고개가 빠르게 돌았다.

"너 뭐 알아봐달라고 했냐?"

벌떡 일어난 도훈이 서둘러 진영에게서 제 휴대전화를 낚아챘다. 깜짝 놀라 얼빠진 진영을 등지고 2층으로 서둘러 올라갔다.

도훈은 방문을 잠그고 성큼성큼 걸어 침대에 걸터앉았다. 수화기 건너편에서는 박창준 실장의 보고가 덤덤하게 이어졌다. 어딘가 미심쩍은 점이 있어 저번 주 박 실장에게 SS어패럴과 와이시 한재경 홍보실장에 자세히 대해 알아봐달라고 부탁했었는데 걸려온 전화는 바로 그 내용이었다.

-SS어패럴이 최종 부도처리가 되고, 당시에 검찰 수사 도중 강병기 회장 내외가 교통사고로 사망한 거로 나와 있거든요.

서연의 부모님이 부도 후 얼마 지나지 않아 돌아가셨다는 것은 이미 알고 있었던 사실이었지만, 그 시기가 수사가 종결되기 전인 줄은 몰랐다.

-그래서 불기소처분이 되고, 그대로 도리 없이 돈 날린 사람들이 여럿 되지요. 상황이 그렇다 보니 장례도 치르지 못했고, 하나 있는 딸은 행방도 묘연해서…….

"행방이요?"

-예. 변제받을 구석이 그 외동딸밖에 없으니 단체로 찾으려고 혈안이 되었을 거 아니겠습니까? 아마 그 딸은 당시 숨어 살거나 도망 다니지 않았을까 합니다.

도훈은 머리가 지끈지끈 아파오기 시작했다. 예전에 서연이 숨어 살거나 도망 다녔을 거라고? 그런 쪽으로는 서연이 티를 하나도 내지 않아 전혀 몰랐던 도훈이다. 그러나 여전히 꺼림칙한 점은 그대로 남아 있었다.

"대표가 사망하고 상속 포기한 상태면, 법적으로 그 딸은 의무를 지지 않을 텐데요."

-물론 그렇기는 하지요. 하지만 그쪽 업계에서 알 사람들은 다 압니다. 당시에 SS어패럴 일가를 두고 어떤 험악한 소문이 돌았는지…….

험악한 소문……? 도훈이 미간을 구겼다.

다음 날 새벽. 한숨도 자지 못한 서연은 옆자리의 여진이 깨지 않도록 조심하며 침대에서 일어났다. 욕실로 들어가 습관처럼 휴대전화를 한참 동안 내려다보았다. 어젯밤부터 온종일 휴대전화만 원망스럽게 노려보았으나 도훈에게서는 전화가 없었다.

"……."

어떻게 연락이 없을 수가 있니. 자신도 도훈에게 연락하지 않았다는 사실은 잊고, 밀려오는 서러움에 이를 꽉 깨물었다. 이럴 줄 알았으면 어제 집에 올 때까지 기다렸다가 작별 인사라도 하고 나오는 건데.

"……하긴."

그랬다가는 또 그제 밤처럼 이성을 잃고 서로 안으려고 달려들었을 것이 뻔하니까.

"……정신 차리자. 정신."

출국 시간에 늦지 않으려면 얼른 나갈 준비를 해야 했다. 하지만 정작 물을 튼 서연은 멍하니 서 있기만 했다. 온몸으로 쏟아지는 따뜻한 물줄기 때문에, 어두운 욕조에서 은밀히 사랑을 나누었던 그제 밤의 기억이 또 떠올랐기 때문이었다.

서로의 열기가 어지러이 섞여 화상 입을 듯 뜨거웠던 욕조 물. 그 체온과 감각이 새록새록 떠오르자 코끝이 찡 하고 아려왔다. 서연이 얼른 손을 뻗어 찬물로 레버를 돌리고 고개를 좌우로 세차게 저었다. 끝까지 냉수로 샤워를 마치고 또 멍하니 거울을 보았다. 며칠 굶은 사람처럼 얼굴이 말이 아니었다. 어쩐지 그 처량한 모습이 우스워 피식 웃음이 터졌다.

"화장을 두 배는 두껍게 해야겠네……."

중얼거리며 양치를 하기 위해 칫솔에 치약을 한가득 짰다. 입 속에 넣고 멍하니 칫솔질하고 있자니 또 불쑥 머릿속을 치고 들어오는 것은 도훈과의 추억이다. 언제였더라, 도훈과 서연은 느지막하게 저녁 식사를 마치고 욕실에서 함께 이를 닦았었다. 서연은 벽에 기대 거울에 비친 도훈의 얼굴을 은근슬쩍 훔쳐보며 설레하고 있었다. 바라만 봐도 그렇게 좋고 행복할 수가 없었다. 그저 피식피식 웃음만 새어 나왔다.

'왜?'

그는 그런 자신의 모습이 이상했는지 거울 속의 서연을 응시하며 물었다.

'그냥 지금 이 순간이 좋아서. 헤헤.'

서연이 물고 있던 칫솔을 살짝 빼고 장난스럽게 웃었다. 그에 따라 부드럽게 올라가는 그의 입꼬리가 눈앞에 선연했다. 도훈이 입을 헹구기 위해 허리를 구부리는 것을 힐끔 살피며 서연이 도로 입 속에 칫솔을 밀어 넣었다. 서연은 그가 세면대에 있는 동안 그의 등에 찰싹 껌딱지처럼 붙어 있는 것을 좋아했다. 널찍한 등 근육에 자신의 가슴과 배가 꾹 달라붙어 짓눌린 감각이 미치게 좋았다. 든든했다. 맞붙은 상체를 타고 전해져 오는 그의 근육 하나하나의 떨림에 설레었다. 그러고 있다 보면 입을 헹구던 도훈이 눈만 살짝 들어 몸에 달라붙은 서연을 물끄러미 쳐다본다. 슬금슬금 사냥할 타이밍을 재는 육식동물처럼 할짝거리는 그의 입술을 보며 서연은 또 장난칠 궁리를 했다. 한가득 불어난 양치 거품을 물고 그에게 부정확하게 말했다.

'나 오늘 기샤 방눙데.'

'뱉어.'

도훈은 고개 숙여 거품을 뱉는 서연의 머리카락을 한 손으로 그러쥐었다.

'우리나라 남녀 평균 수명이 6살 차이 난대.'

마지막으로 헹구기 위해 물을 다시 입 안에 머금은 그는 눈을 가늘게 떴다.

'그런데?'

'그래서 생각해봤지. 내가 도훈 씨보다 5살 어리니까 대충 10년 넘게 혼자 지내야 하잖아.'

'그게…… 그렇게 되나.'

도훈이 헛웃음 쳤다.

'으윽, 10년이면 강산도 변하는데 완전 까마득. 난 그럴 자신 없어.'

'그럼 어떡해?'

서연이 칫솔을 쥔 손을 내리고 도훈의 옆구리를 쿡 찌르자 그가 민감하게 움찔거린다.

'그래서 바람나려고. 완전 섹시한 할아버지랑.'

유치한 장난에도 도훈의 목 위로 핏대가 불뚝 섰다. 삐딱하게 고개를 튼 그가 자신을 황당하게 바라보는 게 귀여워서 서연은 그저 빙글빙글 웃을 뿐이었다. 그가 질투해주는 게 좋아서 더 유치하게 장난치고 싶었다.

'요즘 많이 까불어. 그렇지.'

'으하하, 반응이 너무 재밌잖…… 헉!'

그가 서연의 머리칼에 손을 불쑥 집어넣어 목을 아래로 내렸다. 세면대에 엎드리게 하고 수돗물로 입과 입 안을 씻겨주었다. 놀라 버둥거리자 도훈이 서연을 누르며 꼼짝할 수 없게 만들었다. 협박하듯이 목덜미를 누르며 양치 거품이 묻은 입술 위를 수도 없이 뽀득뽀득 문질렀다.

'웁웁! 숨, 숨 막……'

'바람피우기만 해봐. 무덤에서 쫓아올 거니까.'

몇 번이고 야릇하게 떨어졌다 붙었다 하는 하체에도 정신이 나갈 것 같은데, 그보다 죽겠는 건 입 속으로 정신없이 밀고 들어오는 물과 도훈의 길쭉한 손가락이었다. 항상 자상하게 대하다가 질투할 때면 갑자기 돌변하여 짐승처럼 거칠어지는 남자였다. 그 차이가 좋아서 자꾸만 놀리고 싶었었다.

'스, 스톱……웁! 으 항복, 항복!'

항상 먼저 도발해놓고 백기를 드는 쪽은 서연이었다. 서연이 레슬링에서 항복을 선언하듯이 세면대를 탁탁탁 치며 소리치자 그제야 정신없이 쏟아지던 물줄기가 끊어졌다. 질투가 끝났으니 이제 그는 갑자기 또 부드러워져 다정하게 변한다. 언제 거칠었냐는 듯 아이를 다루듯이 수건으로 입가를 꼼꼼히 닦아주는 그 상냥한 손길.

'으음……'

어느새 깨끗해진 입을 뻐끔뻐끔하며 축축해진 제 티셔츠를 내려다보았다.

'으, 다 젖었어.'

도훈의 어깨를 퍽 때리며 투덜거렸다. 그는 자기가 그렇게 만들어놓고 그 광경을 작품이라도 감상하듯이 뚫어져라 바라보며 웃는다. 그러고는 언제 심술부렸냐는 듯 커다란 손으로 양 볼을 꼭 감싸서 고개를 들어 올렸다.

'우리 서연이, 젖으니까 더 예쁘지.'

'……어휴, 백도훈 귀신 무서워서 한날한시에 같이 죽어야겠네.'

행복에 겨운 미소를 짓고 부드럽게 그의 목에 손을 감았다.

'우리 오래, 오래, 죽을 때까지 이렇게 사랑하면서 살아요! 약속!'

도장 찍으라는 듯 서연이 입술을 쭉 내밀자 순식간에 도훈의 입술이 날아들었다. 쪽, 뽀뽀하던 입술은 이내 한참 동안 찹쌀떡처럼 쫀득하게 붙어 있다. 살살 입술이 마찰하는 소리만 은밀하게 울리고, 화한 치약의 자극적인 향기가 코끝을 감돌았다.

"……"

지금도 그때와 똑같은 치약의 향기가 서연의 후각을 괴롭히고 있었다. 양치하던 서연의 손이 하릴없이 바닥으로 추락했다.

툭, 데구르르……. 욕실 타일 위를 구르며 칫솔이 아스라이 멀어진다. 송장처럼 서 있던 서연이 이내 풀썩 주저앉았다.

……그와 이별하고 싶지 않다.

막 꿈에서 깬 도훈은 거친 숨을 토하며 땀에 전 몸을 일으켰다. 목덜미에 칼이 콱 꽂힌 듯이 온몸이 뻐근하게 아파왔다. 아무렇게나 마구 뱉어지는 숨결 속에 복잡한 심경이 섞여 있었다. 또…… 꿈을 꿨다, 또…….

"하아……."

심장이 터질 것처럼 발작해서 진정이 되지 않았다. 어젯밤 박 실장과의 통화와 방금 꾼 흉흉한 꿈이 합쳐져 도저히 침착할 수가 없었다. 간밤에 서연에게 무슨 일이라도 생겼나, 갑자기 불안이 밀물처럼 밀려와 휴대전화부터 주워 들었으나 도로 내려놓았다. 곧 비행기에 올라타면 한참 동안 연락되지 않을 사람에게, 꿈이었던 프로젝트를 성공시키기 위해 출국하는 사람에게, 쓸데없는 동요를 줄 수는 없다. 씻고 출근할 준비를 마친 도훈은 차 키를 챙겨 아래층으로 성큼성큼 내려갔다. 차고지에 주차된 제 차에 올라탄 뒤 시동을 걸었다. 도무지 감정이 수그러들지 않아 라디오를 틀었는데, 마침 들려오는 시간을 알려주는 안내 멘트에 눈앞이 더욱 캄캄해졌다. 다시 라디오를 거칠게 끄자 빨간불에 막혀 브레이크를 꾹 밟았다.

"후우……."

속이 답답해서 창문을 완전히 열고 팔을 걸쳤다.

"……돌겠네."

그래도 답답해서 물이라도 마셔야겠다는 생각에 조수석 서랍을 거칠게 눌러 열었다.

"……."

도훈이 멈칫했다. 생수통 아래에 무언가 얇은 종이가 깔려 있는 것이다. 느릿느릿 뽑아 드니 접힌 부분이 부드럽게 벌어지며 그 사이로 껌 하나가 툭 떨어진다.

편지? 도훈의 동공이 흔들렸다.

〈사랑하는 우리 도훈 씨, 졸리면 껌 씹어요! 안전 운전 알죠? 우리 오래오래 건강하게 같이 알콩달콩 살아요 ♥〉

"……."

익숙한 서연의 아기자기한 필체로 또박또박 쓰여 있었다. 도훈의 목울대가 하릴없이 일렁였다.

"이런 건 또 언제 썼대……."

하여간 사랑스러운 짓만 골라 하는 여자. 한참 서로 행복했을 당시 몰래 남겨두었던 것 같은데 이제야 발견했다.

"……아."

도훈은 눈가로 쏠리는 무더운 열기를 느꼈다. 몸속 깊은 곳에서 무언가가 끓어오르는 듯했다. 오래오래 같이 알콩달콩 살자는 마지막 문구에 호흡이 턱턱 막혀서 숨이 잘 쉬어지지 않았다. 그 옆에 검은 볼펜으로 하트를 그렸는데 그 속까지 꼼꼼하게 색칠을 해놓은 것이다. 도훈이 제 입술을 꽉 깨물었다가 놓았다. 이내 그의 눈썹이 세차게 올라섰다.

"이렇게 사람 미치게 해놓고 누굴 떠나려고……."

더는 참을 수가 없다. 이기적이어도 어쩔 수 없다.

"이제는 너 안 두고 봐."

지금 당장 공항으로 쫓아가 만나기로 굳게 결심했다. 모든 비밀을 그녀에게 다 말해버리고 제발 날 버리지 말라고 간절하게 빌어보겠다고. 거절하면 출국도 못 하게 꽉 붙잡고서 곁을 허락해줄 때까지 놔주지 않을 것이라고 정했다. 목숨이 걸린 쪽은 서연뿐만 아니라 도훈도 마찬가지였으니까. 서연을 만나기 전에는 꿈속 그녀를 만날 수 있을지도 모른다는 희망으로 꾸역꾸역 살아왔고, 그녀를 만난 이후에는 아침 햇살처럼 환하게 웃는 그녀 하나만을 바라보며 하루하루 꿈만 같이 살았다.

도훈이 핸들을 양손으로 꽉 붙잡고 왼쪽으로 거칠게 돌렸다.

강서연이라는 여자를 알아버린 순간부터, 도훈은 옆에 그녀가 없으면 살아갈 수가 없는 바보가 되어버렸다.

공항에 도착한 서연은 속이 터져 죽을 것만 같았다. 새벽부터 아침까지 내내 휴대전화를 들고 전전긍긍했으나 도훈은 전화하지 않았다.

그래, 그도 할 만큼 했다는 것을 안다. 결정하지 못하고 이랬다저랬다 답답하게 구는 쪽은 자신이었다. 이기적인 인간이었다. 하지만 차마 먼저 전화할 수는 없어 휴대전화만 하릴없이 만지작거렸다.

전화해서 뭐라고 해? 할 말이 없었다. 껴안고 있다가 기절까지 한 자신을 보며 그도 더는 다가오기 힘들었을 것이다. 이제 이쪽이 먼저 다가가지 않으면 그가 다가올 일은 없을 것이다.

서연이 티켓을 끼운 여권을 힘줄이 설 정도로 세게 움켜쥐자 손끝이 파르르 떨렸다. 예고 없이 눈시울이 붉어져서 유라에게 화장실을 갔다 오겠다고 말한 뒤에 얼른 칸막이 안으로 몸을 숨겼다.

"하아……."

좀 있으면 출국 심사를 받으러 안으로 들어가야 한다. 이렇게 가면 일주일 내내 못 볼 텐데, 아침에 가서 몰래라도 보고 올걸.

후회, 후회, 후회. 또 후회하며 눈을 꼭 감았다.

"뭔 놈의 인생이 후회밖에 없어……."

칸막이벽에 등을 기댄 서연이 주르륵 미끄러졌다. 이대로 비행기에 타버리면 숨이 막혀 죽어버릴지도 모른다. 심장이 멈춰 죽어버릴지도 모른다. 무력하게 휴대전화를 들어 시간을 확인하니 마침 그가 출근하고 있을 시간이었다. 목소리라도 듣고 가면 덜 숨이 막힐까, 사랑한다고 또 말해버리면 덜 불안할까. 멍하게 생각하던 서연이 느릿하게 도훈에게 전화를 걸었다. 후회하더라도 목소리는 듣고 싶었다.

"……받아."

사랑하니까.

"빨리 받아……."

함께라면 죽어도 좋을 만큼 사랑하니까.

"제발……."

미안해. 내가 이기적인 인간이야. 답답하게 굴었어. 내가 너무했어.

그러니까 제발 좀 받아주라, 진짜⋯⋯.

띠리리리, 띠리리리.

그때, 도훈은 서연을 만나기 위해 공항으로 최고 속력으로 달려가던 중이었다. 불쑥 차 안을 울리는 벨 소리에 무의식적으로 액정을 보았는데, 선명하게 떠 있는 서연의 이름을 발견하고 입술을 살짝 벌렸다. 먼저 전화해줄 줄이야. 도훈의 가슴이 거세게 파도쳤다. 전화를 받기 위해 블루투스 이어폰을 재빨리 끼는 손동작이 그 어느 때보다도 다급했다. 앞에 꽂아 놓은 휴대전화 액정을 바라보며 버튼을 누르려고 손을 뻗었다.

"⋯⋯아."

그 순간, 놀란 도훈의 동공이 세차게 흔들렸다. 서늘해진 간담으로 브레이크를 거칠게 꽉 짓밟았다. 끼이이이익! 소름 끼치는 소리가 고막을 가차 없이 쑤셨다.

쾅!!!

무언가가 부서지는 듯한 굉음이 폭발적으로 터져 흘렀다.

"윽⋯⋯."

전면에 꽂혀 있던 휴대전화가 바닥으로 시끄럽게 추락하고 도훈의 상체는 앞으로 튀어나갔다.

도훈이 반사적으로 눈을 꽉 감았다. 바닥에 널브러진 도훈의 휴대전화에서는 여전히 벨 소리만 끊임없이 이어졌다.

16. 널 사랑하는 사람에게

-지금 고객님께서 전화를 받을 수 없습니다. 다음에 다시 걸어주세요.

과열되었던 머리가 차게 식는 기분이었다. 이렇게 쉽게 포기하고 싶지는 않아 꾸역꾸역 한 번 더 전화를 걸었다. 그러나 들려오는 메시지는 아까와 같은 기계의 딱딱한 음성.

전화가 온 것을 모르나, 설마 내게 질린 건가, 여러 가지 부정적인 생각들이 서연의 머릿속에서 부유하다가 이내 흔적도 없이 사라졌다. 하얗게 질린 얼굴로 휴대전화를 든 손을 아래로 내렸다. 묵묵히 자리에서 일어나 화장실 밖으로 두 다리를 움직였다.

……지금쯤 비행기를 탔으려나. 응급실 벽에 붙어 있는 시계를 확인한 도훈은 미칠 듯한 답답함을 느꼈다. 손에 쥔 피 묻은 휴대전화를 계속 만지작거리며 얼얼한 입 안을 씹었다. 종잇장처럼 박살 난 휴대전화는 서연과의 연결고리가 되어줄 수 없었음에도 도저히 손에서 놓을 수가 없었다. 도훈의 10년 무사고 기록에 흠집을 낸 사고가 하필이면 오늘 발생한 것이다. 고속도로에서 옆 차선의 트럭이 졸음운전으로 갑자기 심하게 비틀거리더니 도훈의 차를 완전히 덮치려

고 했고, 피하려다가 중앙분리대를 들이받아 앞 유리가 전부 깨지고 차체가 형편없이 찌그러졌다. 파편이 그대로 날아 들어와 이마와 팔뚝이 깊게 찢겼고, 그외에도 겉으로 보이는 외상이 많았다. 소식을 알고 제일 먼저 달려온 여진은 핏자국 선연한 도훈을 보며 기겁해 허둥지둥 휴대전화부터 주워 들었으나, 서연에게 알리면 죽는다는 도훈의 경고에 깨갱거리며 내려놓았다.

"하지만, 이, 이사님……. 그래도 문자라도 보내놓는 게…… 나중에 알면 배신감이랄까, 뭐 그런 걸 느끼지 않을까 하는…….'

"거기까지. 괜히 나가 있는 사람 건드리지 말고 오늘 일정이나 빨리 갖고 와."

이 와중에도 일정 타령하는 도훈을 보며 여진이 혀를 내둘렀다. 여진이라면 아프다고 꽥꽥대며 울부짖었을 만큼 전신이 만신창이였는데 백싸가지는 태연하게 펑크 난 스케줄부터 수습하려 한다. 여진이 주춤주춤 태블릿 PC를 건네자 매의 속도로 낚아챈 도훈이 빠르게 스캔했다.

"오전에 예정된 시제품 검토만 캔슬하고 날짜 새로 잡아."

"네? 그럼 다른 일정은요?"

"오후부턴 이대로 전부 소화……."

"아니."

그때, 뒤에서 또각또각 불도저처럼 걸어온 미라가 단호하게 말했다.

"오늘 일정 전면 취소야."

그 말에 도훈이 미간을 팍 구겼다.

"대, 대표님."

갑작스러운 등장에 놀란 여진이 황급히 두 손을 모으고 머리를 조아렸다. 미라가 나가라고 손짓하자 여진이 재빨리 자리를 피했다.

"이 천하의 불효자식……. 얼마나 더 엄마 속을 긁어놔야 성이 차? 당장 입원해서 정밀검사까지 꼼꼼하게 다 받아. 퇴원해도 된다는 의사 소견 없이는 안 돼."

쓸데없이 일이 골치 아프게 꼬였다. 도훈은 제 몸에 난 상처보다 지금 이

상황이 더 짜증 나서 돌아버릴 것만 같았다.

서연은 와이시 측의 호화스러운 배려로 비즈니스석을 타고 편안하게 출국할 수 있었다. 최소화된 인원인 서연과 유라, 재경, 민준 대리 총 네 명이 같은 비행기에 탑승했다. 좌석은 두 사람, 두 사람 나눠 앉을 수 있도록 조금 떨어져 있었고, 서연은 유라의 옆자리인 창가에 앉았다. 곧 이륙한다며 들려오는 안내 방송에 기계적으로 움직여 휴대전화 전원을 끄고 좌석 벨트를 착용했다. 멍하니 비행기 창밖을 바라보던 서연은 하릴없이 꺼진 휴대전화를 만지작거렸다. 눈앞에 펼쳐진 광경은 뻥 뚫린 활주로였으나 서연의 속은 점점 더 먹먹하게 문드러지고 있었다.

"……."

다시 홀린 듯 고개를 돌려 휴대전화 전원을 켰다. 혹시라도 잠깐 전원을 껐던 사이 그에게 연락이 있었을까, 환하게 켜진 액정을 물끄러미 보았으나 전화도 문자도, 아무것도 오지 않았다. 서연이 입술을 꼬깃 구겼다.

"저, 손님. 곧 이륙할 예정이니 휴대전화 전원 꺼주시겠습니까?"

"아, 네."

승무원의 말에 얼른 전원을 다시 껐다. 푹 한숨을 내쉬고 창문 밖으로 시선을 꽂았다. 머지않아 활주로를 달리던 비행기가 조금씩 지상을 뜨는 느낌이 온몸으로 느껴졌다. 그와 함께 커다란 눈에서는 투명한 눈물이 조금씩 고이기 시작했다. 아무에게도 우는 얼굴을 보이기 싫어 일부러 창가로 고개를 완전히 돌렸다. 짜디짠 액체는 안색을 가리기 위해 두껍게 분칠한 볼을 타고 흘러, 새빨간 입술 사이로 뜨겁게 흘러내렸다. 입술을 세게 깨물어 울음이 터져 나오려는 것을 막았다. 그때, 옆자리에서 무언가 부드러운 것이 제 손에 조심스레 와 닿는 것이 느껴졌다. 손수건이었다. 서연이 의문스럽게 고개를 돌렸는데, 옆자리에 있는 사람은 유라가 아니었다.

"왜 오빠가……."

재경이 말없이 손을 뻗어 자신의 재킷으로 서연의 얼굴을 가려주었다.

"오 팀장님께서 창가가 좋으시다고 해서, 아까 바꿔드렸는데…… 몰랐구나."

시야가 차분하게 가려진 서연은 입술을 툭 벌렸다. 자리를 바꾼 것도 모를 만큼 자신이 넋이 나가 있었다는 사실에 놀랐다.

"울지 마, 서연아……."

재경이 나직하게 속삭이며 여린 어깨를 천천히 토닥였다. 다정한 위로에 오히려 더 폭발한 눈물이 하염없이 흘러내렸다.

"으…… 흑……."

걷잡을 수 없이.

-전원이 꺼져 있어 음성사서함으로 연결되며 삐 소리 후 통화료가 부과됩니다.

이마와 팔의 상처를 봉합하고, 응급 처치를 끝낸 도훈은 휴대전화를 빌려 뒤늦게 서연에게 전화해봤으나 역시나 전원이 꺼져 있다. 저도 모르게 지금쯤 점점 한국에서 멀어지고 있을 서연의 비행기를 머릿속에 그렸다. 곧 만사가 귀찮아진 사람처럼 베드에 드러누웠다. X-ray, MRI, CT 등 온몸 구석구석 정밀검사를 받았지만, 놀랍게도 뼈에는 이상이 없었고 그 외에도 전신에 걸친 타박상과 찰과상 외에는 문제가 없었다. 그러나 며칠 입원하여 경과를 지켜보는 게 좋다는 담당의의 권고 때문에 미라는 도훈에게 이곳에서 휴식할 것을 지시했다. 원래라면 듣지 않고 자의적으로 행동했겠지만, 지금은 도훈도 밀려오는 피곤함 때문에 아무것도 하고 싶지 않았다. 그저 흰 천장만 멍하니 바라보다 눈을 감았다.

기내식이 서비스되고 몇 번 포크를 깨작거리던 서연이 이내 조용히 내려놓았다. 스테이크를 썰던 재경이 그런 서연을 멀거니 보다가 입술을 열었다.

"입맛 별로 없어?"

"어? 아……. 응, 좀 그렇네."

실은 스테이크를 썰다가 또 도훈과의 추억이 떠올라 먹을 수가 없었던 것이었다. 서연이 어색하게 웃으며 와인 잔을 들어 입술을 축였다. 그 모습을 묵묵히 보던 재경이 승무원을 호출하여 무언가를 정중하게 부탁했다. 승무원은 활짝 웃으며 상냥하게 고개를 끄덕였다. 얼마 후 서연의 테이블 위로 올라온 것은, 하얀 접시에 담겨 나온 뜨끈한 라면이었다. 놀란 서연이 눈을 동그랗게 뜨고 승무원을 보았으나, 그녀는 재경이 요청한 것이라고 답한 후 사라졌다. 재경은 여유롭게 웃으며 한 손으로 턱을 괴었다.

"너 처음 라면 먹은 날, 기억나?"

재경이 묻자 서연이 픽 웃었다.

"그럼, 당연하지. 초등학교 6학년 때였나? 친구들이 넌 라면도 못 먹어봤냐고 역시 대단하신 공주님이니 뭐니 놀려서 내가 오빠한테 가서 몽땅 일렀었잖아."

서연이 새록새록 떠오르는 옛 기억에 잔잔하게 미소 지었다.

"오빠가 애들 다 혼내주고, 마지막으로는 라면 끓여줬잖아. 우리 엄마 아빠한텐 비밀이라면서."

"옛날 일인데도 제대로 기억하고 있네, 하하."

"평생 못 잊지. 처음 먹은 라면 진짜 충격적으로 맛있었어. 이렇게 맛있는 걸 우리 엄마 아빠는 왜 안 먹였냐며 막 원망하고……."

서연의 뒷말이 뿌옇게 흐려졌다.

"뭐, 다 나 잘되라고 그렇게 하신 건데, 내가 철이 없어서 원망했지…… 하하."

이 와중에 돌아가신 부모님 생각마저 겹치니 또 울어버릴 것 같아 얼른 젓가락을 들며 과장되게 웃었다.

"잘 먹을게, 오빠! 라면 보니까 입맛이 갑자기 막 돈다!"

"하하, 그래. 식사 맛있게 해. 깨끗이 다 먹었나 검사할 거야?"

"아휴, 오빠는 내가 아직도 애인 줄 알지. 두 살 차이밖에 안 나면서 가만 보면 20살 차이처럼 굴어?"

서연이 너스레를 떨며 매콤한 라면을 들어 입에 넣었다. 수저로 얼큰한 국물도 떠 마시니 짭짤한 감각이 미뢰를 감돈다. 다시 수저를 내린 서연이 국물 속을 휘휘 저었다. 확실히 기분은 좀 나아졌지만, 여전히 가슴은 후회로 먹먹했다.

"……."

생각해보니, 6년 전 그날도 지금과 똑같았다. 도훈과 서연이 함께 살았던 집, 그 안을 빨간 딱지가 온통 뒤덮었고, 서연과 부모님은 급하게 쪽방을 구해 나와 목불인견으로 생활했었다. 남자로 변한 몸 때문에 대학 자퇴 후 세상과 단절하여 집에서 폐인처럼 박혀 있던 서연은 그날도 엉엉 울다가 탈진해 쓰러졌었다. 그런 서연을 밤새 보살펴주던 부모님의 온정을 그녀는 아직도 잊을 수가 없었다.

정신을 차려보니 아침이었고, 서연은 어머니가 끓여주고 나간 죽을 한 입도 먹지 않고 그대로 내버려뒀다. 옆에 놓인 약봉지를 짜증스럽게 벽에 던져버리고 부모님께 그 어떤 연락 하나 남기지 않고 홀연히 밖으로 나가버렸다.

"……."

지난밤 쓰러진 도훈이 자신을 돌봐준 것도, 그것과 다를 바가 없을 만큼 극진한 애정이 묻어났었다. 그러나 서연은 6년 전 자신이 했던 것처럼 똑같이 약봉지를 방치하고 도훈에게 일언반구 없이 멋대로 집을 나섰다. 6년 전 자신의 행동을 지난 시간 얼마나 후회했었는지, 그 누구보다도 서연이 가장 잘 알면서 똑같은 실수를 반복했다.

'서연아.'

마지막으로 어머니 김형원이 서연에게 남긴 소중한 한 문장을,

'널 사랑하는 사람에게 소홀하지 말아라.'

지그시 되새기며 눈을 꼭 감았다가 떴다.

독일에 도착한 이후 서연의 시간은 아주 빠르게 흘렀다. 비행기를 타기 전, 이미 도훈에게 열 통 이상의 전화를 시도했지만 전부 불통당한 서연은 더 이상 그

에게 전화할 용기를 내지 못했다. 그렇게 연락 없이 하루가 흐르고, 이틀이 지나고, 사흘이 지나고, 빠듯한 일정 속에 바쁘게 흘러가는 하루하루가 연속되었다. 독일 땅을 밟고 서연에게 달라진 것이 있다면 눈물 한 방울 흘리지 않았다는 점. 쾌활하게 웃으며 전담 통역사와 농담 따먹기를 할 정도로 겉으로는 아무렇지 않은 척 멀쩡했다. 유라와도 출장 내내 아무 일 없었던 것처럼 원만하게 지냈다. 오히려 한 번 제대로 부딪히고 나니 삐걱거리는 소리가 줄어든 것이다. 그만큼 모든 것이 순조로웠다. 서연은 똑 부러지게 와이시 본사에서의 프레젠테이션도 성공적으로 마치고 프로젝트에 대해 극찬도 받았다. 그러나 실상은 하루에도 수백 번씩 머릿속에 불쑥불쑥 떠오르는 도훈 때문에. 그의 얼굴과 목소리, 체향, 촉감, 그 하나하나 때문에 찢어질 듯 괴로운 나날들일 뿐이었다.

그렇게 한국 시간으로 수요일 아침에 출국했던 서연은 어느덧 한국 시간 토요일 새벽을 지나고 있었다. 많이 벌어진 시차 때문에 독일은 아직 금요일 저녁이었다. 묵고 있는 호텔의 레스토랑에서 서연은 재경과 둘이 식사를 했다. 유라는 속이 안 좋아 먹을 수 없겠다며 거절했고, 민준 대리는 현지의 지인과 식사를 해도 되겠냐며 재경에게 허락을 맡고 떠났다.

"내가 오빠가 편하긴 한가 봐."

말없이 재경과 스테이크를 썰던 서연이 입을 열었다.

"지금까지 사람들 앞에서 억지로 입 찢어지게 웃느라 힘들어 죽을 것 같았는데, 뭐랄까…… 오빠 앞에서는 억지로 그렇게 안 해도 될 것 같아. 그냥 내 기분대로 풀어져 있어도 될 것 같아."

재경이 부드럽게 웃으며 답했다.

"당연하지. 우린 가족이나 다름없는 사이였잖아. 난 항상 서연이 네 편이야."

서연은 독일에 있는 동안 재경이 그녀의 기분을 풀어주기 위해 온갖 노력을 다했다는 사실을 누구보다 잘 알고 있었다. 그렇게 무안 주며 연락하지 말라고 모질게 굴었는데도. 그래서 그에게 고마운 한편, 미안한 감정도 있었다.

"나 잠깐 화장실 좀 다녀올게."

서연이 재경에게 예쁘게 웃어 보이며 자리에서 일어났다. 그는 천천히 걸어 멀어지는 그녀의 뒷모습을 빤히 바라보았다. 입가에 만연한 미소가 점차 수그러들었다. 차분한 동작으로 포크와 나이프를 내려놓았다. 냅킨으로 입가를 살짝 닦은 재경은 목을 쭉 뒤로 느릿하게 꺾었다.

"⋯⋯그랬었지."

눈을 천천히 눌러 감았다가 떴다. 재경이 옆에 놓인 와인 잔을 들어 가볍게 흔들었다. 길쭉한 손끝에서 찰랑거리는 수면 너머로 밝은 빛이 반짝였다.

"⋯⋯하."

재경이 헛웃음 쳤다. 서연의 휴대전화로 걸려오고 있는 국제전화는 도훈에게서 걸려온 것이었다. 그가 눈을 가늘게 좁히고 옆을 살폈다가 손을 뻗어 서연의 휴대전화를 주워 들었다. 자꾸만 웃음이 나서 참기가 힘들었다.

"여보세요?"

재경이 나긋한 음성을 내었다.

―⋯⋯뭐야.

하지만 귓가에 들려오는 목소리에는 사납게 날이 서 있다.

"하하, 전에도 비슷한 상황 있었던 것 같은데, 이번엔 제가 역전한 건가요?"

-뭐 하는 짓거리야.

"이제야 전화를 하시기에 조금 놀랐습니다. 서연이가 그쪽한테 혹시라도 전화 오면 대신 받아달라고 부탁해서 기다리고 있던 참이거든요."

태연하게 거짓말을 하는 입술은 역설적이게도 완벽한 대칭을 이룬 채 반듯하다.

"사랑하는 여자 얼굴에 우울이 가득한데, 그쪽은 며칠째 연락 한 통 안 하시고. 대체 좋아하시기는 하는 건지⋯⋯."

재경이 또 비식 웃었다.

"의심되네요."

-까부는 것도 정도가 있어. 작정하면 더 안 봐줘.

"하하, 그건 이쪽도 마찬가지입니다."

도훈이 헛숨을 터뜨렸다.

"왜 서연이에게 전화 안 하셨습니까? 많이 바쁘셨나 봐요."

-네 알 바 아니야.

"그러고 보니 목소리가 많이 안 좋습니다. 그간 어디 아프기라도 하셨습니까? 아니면 회사에 큰일이라도……."

-참견하지 말라고 했어. 주제 파악해.

"걱정되는데요. 혹시나 사고 난 건 아니실 테고……."

-…….

수화기 건너편이 쥐죽은 듯 조용해지며 적막한 고요가 흘렀다. 아무도 말을 하지 않자 일순 무거운 침묵이 흘렀다. 재경이 입술을 부드럽게 늘어뜨렸다.

"제 눈에는 그래요. 당신은 서연이를 지킬 수도, 감당할 수도 없습니다. 두 사람은 서로 아귀가 전혀 안 맞아요. 부딪히면 부딪힐수록 엇갈리기만 할 겁니다."

-…….

"다 제짝이 있는 겁니다. 본인하고 연분도 없는 여자 억지로 안 놔주고 힘들게 하면 재밌습니까?"

-……듣자 듣자 하니까.

도훈이 흉흉하게 발음했다.

-점쟁이도 아니고 주제넘게 예언을 해.

"……."

-알아보니 뒷배가 두둑한 것 같던데 그거 하나 믿고 이렇게 까부나?

"……."

-이쪽도 헛살지 않았어. 해보자는 거면 지금 말해. 얼마든지 환영이니까.

재경이 고요하게 웃었다.

"거절하겠습니다."

재경이 휴대전화를 귀에서 떼고 천천히 내렸다.

"저는 무대 뒤가 체질이라서요."

그 말을 끝으로 통화 종료 버튼을 꾹 눌렀다. 길쭉한 손가락은 물 흐르듯 움직여 최근 통화기록 속 도훈의 흔적을 삭제했다. 재경은 유유히 휴대전화를 테이블 위로 원위치시켰다. 머지않아 화장실에서 돌아온 서연을 태연하게 웃으며 반겼다.

"……."

재경의 입꼬리가 미세하게 내려앉았다.

"……울었어?"

서연은 짧게 한숨 쉬었다.

"안 울었어. 좀 피곤했는지, 하품이 나서."

그녀는 붉게 충혈된 눈을 꾹 감았다가 떴다.

"먹어, 여기 스테이크 맛있는데."

몇 조각 먹지도 않고서 맛있다며 영혼 없이 주억거렸다. 서연이 기운 없이 포크와 나이프를 움직였다.

"우리 여기 일정 이제 다 끝난 거지?"

"응. 잘 따라와 준 덕에 현지 일정은 예정보다 빠르게 끝났어. 이제 내일하고 모레, 이틀 자유 시간인데, 괜찮으면 나랑 같이 관광지 구경할래?"

재경이 다정하게 웃으며 제안했다.

"베를린의 유명한 랜드마크 중에서도 샤를로텐부르크 성이 아름답기로 유명해. 들러서 구경하고 사진도 찍자. 그 앞에는 유명한 갤러리가 있는데……."

"오빠, 나 그냥 내일 호텔에 있을래."

"……."

"미안. 컨디션이 너무 안 좋아서……."

그렇게 말하는 서연의 눈가가 이미 촉촉하게 젖어 있었다. 재경이 입술을 꾹 일자로 다물었다. 서연은 힘겹게 몸값 비싼 고깃덩이를 입 안에 밀어 넣었으나 씹히는 느낌이 종잇장이나 다를 바가 없었다. 괴롭게 씹어 삼키기를 반복하는 동안 두 사람 사이에 대화는 없었다. 서연이 선연한 물기를 손끝으로 훔치며 여전히 연락 하나 없이 잠잠한 휴대전화를 보았다. 괜히 또 울컥해서 눈물이 났다.

"하……."

그래. 지금 한국은 토요일 새벽이니까 자겠지. 새벽 2시에 전화할 리가 없는데, 왜 나는 또…….

"재경 오빠……."

서연의 볼 위로 눈물 한 줄기가 주르륵 흘렀다.

"나 한국 가고 싶어."

"……."

"월요일까지 못 참겠어. 지금 당장 가고 싶어……."

서연이 조용히 눈물을 흘렸다. 제가 무슨 말을 하고 있는지도 인지 못 한 듯 그저 멍한 얼굴이었다. 그 얼굴은 나흘째 생글생글 웃으며 씩씩하게 아무렇지 않은 듯 일정을 소화한 여자의 것과 동일한 것이었다. 눈물 한 방울 흘리지 않고, 울긴커녕 활기차게 웃으며 깔깔대던 얼굴과 똑같은 얼굴이었다.

서연을 바라보던 재경은 이내 자리를 털고 일어났다. 곧바로 서연의 호텔 방으로 그녀를 밀어 넣고 짐을 싸라고 말했다. 서연이 어리둥절해했으나 재경은 그 어느 때보다도 단호했다. 하라는 대로 서연이 짐을 싸는 동안 재경은 손목시계로 시간을 확인했다. 그러고선 어디론가 전화를 걸어 무언가를 지시하면서 고개를 몇 번 끄덕였다. 통화를 끝낸 그가 성큼성큼 서연에게 걸어가 그녀의 트렁크를 빼앗아 들었다.

"3시간 후 비행기 이륙이야. 촉박하니까 지금 당장 공항으로 가야 해."

"뭐? 잠깐만……! 갑자기 지금 어떻게? 표도 없잖아! 좌석도 없을 텐데……."

"퍼스트 클래스로 갈 거야. 인천 공항에는 토요일 저녁에 도착해."

……뭐?

"너 혼자 가는 거야."

서연의 동공이 흔들렸다.

"할 수 있지?"

서연은 곧바로 한국행 비행기를 탔다. 11시간이 넘는 비행 내내 숨이 끊어질 것만 같아서 눈을 감고 차라리 잠을 청하려 했으나 머릿속은 내내 혼란스러웠다. 왜 일주일 동안 연락이 없었을까, 독일에 가기 전 남긴 부재중 기록을 못 봤을 리가 없었을 텐데. 내가 전혀 보고 싶지 않았던 걸까. 설마 벌써 나를 정리하기 시작한 걸까. 그렇다면 눈앞에서 사라지지만 말아달라는 그 간절한 부탁은 뭐였던 걸까.

……우리의 사랑은 이렇게 허무하게 끝나는 걸까.

"싫어……."

이대로 멀어지는 건 말이 안 돼.

"……그래."

내가 더 좋아하니까 져줄게.

"일단 만나러 가자……."

입국 수속을 밟고, 레일 위에서 트렁크를 내리자마자 서연은 정신없이 내달리기 시작했다. 덜컹거리는 바퀴의 소음이 들리지도 않을 만큼 넋을 놓고 전속력으로 달렸다. 공항 밖으로 빠져나오자 차가운 공기가 폐부를 찔러와 숨이 점점 더 가빠졌다. 택시 승차장으로 달려가는 내내 머릿속은 뒤죽박죽 엉망이었다. 그렇게 열정적으로 사랑했는데, 틀림없이 운명이라고 믿었는데. 그 운명에 가로막혀 이런 식으로 허무하게 끝나는 건 용납할 수 없었다.

"가서…… 둘이서 같이 얘기를……."

일단 만나서 대책을 찾든 상의를 하든, 직접 얼굴을 보러 가서…….

"……가서?"

빠르게 교차하던 서연의 다리가 점차 느려졌다. 이내 두 다리의 움직임이 완전히 멎고 길 한복판에 우뚝 멈춰 섰다.

"가면……?"

일주일 내내 연락 한 통 없었던 남자에게. 날 한 번도 찾지 않았던 남자에게.
가서 뭐라고 말할 건데?

"......"

토요일 저녁, 퇴원한 도훈은 소파에 송장처럼 가만히 누워 있었다. 삼시
세끼 전부 굶고 손가락 하나 까딱하지 않은 채 정말 죽은 사람처럼 누워 있
기만 했다. 옆에 있는 도빈이 설마 진짜 죽었나 두려워 한 번씩 찔러볼 정도
였다. 콕콕, 콕콕. 평소라면 화를 냈을 텐데, 지금은 그러거나 말거나이다.
도훈은 넋을 놓은 사람처럼 멍하니 천장만 바라볼 뿐이었다.

"몸은 좀 괜찮냐?"

형이 미쳤다는 도빈의 연락을 받고 도훈의 집을 찾은 진영이 물었다.

"드레싱 받으러 왜 안 왔어?"

도훈은 대답하지 않고 눈만 끔뻑거렸다.

"과장님이 너 괴물이래. 지금까지 담당하셨던 환자 중에 회복력 제일 빠
르다고. 미쳤대."

도훈이 듣기 싫다는 듯 미간을 찌푸렸다. 반응이 그 모양이니 진영도 더
는 대화하기를 포기하고 소파에 앉았다.

"어떻게 교통사고 당한 걸 애인한테 숨길 수가 있냐. 미친놈."

"맞아, 이 미친놈."

도빈은 진영의 말에 생글생글 웃는 얼굴로 맞장구를 치며 신랄하게 욕을
뱉었다.

"형은 맨날 저 혼자만 멋있지. 저 혼자만 잘났어, 그렇지?"

놀란 진영이 그를 쳐다보았다.

"입에 시계추라도 달았냐? 말하면 세상 무너진대?"

"뭐야, 너 미쳤어?"

진영이 주의하라고 경고했으나 도빈은 픽 웃으며 말을 이었다.

340

"형은 형수님을 위한답시고 말 안 한 거지. 어차피 외국에 가 있는 사람 말해봤자 걱정만 시킨다고. 그게 위해주는 거라면서, 그렇지?"

도빈이 거칠게 내뱉자 도훈이 눈동자만 굴려 그를 노려보았다.

"말 안 하는 게 훨씬 더 최악인데. 형수님이 받을 충격을 생각하면 진짜 그건 말도 안 되는 거야."

"……."

"나는, 나는……."

도빈이 서서히 안색을 굳혔다.

"나는 아직도 형 이해 못 해."

도빈이 억눌린 음성을 터뜨렸다.

"내가 매일 좋다고 웃으니까 다 잊은 거 같지?"

도훈이 입술을 꾹 일자로 다물었다.

"나 수능 한 달 전에 우리 아빠 죽은 사실 말 안 하고 속인 거, 엄마랑 둘이서 짜고 나 몰래 장례까지 다 치른 거."

"……."

"나 수능 보는 데 지장 생길까 봐 말 안 했다는 건 다 변명이야. 형도 알지?"

옆에서 보고 있던 진영이 깊게 한숨을 내쉬었다. 역마살이 낀 건지, 모험가적 기질이 있는 건지, 도훈의 아버지는 도빈이 어렸을 적부터 밖으로 자주 나돌았다. 당연히 아내였던 미라와 하루가 멀다 하고 다툼을 했고, 결국 도훈의 아버지는 이혼 후 한국을 떠나 전 세계를 자유롭게 탐험했다. 해외 이곳저곳을 나도는 그는 가장으로서 무책임했을지는 몰라도, 도빈은 유난히 그를 참 좋아하고 따랐다. 4년 전까지만 해도 전교에서 1등을 놓쳐본 적이 없을 정도의 모범생이었던 도빈은 365일 책상 앞에서만 시간을 보냈고, 그런 그에게 자유로운 영혼이었던 아버지는 이상향이자 꿈이었다.

그리고 4년 전 도빈이 19살 되는 해, 수능을 한 달 남기고 아버지와 연락이 끊긴 도빈은 도훈에게 왜 연락이 되지 않느냐고 물었고, 도훈은 아버지가 오지로 여행 가셨기 때문이라고 거짓말을 했다.

"그게 어떻게 위하는 게 될 수가 있어."

사실은 해외에서 희소병에 걸려 싸늘한 주검이 되어 돌아왔음에도.

"말 안 하고 꼿꼿하게 굴면, 그게 있어 보여?"

한 달 후, 만점짜리 수능 성적표를 손에 쥔 도빈은 진실을 알고 배신감에 치를 떨었다. 그때부터 도빈은 엇나가기 시작했다. 미라나 도훈과 한마디도 섞지 않았고, 수석으로 합격한 한국대에서 몇 달 버티다가 곧바로 자퇴서를 제출했다.

"진짜 위한다면 솔직해져야 해. 숨기는 거 없이 다 말해버리는 거. 그걸 어떻게 판단하든 그건 듣는 사람 몫인 거고.

"……."

"그게 진짜 애정인 거고, 위해주는 거야."

그 말을 끝으로 도빈은 자리에서 벌떡 일어나 제 짐을 배낭에 챙기기 시작했다. 진영의 어디 가냐는 질문에 자유를 찾으러, 라는 대답을 남기고 홀연히 사라졌다.

"……아휴, 분위기 왜 이래. 또."

도훈과 둘이 남은 진영은 땅이 꺼져라 한숨을 내쉬었다. 그날 이후, 도빈은 아버지와 똑같은 삶을 살기 시작했고, 도훈은 말은 안 했지만 늘 그가 삐뚤어진 것에 책임을 느껴왔다.

"……하."

도훈도 한숨을 내쉬며 눈을 지그시 감았다.

결국 서연은 도훈의 집에 가지 못했다. 호텔 룸에 들어온 서연은 트렁크를 아무렇게나 방치하고 침대에 웅크리고 앉았다. 짐을 풀기는커녕 건들지도 않고 그저 눈만 꼭 감았다. 답답해서 이대로 콱 죽어버릴 것만 같았다. 눈가가 시큰거려 침대 헤드에 머리를 콩콩 박았는데,

"하……."

그렇게 울어놓고 또 눈물이 난다.

"인체의 신비네."

서연이 크게 숨을 들이쉬었다가 내쉬었다. 서연은 고개를 내리고 휴대전화를 바라보았다.

"넌 나 안 보고 싶니……."

도훈의 번호를 한참 동안 노려보던 서연은 이내 눈물을 흘렸다. 망망대해에 홀로 버려진 돛단배가 된 기분이었다.

진영도 돌아가고, 도훈은 혼자 집에 남았다. 또 송장 흉내를 내던 도훈은 곧 홀린 사람처럼 일어나 비척비척 2층 서연의 방으로 올라갔다. 그녀의 침대 위를 천천히 쓸다가, 하얀 벽을 천천히 쓸다가, 옷장 안의 옷들을 쓸다가, 서연이 없는 빈자리, 그녀가 남긴 흔적들을 스쳤다.

강서연.

강서연.

그 석 자를 되새기듯이 그녀의 물건들을 이유 없이 만지작거렸다.

"강서연……."

도훈이 희미하게 웃었다. 서연의 붉은 볼은 못 견디게 사랑스러웠다. 당황한 표정이 보고 싶어 괜히 짓궂게 놀려보기도 했고, 충동적으로 키스해보기도 했다. 시시각각 변하는 반응이 그렇게 귀여울 수가 없었다.

토끼처럼 놀라 움찔거리는 서연의 어깨도, 보석처럼 또렷하게 빛나는 서연의 동공도, 한 줌에 들어오는 잘록한 허리조차. 저를 보며 사랑한다고 오물오물 속삭이던 농염한 입술도.

그 어떤 것도 포기할 수 없었다.

'말 안 하고 꼿꼿하게 굴면, 그게 있어 보여?'

절대 포기할 수 없었다.

'진짜 위한다면 솔직해져야 해. 숨기는 거 없이 다 말해버리는 거.'

도훈이 눈을 천천히 감았다가 떴다.

'그게 진짜 애정인 거고. 위해주는 거야.'

무엇이 문제의 시작이었던 걸까. 처음 운명의 진실을 알게 됐을 때, 도훈은 적극적으로 수도 없이 서연에게 다가왔었다. 결정이 무서워 그런 그를 피해 이기적으로 도망친 쪽은 서연 자신이었다. 그는 서연에게 매일같이 수십 통을 걸어왔지만, 그녀는 모조리 받지 않았다. 그렇게 액정에 보이면서도 외면했던 도훈의 번호. 그 수십 통의 전화를 무시했던 대가일까. 더 이상 서연을 찾지 않는 도훈을 이해하면서도 더러 원망스러워지는 마음을 감출 수가 없다.

"만약……."

그때 그의 전화를 무시하지 않고 전부 받았다면 지금쯤 어땠을까. 기절한 다음 날 도훈이 두고 간 약을 먹고 집에서 얌전히 그를 기다렸다면 지금쯤 어땠을까.

"한심해……."

……6년 전과 똑같은 실수를 반복하지 않았다면 어떻게 됐을까.

서연은 고개를 푹 떨구고 연락처 목록에 들어갔다. 도훈과 마찬가지로 보기만 해도 눈물이 흐르는 번호를 액정에 띄웠다.

"……엄마."

전화해봐야 연결되지 않는 숫자들.

"아빠……."

서연에게 부모님의 번호는 평생의 후회였다. 부모님의 번호가 휴대전화에 뜰 때마다, 철없던 서연은 귀찮아하면서 안 받고는 했다. 그들도 상처를 받는다는 것을 모르고, 이기적이게도.

어머니가 끓여준 죽과 약을 방치하고 집에서 말없이 가출했던 6년 전 그 날. 그날도 서연은 휴대전화에 뜬 번호를 보고 밀려오는 귀찮음에 냉혹하게 전화를 끊었다.

그 전화가 부모님이 걸 수 있었던 마지막 전화임을 모르고.

몇 번이고 후회했다. 그들의 마지막을 몰랐던 것을. 죽음을 앞두고 아스라이 꺼져가는 정신 속에 온 힘을 쥐어짜 그녀에게 걸었을 마지막 전화를 받지 않았던 것을.

[서연아.]

후회하고 또 후회했다.

[널 사랑하는 사람에게 소홀하지 말아라.]

그들이 살아생전 마지막으로 보낸 문자를 보고 코웃음 친 것을.

그 문자를 마지막으로 다시는 그들을 볼 수 없다는 것을 알게 되었을 때, 서연은 매일매일을 후회와 고통 속에 발버둥 치며 보냈다. 사랑해주는 사람에게, 똑같이 엄청난 사랑으로 보답해주는 좋은 사람이 되는 것. 그들이 마지막으로 서연에게 남긴, 하나뿐인 소원이자 유언이었다.

그리고 그들이 세상을 떠난 지 6년이 지났다. 그 세월 동안 세상의 때가 덕지덕지 묻은 서연은 전처럼 사랑받고 큰 공주님이 아니었다. 겉모습도 점점 초라하게 바뀌었고, 내면도 점점 가난해졌다. 사랑 듬뿍 받던 구김살 없는 아이는 이제 사라지고 없었다. 어느 순간 아무에게도 사랑받지 못하는 상황에 익숙해졌다. 모든 게 변했다. 그 문자를 받았던 휴대전화도 두 번이나 바꾸었다.

그러나 서연은 아직도 그들의 번호를 지우지 못하고 있다. 6년이 흘렀음에도, 아직도 그들의 번호가 보이면 눈물이 흐른다. 늘 사랑한다는 말을 전하지 못했다. 그들의 사랑에 소홀함으로 보답했던 것을, 서연은 아직도 후회한다.

"……으."

지금도 서연의 눈에는 눈물이 흐른다.

"……윽 ……흑."

지금 액정에 뜬 도훈의 번호는 서연에 대한 도훈의 애정이다. 휴대전화를 움켜쥔 손 한가득 울리는 진동은 서연에 대한 도훈의 애정이다.

'널 사랑하는 사람에게 소홀하지 말아라.'

그는 서연을 사랑해준 소중한 사람이다.

"흐으…… 윽……."

도훈에게서 온 전화를 물끄러미 보던 서연은 홀린 듯 손을 들어 전화를 받았다.

도훈은 연결된 전화를 받으며 작게 숨을 몰아쉬었다. 고개를 뒤로 꺾은 도훈은 한 손으로 제 얼굴을 가렸다. 한참 동안 서로 말을 하지 않았다. 고요한 숨소리와 서연의 흐느끼는 소리만이 공백을 메꿀 뿐이었다. 그렇게 한참이 지났다.

-……어디야.

겨우 입을 연 도훈이 잔뜩 쉰 목소리로 물었다.

"……한국. 방금 왔어."

서연 또한 심해처럼 가라앉은 목소리로 대답했다. 또 한참 동안 정적이 이어졌다. 숨 막힐 만큼 오랫동안 이어지던 정적은, 도훈이 입을 열며 깨졌다.

-와줘…….

그 말을 듣는 서연의 동공이 갈대처럼 흔들렸다.

-아파…….

"……."

-네가 없어서…….

서연의 심장이 병 걸린 듯 발작하기 시작했다. 눈앞이 뿌옇게 흐려졌다.

-보고 싶어…….

그 말에 서연이 무의식의 작용처럼 벌떡 자리를 박차고 일어났다. 휴대전화와 지갑 하나만 챙겨 미친 듯이 룸 밖으로 빠져나왔다. 택시를 잡으러 가는 길에 서연은 전속력으로 달렸다.

"하아……. 하아……."

오랜만의 뜀박질이었다. 한 사람을 향한 마음이 이렇게까지 선명하게 스며들었다는 것을 보여주는 그런 벅찬 뜀박질. 벅차오르는 숨마저 달콤하게 가슴에 스며드는 기분이었다.

택시에서 내리고서도 서연은 정신없이 뛰어 대문을 열고 집 비밀번호를 눌렀다. 문을 여니 도훈이 주머니에 손을 꽂은 채 벽에 기대서 있었다. 삐뚜름하게 서 있던 그가 천천히 일어나 제대로 섰다.

"아……."

그 순간 서연의 세상이 캄캄해졌다. 여기저기 멍들고 다친 도훈을 보자 서연의 눈가에서 눈물이 주르륵 흘러내렸다.

"흐…… 윽……."

어쩔 줄 모르며 눈물을 쏟은 서연은 얼른 도훈에게로 달려가 그의 얼굴을 양손으로 감쌌다. 가슴이 찢어지다 못해 온 세계가 산산조각이 나 무너져 내리는 기분이었다.

"다쳤어……?"

"……."

"어쩌다가 이랬어……!"

다친 그를 본 순간, 모든 원망도 계산도 새하얗게 잿더미가 되어 날아갔다.

"교통사고……."

"윽……. 흐윽……."

"너 출국한 날."

그제야 그가 일주일간 연락하지 않았던 이유를 서연은 깨닫게 되었다. 걱정시키기 싫어서 혼자 이 무게를 견디고 감당한 걸까. 억장이 무너져 눈물을 닦을 생각도 하지 못하고 도훈의 얼굴을 떨리는 손으로 쓰다듬었다. 자신이 독일에서 연락을 기다리며 그를 원망할 때, 홀로 쓸쓸하게 아파하고 있었을 것으로 생각하니 미안함이 몰려왔다. 서연과 도훈은 한참 동안 말없이 허공에서 시선을 마주했다. 이내 두 사람은 누가 먼저랄 것도 없이 서로를 와락 끌어안았다. 서연은 기력이 몸에서 빠져나오는 감각마저도 좋아서 눈물이 멈추지를 않았다.

"흑……. 도훈 씨……."

이 다정함을, 이 온기를 지난 시간 동안 얼마나 그리워했던가. 대체 무슨 자신감으로 이 남자 없이 살 수 있다고 생각한 걸까.

"미안해……."

도훈은 나직하게 중얼거리며 미치도록 그리웠던 그녀를 더욱 세게 끌어안아 품에 넣고 토닥였다. 울음으로 파르르 떨리는 등을 부드럽게 쓸었다.

"사랑해……."

도훈이 서연의 얼굴을 뜨겁게 감싸 올려 뽀얀 이마에 입을 맞추었다. 다시 두 육체가 한 치의 틈도 없이 무덥게 겹쳐져 서로를 위로했다. 서연은 그의 품에서 엉엉 아이처럼 울어버렸다. 이대로 불완전한 몸으로 돌아가도 상관없다는 생각을 하며. 무슨 일이 있어도 이제 그의 옆에서 절대 떨어지지 않겠다고 결심하며.

겨우 진정한 서연은 쓰러질 것 같다고 느끼며 몸을 뗐다. 시간은 벌써 밤 10시였으나, 서연과 도훈은 온종일 한 끼도 먹지 못했다. 서연은 아픈 도훈을 소파에 앉히고 부엌으로 가서 혼자 식사 준비를 했다. 두 사람은 말없이 고요한 분위기 속에 식사를 했다. 달각거리는 식기 소리와, 음식물을 씹고 삼키는 소리만이 공간을 메울 뿐이었다.

"교통사고 당한 거, 왜 말 안 했어요?"

정적 끝에 서연이 포문을 열었다.

"말하지. 일이고 뭐고 다 때려치우고 왔을 텐데. 도훈 씨 옆에 같이 있어 줬을 텐데……."

슬픔에 목이 턱턱 막혀 와 서연은 젓가락을 내려놓고 물을 마셨다.

"……너 걱정시키기 싫었어."

도훈은 차분하게 말을 이었다.

"말 안 하는 게 널 위하는 거라고 혼자 착각했어. 내가 잘못 생각했어."

"……."

"미안해."

"……치, 그렇게 말하면 내가 할 말이 없잖아요."

서연이 흐릿하게 웃었다.

"그래도 심한 게 아니라 다행이에요. 밥 많이 먹어요. 그래야 회복하지."

사실은 도훈의 이마에 붙은 거즈와 온몸을 뒤덮은 상흔에 가슴이 무너지고 있었다. 졸음운전을 했다던 그 트럭 운전자를 확 죽여버리고 싶다는 난폭한 생각도 했다.

"이제 우리 서로 연락 안 한 거 쌤쌤인 거로. 없었던 거로 해요."

눈을 지그시 감았다가 떴다.

"이제까진 원망스러워서 보자마자 확 들이받고 싶었는데, 이렇게 약해진 거 보니까 꼭 안아주고 싶어."

서연은 입맛이 씁쓸했다.

"내 귀를 의심했잖아. 천하의 백도훈이 나한테 아프단 소리도 하고."

"……아픈 건 사고가 아니라 너 때문에."

"……."

"날 버리려는 너 때문에."

순간 움찔한 서연의 눈꺼풀이 잘게 떨렸다.

"……하하, 오늘따라 왜 이렇게 솔직하게 나오지."

서연이 제 입술을 초조하게 쓸었다.

"하나만 물을게요."

그동안 상처받기 싫어 고슴도치처럼 날을 세웠다.

"만약 내가 헤어지자고 하면…… 어떻게 할 거예요?"

맘에도 없는 소리를 떠보듯 물었다. 잠자코 얼굴을 일그러뜨린 도훈은 대답하지 않았다. 그 침묵에 심장이 아릿해서 서연은 더욱 입을 아무렇게나 놀렸다.

"뭐…… 남자들 주로 하는 말처럼 행복을 빌어주나?"

"……."

"나보다 더 좋은 남자 만나서 꼭 행복해야 해, 뭐 그런 거……?"

도훈은 눈을 가늘게 뜨고 그런 서연을 지그시 보았다. 심장이 따끔거리는 감각을 느끼며 서연이 입술을 깨물었다.

"아니."

도훈의 까만 눈이 서연의 적갈색 눈동자를 정확히 꿰뚫었다.

"네가 불행해 미치기를 바랄 거야. 괴로워서 하루하루 사는 게 지옥으로 느껴질 만큼."

"……."

"매일매일 밥도 안 넘어가서 날마다 바짝바짝 말라가기를, 내 생각에 잠도 잘 수 없고 숨도 쉴 수 없을 만큼 괴롭기를."

서연이 숨을 꾹 멈추었다.

"그래서 결국 나에게 돌아오기를."

쿵, 쿵, 쿵. 내려치는 박동에 서연의 귀가 먹먹해졌다. 여린 심장이 까맣게 물들었다.

"어렵게 생각하지 말고 단순하게 생각해. 강서연이 날 좋아하고, 강서연이 나 사랑하면 이대로 둘이 가면 되는 거야. 평생. 영원히 같이."

"……."

"내가 널 짐으로 여길까 봐 무섭다고 했나?"

"……."

"어느 바보가 사막 한복판을 걷는데 짐이라고 물병을 버려."

두근, 두근.

온몸을 타고 흐르는 피가 빨라지고 용광로에 푹 담가진 기분이었다. 뜨겁게 내리쬐는 시선에 어찌할 줄 몰라 손끝이 파르르 떨렸다. 수분 하나 없는 척박한 사막 한복판을 걷다가 지쳐 손에 든 물병이 무겁게 느껴지더라도, 그것은 생명줄이었기 때문에 손에서 놓을 수가 없다. 도훈의 저 한마디는 그가 서연 없이는 살 수 없다는 것을 뜻했다.

"⋯⋯나한테도."

서연이 힘겹게 입술을 열었다.

"나한테도 확신이란 게 필요해요. 도훈 씨의 사랑이 정말 내 목숨을 다 걸어도 될 만큼의 정도인 건지."

"⋯⋯."

"감정이, 사랑이 눈으로 보이지 않아 불안해요."

서연이 솔직하게 제 심정을 털어놓았다. 도훈이 담담하게 시선을 아래로 내리며 식탁에서 일어났다.

"따라와."

정면으로 꽂히는,

"눈으로 보여줄 테니까."

거칠게 충돌하는 날것의 감정.

"아⋯⋯!"

심장에 화살을 맞은 사람처럼 바르르 떠는 서연의 손을 도훈이 빠르게 낚아챘다. 그가 이끄는 데로 후들거리는 다리를 옮기자 도착한 곳은 2층 복도 끝의 방이었다.

"여긴⋯⋯."

처음 그의 집에 들어왔을 때부터 신경 쓰였던 도어록이 달린 그 방. 서연이 긴장으로 뻣뻣해진 고개를 들어 도훈을 바라보았다. 덤덤하게 시선을 받던 도훈은 이내 비밀번호를 누르기 시작했다.

띠.

띠.

띠.

17. 하나가 되는 밤

　서연은 긴장된 얼굴로 도훈이 비밀번호를 누르는 모습을 지켜보았다. 방 안에 무엇이 있을지는 전부터 서연이 항상 궁금해했던 것이었다. 일전에 유라가 들어가지 말라며 의미심장한 말을 남기고 사라졌던 것을, 서연은 아직도 똑똑하게 기억한다. 대체 안에 뭐가 있기에⋯⋯?

　"들어와."

　도훈이 서연을 붙잡고 훅 끌어당겼다. 방 안으로 들어선 서연의 눈동자가 일순 흔들렸다. 블랙홀에 빨려 들어간 것처럼 온몸의 장기가 팽팽 도는 기분이었다.

　⋯⋯그림? 여자의 얼굴이 그려진 스케치가 사벽을 빈틈없이 메우고 있었다. 대충 보아도 수백 장이 넘는 종이들은 벽이 보이지 않을 만큼 온 방 안을 뒤덮고 있었다. 뒷머리가 쭈뼛 설 정도로 기괴한 광경이었다. 살짝 굳은 서연이 홀린 듯 다가가 그림 한 장을 벽에서 떼어냈다.

　"⋯⋯."

　자세히 확인한 서연이 이내 그 옆에 있는 그림을 또 떼어냈다. 한참 들여다보던 그녀가 또 한 장을 떼어내 확인했다. 수도 없이 계속 떼어 확인했다. 한 열 장쯤 내리 확인하자 어렴풋이 확신이 들었다. 이 여자 아무리 봐도⋯⋯.

나?

전신에 오싹 소름이 끼쳤다. 자신의 얼굴만 집요하게 그려져 있는 종이가 끝도 없이 이어졌다. 종잇장을 떼어내 보는 서연의 손동작이 더욱더 빨라졌다. 떼고 또 떼도 결과는 같았다. 이 방 안을 메운 수백 장의 종이가 전부 서연의 얼굴이었다. 일부는 오래된 듯 누렇게 바래 있었고, 일부는 몇 년 되지 않은 듯 아직 새것 같은 빛깔을 띠고 있었다. 선을 쓰는 수준이 예사 솜씨가 아니었다. 이 정도 실력이면 꽤 오랫동안 꾸준히 드로잉을 해왔다는 증거다.

그림을 그리는 게 취미? 왜 말을 안 했을까? 그런데 이 수많은 내 얼굴들을 날 만나고 전부 그렸다고? 같이 산 이후로 한 번도 그가 그림을 그리는 것을 본 적이 없는데?

극심한 혼란이 찾아왔다. 머리가 차게 식었다가 뜨거워지기를 반복했다. 서연이 몽롱하게 고개를 돌려 도훈을 올려다보았다. 설명을 요구하는 눈빛이었으나, 도훈은 말없이 그곳에 있을 뿐이었다. 서연은 홀린 듯 그를 툭 지나쳐 구석에 있는 이젤로 다가갔다. 이젤 위에 미완성으로 남아 있는 유화 역시 서연 자신의 얼굴이 그려져 있었다. 서연이 손을 뻗어 그림 테두리를 천천히 쓸어내렸다. 흐르고 흘러 오른쪽 하단에 닿자 바늘에 찔린 듯 흠칫 손을 거두었다.

"⋯⋯."

연약한 눈꺼풀이 혼란으로 나부꼈다.

"날짜가⋯⋯."

예전에 이런 생각을 한 적이 있었다. 자신의 업보가 현생에까지 남아 이렇게 힘들게 하고 있다면, 자신이 죄를 진 남자에게도 무언가 증상이 있지 않을까 하는⋯⋯ 그런 생각.

"⋯⋯8년 전."

이젤 아래쪽에 작게 적힌 날짜는 약 8년 전이었다. 너무 놀란 서연은 제 입을 콱 틀어막았다. 그러지 않으면 비명이라도 새어 나올 것만 같았다. 8년 전이면 그와 서연은 아직 만나기도 한참 전이었다.

"……10년 전에."

들려오는 목소리에 흠칫한 서연이 고개를 돌려 도훈을 올려다보았다.

"10년 전부터 어떤 여자가 거의 매일 밤 꿈에 나왔어."

거칠게 흔들리는 동공을 막을 수가 없었다.

"말도 없었고, 현실의 사람도 아니라고 생각했어. 그런데……."

"……."

"좋아서 죽을 것 같은 거야. 눈을 떠도, 감아도 계속 생각나는 거야. 이름도, 나이도, 아무것도 모르는데. 오류 난 기계처럼 이유 없이 그 꿈속 여자가 내 머릿속을 떠나지를 않았어."

서연의 머리가 댕댕하고 울렸다. 예전에 그가 자신에게 했던 이야기들이 퍼즐처럼 하나둘 맞춰진다.

'그 눈 밑에 점은 원래부터 있었어요?'

거친 숨이 목 아래까지 턱턱 막혀온다.

'내 머릿속에 10년 동안 자리 차지하고 떠나지 않는 여자가 있거든.'

머릿속을 마구 헤치며 어지럽힌다.

'만나고 싶다고 해서 만날 수 있는 상대가 아니니까.'

"설마……."

'왜 그동안 안 나타났어?'

"설마 그게……."

"맞아."

도훈의 목소리에 그녀가 위태롭게 휘청거렸다.

"너야."

심장에 무자비한 타격이 왔다.

쿵.

쿵.

쿵.

"……."

나?

내가 꿈속에? 그것도 10년간?

"……말도 안 돼."

10년간 짝사랑했다던 여자가 나였어?

"무당 말이 그 모습은 전생의 네 모습이라고 했어. 너와 나는 전생에 이어지지 못했고, 미련을 버리지 못한 내가 만든 허상이라고. 전생에서부터 널 그리워해서, 지금의 내가 널 만나기도 전에 머릿속으로 만들어냈다고."

"어떻게 그런 일이……."

서연은 당혹감에 새파랗게 질린 얼굴을 했다. 그녀가 주춤 뒷걸음질 쳤다.

"너라면 어떨 것 같아?"

도훈이 한 발짝 다가서며 나지막하게 속삭였다. 커다랗게 벌어진 서연의 눈이 정신없이 깜빡였다.

"10년간 꿈에서만 그리던 여자가 눈앞에 나타났어."

도훈이 한 발짝 더 서연에게 다가섰다. 움찔한 서연은 파르르 떨며 한 발짝 더 뒷걸음질 쳤다.

"강서연이 내 눈앞에 나타났어."

"……."

"내가 널."

도훈이 성큼성큼 걸어 서연을 벽으로 쾅! 거칠게 몰아붙였다.

"이만큼 사랑했어."

서연의 등 뒤에 다닥다닥 빼곡하게 붙어 있는 종이 수백 장이 일제히 펄럭였다.

"이래도 몰라?"

10년간 한 여자만을 쫓아 달려온 세월의 잔해들.

"난 너 하나만 보면서 지금까지 살아왔어."

사랑하는 남자의 입술이 토로한다.

"그런데 네가 왜 날 떠나."

답을 논하기 전에, 애초부터 다른 보기는 존재하지도 않았다고.

"이런 날 네가 어떻게 버려."

난 처음부터 너 하나였다고.

"뭐라고 말해야 믿겠어?"

도훈이 입술을 서연의 얼굴 위로 가까이 내리자 깜짝 놀란 그녀가 몸을 바르르 떨었다.

"네가 날 바닥까지 떨어뜨린다 해도 좋아."

형형히 빛나는 도훈의 눈동자가 서연을 뚫어지게 노려봤다.

"네가 지금 날 죽인다고 해도 좋아."

벽으로 그녀를 완전히 몰아세운 그는 서연을 절대 놔줄 수 없다고 시인했다.

"나는……."

꿀꺽, 서연이 침을 삼키고 도훈을 커진 눈으로 올려다봤다.

"너 하나만 원해."

그의 시선에 몸이 흐물흐물 녹다 못해 이성까지 까맣게 증발하는 기분이었다. 도훈은 초식동물처럼 가늘게 떠는 서연을 직선으로 내려다보았다. 가슴이 저릿해서 입술을 아프게 깨물었다.

그래, 네가 날 무서워해도 이제 어쩔 수 없어. 도훈이 한 손으로 고개 숙인 서연의 턱을 잡아 들었다. 그의 품에 꽁꽁 갇혀진 서연은 옴짝달싹할 수 없었다.

"이게 내 솔직한 진심이니까."

강렬하게 맞부딪친 두 사람의 시선이 치열하게 스파크를 일으켰다. 서로를 뚫어져라 바라보던 그 순간, 갑자기 도훈의 셔츠가 여린 악력에 쭉 거칠게 확 잡아당겨졌다. 투두둑, 그의 셔츠 단추가 하릴없이 뜯어질 정도로 거센 힘이었다.

쾅, 순식간에 역전되어 서연에게 밀린 도훈의 등이 벽에 강하게 부딪혔다.

"아……."

아직 부상이 낫지 않은 몸이라 신음이 터졌다. 탁, 작은 손이 도훈의 어깨 옆 벽을 강하게 내려치듯 지지했다. 도훈이 감은 눈을 떴으나 다시 감을 수밖에 없었다. 그 고통을 전부 잊게 해줄 만한 달콤함이 바로 뒤를 이었기 때문이었다.

"잘 들어."

서연이 씹어 먹을 듯이 뱉으며 한 손으로 도훈의 목덜미를 강하게 끌어당겼다.

"우리."

위태롭게 바싹 까치발을 들었다.

"한날한시에 같이 죽는 거야."

그 말을 끝으로 새빨간 입술이 다급하게 그의 입술 위를 덮었다. 파열하듯 거세게 접촉한 서연은 정신없이 도훈의 입술을 잡아먹기 시작했다. 그 키스가 자멸적인 행위라는 것을 보여주는 듯 도훈의 앞니에 의해 찢어진 연약한 입술에서 붉은 선혈이 터져 흘렀다. 아픔도 모르고 그의 맨 살결을 갈급하게 만지며 도훈의 입술을 강력하게 빨아들였다. 살짝 떨어진 서연은 온몸에서 힘이 빠져나가는 듯한 기분이 들어 휘청였다.

"하아……. 각오해."

서연의 가슴이 오르락내리락 요동쳤다.

"날 버리면 죽여버릴 거야."

도훈이 반쯤 벗겨진 셔츠를 빠르게 벗어 던졌다.

"너도 해."

피가 고인 서연의 입술을 엄지로 뜨겁게 쓸었다.

"또 내게서 도망치면 그땐 같이 죽는 거야."

심장이 터질 것처럼 박동했다. 뭐라 말을 잇기도 전에 도훈의 입술이 그녀를 와르르 덮쳐왔다. 좁은 입 안에 정복하듯 밀려 들어온 뜨거운 열기가 서연의 점막을 살살 긁어내렸다. 서연이 바르작거리며 뒤로 빠지자 도훈의 혀가 깊숙이 치고 들어가 그녀를 정신없이 탐했다. 말캉한 혀가 빠르고 끈적하게 엉켜 서로를 필사적으로 옭아맸다.

"으음……."

그에게 빨리면 빨릴수록 몸에서 생기가 훅훅 빠져나가는 게 느껴졌다. 봄에서 여름으로, 여름에서 가을로, 가을에서 겨울로. 곧 서연의 다리가 폭설 속에 놓인 나무처럼 후들거렸다. 결국 하릴없이 쓰러지려는 육체를 도훈이 번쩍 안아 들었다.

"아!"

순식간에 시야가 핑그르르 돌자 놀란 그녀가 도훈의 어깨를 꽉 끌어안았다.

쿵.

그가 훅 밀어붙인 탓에 서연의 등이 거칠게 벽에 부딪히고, 문이 흔들리는 소리가 시끄럽게 울려 퍼졌다. 도훈은 서연이 떨어지지 않도록 그녀의 허벅지와 말랑한 엉덩이를 팔로 단단히 지탱했다.

"꺅!"

그대로 서연을 더욱 문에 꽉 밀어붙이자 매끈한 다리가 도훈의 허리에 찰싹 감겼다.

"몸, 몸 조심해야 하는 거 아니에요? 상처 다 안 나은 거……."

"쉿."

"으음……!"

도훈의 입술은 서연의 입술을 과녁 삼아 무차별하게 사격을 가했다. 입술 사이에 그녀의 양 입술을 끼워 물고 사정없이 빨아들이자 가녀린 몸이 움찔움찔 떨었다. 서연의 심장에서 방출된 작은 파동이 피부 밖으로까지 폭발하며 흘렀다. 응어리가 터지는가 싶었던 찰나, 길고 윤기 흐르던 머리카락이 점점 짧아지며 목덜미를 훤하게 드러내기 시작했다. 볼록한 가슴은 흔적도 없이 납작하게 꺼지기 시작했다. 점점 창백해지는 피부는 온 생기를 빨린 듯 수분을 잃고 시체처럼 바짝 말라갔다. 각오했으나 막상 온몸을 정복해오는 감각은 무서웠다. 그 막막한 공포에 덜컥 겁을 집어먹은 서연은 저도 모르게 눈물을 글썽였다.

"침대로 가자……."

도훈이 촉촉해진 서연의 눈가를 할짝 핥으며 속삭였다. 서연이 도로 짧아진 손톱을 도훈의 어깨에 박고 고개를 끄덕였다. 그런 행동이 더욱 자극이 되어 도훈의 신경을 흥분시켰다. 도훈이 서연을 안아 들고 제 방으로 향해 침대에 바르게 눕혔다. 남자 같은 모습도 사랑스러워 죽겠다는 듯 웃으며 서연의 허벅지를 천천히 쓰다듬었다.

"도훈 씨……."

"왜?"

"얼른, 얼른 키스해요."

서연의 재촉에 도훈이 픽 웃었다.

"네 입술, 터졌는데 안 아픈가?"

"이 정도는 참을 수 있어요."

서연이 도훈의 굵은 허리를 꼭 끌어안았다.

쪽.

"네 피에서 나는 향기 때문에……."

쪽.

"자제가 안 돼."

그 말을 끝으로 다시 맞춰진 입술은 마치 서연을 모조리 삼켜버릴 것처럼 거칠게 움직였다. 자그마한 입술 사이로 뜨겁게 치고 들어간 혀가 서연의 잇몸을 콕콕 쑤시며 난도질했다. 이성까지 빨아들이는 그의 강력한 흡착이 이어졌다. 평생을 서연 하나만 바라봤다는 것을 증명하는 맹목적인 키스였다. 도훈이 서연의 삐죽삐죽한 뒷머리에 손을 찔러 넣고 다른 한 손으로는 얇은 블라우스를 벗겼다. 거칠어진 숨결을 토해내며 입술을 떼었다.

"하……."

창문 틈으로 새어 들어온 따스한 달빛이 서연을 흠뻑 적셔 새하얀 살결이 시리게 빛났다.

"……사랑해."

쿵, 쿵, 도훈의 심장이 폭발할 것처럼 요동쳤다.

"사랑해, 서연아……."

손을 내밀어 그녀의 말랑한 볼을 쓸고, 가느다란 목덜미를 쓸고, 보드레한 가슴까지 쓰다듬으려는 순간, 도훈의 목울대가 크게 일렁였다. 움푹 팬 쇄골 아래 평탄한 곡선을 이룬 가슴이 점차 보름달처럼 뽀얗게 차오르고 있었다. 곧 브래지어 컵이 꽉 차고도 남을 정도로 부풀어 오른 젖가슴 위로 적갈색 머리카락이 부드럽게 하느작거리며 실선을 그리기 시작했다. 침대까지 넘쳐흐른 머리카락을 빤히 보던 도훈은 시선을 올려 서연과 눈을 마주쳤다. 그의 심장이 쿵 내려앉았다.

"……."

도훈은 그대로 딱딱하게 멈춰버렸다. 똑똑히 두 눈으로 목격한 절경에 세상이 멈춰버린 기분이었다. 또 한 번 사랑에 빠진 남자처럼 모든 사고가 일시정지 되어버렸다. 도로 생기를 되찾은 서연은 가느다란 팔을 뻗어 동상처럼 멈춰 있는 도훈의 목을 훅 끌어당겼다.

"나한테 또 반했나……?"

서연이 생글생글 웃으며 장난스럽게 속삭이자 도훈의 머리가 전기로 찌르르 울렸다. 전혀 도훈답지 않은 숙맥 같은 반응에 재미있다는 듯 서연이 입꼬리를 미세하게 말아 올렸다.

"미리 말할게요."

쪽, 서연이 상체를 들어 도훈의 입술에 입맞춤했다.

"나 이제 도훈 씨가 다른 여자 만나면 그 여자 쫓아가서 머리채 잡고 다 뜯어놓을 거야. 그 여자 대머리 만들어놓을 거야."

"……."

360

"그리고 도훈 씨한테 갈 거야. 죽기 전까지 당신 때리고 죽으면 나도 같이 죽어버릴 거야."

서연이 조곤조곤한 어투로 으름장을 놓았다. 그러나 도훈은 여전히 멍한 얼굴로 서연을 내려다볼 뿐이었다.

"무섭지?"

"……."

"집착하는 거 같지. 되게 부담스럽지."

서연이 제 몸 위를 장악한 도훈을 똑바로 올려다봤다.

"느껴."

지금 이 순간,

"부담 느끼라고 하는 말이야."

이 열띤 감정을 그의 가슴에 거세게 박아 넣듯이 혀를 발칙하게 놀렸다.

"도훈 씨에게 내가 되게 부담스러운 여자가 되었으면 좋겠어. 그래서 단 1분 1초도 내 생각을 안 하는 시간이 없었으면 좋겠어."

서연이 한 손으로 도훈의 뺨을 감쌌다.

"내 목숨 담보로 주고 당신에게 온 건데 이 정도는 바라도 되는 거 아니야?"

애초에 불공정할 수밖에 없는 관계.

"자기 영원한 사랑에 내 목숨 배팅했어."

그 모든 걸 감수하고 몸과 마음을 다 바쳐 백도훈이란 남자를 사랑하기로 결심했다.

"잠깐이라도 흔들려서 나 버리면 죽기 전에 죽여버릴 거야."

냉정한 목소리로 당당하게 선언했다. 그러나 숨길 수 없는 불안감에 여린 손이 파르르 떨리고 있었다. 가녀린 진동에 멍하던 도훈의 눈이 미세하게 흔들렸다. 그의 한쪽 입꼬리가 포물선을 그리며 올라섰다. 떨리는 서연의 손을 커다란 손이 확 낚아챘다.

"말이 많네."

그가 비식 웃으며 서연의 작은 입술에 피어난 핏방울을 살짝 핥았다. 연약한 입술 끝이 바들바들 떨렸다.

"내게 겁도 없이 협박하는 입이 이 입인가?"

커다란 몸의 그림자에 잠겨 꽁꽁 결박당한 채로 있었지만, 서연의 시선은 도전적으로 빛났다.

"그래서, 뭐?"

도도하게 응수하자 도훈의 손이 아래로 내려갔다. 큰 손이 서연의 스커트를 콱 움켜쥐었다.

"내가 반한 여자답다고."

"아……!"

도훈이 서연의 스커트를 잡고 확 잡아당겨 찢어버렸다. 좌아아악, 순식간에 촉촉하게 젖은 속옷이 드러나고 도훈의 손은 거칠게 서연의 허벅지 사이를 파고들었다. 순간 서연의 눈동자가 혼탁해지고 신음이 터져 나왔다.

"흐으읏……."

도훈의 길쭉한 손가락이 남긴 자극에 서연의 엉덩이에는 힘이 바짝 들어갔다. 도훈은 긴장하지 말라는 듯 말랑한 엉덩이를 토닥이며 웃었다. 다시 천천히 입술이 겹쳐지고 턱이 부드럽게 비틀렸다. 달아오른 입술 사이로 쪽쪽 서로를 탐하고 빨아들이는 음란한 소리가 요란하게 울려 퍼졌다. 들쑥날쑥거리는 숨을 가까스로 몰아쉬었다.

"아아……!"

이내 깜짝 놀란 서연이 눈을 꼭 감았다. 입술을 뗀 도훈이 서연의 작은 귀를 입 속에 문 것이다. 잘근잘근 음미하다가 둥근 귓바퀴를 따라 혀로 살살 핥았다. 숨이 거칠어지고 자꾸만 몸이 이상하게 반응하기 시작한다. 부끄러워진 서연의 얼굴이 잘 익은 토마토처럼 붉게 익었다.

"달다……."

도훈이 최상급 디저트를 먹은 사람처럼 속삭였다. 이내 그의 입술은 가느다란 목덜미를 타고 아래로 내려갔다. 참을 수 없다는 듯 팽팽하게 당겨진 브래지어 후크를 풀고 잡아채 바닥으로 내동댕이쳤다. 서서히 끓는 뚝배기처럼 단계를 밟아갔던 첫날밤과는 다른 난폭함에 서연이 침을 꼴깍 삼켰다. 도훈은 서연의 풍만한 유방을 이글이글 타는 눈빛으로 보다가 한 손으로 움켜쥐고 주물렀다.

"하아……!"

곧 뽀얀 가슴 위로 그의 입술이 첫눈처럼 내려앉자 교성이 짙어졌다. 핥고 또 빨고, 한참을 애무당하다가 유두를 물린 순간 눈앞이 흐릿해졌다. 반쯤 비명을 지르는 서연의 붉은 입술을 도훈의 입술이 부드럽게 틀어막았다. 한여름 아스팔트에 떨어진 아이스크림처럼 완전히 녹아버릴 것 같은 키스였다. 그의 손은 서연의 허벅지를 부드럽게 어루만지다가 천천히 안쪽 비밀스러운 곳으로 미끄러졌다. 그 은밀한 경로를 이내 도훈의 입술도 똑같이 따라갔다. 서연의 다리 사이로 도훈의 고개가 들어가자 서연이 허리를 격하게 들었다. 느릿하게 핥다가 격렬하게 빨리고서, 이내 깊게 혀가 박히자 서연의 온몸이 전율했다.

용암같이 뜨거운 입술은 우리에서 탈출한 짐승이라도 되는 것처럼 안 가는 곳이 없었다. 온전히 그녀를 소유하려는 듯, 몸 말단까지 구석구석 꼼꼼하게 휘저으며 난동을 부렸다. 감정을, 사랑을 끌어내어 수도 없이 여린 살갗에 방사했다. 쪽, 쪽, 오묘한 소리가 고요한 방 안을 가득 메웠다. 폭주하는 도훈 때문에 침을 삼킬 생각도 못 한 서연의 입 안이 흥건해졌다.

"하아……."

나른한 신음을 흘리는 서연의 입술은 믿기지 않을 만큼 섹시했다. 유혹에 자극받은 도훈이 또다시 폭풍우처럼 키스하는데, 돌연 서연이 살짝 그의 입술을 깨물었다.

"귀엽게 뭐 해……?"

입을 뗀 도훈이 쿡쿡 웃으며 물었다.

"나 살아 있다는 거, 잊지 말고 잔뜩 느껴줘……."

서연이 또 불안한 듯 칭얼거리며 도훈의 가슴에 얼굴을 묻었다. 단단한 근육이 설렘에 크게 부풀어 올랐다가 꺼졌다. 서연의 체향이 향기롭고, 촉감이 부드럽고, 목소리가 달콤했다.

좋고, 어여쁘고, 사랑스럽고.

도훈이 서연의 뽀얀 배에 입술을 푹 묻고 중얼거렸다.

"믿어."

솔직한 남자의 감정이,

"내 목숨이 붙어 있는 한, 너를 사랑하지 않는 시간은 없어."

은밀하게 날갯짓하며 여자의 심장을 살랑이며 파고들었다. 이내 어둠 속 두 남녀 육체 사이로 빠르고 격렬한 교류가 일어났다. 두 남녀는 사랑하지 못하고 머뭇거렸던 시간에 보상이라도 받으려는 사람들처럼 격렬하게 원초적 욕망을 풀어놓았다. 그의 이마에 조금씩 맺힌 땀이 굴러떨어져 서연의 홍조가 피어오른 뺨 위로 소리 없이 내려앉았다.

서연은 비명을 내지르며 도훈에게 매달렸다. 땀에 축축하게 젖은 서연의 손이 도훈의 목덜미에서 미끄러졌다. 그대로 도훈은 보물 같은 서연을 안아 올려 꼭 품에 안았다. 투명한 창밖으로 한가득 차오른 보름달은 그 어느 때보다도 아름다운 색을 뿜냈다. 달빛이 감동의 순간을 기리며 하나가 된 남녀를 환하게 비추었다. 그날 밤 두 사람이 함께 서로와 공유한 것은 사랑, 그 이상의 감정이었다.

독일 호텔의 스위트룸에 머무르고 있는 재경은 다이닝 룸에 앉아 벽에 걸린 시계를 말없이 바라보고 있었다. 똑딱, 똑딱, 시계가 움직이는 소리만이 고요한 룸 안을 울리며 끊임없이 이어졌다. 다리를 꼬고 앉은 재경이 제 무릎 위를 손가락으로 톡톡 건드리다가 눈을 지그시 감았다 떴다.

그러고는 두 번째까지 풀어둔 셔츠 단추를 하나 더 풀었다. 손을 뻗어 식탁 위에 올라와 있는 레드 와인을 투명한 잔에 조금 따랐다. 잔을 든 길쭉한 손가락이 나긋하게 원을 그리며 흔들자 오묘한 플로럴향이 다이닝 룸을 한 가득 메웠다. 향기를 음미한 후에는 입가로 가져다 대고 천천히 목으로 넘긴다. 곧 유리잔은 빈 잔이 되어 소리 없이 조용히 식탁 위에 내려앉았다.

재경은 식탁 모서리에 아슬아슬하게 올라와 있는 제 지갑을 끌어당겼다. 느릿한 동작으로 열고서 안쪽에 숨겨져 있는 서연의 사진을 꺼내 무표정한 얼굴로 한참 동안 바라보았다.

"난……."

환하게 웃고 있는 스무 살의 서연은 그 누구보다도 해맑은 얼굴을 하고 있었다.

"기회를 줬어."

높낮이 없는 어조로 아주 작게 중얼거렸다.

"찬 건 너야."

이내 툭, 식탁 위에 그녀의 사진을 고요하게 올려놓았다. 오른쪽에 둔 와인 병 위를 섬세한 손가락이 부드럽게 쓸어내린다. 곧 유연하게 와인병을 들어 올려 와인 잔 위로 쪼르르, 아주 작은 세기로 와인을 따랐다. 가느다란 물줄기가 끊어질 듯 연약하게 흘러내렸다. 잠자코 그 가냘픈 경로를 보던 재경이 이내 손을 직각으로 확 꺾고 식탁 위로 와인 한 병을 남김없이 부어버렸다.

촤아악! 엎질러진 와인은 잔을 넘어 식탁과 바닥, 재경의 다리에까지 엉망으로 넘쳐흘렀다. 대리석 재질의 식탁도 유리 재질의 와인 잔도 물기가 스며들지 않았지만, 축축하게 물들어 못 쓰게 된 것은 따로 있었다.

"……."

재경이 어둡게 물든 서연의 사진을 바라보며 가만히 눈가를 좁혔다.

"음……."

힘겹게 눈을 뜨고 나니 이미 해가 중천이었다. 밝은 햇살이 눈앞에 어른거리자 서연의 눈가가 가파르게 좁아졌다.

"아……."

서연이 얼굴을 붉혔다. 코앞에 어른거리는 살색의 향연에 어찌할 바를 모르며 주춤거렸다.

"……미쳤어."

어젯밤엔 정말 제정신이 아니었다. 기억이 의심스러울 정도였다. 그 어느 때보다도 격정적으로 사랑을 나누고 본능에 몸을 맡겨 짐승처럼 행동했다. 서로 이성을 잃고 거칠게 달려들어 잡아먹을 듯이 굴었던 기억이 아직도 선명하다. 절묘한 자극과 거기에서 느꼈던 오감이 자꾸만 새록새록 떠올라 또양 볼이 화끈 달아올랐다. 매트리스와 이불이 엉망진창이 될 정도로 수도 없이 도훈의 품에 안겼었다.

'믿어.'

쿵, 쿵. 또 심장이 뛴다.

'내 목숨이 붙어 있는 한, 너를 사랑하지 않는 시간은 없어.'

어젯밤 그의 황홀한 고백을 들었을 때 어떤 표정을 짓고 있었을까. 가슴이 철렁 내려앉던 감각이 아직도 생생했다. 서연이 빼꼼 고개를 들어 옆에 누운 도훈의 얼굴을 물끄러미 응시했다. 눈을 감고 조용히 자는 얼굴이 무서울 정도로 완벽한 대칭을 이루고 있어 사람이 아닌 조각상 같았다.

"심각하게 잘생겼네……."

저 날렵한 턱선에 베일 것만 같아 침을 꿀꺽 삼켰다. 어제 도훈은 짐승같이 몰아붙이다가도 서연이 힘들어하면 갑자기 신사가 되어 다정하게 어루만지기를 반복했다. 그 온도 차가 너무도 커서 관계를 갖는 내내 롤러코스터를 타는 기분이었다. 하지만 절대 놓아주지는 않았지. 지금도 마찬가지로 절대 놓아줄 수 없다는 듯, 곰 인형처럼 그녀를 가슴에 폭 끌어안고 있었다. 특히 찰떡처럼 맞붙은 가슴이 간질간질하고 화상 입은 것처럼 뜨거웠다. 서연이 얼굴을 붉히며 도훈의 얼굴을 뚫어져라 관찰했다.

"저기요?"

넌지시 불러본다.

"백도훈 씨."

푹 잠들었나……? 미동도 없이 가만히 있는 그가 어딘지 묘하게 느껴진다.

"도훈 씨!"

조금 크게 불러 봐도 여전히 조금도 움직이지 않는다. 서연이 그를 잠깐 물끄러미 보다가 쪼물쪼물 움직여 그의 귓가에 입술을 가져갔다. 헤헤 웃으며 아주 작은 소리로 연약한 날갯짓처럼 속삭였다.

"오빠……."

귓가에 꿀처럼 달콤한 목소리가 녹아내리자 이내 도훈의 입꼬리가 슬그머니 올라간다. 그가 눈을 번쩍 떴다. 서연을 와락 끌어안아 품 안에 가둔 후, 순식간에 그녀의 몸 위로 올라탔다.

"왜 불러?"

도훈은 서연의 머리부터 하나하나 꼼꼼히 뜯어보며 배부른 포식자처럼 나른하게 웃었다. 환한 그의 미소에 서연도 그만 웃음이 살풋 터져버렸다.

"뭐야, 깨어 있었어? 에잇. 음흉한 남자."

"오빠 소리 듣기 좋다. 한 번 더 해줘."

"ㅎㅎㅎ."

서연은 대답 없이 시선을 마주하고 짓궂게 웃었다. 도훈이 기대에 찬 눈으로 붉은 입술을 내려다보았다.

"음……."

서연이 애교스럽게 눈웃음쳤다.

"사빠?"

"……."

"육빠?"

"……."

"사점오빠?"

서연이 장난칠수록 도훈은 점점 시무룩해지고 있었다. 웃겨 죽겠다는 듯 깔깔거리던 서연이 도훈의 볼을 양손으로 감쌌다.

"아, 귀여워. 귀여워. 귀여워……. 우리 오빠 원래 이렇게 귀여웠나……?"

오빠라고 불러주니 또다시 잘생긴 입매를 길게 늘어뜨리며 웃는다. 길게 찢어진 까만 눈매는 서늘한 냉기를 흘리면서도 애정이 뚝뚝 묻어 나왔다. 도훈은 한참 동안 말없이 서연의 얼굴을 빤히 바라보았다. 지독하게 섹시한 눈빛으로 한시도 떼지 않고 바라보자 서연은 가슴이 콩콩 뛰기 시작했다.

"아니, 또…… 왜 그렇게 뚫어져라 본대……."

삐죽거리며 툴툴대봤지만, 여전히 웃으며 한참을 내려다본다. 계속 사랑스러워 죽겠다는 듯 말없이 바라보니 민망함과 긴장으로 몸이 바싹 곤두서는 것은 필연적인 현상이었다. 어찌할 줄 모르고 홍조가 새빨갛게 피어났다.

"치, 나 일어날 거야!"

괜히 투정 부리며 제 몸 위에 올라탄 도훈을 퍽 밀치고 몸을 일으켰다. 그러나 도훈이 그녀의 잘록한 허리를 휙 낚아채서 도로 침대에 눕혔다.

"꺅!"

엄청난 힘에 매트리스가 거칠게 출렁였다.

"이대로 일어나면 이쪽이 섭섭하지."

두근두근, 낮은 박동이 서연의 가슴을 기분 좋게 두드렸다.

"볼 엄청 빨갛다……."

도훈이 말꼬리를 길게 늘이더니 제 입술을 서연의 볼 위로 꾸욱 눌렀다. 서연의 보송보송한 볼을 감칠맛 나게 더듬으며 닿았다가 떨어졌다가를 반복했다.

"간, 간지러워……! 으악, 하지 마아!"

도훈은 꿋꿋하게 솜털 하나하나 간질이더니 물 흐르듯 핥고서 뽀얀 볼에 제 입술을 마구 비볐다.

"향기 좋아……."

길게 늘어진 입꼬리, 도훈의 입술이 새빨갛게 부어오른 서연의 입술 위로 가볍게 닿았다.

"그거 알아?"

나직하게 중얼거리며 천천히 미끄러져 키스마크로 울긋불긋한 가녀린 목덜미 위를 훑어 내렸다.

"너와 할 때마다 신기록이야……."

"으으……."

"너 이 모습 유지하려면 당분간 매일 해야겠다."

"매, 매일……."

"우리 서연이 잠 못 자서 큰일인데……."

"으아아악! 안 들린다! 안 들린다! 사람 부끄럽게 만드는 데 뭐 있다니까, 진짜!"

서연이 도훈의 입술을 꾹 눌러 멀리 떨어뜨렸다. 순순히 물러나는 듯하더니 도로 슬금슬금 접근한 도훈이 능글맞게 웃으며 잘록한 허리를 주물럭거렸다.

"더 먹을래, 정기?"

"네……? 으악!"

도훈이 이불을 휙 잡아다가 서연과 자신의 머리끝까지 한꺼번에 덮었다. 버둥거리는 서연의 배를 커다란 손바닥이 꾹 눌렀다. 서연이 화들짝 놀라 움찔움찔 바르르 떨었다. 도훈이 그녀의 예쁜 한쪽 손을 잡아다가 손등에 쪽 부드럽게 키스했다.

"뭘 믿고 이렇게 예뻐……."

이불 속에서도 선명하게 느껴지는 뜨거운 탐욕의 시선. 남자라는 것을 느끼게 해주는 눈빛에 서연의 살갗이 꼿꼿하게 곤두섰다. 서연이 부끄러워하며 고개를 왼쪽으로 꺾었다. 그러면서도 세상에서 가장 행복한 여자처럼 실실 웃었다. 그 웃음이 못 견디게 사랑스러워 도훈은 서연의 가느다란 손목을 한 손에 그러쥐고 위로 올렸다.

쪽. 도훈이 예쁜 겨드랑이에 입술을 부딪쳤다. 여리디여린 피부를 약하게 빨아들이자, 서연이 신음을 터뜨리며 자유로운 팔로 그의 목을 끌어안았다.

"하······."

곧 도훈도 단단한 양팔을 벌려 그녀를 꼭 품에 안았다. 보기 좋은 팔 근육이 가느다란 몸 위를 터뜨릴 것처럼 꽈악 포옹해왔다. 두 살결이 한 치의 틈도 없이 꽉 맞닿아 심장이 터질 것처럼 뛰는데도, 이상하게 안심이 되고 편안한 서연이었다.

"와아, 무당 아줌마 나 이러고 있는 거 보면 혀를 끌끌 차겠다. 찌질한 년, 박복한 년, 멍청한 년. 겨우 그깟 사내놈 하나 못 떨쳐서는! 하면서 고래고래."

도훈의 견고한 등 근육 위로 하얗고 가느다란 손가락이 꾸욱 세심하게 눌러졌다.

"그런데 어떻게 떨치지? 이렇게 매력적인 남자를 어떻게 떨치지?"

서연의 속삭임에 도훈이 소리 없이 웃었다. 안고 있던 서연을 풀어준 도훈은 불어터져 더욱 도톰해진 그녀의 입술에 다시 달게 키스하며 사랑의 표현을 아낌없이 했다.

"내게 와준 너······."

위에서 압박하며 눌러오는 거대한 체구에 서연은 가쁘게 몰아치는 숨을 느꼈다.

"후회 없게 해줄게."

그 말을 끝으로 도훈은 또다시 격하게 서연을 덮쳐왔다.

"꺅! 잠깐, 잠깐! 몸도 아픈데 무리하지 말지······!"

"강서연이 내 치료제야."

"아······!"

뜨거운 공기가 더욱 덥게 지펴졌다. 찢어질 듯한 교성과 서로를 탐하는 야릇한 소리만이 방 안을 뒤덮었다.

시간이 얼마나 지났을까, 서연이 식은땀으로 축축하게 젖은 손바닥으로 베개를 콱 움켜쥐고 풀썩 쓰러졌다. 거칠게 숨 쉬던 도훈도 그녀를 한쪽 팔로 안고서 옆에 몸을 뉘었다.

"좋다……"

"헤헤…… 나도 좋아. 너무 좋아요……."

쾌락에 물든 흐릿한 서연의 눈이 세상 그 무엇보다 치명적으로 느껴졌다. 도훈이 그녀의 눈가에 입을 맞추자 서연의 눈이 파르르 감겼다. 가녀린 속눈썹을 살짝 훑자 사랑스럽게 떤다.

"이거 너무 예뻐서 데리고 도망가야겠는데."

"응?"

"둘이서 몰래 도피 여행 어때."

"악! 또 그 소리!"

"이번엔 진짜인데."

서연의 입술이 툭 벌어졌다.

"날도 좋은데 드라이브하면서 바다 보러 갔다 오자."

"내일 월요일이잖아요?"

"내일 아침, 새벽에 돌아오면 돼."

"뭐야. 오늘 돌아오겠다는 얘기는 안 하네요?"

서연의 말에 도훈이 씩 웃었다.

"밤 되면 덮칠 거야."

그가 여린 귓불을 붉은 혀로 살짝 핥으며 속삭인다.

"못 이기는 척 넘어가 주면 돼."

도훈이 서연의 둥근 어깨를 미끈하게 쓰다듬었다. 서연이 부끄러워 빨개진 얼굴을 가리기 위해 도훈의 가슴에 얼굴을 묻었다.

"꺄…… 좋아. 당장 가자."

도훈의 가슴에 푹 눌린 입술이 꼬물거리며 애교를 피웠다.

"도훈 씨 먼저 씻고 나와용……."

그가 낮게 웃으며 서연의 정수리에 짧게 키스했다.

곧 도훈이 화장실로 들어가고, 그 틈을 타 얼른 바닥에 널브러진 속옷을 허둥지둥 껴입었다. 그 위에 옷까지 마하의 속도로 장착한 후 거칠어진 숨을 돌렸다. 안에서 샤워기 트는 소리가 들리자 괜히 묘하게 어색해져서 스리슬쩍 방 밖으로 나왔다.

"참, 근데 우리 또띠는 어떡하지? 멀리 데려가면 안 좋을 것 같은데…….
그렇다고 집에 혼자 둘 수는 없고. 애견 호텔에 맡겨야 하나."

또띠를 번쩍 안고서 심각하게 고민하던 서연이 근처 애견 호텔을 검색하기 위해 휴대전화를 찾아 들었다.

"어……?"

액정을 확인한 서연의 웃음기 가득했던 얼굴이 조금 수그러들었다. 도훈과 한참 행복했던 지난 밤중, 유라에게 문자가 도착해 있었다. 생각해보니 재경에게는 고맙다고 수도 없이 말하고 한국 가서 밥이라도 먹자고 인사까지 해놓고서 유라는 까마득하게 잊고 있었다. 서연이 조금 찜찜한 얼굴로 문자를 확인했다.

[서연 씨. 한국으로 먼저 돌아가셨다는 얘기 들었어요. 제가 괜히 두 사람 사이에서 오해 더 키운 것 같아서 내내 마음이 안 좋았는데, 둘이 잘 풀었으면 좋겠네요. 그럼 월요일에 회사에서 봬요.]

"……뭐야?"

내용이 당혹스러워 제 눈을 비비고서 다시 볼 정도였다. 수신인까지도 한 번 더 확인하고서야 유라가 보낸 문자가 맞다는 것을 확신했다.

"이 여자, 또 뭐 하자는 콘셉트야……?"

유라는 기내식 서비스를 거절하고 눈을 꼭 감았다. 재경과 월요일 밤 미리 얘기를 마치고 독일에 있는 내내 그와 서연, 둘이 있을 기회를 마련해주었으나 그녀는 결국 재경을 등지고 도훈을 찾아 한국으로 떠났다.

"……."

사실 이런다고 도훈과 자신이 잘될 거라고 기대한 것은 아니다. 지금 이 판에 자신이 낄 자리는 없다는 것쯤 그녀도 알고 있었다. 더욱이 월요일 밤, 도훈과의 짧았던 통화는 유라에게 있어서 사형 선고가 내려진 것이나 마찬가지였다.

"하……."

그날 재경의 차를 타고 집에 도착하자마자 도훈에게서 전화가 걸려왔다. 고의는 아니었으나 서연이 저 때문에 옛날 일을 알게 되었으니 도훈은 화를 낼 게 분명하다고 생각했다. 무서워 받을까 말까 한참을 망설였었다. 끊임없이 울리는 전화벨 소리를 초조하게 듣다가 큰 용기를 내 도훈의 전화를 받았었다. 그러나 예상과 달리 들려오는 목소리에는 화난 기색이라곤 없었다. 오히려 차분하게 가라앉은 목소리였다.

'자꾸 들먹이니까 내가 확실하게 말할게.'

차분하게 또박또박 한 글자, 한 글자 말하는 그의 목소리 앞에서 유라는 재판장에 선 죄인이 된 기분이었다.

'그날 나 몸살 때문에 상태 안 좋았던 게 팩트고. 난 오진영한테 너 부르지 말라고 했는데 그놈이 무시하고 부른 거고. 난 네가 집에 온 줄도 몰랐고.'

쏟아지는 말들에 한마디 대꾸도 못 하고 입술만 깨물었다.

'그때 너와 나 사이에 있었던 일은…….'

눈물만 흘렸다. 뒷말을 충분히 예상할 수 있을 것만 같아서.

'하……. 그래. 너 쥐새끼처럼 들어와서 우리 집 2층 끝 방 훔쳐봤으니까 잘 알겠네.'

가슴이 바늘로 찔리는 듯했다.

'내가 10년 전부터 강서연 많이 좋아했어.'

담담하게 이어지는 그의 음성은 사형을 선고 내리는 재판관이나 마찬가지였다.

'착각했어. 너를 그 여자로.'

심장이 산산이 가루처럼 부서지는 기분이었다.

'감기 기운 때문에 널 그 여자로 착각하고 그런 거라고.'

그 애틋한 사랑 고백과 지독하게 황홀했던 키스가 애초부터 자신을 향한 게 아니었다고.

'이제 됐어?'

이런 사실을 듣겠다고 지난 7년간 설명하라고 따지며 그렇게 고통 속에 살았던 걸까.

'이유 들으니까 속이 후련해?'

안 후련해. 나한테 그러지 말지 그랬어, 오빠.

그랬다면, 그랬다면…… 오빠와 나는 그냥 아는 오빠 동생으로 계속 지낼 수 있었을 텐데. 속으로 수도 없이 중얼거렸으나 결국 입으로 뱉지는 못했다. 그저 눈물만 하염없이 흐를 뿐이었다. 사실 알고 있었으니까. 모를 수가 없었으니까. 그 애정 담긴 행동과 언어의 주인이 저 자신이 아니었다는 것쯤. 그의 마음이 단 한 순간도 저를 향한 적이 없었다는 것쯤.

그냥 인정하기 싫었을 뿐이었다. 그의 인생에서 자신은 아무 의미도 없는, 지나가는 행인에 불과하다는 사실을.

진영과 도빈은 도훈의 집 앞에서 한참을 서성이고 있었다. 얼마 전에 도훈에게 소리를 꽥 내지르고 집을 나간 도빈은 뒤늦게 두려움과 현실감이 슬금슬금 밀려와 진영에게 SOS를 청했다.

"일단 빌어. 무조건 무릎 꿇고 빌어."

"우리 형 무릎 꿇는 거 비굴해 보인다고 완전 싫어하잖아. 오히려 역효과 날걸!"

"시끄럽고. 죄송합니다, 그날은 제가 약간 미쳤습니다, 다시는 형님께 소리 안 지르겠습니다, 당장 들어가서 말해!"

"아니, 솔직히 내가 사실만 말했지, 뭐 없는 얘기했어? 내가 볼 때 형수님이랑 형은 이대로 좋아. 저 백도훈 성질 더러워서 형수님한테 뭐라 말이

나 했겠어? 미안하다, 사랑한다, 그딴 오글거리는 말 했겠냐고!"

"그러니까 더 가서 사과하라고! 지금 도훈이 이별해서 초상집인데 너까지 기름 붓지 말고!"

진영이 꽥 소리를 지르며 도빈의 뒤통수를 퍽 때렸다.

"아! 아파!"

"네 형 10년 만에 솔로 탈출이었던 거 너도 알지? 너 초딩일 때부터 솔로로 살다가 서른둘에 겨우 사귄 애인이랑 깨졌는데. 너 같으면 토 안 나와? 세상이 토 안 나와?"

"토가 왜 나와! 난 일 년에 열 번은 더 깨지는데 그럼 토 열 바가지 해서 미이라 됐게?"

"아우. 내가 너 같은 저수준이랑 무슨 대화를 하겠냐."

그 말에 열 뻗친 도빈이 눈을 부리부리하게 떴다.

"뭐? 저수준? 나도 형 못지않게 공부 잘했거든!"

"그래 봐야 지금은 애인한테 차인 불쌍한 형 돈 뜯어먹고 연명하는 백수 주제에!"

두 사람이 꽥꽥대며 대문이 덜컹덜컹 흔들리도록 쿵쾅쿵쾅 몸싸움했다. 한참 그렇게 난동을 부리는데, 갑자기 현관문이 경쾌한 기계음과 함께 열렸다. 머리채 잡고 싸우던 진영과 도빈이 일순 멈추고 현관을 바라보았다. 무표정한 도훈이 캐리어를 들고 서 있는 것을 보고 진영과 도빈의 얼굴이 새파래졌다.

"뭐야, 설마 실연의 상처로 해외 도피……!"

"안 돼! 형! 형, 회사는 어쩌고!"

진영과 도빈이 빠르게 달려들어 도훈의 앞에 섰으나 도훈은 한마디 말도, 행동도 없이 우뚝 서 있을 뿐이었다.

"내가 제수씨한테 전화해줄까? 아님 독일 가서 제수씨 모셔올까?"

"형! 설마 죽으러 가는 건 아니지? 그렇지?"

두 사람이 시끄럽게 설득하며 난리법석을 떨었으나 도훈은 마네킹처럼 가만히 서 있었다.

그때, 갑자기 뒤에서 하얗고 얇은 손가락이 등장하더니 도훈의 볼을 콕 찔렀다. 계속 무표정하게 있던 얼굴에 놀라울 정도로 화사한 미소가 피어오르자 진영과 도빈이 경악했다.

"도훈 씨, 왜 여기 그냥 서 있어요? 얼른 가요!"

서연이 헤헤 웃으며 도훈의 팔에 다정하게 찰싹 달라붙었다. 도훈이 그런 서연의 어깨를 훅 끌어당기고 두 사람을 지나쳐 차고로 향했다.

"어? 동생님하고 친구분? 아침부터 무슨 일이에요?"

서연이 무슨 일 있었냐는 듯 헤실거리며 인사하자 도빈과 진영은 어이가 없어 딱딱하게 굳었다. 서연은 꼭 안고 있던 또띠를 차 안에 잠깐 내려놓고 그들을 향해 돌아섰다.

"그런데 어쩌죠? 집까지 찾아오셨는데, 저희 지금 바다로 놀러 가서요!"

언제 사이가 안 좋았냐는 듯 도훈과 서연은 찹쌀떡처럼 딱 달라붙어 떨어질 줄을 몰랐다. 그 와중에 도훈의 손은 계속 서연의 잘록한 허리를 쪼물딱거리고 있고, 그녀는 음흉한 손등을 살짝 꼬집어 떼어내며 민망하게 웃었다. 충격적인 장면까지 똑똑하게 목격한 도빈과 진영은 그대로 얼이 빠져버렸다.

"야."

도훈이 도빈을 보고 부르자 흠칫한 도빈이 땀을 삐질삐질 흘렸다. 도훈은 뒤를 돌아 차에서 또띠를 번쩍 안아 들어 도빈에게 안겨주었다.

"너."

"……."

"집 지켜."

"……."

"또띠 잘 보라고."

"네……?"

"할 일 없잖아."

도훈은 그 한마디만 남기고 서연을 차에 태우고 휑 사라져버렸다.

남은 도빈과 진영 사이에는 한참 동안 무거운 정적이 흘렀다. 이래서 남의 연애사에 참견하는 거 아니라고 했던가.

"뭐…… 저딴 게 다 있지……?"

여진은 아침부터 서연에게서 두 사람의 재결합 사실을 전해 듣고 다행이라는 듯 만족스럽게 웃었다. 물론 도훈은 상사로서는 끔찍하고 재앙 같은 인간이었다. 여전히 사직서는 서랍에 다소곳이 놓여 있고 언제든 탈 백싸가지 할 타이밍을 살살 노리는 것도 여전했다. 그러나 2년간 옆에서 본 결과 그는 절대 다른 여자에게 한눈팔 스타일이 아니었다. 일적으로 봐도 추진하기로 한 사안이면 목숨을 걸고라도 이뤄내는 직진 그 자체의 남자였으니 연애에서도 서연의 불안함을 상쇄해줄 수 있을 거라 확신했다.

[여진 씨! 들으셨어요? 두 사람 화해한 거!]

오후가 되자 뒤늦게 소식을 접한 진영에게서 호들갑스럽게 문자가 도착했다. 사실 두 사람이 싸운 건 아니지만 그런 줄로 알고 있는 진영이니 그렇다고 답장했다.

[이 시점, 저희도 가만히 있을 수 없죠.]

뭐라는 거야? 여진이 미간을 살짝 찌푸렸다.

[오늘 영화 보러 가실래요?]

심장이 뜬금없이 쿵 내려앉았다.

"뭐, 뭐야. 갑자기 뭔 영화."

당황한 여진의 얼굴에 혼란이 찾아왔다. 확실히 요즘 자꾸 진영만 보면 미묘한 기분이 드는 것이 사실이다. 특히 얼마 전 형철의 결혼식에 갔을 때 이후로 진영이 뭔가 전과 달리 보이는 것도 부인할 수 없는 사실이었다. 그래서 한참을 고민했다.

여기서 수락하면 쉬운 여자가 되는 건가? 왜 점점 그의 계략에 넘어가는 것만 같지? 어떻게 해야 후회가 없을까……!

"여진 씨, 영화 어땠어요? 기사 보니 어제 천만 돌파했다고 하던데!"

"기대한 만큼은 아니었던 것 같아요. 초반에는 흥미로운 요소가 많아서 확 끌려 들어가는 느낌이 있었는데, 중반부터 좀 늘어지더니 결말은 되게 싱겁던데요."

결국 데이트 신청을 수락한 여진은 진영과 함께 영화를 보고 나왔다. 관람한 영화는 현재 상영하는 것 중 예매율 1위에 달하는 대흥행 작품이었으나 여진의 성에는 차지 않았다.

"저런, 다른 거 볼 걸 그랬네요. 우리 여진 씨 소중한 주말인데 말이에요."

"괜찮아요. 그래도 봤으니까 이 영화가 별거 없다는 걸 안 거잖아요. 영화 내리고서 저거 재밌다던데 볼 걸 그랬다며 후회하는 것보다야 훨씬 낫죠."

이게 여진의 결론이었다. 일단 겪고 나서 별거 없다는 걸 알아야 나중에 쓸데없는 후회가 남지 않는다는 결론.

"오진영 씨는 어땠어요? 영화."

"전……."

진영이 능글맞게 웃었다.

"내용이 전혀 기억 안 나요."

"네?"

"여진 씨만 봤어요."

"아……."

"여진 씨만 보였어요."

진영이 티 없이 맑게 웃었다. 여진은 넋을 놓고 그의 얼굴을 쳐다보았다.

"……느끼 뽕짝. 진짜 비호감."

여진이 홱 고개를 돌렸다.

"우웩. 떨어져서 걸어요!"

괜히 성질을 부리며 또각또각 빠르게 앞으로 걸어갔다. 그러나 실상은 혼돈 그 자체, 저딴 진부하다 못해 끔찍한 작업 멘트에 왜 순간 움찔한 건지! 왜 순간 미묘하게 설렌 건지!

'게다가⋯⋯!'

두근두근. 이 느낌, 저번 한 번이면 착각이었을 것이다. 그런데 지금 뛰는 심장 또한 과연 착각에 불과할까. 여진이 혼란스러운 표정으로 입술을 잘근잘근 깨물었다.

그때, 빠르게 따라온 진영의 손이 여진의 손에 살짝 스쳤다. 흠칫 놀라 올려다보니 다정하게 웃으며 내려다보는 진영이 있었다.

"여진 씨."

수술대에서 메스를 잡던 견고한 손이었기 때문일까. 그는 버릇대로 마치 유리처럼 연약한 것을 다루듯 섬세하고 신중하게 여진의 손을 잡았다. 그 움직임이 부드러워 마치 구름에 감싸인 듯한 착각이 들었다.

"오늘 나와줘서 정말 고마워요. 식사도 대접하고 싶은데 시간 괜찮아요?"

"와, 바람 좋다!"

푸른 하늘 아래 투명하고 잔잔한 바닷물이 아름답게 넘실거리고, 바람은 따스하게 불어왔다. 아직 완연한 여름이 되기 전, 사람도 별로 없을뿐더러 바닷물의 색은 하늘을 그대로 품은 듯 영롱함을 유지하고 있었다. 이렇게까지 멀리 나올 줄 몰랐던 서연은 들뜬 기분으로 콩콩 뛰며 주변을 둘러보기 바빴다.

"도훈 씨 이리 와봐요! 빨리, 빨리!"

"천천히 가."

시원하게 부는 바람에 서연의 하얀 치맛자락이 펄럭였다. 그녀는 뭐가 그렇게 신났는지 아이처럼 방실방실 웃으며 저 앞으로 달려간다. 도훈은 멀리서 자신을 바라보며 손을 흔드는 서연이 사랑스러워 미소 지었다.

"좋아?"

"응! 완전! 이대로 확 승천해버릴 것 같아!"

서연이 생글생글 웃으며 목을 뒤로 쭉 꺾었다가 원위치시켰다. 귓가를 울리는 파도 소리를 들으며 바닷가를 따라 한참을 나란히 걸으며 웃었다.

"그거 알아요? 나 그 방 처음 봤을 땐 솔직히 조금 오싹했다?"

"역시 좀…… 그런가."

"그렇지! 내가 도훈 씨 좋아하지 않았다면 그거 그대로 철컹철컹 스토커 행이에요."

서연이 장난스럽게 웃으며 도훈의 팔뚝을 꼬옥 끌어안아 팔짱을 꼈다.

"내가 그렇게 좋으셨나? 응? 응?"

"몰라서 묻나."

"아아니이, 그게 아니구우. 그림을 엄청 엄청 많이 그렸잖아요."

"자고 나면 네 얼굴이 흐릿해져서, 널 기억하고 찾기 위해서 그리기 시작한 건데 좀 양이 많아지긴 했지."

"치, 조금은 무슨. 거기서 더 변명하지 마요!"

서연이 잡고 있던 도훈의 팔을 놓고서 그의 앞에 꼿꼿하게 섰다.

"난 내가 사랑하는 사람이 나를 그렇게 미친 척하고 사랑해줬다는 사실에 취해서 당분간 숨 막히게 행복해할 예정이니까. 내 행복 방해하면 혼나요!"

서연이 짐짓 무서운 척 경고하자 도훈이 귀엽다는 듯 웃었다.

"내가 좋아?"

"당연하죠, 흐흐."

"왜?"

"어?"

"넌 내가 왜 좋나 해서."

"어우……. 갑자기 그런 진지한 질문 타임? 나 막 오글거리는 대사 치면서 꽁냥꽁냥 그런 거 잘 못하는……."

쪽.

"읍!"

도훈의 입술이 기습적으로 서연의 말캉한 입술에 도장을 찍었다. 깜짝 놀란 그녀가 얼굴을 새빨갛게 물들이고 도훈을 흘겨봤다.

"잔말 말고 얼른 대답."

"으…… 못살아."

서연이 눈을 이상하게 찡그리며 웃었다.

"뭐랄까, 딱 단언하긴 힘든데."

"그런데."

"……그, 도훈 씨 얼굴만 보면 숨이 턱 막히고, 막 어질어질하고 현기증 날 것 같고, 심장도 터질 것 같고……."

"누가 들으면 무서워하는 줄 알겠네."

"바보. 긴장한다는 뜻이에요."

블랙홀처럼 새까만 도훈의 날카로운 눈동자는 내내 연약한 심장을 철렁하게 한다.

"도훈 씨는 맨날 나를 뚫어져라 쳐다보잖아. 뭐랄까…… 그 새까만 눈에 모조리 빨려 들어가서 내가, 내가 아니게 될 것 같은 그런 느낌. 그물에 낚여서 그대로 미지의 세계로 빨려가는 것 같다는 거 들어는 봤나."

"나랑 있으면 긴장 돼?"

"응, 그 어느 때보다 긴장해. 만난 지도, 같이 산 지도 꽤 됐지만…… 난 아직도 매일매일 긴장하고 그래요. 어제도 심장 멎는 줄 알았잖아."

도훈이 눈썹 한쪽을 들었다.

"그래서 매일매일 설레요."

멈칫했다.

"난 당신 이 잘생긴 눈도 좋고요, 이 오만하게 우뚝 솟은 코도 좋고요. 입술, 목, 쇄골, 근육 하나하나 다 너무 좋아요. 어떡하지?"

서연이 도훈의 얼굴을 감싸 안고 배시시 웃었다.

"다 내 거!"

"그거…… 고백?"

"응, 사랑 고백."

서연이 한 발짝 다가서서 꼭 도훈을 양팔로 끌어안았다.

"좋아해, 오빠."

달콤한 속삭임이었다.

"미치게 좋아해……."

폭발하는 감정을 가까스로 눌러 담은 도훈이 서연의 손을 살짝 붙잡았다.

"그럼 언제부터 내가 좋았어?"

"치, 또 이상한 질문."

서연이 픽 웃음을 터뜨리며 고개를 갸우뚱했다. 내내 사랑을 확인받고 싶어 하는 욕구는 자신뿐만이 아니라 그에게도 있을 것이다.

"글쎄, 언제부터더라……."

서연이 기억을 더듬었다.

"아, 예전에 우리 처음 술 마셨던 날. 오빠가 나한테 입술 예쁘다고 했었잖아. 그때 솔직히 많이 심쿵했어요."

"그때?"

"응. 예쁘다는 말도 너무 오랜만이었고, 굳이 하나 이유를 콕 꼽아서 말해 주는 것도 좋았어요. 그래서……."

"그래서?"

"……음, 그래서…… 음."

서연이 고개를 푹 숙였다.

"홀딱 반했나 봐."

개미만 한 목소리로 웅얼거렸으나 도훈의 귓가에는 똑똑하게 흘러 들어왔다. 서연이 조금 부끄러워서 시선을 피하고 쓸데없이 바다를 바라보며 아저씨처럼 에헴 헛기침했다. 도훈은 제 옷자락을 민망한 듯 붙잡는 예쁜 손가락을 느끼며 크게 웃음을 터뜨렸다.

"아이, 또 왜 웃고 그래요! 사람 민망하게!"

서연이 삐진 사람처럼 확 고개를 돌렸는데, 갑자기 커다란 손이 제 볼 위를 단번에 감싸왔다. 깜짝 놀라 눈을 반사적으로 감았다. 이내 도훈의 고개가 비스듬히 오른쪽으로 기울고 뜨거운 입술이 맞부딪쳤다. 아슬아슬하게 닿은 입술과 동시에 서연이 눈을 슬며시 떴다. 도훈은 나직하게 웃으며 그 앞에 멈춰 서 있었다. 제대로 입술을 누르지도 않고 정말 닿기만 한 채 도톰한 입술을 살살 건드린다. 입술의 주름 하나하나를 느끼듯이 천천히 살점을 비비자 간지러움과 동시에 소름이 오소소 돋았다.

쿵쾅쿵쾅, 지금 당장 심장이 멈춰도 이상하지 않을 만큼 뛰기 시작했다. 진한 키스보다 야릇한 입맞춤이었다. 애가 타서 안달이 나는 비밀스러운 행위였다. 곧 그의 입술 사이로 나온 뜨거운 혀가 머리를 들이밀어 그녀의 입술을 정교하게 핥았다. 할짝, 은밀한 소리가 울려 퍼지자 다리에 힘이 빠졌다. 뒤에서는 시끄러운 파도 소리가 배경음으로 한창이었다. 해일처럼 진해지는 키스를 천천히 받아들이며 턱을 미끈하게 벌렸다. 꿀보다 달콤한 도훈의 혀가 어김없이 진하게 서연의 입 속으로 침입한다. 도훈이 잘록한 허리를 더욱 끌어안자 연약한 등이 천천히 휘었다. 신혼여행 온 부부라도 된 양 격정적으로 키스하던 두 사람은 이내 멈칫할 수밖에 없었다.

"지금 뭐 해요?"

"으…… 악!"

어디서 들리는 어린 남자애의 목소리에 서연이 화들짝 놀라 도훈을 퍽 밀쳤다. 도훈이 제 입술에 남은 것을 쪽 빨아들이며 아쉬운 내색을 비췄다. 그리고 마음에 안 든다는 듯 목소리의 주인을 노려보았다.

"넌 뭐야."

언제부터 보고 있었는지 웬 초등학생 정도의 꼬맹이가 진득한 시선으로 올려다보고 있었다. 꼬마는 신기한 장면을 목격했다는 듯 눈을 반짝 빛내기 시작했다.

"아저씨 이 누나한테 지금 무슨 짓 했어요?"

움찔, 도훈의 입꼬리가 순간적으로 비틀렸다.

"아……. 저……."

포인트는 무슨 짓이 아닌 아저씨에 있었다. 심기 불편해 보이는 도훈의 표정을 보며 서연이 깔깔 웃음을 터뜨렸다.

"으하하, 그래. 아저씨지, 아저씨. 꼬마야, 너 되게 눈 좋다. 이 아저씨는 30대고 누나는 파릇파릇 20대야."

도훈이 눈을 크게 뜨고 깔깔거리는 서연을 응시하자 그녀의 웃음소리가 더욱 커졌다.

"둘이 결혼했어요?"

"어……?"

그 말에 서연이 움찔하고 도훈을 살짝 올려다보았다.

"이제 할 거야. 왜. 탐나냐."

도훈이 로봇처럼 무뚝뚝하게 응수했다.

"내 여자 노리는 놈은 꼬맹이고 뭐고 안 봐줘."

서연이 픽 웃으며 도훈의 팔뚝을 툭 쳤다.

"아휴, 뭔 애한테 질투하고 그래요."

도훈이 서연의 허리를 꼭 붙들고 경고하는 투로 말하자 서연은 어이가 없어 대꾸했다. 그러거나 말거나, 꼬마는 더욱 눈을 크게 뜨고 뚫어져라 도훈과 서연을 보았다. 하도 쳐다봐서 눈에서 미사일이라도 나가나 싶은 때, 꼬마가 입을 열었다.

"그럼 이 아저씨랑 누나랑 섹스하는 거예요?"

뚝. 호흡이 멈췄다.

"……뭐?"

"섹스하는 거냐고요."

순수한 호기심 가득한 꼬마의 입에서 태연하게 19금 단어가 튀어나왔다. 마치 술래잡기, 고무줄놀이 같은 수준의 게임처럼 자연스럽게 흘러나오니 이질감이 전혀 없을 정도였다. 서연의 얼굴에 화르륵 불이 붙었다. 뭐라 답을 해야 할지 몰라 아무 말 없이 어버버하고 있으니 갑자기 목 근처에서 무언가가 간질간질 느껴진다.

후, 도훈이 서연의 목에 입술을 누르고 뜨거운 숨을 골랐다. 발가락부터 야릇한 느낌이 우글우글 기어 올라왔다. 딱딱하게 굳은 서연이 오른손으로 입을 틀어막아 소리가 터지는 것을 가까스로 저지했다.

"그래, 해. 이제 매일 섹스할 거야."

하도 황당해 할 말을 잃고 침만 꼴깍꼴깍 삼키니 그가 부드럽고 다정한 미소를 걸치고 내려다본다. 잘록한 허리를 의미심장하게 쓰다듬으며…….

"그렇지, 여보야?"

도훈의 시선이 가느다란 목을 타고 동그란 보석 같은 눈동자까지 타고 올라갔다. 그 와중에 손은 말랑말랑한 허리를 살금살금 간질이며 미끈한 등으로 올라간다.

"……애한테 못 하는 소리가 없어요!"

서연이 곧 터질 것처럼 붉어진 얼굴을 양손으로 푹 가렸다. 재밌다는 듯 웃는 도훈의 웃음소리가 서연의 머리 위로 만연했다.

"후, 별일이 다 있네. 요즘 애들 진짜 빠르다, 빨라."

근처 식당으로 저녁을 먹으러 들어온 서연과 도훈, 쫄깃한 조개를 안주 삼아 술 한잔 곁들일 생각이었다. 서연이 소주병을 이리저리 흔들며 뽀글뽀글 올라오는 기포를 확인했다.

"소주로 되겠어? 어디 좋은 데 가서……."

"어머, 백도훈 촌스러운 거 봐. 부자라 그런가? 바닷가에 오면 소주를 먹어야죠. 소주. 조개엔 소주 몰라요?"

끼익, 뚜껑을 신명 나게 까더니 흥분해서 자신의 잔에 한가득 따랐다.

"도훈 씨랑 단둘이 사이좋게 술 마시는 거 오랜만이다, 그렇죠?"

신이 난 음성에 도훈의 입가에 희미한 웃음이 서렸다.

"응, 좋네."

도훈이 소주병을 들어 자신의 잔에도 따르려 하자 서연이 그의 손목을 빠르게 잡아 세웠다.

"어허! 환자가 무슨 술을 마셔요! 상처 회복 안 되게!"

서연이 소주병을 얼른 낚아채 가서 품에 꼬옥 안았다.

"이거 내가 혼자 몽땅 마실 거니까 도훈 씨 한 모금도 탐내지 말아요!"

눈을 부리부리하게 뜨는 서연이 귀여워 웃음이 나왔다.

"강서연 술 참 좋아해. 처음에 만났을 때도 제대로 취해 있었지."

"윽…… 잊어줘요. 내 흑역사야."

도훈이 집게로 노릇노릇하게 익은 조갯살을 뜯어 서연의 접시로 하나 옮겼다. 진주알처럼 뽀얀 자태가 딱 먹기 좋은 상태였다.

"아, 근데 이젠 말해줘도 되지 않나? 그날 우리 어떻게 만난 거예요? 난 기억이 아예 없는데 말이야."

예전에 와인 바에서 물어봤을 때 '모르는 게 좋을 텐데.'라는 의미심장한 대답만 돌아왔던 것을 떠올렸다. 서연은 도훈이 발라준 조갯살을 입 안에 머금고 오물오물 움직여 씹었다. 육즙이 톡 하고 터지고 감칠맛이 미뢰를 자극했다.

"나 택시 타고 집 가는데, 네가……."

도훈은 강아지처럼 잘도 받아먹는 서연의 접시로 한 개 더 옮겨주었다.

"갑자기 벌컥 문 열고 들어와서, 내 위에 엎어졌어."

오물거리던 입이 일순 멈추었다.

"아직도 생각나. 네 다리가 내 허벅지 사이로 파고들어서."

"……."

"당황했지."

꿀꺽, 서연의 침 넘어가는 소리가 크게 울렸다. 전혀 예상치 못한 이야기에 당황한 서연은 속으로 미친 듯이 절규했다.

"어쨌든 널 데리고 너희 집으로 갔는데, 키가 네 바지 뒷주머니에 있었어."

"그, 그래서요?"

서연이 바싹 긴장했다. 도훈은 그저 대답 없이 물잔을 들어 한 모금 마셨는데, 그 모습이 오히려 더 수상했다.

"설마 처음 본 여자 엉덩이를 막 더듬었다는 건 아니겠죠?"

서연의 얼굴이 붉어졌다. 눈에 띄게 동요하는 얼굴이 깨물어주고 싶게 귀여웠다.

"어루만졌는데."

도훈이 입술 끄트머리만 슬쩍 올리며 의자에 편하게 기대앉았다. 서연의 눈이 튀어나올 것처럼 커졌다.

"농담."

그 말에 서연의 눈이 도로 스르륵 작아졌다.

"흥, 하나도 안 웃겨요."

놀림 받았다고 생각했는지 입술을 부루퉁하고 내밀며 중얼거렸다. 도훈이 나직하게 웃으며 서연의 귀여운 볼을 살짝 꼬집었다.

"뭐, 결국 열쇠를 찾아서 안에 들어가 널 내려놓고 나오는데, 네가 내 목을 이렇게 확 감고."

도훈이 손을 훅 뻗어 서연의 목덜미를 확 끌어당겼다. 서연을 한입에 집어삼킬 듯이 다가온 도훈의 얼굴이 바로 한 뼘 앞에서 멈추었다.

"오빠라고 부른 거지, 그때는 내가 아니었겠지만."

"아……."

서연이 입술을 벙긋벙긋했다.

"좀…… 뒤로 가서 얘기해요……. 나 입 냄새 날 것 같은데…… 조개 많이 먹어서."

도훈이 주는 대로 넙죽 다 받아먹은 조개 때문에 입에서 비린내가 날까 걱정됐다.

"난 조개 맛있어서 좋아해."

"……."

더운 숨결과 불판의 열기가 섞여 몸이 달아올랐다. 서연이 가쁜 숨을 몰아쉬었다. 도훈의 눈이 가늘어지더니 서연을 더욱 자세하게 응시했다. 그녀는 그의 시선이 뜨거워 눈알을 도로록 굴리며 어찌할 줄 몰라 했다.

"네 예전 오빠 내가 중국으로 날려 보냈는데. 알아?"

"……아니, 그게……. 저, 음……."

김성찬이 중국 베이징 법인으로 발령받아 한국을 떴다는 사실은 여진에게 들어 알고 있었다.

"또 찝쩍거리는 놈 생기면 말해."

"……."

"중국이 아니라 목성으로 날려 보내지."

무슨 저런 대사를 저렇게도 진지하게 읊는지. 표정이 하도 심각해 진짜 목성으로 보낼 것만 같았다.

"그러고 보면 우리 서연이 주변에 오빠 참 많다."

"네? 무슨! 없어요, 하나도!"

"중국 오빠에 재경 오빠인지 뭔지 하는 놈까지 두 명이나 되네."

"두 명이 뭐가 많아요! 게다가 중국, 그 인간은 말 그대로 중국 갔고……. 그리고 재경 오빠는……."

"친오빠 같은 남자라고 말하면 여기서 딥키스당할 줄 알아."

"……미, 미쳤어."

서연이 빨개진 얼굴로 움츠러들었다.

"그리고 한재경, 일 외에는 절대 가까이하지 마."

도훈이 시선을 비스듬히 아래로 내렸다.

"그놈 뭔가 있어."

서연이 의문스러운 눈으로 도훈을 바라보았다. 왜? 재경은 자신이 한국에 돌아와 도훈과 다시 만날 수 있게끔 도와준 결정적인 역할을 한 사람이었다.

"조심해서 나쁠 거 없어. 무슨 일 생기면 나한테 바로 말하고."

도훈이 서연의 손을 단단하게 붙잡았다. 식탁 위에 맞잡은 두 손으로 인해 술잔의 표면이 넘실거렸다. 서로 말없이 시선을 마주하고 있는데, 갑자기 울리는 휴대전화 진동에 서연의 시선이 아래로 떨어졌다. 서연이 도훈의 손을 놓고 휴대전화를 들어 문자를 확인했다.

"아! 또띠다!"

액정에 한가득 떠오른 또띠 사진을 보내준 사람은 도빈이었다. 몇 주 전에 번호 교환을 한 이후 사실상 처음 연락하는 것이었다.

"또띠 보고 싶다. 또띠. 아, 너무 귀여워! 도훈 씨, 여기 또띠 사진!"

서연이 도훈에게 제 휴대전화를 내밀자 한참 들여다보던 도훈이 그대로 낚아채 갔다. 깜짝 놀란 서연이 멀뚱멀뚱하고 있는데, 도훈은 그녀의 휴대전화로 무언가를 하더니 도로 돌려줬다. 서연이 뭘 했나 싶어 고개를 갸웃하고 살펴보았다.

"아."

다시 보니 도훈은 서연의 휴대전화로 도빈에게 문자 메시지를 하나 전송해놓은 것이다.

[앞으로 나한테 연락하면 죽는다.]

"……아아아아악!"

기겁한 서연이 도훈의 다리를 퍽 발로 찼다.

"이러면 내가 보낸 줄 알잖아요!"

"그러라고 보낸 거야."

얼마나 마셨을까? 술병은 도미노라도 하는 듯 테이블 위에 일렬로 쌓이고 있었다. 어느새 식당에 사람은 전부 빠져나가고 도훈과 서연만이 남았다. 이제는 안주도 없이 좋다고 술을 벌컥벌컥 마셔대는 서연을 말릴 수 있는 사람은 없었다. 물 만난 고기처럼 술 만난 서연은 내일 없는 사람처럼 마셔대더니 결국 제대로 만취했다.

"오빵! 빨리 뽀뽀해됴요. 뽀뽀오오."

서연이 잔뜩 발갛게 달아오른 볼을 오물거리며 아양을 떨었다. 불과 몇 분 전까지만 해도 정상이었던 서연이 어느 순간 예고도 없이 확 이상해지기 시작했다. 여태 본 것과는 비교도 할 수 없는 레벨의 애교를 살살 떨며 정신없이 꼬리를 친다. 이렇게 귀여워도 되는 건가, 도훈이 나사 풀린 사람처럼 실실 웃으며 휴대전화로 동영상을 찍었다. 렌즈 안에 잔뜩 만취해 눈이 반쯤 풀린 서연이 들어왔다.

"서연아, 여기 봐."

"응? 뽀뽀……. 빨리이 해주세요오."

도훈이 픽 웃었다.

"서연이 나하고 뽀뽀하고 싶어요?"

"네!"

"그럼 이제 계속 한 침대 쓸 거예요, 안 쓸 거예요."

"쓸 거예요!"

"약속한 거야?"

"네에엥!"

"아…… 미치겠다."

도훈이 동영상 촬영을 마치고 고개를 내렸다.

"귀여워 죽겠네."

손끝으로 웃음 터진 입가를 가렸다. 다시 살짝 고개를 든 도훈은 서연과 눈을 비스듬히 마주했다. 서연이 웃느라고 가늘어진 눈으로 살살 토끼처럼 귀엽게 눈웃음쳤다. 도훈은 여기저기 만지고 싶은 욕구를 신사적으로 누르며 엄지로 액정 위를 부드럽게 쓰다듬었다.

그때, 서연이 갑자기 덥다고 징징대며 제 원피스의 지퍼를 내리려는 듯 손을 들었다. 놀란 도훈이 서둘러 그녀의 행동을 말렸다.

"더워."

"이제 여름이니까."

"더워서 벗을래."

"그래. 이따 벗겨줄게."

"벗고 싶다……."

도훈이 움찔했다. 서연은 제가 무슨 말을 했는지도 모르는 듯 멍하니 눈만 꿈쩍꿈쩍했다. 그 행동이 도화선이 되어 도훈의 심장을 불시에 자극했다. 도훈은 입 안이 끈적해지는 것을 느끼며 입술을 달싹였다. 눈을 감고 평정심을 되찾으려 노력했다.

"그만 마셔."

"한 잔만! 딱 한 잔만 더 마시자!"

"날 너무 믿네."

"언젠 믿으라며? 한 잔만, 한 잔만!"

"두고 간다."

"……씨이."

서연이 입술을 삐죽 내밀고 삐진 척했지만 도훈은 꿈쩍도 안 했다.

"아아, 한 잔마안. 한 잔만 더 서연이랑 같이 마시자아아. 응? 응?"

바로 전략을 바꾼 서연은 도훈의 손을 꼭 잡고 마구 흔들며 또 애교 작전을 펼치기 시작했다.

"오빠아……. 응?"

결국 필살기 오빠에 완전히 녹아버린 도훈은 홀린 듯 고개를 끄덕였다. 서연은 싱글벙글 웃으며 도훈에게 술을 넘치게 콸콸 따랐다. 그리고 제 잔에도 직접 따른 후 높이 손을 치켜들었다.

"짠!"

술잔이 시끄럽게 부딪쳤다. 도훈이 잔을 비우면서 건너편에 앉은 서연의 모습을 뚫어져라 응시했다. 술에 취해 해맑게 헤실거리는 말간 얼굴이 예뻐서 견딜 수가 없었다. 유연하게 뒤로 꺾인 새하얀 목선을 마주하자 입 안에 다시 뜨거운 침이 고였다. 마음 같아서는 지금 당장 안아 들고 저 하얀 목에 키스를 퍼붓고 싶었다. 간드러진 교성과 달콤한 살 내음을 떠올리자 머리로 피가 쏠렸다.

좌악!

"앗 차가워!"

만취한 서연은 술잔을 그대로 그녀의 머리 위에 들이부었다. 놀란 도훈이 자리에서 벌떡 일어났다. 다행히 하얀 얼굴은 빗나가 도드라진 쇄골을 타고 주르륵 흘렀다. 하얀 원피스가 축축하게 젖어 들어 속이 살짝살짝 비치기 시작했다.

"어? 오빠! 지금 비 오나 봐……! 나 젖었어!"

서연이 젖은 부위를 제 손바닥으로 꾹 눌렀다.

"왜 젖었을까? 왜? 왜 젖었을까?"

새하얗고 탐스러운 가슴의 윤곽이 얇은 섬유 아래 은밀하게 드러나자 도훈의 눈이 커졌다. 누가 볼까 황급하게 겉에 입고 있던 셔츠를 벗어 서연에게 입혔다.

"천장에 구멍이 뽕 뚫려버렸다! 꺄아악! 지구가 끝나간다!"

커다란 셔츠 속에 강아지처럼 쏙 들어간 서연이 알 수 없는 소리를 웅얼거렸다. 동그랗게 껌뻑이던 큰 눈이 갑자기 가느다랗게 작아졌다.

"아하, 네가 술 뿌렸구나! 괘씸한 백도훈……."

"너…… 많이 취했다."

비죽 내민 입술을 당장에 집어삼키고 싶은 것을 겨우 참았다. 도훈이 서
연의 팔을 움켜쥐자 안 취했다며 그의 팔에 뽀얀 볼을 연신 비비기 시작했
다. 아, 도훈이 마른침을 삼켰다.

"그래……. 이리 와, 착하지."

도훈이 그 어느 때보다 인내하며 서연의 허리를 끌어당겨 제 옆에 앉혔
다. 해롱해롱하던 몸이 이내 도훈에게로 풀썩 쓰러진다.

"난 네 식량이 아니야……."

"뭐?"

"어제 네가 내 엄지발가락 콱 깨물었잖아! 막 잡아다가 물고 빨고……."

도훈이 당황해서 서연의 입을 손으로 막았다. 그가 작게 한숨을 내쉬고
물컵을 들어 서연의 입술로 냉수를 천천히 부어주었다.

"마셔."

도훈이 억지로 입술을 벌려 물을 조금 넘기자, 서연이 울상을 짓기 시작
했다.

"너 나 구워 먹을 거지……. 내가 네 속셈을 다 알……."

"아니야, 안 구워."

"뻥을 살살 쳐……."

서연이 그의 가슴을 퍽 내려쳤다.

"이제 호텔로 들어가자."

"우웅……. 싫은데 서연이 오빠랑 더 마실 건뎅……."

"안 돼. 가자."

도훈의 목소리가 그 어느 때보다 다급했다. 지금도 정신이 아찔하게 끊겼
다 붙기를 반복하고 있었다.

"오빠……."

서연이 눈이 감기는 듯 꿈쩍꿈쩍하며 도훈의 팔뚝에 코알라처럼 찰싹 달

라붙었다. 말랑말랑하고 부드러운 가슴이 그녀의 움직임에 따라 도훈의 살결에 뜨겁게 비벼졌다. 아, 도훈이 왼손으로 얼굴을 푹 감싼 채 고개를 떨구었다. 온 신경이 바짝 곤두서고 머리가 터질 것 같다.

"오빠아……."

심장이 터질 것처럼 쿵쿵 뛰었다. 자신이 이렇게 저급한 남자였나 하는 자괴감이 들었다.

"강서연, 이제 가자…… 윽."

도훈이 낮게 음성을 씹었다. 서연의 손이 도훈의 그곳을 끈적하게 쓰다듬었다. 이상한 감각에 놀라 서연의 어깨를 살짝 밀며 뒤로 몸을 뺐다.

"너 지금 어딜……."

하아, 헤 벌린 입으로 붉은 혀가 안에서 촉촉하게 들락날락한다. 서연은 뜨거운 숨결을 야릇하게 내뱉더니 반쯤 풀린 눈으로 배실배실 웃었다. 도훈의 입술이 툭 벌어졌다. 말릴 틈도 없이 서연이 또 불쑥 손을 그곳에 갖다 대고 엉큼하게 문질렀다. 이제 막 더듬기 시작한 손에 당황한 도훈이 황급하게 서연의 손목을 잡았다. 그녀의 입꼬리가 발칙하게 말려 올라간다.

"와, 이거 봐, 바지 찢어지겠다…… 흐흐. 울 오빠 아주 힘이 넘치네!"

"너……."

"백도훈 너 남자다…… 읍!"

식겁한 그가 서둘러 손바닥으로 다시 서연의 입을 틀어막았다. 읍읍 소리치는 서연을 놔두고 주변을 두리번두리번 살폈다. 그때, 서연이 물컹한 혀를 쑥 내밀어 도훈의 손바닥을 쓱 핥자 그가 깜짝 놀라 떨어졌다. 서연이 해방된 입술로 다시 배실배실 웃으며 그의 가슴으로 강아지처럼 철썩 파고들었다.

미치겠네…….

도훈이 속으로 주기율표를 되뇌며 필사적으로 욕망을 가라앉혔다. 초조한 듯 입맛을 다시고서 옆에 멀찍이 떨어져서 흘끔거리는 주인아주머니에게 빛의 속도로 카드를 건넸다. 서둘러 택시를 부르려고 휴대전화를 켰다. 그런 도훈의 마음을 아는지 모르는지, 서연은 세상 평온한 모습으로 도훈의 어깨에 흐물거리는 노른자처럼 널려 있었다.

"너 나 구워 먹을……."

"안 구워."

한편 혼자 소파에 누워 또띠를 안고 뒹굴뒹굴하던 도빈은 갑자기 찾아온 극심한 외로움에 얼굴을 구겼다.

"백도훈은 형수님이랑 놀러 가고, 오진영도 여자 만나러 가고. 나만 버려졌어, 나만! 아주 다들 연애질하느라 살판났지!"

또띠의 머리를 쓱쓱 쓰다듬으며 투덜거렸다.

"흰둥이 넌 나 버리면 안 된다? 어? 응? 왜 대답 안 해? 어?"

또띠에게 대답을 종용했으나 당연히 말할 수 없는 또띠는 눈만 끔쩍 감았다가 떴다.

"게다가 이 문자는 또 뭐야, 형수님 번호로 보내면 내가 자기인 거 모를 줄 알았나! 말투가 완전 극혐 비호감 뚝뚝인데. 누가 봐도 백도훈 세 글자 쓰여 있는데!"

도빈이 아까 서연에게 받은 '앞으로 나한테 연락하면 죽는다.'라는 메시지를 보며 씨부렁거렸다.

"역시 난 흰둥이 너밖에 없어. 흰둥앙, 흰둥앙…… 억!"

도빈이 또띠를 끌어안고 흔들흔들하는데 갑자기 컹 짖더니 엄청난 속도로 와다다 저 멀리 탈주해버렸다. 충격받은 도빈이 식탁 아래로 숨어 궁둥이만 내밀고 있는 또띠를 허망하게 바라보았다.

"……에이 씨, 이게 다……."

백도훈 때문이야……!

결론이 이상하게 난 도빈이 자리에서 벌떡 일어나 2층 도훈의 방으로 올라갔다. 무언가를 뚝딱거리며 작업을 끝낸 도빈이 히히거리며 허리를 폈다.

"백도훈, 너도 어디 한번 당해봐라. 크하하하, 네 이미지는 이제 안드로메다행이다!"

도훈은 스위트룸 안으로 들어와 카드를 꽂고 불을 켰다. 서연은 여전히 도훈의 팔뚝에 찰싹 달라붙어 있었다.

"서연아, 안 졸리지?"

"응……."

"사람을…… 그렇게 자극해놓고."

쪽, 도훈의 입술이 서연의 이마에 천천히 내려앉자, 서연의 커다란 눈이 저절로 감겼다.

"자면 안 되지."

"응, 안 자……."

다람쥐처럼 오물오물거리는 서연의 입술을 나직하게 웃으며 바라보던 도훈이 서연의 몸을 벽으로 부드럽게 밀어붙였다. 그녀를 양팔 안에 꽁꽁 가둔 후, 이내 거세게 입술을 부딪쳤다. 붉고 도톰한 입술을 집어삼켜 버릴 듯이 우악스럽게 키스를 퍼부었다.

"으음……."

차가운 벽에 등이 딱 달라붙은 서연이 숨을 헐떡거리며 도훈의 티셔츠 자락을 꼭 잡았다. 그 사랑스러운 움직임에 도훈이 더욱더 억세게 서연을 벽으로 몰아붙였다. 수도 없이 턱을 비틀며 서연의 말캉한 입술을 저돌적으로 탐했다. 수도 없이 혀가 끈적하게 휘감겼다. 살짝 떨어진 입술에서 뜨거운 숨결이 산발적으로 터져 나왔다.

"으응……."

그녀의 다리 사이로 도훈의 단단한 허벅지가 비집고 들어가자, 서연이 움찔거리며 다리를 파드득 움츠렸다. 그럴수록 더 꾹꾹 비비며 누르는 성질에, 짜릿한 쾌감이 절로 터졌다. 조용한 스위트룸 안, 살결이 질척하게 비벼지는 소리만이 가득했다. 녹아내릴 것 같은 손길에 서연은 점점 더 도훈의 품 안으로 파고들었다. 도훈이 서연의 허리를 단단하게 그러쥐었다.

"아직도 믿기지 않아. 내 품에 있는 여자가 너라는 사실이."

쪽, 예쁜 콧잔등을 타고 도훈의 입술이 미끄러졌다.

"꿈이라면 이대로 죽는 것도……."

서연이 도훈의 목을 꼭 끌어안았다.

"나쁘지 않지."

그가 작은 몸을 번쩍 안아 들고 안쪽의 침대로 성큼성큼 걸어갔다. 잘 정돈된 침대 위에 서연을 풀썩 눕힌 도훈이 제 티셔츠를 벗었다. 근육 하나하나가 살아 숨 쉬듯 꿈틀거리며 서연을 원했다.

"나 구워 먹지 마……."

도훈은 만취한 서연의 붉게 상기된 볼을 쓰다듬으며 피식 웃었다.

"그래, 구울 필요 없겠다. 이미 뜨거워서."

그의 품에 안겨 뜨겁게 달궈진 서연의 몸은 더할 나위 없이 사랑스러운 온도였다. 도훈이 서연의 입술에 다시 키스를 퍼부었다. 연신 더운 숨결을 내뱉는 입술을 살살 핥다가 다시 입 안에 머금었다. 도훈이 서연의 가느다란 목을 약하게 쥐고, 아름다운 턱을 뒤로 젖혔다. 가느다란 목덜미를 따라 키스하기를 반복하며 도훈의 입술이 미끈하게 내려갔다. 그녀는 취중에서도 느껴지는 오묘한 감각에 입술을 꼭 깨물었다. 도훈이 서연이 입고 있는 제 셔츠를 빠르게 벗겼다. 하얀 원피스 위를 어루만졌다. 말랑말랑한 가슴이 갓 건져진 인어공주처럼 팔딱거리며 출렁거렸다.

"자면 안 돼."

"으응……."

"그래, 말 잘 들으니 예쁘다."

도훈이 입을 크게 벌려 축축하게 젖은 새하얀 천 자락을 통째로 입 안에 듬뿍 넣었다. 몰캉한 가슴살을 물고 강하게 빨아들였다.

"흐……."

아까 서연이 흘렸던 알코올이 도훈의 입 속으로 흥건하게 들어찼다. 알싸한 향취가 아찔했다. 서연은 거친 숨을 터뜨리며 상체를 움츠렸다. 도훈이 서연의 등 뒤로 손을 뻗어 지퍼를 쭉 내리자 더욱 움츠러들었다.

"씻고 싶어……."

잔뜩 젖은 몸이 찝찝했던 서연이 중얼거렸다. 도훈이 다정하게 웃으며 그녀를 안아 욕실로 향했다.

"세수하자."

도훈이 몸을 가누지 못하고 휘청거리는 서연의 허리를 감아 세면대에 엎드리게 했다. 긴 머리카락을 갈무리해 한 손으로 그러쥐고 물을 틀었다.

"눈 꼭 감아."

"우웅……."

말 잘 듣는 강아지처럼 꼬박꼬박 대답하는 서연이 귀여워서 자꾸만 웃음이 터졌다. 조심스럽게 손을 뻗어 서연의 뽀얀 얼굴을 살살 씻겨주었다. 살결이 부들부들 꼭 신생아처럼 보드랍고 말랑하다.

"아."

도훈이 짧게 소리 냈다. 갑자기 서연이 도훈의 엄지손가락을 앙 깨물었기 때문이었다. 진짜 강아지라도 되는 양 하얀 이로 물고 놔주지를 않았다. 그러다가 울상이 되더니 입을 살포시 벌린다.

"이게 뭐야……. 힝, 맛없어."

"그래? 설탕이라도 뿌릴까."

"꿀 발라서 앞뒤로 구워줘……."

술 취한 모습마저도 못 견디게 사랑스럽다. 눈이 시리게 예뻐 도훈의 가슴이 설렘으로 낮게 두근거렸다.

"이제 양치하자."

도훈이 비치된 칫솔의 포장을 뜯어 들고 서연의 입을 잡아 벌렸다.

"어떻게 입 안도 귀여워."

서연의 은밀한 입 속은 보기에도 작은 만큼 실제로도 작았다.

"키스하고 싶어지게."

"응?"

쪽, 반문하는 촉촉하게 젖은 입술에 입술을 다시 겹쳤다. 맞물린 틈으로 타고 흘러온 아찔한 알코올 내음이 빠르게 입 안으로 퍼지며 강렬하게 두 숨결이 섞였다. 도훈은 거칠게 혀를 밀어 넣어 좁은 입 안 구석구석을 핥다가 붉은 혀를 휘감아 매섭게 빨아당겼다. 대륙을 탐색하러 나온 모험가처럼 좁지만 알찬 입 안을 열정적으로 헤집으며 키스했다. 한참 만에 입술을 뗀 도훈이 서연의 턱을 살짝 잡았다.

"아."

"응?"

"칫솔 넣는다. 입 벌려."

서연이 작게 입을 벌리자 도훈이 그 틈새를 비집고 칫솔을 밀어 넣었다. 천천히 부드럽게 솔질하자 서연의 눈이 꿈쩍꿈쩍 움직인다.

"자, 물."

"응."

"먹으면 안 돼. 헹궈."

"우웅……."

퉤, 입 안까지 깨끗하게 헹궈주었다. 함께 샤워까지 마치고 나와 서연은 도훈의 허리를 잡고 대롱대롱 매달렸다. 도훈은 가운을 걸치고 허리끈을 느슨하게 묶었다. 똑같이 비몽사몽에 가운을 주워 입은 서연이 반쯤 감긴 눈으로 꼬물꼬물 꿈틀대더니 침대 위로 올라갔다. 도훈이 서연의 허리를 훅 끌어안아 품 안에 쏙 넣었다. 섬세하게 그녀의 갈비뼈 위를 어루만지며 뽀얀 이마에 입술을 대었다.

"서연아."

쪽. 사랑스러운 눈가에 키스했다.

"설마 자려는 건 아니겠지."

이어 보드라운 뺨에 계속해서 뽀뽀하자 서연이 감은 눈을 슬며시 떴다.

"우웅. 안 자, 안 자, 오빠……."

서연이 반달처럼 배시시 웃으며 그의 몸 위로 꼬물대며 올라갔다. 단단한 허리 위에 작은 엉덩이가 소리 없이 내려앉았다.

"네가 하려고……?"

도훈이 툭 웃으며 묻자 서연은 대답 없이 그의 입술에 제 입술을 가져다 댔다.

촉, 초옥……. 수줍은 입맞춤이 이어지자 애가 탄 도훈이 참을 수 없다는 듯 서연의 목덜미를 확 끌어당겼다. 저돌적으로 질주하듯 키스하며 망설임 없이 그녀의 가운 위를 더듬어 허리끈을 한 손으로 훅 끌러 내렸다. 단단하게 여며놓은 끈이 풀어지자 중력에 따라 벌어진 가운 자락이 아래로 추욱 늘어졌다. 도훈의 검은 눈동자가 느슨하게 아래로 떨어지더니 먹음직스러운 가슴과 잘록한 허리, 그 아래 아름다운 둔부를 차례로 집요하게 머무르며 웃음을 흘렸다.

"서연아……."

도훈이 눈을 천천히 감았다가 떴다. 벅차오르는 가슴을 느끼며 행복한 한숨을 내쉬었다.

"강서연……."

부드러운 뺨을 보듬듯이 감싸고 그 무엇보다 귀한 석 자를 불렀다.

"나에게 네 이름은 기적이야."

꿈에서 항상 이름을 물었을 때, 서연은 그 예쁜 입술로 잔혹하게 대답을 외면했었다. 10년간 수백, 수천 번 그녀의 이름을 물으며 그리워했었다.

"너란 여자와 함께하는 1분 1초가……."

도훈은 이 순간이 꿈처럼 느껴졌다.

"나에겐 전부 기적 같은 일이야."

서연이 힘겹게 상체를 일으켜 도훈의 눈을 똑바로 응시했다. 입을 열지 않고 있으니 꿈속 서연의 모습이 다시금 상기되었다. 언제라도 사라질 바람처럼 대답 없이 웃기만 했던 꿈속 강서연의 모습.

"나도…… 나도, 그래요."

몽롱한 서연의 입술이 작게 벌어졌다.

"바닥에 버려져 뒹굴던 나를 온몸으로 끌어안아 줬어. 한 치 앞도 안 보이던 내 인생에 마치 구원자처럼 당신이 나타났어. 이건 정말……."

서연의 커다란 눈가가 촉촉해졌다.

"이건 정말 기적이라고밖에 말할 수가 없어."

도훈의 눈가에 잔잔하게 미소가 번졌다. 서로가 서로에게 기적, 몸도 마음도 아낌없이 정열적으로 사랑할 수 있다는 그런 기적.

그 순간 서연 아래에 누워 있던 도훈이 허리를 벌떡 일으켰다. 여린 몸 위로 덤벼들어 그녀를 흐드러지게 눕혀 제 몸 아래로 깔았다.

"아!"

침대에 으스러지듯 육체가 눌리자 서연의 가슴이 사납게 들썩였다. 활짝 벌어진 서연의 가운 사이로 뜨거운 도훈의 숨결이 총알처럼 격정적으로 날아들었다.

"하아!"

도훈이 서연의 가슴을 열렬히 애무하자, 나지막이 벌어진 서연의 입술 사이로 열띤 숨이 흐릿하게 토해졌다. 애정을 듬뿍 담은 그의 입술은 서연의 신체 위에서 춤추듯 율동했다. 부드럽고 유연하게, 그 어느 때보다도 상냥하게. 서연이 잠꼬대처럼 희미하게 소리 내며 도훈의 머리를 꽈악 끌어안았다. 그는 새하얗고 부드러운 허벅지를 꾸욱 움켜쥐며 시선을 위로 들어 올렸다.

"예뻐……."

허벅지 안쪽을 핥는 그의 눈이 미소로 능글맞게 가늘어졌다. 발갛게 달아 오른 살결을 미식가처럼 한참 음미했다.

"재료로 따지면 최상급이네."

쪽.

"어떻게 구워줄까……."

도훈이 장난스레 물었다.

"으…… 미디움 레어……?"

그 와중에 꼬박 대답하는 서연의 입술 위로 도훈의 엄지손가락이 은밀하게 스쳐 지나갔다. 입술 주름 위를 더듬듯이 훑은 손은 그대로 내려가 서연의 보들보들한 오금을 둥그렇게 감싸 안았다.

쪽, 쪽, 쪽. 아무렇게나 탐하며 질주하는 입술은 독재자처럼 무자비하게 각인을 일삼았다. 낮게 굽힌 허리를 들어 올린 도훈이 서연의 턱 끝을 길쭉한 검지로 미끈하게 들어 올렸다.

"오늘은……."

그의 눈이 능글맞게 가늘어진다.

"웰던으로 하지."

퇴폐한 숨결을 섞어 섹시하게 속삭이며.

-오빵! 빨리 뽀뽀해됴요. 뽀뽀오오.

"으아아아악! 꺼요! 끄라고!"

서울로 올라가는 차 안, 도훈이 지난밤 찍은 만취 애교 동영상을 틀어주자 서연이 발작을 일으켰다. 부끄러움에 쥐구멍이라도 있으면 확 숨고 싶은 심정이었다.

-서연아, 여기 봐.

-응? 뽀뽀……. 빨리이 해주세요오.

"꺄아아악! 미쳤어! 저건 내가 아니야! 아니라고!"

얼굴부터 귀까지 토마토처럼 새빨갛게 물든 서연이 고래고래 소리를 질렀다.

"내 모닝콜로 딴 것 같아."

-서연이 나하고 뽀뽀하고 싶어요?

-네!

-그럼 이제 계속 한 침대 쓸…….

"꺄아악! 꺼! 빨리!"

서연이 도훈의 휴대전화를 휙 낚아채 서둘러 동영상을 껐다. 서연이 붉게 익은 얼굴로 창문을 토라진 듯 응시하자, 도훈이 나직하게 웃으며 핸들을 부드럽게 움켜쥐었다.

"라이브로 또 들려줄 생각 있나."

"없거든요!"

"정말?"

"저얼대 죽어도 없어요!"

도훈이 픽 웃더니 서연을 흘끔 응시했다.

"그렇게 나오면 또 술 먹여야지. 흑심 백 퍼센트, 공들여서 작업을 걸어."

장난스러운 목소리에 심장이 콩닥콩닥 요동쳐 서연이 입술을 비죽 내밀었다.

"고속도로에서 입술 내밀지 마."

도훈이 갈증을 느끼는 사람처럼 혀를 느리게 굴렸다.

"사고 난다."

그 말에 시퍼렇게 질린 서연이 입술을 앙다물었다.

"깜찍해 죽겠네."

도훈이 살포시 웃음을 터뜨렸다. 서연은 눈을 흘기며 투덜거렸다.

"씨이, 불과 일주일 전 교통사고 난 사람 맞아요? 어떻게 된 남자가 위기

감이란 게 하나도 없어. 맨날 놀리기만 하고! 걱정하는 나 바보 만들고!"

서연은 이제 사고의 '사' 자만 들어도 가슴이 철렁했다. 독일에서 돌아와 멍투성이에 흙빛으로 수척해진 그의 얼굴을 봤을 때는 정말 온 세상이 무너지는 것만 같았다. 부모님을 교통사고로 내리 잃었던 예전의 트라우마가 되살아나며 도훈이마저 잃게 될까 숨이 턱턱 막혔었다. 물론 그 덕에 자신은 도훈 없이 살 수 없다는 것을 완전히 깨닫게 됐지만 말이다.

"그런데 사고 났을 때 타고 있던 차는 어떻게 됐어요? 수리 맡겼어요?"

철저하게 두 차의 용도를 구분해서 사용하는 도훈이었기 때문에 지금 서연과 도훈이 타고 있는 스포츠카는 저번 주 수요일 출근 시에 그가 몰고 있었을 리가 없었다. 따라서 사고 난 차는 그가 대외적으로 사용하는 검은 세단일 것이라고 서연은 추측했다.

"폐차했어."

덤덤하게 말하자 서연의 낯빛이 창백해졌다. 폐차할 정도로 심하게 차가 망가졌다니, 사고의 수위가 생각보다 훨씬 험악했다. 서연이 입술을 꼭 깨물고 운전하는 도훈의 머리부터 발끝까지를 다시 한번 꼼꼼히 뜯어보았다.

"지금은 몸 괜찮아요? 괜찮은 척하는 거 아니죠?"

"좋아."

"아프면 아프다고 말해요. 여진이한테 들어보니까 저번 주 회사도 아예 못 나갔다고 하던데."

"안 아파."

"진짜로 안 아파요? 거짓말하는 거 아니고?"

서연의 말에 도훈이 그녀를 음흉하게 바라보았다.

"다 나은 거 몸으로 증명시켜준 줄 알았는데."

"……."

"못 믿으니 할 수 없네."

도훈이 입꼬리가 부드럽게 상승했다.

"오늘 밤도 기절시킬 수밖에."

은근하게 훑으며 내려오는 검은 시선, 서연은 머리부터 발끝까지 화르륵 불이 붙는 느낌을 받아 고개를 확 창밖으로 돌렸다.

"그건 피, 피로가 누적돼서 그런 거죠."

서연은 튀어나올 듯 쿵쾅대는 심장 때문에 두 손을 꼭 그러쥐었다.

"이제 기절 안 할 거다, 뭐. 흥."

-살판났네, 백도훈. 아주 완벽히, 대단히, 엄청나게 살판났어.

집에 도착한 도훈은 드레스 룸에서 슈트로 갈아입으며 진영과 전화 통화를 했다.

-너 살판난 김에 우리 여진 씨한테도 잘 좀 해줘봐. 어제 만났는데 너 때문에 유난히 수척하더라.

"너 때문이겠지."

-너 때문이야, 인마!

도훈이 대꾸도 하지 않고 무표정으로 옷깃을 펼쳤다.

-이래서 남 연애에는 끼어드는 게 아니에요. 제수씨 좋아죽겠는 건 알겠는데 그렇게 연애 초짜 티 내면서 밀당 생략하고 목매다가는 너 뻥 차인다? 어?

"……."

-얀마, 형님이 말을 하면 좀 대답을…….

뚝, 도훈이 귀찮다는 듯 전화를 끊어버렸다. 옷을 마저 입고 아래로 내려오니 서연과 도빈이 식탁에 옹기종기 마주 보고 앉아 있었다. 냠냠거리며 평화롭게 식사하고 있는 모습에 잠깐 멈칫한 그가 이내 성큼성큼 식탁으로 걸어갔다.

"으악!"

도훈은 잼 바른 토스트를 우물거리고 있는 서연을 앉은 자세 그대로 달랑 안아 들어 옆자리로 옮겼다. 다시 지상에 내려앉은 서연이 두 눈을 꿈쩍꿈쩍하며 롤러코스터 탄 이후처럼 벌렁거리는 심장을 움켜쥐었다. 두 사람을 대각선으로 떨어뜨려 놓고서야 만족한 도훈이 서연의 옆자리에 앉았다.

"……."

도빈과 서연이 황당한 얼굴로 그를 멀뚱멀뚱 쳐다봤으나 도훈은 태연하게 토스트를 집어 들어 한 입 먹었다.

"형 헐크냐? 힘이 남아도네. 남아돌아. 어휴."

도빈이 고개를 절레절레 내저었다.

"누나. 대체 이 초싸이언 헐크의 어떤 점이 좋아요? 성격은 지랄발광. 생긴 건 오줌 지리게 무서운데."

"아닌데. 되게 잘생겼는데. 얼굴은 자체발광. 성격도 미카엘 뺨치게 좋은데요."

"자."

"아, 땡큐!"

서연이 헤헤 웃으며 도훈이 잼 발라 준 토스트를 받아 들었다.

"회사 데려다줄게. 먹고 같이 나가."

"응! 좋아요."

"잼 묻었다."

"어디?"

도훈이 길쭉한 검지로 말랑한 입술 위를 쓸었다. 그러고선 잼 묻은 손가락을 붉은 입술 앞에 들이대자 서연이 입술을 벌려 도훈의 검지를 쪽 빨아들였다. 작은 입술 사이에 끼워진 도훈의 손가락은 자연스럽게 빨리고서 다시 돌아와 토스트를 들었다. 알콩달콩 야릇한 행각을 눈앞에서 목격한 도빈은 저도 모르게 토스트를 툭 떨어뜨렸다. 벌어진 입을 닫고 긴장한 듯 침을 꿀꺽 삼켰다.

"둘이 지금…… 나 내쫓으려고 일부러 그러는 거지……. 그렇죠."

"뭐가요?"

서연이 눈을 순수하게 뜨고서 물었다. 억울해진 도빈은 손바닥으로 식탁을 철썩철썩 내려치며 대차게 열변을 토했다.

"흰둥이 무상으로 봐줬더니 막 이런 식으로 험악하게 보답하기 있습니까? 예? 이 언니들 완전 양아치 1분 전이네!"

"흰둥이요?"

"강아지요!"

"아, 또띠. 또띠가 왜 흰둥이예요?"

"하얗잖아요!"

"아니, 이름이 있는데 왜 하얗다고 흰둥이예요? 그럼 도빈 씨는 황인종이니까 내가 누렁이라고 부르면 되는 분위기?"

도빈이 벙찐 얼굴을 했다.

"오케이. 누렁 씨. 형한테 지랄발광 이런 말 쓰는 거 아니거든요. 게다가 오줌 지린다…… 이런 표현은 대체적으로 너무 좀…… 음."

서연이 미간을 구기고 고개를 절레절레하자 도빈의 표정이 공허해졌다.

"우유 더 줄까요?"

서연이 씩 웃으며 우유를 들자 도빈의 안색이 파리해졌다. 마치 엄마 젖 더 먹고 오라는 듯이 들려온 탓이었다.

"야."

흠칫, 도훈이 저를 부르자 도빈이 화들짝 놀랐다.

"설거지해놔."

식사를 마치고 자리에서 일어난 도훈이 명령했다. 뒤따라 서연이 생긋 웃어 보이며 함께 퇴장하자 도빈은 홀로 설거지거리와 함께 남아버렸다. 도빈은 잠깐 멍하니 눈만 꿈쩍꿈쩍하다가 삐걱거리며 자리에서 일어나서 식탁을 정돈했다. 도훈의 카드로 생활하고 있었기 때문에 묵묵히 시키는 대로 설거지를 할 수밖에 없었다. 커플한테 나란히 구박당한 도빈은 복수심에 불타올랐으나 이내 회심의 미소를 지었다.

"어차피 이따가 집에 오면 한바탕 난리가 날 거다, 우하하하!"

어젯밤 도훈의 방에 몰래 작업해둔 것을 떠올리며 큰 소리로 웃었다.

호화로운 저택의 대리석 식탁 위로 화사한 햇살이 폭포수처럼 쏟아져 내려왔으나, 정작 그 식탁 위에서 식사하는 사람들의 얼굴에는 무거운 그림자가 드리웠다. 양옆에 인형처럼 서 있는 두 명의 메이드 가운데 진중한 얼굴을 하고 있는 노년의 남성이 에헴, 기침을 했다. 그 신호를 단번에 파악한 두 메이드는 가볍게 묵례한 뒤 바쁘게 자리를 피했다. 박정기 회장과 그의 딸 박상지, 그리고 재경. 셋이 되자 박 회장이 입을 열었다.

"어떻게, 그 이번에 와이시에서 어디하고 합작한다는 그 프로젝트는 원만하게 진행되는 중이냐?"

"예, 뭐. 무리 없이 진행 중입니다."

재경이 유려하게 웃었다.

"재경이 네가 내 이름 걸고 밀어붙인 프로젝트이니 성과가 나지 않으면 곤란해."

"하하, 섭섭한데요. 회장님께서 제 안목에 의구심이 생기셨나 봅니다."

"그런 건 아니다만…… 이번 일은 나로서는 걱정이 될 수밖에 없구나. 얼마 전 와이시 대표에게 들었단다. 그 합작한다던 기업 쪽 디자이너가……."

박정기 회장이 고개를 비스듬히 사선으로 내렸다.

"SS어패럴 외동딸이라고 하던데."

"……."

"사심이 섞이는 거에는 관여하지 않겠지만 혹여나 프로젝트 진행 상황에 지장 생겨 내 투자금 날리지 않게 주의하도록 해라, 재경아."

박 회장이 덤덤한 목소리로 말을 잇자 재경은 묵묵히 미소 지었다. 앞에서 밥을 먹던 상지는 그 웃음이 기분 나쁘다는 듯 얼굴을 일그러뜨렸다. 그런 그녀에게도 눈웃음으로 회답한 재경은 부드러운 동작으로 식기를 식탁 위에 내려놓았다.

"먼저 일어나보겠습니다. 회장님."

나긋나긋한 음조로 말한 재경은 허리를 반으로 굽혔다. 박 회장이 고개를 한 번 끄덕이자 재경은 슬리퍼가 대리석 바닥에 스치는 소리와 함께 서서히 멀어졌다. 그가 완전히 다이닝 룸을 벗어나자 기다렸다는 듯 상지가 붉은 입술을 날카롭게 움직였다.

"아빠, 한재경 언제까지 저렇게 그냥 둘 거야? 벌써 6년째야. 저러다 만약……."

"아빠도 다 생각이 있어. 그냥 둬."

"무서우니까 그러지……! 딱 보면 몰라? 저거 시한폭탄이야. 나중에 전부 알게 되면 쟤가 가만히 있을 거 같아? 지금도 하는 짓 보면 아슬아슬한데."

불안한 듯 종알대는 상지는 초조하게 손톱을 물어뜯었다. 반면 태연한 기색의 박 회장은 낮게 웃으며 물컵을 들었다.

"상지야. 사람을 가장 이용해먹기 좋을 때가 언제인 줄 아느냐?"

그는 물을 꿀꺽, 꿀꺽 넘기며 방금 재경이 나간 문을 집요하게 바라보았다.

"한창 독기가 가득 차올랐을 때지. 제멋대로 굴더라도 칼날 끝이 이쪽만 향하지 않으면 그만큼 유용한 사냥개가 없어. 눈 돌아가서 물불 안 가리거든."

"뭐……?"

"써먹기 딱 좋은 상태라고, 저놈."

음습한 목소리가 귓가에 자리 잡자 소름이 돋은 상지가 어깨를 움츠렸다.

도훈의 차를 타고 회사에 도착한 서연은 예쁘게 웃으며 안전벨트를 풀었다.

"이따 거기 같이 가기로 한 거 안 잊었죠?"

"응. 마치고 사무실에서 기다려. 데리러 갈 테니까."

"네. 그리고 점심 거르거나 대충 먹지 말고 꼭 챙겨 먹고요. 몸 나아야 하니까."

"알았어."

"일도 너무 무리하지 말고요. 커피 너무 많이 마시지 말고 카페인이 필요하면 차 마셔요."

"그래."

달깍, 서연이 차 문을 열었다. 잠깐 우물쭈물하더니 고개를 푹 숙이고 수줍게 웅얼거렸다.

"사…… 사랑해요."

"……뭐라고?"

"……치. 못 들었으면 됐고! 나 갈게요!"

괜히 오글거리는 짓을 했나, 새삼 부끄러워진 서연이 볼을 새빨갛게 붉히고 얼른 몸을 밖으로 돌렸다.

"아!"

그 순간 바람을 가르며 도훈의 날렵한 팔이 허공으로 치솟았다. 그가 나가려는 그녀의 팔을 잡고 휙 끌어당겨 격정적으로 입술을 맞추었다. 파열하듯 부딪힌 두 입술은 단번에 벌어져 꽃잎처럼 촉촉하게 맞물렸다. 짧은 그 사이에도 결합된 입술 틈으로 여러 은밀한 움직임들이 있었고, 그 폭발적인 키스에 여린 심장이 쿵, 쿵, 큰 소리로 뜀박질하기 시작했다. 입술을 떼어낸 도훈이 할짝, 서연의 도톰한 입술을 핥았다.

"나도, 해."

도훈이 서연을 잡은 손에 꾹 힘을 주며 말했다.

"……사랑."

서연이 설렘으로 붕 뜨는 심장을 느끼며 눈을 꼭 감았다가 떴다. 부드럽게 미소 지은 도훈이 차 뒷좌석으로 손을 뻗었다. 서연의 고개가 자연히 그

쪽으로 향하자 꼼꼼하게 랩핑된 쇼핑백이 보였다.

"이게 뭐예요?"

"우리 부인 아침 선물."

도훈에게 쇼핑백을 건네받은 서연이 안을 확인하자, 화려하게 포장된 드라이플라워 꽃다발이 시야에 들어왔다. 작고 귀여운 핑크 시네신스가 향기로운 내음을 자랑하며 눈앞에서 어른거렸다.

"세상에⋯⋯."

서연이 입을 떡 벌리고 꽃다발과 도훈을 번갈아 응시했다.

"와⋯⋯ 혹시 나한테 뭐 잘못한 거 있나? 너무 잘해줘서 의심스러운데."

계속 같이 있었는데 언제 모르게 준비한 걸까, 역시 알면 알수록 사랑할 수밖에 없는 마법 같은 남자.

"이래서 대한민국 여자들 나한테 고마워해야 한다고. 완전 선수 체질. 나 없었으면 백도훈이 이미 여자 한 트럭은 울렸지."

넉살을 떨자 도훈이 작게 웃으며 서연의 볼을 살짝 꼬집었다.

"진짜 예쁘다. 고마워요, 도훈 씨."

서연이 감동에 벅차오른 가슴을 안고 활짝 웃었다. 소복이 올라온 광대 위에 있던 손을 부드럽게 미끄러뜨린 도훈이 서연의 목덜미를 훅 끌어당겼다.

"시네신스 꽃말, 알아?"

서연의 긴 머리를 천천히 쓸어 넘기며 묻는다. 급작스러운 두근거림에 어찌할 줄 모르고 도리질을 쳤다. 기다렸다는 듯 그녀의 귓가에 다가오는 섹시한 입술, 소곤소곤 숨결을 섞어 불어 넣듯이 속삭인다. 심장이 터질 것처럼 뛴다. 바로 코앞에서 티 없이 맑게 웃는 남자에 대한 감정이 봇물 터지듯 샘솟았다.

도훈이 떠나고 나서도 잠깐 멍하니 자리에 서 있던 서연은 이내 헤실헤실 웃으며 건물 안으로 들어갔다. 사무실에서도 내내 꿈을 꾸는 기분이었다. 책상 위에 가지런히 장식되어 있는 시네신스와 마주할 때마다 달콤한 정서가 몽글몽글 가슴에서 피어올랐다.

"시네신스……."

그날, 그와 사랑을 나누고 잠든 그 순간. 꿈인지 현실인지 구분되지 않던 짧지만 강렬한 한마디가 있었다. 잠결에도, 술김에도 똑똑히 들었던 그 뜨겁게 타오르는 한마디. 한참 동안 서연의 등을 쓰다듬으며 그가 나직하게 내뱉던 혼자만의 독백.

'서연아, 우리…….'

격정적인 행위를 끝으로 그의 품에 기절하듯 쓰러졌었다. 아마 그는 자신이 자는 줄 알고 속삭인 걸 테지만, 꿈결에서도 그 관능적인 목소리만큼은 똑똑하게 각인되었다. 어깨를 으스러질 듯 잡던 강한 손길을 기억한다. 취중에도 제 얼굴에 닿던 자상한 입술의 촉감을 기억한다. 이불을 목 위까지 따뜻하게 덮어주던 다정함도 느껴졌다.

'우리 죽는 날까지 이렇게 같이…….'

작게 숨소리를 내며 잠든 서연을 끌어안고, 차근차근 말하던 그 목소리를 선명하게 기억한다.

'1년 후에도, 10년 후에도, 100년 후에도…….'

아득한 잠결에서도 그의 목소리가 잘게 떨리던 것을 들었다.

시네신스 꽃말, 알아?

'널 내가, 영원히 사랑할게.'

……영원한 사랑.

18. 당신을 사랑할 각오

도훈은 재경과 일 외에는 엮이지 말라고 했으나, 서연은 감사 인사 정도는 해야 예의라고 생각했다. 어찌 됐건 지금 도훈과 이렇게 행복할 수 있는 것도 그날 재경의 큰 배려가 없었으면 불가능했을 일이었기 때문이었다. 사적으로 만나는 대신 간단히 전화 통화를 하기로 한 서연이 재경에게 전화를 걸었다.

"고마워, 오빠. 덕분에 다 잘 해결됐어."

서연이 희미하게 웃으며 말했다.

-잘 해결됐다니 다행이다. 웃는 거 들으니까 나도 마음이 놓이네. 많이 걱정했는데…….

재경이 잠시 말꼬리를 흐렸다.

-도움이 돼서 다행이야.

"응, 정말 고마워. 추가로 발생한 비용은 내가 낼게. 얼마인지 액수만 문자로 알려줘."

-하하, 괜찮아. 이미 비용 처리 다 했어.

"그래도……."

-자꾸 그러면 섭섭하다. 내가 서연이 너한테 그 정도도 못 해줄 줄 알고?

재경이 차분하게 말을 이었다.

-내가 너에게 의지가 되는 사람이면 좋겠어. 전처럼 고민 있으면 편하게 털어놓고, 비밀 같은 거 없이 다 말해주는 그런 사이.

내게도 기대줬으면 좋겠어, 재경은 그렇게 속삭였다. 그의 말을 잠잠히 듣던 서연은 대답 대신 흐릿하게 미소 지었다.

이윽고 퇴근 시간이 되고 도훈에게서 앞이니 내려오라는 문자를 받았다. 회사 동료들에게 먼저 가보겠다며 인사를 남기고 사무실을 나왔다. 엘리베이터를 탔는데 유라 또한 뒤따라 탑승했다. 문이 닫히고 단둘이 되자 서연과 유라 사이에 어색한 분위기가 감돌았다. 유라가 밝게 웃으며 상투적인 이야기로 물꼬를 틀자 그럭저럭 원만한 대화가 정문을 빠져나올 때까지 이어졌다.

"아……."

바로 앞에 정차된 도훈의 차를 발견한 서연이 무표정한 얼굴로 유라를 바라보았다. 때마침 도훈이 내리자 세 사람이 정면으로 맞닥뜨렸다.

"오빠……."

저도 모르게 중얼거렸다가 유라가 움찔했다. 이내 상냥하게 웃으며 서연과 도훈을 번갈아 보았다.

"둘이 어디 좋은 데로 데이트 가나 보다, 하하."

싱그럽게 미소 지으며 얼굴 앞으로 늘어진 머리를 깔끔하게 귀에 꽂았다.

"날도 좋은데 맛있는 거 먹어요. 나는 약속이 있어서 먼저 가볼게요."

도훈이 말없이 고개를 쭉 뒤로 꺾었다가 내렸다. 그 모습을 보며 유라는 더욱 활짝 웃었다.

"그럼 서연 씨, 내일 봐요?"

"……네, 팀장님. 들어가세요."

가볍게 인사치레하는 서연을 보며 유라는 산뜻하게 뒤를 돌았다. 또각또각 큰 보폭으로 빠르게 걷자 곧 뒤에서 시끄러운 배기음이 들려왔다. 그 소음을 들으며 유라는 더욱 보폭을 높였다. 자신 있게, 아무렇지 않은 척. 그러나 바쁘게 움직이던 다리는 얼마 가지 못해 무너져 내렸다. 길거리에 그대로 주저앉은 유라는 얼굴을 양 손바닥으로 푹 가려버렸다.

"하······."

멋대로 눈물이 차올라서 입술을 꽉 깨물었다. 울음을 참으려고 한 행위였으나 그럴수록 비참해지기만 했다.

"흐윽······."

유라는 하얀 볼 위로 흐르는 눈물을 그대로 떨어지게 내버려 두었다. 폭포수처럼 쏟아지는 눈물은 끊어질 줄 모르고 유라의 턱 아래로 한 아름 고였다가 빠르게 증발했다.

서연과 도훈. 두 사람이 차를 타고 함께 찾은 곳은 다름 아닌 해원신당이었다. 도훈은 굳이 다시 갈 필요 없다고 했으나 아직 여러 가지 불안함이 남아 있는 서연의 생각은 달랐다. 목숨이 걸린 일이니 확실하게 하는 것이 좋다는 생각이었다. 수긍한 도훈은 그녀를 위해 동행하기로 했다.

"얼씨구."

껌딱지처럼 딱 달라붙어 한 몸인 양 등장한 서연과 도훈을 보자마자 무당의 얼굴이 일그러지더니 쯧쯧, 혀를 찼다. 부리부리하게 노려보는 무당의 시선을 받으며 도훈과 서연은 방석 위로 나란히 사이좋게 앉았다.

"연놈들······. 쌍으로 아주 지랄들이 났다."

서연이 민망한 듯이 어색하게 웃었다.

"쌍것들. 지껄여봐야 들어 처먹을 것도 아니면서 여기는 왜 또 오고 지랄이냐! 느그들끼리 지지고 볶고 해 처먹고 살지."

여전히 괄괄한 혓바닥은 거침없이 마구잡이로 움직였다.

"내 말할 수 있는 것은 이미 네놈들에게 다 일러주었는데 무엇이 더 필요하더냐! 인제 와서 다른 좋은 수가 없냐고 징징대려거든 다리몽둥이를 분질러버릴 테니."

살벌한 경고에 서연이 움츠러들었다.

"돌아가! 네년은 이제 이놈 종노릇하면서 계집도 사내도 아닌 해괴한 몸으로 일평생 살아갈 운명이니!"

무당이 빽 소리를 지르자 서연의 귀가 따끔 아파왔다. 이제 온전히 몸을 찾을 방도가 없다고, 평생을 불완전하게 살아야 한다고 또 한 번 못이 박혀 버렸다. 각오는 했지만 다시금 욱신거리는 심장과 새하얘지는 머릿속을 막을 수는 없었다. 동요하는 서연의 허벅지 위로 미끄러진 도훈의 손이 그녀의 손을 꼭 그러쥐었다. 맞잡은 손으로 따스한 온기가 전해지자 서연은 그와 함께라는 생각에 평온을 되찾았다. 그 과정을 지켜보는 무당은 여전히 쯧쯧 부채질을 하며 삐딱한 태도로 일관했다. 그런 그녀를 도훈은 말없이 빤히 바라만 보았다. 그렇게 한참 동안 흔들림 없이 응시하자 무당의 미간에 조금씩 실금이 그려졌다. 결국 시선을 먼저 피한 쪽은 무당이었다. 그녀가 큼큼, 헛기침하더니 자세를 고치고 허리를 쭉 폈다.

"하여간 재수 없는 놈. 아주 재수 없는 것들끼리 잘도 만났구나."

무당이 꿍얼거리며 크게 숨을 들이마시었다가 뱉었다. 이어 그녀의 표정이 진중하게 푹 가라앉았다. 서연은 바짝 긴장해 벌그죽죽한 입술만 초조하게 응시했다.

"그래, 지껄여줄 테니 복채나 두둑이 하고 가. 네놈 형편 좋잖아."

"네. 섭섭하지 않게 하겠습니다."

무당이 입술을 꾸물거리며 쌀알을 시끄럽게 단상 위로 뿌렸다. 턱을 쓰다듬으며 곰곰이 살펴보더니 이내 매섭게 고개를 치켜들었다.

"우선적으로 네 녀석들이 알아야 할 것은, 나는 천지가 아니기에 전생의 모든 일을 다 알 수 없다는 점이다."

낮게 깔린 음성이 허공으로 뾰족하게 튀었다.

"단편적인 것들, 그리고 겉으로 보이는 표면적인 사실들만이 내가 전할 수 있는 전부인 것이야."

"……무슨 뜻입니까?"

도훈이 묻자 무당의 눈꺼풀 각도가 삐뚜름하게 내려앉았다.

"하늘은 변화를 극도로 싫어해. 하지만 역설적으로 변덕스럽기도 하지."

동전처럼 양면을 동시에 가지고 있는 미지의 존재.

"시도 때도 없이 변덕을 부리며 만물을 다스리는 복잡한 구조이기에 인간으로서는 물론이고 그 어떤 신도 하늘의 뜻을 정확히 통찰할 수가 없어. 과거도, 현재도, 미래도, 그저 그럴듯하게 유추할 뿐이지."

인력으로는 통찰할 수 없는 경외 그 자체.

"더욱이 인세에는 변수가 말도 못 하게 많아. 정해진 운명을 거스르려 하는 것들이 바로 그 변수이지. 대표적으로 요 계집에게 사내로 태어나라 저주를 걸었던 무녀를 들 수 있어. 요년의 운명을 인간 주제에 멋대로 바꿔놓았으니."

"변수……. 혹시 저희가 지금 함께 있는 것도."

"그래. 그 또한 변수지. 원래대로라면 너희는 전생과 같은 전철을 밟고 여기서 이별할 운명이었어. 그런데 결국 이리 붙어먹었지. 쯔쯔즈."

무당의 말 한마디 한마디에 갈대처럼 동요하는 서연과 달리 도훈은 놀라울 정도로 침착했다.

"이렇게 변수를 일으킨 것들은 하늘의 뜻을 멋대로 어긴 고얀 놈들로 낙인이 찍히지."

서연은 불안한 듯 커다란 눈을 연신 깜빡였다.

"하늘은 운명을 거스르는 자들에게 그 규모에 따라 벌을 내리고 합당한 대가를 치르게 해."

운명에 수긍하지 않고 한낱 인간의 몸으로 감히 변수를 만들었다는 죄목. 때문에 재판대에 강제로 올려지는 것이었다.

전생에 기생이었던 서연이 지은 죄목 또한 명장으로서 숱한 업적을 남길 운명이었던 도훈을 천한 신분으로 홀리고서 도주해 멋대로 자결해버린 것, 더불어 무녀의 저주까지 결부하여 현생에 업보를 톡톡히 받고 있는 것이었다.

"하늘의 벌이 어떤 형태로 주어질지는 닥치기 전에 알 수가 없어. 다만 네 녀석들이 정해진 운명을 거스르고 함께하기로 한 이상, 하늘의 억압을 치를 것은 각오해야 해."

그 말과 함께 서연과 도훈의 시선이 흘러 서로에게 닿았다. 하늘의 억압, 전생과 평행선으로 달리던 질긴 고리를 끊어버리고 맺어지기를 택한 대가를 치러야 한다는 뜻이었다. 앞으로 어떤 일이 닥칠지 알 수 없어 불안한 것은 서연이나 도훈이나 매한가지일 것이다.

"그리고 무엇보다도……."

무당은 음조를 아주 낮게 깔며 쇳소리를 내었다.

"네 녀석들 주변에 무녀가 있어."

그렇게 말하며 서연에게 공격적으로 삿대질하자 그녀가 움찔 떨었다.

"너, 내 일전에 이 사내놈을 연모하는 계집년이 주위에 있거든 경계하라고 일렀던 것을 기억하고 있느냐?"

"……아."

서연이 긴장한 채로 입술을 벌렸다. 그때는 도훈을 사랑하는 여자를 경계해야 하는 이유도 알려주지 않고, 대뜸 주의하라고만 했으니 적당히 흘려넘기고 크게 염두에 두지 않았었다. 서연은 머리가 점점 아파 와서 눈을 꾹 감았다가 떴다.

"……저를 좋아하는 여자요?"

도훈은 처음 듣는 얘기라는 듯 미간을 좁히고 무당을 응시했다.

"하나 있잖아, 어렸을 때부터 수년간 지겹게 네놈을 좋아해서 쫓아다니는 계집애, 하나."

무당의 말에 서연과 도훈은 동시에 같은 여자를 머릿속에 떠올렸다.

"외사랑일지언정 전생의 은애하는 감정은 현생에서도 이어진다. 지금 이놈을 좋아하는 그 계집이 요년에게 사내가 되어버리라고 저주를 퍼부은 무녀의 환생인이 틀림없다."

……오유라가 무녀의 환생? 그렇게 생각하니 서연의 등골에 오싹 소름이 돋아났다. 실제로 지금까지 그녀는 그와 자신 사이에서 숱한 훼방을 놓고 오해를 만들었었다. 도훈을 어렸을 때부터 집요하게 짝사랑해오고, 저를 저주할 만큼 미워하는 여자라면 유라 외에는 없었다. 전생에서도 모자라 현생에서까지 얽히다니, 지긋지긋한 악연이라고 생각하며 주먹을 세게 그러쥐었다.

"무조건 피하는 게 상책이야. 저주의 장본인인 그년과 닿을 때마다 네년은 정기를 빼앗겨. 오래 접촉하면 도로 생기가 빨리고 사내가 된다는 뜻이야. 절대 공존할 수가 없는 존재이니 반드시 떨쳐내야 해."

난감해진 서연이 도훈을 올려다보았다. 전생의 무녀로 추정되는 유라와 같은 회사에 다니고 있는 이상 그녀와 부딪치지 않는다는 것은 불가능에 가까웠기 때문이었다. 그렇다고 프로젝트 도중에 회사를 그만둘 수는 없는 법. 어쩔 줄 모르고 떨리는 갈색 눈동자를 올곧게 바라보던 도훈이 파르르 떨리는 작은 손을 꼭 붙잡았다.

"이제 희망적인 얘기를 하나 해주지."

이미 무시무시한 경고를 입 아프게 떠들어댄 무당은 병 주고 약 주는 듯이 한마디 툭 내던졌다.

"나는 분명 내 선에서는 온전히 돌아올 방법이 없다고 했었지."

저건 또 무슨……. 점점 더 혼란스러워지는 탓에 서연이 입술을 일자로 꾹 다물었다.

"죽을 수가 닥치면 하늘은 살 수도 함께 내려주는 법."

무당이 때아닌 웃음을 터뜨리며 부채를 탁 접어 들었다.

"혹시 알아? 내가 모르는 수가 숨어 있을지."

확실도 불확실도 아닌 모호한 어투였다.

"곰곰이 생각해보아라. 완전히 여인의 몸으로 살아갈 방법이 무엇이겠느냐?"

둥그렇게 반달처럼 휘는 눈은 지금껏 무당에게서 본 것 중 가장 온화한 얼굴이었다.

"판단은 오롯이 너희 두 사람의 몫이다."

여진은 오늘 저녁도 진영의 데이트 신청을 덤덤히 받아들였다. 어차피 집에 가봐야 아무도 없고, 또 혼자 1인 1닭 하면서 재미도 없는 텔레비전이나 하릴없이 틀어놓을 게 뻔했기 때문이다. 마침 스테이크를 썰며 와인 한잔하고 싶은 기분이기도 했고, 그냥 아는 지인 만난다고 생각하면서…….

'……왜 변명하는 기분이지.'

뜨끔한 여진이 안면을 구기자 진영의 호탕한 웃음소리가 옆에서 들려왔다.

"제가 여진 씨 여기 모시고 오고 싶어서 전부터 벼르고 있었어요. 원래는 한 달 전부터 예약이 되는데 마침 원래 예약한 사람들이 직전에 캔슬해서 운이 좋았죠!"

전망이 훌륭하기로 유명한 레스토랑은 그 소문에 걸맞게 야경이 한눈에 들어와 환상 같은 분위기를 자랑하고 있었다. 통유리로 이루어진 창밖에 넋이 나간 여진이 의자를 빼려고 손을 뻗은 순간, 옆에서 기다리고 있던 웨이터가 한발 앞서 의자를 빼주었다. 어정쩡하게 눈치를 보며 앉았다. 이렇게 본격적으로 호화스러운 레스토랑은 오랜만이라 어쩐지 미묘한 어색함과 뻘쭘함이 스멀스멀 피어오르고 있었다.

"이거 돈을 너무 많이 쓴 거 아니에요?"

여진이 아주 작은 소리로 입을 가리고 속닥거리자 진영은 넉살 좋게 웃었다.

"뭐, 쓰려고 버는 거죠! 저는 제가 좋아하는 사람한테는 매일 좋은 것만 해주고 싶어서요. 더 괜찮은 거 없나 연구하는 것도 제 사소한 즐거움이고, 하하."

"……무슨."

"좋은 것만 해주고 싶다고요, 여진 씨한테."

진영이 부드럽게 웃으며 여진의 눈동자 위를 쓰다듬듯이 응시한다.

"우리 만날 생각하며 데이트 코스 고민하는 것도 즐겁고, 아닌 척해도 사실 즐거워하는 여진 씨 보면 더 즐겁고……."

진영의 목소리가 느리게 흘렀다.

"여진 씨를 좋아하니까?"

그가 픽 하고 웃음을 흘렀다. 지금껏 그에게 들었던 것과 같은 말이었으나 이번만큼은 묘하게 느껴졌다.

"함께하는 1분 1초가 지나가는 게 너무 아쉬워요. 아마 이따 집에 가면 우리 다음에 만날 날을 또 기다리게 되겠죠."

여진이 미간을 슬며시 좁히고 진영을 보았다.

"지금 이 순간이 얼마나 귀중한지를 알아요. 다시는 돌아오지 않을 값진 시간이라는 거."

진영의 입술은 부드럽게 움직였다.

"그래서 지금 이 순간, 제 눈앞에 있는 여진 씨한테 충실히 하고 있어요."

여진이 미묘한 얼굴로 진영을 응시했다. 그 시선에 진영이 따뜻하게 눈웃음 짓자 여진은 목덜미가 묘하게 간질간질했다. 가슴 속에서 무언가 아지랑이가 일렁이는 기분에 미간을 흐릿하게 좁혔다.

곧 주문한 코스의 순서대로 다채로운 요리가 서비스되고, 메인인 스테이크가 테이블 위로 고요하게 올랐다.

"어때요? 맛 괜찮아요?"

"네, 뭐…… 맛있네요."

실은 충격적으로 맛있었다. 난생 먹어본 스테이크 중에 단연 1등을 찍었다. 과분한 대접에 정말 특별한 사람이 된 것 같은 기분에 휩싸일 만큼.

"그런데 왜 자꾸 빤히 봐요?"

여진은 내내 스테이크를 먹는 둥 마는 둥 하며 그녀를 뚫어져라 보는 진영에게 따지듯이 물었다.

"하하, 여진 씨 먹는 모습이 보기 좋아서요."

여진이 우뚝 굳었다.

"원래도 예쁜데 오늘은 또 왜 이렇게 예쁜지……."

진영이 따스하게 미소 지었다.

"많이 드세요, 여진 씨?"

여진이 꿀꺽 침을 삼켰다. 황홀경을 선사해준 고품질 고단백 덩어리 덕분일까, 어느덧 그에 대한 경계심도 맥없이 풀리고 부드러운 분위기를 따라 여진의 태도도 바뀌었다. 그 어느 때보다도 대화가 물 흐르듯 자연스러웠다. 정신을 차려보니 즐겁다는 듯 깔깔 웃고 있는 저를 발견했다. 괜찮은 분위기에서 식사가 끝나고, 진영이 자리에서 일어났다.

"저 잠깐 화장실 좀 다녀올게요."

"네. 갔다 오세요."

여진은 그가 돌아오기를 기다리며 냅킨으로 입술을 닦았다. 디저트로 나온 초콜릿 케이크마저 훌륭한 맛이었다. 그와 연애하게 되면 항상 이렇게 맛있고 좋은 분위기 속에서 데이트할 수 있는 건가? 순간적으로 그런 생각이 꾸물꾸물 들었다가 화들짝 놀라 고개를 좌우로 저었다.

"안 돼, 최여진! 넘어가면 안 돼!"

예전 연애에서도 형철은 처음엔 더없이 좋은 남자인 양 지극정성으로 가증을 떨다가 결국 얼마 가지 않아 본성을 드러냈었다. 엉덩이 가벼운 형철에게 크게 데였던 여진은 이제 남자에게 쉽게 정을 줄 생각이 없었다. 특히 능력 있고 잘난 남자면 더더욱 경계하게 되었다.

남자들이란 다 똑같으니까. 사람은 다 거기서 거기니까. 좋아한다고 속삭였던 입으로 다른 여자에게 똑같이 사랑의 말을 중얼거렸던 형철을 죽을 때까지 용서할 수가 없다.

"그래도……."

이렇게 날 좋다고 쫓아다니는 오징어인데, 괜찮지 않을까……. 이번만큼은 사랑에 상처받지 않을 수 있지 않을까, 여진이 저도 모르게 그런 생각에 빠져 있는데, 어디선가 부르르 진동 소리가 공기를 갈랐다.

휴대전화 진동? 아니, 저건…….

"오징어 핸드폰?"

식탁 위에 다소곳이 놓여 있는 진영의 휴대전화가 시끄럽게 울렸다. 한번 뚝 끊어지더니 다시 시끄럽게 진동한다. 묵묵히 바라보던 여진이 저도 모르게 흘끔 휴대전화에 찍힌 이름을 확인했다. 김정연?

"여자……?"

여진의 입술 사이로 흐릿한 숨이 터져 나왔다. 잠깐 고민하다가 저도 모르게 홀린 듯 그의 휴대전화를 들어 수락 버튼을 눌렀다.

-아, 오빠! 뭐야, 진짜! 드디어 받네!

귓가를 차갑게 가르는 앙칼진 목소리에 여진의 표정이 급속도로 굳어졌다.

-오빠 왜 요즘 연락이 잘 안 돼?

"……."

-나 혜지한테 다 들었어! 오빠, 전에 혜지도 만났다며? 걔 내 친구야. 혜지한테도 나한테 한 것처럼 똑같이 굴었다며!

여진의 얼굴에 가뭄이 일었다. 순간적으로 바짝 마른 입 안은 할 말을 잃었다.

-왜 맨날 대답을 피해? 내가 우리 무슨 사이냐고 물으면 왜 항상 대답 못 해? 여자들 일렬로 줄 세우더니 이제 난 완전히 뒤로 밀려난 거야?

공격적인 여자의 음성이 고막을 내려치자 여진의 손이 부들부들 떨렸다. 이 상황을 어떻게 받아들여야 할지 몰라 애꿎은 입술만 달싹였다. 이게 지금 대체 무슨…….

"당신 누구야?"

여진이 떨리는 목소리로 물었다. 수화기 건너편이 잠깐 동요하는 듯하더니 이내 잦아들었다.

-뭐야……. 진영 오빠가 아니었어? 그러는 그쪽은 누군데요?

여진이 차마 대답하지 못하고 입만 벙긋벙긋하니 콧방귀를 뀌는 소리가 작게 들린다.

-아, 진짜. 이거 각 나오네. 이 인간 또 새로운 년한테 다리 놓았구만."

"……뭐라고요?"

-야, 내가 특별히 조언하는데, 너 진영 오빠 돈 보고 붙어먹다가 나중에 상처받지 말고 그냥 알아서 물러나라. 너 진영 오빠한테 얼마나 여자가 많은지 알기는 하니? 그 남자는 태생적으로 한 여자한테 정착을 못 하는 사람이라고. 나비 같은 남자야! 앉았다가 홀려놓고 미련 없이 다른 꽃 찾아 떠나는. 여기저기 흘리고 다니는 게 취미인 남자고!

"뭔 헛소리야? 그리고 이게 지금 얻다 대고 반말이지?"

-얘, 너만 짜증 나니? 난 더 짜증 나! 이래서 돈 많은 남자들이란, 어후. 주변에 번호표 뽑고 기다리는 년들이 끊이지를 않아요. 재수 없어 가지고 진짜!

"……."

-근데 오빠는 어디 갔어?

여자의 목소리가 전혀 귀에 담기지 않았다. 꽉 주먹 쥐고 있던 손아귀가 하릴없이 풀렸다. 휴대전화를 쥔 손에서도 힘이 맥없이 빠져나갔다. 툭, 여진이 손에 든 단말기를 아무렇게나 식탁에 던져놓았다.

-여보세요? 오빠 바꿔달라고.

"……."

-여보세…….

뚝.

여진이 백지처럼 공허해진 얼굴로 통화 종료 버튼을 눌렀다.

신당을 나온 서연과 도훈은 차를 타고 집으로 가는 내내 서로 말이 없었다. 창밖으로 빠르게 지나가는 풍경에 시선을 꽂은 서연의 눈가가 조금 붉어졌다. 서연은 지난주 도훈에게 키스를 퍼부었을 때, 모든 것을 걸어버릴 각오를 했었다. 절대 후회하지 않을 것이라 확신했고, 지금 다시 그때로 돌아간다고 하더라도 똑같이 도훈에게 먼저 키스할 것이었다. 그러나 막상 직접 선고를 듣고 나니 더욱 막막해 심각해지는 분위기를 막을 길이 없었다.

'하늘은 운명을 거스르는 자들에게 그 규모에 따라 벌을 내리고 합당한 대가를 치르게 하지.'

서연은 무당의 말을 되새기며 입매를 괴롭게 비틀었다.

'하늘의 벌이 어떤 형태로 주어질지는 닥치기 전에 알 수가 없어. 다만 네 녀석들이 정해진 운명을 거스르고 함께하기로 한 이상, 하늘의 억압을 치를 것은 각오해야 해.'

대체 뭘 그렇게 잘못했길래.

사랑해서는 안 될 사람을 사랑한 죄인 걸까. 결국 이루어지지 않을 운명이었던 남자를 사랑한 죄인 걸까. 눈물이 터져 나올 것 같아 입술을 꼭 깨물어 참았다. 진심으로 불안했다. 혹시라도 도훈이 자신으로 인해 다칠까 봐. 무당이 말한 하늘의 벌이라는 것이 어떤 것인지는 몰라도, 그가 위험해지는 것은 죽기보다도 싫었다. 막막한 앞날 때문에 마냥 행복했던 기분도 착 가라앉고 현실을 직시하게 되었다.

"……."

붉은 신호 앞에서 부드럽게 정차한 도훈은 느릿하게 서연을 곁눈질했다. 도훈이 입술을 살짝 깨물었다가 놓았다. 불안함이 기우에 불과하기를 바라며 거칠게 액셀을 밟았다. 집으로 도착할 때까지 서연과 도훈은 마치 짜기라도 한 듯 서로 한마디도 하지 않았다. 서연은 불안함에 도훈의 팔을 꼬옥 으스러뜨릴 듯이 붙잡으며 고개를 푹 숙였다.

"……괜찮아."

짧게 숨을 토한 도훈이 서연의 머리를 천천히 쓰다듬었다.

"지켜줄게."

"……."

"같이 살자."

단 세 번의 위로에 와르르 풀어진 가느다란 팔이 위로 세차게 뻗어져 도훈의 목덜미를 끌어안았다. 도훈은 제 몸에 꾹 눌린 서연의 얼굴에서 화산처럼 뜨거운 열기가 뿜어져 흐르는 것을 느꼈다. 울고 싶은데 필사적으로 참고 있구나, 그렇게 생각하니 안타까움과 함께 사랑스러움이 만개하며 치솟았다. 도훈이 서연의 등을 꽉 끌어안고 한참을 다정하게 쓸어내렸다.

"우린 잘 할 수 있어……."

도훈의 말에 서연이 그의 가슴을 파고들며 고개를 세차게 끄덕였다. 나지막이 웃은 도훈이 서연의 얼굴을 양손으로 감싸 안고 쪽 입맞춤했다.

"올라가서 옷 갈아입고 밥 먹자."

서연이 배시시 웃으며 회답했다.

"응!"

도훈은 자신의 방으로 들어가 드레스 룸에서 편한 옷으로 갈아입고 손을 씻었다. 불안함을 지우기 위해 찬물로 세수까지 마치고 거울을 보며 정신을 똑바로 차리자며 다짐했다. 한편 서연은 옷만 빛의 속도로 갈아입고 도훈의 방으로 쫄래쫄래 찾아왔다. 안에서 물소리가 들려오는 것으로 보아 화장실에 있다고 생각하며 침대에 앉아 그를 멀뚱히 기다렸다. 헐겁게 쥔 주먹으로 제 무릎을 통통 두드리며 주위를 둘러보는데, 협탁에 도훈의 태블릿 PC와 두루마리 휴지가 나란히 놓여 있었다.

"……뭐지?"

원래 없었던 것 같은데, 서연이 고개를 갸웃하며 태블릿 PC를 주워 들었다.

"업무 보다가 그냥 뒀나?"

별생각 없이 꾹 전원 버튼을 눌렀는데 화들짝 놀란 서연의 눈이 휘둥그레졌다.

-아앙……!

켜진 화면에서 플레이되는 것은 모자이크도 없는 적나라한 살색의 향연이었다.

-하으……! 아으!

대뜸 눈앞에 펼쳐지는 19금 성교 장면에 상황 파악이 안 된 서연은 그대로 얼음처럼 굳어버렸다.

"으어, 엄마야!!!"

이내 소스라치게 놀라 태블릿 PC를 협탁에 던져놓듯이 올려놓았다. 그 움직임에 맞은 두루마리 휴지가 통통 소리를 내며 바닥으로 굴러떨어졌다. 데구르르 굴러간 휴지는 막 화장실에서 나온 도훈의 발에 탁 부딪혀 회전을 멈추었다.

-하앙……! 악!

노골적인 야동 소리와 함께 서연과 도훈의 시선이 정면으로 맞닥뜨렸다.

"……."

"……아니야."

눈에 띄게 당황한 도훈이 서연에게 한 발짝 다가섰으나 그녀가 기겁을 하며 경멸했다.

"저질……."

"아니야. 진짜 아니야."

"저질……!"

서연이 충격받은 표정으로 고개를 절레절레하더니 도훈을 퍽 치고 와다다다 방 밖으로 달아났다. 지금 이 상황이 황당한 도훈은 곧바로 서연을 쫓아나갔다.

"이…… 변태! 매일 밤 야동 보느라 바쁠 텐데 그냥 우리 한 침대 없던 걸로 하고 각방 써요!"

"아니야."

"내가 눈치껏 자리 피해줄 테니 아주 코피 터질 때까지 봐라, 이 저질!"

"아니라고. 저건 볼 것도 없이 백도……!"

도빈이 장난질 친 거라고 도훈이 말하려고 하는 순간 계단을 내려가던 서연이 발을 헛디뎠다.

"꺄악!"

빠르게 달려간 도훈이 앞으로 넘어지려는 서연을 한 팔로 붙잡았다. 다행히 넘어지지 않았으나 서연은 감동받는 대신 밀려오는 당혹스러움에 귀까지 온통 시뻘게졌다. 도훈이 넘어지려는 서연을 잡으려다가 실수로 그녀의 가슴을 움켜쥐었기 때문이었다. 느껴지는 말랑한 촉감에 흠칫 놀란 도훈이 서둘러 가슴에서 손을 내려 잘록한 허리를 끌어안았지만 이미 때는 늦어버렸다.

-하앗, 아앙……!

얼어버린 두 사람은 마네킹처럼 그 자세 그대로 꼿꼿하게 멈춰 서 있었고, 그 뒤에서는 여전히 재생되고 있는 민망한 야동 소리가 온 집 안을 울리고 있었다.

-하앗…… 오, 예헤헤에스……!

서양 남녀의 오버스러운 신음 소리와 함께 하필이면 지금 일어난 민망한 접촉 사고까지.

"으으…… 꺄아아악!!"

빨갛게 익어 스팀까지 푹푹 내뿜던 서연은 제대로 멘붕이 와 저도 모르게 뺙 소리를 질렀다. 얼른 도훈의 팔에서 쏙 빠져나와 초고속으로 다리를 움직여 1층으로 도주했다. 그러나 머지않아 몸이 공중으로 붕 들려 애처롭게 헛발질하게 되었다.

"으악, 내려놔!"

서연이 도훈의 가슴을 쿵쿵 때리며 소리쳤다.

"내려놔! 힘자랑하지 말라구! 못 들게 잔뜩 먹고 2톤 정도로 몸 불려볼까? 어? 응?"

어깨를 와그작 깨물어보기도 했으나 도훈은 눈 하나 꿈쩍하지 않았다.

"아악! 변태! 내려놔, 이 치한! 변태! 백도훈 변태! 씨이!"

열심히 소리치며 난동을 피워봤지만, 도훈은 무언가에 홀린 사람처럼 그저 맹목적으로 계단을 갈급하게 오를 뿐이었다. 성큼성큼 제 방으로 향한 도훈은 곧바로 침대에 서연을 거칠게 내려놓았다. 파도처럼 출렁이는 매트리스의 반동에 두개골이 지잉 요동쳤다.

"뭐 하는 거……!"

꾹 감았던 눈을 뜬 순간 숨이 꾹 멎었다. 어느새 제 몸 위를 점령하고 선 도훈이 서연의 뺨을 한 손으로 감싸 안았다. 이글이글 타는 듯한 까만 눈빛이 정면으로 꽂히자 심장이 터질 것처럼 뛰었다.

"했어."

도훈이 거친 숨결을 토해냈다.

"흥분."

노골적인 발언에 서연의 동공이 뒤흔들렸다.

"하고 싶어."

그렇게 말하는 뜨거운 입술은 이미 서연의 목덜미에 끈적하게 달라붙고 있었다. 제 몸 위로 꾹 짓눌린 거대한 몸에서 느껴지는 불덩이 같은 열기에 서연은 도무지 정신을 차릴 수가 없었다.

"아, 아니 대체 어느 포인트에서 흥분을……."

말을 채 잇기도 전에 도훈의 입술이 서연의 입술을 단번에 감쳐물었다. 거칠게 키스하는 입술 사이로 무덥고 습한 숨결이 끈적하게 뒤섞였다. 극렬하게 침범한 도훈은 이성을 잃은 사람처럼 난폭하게 이리저리 축축해진 입 안을 헤집고 다녔다. 숨도 쉬기 힘들 만큼 거친 키스에 서연의 호흡이 빠르게 달뜨기 시작했다.

"……너."

살짝 떨어진 입술 대신 올라선 거대한 손이 서연의 옷을 찢어버릴 듯이 움켜쥐었다.

"네가."

길쭉한 손끝 아래 부드러운 섬유가 파사삭 구겨진다.

"촉감이 너무 좋아."

정직한 고백에 창피해진 서연은 어찌할 줄을 몰라 하며 입술만 벙긋벙긋했다.

"말랑말랑하고, 부드럽고……. 하얗고 달달해서."

꼭 케이크 같아……. 뒷말에 배꼽 근처로 응집된 열기가 톡 하고 터져 흘렀다. 덩달아 몸에 열이 들끓기 시작한 서연이 마른 침을 꿀꺽 삼켰다.

-하앙……! 예스!

와중에 여전히 음란한 야동 소리는 배경음처럼 깔리고 있었다.

"이이이이일단 저 야동부터 꺼요! 변태……!"

"우리 서연이가 나를 막 의심해."

"……으앗!"

쪽, 쪽, 이마와 콧잔등을 따라 입술이 떨어진다.

"진짜 내가 봤다고 생각해?"

사실 서연도 오늘 아침까지 있었던 도빈이 장난친 게 아닌가 의심하던 참이기는 했다. 계속 같이 딱 붙어 연신 쪽쪽댔으니 저런 걸 볼 시간도 이유도 없었을 것이다.

"강서연이 제일 야해……."

얼굴이 화끈 달아올랐다.

"꽁꽁 껴입고 있어도 저런 것보다 흥분돼서 돌겠거든."

도훈이 낮게 웃으며 서연의 머리를 쓰다듬었다.

"무당도 그랬잖아, 관계하는 쪽이 더 오래 모습을 유지할 수 있다고."

도훈이 서연을 어르며 속삭였다. 서연은 조금 전 무당이 마지막으로 덧붙인 말을 상기했다.

'입을 통하면 채 하루를 못 갔겠지만, 교합을 하고 나면 그보다 훨씬 오래 유지가 될 것이야. 사흘에서 운 좋으면 나흘은 갈 테지.'

비록 전처럼 완벽히 여자의 몸으로 돌아갈 수는 없을지라도, 지속 시간만큼은 확실히 늘려준다는 희소식이었다.

"이대로 할까, 씻고 할까."

대답을 구하는 말인지 일방적인 통보인지 헷갈릴 정도로 애매한 어투였다.

"이대로 하고 씻겨주는 건 어때."

결국 가장 하고 싶은 쪽으로 서연을 끈적하게 유혹하기 시작했다. 이렇게 섹시한 남자가 작정하고 꼬시는데 어떤 여자가 안 넘어갈 수 있을까.

"어, 그…… 이, 일단 창피하니까 불부터 끄고……."

행위를 낱낱이 드러내줄 환한 조명 때문에 상기된 얼굴이 더욱 붉어졌다.

"늦었는데."

"네?"

서연이 반문하자 도훈의 시선이 슬쩍 아래로 내려갔다가 도로 올라섰다. 그 경로를 따라 뿌옇게 혼미해진 눈동자를 내려 제 몸을 흘끔 봤다가 심장이 쿵 내려앉았다.

"……헐."

이미 저도 모르는 사이에 옷이 다 벗겨져 있었다.

딸랑, 딸랑, 딸랑…….

어디선가 방울 소리 같은 것이 일정 속도를 유지하며 희미하게 들려왔다. 고요한 수면 위로 파문이 일어나는 것처럼 소리가 서서히 뇌리에 번지기 시작했다. 계속되는 방울 소리를 지루하게 들으며 도훈은 어서 이 순간이 끝나기만을 바랐다. 지금의 서연은 이미 도훈을 두고 떠나갔던 전생과는 다른 선택을 했다. 끝까지 공생하기로 한 것. 영원히 함께하기로 결심한 그날부터 현생의 운명은 바뀌었고, 더 이상 전생은 되풀이되지 않을 것이라고 믿었다. 그렇기에 전생을 보는 듯한 이 꿈도, 더 이상 꾸지 않을 것이라고…….

딸랑, 딸랑…….

생각했었다. 하지만 오산이었나 보다. 결국 도훈은 전생에 서연이 그를 떠난 후에 일어난, 그 비참한 뒷이야기를 강제로 보게 되었다. 꿈을 보는 동안 도훈은 그 당시 자신의 몸에 동화되었기 때문에, 지금이 무당에게 들은 전생의 흐름 중 어느 시점인지를 추측하는 것은 어렵지 않았다.

도훈은 이제 조금도 움직일 수 없었다. 시야도 안개처럼 뿌옇게 흐렸고 눈꺼풀을 드는 것조차 힘들었다. 살날이 얼마 남지 않은 걸까, 전생의 마지막 순간을 앞두고 있는 걸까. 도훈은 그렇게 생각하며 무거운 눈꺼풀을 그대로 닫았다.

"세간이 떠들썩합니다."

그때, 귓가에 속삭이듯 와닿는 여자의 목소리.

"도총관 대감댁 장남이 기생 월희의 귀신이 씌어 앓아누웠다고요."

누구……? 도훈은 힘겹게 눈을 뜨려 애썼지만 흐리멍덩한 시야에는 불그 죽죽한 입술밖에 들어오지 않았다. 젊은 여자? 다만 명백히 다른 음성과 시뻘건 입술을 미루어 보면 서연은 아니었다.

"와중에 굿이라도 하거든 불경한 소문이 더 파다하게 번질까 두려우셨 겠지요."

굿? 도훈의 미간이 조용하게 구겨졌다.

"하여 대감마님께오서 이 야심한 밤에 소인을 쥐도 새도 모르게 부르시 옵고, 진정 나리에게 월희의 귀신이 들었는지 보라 명하셨습니다."

……월희의 귀신? 월희가 누구길래…….

"영광이옵니다. 무녀라면 천시부터 하고 보는 양반님들께서 이리 허둥 지둥 소인을 찾으시고……."

……이 여자가 전생의 그 무녀? 조곤조곤 흘러가는 여자의 말을 들으며 도훈은 상황 파악을 하려고 애를 썼다. 병상에 누워 움직이지 못하는 자신, 저번 꿈부터 조금도 보이지 않는 서연. 그리고 자신이 무녀라며 알 수 없는 말을 하는 이 여자. 도훈이 눈에 힘을 주고 그녀를 노려보았다. 그러자 무녀의 얼굴이 뿌연 시야 속에서 흐리게 맺혔다.

"……혹 모르셨습니까?"

낯이 아주 익다.

어디선가 본 듯한, 누군가와 닮은 듯한……. 하지만 시야가 너무도 흐려 누군지 명확히 파악할 수는 없었다.

"월희는 닷새 전 목을 매어 자결하였습니다."

그 순간 끼이이익, 희미하게 균열이 이는 소리가 들려왔다. 쇠를 긁는 듯 한 소음에 도훈은 눈을 가늘게 떴다.

"……."

천장에서 바람에 나부끼듯 흔들리는 거대한 샹들리에가 보였다. 일순 가슴이 서늘해졌다.

"……아."

번뜩이는 촉으로 위험을 감지한 도훈은 반사적으로 몸을 돌려 서연을 꽉 감싸 안았다.

쾅!!!

유리가 부서지는 굉음이 고막을 찢어버릴 듯이 울려 퍼졌다.

쨍그랑!!!

날 선 파편이 총알처럼 튀어 올랐다. 등 뒤로 서늘한 감촉이 푹푹 빠르게 박혔다.

"아……."

날카로운 것에 베인 듯한 통증에 눈을 뜨자 하얗게 질린 서연과 눈이 마주쳤다.

"도훈 씨!!!"

서연이 찢어질 듯 소리를 질렀다. 그가 천천히 상체를 일으키자 등 뒤에서 흐른 붉은 피가 서연의 새하얀 팔뚝 위로 뚝뚝 떨어졌다. 비릿한 피 냄새가 번지자 겁에 질린 서연이 팔을 뻗어 도훈의 등을 더듬었다. 이내 손바닥이 축축해질 정도로 피가 흥건하게 묻어났다.

"꺄아악!!!"

기겁한 서연이 비명을 질렀다. 여전히 저를 감싸고 있는 도훈의 어깨를 살짝 잡아 세우자 그의 등에 있던 유리 파편이 매트리스 위로 와르르 떨어졌다. 유리 파편에 빨간 핏물이 선연하자 서연이 도훈을 안고 얼른 몸을 일으켰다.

"도훈 씨! 도훈 씨!"

"열심히도 부른다……. 안 죽었어."

도훈이 욱신거리는 몸을 일으키고 주위를 살폈다. 바닥에 처박혀 산산조각이 난 샹들리에를 보며 짧게 숨을 토했다. 침대와 샹들리에가 조금 떨어진 위치에 있어서 이 정도로 끝났지, 가까웠다면 아마 그대로 압사당해 다시는 눈을 뜰 수 없었을 것이다.

"아…… 아아……."

서연이 어쩔 줄 모르고 도훈의 등을 더듬었다. 눈앞에서 도훈의 피를 보니 이성이 마비되고 그저 눈물만 하염없이 차올랐다.

"아……흐윽……."

괜찮냐고 물어야 하는데 너무 놀라 말이 제대로 나오지 않았다. 바들바들 떨며 허공에서 손을 쥐었다가 폈다가를 반복했다. 도훈은 사색이 된 서연을 물끄러미 보다가 작은 입술에 그대로 제 입술을 부딪쳤다.

"읍……."

서연이 떠밀리듯 턱을 한껏 벌렸다. 미뢰로 눈물의 짠맛이 느껴지고 비릿한 피 냄새가 어지러이 섞여 들어왔다. 턱을 비틀며 진하게 키스를 퍼부은 도훈은 이내 뜨거운 숨결을 토해냈다.

"……잘 잤어?"

겨우 진정한 서연이 눈물을 그쳤다. 울지 않으려고 꼭 다문 입술을 보며 도훈이 흐릿하게 웃었다. 그녀를 번쩍 안아 침대에서 벗어난 그가 파편이 없는 곳으로 걸어가 서연을 내려놓았다. 서연은 눈을 꼭 감았다가 뜨고 도훈의 어깨를 돌렸다. 파편이 남기고 간 참담한 흔적에 서연의 가슴이 무너져 내렸다. 왜 갑자기 샹들리에가 떨어졌는지에 대한 생각을 해볼 겨를도 없었다. 튀어오른 파편으로부터 저를 보호했던 도훈에 대한 미안함만 남았다.

"아프죠……. 많이 아프죠……. 미안해요……."

"안 아파. 네가 왜 미안해."

"……괜히 나 지켜주려다가 더 다치고."

"가만히 있었으면 둘 다 다쳤어. 너 무사하니까……."

"……."

"괜찮아."

서연의 꾹 감은 눈에서 눈물이 또르르 흘러내렸다.

"또 운다."

도훈이 서연의 뺨을 한 손으로 감싸 안았다.

"눈물 뚝."

훌쩍이는 콧잔등에 키스하며 도훈이 나직하게 속삭였다. 공황 상태에서 어렵사리 빠져나온 서연은 얼른 휴대전화부터 주워 들었다. 알 수 없는 불안감을 등지고서 긴급히 앰뷸런스를 불렀다. 본의 아니게 일주일 만에 다시 응급실을 찾은 도훈은 긴급하게 봉합수술을 받았다. 등은 출혈량이 엄청났던 만큼 많이 찢어졌지만, 머리에는 파편이 튀지 않은 것이 불행 중 다행이었다. 여러 바늘을 꿰매는 대장정이 끝나고 도훈은 여진에게 전화해 오전에 예정된 일정을 취소했다. 사고의 시기는 새벽이었고, 도훈은 점심 이후의 일정부터 소화하기로 했다.

"……"

도훈은 응급실 베드에 앉아 있었다. 계속 황망하게 왔다 갔다 하는 서연의 팔을 붙잡았다. 우뚝 멈춘 서연이 굳은 얼굴로 도훈을 바라보았다. 맞부딪친 시선 속에 암담한 심정이 섞였다. 서로 말없이 한참 동안 그렇게 바라만 보았다. 불안한 눈빛은 이내 하얗게 번지고 울컥한 서연은 그대로 팔을 뻗어 도훈의 목덜미를 꽉 끌어안았다.

아니겠지, 이번 일. 우연이겠지. 서연은 도훈에게 묻고 싶었으나 입 밖으로 꺼내는 순간 현실이 될 것 같아 속으로만 삼켰다. 매일 이렇게 시한폭탄을 떠맡은 기분으로 평생을 살아가야 하는 걸까. 차라리 알고서 당하면 다행인데, 무당이 말한 하늘의 벌이 도대체 무엇인지 알 수가 없으니 더욱 불안한 심정이었다.

"다치지만 말아요, 제발……."

서연이 도훈을 부둥켜안고서 중얼거렸다. 도훈의 마음도 같았다. 앞으로

어떤 형태로 하늘이 억압해올지 모르지만,

"……그래."

명예가 나락으로 떨어지거나 사업이 망해 쌓아온 업적이 백지로 날아가 버려도 상관없다. 어차피 각오한 일, 피할 방법도 없으니 말이다.

"다치지 말자."

……죽지만 말자. 도훈이 조용히 무너지는 가슴을 숨기며 서연을 더욱 끌어안았다.

내가 죽으면 너도 함께 죽으니까.

"서연아……."

그녀에게 정기를 불어넣어 주는 자신이 죽어버리면, 서연도 살 수가 없다.

"난, 너만 있으면 돼."

떼려야 뗄 수 없는 질긴 실로 묶인 운명 공동체였다. 서연의 심장에서 덜컹 소리가 흘렀다. 도훈의 품에 묻고 있던 고개를 천천히 들어 그를 올려다보았다. 까맣게 내리쬐는 눈동자에는 한 치의 거짓도 담겨 있지 않았다. 바삐 움직이는 응급실의 소음들이 멎는 듯한 착각에 휩싸이고, 피의 흐름이 서서히 빨라지기 시작했다. 서연이 입술을 살짝 벌렸다. 이제껏 바늘에 찔린 듯 움찔거리던 심장이 일정하지만 빠른 속도로 뛰기 시작했다. 불안해질 때마다 앞서 더 큰 설렘으로 어둠을 녹여주는 남자였다.

"나도…… 도훈 씨 하나만 있으면 돼."

괜히 또 울컥해서 눈시울이 뜨거워지고 말았다.

"모든 걸 잃어도 도훈 씨만 내 곁에 건강하게 있어 주면 돼."

자신이 사랑에 빠진 남자가 백도훈이라는 것은 더없는 축복이다.

"그걸로 행복해. 그걸로 만족해……."

서연이 그에게 매달려 속삭이자 도훈이 나직하게 웃으며 서연의 등을 어루만졌다.

"고맙다, 그렇게 말해줘서."

도훈은 서연이 자신에게 종속되어 있다고 느끼게 하고 싶지 않았다. 동등한 위치, 혹은 그녀를 우위에 세우고 있는 힘껏 사랑해주고 싶었다. 충분히 사랑받을 수 있는 여자라고, 너는 잘못한 거 하나도 없다고.

비록 우리는 평범 그 이상을 살고 있었으나, 보통의 사람들이 하는 사랑의 복잡한 절차를 느긋하게 밟아나가기로 했다.

차근차근, 차근차근. 불안해하지 않기 위해. 불안해하지 않기 위해…….

어느덧 시간은 오후에 접어들고, 도훈과 서연은 병원을 나선 후 택시를 타고 집으로 향했다. 빠르게 나갈 준비를 마쳤으나 운전하면 안 된다고 펄펄 뛰는 서연 때문에 김 기사에게 전화해 집까지 와줄 것을 요청했다. 허둥지둥 도착한 김 기사에게 차 키를 건네준 도훈은 차고에서 차를 미리 빼놓으라고 지시했다. 빠릿빠릿하게 차를 빼고 대기하고 있던 김 기사의 눈이 이내 커다랗게 뜨여졌다. 도훈의 집에서 함께 걸어 나온 젊은 여자를 발견하고 일어난 변화였다.

"누구……."

마치 제집처럼 태연하게 다녀오겠다고 강아지에게 인사하는 여자를 바라보며 일순 굳어버렸다. 설마 동거……? 움찔했으나 그를 더욱 충격으로 빠뜨린 것은 여자를 보며 부드럽게 미소 짓는 백 이사였다. 뭐야…… 웃어? 백 이사가? 눈으로 보고도 믿지 않아 연신 눈꺼풀을 깜빡여보았다.

"아, 안녕하세요."

서연은 차 운전대를 잡고 있는 남자를 보며 어색하게 인사했다.

"예, 안녕하세요."

충격 다음으로 쏟아진 것은 참을 수 없는 궁금증이었다. 김 기사는 여진 비서를 제외하고 백 이사가 처음으로 차에 태운 여자에 호기심이 일었다.

와…… 엄청 예쁘네. 초롱초롱한 눈으로 그녀를 흘끔흘끔 훔쳐보았으나, 그 옆에서 자신을 죽일 듯이 노려보는 백 이사 때문에 흠칫했다.

"죄, 죄송합니다."

저도 모르게 사과를 하고 황급히 시선을 갈무리했다.

"······아, 그게 아니라······."

"오현역 쪽으로 먼저 들렀다 가지."

"아, 네, 네!"

김 기사가 모라비 본사가 있는 오현역 쪽으로 차를 모는 동안 도훈과 서연은 서서히 저들만의 세상에 빠져들어 갔다. 평소에는 무표정 아니면 인상 쓰는 게 전부인 백 이사의 천편일률적인 얼굴에 믿을 수 없을 만큼 싱그럽게 걸려 있는 미소. 사진이라도 찍어서 사내에 돌리면 저만한 이슈가 없을 정도로 충격적인 광경이었다.

"도훈 씨 방이 그렇게 돼서······ 우리 당장 오늘은 어디서 자지?"

"네 방."

"내 방? 내 방 침대 도훈 씨 것보다 작은데."

도훈이 청량하게 웃으며 서연의 허리를 끌어안았다.

"그래서 더 좋아······."

떨어지지 않게 꼭 붙어 자자.

"······."

김 기사는 듣지 않으려 해도 자꾸 스멀스멀 대화가 들려와서 얼굴이 붉어지는 것을 막을 수가 없었다. 주변에 넘실거리는 꽃밭과 피어오르는 하트에 질식할 것만 같았다. 자신이 여기에 있다고 손뼉이라도 쳐서 알리고 싶은 심정이었다. 신혼부부나 할 법한 야릇하고 달달한 대화를 소곤거리는 두 사람에게서 꿀이 뚝뚝 떨어지고 있었다.

"도······ 도착했습니다."

모라비 본사 앞에 차가 부드럽게 멈춰 섰다. 서연이 김 기사에게 간단히 인사하자 괜스레 움찔한 그가 꾸벅 허리를 굽혔다. 그리고 고개를 든 순간 조만간 그녀를 사모님으로 부르게 될 것이라 확신했다.

김 기사가 백미러를 보며 침을 꿀꺽 삼켰다. 여린 턱을 한 손으로 휘어잡은 백 이사가 붉은 입술을 집어삼킬 듯이 격렬하게 키스를 퍼붓고 있었다. 주말이면 로맨스 드라마만 주야장천 정주행하는 은밀한 취미를 가지고 있는 김 기사였지만, 그 어떤 드라마에서도 저렇게 노골적인 키스신은 없었다. 결국 귀까지 시뻘게진 김 기사가 창밖으로 시선을 던졌으나 이번엔 소리가⋯⋯.

"⋯⋯큼큼."

당황해서 헛기침하자 토마토처럼 붉어진 서연이 도훈을 가까스로 밀어냈다. 서연이 황급히 도망치듯이 차에서 내리자 도훈이 아쉽다는 듯 입맛을 다셨다. 그의 시선이 서연의 뒷모습에서 김 기사의 뒤통수로 느릿하게 올라섰다. 그 오싹한 시선에 마치 방해꾼이 된 듯한 기분에 사로잡혀버린 김 기사가 어쩔 줄 모르고 식은땀을 뻘뻘 흘렸다.

"이, 이사님. 죄송합니⋯⋯."

"회사로 가지."

"네, 네!"

김 기사가 서둘러 차를 출발시켰다. 속도감을 느끼며 도훈이 시트에 편하게 몸을 기대고 눈을 감았다. 난잡했던 키스로 느슨해진 넥타이를 다시 정갈하게 고쳐 매었다. 창문을 조금 내리자 시원한 바람이 피부를 시리게 파고들었다. 욱신거리는 등의 통증에 고요히 미간을 구겼다.

"⋯⋯."

느껴지는 고통보다도 도훈을 더 답답하게 하는 것은, 조금만 더 늦게 눈을 떴더라면 다치는 것은 자신이 아니라 서연이었을 거란 사실이었다. 서연은 경황이 없어 눈치채지 못한 듯 보였지만, 도훈이 때마침 잠에서 깨지 않았더라면 샹들리에의 제물이 되는 것은 두 사람 모두가 아니었다.

"⋯⋯짜증나네."

서연 한 사람이었다.

딸랑, 딸랑, 딸랑⋯⋯.

환청처럼 들려오는 꿈속의 방울 소리.

'세간이 떠들썩합니다.'

길게 늘어진 붉은 입술로 말을 하던 여자.

'도총관 대감댁 장남이 기생 월희의 귀신이 씌어 앓아누웠다고요.'

아마도…… 월희는 전생에 서연의 이름.

'……혹 모르셨습니까?'

담담하게 말을 잇던 모든 일의 원흉인 무녀.

'월희는 닷새 전 목을 매어 자결하였습니다.'

시야가 좀 더 명확했더라면 그녀의 얼굴을 확실히 볼 수 있었을 테지만……. 확실한 건 그 무녀.

어디선가 많이 본 얼굴.

"……날씨가."

도훈은 본능적으로 느꼈다.

"참."

무언가가 시작되고 있다고.

"좋네……."

네 녀석들 주변에 무녀가 있어.

……무조건 피하는 게 상책이야.

-3권에서 계속-